The Bostonians
波士頓人

文壇巨匠亨利・詹姆斯經典之作
繁體中文版首度問世

Henry James
亨利・詹姆斯 著

柯宗佑——譯

目次

導讀　《波士頓人》與十九世紀末期的「新女性》

文／陽明交通大學外國語文學系副教授　韋崇豪

《波士頓人》描述一八七〇年代的新英格蘭女權主義者奧莉芙試圖將年輕女孩芙雷娜留在身邊，無奈她最後還是選擇奧莉芙來自密西西比州的親戚蘭森。這三角習題不僅是美國南北戰爭的延長賽，也是新舊思想、城鄉、階級與性別的競技場。但有別於一般異性戀「兩男搶一女」或「兩女搶一男」的戲碼，這邊上演的是一男一女搶同位女孩。芙雷娜不見得是現在所謂的「雙性戀者」挑選男女伴侶，而是奧莉芙與蘭森各自代表進步與保守力量，雙方都積極爭取女孩所代表的新美國。

再者，小說在一八八〇年代中期先在雜誌上連載，後成書出版。此時歐洲正值劇烈的性別板塊運動：一八八五年英國通過拉布謝爾修正案（Labouchere Amendment），將男性間的「嚴重猥褻」視為犯罪行為。王爾德（Oscar Wilde）與圖靈（Alan Turing）就是該法案的受害者。隔年德裔奧地利精神病學家克拉夫特—埃賓（Richard von Krafft-Ebing）出版《性精神病態》（*Psychopathia*

Sexualis），書中詳述各種被視為疾病的性別（同性戀、性虐戀等等）。如此看來，小說中蘊含的「波士頓婚姻」（Boston marriage，通常指兩位受過良好教育的女性一起生活），如果不算同性親密行為在美國被廣泛體制犯罪化與病理化前的「純真年代」，也怕被後人說是女同性戀掛著「閨密」的旗幟暗渡陳倉。

這兩種讀法都有道理，但也都不太對。

的確，相對於當代影視作品可暢談同性情欲，《波士頓人》顯得隱諱。奧莉芙認為芙雷娜是「能當靈魂伴侶的同性友人」（頁85），並邀她同居。這在暗示奧莉芙是女同性戀嗎？其實，這種從現在「女同性戀」主體去看過去同性關係的線性歷史觀，常會粗略地將「過去」與「落後」畫上等號。除了沒有以當時性別、文化脈絡解讀過去外，更常自滿於現在的「開明」。把故事兩位女主角當作去性化的女同性戀始祖，也或許滿足現代人尋根的情懷（原來那時就有女同性戀！），但這忽視性別／文學／歷史在相同與不同時空的異質性。由於個人與環境種種因素，不是每人每時每地都將結婚視作人生必經道路。根據《紐約時報》估計，在一八六九年美國東岸各州約有二十五萬的年輕女子不期待結婚，因為內戰傷亡，使得男女比例失衡。[1]除了外在因素可能促成女子同居、建立浪漫友誼（romantic friendship）或被迫單身，也有人本身就喜歡獨身（celibacy）。女作家菲爾茲（Annie Adams Fields）在丈夫一八八一年逝世後，就跟同為女性的作家朱艾特（Sarah Orne Jewett）同居。從這角度讀奧莉芙，想跟喜歡的女生同住不一定就表示她是不言而喻的女同。正因為「波士頓婚姻」不以雙方有無從事性行為定義，也不是單純找人分擔日常支出的室友關係，這詞不能簡化為「女同性戀」的前身或原型。[2]

雖然奧莉芙最後看似輸給代表保守力量的蘭森，這種雙方勢同水火的修辭會讓人忽略奧莉芙自稱的「進步」需要批判。奧莉芙家唯二男丁死於內戰，姊姊也長年旅居歐洲（最近返美），加上她自己有繼承遺產，所以有餘力投身女性改革。如果今天主角換成芙雷娜母親，所寫出來的新英格蘭女性，就會截然不同。塔蘭特太太身為廢奴主義者後裔，卻嫁給來自賓州鄉下、賣鉛筆的流動攤販。她的丈夫後來變成頗有名氣的催眠治療師，但其實比較像招搖撞騙的神棍。這讓一心追求專業，想跟男醫師平起平坐的女大夫普蘭森嗤之以鼻。在波士頓倘若沒錢沒房沒閒，空有理想也難展抱負。女性改革群體裡，也常彼此相輕：奧莉芙就曾暗自批評柏艾女士沒品味，而非就其改革觀點給建設性的意見。而奧莉芙自己一味強調女性比男性優越，挖掘女性受難史，要男性付出代價。她灌輸芙雷娜極端的性別觀，希望透過芙雷娜的演講魅力發揮影響力。事實上，小說人物對於婚姻、關係與女權有許多不同的看法：塔蘭特先生曾加入提倡多偶制的卡尤加社群；塔蘭特太太覺得拚命替女兒找個金龜婿是不道德的；費林德太太不因擔任女權領袖就毀婚；柏艾女士為了改革換得一身病痛，一貧如洗，卻讓人感覺一事無成；普蘭森大夫面對女權運動選擇冷處理；奧莉芙的姊姊時不時想再婚；芙雷娜自己則偏好「自由伴侶關係」（頁89），除了奧莉芙與

1 Alice Kessler-Harris, *Out to Work: A History of Wage-Earning Women in the United States* (New York: Oxford University Press, 2003 [1982]), 98.

2 近期有評論家改以「女性改革者」或「獨身」闡述奧莉芙與芙雷娜。也有學者強調，「波士頓婚姻」從外（地方）分類個體，而非從內定義個人性主體。參考Natasha Hurley, *Circulating Queerness: Before the Gay and Lesbian Novel* (Minneapolis: University of Minnesota Press, 2018), 14, 150, 286–87n5.

蘭森，她也一度跟某位紐約貴公子走得很近。比較起來，奧莉芙將男女關係形容得劍拔弩張，動不動就要為姊妹討公道或要人選邊站，自己卻拿錢收買塔蘭特夫婦，換取芙雷娜留在她身邊。這真的「進步」嗎？

詹姆斯很擅長描繪各種情感、觀念與金錢的糾結。早年《黛西．米勒》敘述活潑開朗的美國年輕女子來到世故的舊大陸。黛西因為太好親近，給人輕浮、隨便調情的印象。這番行為要不讓嚴謹的歐洲人看不懂，就是當笑話看。可是故事多透過某位對黛西有好感但困惑的歐洲男性角度敘事，不是全知，自然受他自己的經驗、喜好與知識限制。在《奉使記》中，一位有錢有勢的麻州寡婦，先後遙控她的未婚夫、女兒與女婿，希望他們跨海解救她的寶貝兒子。寡婦一口咬定某巴黎惡女帶壞自己的小孩，沒料到小孩有自己的情欲、想法與心機。在《金缽記》裡，一對移居歐洲的美國父女各自結婚或再婚，但偏偏彼此對象是舊愛，而且父女感情也常常好到讓彼此配偶吃味，彷彿自己是第三者。這幾則故事的主題都圍繞著婚姻、愛情與財產。男男女女不見得財富自由就情欲自由；自由戀愛的代價可能是餓肚子或身敗名裂。在《波士頓人》中，奧莉芙打著「進步」的招牌，也很懂得享受物質生活，但因為強調「克制自己」（頁91），她的感情觀很諷刺地受傳統清教徒思想制約。相反地，塔蘭特太太知道先生騙人、曾在卡尤加與他人「交流」，但還是維持婚姻。可是，也就因為她知道婚姻對女人很操勞，她不催芙雷娜結婚。在知悉奧莉芙邀她女兒同住時，她覺得多一個家很好。她對家的想像既傳統（最好跟有頭有臉的男性結婚生子）又新穎（可跟家境富裕的女性同居）。可這「新穎」建立在「妳不要擋我女兒結婚」、「妳得供她吃穿」、「妳要補償我們家經濟、精神損失」的前提。塔蘭特夫婦沒賣女兒，但的確把她當搖錢樹。

就詹姆斯作品全集而言，《波士頓人》不是他最賣座、最典型（跨大西洋）或最有名的作品（晚期的《鴿翼》、《奉使記》與《金缽記》是其藝術顛峰之作），但這是他在一八八〇年代寫社會議題的代表作之一。故事中的女性改革，透過奧莉芙平日的憤慨，呼應十九世紀末期的「新女性」主張。當今面對家暴、人工流產權、社福移工、跨性別女性與有色人種女性等議題，更可感受女權主義者與其同盟義憤填膺（雖然女性主義內的雜音也不少）。從性別平權的角度回頭看，奧莉芙的存在宛如芒刺在背：故事開始沒多久，她就被形容像「暴風海面上的小艇」」（頁21）。雖說這形容目的在於點出她經常焦慮不安，不在於將她英雌化，但奧莉芙不像蘭森，連離家北上討生活都還坐擁男性特權與南方仕紳的傲氣。與其說奧莉芙搶輸蘭森象徵女性改革或女同志同居功敗垂成，倒不如說結構性的性別與階級不平等很難一朝一夕推翻。奧莉芙有她的階級特權與手段，但也有她的性別成見與盲點。詹姆斯很有意識地不要讓讀者完全認同奧莉芙，而是要從她的政治訴求去關切女權議題，但也從她的言行舉止去衡量她的偏見。

至於芙雷娜是奧莉芙與蘭森對弈的棋子？還是在愛情與友情之間遊走的棋手？她是個與其跟支持者在同溫層取暖，不如用生命去感化頑固反動者的聖徒？還是個被愛沖昏頭，斷送錦繡前程的傻瓜？她最終是擺脫奧莉芙做自己？利用蘭森將了大家一軍？證實看似過時的騎士精神仍是部分新女性的緊箍咒？還是不知不覺成了女性受難的新代言人卻享受其中？這就留給讀者自己評斷。

主要人物簡介

- 奧莉芙．錢斯勒：波士頓的上層階級，積極投入女性權益的改革運動，性格拘謹敏感。
- 芙雷娜．塔蘭特：富有群眾魅力、擅長演說的少女，容易受人影響，與奧莉芙一見如故。
- 塞拉．塔蘭特：芙雷娜的父親，舉止浮誇的市井催眠師，一心想藉著女兒的魅力名利雙收。
- 貝索．蘭森：奧莉芙的表哥，來自密西西比的律師，十分輕視女性權益改革運動。對芙雷娜一見鍾情。
- 愛德林．露娜：奧莉芙的姊姊，育有一子紐頓，喜愛物質享受，對改革運動不以為然。
- 費林德太太：女性主義者，善於煽動群眾，是波士頓舉足輕重的改革領導人。
- 柏艾女士：波士頓女性運動受人敬重的元老，年事已高，性格敦厚老實。
- 普蘭森大夫：外科醫師，負責照顧年邁的柏艾女士。志不在投入改革，對科學與醫學更感興趣。
- 馬提亞斯．帕登：雜誌社編輯，也為報社寫文章。是芙雷娜的愛慕者。
- 布拉吉先生：曾就讀哈佛法律系，來自紐約的富裕家族，交遊廣闊，是芙雷娜的愛慕者。
- 葛來西先生：曾就讀哈佛法律系，富有學識，能言善道，與布拉吉先生是同窗，兩人交情深厚。

第一部

1

「奧莉芙大概十分鐘後就下來了，她叫我通知您一下。大概十分鐘，奧莉芙的作風就是這樣，沒有五分鐘、十五分鐘這種事，但也不會是十分鐘整，更不會是九分鐘或十一分鐘。但她倒沒叫我告訴您她很高興和您碰面，因為她也搞不清楚自己高興不高興，只是她也不會隨口胡扯。她這人就是誠實，奧莉芙．錢斯勒啊，就是個規規矩矩的人。波士頓人都不撒謊的，我也不知道為什麼。算了，總而言之，很高興見到您。」

這段話一氣呵成，是個豐腴貌美的女士說的。她帶著盈盈笑臉，走進窄小的客廳，向等待了一會、已經讀起書來的訪客打招呼。訪客先生雖然站著看書，卻讀得津津有味，顯然，他一進門就把桌上的書拿起來，很快掃視整間公寓一眼，整個人就鑽進書裡了。當露娜太太走過來，他立刻放下書本，笑著和她握握手，再接著她的話回道：「所以，您的意思是您會說謊囉？這句應該也是謊話吧。」

「不不不，就像我跟您說的，我已經在這個講話毫不含糊的城市裡待了漫長的三個星期，」露娜太太回嘴道：「就連很高興見到您這種話，也變得沒什麼驚喜了。」

「這句話聽起來不像稱讚我啊。」年輕男士道：「我會假裝自己不說謊。」

「天啊，當南方人究竟有什麼好？」女士問道：「奧莉芙要我轉告您，她希望您能留下來吃晚餐。她會這麼說，就表示她很期待這件事。她願意冒險試試看。」

「她也跟我一樣愛冒險嗎？」訪客稀鬆平常地問道。

露娜太太從頭到腳打量了對方一番，帶著笑意嘆了口氣，彷彿對方是一長串直式加法。確實，貝索．蘭森給人一種綿長無盡的感覺，像是一整列數字，雖然他已經盡量和女主人派來的接待談笑了，看起來卻還是嚴肅且難以親近，因為當他削瘦的臉龐出現笑容，嘴角兩邊便會泛起深溝，是一種未老先衰的皺紋。他的身材瘦瘦高高，一身黑色打扮，襯衫的領口既低且寬，西服背心開口處露出了稍皺的三角形布料，上頭別著鑲有小紅石的胸針。他雖然別了胸針，但看起來還是有點寒酸，身為有著迷人雙眼的俊俏年輕男子，他的樣子簡直窮酸到極點。蘭森的眼睛十分深邃，而且炯炯有神。他有張氣質出眾的臉，和他的身材相互輝映，即使在茫茫人海中也相當突出，是法庭、政治場合常見的容貌，甚至適合印在銅製的獎牌上。他的額頭高而寬闊，頭髮濃密烏黑、筆直、發亮，像獅子鬃毛一樣向後梳齊，連一絲分岔都沒有。他整個人隱隱散發著熱力，尤其那雙眼睛，總讓人以為他是傑出的美國國會議員；或者從另一個角度來看，這些特質就只是證明他是卡羅萊納或阿拉巴馬人。其實，蘭森是密西西比人，說話的口音也明顯帶著密西西比腔。我再怎麼描述，都沒辦法將這迷人的腔調呈現出來，但只要是有點經驗的讀者，腦中肯定能自動浮出聲音，而且我說的聲線，絕非粗俗、自負的那種。這位削瘦、膚色灰黃慘澹、衣著老舊卻引人注目的年輕人，有著不凡的面容、沉穩的肩膀、燦爛的憂愁、一板一眼的熱情，還有帶著鄉村氣息的獨特外貌，他就是這則故事的男主角。在我接下來鋪陳的情節中，他的戲分非常吃重。但愛看各種小細節、喜歡理性和感性並用的讀者，請務必記得一點：蘭森說話時習慣拉長子音、不發母音，有時省略某些音、有時吐出不該發的音，讓人摸不著腦袋；他的聲線既熱情又寬闊，帶著一種舒緩、醇厚的非洲風味，令人想到一望無際的棉花田。蘭森有這麼多特質，可惜露娜太太只能看見其中一部分，否則，她也不會語帶嘲弄反問蘭森：「您一直都是這樣嗎？」露娜太太的口氣聽起來很親暱，親暱過頭了。

蘭森臉紅了一下，接著回道：「是的，我到外面吃飯的時候，都會隨身攜帶一把六響槍和一把博伊刀。」然後，他做勢要摘掉頭上的低帽冠平沿黑色軟帽，只是動作不夠明顯，讓露娜太太好生疑惑。露娜太太請蘭森坐下，告訴他奧莉芙非常期待見到他，如果蘭森不能留下來吃晚飯，妹妹一定會深感無奈，畢竟她有點相信宿命論，覺得萬事都不在人的掌控之中。露娜太太說，最無奈的是她自己晚上還要出門，因為只要是波士頓人，就得積極參加各種聚會。

她說，奧莉芙吃過晚飯之後同樣會出門，不過這事蘭森大可不必操心，或許他會想和奧莉芙一起赴約也不一定。但奧莉芙要參加的不是派對，她完全不走派對路線；她最愛參加的，是某種風格奇詭的聚會。

「您說的聚會是什麼樣的聚會？聽起來很像是一群女巫約在布羅肯峰上碰面。」

「沒錯，跟您說的差不多。會去的人不是女巫、法師、靈媒、招魂師，就是成天咆哮的激進分子。」

蘭森瞪大了眼，他深色眼珠透出的黃光暗了下來。「您的意思是，令妹是個成天咆哮的激進分子嗎？」

「激進分子？她根本是個雅各賓黨員[1]，而且是個虛無論者。反正對她來說，世上的萬事萬物

1 雅各賓黨員，法國大革命時期的激進政治團體。

都是錯的。您如果要和她吃飯，心裡最好有個底。」

「噢，不會吧！」蘭森雙手抱胸，一屁股坐在椅子上，口中喃喃自語，同時用慧黠卻不可置信的眼神盯著露娜太太瞧。露娜太太長得頗有姿色，頂著一頭葡萄般的鬈髮；她整個人活力四射，都快把緊身胸衣撐裂了；她堅挺的襯裙小褶底下，露出了一截肥胖的小腳，底下連著直挺挺的腳跟。她魅力十足，但言行有失分寸，這點尤其令人在意。表面上，蘭森聽了露娜太太說的話，似乎真的感到惋惜。但實際上，他早已經思考到出神了，於是沉默了一小段時間，只剩眼睛還在露娜太太身上四處游走。蘭森心裡或許在想，如果露娜太太和她妹妹的性格差距這麼大，不曉得她會是哪種類型的人。很多事都讓蘭森摸不著腦袋，尤其是波士頓這個地方，簡直處處是驚奇，不過，他是個熱愛探究事理的人。露娜太太正在戴手套，蘭森從來沒看過那麼長的手套，讓他想到長襪，而且露娜太太手臂上沒綁束帶；他不禁好奇，她究竟要怎麼固定手套。「嗯，我想我大概知道她的狀況。」蘭森總算接了話。

「什麼狀況？」

「我的意思是，錢斯勒小姐應該就是您說的那種人。她是在這座改革之城長大的。」

「噢，跟這座城市沒關係，奧莉芙．錢斯勒這個人就是這樣。哪天讓她掌權了，她連太陽系都想改革。您要是不小心點，就會被她一起再教化。我從歐洲回來之後，才發現她是這個樣子。」

「您去過歐洲嗎？」蘭森問道。

「當然去過！您沒去過嗎？」

「沒有，我從來沒去過歐洲。令妹呢？」

「她去過，但才待一、兩個小時就走了。她很討厭歐洲，恨不得把歐洲滅了。您居然不知道我去過歐洲？」露娜太太滔滔不絕，聲音裡有種淡淡的落寞，像是發現自己沒想像中的有名。

蘭森左思右想，不知道該不該回答露娜太太，其實五分鐘前他才知道世上有她這個人。不過他又想到，南方來的紳士不會對女士說這種話，所以他只說自己是南方古都來的（他很喜歡講漂亮話），很多事不太了解，還請見諒。他說，他老家的人通常不談歐洲的事，所以他以為露娜太太住在紐約。他最後這句話有點賭運氣，老實說，他之前對露娜太太根本沒概念。然而，他謊話說得愈厲害，露的餡只會更多。

「您以為我住在紐約，那您怎麼不來找我？」露娜太太疑惑道。

「這個嘛，因為我不太出門，最多就是出庭而已。」

「是法庭嗎？大家好像都在法庭工作！您很熱中這行嗎？您看起來很喜歡的樣子。」

「是，很熱中。」蘭森面帶微笑回答，話裡帶著陰柔的探問口氣，這是南方紳士的習性。

露娜太太說，丈夫過世後，她就搬到歐洲住了好幾年，一個月前才帶著年幼的兒子回來，兒子就是她的唯一。回美國之後，她就來拜訪妹妹，因為除了兒子之外，奧莉芙就是她身邊最親的人。「但感覺就是有差，」她說：「奧莉芙和我很不對盤。」

「但您跟令郎很合得來。」蘭森說。

「當然，我從來不和紐頓唱反調！」露娜太太又表示，她從歐洲回來之後，完全不知道有什麼事好做。這是回鄉時會碰到的最糟狀況，很像是活了一把年紀後重獲新生，一切卻得從零開始，而且還搞不清楚當初為何要回鄉。有些人是為了回波士頓過冬，但她不是——至少，她還知道哪些不是她回鄉的初衷。她或許該在華府買棟房子，華府這個小地方，蘭森聽說過嗎？華府是她離開美國那段時間才出現的。再說，奧莉芙其實不希望姊姊待在波士頓，但她也從沒直接把話說開。奧莉芙最讓人覺得舒服的一點，就是她從不拘泥於形式。

露娜太太才說出這段評論，蘭森就從椅子上站了起來，因為有位年輕女士不久之前默默走進了客廳，但她一聽見露娜太太說的話，就立刻停下腳步。她杵在原地，用認真而嚴肅的眼神盯著蘭森瞧，嘴角同時露出一抹微笑，只是笑得非常無力；不過對照她天生凝重的面容，這樣的微笑已經夠明顯了，讓她的表情多了一分光彩。若要打個比方，可說像是照在監獄牆上的一束微弱月光。

「如果是這樣的話，」她說：「我就不該對您說，讓您等這麼久真不好意思。」

她的聲音聽起來低沉卻和善，是有教養的說話方式。她向客人蘭森伸出纖纖玉手，蘭森雖然神情嚴肅（露娜太太言談失禮的時候他也在場，讓他覺得有點內疚），卻因為能見上對方一面而相當雀躍。他發現錢斯勒小姐的手既疲軟又冰冷，只能算是擺在蘭森手裡，一點握力都沒出。露娜太太告訴妹妹，她現在能享受言論自由，都是託蘭森這位親戚的福，雖然蘭森跟她們姊妹倆不太熟。露娜太太又說，她其實不相信蘭森聽過她的名字，但他展現了南方紳士的風度，假裝自己知道她的事。好的，現在時間差不多，她該赴晚餐約了，因為她看到來接送的車子已經在門外等了。等她離開之後，奧莉芙愛怎麼講她都無所謂。

「我跟他說妳很激進，妳想要的話，可以跟他說我是蛇蠍浪蕩女沒關係。可以再教化他看看，密西西比人肯定從頭到腳都有問題。我今天會很晚回來，因為我們要去參加戲劇會，所以才這麼早吃晚餐。晚點見，蘭森先生。」露娜太太整了整讓她更添姿色的白色羽毛披肩，嘴裡繼續說道：「希望您會再多留一陣子，這樣您就可以自己判斷我們是怎樣的人了。我也很想讓您和紐頓見個面，他是個懂事的孩子，我想知道您對他有什麼看法。您只會待到明天？什麼，您為什麼要這麼早走？好吧，記得來紐約找我，我應該會在紐約過冬。我再寄張卡片給您好了，我不會放過您的。您不必送我出門，我妹妹會送我的。奧莉芙，妳要不要乾脆帶他去姊妹聚會？」即使對妹妹說話，露娜太太還是一貫的率性。她對錢斯勒小姐說，她的樣子像是準備出海。「還好，今天沒人來下指導棋，教我晚上該穿什麼！」她的聲音從門廊傳進客廳，「他們老是為了穿什麼想破腦袋，這些人啊，就怕自己看起來太輕浮！」

2

無論錢斯勒小姐是否認真考量穿著，她顯然沒有這種問題：她穿著一件樸素、毫無花樣的黑洋裝，留著一頭柔順、沒染過色的秀髮——她姊姊的頭髮有多凌亂，她的頭髮就有多整齊。露娜太太說話時，錢斯勒小姐立刻坐下來，眼睛直盯著地板瞧，偶爾抬起頭看看露娜太太。她看著蘭森的時間甚至沒有看著那位喋喋不休的婦人多。因此，這位年輕人便能自在盯著錢斯勒小姐看。他從錢斯勒小姐的神情發現，她內心似乎相當不安，卻拚命掩飾著。他很想知道對方為何覺得不安，只是當時他沒想到，錢斯勒小姐的性格其實像是暴風海面上的小艇，而他注定會明白這一點。露娜太太走出客廳之後，錢斯勒小姐還是兩眼看著地面，彷彿被下了不能抬頭看人的魔咒。請讀者了解，我會在後面的情節講述很多奇特的事，你們會知道錢斯勒小姐有許多悲劇性的害羞特質，當她害羞起來，連鏡子裡自己的眼睛都不敢看。在此時此刻，她的害羞性格沒來由地又發作了，而露娜太太當下過分親暱的舉動無疑加深了她的害羞。天底下最不守分際的人非露娜太太莫屬。若不是她妹妹不允許自己針對他人有這種情緒，肯定也會為此恨死她。蘭森是個腦袋靈光的年輕人，只是他也深知自己涉世未深。他雖然如履薄冰，不想對眼前的事物驟下結論，但內心還是浮出了兩、三條感想，適合給剛取得紐約州律師執照、正在招攬客戶的人參考。其中一條感想，就是如果要替世上的人分類，可以簡單分成認真的人和隨興的人。他很快就發覺錢斯勒小姐屬於前者，因為她精緻的臉龐寫滿了嚴肅，蘭森還沒和她講上二十個字，內心就湧出無以名狀的不捨。蘭森骨子裡是個隨興的人，要是他一臉戰戰兢兢，必然是他深思熟慮後的決定，以及為時勢所迫的結果。但這位面容蒼白、有著淺綠眼珠的女孩，配上各種突出且緊張的舉措，外表卻顯得相當病態；老實說，她整個人的確如此。可憐的蘭森，他像發現了新大陸一樣，在內心大聲喊著這件事。事實上，他這輩子最像「南方古都人」的時候，反而是此時此刻。不過，光是說錢斯勒小姐很病態，完全搔不到癢處，即使描述得再詳細都不夠。她到底為何如此病態？為什麼她的病態讓人覺得不意外？要解開這個謎團，蘭森其實可以多回想自己的經驗，有了答案之後，他大概會感到喜出望外。他從前認識的女性大部分都跟他一樣親切溫柔，幾乎不會像露娜太太的妹妹一樣讓他有這種感覺，而且他瞬間還可憐了對方一下。他就喜歡一般女人那樣，多半沒有太多複雜心思，也不覺得自己有義務去插手政治，而蘭森知道，錢斯勒小姐必然會去插手。女人啊，為何不乾脆待在家裡、乖乖聽話，其他的事不要多想，把公眾事務交給更耐打的男人來扛，這樣不就好了嗎？在蘭森看來，這個解法再自然不過了。這裡再次提醒讀者，蘭森的思維就是個鄉下人。

他當時的想法並不像我這裡說的如此一清二楚；相反地，他見到親戚長什麼樣之後，心裡只泛起了一股模模糊糊的感受，還不至於讓他拒絕更進一步認識對方。蘭森心想，以錢斯勒小姐的美貌，個性應該也要非常出色才對。他雖然可憐錢斯勒小姐，但也馬上就發現，世上沒人幫得了她，這正是悲哀的地方。他之所以離開令他牽掛卻悽慘的南方，是為了出來賺錢，不是為了見證悲劇的。至少，只要一走出位於松木街上的辦公室，他就不想再聽更多悲慘的故事了。露娜太太離開之後，他主動拋出了幾句場面話，打破隨之而來的沉默。即使是在生活悽慘的州，人們還是覺得這些話術相當重要。蘭森話一說完，就發現心情變得輕鬆多了，雖然他不久前還心想，全世界沒人幫得了錢斯勒小姐，但他還是決定用這種方式說話，想辦法讓她放開一點。還好，錢斯勒小姐會為了自己的志業，在某些場合盡力大膽起來。她一察覺到蘭森古怪的一面便安心了，因為照他說話的方式看來，難怪他會為南方而戰。她從沒碰過如此怪異的人，不過，她只有在奇人奇事面前才會覺得心安，而生活中的尋常事物反倒會讓她怒火中燒。對錢斯勒小姐來說，這種反應真是再自然不過，因為愈是日常的事，就伴隨著愈多不公不義。要她開口問蘭森要不要留下來用餐並非難事，她心想，希望愛德琳——也就是露娜太太——已經事先知會對方了。稍早，她和愛德琳還待在樓上，當她接到蘭森抵達的消息，霎時竟然靈光一閃，冒出了想款待對方的奇想。在平時，要她獨自宴請素未謀面的男士，簡直是異想天開的舉動。

錢斯勒小姐當初寫信給蘭森的動機也差不多。春天時，她無意間得知蘭森來到北方，而且打算在紐約執業，便起了提筆的念頭。她天生喜歡扛責任，事事反求諸己。她捫心自問後認為，蘭森應該是蓄奴老字號寡頭旗下的一員，這些人在她腦中的形象就是讓國家遍地血淚的元凶。因為這種負面印象，她完全不想殷勤招待對方——她家的兩兄弟（也是家中這一代唯二的男丁）正是為了捍衛北方州而捐軀的。但她同時又想到，蘭森自己也失去不少親人，甚至還不惜性命上戰場拚搏，只是最後依舊活下來罷了。錢斯勒小姐無法抗拒這種人的魅力，總是覺得對方何其幸運，能擁有這些人生經歷，因此感到又妒又羨。她內心最幽微神聖的願望，就是有天能成為烈士，為某件事殉身。蘭森雖然保住了性命，但錢斯勒小姐知道，對方確實經歷過許多磨難：他不但家破人亡，失去了奴隸、財產、親朋好友和家園，更嘗到了各種難堪的挫敗。蘭森一度想獨力扛起家裡的莊園事業，但無奈自己債務纏身，況且，他其實更想從事能接觸人群的工作。在他看來，密西西比州的前途一片黯淡，因此他將繼承的遺產過戶給媽媽和姊妹，在將近而立之年首次搭車前往紐約。他一身鄉下打扮，口袋裡只有五十美元，和不斷啃噬他的、精神上的飢餓感。

經過這次事件，年輕的蘭森才發現自己多無知，但他發怒臉紅之後便心想，既然要玩，他就奉陪到底，他一定要贏。這些內心話，錢斯勒小姐是不會知道的，她只關心蘭森跟法國人說的一樣，已經「歸隊」了；換言之，他已經接受了既定事實，肯認南北是統一且不可分割的政治體。錢斯勒家和蘭森家雖然是親戚，但彼此沒什麼來往，有種可有可無的感覺。蘭森在回信中寫道，他們兩邊是「母系」親戚，整封信格式嚴謹、詞藻華麗，彷彿祖先有貴族身分。錢斯勒小姐的媽媽曾想過要接濟對方，但怕對方以為她只是想濟弱扶貧，於是便斷了寫信到密西西比州的念頭。

要是有辦法寄錢或寄衣服，錢斯勒太太就會欣然行動，問題是，她無從確認對方願不願意收禮。蘭森北上（應該是為了建立人脈）的時候，錢斯勒太太已經離世了，一切只能交給獨居查爾斯街小屋的奧莉芙．錢斯勒來決斷（露娜太太當時住在歐洲）。

奧莉芙知道媽媽會怎麼做，因此做決定不是難事。媽媽一向走正向風格，反倒是她自己怕東怕西，而她最怕的是感到害怕這件事。她深深期許自己當個慷慨大方的人，但要是不冒點險，哪有可能變得慷慨大方？於是，她慢慢養成了有險必冒的習慣，卻常常發現最後都沒出事，弄得自己相當難堪。寫信給蘭森之後，她人還是好端端的。再說，除了可以想見蘭森會感謝她來信（但他最後又顯得太客氣），以及保證自己第一次到波士頓出公差（他已經開始接到客戶了）時會拜訪她之外，也很難知道對方會做什麼。蘭森終究兌現了諾言，來到錢斯勒小姐家門口，但錢斯勒小姐並沒感到半分危險。當她總算抬頭看了蘭森，她才發現，對於那些她會順著原則和熱血抵制的事，蘭森根本不會加諸世俗的解讀。這人太單純了，行事作風很密西西比，完全世俗不起來，讓錢斯勒小姐好生失望。她肯定不希望對方覺得她的開場白不夠女性化（她很討厭這種說法，即使反過來說也一樣討厭），但她有種預感，覺得對方天性太過純樸，應該沒這種問題。世上最讓她開心的事，莫過於和人爭執了（但她爭執過後總是會掉淚、頭痛、臥床一、兩天，同時處於憤慨狀態，因此讓人難以相信這是她最愛的事），只是蘭森十之八九不想跟她吵。當雙方意見不合，對方卻不當一回事，實在太令人痛苦了。她完全不期待蘭森會贊同她的想法，畢竟，密西西比人怎麼可能會點頭呢？要是她覺得蘭森會認同她，她當初就不會寫信給對方了。

3

蘭森告訴錢斯勒小姐，只要她不排斥他這個人，他很樂意與她共進晚餐。錢斯勒小姐聽了，便告訴對方她得暫時離開一會，接著走進餐廳下達備餐命令。這時，客廳只剩蘭森一個人了。屋裡有兩間狹長且互通的客廳，彼此連成一層公寓，待在客廳的蘭森環視四周，然後漫步到房間後方的窗邊，這裡剛好能望見戶外的水池。錢斯勒小姐十分好運，因為她的公寓正座落在查爾斯街後端，每當午後時分，紅潤的陽光會自地平面上的木造尖頂的鏤空、寥寥數艘船隻的桅杆、充滿骯髒活的煙囪間的空隙透出，斜照在陰晴不定的鹹水湖上（雖然遠比河流寬，卻又小得無法當作港灣），而且方向就指向查爾斯街後端。蘭森眼前的風景如畫，雖然到了日暮時分，美景便所剩無幾，僅剩下西面一道冷冽的黃條紋、棕色湖水發出的微光，以及屋舍點燈後，一排燈光映在湖面上的反射光。這些屋舍由石頭簡單堆砌而成，佇立在同一座瀉湖的左方長堤上，對蘭森來說，這些房屋簡直現代極了，而且城市住宅能坐擁這般開闊視野，實在非常浪漫。他將目光轉回室內時，才發現客廳已經點起了檯燈。原來，在他欣賞窗外迷人的風景時，客廳侍女已經拿來一盞燈放在桌上了。蘭森的藝術品味不算細緻，對物質享受也不太有概念（雖然他小時候家裡很有錢）；他想像中的精緻生活，基本上就是滿滿的雪茄、白蘭地、水、報紙，以及一張後傾角度恰恰好的藤底扶手椅，方便他坐著時伸腿。可是，當他來到這位陌生親戚的家裡，感覺自己發現了新大陸，因為客廳居然設計成走廊形，是前所未見的怪異風格。他從沒待過如此重視私密性的空間，也沒看過這麼多顯露個人習慣和品味的物品。到目前為止，他認識的人都毫無品味可言。

不是說他們沒有個人習癖，但通常不會展現在室內裝潢上。蘭森在紐約參觀過的房子不多，更沒看過有這麼多室內擺設的房子。在他看來，錢斯勒小姐家的設計應該就是所謂的波士頓風，事實上，他心目中的波士頓大概也是如此。很多人都說波士頓是文化之都，的確，錢斯勒小姐家處處充滿文化氣息，不管是桌子或沙發、擺在托架形小架子上且隨處可見的書本（看起來跟小雕像差不多）、遍布牆上的相片與水彩畫，或是門廊靠花綵裝飾得堅挺的簾幕，都相當講究。蘭森看見其中幾本書，發現他的親戚懂德文；他覺得懂德文是件了不起的事（一種病態優越感），而且他還待在南方莊園時，曾在某個漫長且無趣的燠熱夏天努力精進德文（因為他知道法理學著作很多都是用德文寫的），因此更明白這事不簡單。蘭森一看見錢斯勒小姐的德文書，腦中便不斷想到北方人與生俱來的衝勁，這種非比尋常的念頭，正反映了蘭森素樸的謙虛性格。他很早就注意到北方人衝勁十足，而且也告訴自己要借助這些人的力量。不過，他在閱歷更豐富之後才發覺，像他一樣骨子裡充滿活力的北方人實在不多；事實上，很多人老早就知道這件事了。蘭森對錢斯勒小姐所知無幾，之所以會到她府上拜訪，純粹是因為她寄了信來。要不是因為這封信，蘭森根本不會想和她見面，畢竟他所認識的紐約人當中，沒有半個人認識錢斯勒小姐。因此，他只能猜測錢斯勒小姐不外乎是個年輕富家女。別的不說，光看這棟房子的內部擺設，就猜得出這位省話的未婚女子收入多豐厚了。豐厚到什麼程度？蘭森自忖：是年收五千、一萬，還是一萬五千美元？對蘭森這位胸有大志的年輕人來說，即使正確答案是最低的那個數字，都還算得上有錢人的等級。蘭森沒有商人性格，但極想出人頭地，經過反覆思索，他認為先取得一筆資金才能邁向成功。他年輕的時候，曾經見證過史上數一數二慘烈的破產局面，而且這樁慘劇還蔓延全國，讓他深覺這輩子萬萬不可一事無成。他一面等待女主人回到客廳，一面心想，錢斯勒小姐未婚卻頗有財力，雖然善於交際（由她寫的信可證）卻依舊單身。這時，他心中竟然冒出奇想：要是能和這間業績亮眼的公司合夥該有多好。他一想到人的命運可以如此不同，不禁咬牙切齒了起來；相較於這位住在女性舒適小圈圈裡的女子，他反倒成了無家可歸又營養不良的人。不過，這念頭轉眼間便消失了，因為蘭森知道自己還想接受更多文化薰陶，不能只把目光聚焦在查爾斯街上。

過了不久，錢斯勒小姐終於回來了，接著便和蘭森下樓共進晚餐。兩人面對面坐在一張小餐桌邊，桌子正中央擺了些裝飾用的花。從蘭森的角度看出去，有一扇窗簾沒拉的窗戶（因為錢斯勒小姐命人不要拉上，她還特別提醒蘭森，他現在坐的位置很好），窗外呈現出另一番景象。他看見一條昏暗的河流，除了河面上映照的點點燈火，河裡空無一物。事情發展到這個地步，容我說一句，蘭森肯定會察覺，自己不可能對錢斯勒小姐這種人動心。幾個月後，蘭森在紐約和露娜太太碰面了（而且很常碰面）。他們聊天的時候，蘭森偶然提到和錢斯勒小姐共進晚餐的事，還提了她要蘭森坐在哪個位置、對他說那個位置有多好的事。

「這就是波士頓人所謂的『貼心』，」露娜太太說道：「他們會讓您坐在能看見後灣的位置——您不覺得『後灣』這名字很爛嗎？——再說自己很會招待客人。」

然而，這些全都是之後發生的事了。當時蘭森眼中的錢斯勒小姐不過是個標準的大齡未婚女子，而她的性格、她的命運便是如此，這點確實再明顯不過了。有些女人沒結婚是出於偶然，有些女人不結婚是自己選的，但錢斯勒小姐由內到外，就是個與婚姻無緣的人。錢斯勒小姐之於不婚，正如同雪萊之於抒情詩人、八月的天氣之於炎熱一般。她注定單身的個性，讓蘭森誤以為她年紀頗大，但待他定睛一看，才自忖原來對方比自己年輕好幾歲。蘭森並不討厭錢斯勒小姐，因為她一開始很親切，只是相處久了，他卻慢慢覺得渾身不自在——在認真嚴肅的人旁邊，自己總會有種被威脅的感覺。他同時發覺，錢斯勒小姐就是因為個性太嚴肅了，才會想認識蘭森。她哪裡親切和善，根本是個拚命三郎。她有雙美麗的眼睛，但眼神裡頭沒有歡樂，只有「責任」兩個字。她期待蘭森跟她一樣當個拚命三郎，但蘭森辦不到；一旦下了班，他就是辦不到。對蘭森來說，下班後就是要「放懶」。他更了解錢斯勒小姐之後，就知道她不是號簡單人物，即使年輕如蘭森，還是從密西西比來的人，都看得出錢斯勒小姐非常有教養。她的皮膚白皙得怪異，看起來像是厚重顏料抹在臉上。她的臉型雖然又尖又不規則，但還是有種好人家出身的細緻感；形狀奇異歸奇異，終究不是窮人臉。她好奇的眼神有股靈動的神采，當她盯著你瞧，會讓你隱隱覺得有種綠冰的微光。她基本上沒身材可言，同時散發出冷若冰霜的氣質。儘管如此，她呈現出既現代又圓熟的一面，可見她的神經系統兼備了優缺點：她總是對著客人微笑，但整頓飯吃下來，即使蘭森向她說了些自認逗趣的話，對方從沒開懷笑過。他後來才明白，錢斯勒小姐是個沒有笑容的女人，就算她真的有興奮、激動的感覺，依然會默不作聲。蘭森真正聽過她驚呼出聲，是跟她更熟之後的事了，而且那次經驗讓他永難忘懷，因為他這輩子從沒聽過如此詭異的聲音。

錢斯勒小姐接二連三問了蘭森一堆問題，但無論蘭森回答什麼，她始終不置可否，蘭森只能一個勁兒回答問題。這時候，錢斯勒小姐已經不怎麼害羞了。她整個人信心滿滿，期待對方發現自己想多認識眼前的人。但蘭森心想，錢斯勒小姐何必這麼在意他？在他看來，他和錢斯勒小姐的性格簡直南轅北轍。他平常走波希米亞路線，在紐約都喝私釀的啤酒，不跟上流社會的女性來往，只跟某位「雜耍秀」[2]的女演員過從甚密。要是錢斯勒小姐和蘭森更熟一點，肯定會對他的生活方式嗤之以鼻，不過，蘭森絕對不會透露女演員的事，更不會沒事去聊啤酒。對他來說，壞習慣純粹是一連串特殊情況的累加，而且每個意外事件都有跡可循。其實，蘭森哪在意自己說什麼，如果波士頓人就是愛問東問西，那他到死都要恪守密西西比人的禮節。要是錢斯勒小姐想多了解密西西比，蘭森必然知無不言，言無不盡。就算要聊南方人的思想有多保守，他也樂意奉陪，完全不會彆扭。不過，即使錢斯勒小姐有了這些資訊，也不會因此更認識蘭森；她應該不會發現，想靠這些訊息了解蘭森的價值觀，根本遠遠不夠。露娜太太曾告訴蘭森，錢斯勒小姐對「改革」有多狂熱，蘭森聽了覺得不太舒坦，彷彿嘴裡有股揮之不去的怪味。他想，假使錢斯勒小姐是人類教[3]的信徒（蘭森什麼書都讀，連提倡人類教的孔德[4]也讀），就不可能了解蘭森在想什麼。他自己也有一套改革理念，第一步就是重新教化這些改革分子。兩人雖然看似格格不入，整頓飯吃下來倒還順利，飯局快結束時，錢斯勒小姐便表示自己飯後得先行離席，但蘭森如果想陪她參加下一場聚會，她也歡迎。錢斯勒小姐要參加的聚會是某個朋友在家中舉辦的小型聚會，朋友希望邀請一些「有興趣接觸新思想」的人，和費林德太太交流一番。

「多謝邀請，」蘭森說：「您是要去參加派對嗎？自從密西西比脫離聯邦，我已經很久沒參加派對了。」

「不是，柏艾女士才不會辦派對，她很自律的。」

「這樣嗎？反正我們已經吃過晚餐了。」蘭森邊笑邊答腔。

女主人錢斯勒小姐愣了一會，坐在椅子上一語不發，雙眼直往地面瞧。她感覺有很多話想說，但每句話都太有分量，讓她苦惱得不知如何開口。

「我在想，您應該會覺得這活動很有趣。」過了一會，她回話了，「您有興趣的話，我們還會討論一些議題。不過，您可能會不認同我們的想法。」她繼續說著，同時用奇怪的眼神看著蘭森。

「的確是如此，我一向都跟別人唱反調。」蘭森摸了摸自己的腿，笑著回答。

「人類的前途對您來說不重要嗎？」錢斯勒小姐接著說。

「不曉得，我總覺得人類前途茫茫。您可以替我指個路嗎？」

「我可以教您如何開創前途，這是肯定的。只是，我不確定您是否值得我如此費心。」

「波士頓人都會這樣嗎？那我更想參加了。」蘭森說。

「別的城市也會舉辦倡議活動。只要有活動，費林德太太都會出席，今天晚上的聚會可能是她主講。」

「費林德太太，就是那位鼎鼎大名的……？」

「鼎鼎大名的女性解放運動先鋒，就是她。她跟柏艾女士很要好。」

「柏艾女士是誰？」

2 雜耍秀（Variety），十九世紀中期美國流行的舞台表演形式，包括雜耍、歌唱、舞蹈，風格被時人認為較低俗。

3 人類教，由法國哲學家孔德於十九世紀中葉所創設的宗教，人類教設有自己的宗教儀式與神職人員體系。

4 孔德（Anguste Comte），實證主義創始者，認為人類應擁有統一的信仰，並採取科學化的實證方法過活。

「我們的另一位風雲人物。在我看來，要說誰是世上最積極投入正向改革的人，肯定非柏艾女士莫屬。您要知道，」錢斯勒小姐暫停了一會，接著說道：「最早投入解放黑奴運動的，就是柏艾女士那批人，他們可是非常積極。」

她早就在想，這些來龍去脈肯定得向蘭森交代，而且一想到這點，她就全身微顫，興奮不已。可惜，她的期待落空了；她原本以為蘭森聽了會發怒，結果對方只發出友善的讚嘆：

「哇，原來是位老奶奶，這人肯定很成熟！」

錢斯勒小姐一聽，口氣立刻嚴肅起來：

「她怎麼可能會老？要比年輕，我認識的人裡面沒人比得過她。如果您不以為然，那還是不要跟來比較好。」她繼續說道。

「小姐，您說我哪裡不以為然？」蘭森問，只是在錢斯勒小姐看來，蘭森根本沒把她的認真當一回事。「既然您說大家會討論議題，到時肯定也會有正反兩派。一個人當然不可能兩邊都贊成啊！」

「我知道，但每個人——不管男人或女人——都會用自己的方式鼓吹新思想。如果您對新思想沒興趣，真的可以不用來了。」

「坦白講，您說的新思想我完全沒概念！我只接觸過那些開天闢地以來就有的舊思想，對新思想當然沒轍。但拜託您帶我出席，我想趁機多了解波士頓。」

「重點在人類的前途，不是波士頓！」錢斯勒小姐話一說完，立刻從座位起身，但看樣子，她似乎同意帶蘭森出席了。在暫時離席去換裝之前，錢斯勒小姐又對蘭森說，蘭森肯定聽得懂她說的話，只是一直在裝傻。

「可能吧，我應該抓到一點概念了。」他坦白，「但您不覺得，這個小聚會可以讓我有機會改變想法嗎？」

錢斯勒小姐面容焦躁，躊躇了好一會。「叫費林德太太幫您好了！」她撂下這句話，就自個兒去準備了。

這位妙齡女子天生容易緊張，凡事都要斟酌再三，仔細設想各種後果。十分鐘後，她戴著一頂無邊女帽回來了，儼然是打算向柏艾女士的自律致敬。為了面對費林德太太的氣勢，蘭森多喝了一杯酒壯膽，戴著手套站在一旁的錢斯勒小姐發現後便說，早知道就不邀蘭森了，因為她有種不好的預感，覺得蘭森恐怕會惹麻煩。

「所以說，這是某種降靈會嗎？」蘭森問道。

「我在柏艾女士家聽過演講，有幾次讓我大開眼界。」錢斯勒小姐望著蘭森，態度堅定地說。她以為這句話會勸退對方，結果不但沒有，反而還給他更多理由參加聚會。

「天啊，奧莉芙小姐，這真是太有意思了！」這位從密西西比來的年輕人開心極了，邊搓手邊叫道。蘭森的反應讓錢斯勒小姐覺得魅力十足，但她轉念一想，男人哪裡在乎事實，何況是剛發現沒多久的事實，而且長得愈帥的男人愈不在乎。不過，她其實很討厭男人，而且會把男人當成一種階級來憎恨，這對她而言是個教條，更是心靈支柱。每當她情緒激動，只要想想男人有多可惡，就能平復心情。「我很想看看最早的黑奴解放運動人士，我這輩子從來沒碰過。」蘭森補充道。

「您在南方怎麼可能碰過?你們在南方根本不敢跟他們有交集!」她開始說些不中聽的話,想辦法讓蘭森打消陪她出席的念頭。奇怪的是,明明是她先開口邀對方的,過了一會,她居然因為對方要出席而莫名害怕起來——雖然說,像錢斯勒小姐這樣極度敏感的人,恐怕沒什麼事比她還怪。「柏艾女士可能會不喜歡您。」趁兩人還在等車,她補了一句話。

「不曉得,我覺得她會喜歡我。」蘭森語帶幽默答道。有機會參加這種聚會,他沒道理放棄。

這時,車聲從飯廳窗戶傳了進來,車到了。柏艾女士住在波士頓南端,距錢斯勒小姐家頗遠,因此錢斯勒小姐叫了一輛出租馬車。住在查爾斯街的好處之一,就是離出租車馬廄很近。但她這樣決定的理由有些隱晦,要是她想獨自參加聚會,通常會搭街車去,不過不是為了省錢(她家很有錢,沒必要這麼省),也不是因為她喜歡晚上在城裡散步(她根本不喜歡在外頭晃來晃去),而是因為她衷心認為,她必須放下讓人眼紅的身家背景,和一般人打成一片。她會步行到博伊爾斯頓街,再搭大眾運輸工具(可是她心裡恨死了大眾運輸工具)到波士頓南端。這座城裡有很多窮人家的女孩,她們晚上只能走路,再擠進讓人全身不舒服的馬車裡。看見這樣的情形,錢斯勒小姐怎麼能自命清高?她通常選擇嚴以律己,但今晚,她身邊正好有位男士陪伴,因此她叫了輛出租馬車作回報。雖然蘭森是男人,而錢斯勒小姐不覺得自己欠男人什麼,要是兩人用她往常的方式通勤,她的勇氣似乎就歸功於他了,但她最不想欠男人人情。遙想幾個月前,她寫信給蘭森的時候,還想讓對方背人情債呢。車子一路駛向南端,車上的兩人並肩而坐,一句話都沒說。當車輪輾過火車鐵軌,車身隨之晃動起伏,彷彿輪子是按軌道形狀而造的。兩人各自朝車外望去,看著一排排在路燈下顯得灰暗的紅色房屋、房屋外突的正面,以及砌在門口的石梯。車子不斷駛向目的地，而且搖啊晃的，讓人感覺若有所思。錢斯勒小姐卻不滿蘭森讓她不安受怕（雖然她不知道這情緒怎麼來的），想給他點顏色瞧瞧。於是，她對身邊這位同伴表示：

「您相不相信，更美好的未來有天會到來，人類的生活會變得更好？」

可憐的蘭森，他知道錢斯勒小姐故意找他麻煩，但他茫然不知所措。他心想，他到底認識了什麼樣的人，對方究竟在玩什麼把戲。如果只是想挑他毛病，當初為何要主動寫信來？不過，不管是何種招數，還是玩其他把戲，蘭森都會奉陪到底。他知道，自己已經被捲入某個情境裡了，而且剛好是他一直都想熟悉的情境。「奧莉芙小姐，」他把擱在腿上的大帽子重新戴回頭上，答道：「我最在意的事情，是人類必須收拾自己製造的爛攤子。」

「男人最愛對女人說這句話，這樣女人才會乖乖待在男人替她們設定好的地位上。」

「噢，女人的地位！」蘭森驚嘆，「女人，就是為了讓男人出醜而生的。可以的話，我真想立刻和您交換。」他又說：「我待在您豪宅裡的時候，就在想這件事。」

錢斯勒小姐一聽，立刻臉紅了。但由於車廂裡光線昏暗，蘭森完全沒發現對方臉紅，而且也不知道錢斯勒小姐不喜歡別人講這種話，讓女性的命運顯得沒那麼艱困。當她隨後回話時劇烈顫抖，蘭森才明白，原來他戳到了對方的痛點。

「您是在怪我家裡剛好很有錢嗎？我真正想做的，是花錢幫助別人，我是指窮苦的人。」

對於錢斯勒小姐的答覆，蘭森大可表示深感贊同，也可以稱讚對方志向遠大。不過他覺得不太對勁，因為一、兩個小時前，大家明明還和樂融融的，現在氣氛卻突然變得針鋒相對。於是，蘭森忍俊不住大笑起來。錢斯勒小姐看見蘭森大笑，反而變得更加認真，表示自己沒在開玩笑。

「我根本不在意您的看法。」她說。

「不用在意，不用在意。何必呢？我的看法一點都不重要。」話是這麼說，但實情並非如此。她知道自己得在意才行，畢竟是她主動認識蘭森的，一切後果自負。儘管如此，她還是想知道情況可以糟到什麼程度。「您反對女性解放運動嗎？」她轉頭問蘭森。此時路燈一閃而過，將錢斯勒小姐的臉瞬間照得慘白。

「您是指女性投票、宣講這些活動嗎？」蘭森追問，但面對她認真應答的態度，他幾乎是有些害怕，顯得遲疑，因此說：「等我聽完費林德太太的演講，再回答您。」

他們抵達了錢斯勒小姐給車夫的地址，車子停住的時候，還小晃了一下。蘭森先下了車，朝車內伸出一隻手，準備拉錢斯勒小姐一把，對方卻有所遲疑，面色鐵青地坐著。「您一定討厭女性解放運動！」錢斯勒小姐壓低了聲音。

「柏艾女士會改造我的思想。」蘭森故意這麼說。他的好奇心愈來愈旺盛，反而唯恐錢斯勒小姐會在最後關頭拉住他，不讓他進會場。錢斯勒小姐沒靠蘭森幫忙，逕自走出車外，於是，蘭森便跟在她後頭，一起步上柏艾女士家門前的長階梯。他很想好好了解這一切，而他最想知道的，其實是這位脾氣大的未婚小姐為何寫信給他。

4

兩人出發前，錢斯勒小姐就告訴蘭森他們應該會提早到。她想在其他人到達會場之前，先和柏艾女士私下碰個面。她純粹想見見對方，也剛好有這個機會，因為柏艾女士最愛和人來往了。這一會，她已經在屋子門廳等著錢斯勒小姐大駕光臨。這棟屋子的前端突出，大門正上方有塊玻璃，上頭刻了斗大的鍍金數字756，數值頗大；地下室的一扇窗戶上方還掛著錫製招牌，其上刻著某位女醫師的名字：瑪麗．J．普蘭斯。整體而言，這棟房子顯得既新潮又老舊，有種現代的陳舊感，像是減價拍賣時被標成舊貨的商品。門廳的空間很窄，多半被一座龐大的帽架占去，架上掛了幾件大衣和幾條披肩；剩餘的空間，則是柏艾女士用來向客人說明事情用的。她側身穿過一群訪客，最後繞了個彎，替大家打開通往會場的門，因為門似乎反鎖了。柏艾女士身小頭大，頗有年紀，而蘭森最先注意到的，就是她的長相了：她的眉毛寬闊醒目，未施脂粉，下方有一對慈祥卻疲憊的眼睛，上方則有一頂要掉不掉的帽子，雖然看似用來掩飾眉毛，但效果不彰；柏艾女士邊說話邊扶帽，卻經常揮空沒扶到。她有張柔軟而蒼白的臉，表情十分憂傷，在頭型襯托下，看起來彷彿泡過水糊成一片，甚至還浸過某種蝕刻溶劑，變得模糊難辨。她雖然長期投入慈善事業，外表卻沒有半點老道的痕跡，反而撫平了變遷與衰老的意義。她的同理心和熱忱形塑了她的外貌，就像一尊陳舊的大理石半身像，在時間的沖刷下逐漸失去凸面、稜角和細節。她笑容淺淺，在寬大的臉上顯得若有似無，彷彿只是用畫筆描上去的，那笑容如同分期付款或賒帳，你會覺得，如果有餘裕，她會更常笑，但就算她不笑，你也感覺得出她這人善良好騙。

柏艾女士的打扮始終如一。她會披一件寬鬆的黑外套，外套口袋很深，裡頭塞滿文件和大批書信往來紀錄；在夾克底下，她會穿一件毛料短洋裝。她這身輕便的打扮，總讓人以為她是有事業的女人，希望自己能行動自如。她是短裙聯盟的一員，而這也是意料中的事，因為只要有任何聯盟能加入，無論聯盟宗旨為何，她一定會參加。到最後，她活得忙亂不堪、雜務纏身，而且成了思緒紊亂、說話東拉西扯的老女人。她的慈善版圖無邊無際，從家裡一路延伸到天涯海角；她很容易相信別人，即使投身慈善事業長達五十年，她對人類的了解卻比當年初出茅廬為各種不公不義作證時還少。對於這類人的生活，蘭森基本上沒概念，不過，柏艾女士似乎代表了某種社會階級，裡頭充滿赫赫有名的社會主義者，而蘭森聽說過的一干名人名事，似乎都與柏艾女士有所關聯。感覺上，她的人生都花在政治宣傳、接觸大眾、參加會議、和同界人士來往，還有參加降靈會上了；她黯淡的面容上，似乎透著醜陋閱讀燈的燈光；她的頭總是仰著，像是在望著台上的講者，在一片凝重的社會改革論述氣氛中，她總會想方設法喘口氣。她話說個不停，聲音卻像是斷掉的彈簧、使用過度的電鈴線一樣。錢斯勒小姐說，她之所以帶蘭森來，是因為他非常想見費林德太太一面，柏艾女士聽了，便伸出細緻、骯髒卻待人一視同仁的小手，用和善的眼神望著蘭森，她總是情不自禁如此，但從不鄙視無緣參加這類有趣聚會的人（光是有幸參加，就是一種不公平了）。蘭森覺得柏艾女士應該沒什麼錢，而他後來才知道，對方已經窮了一輩子。沒人知道柏艾女士靠什麼過活，尤其當她手上一有錢，就捐給黑人或難民。沒有比她更沒私欲的女人了，但大體而言，她內心還是最喜歡這兩類人。內戰開打後，她變得沒事可忙；戰前，她還成天想像自己可以幫助南方奴隸逃跑，讓他們重獲自由。在她內心深處，不曉得會不會為了滿足自己的渴望，而期待黑人回到被奴役的狀態，這是個值得深究的問題。之前，許多歐洲專制政權失勢後，她也一下變得沒事做，因為她曾經耗了大把人生，忙著接應被驅逐出境的謀反人士。難民是她心中很珍貴的一群，她不但常替瘦骨如柴的波蘭人籌錢、幫衣不蔽體的義大利人找課上，據說，某個匈牙利人還和她談情說愛，最後居然將她洗劫一空，然後逃跑了。不過，後面這段故事應該是捏造的，因為柏艾女士一向身無分文，而且她和人發展親密關係這種事，也令人難以置信。現在也好，以前也罷，柏艾女士只會為了大義而動心，為了解放受難者而憔悴。但總而言之，她當年確實過得愜意，凡是能彰顯大義的外國人（非裔人當然也是外國人），都會讓她心動不已。

她不久前走下樓，看看普蘭斯醫師想不想上樓參加聚會，不過醫師人不在房間裡。柏艾女士心想，她可能出去吃晚飯了，她通常會去兩個街區外的露天桌吃飯。柏艾女士說，希望錢斯勒小姐已經用過餐了，即使還沒，現在還有時間可以吃，因為其他客人都還沒到，這些人不知道為什麼遲到這麼久。蘭森發現，雖然衣帽架上有許多衣物，但顯然柏艾女士的朋友都還沒來。要是他再看仔細點，就會發現這棟房子跟很多房子一樣，門廳衣帽架上總是掛著莫名的衣物和配件。七五六號房裡頭住了很多人，彼此的界線已經模糊不清了，而且柏艾女士、普蘭斯醫師及其他住戶的訪客，總是喜歡把個人物品遺留在公寓裡，最後再來個失物招領，比方說，很多人帶了肩背包和女用提包，一進門就想找地方放。而柏艾女士的房間，也就是賓客們正魚貫而入的那間，讓公寓內部的風格更明顯了；在房間裡頭，許多圈內的女性已經紛紛聚在一起。說實在的，多虧這房間，看起來跟乾草堆沒兩樣的柏艾女士，才從毫無特色變得更有個性一點。她家的客廳又長又開闊（跟錢斯勒小姐家一模一樣），裡頭卻空空蕩蕩，顯然她是個清心寡欲的人，心思全都放在道德議題上了。她的人生除了同情心之外，再也沒有別的東西。她家點了一盞瓦斯燈，明亮的焰火小而發燙，讓整個空間變得慘白且乏善可陳，而且房間的地板還相當平整，讓蘭森覺得很訝異。他心想，錢斯勒小姐肯定著了什麼道，才會如此喜歡這棟房子。但他其實不知道，而且也永遠不會知道，錢斯勒小姐恨死這地方了。他更不會知道，彼此辱罵和中傷是這行的日常，而最讓錢斯勒小姐痛苦的地方，正是她的個人品味。她總是想抹煞自己的品味，說服自己這全都是愚蠢無用的念頭，只是靠知識外衣掩飾著罷了。然而，她敏銳的一面卻屢屢冒出頭，讓她不禁懷疑，人想要活得熱情洋溢，內心恐怕不能太細緻。反觀柏艾女士，她總是想協助沒錢的外國藝術家求職、上繪畫課，並幫他們找想畫肖像畫的客戶，為了這些人非凡的藝術天分，柏艾女士願意使出渾身解數，出手相助。但話說回來，她對於世間的美或物質享受，卻是半點概念都沒有。

快九點時，火爐正嘶嘶作響，在火光照耀下，費林德太太帶著威嚴抵達會場了。要是這位女士有機會回答錢斯勒小姐的疑問，她大概會說事實絕非如此，因為她既大方又健談，而她事業有成的外表已經看不見半點稜角。她身穿會發出沙沙聲的華服（她顯然是個有品味的人），頂著一頭茂密烏黑的秀髮，手臂在胸前交疊；看似繁忙的她，臉上仍掛著休息一下也不錯的神色，而且面容一派穩定平和。我會這麼形容她，是因為當她看著你，就好像在問：這樣的姿態哪裡不雍容華貴了？但既然從各個角度看都無可挑剔，這個問題早有答案。總之，無論是客觀檢驗結果，還是她的個人氣質，都沒有讓人挑剔的餘地，費林德太太就是如此完美地展示了自己，像平板印刷一般滑順，融美國典型主婦及公眾人物氣質於一身；她的眼神遼闊、冰冷而平靜，是一種出入公眾場合的氛圍，而且她早習慣從講台上俯視滿座群眾，嘴上不發一語，聽著主持人用溢美之詞介紹她這位大人物。無論何時，好像都會有人替她引言幾句。費林德太太的語氣平緩而清晰，而且讓人感覺她以天下為己任；她每個音節都念得清清楚楚，咬字絲毫不妥協。和她對話時，如果你的想法太過理所當然，或是一次跳過兩、三件事不講，她會立刻不發一語，淡定地盯著你看，好像她對一切了然於心，接著重新開口說話，語速依舊穩定。她愛談自制和女權，希望替全國每位女性爭取投票權，並和男性爭搶話語權。她的舉止優雅，有著大家閨秀的一面，她就像一盞女性中的明燈，證明這種聚會與家庭生活絕非仇敵關係。費林德太太已婚，丈夫名叫阿瑪萊亞。

普蘭斯醫師吃過飯後，便回到公寓了。這時，柏艾女士用輕鬆的語氣邀普蘭斯醫師與會，在門廳裡的她怕對方沒聽見，還反覆說了好幾次；走在樓梯上的普蘭斯醫師聽見了，便決定到會場中露個臉。普蘭斯醫師是位外型樸素、苗條的年輕女子，頂著短髮，臉上戴了副眼鏡。她用一種像是近視很深的方式睥睨四周，而且似乎希望大家不要對她抱持過度期待，以為她想和與會人士互動，因為，她其實只想知道柏艾女士這次又在玩什麼花樣。時間來到九點二十分，其他賓客紛紛抵達了。大家走到空蕩長廳的兩側，找了張椅子就定位坐好，放眼望去，整個會場就像一輛大型街車。柏艾女士家裡除了這些椅子，也沒什麼其他擺設了，而且很多椅子還是臨時借來的，原本似乎是放在樓上的空臥室裡；除此之外，就只剩一、兩張桌面掉色的大理石桌，外加幾本書，以及堆在角落的幾疊報紙而已。蘭森看得出來，這場合跟歡樂慶祝活動沾不上邊，不但沒有融洽的氣氛，多數與會者之間更沒有共同默契。大家之所以坐在這，似乎只是在等待某件事發生，而且人人沉默不語，卻斜眼看著費林德太太，心裡同時想著，幸好這並不是場輕鬆歡樂的聚會。與會者大部分是女性，跟錢斯勒小姐一樣戴著軟帽；至於來參加的男性，則是一身勞工打扮，很多人還披了皺巴巴的大衣，其中兩、三位甚至穿著工作靴赴會，如果你走到他們身邊，就會聞到印度橡膠的味道。但是，柏艾女士從來不會注意這種味道，包括鼻子聞的、嘴裡吃的，她全都搞不清楚。她邀來的朋友，大多都帶著不安而憔悴的神色，當然，其中還是有一些例外，包括六、七張寧靜、紅潤的臉龐。蘭森很想知道這些人的來歷，乍看之下，他覺得他們不外乎是靈媒、共產黨員、素食主義者。柏艾女士並沒有冷落朋友，該做的殷勤招待都做了，不該打擾對方的空間也有所保留；她還會輪番坐在賓客身邊，當對方給她一些評語，她就會用曖昧不明但和善的語氣表示「沒錯、沒錯」。聊天的時候，她會不斷探進寬鬆外套的口袋，摸摸裡頭的文件，還會一下重新戴好帽子，一下摘掉自己的眼鏡，心裡不斷想著當初為何要邀這些朋友來。她想了一會，才發現原來都跟費林德太太有關。之前，這位能言善道的女士答應來賓，她會報告近期參與女權運動的見聞，也可能會提到今年冬季時她打算耕耘哪些領域。這些內容，不但錢斯勒小姐想聽，陪她赴會的深色眼珠年輕男士（也就是看起來才華洋溢的蘭森）也很感興趣。柏艾女士開始走回充滿威嚴的講者身邊，這時，講者正聚精會神看著錢斯勒小姐，而錢斯勒小姐為了靠近講者，拚命縮起身子、緊握雙手，坐在椅子上等對方問問題；相較之下，費林德太太的舉止看起來大氣、從容多了。柏艾女士才走到一半，又看見其他朝聖者抵達會場，因此不得不停下腳步。她不記得自己邀了這麼多人，頂多記得沒邀到誰，而這番壯觀的場景，顯然是因為費林德太太努力有成，讓許多人慕名而來。方才踏進會場的，是塔蘭特醫師和他的夫人，以及他們的千金芙雷娜。塔蘭特醫師是位催眠治療師，太太則是首批廢奴運動者的後裔。柏艾女士看見芙雷娜時，發現自己從沒見過對方，便露出淡淡的微笑；她心想，對方或許是個才氣縱橫的人，看父母的樣子大概能猜出幾分。在柏艾女士看來，每個人都是天才，像是塞拉．塔蘭特治病的功夫一絕，柏艾女士看過很多人——要是他們願意找塔蘭特醫師治療，那該有多好。塔蘭特夫人是亞伯拉罕．格林史崔特的女兒，曾經在家裡收留過逃跑的奴隸，時間長達三十天。這是多年前的事了，那時她的女兒肯定還很小。不過，對襁褓中的小女孩來說，這事難道不是一種美好的啟發嗎？而且，她說不定很有天賦呢。雖然她有一頭紅髮，臉蛋卻非常俏麗。

5

於此同時，費林德太太還不急著上台演說，反倒把想講的話都和錢斯勒小姐說了。她臉上帶著笑容，似乎覺得拖點時間應該沒關係，大家不會苛責。她做過太多場演講了，現在反而想聽聽別人的意見。既然錢斯勒小姐對聚會主題頗有研究，乾脆上台分享一下心得和經驗吧？她可以談一下，住在燈塔街的女士們怎麼看待投票這件事，與其替別的族群發聲，錢斯勒小姐倒不如多代表這群女士發言。對於燈塔街的狀況，運動領袖們似乎所知有限，但她們很想蒐集各種聲音。既然如此，錢斯勒小姐何不認真鑽研這個領域呢？費林德太太的話總是充滿大格局，乍聽之下，很容易覺得欠缺內涵，必須深究才能看出背後的機關。其實，她的視野比你想的還遼闊許多。她鼓勵錢斯勒小姐把心力花在上流社會，還強調她跟這個外人難以滲透的領域很熟，但她更好奇的是，錢斯勒小姐為何不多和水壩區一帶的朋友聊聊，激發她們的女權意識？

奧莉芙．錢斯勒聽了對方的建議，內心五味雜陳。雖然她全心全意支持改革，但很多時候，她更希望改革人士能稍微改變。費林德太太氣度恢弘，只要站在她身邊，整個人都舒暢了起來。不過，她和錢斯勒小姐講到燈塔街女士們的時候，語氣卻聽起來假假的。奧莉芙最不喜歡聽別人提這條路，因為大家常常把這一區想得很高尚，住在那裡象徵了世俗的成功，但事實上，這區住了各種弱勢族群。住在羅克斯伯里市的費林德太太如此聰慧，不應該搞不清楚狀況才對。雖說人要是被這種失誤惹怒，就實在太可悲了，但錢斯勒小姐早就發覺，光是大膽並不足以構成接受新思想的契機。她知道自己在波士頓屬於哪個階級，而且跟費林德太太想像的有所出入，把她當作貴族看待，肯定是眼光不夠透徹。她心裡明白，要是太執著於這頭銜的話，在美國反而顯得弱不禁風。但真要說，錢斯勒家族確實出身資產階級，甚至是其中最顯赫、歷史最悠久的一支。我們不確定他們是否在意這個頭銜（不過顯然他們引以為傲），但他們的地位便是如此，相較之下，費林德太太反而很土氣（其實，她的髮型的確有些土），看不清這些人的世界。而柏艾女士常把別人稱作「社會領袖」，奧莉芙雖然討厭這種說法，但也不會放在心上，因為大家從不會指望柏艾女士能真正跟上現實情況。柏艾女士勇氣過人、氣度不凡，在她歪斜的鏡片上，彷彿刻了整部波士頓道德演進史。只是，她天生就是土裡土氣又親切的人。在她看來，奧莉芙．錢斯勒是有某種特權的人，即使不屬於特定的群體，仍會受邀參加某些小型聚會，畢竟，要參加這類聚會才真正困難重重。基於她的良心，她沒有做出不道德的行為，那是她善良。費林德太太口中的女士們（她應該特指某類人），大概會替自己發聲吧。錢斯勒小姐很想做點別的事，因為她聽了太多同溫層的故事，反而更想多認識真正的窮人家女孩。這願望看似容易達成，但實際上並非如此。有一次，有兩、三個膚色蒼白的年輕女店員來參加聚會，錢斯勒小姐努力想認識她們，這些人卻感覺很怕她，讓她碰了一鼻子灰。錢斯勒小姐覺得這幾個人很可悲，但她們自己大概不這麼覺得。她們不明白錢斯勒小姐想得到什麼回饋，到最後，她們都會跑去和查理廝混。查理是個身穿白色外套，會在領子裡塞紙質領撐的年輕人，這些小姐們真正關心的，其實只有查理而已；至於為女性爭取投票權，對她們沒那麼重要。錢斯勒小姐很想知道，費林德太太會如何處理這號問題人物。她在城裡尋訪其他年輕女性同胞時，一天到晚遇到這小伙子攔路，久而久之，便開始打從心底瞧不起對方。一想到很多人受他荼毒，還覺得少了他就不快樂，錢斯勒小姐就七竅生煙（她已經知道，這些小姐和她聊天時，總是三句不離查理，而她們自個兒聊天的時候，也是查理長、查理短的）。一旦這些低薪、過勞的姊妹們加入錢斯勒小姐朝思暮想的女權聚會，多半能把他拉下現在的地位——從此只能眼巴巴地等在門口。因此，當突然變得狀況外的費林德太太問起水壩區的事，錢斯勒小姐一時啞口無言。她還沒回話，費林德太太又開口了。

「我們當然想邀請勞工加入這個圈子。但我也認識兩、三位女性同胞，她們都是家庭主婦，很好相處，而且很努力替女性爭取權益，可惜，她們都跑到閉門造車的團體去了。要是我說出這些人的名字，妳大概會嚇一跳，她們都是州街上的知名人物。當然我們也不能招募太多這類精緻、尊貴的新成員。如果有必要的話，我們也會採取措施來避免這個團體人數縮減。但這是一場團隊運動，而最有興致參與的，通常是心思細膩的女性同胞。多邀請優秀的人才吧，對這些人標準要嚴格一點，我已經有幾個想邀的人了。我很在意小細節，但也很重視大局。」費林德太太繼續說道。她的語氣相當和緩，確實是這種女性的說話方式，而且她的笑容可掬，足以讓談話對象為之一振。

「我沒辦法對這些人演講，沒辦法！」錢斯勒小姐答道，從她的表情看來，她似乎想推拖這項重責大任。「我想服務人群，我想了解各種不為人知的問題，您懂我的意思嗎？我想陪伴內心孤單、可憐的女性同胞。我想接近她們，幫助她們，我想要做一點事——我是說，我很樂意做事！」

「要是妳能分享心得，我們都洗耳恭聽。」費林德太太以迅雷不及掩耳的速度答道，展現出領袖的氣勢。

「不，我不會演講；我沒這種天分。我很容易緊張，口才又很差。我光是講一句話都會結巴，但我還是想做點事。」

「所以妳可以做什麼？」費林德太太邊發問，邊用眼神上下打量對方，一種生意人的冷酷眼光。「妳有錢嗎？」

錢斯勒小姐心裡雀躍不已，期待眼前的大人物能同意她當金主；她已經沒時間細想，在社交場合上說自己有錢，可能會引發別的聯想。總之，她坦承自己是有點錢，費林德太太聽了，便用饒富深意的語氣說：「那就捐錢吧！」費林德太太提出這個想法真是太好了，錢斯勒小姐可以自由捐款給女權基金（這是費林德太太的顧問最近創的），幫助全美女性更了解自己在公私領域中的權益。這項大膽而明快的提案，正是費林德太太耕耘公眾事務有成的證明。錢斯勒小姐整個人中了魔法般，感覺自己受到了啟發。她心想，如果自己有這樣的影響力，還能影響見多識廣的費林德太太，那能做的事肯定還有很多。她固然能自行選擇回饋大家的方式，但眼前這位女性解放（目標是掙脫各種束縛）的最佳代言人已經開了金口，替她選好路線了。

在錢斯勒小姐眼中，僅靠瓦斯燈照明的空曠房間變得豐富了起來，整個空間開始向四面八方延展，引來各路英雄人物。這時，頭戴軟帽、身披外套、神情嚴肅而疲憊的人們，也顯得英姿煥發了。錢斯勒小姐心想，沒錯，我要貢獻社會，照亮眼前始終晦暗不明的道路；有時候，她會覺得自己天生是位革命領袖，要替女人的不幸出一口氣。女人的不幸！女人默默受苦的聲音始終在她耳中迴盪；女人自開天闢地以來流過的所有眼淚，似乎快要從她眼眶中傾瀉而下。女性被壓迫了那麼多年，而且有太多女人一生都在受苦受難。對錢斯勒小姐來說，她們都是同胞，都是一家人，是時候解放她們了。這是世間唯一的神聖志業，這是最正義的大革命。女性必須勝出，掃除一切障礙，逼殘暴、嗜血、貪婪的男性誠心懺悔！如此一來，世界肯定會徹底改頭換面，人類家庭將會進入新時代，而曾經率眾革命、征戰四方的人物，終將名留青史。她們可能是柔弱、受辱、受迫的女性，但也是全心全意投入革命的女性，而且至死方休。這位有意思的女孩需要用什麼方式犧牲，目前還說不準，但她抱持著霧中看日出的情懷看待革命，因此在她眼中，險境反而跟成就一樣美麗。柏艾女士走近時，錢斯勒小姐看見的不再是不拘形式的滑稽婦人，也不是矮小、遲鈍的人道工作者，而是一位殉道者了。她直盯著柏艾女士看，眼裡滿是愛慕之意，因為她想到，柏艾女士辛苦了大半輩子，雖然半點回報都沒有，卻從來沒替自己做過打算。她的同情心過剩，簡直壓垮了她，讓她長出了許多皺紋，看起來像是一隻膨脹的老舊亮面手套。大家會嘲笑她，但她渾然不覺；大家覺得她無趣，但她不以為意。她除了背上披的衣服，就沒有其他財產了；等到她離世的那一刻，除了她古怪、不起眼又可嘆的名字，完全不會留下其他東西。可是，人們還是會說女人愛慕虛榮、女人只想到自己，只關心利益！柏艾女士站在一旁，問費林德太太想不想講點話時，錢斯勒小姐發現她老舊的領針鬆了一邊，於是她伸出手，輕輕替她別好領子上的小飾品。

6

「多謝了，」柏艾女士說：「還好沒弄丟，這是米蘭多拉送的！」米蘭多拉是柏艾女士以前幫過的難民。當時，柏艾女士的幾個朋友還納悶，米蘭多拉明明沒什麼錢，為何手上會有這種小飾品。柏艾女士和塔蘭特醫師跟夫人打了個招呼，接著又轉過頭，向普蘭斯醫師介紹錢斯勒小姐邀來的黑衣年輕人。她不久之前已經注意到蘭森站在門邊，整個人靠牆直直站著，看起來有些陰沉。他獨自一人靠著牆，對於柏艾女士認為有意義的事物，他全都不太熟悉；不過，這正是外地人想來波士頓一探究竟的事。至於為何錢斯勒小姐明明帶了蘭森來，卻不和自己的同伴聊天，柏艾女士完全沒去想，因為她不擅長思考這種事。其實，錢斯勒小姐一直都知道蘭森落單了，但費林德太太一找她攀談，讓她感覺飄飄欲仙之後，她就把蘭森拋在腦後了。她在房間另一側遙望蘭森，知道對方大概覺得很悶，但她還是叫自己不要多想。畢竟，她早就叫蘭森別跟來了。還好蘭森跟其他人差不多，都在旁邊等待著，錢斯勒小姐只要在離開之前，向費林德太太介紹一下蘭森就好了。她打算先介紹蘭森的來頭，因為，不是每個人都像費林德太太一樣，對出身南方叛亂地區的人有興趣。我們這位年輕女士終於意識到，主動結識這位親戚，完全是一件超乎自己預期的複雜事。在馬車上，她因為蘭森的話瞬間不安起來，感受到現在都還沒消失，但多虧了其他人的陪伴，尤其是近距離接觸振奮人心的費林德太太，讓她安心了不少。無論如何，蘭森要是覺得無聊，可以自己找人聊天，會場裡有很多優秀的人，雖說可能會碰到一些激進改革分子。他想聊天的話，可以和剛走進會場的漂亮女孩攀談，像是那位紅髮女孩。身為南方人，不就該展現殷勤的一面嗎？

柏艾女士沒想那麼多，所以沒把蘭森介紹給芙雷娜．塔蘭特認識。當時，芙雷娜人在房間另一邊，正透過父母認識他們的朋友。柏艾女士看到這一幕才想到，芙雷娜肯定很久沒來了，算算差不多有一年。她之前到西部拜訪朋友，才會跟波士頓這邊的人脫節。同一時間，普蘭斯醫師正用她小而犀利的眼珠子，目不轉睛盯著柏艾女士瞧，柏艾女士心想，對方也許是在氣自己要她上樓露個臉。她一向覺得，愈聰明的人脾氣愈大，而普蘭斯醫師就是這樣的人。她想對普蘭斯醫師說，如果她不想繼續待的話，可以下樓回房間沒關係，但即使頭腦簡單如柏艾女士，都知道這種送客的說法很不恰當。她走到蘭森身邊，想讓這位南方小伙子認識大家。她告訴蘭森，大家待會應該會做點娛樂活動，費林德太太如果願意，也很逗趣！然後，她又想介紹蘭森給普蘭斯醫師認識，剛好可以當作叫她上樓的理由。再說，偶爾放下工作，好好休息一下，對她也好。她平常會研究醫學到三更半夜，而柏艾女士是個不睡覺的人（普蘭斯醫師還想幫她治療這毛病）；之前，她曾經在夜深人靜的時刻，因為實驗室窗戶大開（普蘭斯醫師很需要呼吸新鮮空氣），而聽見普蘭斯醫師在生理實驗室磨工具的聲音（她以為普蘭斯醫師在解剖東西）。這間實驗室是普蘭斯醫師在公寓裡間架設的，假如她不是醫師，這房間應該就是她睡覺的地方了。但說不定，她根本就是在臥室裡解剖東西，這已經超乎柏艾女士的想像了！柏艾女士替這幾位年輕人彼此引介一番，不過介紹得不太有條理。接著，她就跑去鼓動費林德太太了。

蘭森在這之前，就注意到普蘭斯醫師了。他其實一點都不覺得無聊，因為他忙著觀察與會人士，還想出了各種獨特的見解。在他看來，這位瘦小的女醫師正是典型的「女版北方佬」。住在棉花州的小孩有種刻板印象，認為北方人都是在新英格蘭教育體系、清教徒規範、惡劣氣候、缺乏騎士精神的環境中長大的。普蘭斯醫師外表冷硬、身形削瘦、聲音平板，沒有半點優雅從容的感覺。面對艱苦的人生，她似乎不奢求他人的恩惠，但也不打算對人施恩。蘭森發現，普蘭斯醫師對女權運動並不熱中，在見識過錢斯勒小姐的狂熱之後，普蘭斯醫師讓他覺得如釋重負。普蘭斯醫師有種男孩的氣質，而且不是乖巧聽話的那種。如果她是個男孩子，必定會翹課去做機械實驗，或是努力鑽研自然史。如果她是個男孩子，肯定會和女孩子有些來往，但現在看來，她跟其他女性連半點交情都沒有。除了那雙閃爍著智慧的眼睛，她似乎就沒有其他特點了。蘭森問她跟這場子的頭頭熟不熟，但對方毫無反應，眼睛直盯著他看，他才連忙補充說自己指的是大名鼎鼎的費林德太太。

「嗯，我不知道我該不該說我認識她，但我在聚會中聽過她演講，還付了五十分錢的費用。」普蘭斯醫師語帶冷酷地說道。

「您覺得她說的有道理嗎？」蘭森問。

「您是指哪一點？」

「女人比男人優越這一點。」

「噢，天啊！」普蘭斯醫師有點不耐煩地嘆了一口氣，「我想我比她還更懂女人。」

「希望這不是您的個人見解而已。」蘭森笑著說。

「男人和女人，在我看來都一樣，」普蘭斯醫師答道，「我覺得男女沒什麼不同，兩邊都有進步的空間，離及格還有一段距離。」蘭森問對方，她心中的及格標準是什麼，對方答道：「無論男女，都應該把生活過好，這是他們該努力的方向。」她又表示，她覺得兩邊都講太多話了。蘭森慢慢覺得自己很喜歡普蘭斯醫師，為了向她的智慧致敬，他搬出密西西比常用的話術，講了各種恭維的話稱讚對方。結果，普蘭斯醫師露出銳利的眼神，一臉狐疑地看著他。蘭森發現不對勁，立刻閉嘴了，顯然對方認為他很多話，而且她根本沒有要聊天的樣子。此時蘭森認為費林德太太於情於理都像準備要演講了，只是不知道為什麼遲遲不上台。普蘭斯醫師淡淡表示：「對，我猜柏艾女士叫我上樓，就是要我聽這個。她大概覺得我很想聽。」

「但這樣說來，您反倒寧可不聽？」蘭森推測道。

「嗯，因為我還有正事要做。我不需要聽別人說女人有什麼能耐！」普蘭斯醫師直白地說，「不過她認真摸索後，的確是可以說出些道理來。其實，我已經很熟悉她的套路了，她會講什麼我都知道。」

「所以她一直不上台，到底是為什麼？」

「嗯，她想說的，無非就是女人想過更好的生活。講白了就是這樣。我不用聽她說也知道這點。」

「但您不支持她們的理想嗎？」

「嗯，老實說，我這個人比較無情一點。」普蘭斯醫師表示，「很多人都支持，不差我一個。女人想過更好的生活，這很正常，我猜男人也想過更好的生活。但是打著『為自己爭取最好的』這種口號，然後為此犧牲奉獻，我實在沒什麼興趣。」

這瘦小的女子個性頗硬，一板一眼的，對革命運動顯然興趣缺缺。蘭森對普蘭斯醫師愈來愈感興趣，畢竟他自己也是個嚇人的憤世嫉俗者。他問對方認不認識他的親戚錢斯勒小姐，他還提示了一下，就是費林德太太身邊的那位。他說，錢斯勒小姐剛好相反，她很相信美好時代（而且就快要來臨了），感情很豐沛。蘭森認為，她肯定很樂意犧牲奉獻。

普蘭斯醫師瞧了瞧會場另一頭的錢斯勒小姐，接著說她不認識這個人。但她在想，她認識一些類似錢斯勒小姐這種類型的人，這些人生病的時候，她會去探望她們。蘭森說：「她在聆聽自己的私人演講呢。」普蘭斯小姐聽了，馬上接話道：「她多半付了錢吧。」她好像很後悔自己為了聽這演講付了五十分錢，而且，她似乎看不慣其他女性的舉止。蘭森察覺了，便決定不多談爭取女權的事，否則就太失禮了。他改問普蘭斯醫師對與會的男性有什麼意見。他之前已經給對方機會開話題了，只是徒勞無功。他看得出來，普蘭斯醫師一心只想做研究，不巧，今晚被柏艾女士拖了上來。她甚至連蘭森的個人背景都沒問。她說，她認識其中兩、三位男士，他們之前來過柏艾女士家。她認識的人當然大多是女性，畢竟，男病人找女醫師看診的時代還沒來，但普蘭斯醫師希望這種事永遠不要發生，雖說有些人認為，這就是女醫生工作的目的。她認識帕登先生，也就是留著連鬢鬍子、一頭白髮的那位年輕人。帕登先生似乎是位編輯，也會以個人名義寫點東西，蘭森可能讀過他的作品。這人雖然一頭白髮，實際上還不到三十歲，在雜誌圈中名聲響亮。普蘭斯醫師相信帕登先生很有才氣，但她其實沒看過他的作品。她不太讀書報，除了《波士頓晚報》之外，她是不會為了自娛而讀報的。她在猜，帕登先生有時候會在《波士頓晚報》裡寫文章，總之，她猜帕登先生是個聰明人。至於她認識的另一位先生（其實也不是真的認識，但她覺得這樣一解釋，蘭森大概會覺得很怪），是那位留著黑鬍子、戴著眼鏡的高大白臉男士。普蘭斯醫師之所以知道這個人，是因為她在聚會中見過對方，只是他們完全不認識——因為她對此道不感興趣。就算他主動走過來打招呼（他一臉看起來會這麼做），她也只會冷冷回答「您說得對」或「您錯了」。對方若覺得她很難聊，她也無可奈何；如果對方比她更難聊，那就皆大歡喜。蘭森問，這個人是不是哪裡怪怪的？普蘭斯醫師表示，她忘了先說，那個男的是催眠治療師，會實施奇蹟療法——她對這項技術不置可否，既不相信也不排斥。她只知道，很多被這個男人治療過的女性，到最後還是要她幫忙看診，而且這些病人因此錯過了治療黃金時間。這位治療師的療法是和病人說話，但他好像連自己在說什麼都不清楚。普蘭斯醫師猜想，這男的應該不懂生理學，還是不要到處幫人看診比較好。她不想以小人之心度人，但還是認為人不可以無知。她說，蘭森可能會覺得她自以為高人一等，但既然他想聽她的意見，她就直說了。她真正想說的是，這男的最好離她認識的女性朋友遠一點。用嘴治不了什麼病，動手才可以！蘭森看得出來，普蘭斯醫師整個人都火起來了。她這輩子談到旁人的時候，恐怕都很少如此直白。畢竟一般而言，在這個社會上，要是話說得太重，聽眾反而會不知如何回應，並陷入一片沉默。但蘭森很支持她發火，因為她的話很有道理。他對十分鐘前注意到的紅髮女孩也很有興趣，於是他決定繼續徵詢普蘭斯醫師的意見，看她認不認識這位漂亮女孩。普蘭斯醫師說，她叫做芙雷娜．塔蘭特，治療師的女兒。她剛剛沒提到治療師的名字嗎？他叫塞拉．塔蘭特，蘭森需要治療的話可以找他。不過，普蘭斯醫師跟芙雷娜不太熟，只知道她是催眠治療師的獨生女，還有，聽說她有某種天賦，但普蘭斯醫師不記得是哪方面的天賦。既然她是催眠師的孩子，當然會有『某些天賦』了——她的意思是，芙雷娜的天賦可能會是聊天，或者有辦法死而復生。現場要是沒安排別的活動，不如請她上台表演才藝。她長得很漂亮沒錯，但看來有點貧血。普蘭斯醫師還說她吃太多糖果了，沒生病才奇怪。蘭森覺得芙雷娜看起來很有魅力，他心想，芙雷娜是他在波士頓第一個看到的漂亮女孩。他會有這種先入為主的想法，無疑是因為見識還不夠。芙雷娜拿著一把大紅扇，在會場另一頭和幾位女士聊天，手上的扇子搖個不停。她不是安靜內斂型的人，相反地，她只要一講話，身體就會動來動去，彷彿很想趕快結束手上的工作，去做點別的事。如果其他人凝視著她，她也會回望對方，像她就以迷人的雙眼回望了蘭森好幾次。不過，她的眼光還是多半望向費林德太太，審視著這位一派寧靜堅定的傑出演說家。看得出來，這女孩很欽佩樂於行善的費林德太太，覺得自己何其有幸能和她共處一室。而且，她也很高興能參加這場聚會，因為她最近都在西部闖蕩，關於這點，我們先前已經略有所知。這場聚會大概讓她有重回文明懷抱之感。蘭森暗想，既然命中注定，他在波士頓得有個親戚，如果是芙雷娜那樣的就好了。

這時候，會場中出現了騷動。有些女士不想再空等下去，於是起身去找費林德太太，而她身邊已經圍了一群好言相勸的人。柏艾女士已經放棄說服了。身為主辦人，她早已努力用含糊無力的聲音，不斷提醒費林德太太大家都在等她上台，但費林德太太表示，她必須感受到台下有敵意，她才講得下去。可惜，現場聽眾不但沒有敵意，只有滿腔溫情。「我不需要溫情。」費林德太太露出淡淡的笑容，對錢斯勒小姐說道：「我獨來獨往，必要的時候我才會站出來。好比說，當我感受到偏見、自大、不公不義、保守思維四處集結成軍，我心裡就會有一種感覺——我會想像自己是拿破崙，去感受他在勝仗前一晚的心情。我需要四周有敵意，我想打敗敵人。」

錢斯勒小姐這時想，蘭森不曉得算不算是敵人。她對費林德太太提了蘭森這個人，費林德太太便興味盎然地表示，如果蘭森不支持其他與會者的核心理念，我們可以慫恿他發言，叫他陳述自己的立場。「我很樂意回答他的問題。」費林德太太語氣溫柔至極，「我十分樂意和他交流交流。」錢斯勒小姐心中一凜，擔心兩位鬥士恐怕要公開互辯了（在她心目中，蘭森也是個鬥志堅強的人）。她之所以不安，不是因為她覺得這個主題不好，而是因為這樣一來會顯得她很虛偽，畢竟這好鬥的人是她帶來的。她很怕被當成虛偽的人。而柏艾女士憤慨不起來，她邀了四十個人來聽費林德太太演講，結果講者現在不想上台。但她的說詞太有說服力了！而且還帶著一股鬥志，英姿煥發。她的話是如此有特色、如此自由自在，讓柏艾女士聽了立刻安心，選擇去其他地方晃晃了。她一面走，一面漫不經心地看著其他賓客，彷彿不認識這些人；她隨口對這些人解釋費林德太太不上台的原因，信心滿滿，覺得大家肯定會同意這說法很有力。「但要我們演敵人逼她說話，我們也辦不到，不是嗎？」她向塞拉・塔蘭特問道。塔蘭特正坐在太太身邊，看起來有意遠離人群，卻又不至於陷入自己的小世界。

「我不知道，我覺得大家挺團結的。」塔蘭特一面回答，一面環顧四周，在臉上緩緩擠出笑容。他一笑，嘴巴看起來更大，兩側還各壓出一道紋路，像一雙蝙蝠翅膀；同時，兩排巨大、平整的肉食動物牙齒也隨之外露。

「塞拉，」塔蘭特太太把手放在先生的防水外套袖子上，並說道：「我在想，柏艾女士說不定會想聽聽芙雷娜的聲音。」

「如果您是說唱歌的話，很可惜我家沒鋼琴。」柏艾女士自作主張答腔。她後來才想起芙雷娜有某種才華。

「芙雷娜不需要鋼琴，別的也不需要。」塞拉表示，感覺沒在聽太太說話。他這人不喜歡接受建議欠人情，也不喜歡被意外弄得措手不及。

「真沒想到，原來大家都愛唱歌。」柏艾女士說。她似乎沒發覺自己疏忽了，演講取消之後，她連備案活動都還沒想好。

「她沒有要唱歌，您待會就知道。」塔蘭特太太直截了當說道。

「所以她要做什麼？」

塔蘭特張開大嘴表示：「可以激勵人的事。」這時，他的後排牙齒都露了出來。

柏艾女士似笑非笑，卻無半點疑心。「如果您能保證——」

「我想大家應該可以接受。」塔蘭特太太說。她伸出半戴著手套的手，親切地拉著柏艾女士要她坐下來，聽夫妻倆輪流解釋女兒的強項。

於此同時，蘭森對普蘭斯醫師直言不諱，表示他覺得很失望。他本來以為聚會會很精采，可以聽到很多新思想，費林德太太卻待在休息區不出來。他說，他不單只是看看這些大人物，更想聽她們演講。

「嗯，我不覺得失望。」這位身材瘦小、態度堅決的女醫師表示，「要是有人提問討論的話，我或許還得留下來。」

「但我以為您還不打算回房間。」

「嗯，我還有書要讀。我不想輸給其他男醫師。」

「噢，我保證沒有人贏得過您。那個漂亮的年輕女孩去找費林德太太了，應該是去拜託她上台演講，真是盛情難卻啊。」

「嗯，她如果準備開講，那我就先走一步了。晚安了，先生。」普蘭斯醫師說道。蘭森慢慢覺得，普蘭斯醫師其實很容易馴服，就像被人類調教過的森林小動物（譬如美洲獅或梅花鹿），一被撫摸就會起立或伸出手掌。她幫人看病，她自己則很健康。如果錢斯勒小姐也是這樣子的人，蘭森就會覺得自己好運多了。

「醫師，晚安。」他問道：「對了，您還沒回答我，您覺得這些女人有什麼能耐？」

「能耐？」普蘭斯醫師說：「她們的能耐就是很會浪費別人的時間吧。我只知道，我不需要別人來告訴我女人有什麼能耐！」話才說完，她就一步步遠離蘭森了，很像在醫院裡巡病房。蘭森看見她走到門邊，由於有些客人比較晚到，門這時還是開著的。普蘭斯醫師在門口杵了一會，朝與會人士投射一記目光，像看門人射出擊中目標的箭矢之後，便速速離開了。蘭森發現，普蘭斯醫師對常見的議題沒興趣，也不想一直被人提醒她是女性，就算是意圖替她捍衛女性權利也一樣，她慣於忽略的小細節，因為對她來說有多少時間，就意味著有多少權利。顯然不管這波大革命會如何發展，普蘭斯醫師的個人革命已經成功了。

7

普蘭斯醫師一離開，錢斯勒小姐就望向蘭森，她的眼神似乎在說：「您人在不在這我都無所謂，我很自在！」但她真正說出口的話好聽多了。她問蘭森有沒有興趣認識費林德太太，蘭森以南方人特有的風格揮手表示同意。下一刻，被群眾包圍的費林德太太便起身和蘭森寒暄，而這一輪交談，正好讓她證明自己的優雅名不虛傳。平心而論，蘭森覺得費林德太太說話非常有威嚴，而且散發著高貴氣質，這是蘭森家鄉的女性——即使是最有成就的遠房親戚——永遠無法企及的高度。費林德太太似乎明白，蘭森對她倡議的改革毫不熱中，同時她也想對剛吃敗仗的南方人展現女性寬厚的一面。蘭森發現內心的想法被看穿了，感覺其他女士的眼光包圍了過來，不過，她們的同情似乎多過嫌惡（因為她們還不知道這人是誰）。他瞧著中年女士們的目光，瞧著暗色軟帽邊緣的軟塌鬈髮，瞧著大家伸長脖子，似乎相當習慣等待和聆聽，瞧著沒有一絲歡樂表情的眾人，除了他剛剛注意到的漂亮女孩。這位女孩正在這場私會中的小團體邊緣遊走。蘭森又和她相望了，對方也凝視著自己。他心想，錢斯勒小姐大概會和費林德太太說他壞話、扭曲他的形象，讓費林德太太準備和他論辯一番。要是非得和她舌戰不可，蘭森不確定自己是否能挺得住（畢竟他的處境夠尷尬了），好讓對方的挑戰書不會白下。如果費林德太太想和他辯論禁酒問題，他會很樂意接招，因為他愛酒，而且最討厭別人倡議政府立法禁酒。他堅信如果讓一群愛抱怨的女人掌權，使得紳士們不能再碰酒杯，人類文明肯定會陷入危機（我只是忠實轉述他的發火模式而已）。但顯然，費林德太太並不感到不自在；相反地，她還問蘭森願不願意談談南方的社會和政治情勢。蘭森婉拒了，同時感謝對方如此重視他的意見。一想到自己即席演說的樣子，他就覺得好笑，而當他看見錢斯勒小姐的表情，便忍不住笑了，因為她似乎想對他說：「老實說，您也沒那麼重要啦！」這些人可知道，要蘭森分享南方的見聞，他打死也不願意！他很愛自己的家鄉，有著血濃於水的情感，要他向滿屋子北方狂熱分子掏心掏肺，朗讀媽媽或追求對象寫給他的信，他完全辦不到。蘭森衷心期盼可以隻字不提南方，不讓故鄉沾染任何粗鄙之氣，阻止外人干預這片土地的傷痛和記憶。他不想在儼然菜市場的地方對家鄉遭遇的麻煩或企盼高談闊論，寧願像個男人一樣保持耐心，等待時間慢慢流逝，對他而言，這是再恰當不過的恩惠了。他也知道，柏艾女士的客人不會對這些事感興趣。

「我們對南方的女性很不熟，她們都不發聲。」費林德太太表示，「她們靠得住嗎？有多少人能跟上我們的想法？大家都跟我說，不要去南方城市演講比較好。」

「女士，這真是我們南方人的不幸。」蘭森風度翩翩地說。

「我春天在聖路易市演講的時候，台下的聽眾挺捧場的。」從人群之外，傳來了一道年輕有活力的聲音。蘭森隨眾人回頭一看，似乎是那位紅髮女孩在說話。她高聲說出這句話之後，臉上微微泛紅，同時面帶微笑，站在原地看著眼前的聽眾。

費林德太太顯然嚇了一跳，眉頭皺了一下，但仍和善有加地問道：「是這樣啊。小姐，請問您那場的主題是什麼？」

「女性過去的歷史、現況和未來展望。」

「聖路易，那邊不算南方吧。」某位女士說道。

「我相信，不管在查爾斯頓或紐奧良，這位年輕女士還是一樣受歡迎。」蘭森插話道。

「我本來想去更遠一點的地方，」女孩繼續說道：「但我沒認識當地人。我只有住聖路易市的朋友。」

「您不必去其他地方交朋友，」費林德太太表示，「我知道聖路易市很支持我們的訴求。」照她一路下來的說話方式看，無怪乎她能聲名遠播了。

「既然您都這麼說了，請容我介紹塔蘭特小姐，她非常想認識您，費林德太太。」會場中某位男士說了這句話。這位有白頭髮的年輕人，正是普蘭特醫師向蘭森提到的知名雜誌編輯。在說這句話之前，他還在群眾邊緣遊蕩，但此刻他已經慢慢走進了一分為二的群眾之間（幾位女士替他開了路），將催眠師的女兒帶進中央。

她笑吟吟的，臉仍然泛著紅，而且是淺淺的粉紅。她看起來年輕、苗條又貌美，費林德太太要她過來坐在沙發上，也就是錢斯勒小姐剛剛坐過的地方。「我想認識您很久了，我很仰慕您，我希望今晚能聽您演講。費林德太太，能看見您真是太開心了。」她向費林德太太致意時，本來百無聊賴的旁觀群眾，臉上又添了光彩。「您一定不認識我。我只是個普通女孩，想感謝您替我們付出了這麼多。您替女性發聲了這麼久，不只替年輕女孩發聲，還替——還替——」

她遲疑了一會，並用熱情的眼神望了群眾一圈，接著又和蘭森對望了一次。

「還替老女人發聲。」費林德太太和氣地說：「您的口才似乎相當好。」

「她的演講很動聽，如果她能講個幾句就太好了。」引介她的年輕人說道：「她的風格很新潮，前所未見。」他站在原地雙手抱胸、面帶微笑，俯看著自己的傑作——成功串起兩位女士之間的橋梁。蘭森想起普蘭斯醫師說過的話，又想到他在紐約曾經目睹報紙的消息來源，他立刻相信，眼前的年輕人肯定挖到了寫文章的新題材。

「孩子，如果妳可以上台講話，我就宣布會議開始。」費林德太太表示。

女孩看著費林德太太，眼神率真又自信。「我希望您可以先講點話，我想感受一下您的氣場。」

「我哪有什麼氣場！我不是散發溫暖的那種人，我純粹講事實，鐵錚錚的事實。」費林德太太回道：「妳聽過我演講嗎？如果聽過，應該知道我講話一向乾淨俐落。」

「哪裡只是聽過？要是沒有您，我根本活不下去！能見到您真是太讓我感動了。您可以問我媽媽，看我有沒有說錯！」她從頭到尾每個字都鏗鏘有力，好像事先演練過一樣。而且，她說起話來不假思索，散發著毫無矯飾的熱情和純粹。就算她在演戲，也是個天生戲精。她笑瞇著眼，滿腔熱情地看著費林德太太。費林德太太受萬人擁戴，她很清楚，自己是所有女性景仰的對象。但現在，她遇上了集感激之情與口才於一身的人，這前所未有的狀況讓她好生困惑。她有所保留地打量著眼前的年輕女孩，同時憑著公眾人物的豐富經驗，思考塔蘭特小姐究竟是年輕有為，還是單純冒失而已。不過她最後放下這些思索，只回應道：「我們想多找點年輕人，我們肯定需要年輕人！」

「她是誰？怎麼這麼迷人？」錢斯勒小姐低聲向馬提亞斯．帕登，也就是領著塔蘭特小姐走進人群的年輕男子問道。蘭森聽見錢斯勒小姐發問，但不確定她是因為認識帕登先生，還是因為太好奇才大膽提問。蘭森剛好站在兩人身邊，所以帕登先生回了什麼，他都聽得一清二楚。

「她是催眠治療師塔蘭特醫師的女兒，她叫芙雷娜。她是演講高手。」

「您的意思是？」錢斯勒小姐問道：「她經常公開演講嗎？」

「當然，她在西部可紅了。春天的時候，我在托皮卡市聽過她演講，大家都說，她的演講給人醍醐灌頂的感覺。我不知道是怎麼個醍醐灌頂法，但內容的確很精緻，字句既新鮮又充滿詩意。她得靠爸爸暖身才能演講，類似被附身的感覺。」帕登先生還認真比了手勢，試圖表達何謂附身。

錢斯勒小姐沒回話，只是不耐地嘆了一口氣。她又看了女孩一眼，發現女孩用雙手握住費林德太太的手，不斷拜託對方先開個場。「我需要起點，我需要一個定位。」她說：「請您先給我幾個過來人的寶貴意見。」

蘭森走到錢斯勒小姐身邊，對她說芙雷娜小姐很漂亮。對方立刻轉身瞥了他一眼，然後說：「您只覺得她很漂亮？」接著立刻補上一句，「那您一定很討厭這裡！」

「還早，樂趣才剛要開始呢。」蘭森幽了對方一默，雖然有點不加修飾。蘭森說的倒是沒錯，因為柏艾女士這時又出現了，後面還跟著催眠治療師和他的夫人。

「啊，您在鼓勵她多說點對吧。」柏艾女士對費林德太太表示。蘭森心想，這步驟倒是必須的，接著他開始嘴角顫動，自個兒竊笑了起來，顯然這事對他而言已經很有趣了，而錢斯勒小姐則趁機白了他一眼。在他看來，芙雷娜小姐簡直不像是一般的年輕女子。「這是芙雷娜的爸爸，塔蘭特醫師，他非常有才。這是芙雷娜的媽媽，她是亞伯拉罕．格林史崔特的女兒。」柏艾女士一一介紹她身邊的人。她相信費林德太太一定會想認識這些人，即使她自己未必受惠，她還是會努力把握機會。接著，柏艾女士又和其他人聊了起來，試著把看似局外人的賓客拉進來。她顯然鬆了一口氣，雖然大人物臨時拒絕展現她隨興的才華，但還好，場內出現了這位莫名深受感召的女孩。費林德太太隨興起來，可能會讓讀者摸不著腦袋，因為她現在又突然決定要講幾句話，讓柏艾女士帶大家思考一下，兼容新舊流派或許是件好事。

「芙雷娜可能會讓您失望。」塔蘭特太太表示。她露出逆來順受的表情，披著打褶的披肩朝椅子邊緣坐了下去，一種誰來講話都無所謂的感覺。

「媽媽，講話的人不是我。」芙雷娜溫和而嚴肅地說道。這時，她的心思全不在費林德太太身上，而是整個人若有所思，眼睛直盯著地面。基於對塔蘭特太太的尊重，得有人出來講點話，因為大家對這位年輕女士的了解還不夠。柏艾女士察覺了這件事，但愛莫能助，只能帶著她包容萬事萬物的親和力，講一則雜亂無章的溫馨小故事。在故事當中，她不斷提到亞伯拉罕·格林史崔特的名字，也講了塔蘭特醫師如何實施奇蹟療法。另外，她還提到芙雷娜在西部的豐功偉業，但並沒有自顧自講個沒完；相反地，她只是輕輕帶過這些故事，沒有半點誇飾的痕跡，如同新思潮年代中家喻戶曉的傳說一樣。這些故事的來龍去脈，是她十分鐘前才從芙雷娜父母那聽說的，但柏艾女士相當善解人意，一瞬間便將故事重點融會貫通了。要是她重述的內容不夠清楚，也並非毫無理由。畢竟，如果事先沒聽過芙雷娜·塔蘭特這號人物，當然很難想像她做過什麼，要轉述給別人聽又更困難了。但這時，費林德太太看起來很不高興，因為她猶豫一會之後，開始覺得塔蘭特一家人不但怪里怪氣，而且有損眾人聲望。對於塞拉和他太太，費林德太太選擇冷眼以待，因為她心裡多半覺得，這幫人跟江湖郎中沒兩樣。

「站起來，告訴大家妳有什麼高見。」費林德太太嚴肅地對芙雷娜說。芙雷娜抬頭看著費林德太太，一語不發，但表情依舊甜美。接著，她又轉頭望向爸爸。塞拉感受到女兒正向自己求救，讓他情不自禁咧著嘴張望群眾，表示他們父女兩人不會覺得不好意思，因為柏艾女士提到的那些成就，完全是出自於非人的力量。他還強調了「非人」兩個字。他們剛才都聽到芙雷娜說：「媽媽，講話的人不是我。」無論是塞拉或他太太，甚至是女兒本人，都很清楚講話的人不是芙雷娜。

她身上似乎有股來自外界的力量。塞拉說不出為何被選中的不是其他人，而是他女兒，但總之，她就是被選中的那一個。當塞拉把手放在女兒身上，試著讓她平靜一會，那股力量就會現身。塞拉說，芙雷娜在西部時的口才一向了得，即使面對有教養、有學識的聽眾，也能講得毫不費力。她老早就開始關注女性解放運動，希望幫助女性擺脫各種束縛了。甚至，她從小就對這個議題最感興趣（塞拉其實可以透露，女兒九歲的時候，就將自己最喜歡的洋娃娃取名為伊莉莎·P·莫斯里，好向大家尊敬的女權運動前輩致敬）。如今那股神奇力量——這是塞拉的說法——似乎又流入芙雷娜體內了。她口中吐出的一言一語，好像都是那股力量的化身，而且除了話語，這股力量好像也無法化為別的型態了。芙雷娜本人毫不設限，凡是到了嘴邊的話語，她就任其流瀉而出。這種狀態是否獨特，大家心裡自有評斷。正因如此，塞拉才習慣在演講前用這種方式介紹女兒出場，讓聽眾覺得，芙雷娜的狀態不是他們造成的，而是一股外部力量的化身。今晚，如果芙雷娜覺得那股力量又要上身了，塞拉相信觀眾們會很想欣賞接下來的畫面。不過在這之前，他必須要求現場安靜一會，讓芙雷娜接收那股力量的聲音。

某幾位女士表示，她們很期待聽芙雷娜演講，希望她今天狀態夠好。話才說完，其他人便立刻糾正她們：說話的人不是芙雷娜，她本人與此無關，所以她自己狀態好不好不重要。一位男士還說，他覺得現場應該有很多人和伊莉莎·P·莫斯里講過話。同一時間，芙雷娜愈來愈沉浸在自己的世界裡，即使四周不斷討論她的神力，她也絲毫不受干擾。她還再次轉向費林德太太，一臉甜美地問對方願不願意打頭陣，幫她建立一點信心。到了這個關頭，費林德太太已經渾身不自在了。她如同女王般眉頭深鎖，看著對她提出請求的漂亮女孩。塔蘭特醫師短短的開場白，她基本上不屑一顧，而且愈來愈不想和這位江湖郎中扯上關係。亞伯拉罕．格林史崔特是個好人，但他早不在人世了；至於伊莉莎．P．莫斯里，則向來沒什麼衝勁。蘭森心想，不曉得芙雷娜是出於傲慢還是天真，才會信心滿滿，和這位不友善的女士交流。這時，蘭森身旁的錢斯勒小姐突然以興奮的顫抖，高聲說道：「快點開始吧，拜託！我們需要聽人說點話！」

「妳先講完，我再上台。如果妳在唬弄人，我會當場拆穿妳！」費林德太太說道。她這話不是開玩笑，而是認真的。

「我想大家都很團結，就像塔蘭特醫師說的一樣。我覺得我們可以先安靜一下。」柏艾女士表示。

8

芙雷娜站了起來，走到站在會場中央的爸爸身旁。錢斯勒小姐和芙雷娜擦肩而過，重新坐回費林德太太身邊，也就是芙雷娜剛剛坐的沙發位置。至於柏艾女士的賓客則紛紛坐定，或是靠在大廳空曠的一側，準備聽演講。芙雷娜牽起爸爸的手握了一會，雖然她人站在爸爸面前，眼睛卻沒看他，而是望著群眾。接著，她的媽媽起身了。她耐人尋味地嘆了一口氣，便把自己坐的椅子向前推。有人拿了另一張椅子給塔蘭特太太坐，芙雷娜則放開了爸爸的手，坐到媽媽推來的椅子上。她閉眼坐定，爸爸將細長的雙手放在她頭上。這一連串舉動，讓蘭森看得津津有味，因為他覺得芙雷娜十分討喜。她比會場中的其他人都還神采飛揚，綜觀柏艾女士邀來的襤褸賓客，即使他們有任何振奮人心之處，也全都匯聚到這位誘人卻神祕的年輕女孩身上了。不過，她的副手父親給人的感覺甚是明確，因為這人只要一開口，就惹得蘭森心生厭惡。他的舉動非常輕慢，基本上就是個粗俗、惹人厭的乞丐。他為人虛偽狡猾，性格粗魯無文，無非是世上最劣等的人。這種人居然有一位長相標緻、聰明伶俐的女兒，不管她有沒有特殊天賦，都讓人忿忿不平。至於她坐在角落的媽媽，人長得白白胖胖、額頭高高的，反而有好人家出身的感覺。但若真是如此，蘭森心想，她和這種神棍共結連理根本是奇恥大辱——蘭森又像往常一樣，把古英國文學中的損人詞彙搬出來用了。塔蘭特這類人，他以前遇過很多。在坎坷的重建時期，南方各州一片愁雲慘霧之際，蘭森在政治場合中「教訓」（他自己這麼覺得）過很多這種人，還引起一些爭議。假設費林德太太覺得芙雷娜是騙子，這倒情有可原，畢竟蘭森也這麼覺得。他這輩子從沒碰過如此古怪的人：一方面，芙雷娜長得甜美脫俗；另一方面，她卻像是戲班出身的戲子，天天與煤氣燈為伍，從她的穿著打扮可見一斑，全身都散發著做作的味道。蘭森覺得，要是她拿出響板或鈴鼓來也合情合理。

身材矮小的普蘭斯醫師確實精明，早發現芙雷娜有貧血症狀了，而且還私下說她是個騙子。芙雷娜的實力如何有待商榷，但她的面色確實蒼白，一種紅髮女子常有的蒼白，彷彿血都流到頭髮裡了。不過，這位年輕女士還是有些地方很迷人，譬如她的身體既強壯又柔軟，嘴唇和眼睛豐潤有神，而她纏繞成圈的長髮，因著她的性格更顯得閃耀動人。她的眼裡充滿好奇心，眼波燦爛而靈動，當她的眼睛彎成笑，就像寶石反射著光芒。她個子不高，卻感覺突然拔高似地，頭頂直攀向高處。要不是東方人膚色深，蘭森大概會以為她是東方人，如果她還牽了一頭羊，看起來就跟艾絲梅拉達[5]沒兩樣了，但蘭森不太記得艾絲梅拉達是誰。芙雷娜身穿一襲亮棕色洋裝，剪裁頗得蘭森歡心；她還穿了一件黃色襯裙，身體兩側繫著一條深紅色寬版腰帶，脖子上掛著一條雙鏈式琥珀珠鏈，一路低垂到她扁平而稚嫩的胸口上。不得不提的是，雖然芙雷娜的表演非常狗血，事前卻看不出半點狗血的徵兆。她此刻非常安靜，起碼手裡的大扇子已經收起來了，她的爸爸仍然繼續進行神祕儀式，讓她更加平靜。蘭森心想，他該不會是要催眠女兒吧？因為長達好幾分鐘，芙雷娜連眼睛都閉起來了。蘭森身旁某位女士說，芙雷娜準備要開口了。這位女士顯然很熟悉這套流程。但這整套表演相當平淡，真要說哪裡吸引人，頂多是有位漂亮女孩坐在眼前，彷彿一尊會動的雕像。塔蘭特醫師輕撫著女兒，卻絲毫不和群眾對眼，目光全在屋裡的簷口上游移，並且露齒微笑，彷彿上方有座包廂似地。「默默的——默默的——」他不時念念有詞，「它要來了，孩子，它要來了。讓它動起來，讓它凝聚吧。妳的元神如果想現身，就讓它現身。」他不時伸長雙手，甩開蓋住手臂的防水外套布料。塔蘭特醫師的一舉一動，蘭森全都看在眼裡。他還注意到坐在另一頭沙發上的錢斯勒小姐，她帶著一臉盼望，凝視著閉目的年輕女先知。最後，蘭森愈來愈不耐煩，但不是因為遲遲等不到神諭（雖然的確拖了一段時間），而是因為塔蘭特醫師裝神弄鬼，弄得蘭森非常反感，覺得自己被摸了一把。再者，對這位聽話的女孩來說，這行為

5 艾絲梅拉達（Esmeralda），法國文豪雨果的小說《巴黎聖母院》（*Notre-Dame de Paris*）（或譯《鐘樓怪人》）中的女主角。

簡直有辱節操。蘭森一下緊張兮兮，一下火冒三丈，但待他後來和他們更熟之後，他才想到，即使是真正的街頭乞丐，也不能這樣輕率地對待女兒。當芙雷娜從椅子上站起來，蘭森才放下心中的大石，因為這時塔蘭特醫師隱入了背景，看來是沒他的戲了。芙雷娜站在原地不動，表情寧靜肅穆，雙眼空茫，拖了一會才開口說話。

她起初的聲音斷斷續續，微弱不清，很像在說夢話。蘭森聽不懂她在說什麼，只覺得非常詭異，他心想，不知道普蘭斯醫師會作何感想。催眠治療師塔蘭特醫師低聲說：「她只是在整理思緒，想辦法建立黏接。她待會就恢復神智了。」蘭森字字句句聽在耳裡，所謂的「黏接」，其實指的是「連結」。但他說的沒錯，芙雷娜一會兒真的恢復神智了，而且容貌變得更加甜美，散發著古雅而不凡的氣息。她動作緩緩慢慢，整個人戰戰兢兢，好像在聆聽台下的人幫她提詞。她彷彿正接收著世界另一端傳來的微弱提示，努力將每個字句都聽進去。接著，她的個人記憶——或者說靈感——再度浮現了，她又找回了自己。她用非常簡練優雅的方式說話，十分鐘後，蘭森發覺全場都陶醉了，無論費林德太太或錢斯勒小姐，還是蘭森這位密西西比來的不速之客都一樣。雖然說十分鐘，但老實講，蘭森完全失去了時間感。事後，他才逐漸回想芙雷娜到底講了多久。算一算，那怪異卻甜美、簡陋而荒謬的即席演出，或許持續了半小時之久。她說了什麼不重要，蘭森壓根兒不在意，他幾乎沒聽懂芙雷娜說的話，頂多知道她談了女人多麼溫柔善良，在歷史長河中如何被男人的鐵蹄踐踏。她談了女性平權，或者說是女性有多優越（可惜蘭森當時頭腦不太清楚）。她說，女性出頭的日子就要來臨了，全球的姊妹必須串連，互相照顧。芙雷娜想說的，大致上就是這些。蘭森很高興，因為他發現這些議題沒讓整場演講走味。雖然她說了些漂亮話，但真正的魅力和她說的話無關，而是源於她裝扮俗艷的少女形象（這時，她又把玩起手上的紅扇子了），以及她努力演說的清純模樣。芙雷娜有了自信之後，便睜開眼睛，不過她溫柔的眼神只有演講一半迷人。她演講的內容無非就是中學女生的口頭禪、預先背誦的漂亮句子、幼稚的邏輯謬誤，那種只會在托皮卡市叫好叫座的胡思亂想。但蘭森心想，她的演講愈空洞，效果反而愈好，因為論述或教條本身並不是看點。基本上，這就是一場熱血沸騰的個人秀，而演員自己也魅力四射。芙雷娜的風格或許讓某些人反感，但蘭森認為，總會有波士頓人覺得她活力十足。至於他個人，則像是久旱逢甘霖一般，絲毫抗拒不了芙雷娜的風采。他是保守派中的保守派，對芙雷娜說的空話無動於衷，哪怕是女人的對錯、性別平等、傳統人士如何哭天搶地、這些人如何阻撓女人投票、參議院女議員有何期盼……這些話題一點都不重要。他心想，芙雷娜不是認真的，她不曉得自己在說什麼，這些廢言都是爸爸灌輸給她的。要談這些還是談別的，她本人都不會有異議。畢竟，她生來不是為了鼓勵人為荒唐理念奮戰，而是發出甜美的聲音、散發年輕人奔放的態度，或像從浪花中探頭的仙女，甩動她交纏的髮絲。她生來是為了取悅身邊的人，為了心滿意足而取悅人。蘭森多半沒有發現，照他這麼想，芙雷娜簡直是個沒內涵的空殼子。不過他仍自顧自相信，芙雷娜就是個天真可愛的人，空有一副美妙的嗓音，卻被迫唱爛歌。但即使是爛歌，她唱起來也很動聽！

「我只對女人演講，我只對我的姊妹演講。我不對男人演講，因為我不覺得他們會喜歡。他們會假裝欣賞我們，但我寧願他們少欣賞、多點信任。我們到底哪裡對不起他們？他們為何四處排擠我們，我實在不明白。我們以前太信任他們了，風水輪流轉，現在換我們對男人指指點點了。我說，男人不讓我們插手幫忙，但他們弄出來的成果也沒多好。當我看著社會，還有男人打造的議會，我心裡總是在想：『唉，要是女人把事情弄成這樣，男人不知道又要說什麼了！』我看見人們過著悲慘的生活，天天受苦，全世界都一樣。我會想，男人打造的世界也就這點程度。他們何不讓女人幫點忙，見識見識我們的能耐？再怎麼樣，我們也不可能讓事情更糟了吧？如果男人的成果只有這點程度，就少在那吹噓了！他們搞出貧窮、無知和犯罪，還搞出疾病、邪惡和戰爭！這邊戰爭、那邊戰爭，永遠打不完的戰爭。這邊流血、那邊流血，全世界都在流血！男人最得意的發明，就是拿著各種精緻昂貴的工具，彼此殺來殺去罷了。我們可以阻止這一切，打造更好的世界。暴力、暴力，這世界太暴力了！人們為何不溫柔一點？溫柔的總是女人，但我們被當成空氣，溫柔的力量愈來愈弱，而軍隊和監獄卻愈來愈龐大，慘劇愈來愈多？我只是個女孩，一個平凡的美國女孩，當然我見識不廣，很多事我都不懂。但有些事讓我很有感觸——我猜，這就是我的人生使命。夜深人靜的時候，這些事會在我耳裡迴盪；一片漆黑的時候，這些事會在我眼前浮現。姊妹們，讓我們團結互助，提高聲量，對抗這世界粗暴的吼叫聲。在這世界上，靠慈悲和正義很難出頭，而弱勢和受難者再努力哀號，也很難被聽見。我們要平息紛爭，讓世界更祥和，讓女人成為世界和平的代言人！所以，我們要信任彼此，我們要真誠、溫柔、善良待人。記得，我們也是世界的一分子，就算我們向來沒有發言權，我們還是世界的一分子！記得，我們不需要住在不公不義的世界，我們可以打造一個愛的世界！」

到這裡，這位年輕女士的激昂演說就結束了，但她沒有跌坐回椅子上，表現出整個人氣力放盡的模樣，也沒有刻意營造任何高潮。她只是緩緩轉向媽媽，面帶微笑看著在場的觀眾，彷彿盯著某人看一般。她白皙的臉沒泛紅，連個深呼吸都沒有。整場演出對她而言如此輕鬆，她似乎還引以為傲，認為大家反應不必如此劇烈，她可是一點勁都沒費。這未經世事的女孩，到最後竟然對著一群中年人士談「愛」，蘭森覺得詭譎又甜蜜，忍不住放聲大笑，但下一秒便克制住了。事實上，她的結語才是畫龍點睛的部分，也可見她的純真。她過去的表現早讓她聲名大噪，塔蘭特夫人相信，這次也不會讓大家失望。她一把抱住芙雷娜親吻著她，兩人互動的方式極度浮誇，一會驚呼，一會竊竊私語。塔蘭特醫師依舊裝模作樣，繼續和身旁的人交頭接耳。他慢慢轉著他修長的拇指，同時又將目光轉向簷口，彷彿世上除了女兒精湛的表演，再沒有別的事能讓他吃驚了。他見識過比這次更精采的演出，在他的印象中，當時全場都是非人的力量。柏艾女士環顧四周，露出淡淡的雀躍；她寬闊溫厚的雙頰上，閃爍著尚未擦乾的淚珠。蘭森聽見帕登先生說，他知道有些聚會對芙雷娜很感興趣，假設他們一家人在場，為了冬季的活動，主辦人會出高價聘請芙雷娜。蘭森又聽見帕登先生低聲表示：「這女孩是棵搖錢樹。等著瞧，她非給對手壓力不可！」至於來自密西西比的蘭森，他只顧著沉浸在正向情緒當中，想著柏艾女士能不能替他引介今晚的最佳女主角。不過，他當然沒打算立刻行動，因為他固然有南方人的傲氣，卻保有內向害羞的一面，讓他時不時謙虛起來。他知道自己是這場子的局外人，所以寧願耐心等待，無需猴急，等到她覺得備受眾人肯定再說。比起蘭森的千言萬語，這種感受一定更有意義。經過芙雷娜這一講，來賓全部熱絡了起來，響亮的交談聲此起彼落，在熱鬧的氣氛中平添一絲喜悅。與會者在屋裡四處走動，感覺更加自在，這時，芙雷娜被新朋友團團圍住，蘭森完全看不見她的身影。「哇，我從沒聽過這種演講方法！」蘭森聽見某位女士讚嘆。另一位女士則附和道，前輩們這麼傑出，怎麼沒人想過這種演講方式。「她真的很有天分，錯不了的。」「其他人愛怎麼評就怎麼評，這演講，我是聽得全身舒暢。」兩位若有所思的男士恭維道。蘭森還聽見他們說，要是這種演講多辦幾次，難題大概就解決了。但也有人反駁，認為這種演講最好不要辦太多，因為風格太古怪了。大部分的人都認為她的風格很古怪，但這也是芙雷娜名聲大噪的原因。

9

蘭森又走到了費林德太太身旁。這段時間內，費林德太太一直和錢斯勒小姐坐在沙發上。當她轉頭看向蘭森，蘭森發現她整個人沉醉在會場的氣氛裡了。她的眼神閃閃發光，莊嚴的母性臉龐泛著紅光，而且，她顯然已經想好自己要講什麼了。至於錢斯勒小姐，她只是兀自呆坐，眼睛直盯著地板，表情驚恐而僵硬，一副沒了自信的樣子。看來她完全沒留意到蘭森靠近。蘭森對費林德太太說了些話，大意是他很欣賞芙雷娜，雖然他表達得不太好。費林德太太帶著正氣回答，這女孩沒話說，確實很會演講，因為她有高尚的情操。「她很優雅，用字遣詞恰到好處。如同她爸爸所說，這是她與生俱來的才華。」蘭森發覺，他絕對不能追究費林德太太的真心話，從她欲言又止的行為看來，她是個非常有原則的人。她究竟把芙雷娜當成鸚鵡還是天才，絲毫不關蘭森的事，但他看得出來，費林德太太覺得芙雷娜很有兩把刷子，有助於大家推動倡議。蘭森頓了一下，他以為費林德太太會質疑芙雷娜，而芙雷娜會因此情緒崩潰，甚至放聲尖叫起來。不過，他馬上就拋開這個念頭，接著向錢斯勒小姐行禮如儀地問道，她對芙雷娜的演講有何感想，但對方沒回半句話，頭始終側向一邊，眼神鎖死在地毯上。費林德太太狐疑地斜瞥她一眼，語調平靜地對蘭森說：

「您對南方女生的優雅讚不絕口，卻專程北上，跑來看一位美得遙不可及的女孩。塔蘭特小姐是新英格蘭地區的明星，我心目中數一數二的！」

「根據我和波士頓女生相處的經驗，我可以確定一點：她們再優雅都驚豔不了我。」蘭森一邊笑著打趣，一邊望著錢斯勒小姐。

「她被迷得神魂顛倒了。」費林德太太刻意壓低音量解釋道。至於一旁的奧莉芙，顯然還是聽不進半句話。

這時，柏艾女士走了過來，她想知道費林德太太願不願意代表全場來賓，向塔蘭特小姐致個感謝詞，謝謝她讓大家充滿活力。費林德太太說，當然可以，她現在非常有興致，不過她得先喝杯水。柏艾女士表示，水一會就來了，剛才有位女士在找水喝，帕登先生已經下樓拿水去了。趁著中場休息時間，蘭森問柏艾女士能不能幫個大忙，替他引介芙雷娜。「費林德太太會用大家的名義感謝她，」他笑著說道：「但不會代替我感謝她。」

於是，柏艾女士便盡力替蘭森效勞了，她很高興蘭森也喜歡芙雷娜的演講。正當她準備帶蘭森和芙雷娜認識，錢斯勒小姐突然從沙發上站起來，把手大剌剌放在柏艾女士手臂上。她說她身體不太舒服，得先走一步，而且接送的車子已經到了。如果不麻煩的話，希望柏艾女士能送她到門口。

「噢，看來您也很感動呢。」柏艾女士若有深意地看著對方，「她的魅力無人能擋。」

蘭森好生失望，因為看這情形，他得跟著一同離開了。但他還來不及自制，嘴巴就直接迸出了一句話，「奧莉芙小姐，您不想聽費林德太太演講嗎？」他當下覺得，這應該能讓錢斯勒小姐打消念頭。

奧莉芙小姐看著蘭森，露出非比尋常的表情。蘭森看得摸不著腦袋，因為他從沒見過這種臉：對方刻意擺出嚴肅的表情，兩眼圓睜，雙頰正中央都泛著紅點。蘭森覺得，自己彷彿被人問了尖銳問題，或被當面下了戰帖一樣。面對冷不防投射過來的目光，蘭森除了也瞪大眼睛，沒別的回應方式。他不禁好奇，這位家住北方的親戚，這次不曉得又要玩什麼伎倆了。「您也很感動？」蘭森當然感動！這時，見過世面的費林德太太走了過來，替他（或者是錢斯勒小姐）解圍了。她說，她希望奧莉芙可以先回家去，因為她今晚的情緒太滿了。「如果您要繼續待，我就不講話了。」她繼續說道：「我寧可讓大家失望，包括您在內。」接著，她溫柔而慧黠地表示：「如果所有女性同胞都像您一樣，怎麼可能開創不出一片天？」

「我們一定能開創一片天。」柏艾女士喃喃自語。

「要記得到燈塔街宣傳啊！」費林德太太補上一句，「您要發揮您的影響力，讓後灣的人覺醒！」

「又是後灣，我受夠了！」錢斯勒小姐怒道。她沒向半個人道別，就逕自和柏艾女士一起走到門口。她整個人非常激動，儼然完全失去自信，而蘭森別無選擇，只能跟在她後頭。不過，他才剛要踏出門口，眼前的兩位女士卻突然停下腳步，蘭森也跟著停了下來。奧莉芙在門口一面踟躕，一面掃視著會場，搜尋著芙雷娜的身影。她看見芙雷娜正坐在她媽媽旁邊，四周圍著一群心滿意足的聽眾，於是她心一橫、頭一抬，決定去和芙雷娜碰個面。蘭森心想機會難得，便速速跟著錢斯勒小姐去了。芙雷娜身邊的改革分子看見錢斯勒小姐來了，紛紛露出狐疑的表情，在心裡打量著對方的社會地位，卻又暗想這麼做是不是不妥當。芙雷娜發覺錢斯勒小姐要找的是她，便起身迎接來勢洶洶的對方。但蘭森發現，或者說他下意識認為，芙雷娜完全不在乎錢斯勒小姐的社會地位，連一絲疑心都沒有。她看看錢斯勒小姐，再看看蘭森，臉上始終掛著燦笑。她笑得如此燦爛，是因為她很愛笑、愛討別人歡心、滿意自己的成就，還是因為她演技高超——笑，不過是她的看家本領嗎？她握住奧莉芙朝她伸出的手，而其他人全都坐在椅子上，抬著頭認真觀賞這一幕。

「您不認識我，但我想認識您。」錢斯勒小姐說道：「我想向您致謝，您想來我家坐坐嗎？」

「好啊，您住哪？」芙雷娜答道。她說話的口氣，聽起來就是個會讓人真心邀請的女孩，雖然她受邀的次數並不多。

錢斯勒小姐給了芙雷娜住址，塔蘭特太太這時走了過來，笑著說：「錢斯勒小姐，我聽過您的名字。我想，令尊應該認識家父格林史崔特先生。芙雷娜很樂意去拜訪您，我們也很樂意邀請您來府上坐坐。」

塔蘭特太太說話時，蘭森想對她女兒說點什麼，因為她就站在自己身邊。可是，他又想不出什麼話好說。他心裡浮出了一些密西西比常用的說詞，但聽起來可能像在說教，而且還很生硬。再說，他沒有打算力挺芙雷娜，只是想說她很討喜，但這樣很難不引起誤會。最後他一句話都沒說，只是對她微微一笑，對方也回了個笑容。在蘭森看來，芙雷娜是特地為他而笑的。

「妳們住哪？」奧莉芙問道。塔蘭特太太說他們家在劍橋，馬車會經過他們家。奧莉芙立刻追問：「妳們很快就會來嗎？」芙雷娜說，當然，她很快就會去拜訪，還複誦了錢斯勒小姐家在查爾斯街幾號，證明她是認真的。兩人約定的方式就像小孩一樣真誠。蘭森發現只要有人邀芙雷娜，她八成都會欣然答應，讓他一時感嘆自己為何不住波士頓，也不是女的。若真是如此，他就能邀芙雷娜來家裡坐坐了。錢斯勒小姐又握了芙雷娜的手一會，用眼神向她道別，接著說：「走吧，蘭森先生。」便帶蘭森離開會場了。他們在公寓門廳處遇見帕登先生，他剛從樓下拿了一壺水和水杯上來。錢斯勒小姐的出租馬車已經來了。蘭森送她上車之後，她說蘭森可以不必陪她搭車，畢竟他的飯店不在查爾斯街附近。蘭森其實只想抽菸，不想坐在錢斯勒小姐身邊，等馬車一走，他才開始思索錢斯勒小姐為何如此冷淡，以及她到底為何要邀他來波士頓。這位住在波士頓的親戚真的很古怪。他在公寓外佇立了一會，看著柏艾女士的窗戶，心想是不是要再走進會場，跟芙雷娜說說話。不過，他決定記住她的微笑就好，便轉身離開了，而且離開了也輕鬆，因為可以遠離失控的群眾，而且他也像大家一樣（只是晚了幾拍）覺得口渴了。

10

隔天，芙雷娜就從劍橋住所出發，到查爾斯街拜訪錢斯勒小姐。從波士頓學區到查爾斯街有直達車，但對芙雷娜來說沒那麼方便。她搭著擁擠的街車，一路站到錢斯勒小姐家門口；車廂內悶得令人窒息，漆了釉的車頂垂吊著皮製拉環，芙雷娜整路握著拉環，彷彿懸在半空中，車裡的畫面就像是溫室裡吊著一排植物。不過，芙雷娜早就習慣站著長途移動了。雖然我們知道，她對別人替她安排的社交活動還是有微詞，但她絕不會抱怨自家的鐵路系統。她這麼快就去拜訪錢斯勒小姐，全是媽媽的安排。在她出發前，爸爸已經出門看病了，劍橋小屋只剩母女倆，而媽媽的提議讓她目瞪口呆。媽媽甚至對她耳提面命，告訴她要注意哪些行為舉止。芙雷娜涉世未深，很聽父母的話，媽媽建議她和錢斯勒小姐混熟，可以讓自己左右逢源，她就像聽童話故事一樣全聽進去了。塔蘭特太太還親手替女兒穿戴衣帽，替她扣好外套鈕釦（是鑲金的大顆鈕釦），塞給她二十分錢搭車，這些舉動，聽起來都像家家酒。

塔蘭特太太對事物的評價總令人難以捉摸，連善於社交、不善與家人辯論的芙雷娜，都認為媽媽很古怪。塔蘭特太太確實很古怪，她手無縛雞之力，慵懶得有些病態，想法更是天馬行空，卻懂得趨炎附勢的道理。她死命不讓自己和社會脫節，想在世上占有一席之地，但有個聲音悄悄跟她說，她在世上從來都是無足輕重，還有股更強的聲音跟她說，她很可能會地位不保。因此，她一心只想鞏固、掙回這個地位。她的努力，上天全都看在眼裡，才給了她一個優秀的女兒。芙雷娜的天職除了解放女性，還有充實家裡的訪客名單——現在的名單就像外行人縫的衣服，該凸的地方沒凸，該凹的地方沒凹。身為亞伯拉罕・格林史崔特的女兒，塔蘭特太太從小就和最早的黑奴解放人士密切往來，但她知道和塞拉結婚之後，自己就和這社交圈漸行漸遠了。塞拉是賣鉛筆起家的流動攤販（他到格林史崔特家門口叫賣過），後來加入了知名的卡尤加社群（標榜打破夫妻制度之類的，塔蘭特太太不太記得了），最後在靈修界闖出了一片天（雖然當時還沒展開靈療事業）。他一度是很搶手的靈媒，但最後何以歇業，塔蘭特太太有自己的說法。即便是致力於消弭偏見的圈子，對於塞拉這樣混跡各處的人，都不免抱持負面印象。塞拉從來沒有迎合格林史崔特千金的心思，因為對方跟他一樣，心思全都放在未來。這對年輕夫妻（但塞拉比太太年長很多）雖然攜手開創著未來，但後來發覺自己和過去的一切脫節了，而現在的處境，也讓他們幾無立錐之地。換言之，塔蘭特太太的家人對她有諸多不滿，塞拉後來才明白，這家人雖然志在解放黑奴，但有些行為對他們來說還是「太過解放」了。總之，這對夫妻還是繼續住在卡尤加，因為他們覺得，即使塞拉說只是暫時住一下（就算他離開了，社群還會持續存在），家人也聽不進去。再說，卡尤加有不少靈修野餐和素食者聚會能參加，夫妻兩人現在信心受挫，這些地方還能讓他們取暖。

塔蘭特太太發覺，很多人看似心胸寬大，能包容各種新思想，實際上想法卻跟她家人一樣狹隘。而在先生的習性薰陶之下，她慢慢拋棄本來就不堅強的道德原則，開始過著新奇體驗的生活。有時候，這位習慣取悅先生的妻子居然連晚餐都沒著落，這對她也是種新奇體驗。她爸爸過世後，沒給她留下多少錢，因為他把微薄的積蓄都花在黑奴身上了。塔蘭特夫婦有過不少奇妙經驗，她最後發現，自己竟成了賣藥郎中的一員，和這些來來去去的人一同住在相親相愛的波希米亞世界裡。這個圈子像沼澤一樣，將她一點一滴吞入池底，而她本人卻沒意識到自己陷得多深，目前很像快要沒頂，又或許她早就觸底了。對她來說，到柏艾女士家聚會有如回歸社會，但她跟其他人走的門不是同一扇（她永遠忘不了費林德太太趾高氣昂的模樣）。至於最上層社會的門倒是半開著，背後的風景還依稀可見。塔蘭特太太以前的鄰居有長髮男，也有短髮女，她參與過十來次五花八門的社會實驗，不但每次都很投入，還捐了一些永遠拿不回的錢。她尋求過一百多種宗教的慰藉，參加過無數場飲食改革運動，但參加得愈多就愈心不在焉，她參加過降靈會或講座，頻率跟她吃晚餐的次數一樣。她先生手上有很多講座入場券，在夫妻倆事業一籌莫展時，塔蘭特太太有時會怒嗆先生什麼都沒有，只有一堆入場券。還記得，他們每個冬夜踩著軟雪（可惜他們只有講座入場券，沒有乘車券！），一同去聽艾達．T．P．佛特太太談「夏日樂園」，想起這件事，塔蘭特太太又是一陣心酸。有一陣子，塞拉很迷佛特太太，塔蘭特太太深信這兩個人在卡尤加一定「交流過」（塞拉提到這種事，都會用這個字描述）。為了維持婚姻，可憐的塔蘭特太太只能忍氣吞聲，她有時得逼自己相信先生很有天分，才能讓自己撐下去。她知道先生很有魅力（這就是他的天分），也覺得正是因為這股魅力，她才會被對方吸引。她茫然無措的時候，先生會伴她度過難關；但有時候，她又會懷疑自己丟失了堅定的道德原則，完全不像是知名的格林史崔特家族的一員。

品味差到嫁給塞拉．塔蘭特的女人，判斷力當然是不可能精準的。不過，可憐的塔蘭特太太，她整個人變得愈來愈頹喪了。她不斷退讓妥協，東躲西閃，她甚至還想，在丈夫當靈媒當得有聲有色的時候，她是不是應該主動幫忙才對。畢竟有時候，該從地上升起的桌子升不上去，該浮在半空中的沙發浮不起來，或是靈媒可能抓不住已故親人因為到過天堂而變得柔軟卻不夠敏捷的手——塔蘭特太太的手還算柔軟，能夠營造十分超自然的效果，而這時她總會想辦法安慰自己，覺得自己是為了永生信仰犧牲奉獻。讓她開心的是，多虧了芙雷娜，他們一家總算擺脫靈媒路線了，而她對女兒的期待，也不再是過去的為永生信仰犧牲奉獻。只是，塔蘭特太太還是很懷念身處暗室、面對大排長龍的信眾、輕敲桌子和牆壁、輕撫信眾的臉和腳、聆聽迴盪空中的音樂、看著滿天花雨和物體莫名閃現的生活。她恨丈夫太有魅力，自己因此願意支持他的行為，甚至配合對方演出。每次想到這件事，塔蘭特太太的臉都會立刻發燙。明明恨極了丈夫的作風拉低她的社會地位，可是，她又佩服先生在經歷各種羞辱、被人拆穿、失敗經驗，以及有一餐沒一餐的困頓之後，還能堅持恣意妄為。她看久了，也慢慢覺得一切都理所當然。她知道丈夫是個大騙子，但塞拉從來沒承認過——想到有一天他可能會承認，這個事實就變得很沉重。在降靈會中，夫妻倆常常像是站在祭壇後的占兆官，但塞拉對妻子使眼色時，從來沒有一次遮遮掩掩，刻意讓全場看不清楚。兩人私底下對話時，塞拉不管是找藉口搪塞或解釋事情，或是其他的用字遣詞，都讓妻子覺得境界之高，只講給她一個人聽太浪費了。塞拉的天性適合公眾生活，如今，夫妻兩人也琴瑟和鳴了。

她活得茫然又洩氣，在各種喜惡之間來來回回；她因為丈夫沒有謀生能力而心力交瘁，對方一貫的態度又讓她擔憂不已（塞拉總是說他們過得很愉快）。但容我告訴各位，她活到此時此刻，只挑過丈夫一個毛病，那就是他的演講功力太差。這正是塞拉的痛點，他的罩門。他無法讓聽眾專心聽他說話，也不是當講師的料。他的點子很多，但好像總是串不好。演講是格林史崔特家族的家學，要是有人問塔蘭特太太，年輕的時候是否想過將來會嫁給催眠治療師，她會回答：「誰知道，我居然會嫁給在台上說不出半句話的人！」這是她一生最大的恥辱，集各種恥辱之大成。即使塞拉寧願多動手、少動口，最後當上了專業治療師，塔蘭特太太還是心理不平衡。格林史崔特家族不太從事手工業，他們相信言語才有力量。可想而知，當塔蘭特太太發覺女兒有演講天分，甚至還巧舌如簧，內心肯定雀躍不已，因為格林史崔特家的傳統有機會延續下去，替她乾枯的人生重新注入活水。此外，她枯竭的人生還有另一道活水：多虧塞拉迷上了催眠術，家裡的經濟比格林史崔特老家更優渥了。來看診的病患為數眾多，一診收兩塊錢，而且還有一些治療非常成功的案例。有位住劍橋的女士很感謝塞拉，還遊說他們在她家附近租間房，這樣醫師才能常常幫她看診。塞拉婉拒了，因為他們租過太多房子，多租一間、少租一間沒差多少。塔蘭特太太慢慢覺得，他們好像打到某個點了。

讀者應該知道，就算對芙雷娜來說，媽媽也是個既糊塗又難以捉摸的人。她如何從委靡不振變得積極振作，芙雷娜還理不出頭緒來。當她將皺巴巴的浴袍撥到身後，伸手抓住難得的機會，意味著塔蘭特太太突然對社會有了鴻圖大志。接著，她滔滔不絕告訴芙雷娜要多認識人，還一一細數上流社會的祕辛，聽得芙雷娜目瞪口呆。她的口氣很神祕，而且為了讓敘述更生動，還不時擠眉弄眼。她說，想要走上流路線，有時得發表一些特定看法，和上流人士來往的時候，也要流露出高貴自重的氣質。芙雷娜實在很想知道，媽媽究竟是從哪些神祕管道蒐集到這些資訊的。芙雷娜的人生觀很單純，沒發現社會是如此複雜。她知道世界上有富人也有窮人，知道家裡的收入攀上了未有的高峰，多到讓人懷疑住在金山銀山裡妥不妥當，畢竟，世上還有這麼多無權無勢的人。有時候，媽媽會對一些人鄙夷的眼光感到忿忿不平，或因為眼見機會溜走而變得躁動不安（她總想給自己安些頭銜），而芙雷娜本人卻沒察覺到，只是有點茫然。一般而言，芙雷娜不明白母親其實輸人一截，因為在她想像所及的範圍內，催眠師在上流社會的地位尚不明確。塔蘭特太太究竟怎麼看世界，總是出人意料之外。有時候，她會漠然地傲視一切；有時候，只要有人在看她，她就會覺得對方想羞辱她。偶爾，她會對塞拉催眠治療過的女性充滿疑心（他的病患大部分都是女性），表現得像是拋下了一切，只在乎拖鞋和晚報（晚報莫名讓她覺得療癒），因此就算佛特太太從夏日樂園回來（她去度假一陣子了），也擾亂不了塔蘭特太太憤世卻寧靜的心緒。然而，塔蘭特太太又比女兒更了解人情世故。認識一些人之後，芙雷娜才慢慢明白人心隱微卻強烈的期盼，並了解自己還有很多要學。她的求知欲很強，值得一提的是，她是真心奉媽媽如導師。她有時候在想，媽媽為何能如此入世，這不像是他們家一心想擁有的上流生活。而且，她還會牢牢記得那些籍籍無名的勢利眼對她做過的一切，但這樣似乎不太公道，雖然他們一家人都追求公平正義。至於爸爸，芙雷娜感覺他的生活圈愈來愈上流了。他對於各種傳統不屑一顧，一天到晚大談美好的未來。芙雷娜將爸爸的一言一行看在眼裡，卻從未思考男人是否比女人更公正無私。媽媽對錢斯勒小姐說話的態度如此親切，還對芙雷娜說，我們應該馬上登門拜訪錢斯勒小姐。她說得頭頭是道，不知道是不是全為了錢？但塔蘭特太太是真心想拜訪錢斯勒小姐，這用再多筆墨都無法形容——她為何不像以前一樣，直接說想和我們見面，來我們家坐坐就好？而且她沒那麼不入流，不知道可以留張名片給我們吧——當塔蘭特太太談起禮節，總有一大堆意見，但這次她沒這麼做。她寧願說錢斯勒小姐非常有禮貌，是很值得結交的朋友，芙雷娜講完精采的演講之後，全場沒有比錢斯勒小姐更感動的人了。她還說，錢斯勒小姐會成立全波士頓最好的沙龍；當時她問「是否很快就會來」，就是希望隔天就來，所以她們就這麼做了，因為人必須知道何時得擺出優雅姿態，向前跨步。塔蘭特太太還說，總而言之，她知道自己在說什麼。

芙雷娜欣然接受媽媽的安排，她還年輕，搭馬車對她來說很有趣，而且她總是想探索世界。她只是好奇，為什麼媽媽才見過錢斯勒小姐一面，就知道這麼多關於對方的事。芙雷娜當晚見到錢斯勒小姐時，印象最深的是她的穿著打扮有點哀傷，而且好像哭了一段時間（這種表情芙雷娜看過很多，所以她馬上能知道對方的情緒狀態），很想趕快離開會場。不過，要是錢斯勒小姐真像媽媽說的這麼優秀，應該顯而易見才對。另一方面，芙雷娜卻沒有清晰的自我意識，不了解自己的分量，因此也不在乎自己會不會犯錯。她對自己非常不了解，到目前為止，她只在乎外界的事物。在發揮「天分」的過程中，她從不知道自己的存在有多可貴，不應該淪為實驗品，但她一向都不卑不亢。讀者可能會覺得，塔蘭特夫婦的女兒天生就是個激勵人心的講者，但對她愈熟悉，就會愈想知道這樣一對雙親會如何養育她。對於享受這件事，芙雷娜的想法非常單純，只要戴上她插滿羽毛的新帽子，她就很享受了。對她來說，二十分錢已經是一筆鉅款了。

11

「我就知道妳會來——我今天整天都有預感——我就知道！」這是錢斯勒小姐迎接芙雷娜的開場白。當她在窗邊看見這位年輕女孩，就速速前去迎接客人，想來，她已經等了好一段時間。幾週後，她對芙雷娜講了她當天如何有預感，弄得她整天焦躁不安，痛苦至極。她說自己的第六感總是特別強，說不上為什麼，只能接受事實。她還舉例，前晚邀了蘭森到柏艾女士家參加聚會，但坐在馬車上的時候，她就突然有種不好的預感。這事怪歸怪，卻是她自己的本能反應；至於蘭森先生，他大概只會覺得莫名其妙。因為，一開始明明是她覺得蘭森會想跟，最後卻又突然變卦。但她也沒辦法，因為她的心跳突然加速，心想要是他踏進聚會場地，肯定會給自己添麻煩。她後來沒阻止對方進門，但她現在也不在乎了，反正只要生活中有了芙雷娜，她就能無視一切危險，也不在乎普通人的樂子了。到了這個時候，芙雷娜才明白這位朋友性格多特殊。她容易緊張，人又嚴肅，不喜歡人多，只喜歡待在小圈子裡，而且意志堅定，很有目標。奧莉芙將帶著芙雷娜起飛，而且是真的飛起來，像空中的鳥兒張開巨大的雙翅，領她穿過空曠得令人暈眩的空間。大體而言，芙雷娜很喜歡這種感覺，只要靠別人就能一飛沖天，在高處俯瞰眾生、穿梭古今。和錢斯勒小姐初次見面之後，她就發現自己被控制住了，而且她還微微閉著眼，甘願任人擺布。這種狀態，就好比有人要我們放鬆體驗某種感受，而我們全然信任對方，所以欣然配合。

「我想好好認識妳，」奧莉芙接著說道：「昨天晚上聽了妳的演講，我就覺得要好好認識妳一下。妳真的很亮眼，我不知道該怎麼形容比較好。我覺得我們可以當朋友，所以才直接邀妳來我家，什麼客套話都免了，因為我相信妳一定會來。這是正確的決定，證明我的直覺是對的。」錢斯勒小姐一個字、一個字將這些話說出口，她邊說邊喘，即使已經稍微冷靜了，語調仍十分激昂。她坐在沙發上，要芙雷娜坐到她身邊，同時又不斷打量著對方，這舉止讓芙雷娜很高興自己穿著鑲金鈕釦外套前來。打從這一望，並在對方身上徹底打量開始，奧莉芙便操控起芙雷娜了。「妳真是太完美了，妳知道自己很完美嗎？」她彷彿失了神一樣滔滔不絕，不可自拔崇拜起對方。

芙雷娜面帶微笑坐在沙發上，臉不但沒紅，還露出明亮而純真的眼神，對她而言爭辯是毫不必要的。「噢，說話的不是我，妳知道的，這是來自外界的力量！」她口氣之輕鬆，似乎已經把這句話當成口頭禪了。奧莉芙不確定這話到底是芙雷娜的真心告白，還是只是隨口說說。她心裡沒有批判的意思，因為就算芙雷娜只愛喊流行口號，她也不會少喜歡對方一分。她就喜歡芙雷娜這個樣子。她跟奧莉芙平常接觸的女孩子不太一樣，很特別，有種特殊的吉普賽風味，或波希米亞的玄妙感。她的衣服既搶眼又俗氣，加上出眾的長相，看起來像是繩舞者[6]或算命師。在奧莉芙看來，芙雷娜的特質非常有優勢，讓她能和「庶民」站在一起，一同在難以參透的民主社會制度裡攪和。雖然錢斯勒小姐覺得，出身好的人其實不懂民主制度，但在不久的將來，人們又得仰賴這套制度不可。再說，這女孩讓錢斯勒小姐獲得了前所未有的感動，不管她是怎麼辦到的，人們都必須敬她三分。但錢斯勒小姐和訪客說話時，無論她如何故作平靜看待一切，還是平息不了自己激昂的情緒。她的心情之所以難以平復，正是因為她找到了這輩子尋尋覓覓的事物：一位能當靈魂伴侶的同性友人。交朋友是件你情我願的事，但這位富有同情心的女孩想必不會拒絕。奧莉芙不一會就察覺，芙雷娜是個胸懷大度的人。我不知道錢斯勒小姐有沒有其他不好的預感，但無庸置疑，她目前是這樣看待芙雷娜的。既然她想要的目標就在眼前，其他的事全都不重要，就算芙雷娜從頭到腳都是鍍金鈕釦，她的內在依舊清新脫俗。

「媽媽說，我應該要來一趟才對。」芙雷娜說道。她環顧著客廳，很高興能身處如此漂亮的地方，也發現這裡有很多自己想仔細看看的東西。

「妳媽媽很清楚，我是說話算話的人，這可不是每個人都看得出來。她大概發現我全身都在發抖。好強的力量，真的，除了這五個字，我實在無話可說了！真的好強，塔蘭特小姐！」

「是的，我想這是一股力量沒錯。不是的話，我也不會有反應！」

6 繩舞者（rope-dancer），一種在高空繩索上行走的表演。

「妳真單純，像小孩一樣。」奧莉芙說道。她說的都是事實，而且她會這麼說，是因為盡快直話直說，才能拉近彼此的距離。她很想快點跟芙雷娜變得親近，完全耐不住性子。芙雷娜才待了五分鐘，奧莉芙就馬上切入重點，不停探問芙雷娜：「妳想當我朋友嗎？妳可以當我最好的朋友嗎？我希望妳永遠、永遠都是我最好的朋友。」她的表情溫柔，又滿懷著企盼。

芙雷娜爆出開懷大笑，沒有一絲尷尬或困惑。「妳也太喜歡我了吧。」

「我當然太喜歡妳了！我只要喜歡上什麼，就會全心投入。當然，妳喜不喜歡我是另一回事。」錢斯勒小姐繼續說道：「再等一等，我們要再等一等。當我這麼在乎這一切，我是非常有耐心的。」她把手伸到芙雷娜面前，動作優雅而自信。芙雷娜想都沒想，就把自己的手放進對方手心了。於是兩人坐著手牽著手，四目相交了好一段時間。「我有好多事想問妳。」奧莉芙說道。

「可是，要是爸爸沒替我加持，我就說不出什麼話了。」若非芙雷娜如此真誠，表現得這般謙虛可能會顯得很做作。

「我才不管妳爸爸說什麼。」錢斯勒小姐語氣一沉，臉上露出戒心。

「他人很好。」芙雷娜一派天真說道：「也很有魅力。」

「跟妳爸無關，跟妳媽也無關，我不在乎妳爸媽，我想認識的不是他們。我只想認識妳，我喜歡妳現在的樣子。」

芙雷娜低下頭，眼睛直盯著自己洋裝的前襬。她覺得「現在的樣子」這句話很順耳。

「妳是要我拋下——？」芙雷娜笑著問。

錢斯勒小姐深吸了一口氣，活像渾身疼痛的生物。接著，她用顫抖的聲音痛苦地說：「我怎麼可能叫妳拋下他們？要拋下的是我，我願意拋下一切！」

芙雷娜看著屋裡舒適的裝潢，想起媽媽說過錢斯勒小姐很有錢，而且在波士頓頗有地位。她又仔細張望了一輪，不明白錢斯勒小姐為何要拋下這一切。芙雷娜心想，拜託，請千萬不要拋下這些東西，至少先讓她親眼看過再說。但她也覺得，就算錢斯勒小姐一個勁逼她，她現在也給不出任何回答。錢斯勒小姐情緒激昂，以焦躁又狂喜的期待高聲道：「我們要再等一等！現在講這個做什麼？我們要再等一等！未來一定會更好。」但說到後來，她的語調變得冷靜而溫柔。

事後，芙雷娜不禁疑惑，她為何沒對錢斯勒小姐心生畏懼？沒有為了逃命而拔腿就跑，奪門而出——這女孩天生就不膽小，對人也沒戒心，從來不知恐懼為何物。她涉世未深，不知道看見別人突然燃起異樣的熱情，自己得先抱持疑心，因為那樣的熱情瞬間就會冷卻。再說，她根本起不了這種疑心，因為從錢斯勒小姐怒張的表情看來，情緒最多把她整個人燃燒殆盡，自身絕不會冷卻。不過到目前為止，芙雷娜都沒有燒灼的感覺，只覺得心裡一陣溫暖。她一直都想交朋友，雖然這不是她人生最大的願望。她有種直覺，錢斯勒小姐似乎是她命中注定的朋友。她一點退縮的意思都沒有。

「妳自己一個人住嗎？」芙雷娜問。

「如果妳願意搬過來，就有人陪我一起住了！」

聽見感情如此豐沛的回答，芙雷娜還是沒退縮。她心想，有錢人大概都是這樣隨口提出要求的。這就是金錢與財富迷人的地方。有錢人經常互相邀約，但這通常與芙雷娜無關。只是她一想到她在劍橋的家，就覺得錢斯勒小姐是在逗她，因為她家很小，門廊階梯上的木板也都鬆了。

「我得和爸媽一起住。」她說：「我還有工作要做，這是我現在的生活。」

「工作？」奧莉芙大惑不解，複述了對方的話。

「發揮我的天分。」芙雷娜笑答。

「沒錯，發揮天分。我的意思就是妳要好好發揮天分，改變這個世界，這是很偉大的工作。」

奧莉芙前一晚完全沒闔眼，一心想著和芙雷娜同住的事。她覺得如果能營救芙雷娜，讓她脫離粗俗父母的魔爪，自己扮演芙雷娜監護人和追隨者的角色，兩人就有機會一同立下豐功偉業。芙雷娜的天賦是個謎，可能永遠都是個謎。這位青春洋溢、天真優雅的漂亮女孩，到底如何培養出如此強大的反思能力，基本上不得而知。她沒在發揮天賦的時候，整個人會陷入沉思狀態，譬如現在坐著的她，根本看不出來是個會大鳴大放的人。奧莉芙只能暫時相信，芙雷娜的天賦跟她的靈秀氣質（錢斯勒小姐真心這麼覺得）一樣，都是上天的恩賜，絲毫沒被她的父母染指。錢斯勒小姐討厭芙雷娜的父母。事實上，她連對待改革分子都有差別待遇。她認為有智慧的人都想成大事，想成大事的人卻不見得有智慧。她說出改變世界那句話之後，便沉默了一下子，接著又把同樣的話重講一遍，彷彿這句話能解決所有問題，在將來能帶來莫大的幸福。「再等一等，我們要再等一等！」芙雷娜很願意等，雖然她不知道到底要等什麼。總之她一口答應了，她率真的模樣，讓兩人激動的目光平靜了下來。奧莉芙問了芙雷娜一堆問題，她很想成為對方生命中的一部分。這些談話總讓人刻骨銘心，並且反覆咀嚼每個字句，感覺未來會出現新的發展，而且言之成理。奧莉芙愈了解芙雷娜這個人，愈想成為對方生命中的一部分，自己也愈能忘記煩惱。她一直都知道，美國住了很多奇怪的人，但芙雷娜超乎她的想像。最怪的地方，就是芙雷娜似乎不覺得自己有任何奇異之處。她從小在黑漆漆的房間裡長大，襁褓時就身處催眠聚會。她說，她從很小的時候開始，就不斷去「聽演講」了，因為家裡沒人能幫她媽媽帶小孩。她曾經坐在夢遊者的大腿上、被意識恍惚的講者們抱過來抱過去；她對各種「療法」很熟，身邊圍著一群在鼓吹新宗教的報社女編輯，還有對婚姻關係嗤之以鼻的人。芙雷娜談到婚姻，感覺像在談最近流行的小說，好像很常聽人討論這話題的樣子。錢斯勒小姐聽完芙雷娜的回答，有時甚至像是大受激勵而閉上眼睛，等待狂喜消退。芙雷娜口中的故事，讓錢斯勒小姐頓時頭暈目眩，她不禁覺得，無論如何都得拉芙雷娜脫離苦海。芙雷娜是如此清新脫俗，絕對和邪惡沾不上邊。奧莉芙對婚姻沒抱持半點立場。照理來說，她應該要敵視婚姻才對，但她沒打算投入婚姻改革運動，因為她不喜歡批判婚姻的同溫層氣氛。她現在不打算深究婚姻這回事，不過，她還是想確認芙雷娜是否反對婚姻。

「我只能說，」芙雷娜表示，「我比較喜歡自由伴侶關係。」

奧莉芙倒吸了一口氣，自由伴侶關係讓她渾身不舒服。接著，她游移不定，最後硬是小聲答了一句：「如果妳願意讓我幫妳就好了！」不過，芙雷娜不太需要人幫忙，她光是在人群中起身演講，就能靠口才撼動聽眾了，而且隨著時間過去，這點愈來愈明顯。她一一回答了奧莉芙的問題，語調和善，完全沒有刻意包裝的感覺。她的目的是幫助對方，不在討好。不過，她還是沒什麼談到自己。當奧莉芙問她是怎麼「強烈意識到」女性同胞正在受苦受難，因為聽她在柏艾女士家那晚的演講，感覺她在渾沌不明的時代早看穿了一切（跟錢斯勒小姐一樣）。但芙雷娜還是沒透露太多，只是思考了一會，彷彿在消化眼前這位朋友的問題，接著，她帶著一貫的笑容問道，那聖女貞德是怎麼意識到法國正在受苦受難的？這話回得太漂亮，奧莉芙都差點想親芙雷娜了。

這一刻，芙雷娜就像被聖靈附身的貞德一樣。奧莉芙事後回想，芙雷娜並沒有直接回答問題，而且她發現，芙雷娜不太可能答得出來，因為她從小就被一群女醫師、女靈媒、女編輯、女傳道士、女治療師圍繞著，這些掙脫被動角色的女性，只能替部分女性的苦代言。她們或許談過女性受的苦，解釋自己是如何苦過來的，知無不言，言無不盡，讓年輕的芙雷娜有點概念。但奧莉芙心知肚明，芙雷娜能口吐神諭，不是受女性同胞的經驗談啟發（錢斯勒小姐很熟悉這種經驗談的調調），反而是當她們不說話，芙雷娜才能發揮天賦。於是她告訴芙雷娜，不管芙雷娜是不是被金光閃閃的天使附身，她在她認識過的女性當中，是最溫柔、最有同情心的一個。比如柏艾女士人很好，但缺乏熱忱，甚至會為了小事就退讓。至於費林德太太，她確實很有原則，而且還會替人開拓眼界，不過她的演講不是很平易近人，總是太抽象了。相較之下，芙雷娜的演講則是充滿想像力，帶領大家穿梭各種時代。芙雷娜說，她覺得自己的想像力還不錯，少了想像力，她的演講就沒威力了。奧莉芙聽了，又牽起對方的手，希望對方保證這輩子只專注一件事，那就是拯救女性，並且在上天幫助下鞠躬盡瘁，死而後已。芙雷娜雙頰微微泛紅，眼神愈來愈明亮，透露出她內心的雀躍。「沒錯，我想鞠躬盡瘁！」她振奮地大呼。接著，她認真補了一句：「我想做大事！」

「妳要，妳要，我們都要做大事！」錢斯勒小姐興高采烈地說。沒一會，她繼續說道：「妳這麼年輕，又這麼漂亮，妳真的懂鞠躬盡瘁的意思嗎？」

芙雷娜望向地面，沉思了一陣。

「嗯，我可能看起來沒仔細思考，但其實想了很多。」

「妳會德文嗎？妳讀過《浮士德》嗎？」奧莉芙問，「*Entsagen sollst du, sollst entsagen*！」

「我不會德文，但我想學。我什麼都想學。」

「那我們一起學，全都學。」奧莉芙說這句話的時候，差點喘不過氣來，而且眼前出現了一幅祥和的畫面：在寧靜的冬夜裡，屋裡點起檯燈，窗外微飄著雪，小桌上擺著茶，嘴裡引用歌德的詩句，身旁伴著精心挑選過的友人。歌德大概是她唯一喜歡的外國作家，她討厭法國人的作品，雖然法國很強調女性的地位。她能自得其樂的方法，就是想像著這樣的畫面，但畫面每隔一段時間才會浮現。芙雷娜好像也看見了同樣的景象，因為她臉上的光芒更加燦爛。她說她非常想學，還問了那句德文的意思。

「『你要拋下一切、克制自己！』貝亞德．泰勒是這樣翻譯的。」奧莉芙答道。

「可以，我可以克制自己！」芙雷娜笑著說。她立刻站起身來，看似準備要告辭，用來證明她很自制。奧莉芙伸手握住芙雷娜，這時，客廳其中一邊的門簾被拉開了，嬌小的客廳侍女領著一位先生走了進來。

12

芙雷娜認得這個人，她前一晚在柏艾女士家看過他。於是，她對錢斯勒小姐說：「看來妳還有別的客人，我該走了！」芙雷娜以為，上流社交圈（費林德太太是圈內人，芙雷娜以為錢斯勒小姐也是，而她現在感覺像是一腳踏在上流社交圈裡）或上流社會有個規矩：當新的客人來了，上一位客人就得自行告辭。她去拜訪人的時候，看門的人常告訴她女主人正在會客，沒辦法接待她。芙雷娜倒不覺得難過，只在心裡發出讚嘆，就掉頭離開了，這些地點雖然跟上流界無關，但在芙雷娜看來，這些門的感覺跟上流社交圈的銅牆鐵壁相去不遠。錢斯勒小姐自認非常有淑女風範地跟蘭森打招呼。過了幾個月，蘭森向露娜太太（她很敏感，但蘭森覺得自己不需要考慮這點，反正對方也沒在管蘭森的感受）轉述當天的情形時卻說，錢斯勒小姐對他怒目相視。事實上奧莉芙覺得，如果蘭森準備要離開波士頓，應該會先到她家坐坐，可是她也很清楚，她前晚和蘭森分道揚鑣的時候，並沒有邀蘭森來家裡作客。她更清楚，如果蘭森沒來，她心裡會不高興；如果蘭森來了，她會大發雷霆。這兩種情況都會讓她不悅，而且她才不相信上天會輕易放過自己。到目前為止，上天讓她經歷的不悅只有蘭森回信這件事——她倒是挺樂意抱怨這件事情。無論如何，如果蘭森真要來，多半會在晚餐前一刻到，跟前一天同一個時間。他選擇這段時間是經過考量的，而錢斯勒小姐覺得，蘭森似乎在捉弄她，故意讓她不得安寧。蘭森出現時，錢斯勒小姐十分驚訝，心裡七上八下，但她終究維持了淑女形象。她決定不能再像之前一樣，為了蘭森要去柏艾女士家的事東想西想。但錢斯勒小姐始終有種不好的預感，她由衷認為，這感覺將一輩子揮之不去。她不知道蘭森會對她做什麼，還好他沒有破壞芙雷娜拜訪她的計畫。能見到滿懷信心的芙雷娜，讓錢斯勒小姐好不歡喜。可惜兩人聊到一半，蘭森就來訪了，芙雷娜匆匆打算告退，而奧莉芙見狀，只好立刻鬆手讓芙雷娜離開。

蘭森又見到迷人的芙雷娜了。他前晚還沒機會跟對方說到話，只是相視而笑，現在，他的歡欣全寫在臉上，看來有些駭人。他看到芙雷娜的反應，比看到老朋友還興奮，彷彿突然交到了新朋友。「這可愛的女孩，」他自忖，「她在對我笑，她好像喜歡我！」他不知道這想法很可笑，因為芙雷娜對誰都這樣微笑，初次見面的時候，她也會讓對方覺得她認得自己。而且，她沒有因為蘭森到訪就坐下，而是做出準備離開的動作。於是，在這間別緻長形客廳中的三人便同時處於站姿，但面對兩位在自宅碰頭的客人，錢斯勒小姐破天荒不想幫忙引介——她討厭歐洲，但要是非得當歐洲人不可，她也不是辦不到。兩位訪客都沒發現，她讓兩個陌生人站著面對面（美國人都害怕這局面）的時候，得到了至高的權威。蘭森心想，他根本不在乎錢斯勒小姐是否幫忙引介，只要結局是好的，天大的惡行他都能接受。

「如果我說我認出了塔蘭特小姐，還主動跟她搭話，她應該不會被我嚇著才對。她貴為公眾人物，就得承擔出名的代價。」蘭森鼓起勇氣，用南方人的口氣向芙雷娜搭話，同時心想，白天的芙雷娜還是這麼美。

「我跟很多紳士對談過。」芙雷娜表示，「托皮卡市有很多——」她話只說了一半，便盯著奧莉芙看，好像在思考她究竟怎麼了。

「該不會我一來，您就要走了吧？」蘭森接著說道：「您知道，這對我來說很過分嗎？我知道您的立場是什麼，昨晚您講得很清楚，演講方式也很精采，所以我被說服了。身為男人，我覺得我很沒面子，但我就是個男人，這件事我改變不了。您要我怎麼贖罪就說，我會乖乖照做。奧莉芙小姐，她要離開了嗎？」蘭森向奧莉芙拋出問題，接著轉頭問芙雷娜：「您遇見男人的時候都會開溜嗎？」

這位年輕女孩大笑，聲音彷彿泡在液體裡，「才不會，我很喜歡男人！」

芙雷娜現在是女權運動代言人，蘭森覺得她愈來愈與眾不同，但他也好奇，芙雷娜才認識錢斯勒小姐沒幾個小時，為什麼就和對方膩在一起了？不過，女人平常確實是這樣相處的。蘭森要芙雷娜再坐一會，心中知道要是她走了，錢斯勒小姐肯定會難過。芙雷娜一面望著錢斯勒小姐，一面坐了下來；她的眼神不是為了獲得對方首肯，而是希望對方支持她。蘭森希望錢斯勒小姐也跟著坐下來。沒多久，錢斯勒小姐便遂了蘭森的心願，因為她不想傷芙雷娜的心。但她十分揪結，整個人忐忑不安，因為來她家拜訪的客人，從沒有人像蘭森這個聲音宏亮的南方人這麼輕鬆自在。她一時衝動，讓他在波士頓有了立足之地，他卻明目張膽約她的訪客。蘭森提出什麼要求，芙雷娜就照做，代表芙雷娜心中沒有「地主意識」。這是錢斯勒小姐的說法，她覺得芙雷娜沒這種觀念不是什麼大問題，查爾斯街會讓她培養地主意識（對奧莉芙而言，有地主意識才最能解放人）。芙雷娜配合蘭森完全出於善意，但敏感的她很快發現，她的朋友錢斯勒小姐不太高興。她不知道錢斯勒小姐在氣什麼，仍然立刻發覺，要是和錢斯勒小姐過從甚密，恐怕很多時候會惶恐不安（就像現在，她心裡突然泛起一陣莫名的不安，其他時候甚至會更糟）。

蘭森雙手放在大腿上，整個人靠向芙雷娜。「我想知道，」他問道，完全不把女主人放在眼裡，「您真的相信您昨晚講的那套空話嗎？我是可以多聽您講一個小時，但我從沒聽過這麼激昂的演講。我覺得自己被放了冷箭，您對男性的想法和現實不合，我得提出抗議。老實說，您是不是故意用歸謬法來嘲諷費林德太太？」他一派輕鬆，說話節奏平易近人，十足的南方風味。

芙雷娜雙眼圓睜，對蘭森說：「什麼？您該不會不認同我們的理念吧？」

「成功不了，妳們肯定失敗！」蘭森笑著說：「妳們的方向完全錯誤。妳們真的以為，女性從古至今沒有半點影響力嗎？說到影響力，妳們不就一路牽著大家，讓大家走到現在這個地步了嗎？不管怎樣，這全都是妳們的傑作，幕後推手就是妳們。」

「當然，我們還想當領頭羊呢。」芙雷娜說。

「拜託，待在幕後就好了，在幕後操縱大家吧！再說，您自己已經是領頭羊了。走到哪都看得到您，您根本就是代言人。我同意那位歷史人物的話——好像是某個國王說的——他說，每件事都有女人在背後主導。他說，不管是什麼事，只要知道主導的女人是誰，事情就豁然開朗了。無論什麼事，我都會搞清楚是哪個女人在背後主導，查到最後，真相都會大白，我一向很喜歡做這件事。這剛好證明了，女人就是所有事情的幕後推手。看來，您並沒否認自己很有一手，搞得男人團團轉。妳們就是各種鬥爭的幕後推手。」

「我跟費林德太太很像。我喜歡鬥爭。」芙雷娜愉快地笑著說道。

「所以我說，妳們嘴上怕得要死，心裡卻愛鬥得要命。特洛伊的海倫掀起了腥風血雨，妳們有什麼看法？大家都知道，法國上一次打仗，幕後推手就是法蘭西皇后。而妳們總不能否認，我們之前打了四年的血腥內戰，背後都有女人在主導。解放黑奴人士還繼續搧風點火，這裡頭不都是女人居多嗎？昨晚大家說的那位名人，叫什麼來著——對了，伊莉莎．P．莫斯里。我覺得導火線就是這位伊莉莎，是她引發這場史上最大的戰爭的。」

蘭森愈挖苦愈開心，因為芙雷娜聽得津津有味。他也很喜歡芙雷娜聽完他長篇大論後說話的表情：「先生，您應該也上台講講話才對。我們剛好可以湊一對，一個當毒藥，一個當解藥！」聽了這句話，蘭森覺得自己暫時說服對方了，而他的確有必要說服對方。可惜的是，芙雷娜的表情只維持了一瞬間，只因為她看了錢斯勒小姐一眼，發現錢斯勒小姐的眼睛直盯著地面（芙雷娜之後就會對這表情很熟了），表情相當怪異。芙雷娜緩緩起身，她覺得她該走了。她覺得錢斯勒小姐不喜歡這位愛講笑話的帥哥（這是蘭森給她的印象），而且她還覺得（她心想「還好提早發現」），這位新朋友在女性問題上比自己更嚴肅，一如她本人的性格。

「期待之後再見，」蘭森繼續說道：「我想，我可以從新的角度替您分析歷史。」

「希望您能來我家坐坐。」芙雷娜話剛說出口（她媽媽說，如果想和別人再見上一面就要這樣說，不可以讓人覺得她會主動去拜訪別人），就發現奧莉芙摸著自己的手臂，眼裡滿是懇切；芙雷娜立刻決定閉嘴。

「妳該去趕經過查爾斯街的街車了。」奧莉芙喃喃道，有種說不出口的溫柔。

芙雷娜搞不清楚狀況，只知道自己該離開了，而最簡單的道別方式，就是親一下錢斯勒小姐。於是，她很快親了對方一下。蘭森更是摸不著腦袋。他才剛抗議男人的地位不輸女人，聚會就瞬間結束了，讓他鬱悶不已。好像如果不是他一再說錯話，讓情況變得更糟，聚會就無法結束似的。他受到年輕女先知的歡迎，但沒被正式邀請。只是他沒有多問，因為他隔天就要離開波士頓了。再說，錢斯勒小姐對此似乎有意見。他伸出手，對芙雷娜說道：「再會，塔蘭特小姐，您會來紐約演講吧？我覺得紐約沒什麼活力。」

「當然，我很想在最大的城市裡發聲。」芙雷娜答道。

「那就來吧，演講的時候我不會質疑妳的。要是大家都猜得到女人想說什麼，這世界就太呆板了。」

芙雷娜發現查爾斯街的街車來了，也知道錢斯勒小姐很不開心，但她看時間還夠，又補了一句話。她說她覺得蘭森的思想很保守，視女人如玩物。

「才不是玩物，女人是男人開心的泉源！」蘭森大喊，又說：「我想冒昧說一句，我很喜歡您，跟妳們喜歡彼此的程度差不多。」

「他又知道了！」芙雷娜咧著笑，對錢斯勒小姐說道。

奧莉芙覺得，芙雷娜笑起來又更美了。但此時她轉頭對蘭森說教，讓人看不出她有半點喜悅：「女人之間有什麼感情，或者缺了什麼感情，我現在不想多說。但關於人類靈魂所謂的真相，我覺得連女人都會質疑。」

「真相？我親愛的表妹，妳說的真相根本是虛幻的！」

「老天爺啊！」芙雷娜簡短地感嘆，語氣裡帶著愉悅的顫抖。芙雷娜臨走前，蘭森只聽到這句話。錢斯勒小姐陪芙雷娜離開家門，客廳裡只剩蘭森一人，不斷回味錢斯勒小姐說的「連女人」三個字，裡頭有種無以名狀的諷刺。一般情況下，錢斯勒小姐應該會回來才對，但她轉身前看了蘭森一眼，那眼神中完全沒有這種跡象。蘭森站在原地思索著，接著眼光飄到手中的書上。這種時候，他總會不假思索拿書起來讀，而且他很快就沉浸在書裡了。他懷著不安的心讀了五分鐘的書，忘了自己被丟在客廳裡，直到露娜太太走進來，他才想起這回事。她打扮得光鮮亮麗，一副要上街的樣子，而且她又戴上手套了——她好像老是戴著手套。她問蘭森，他為什麼一個人站在客廳裡，是不是沒人通知她妹妹有客人。

「有，」蘭森說：「她剛剛才在我旁邊，但她和塔蘭特小姐下樓去了。」

「塔蘭特小姐？誰啊？」

蘭森大吃一驚，原來露娜太太不知道錢斯勒小姐和芙雷娜的關係。雖然她們才認識沒多久，就已經變得很熟了，但照這情況看來，錢斯勒小姐還沒和姊姊提過她的新朋友。「她很會演講，全世界沒人比她更迷人！」

露娜太太停下了手上的動作，用詫異的眼神直盯著蘭森瞧，但又感覺被逗樂了，於是便開懷大笑起來，整間客廳都是她的笑聲。「您該不會已經加入她們的陣營了吧？」

「我已經歸入塔蘭特小姐的陣營了。」

「您才不是塔蘭特小姐那邊的人，您是我這邊的。」露娜太太說道。她滿腦子都是南方來的蘭森，已經整整二十四小時了，她決定主動認識對方，讓自己的寂寞芳心有個依靠。她又說：「所以您是來這找她——找那位演講高手的嗎？」

「不是，我是來跟令妹道別的。」

「您真的要走了？我還有好多事情想麻煩您，您都還沒答應我呢。不過，到紐約再說吧。您和奧莉芙．錢斯勒處得怎樣？」露娜太太說話總是如此直接，不過她身材圓滾滾，臉上又有酒窩，因此從來沒人當面指責她不夠圓滑。她一講到妹妹，常常會直呼全名，說久了，甚至讓人以為奧莉芙是她姊姊。實際上，奧莉芙還比愛德琳小十歲。她平常會想盡辦法和妹妹劃清界線，這時卻刻意和錢斯勒小姐搭橋拉關係。她對蘭森說：「她真是個惹人愛的老玩意兒，不是嗎？」

蘭森覺得這座橋搭得很勉強。露娜太太這樣問，根本是故意多於真心。她在矯情什麼？她應該知道沒有男人會認同她對錢斯勒小姐的這番敘述。錢斯勒小姐一點都不老，甚至還青春正盛。

而且除非太陽打西邊出來，否則在蘭森看來，錢斯勒小姐一輩子都不可能惹人愛，雖說他親眼看到年輕女先知親了她。最後，她也不是什麼玩意兒，她著著實實、明明白白就是個人。他遲疑了一會，最後對露娜太太說：「她是個傑出的女人。」

露娜太太說道：「小心點，別大意了！您會不會覺得她很討厭？」

「不要批評我的親戚。」蘭森說。說時遲那時快，錢斯勒小姐回到客廳了。她小聲告訴蘭森她剛才離開了一會，請對方見諒，露娜太太卻插嘴問她塔蘭特小姐的事。

「蘭森先生覺得塔蘭特小姐很迷人。妳怎麼不介紹她給我認識？妳是想獨占人家嗎？」

奧莉芙默默看了露娜太太一會，接著表示：「愛德琳，妳的面紗歪了。」

「我現在看起來像是怪物，妳的意思一定是這樣！」露娜太太一面高聲大喊，一面跑到鏡子前調整那塊出格的布料。

錢斯勒小姐沒請蘭森坐下，因為她似乎以為對方要離開了。但蘭森不但還沒要走，反而還討論起芙雷娜。他問錢斯勒小姐，她覺得芙雷娜會不會像費林德太太一樣，四處公開演講呢？

「公開演講！」錢斯勒小姐重述了蘭森的話，「公開？這麼純潔的聲音，您不是不想讓人聽到嗎？」

「才不是！這麼甜美的聲音，沒人聽到多可惜。但最好不要亂吼亂叫，硬扯喉嚨，弄到自己破音或倒嗓。她不用跟別人一樣，走自己的路就好。」

「走自己的路——就好？」錢斯勒小姐說道：「但我們還得依靠她、圍著她、祝她好運啊！」她的語氣不屑至極，「只要有我幫忙，她這輩子就無敵了。」

「我想是無敵吵鬧吧，我親愛的奧莉芙小姐！」蘭森剛剛才堅持不說任何激怒女主人的話，但這話還是脫口而出了。不難看出，錢斯勒小姐已經進入劍拔弩張的狀態。還好蘭森刻意緩和了語調，加上臉上堆起笑容，讓話語少了一些殺傷力。

錢斯勒小姐向後退了一步，彷彿被蘭森推了一把。「哎呀，您大意了。」鏡子前的露娜太太邊鬆開緞帶邊說道。

「您不了解我們，我覺得您不會想加入我們的行列。」錢斯勒小姐對蘭森說道。

「『我們』是誰？人見人愛的全體女性同胞嗎？我不了解的是您，奧莉芙小姐。」

「跟我來吧，我們邊走，我邊跟您介紹我妹妹。」露娜太太整裝完畢後說道。

蘭森向女主人伸出手，準備向她道別，但奧莉芙完全不想理會。她不想讓蘭森碰她的身體。

「好吧，如果您想讓芙雷娜接觸更多人的話，就帶她到紐約來。」他再次輕描淡寫地說。

「您在紐約有我陪伴啊，不用去找別人！」露娜太太羞怯道：「我已經決定到紐約避寒了。」

錢斯勒小姐來回看著這兩位親戚。他們一個離她遠，一個離她近，但都不太在乎她的感受。她突然想到，或許把他們兩個湊成一對，讓他們黏著彼此，對她來說反而安全。她這輩子從沒想過這種事，這個霎時浮現的念頭就像護身符，反映出她內心有多不安。

「我如果可以帶她去紐約，就會帶她去更遠的地方。」錢斯勒小姐故意閃爍其詞。

「妳說『帶她去』，妳以為妳是她的演講經紀人啊？妳們要創業了嗎？」露娜太太問。

對於錢斯勒小姐不想和他握手，蘭森始終耿耿於懷，甚至覺得很受傷。離開之前，他還摸著門把，在門口駐足了一會。「奧莉芙小姐，您寫信邀我來您家坐坐，到底是為什麼？」蘭森問。

他臉上雖然存有一絲喜悅，眼裡卻透著先前提過的黃光，某一瞬間看起來頗駭人。露娜太太已經準備要下樓了，另外兩位還在彼此對視。

「問我姊，她應該會告訴您。」奧莉芙轉身走到窗邊。她站在窗邊好一會，看著外頭的景象。她聽見大門關上的聲音，又看見兩個人一同過街，逐漸消失在眼前。她用手指在玻璃上輕輕敲打，敲出了一小段節奏，彷彿有了作曲的靈感。

同一時間，蘭森問露娜太太：「她要是不喜歡我，何必寫信給我？」

「因為她想介紹我們兩個認識，她覺得我會喜歡您！」看來錢斯勒小姐是對的。他們走到燈塔街的時候，露娜太太還不讓蘭森走，也不管蘭森說他只會在波士頓多待一、兩個小時（他為了省錢決定搭船離開），因為他要花時間經營事業。她努力喚起蘭森南方紳士的一面，這招顯然有效。至少，蘭森願意接受女性權益這回事了。

13

可想而知，塔蘭特太太聽了女兒描述錢斯勒小姐家裡的裝潢，以及她如何受對方禮遇，整個人非常開心。接下來一個月，芙雷娜三天兩頭就往查爾斯街跑。塔蘭特太太曾經對女兒說：「用最自然的方式跟人家好好相處。」她知道女兒很熟這一套互動方式，所以很放心。也不能說芙雷娜在這方面有被訓練過，因為年輕女孩需要的「生活禮儀課」從來不是芙雷娜學習清單上的重點。雖然有人曾告訴她不能說謊或偷東西，但關於其他行為舉止，幾乎沒人教過她。她就只有父母的行為舉止能參考而已。但她媽媽常覺得女兒既機靈又優雅，還拚命問她和錢斯勒小姐相處得如何。塔蘭特太太說，何不把錢斯勒小姐當成長期「備胎」？塔蘭特太太思考女兒的未來時，從不認為女兒的付出是為了換得好姻緣。要她拚命替女兒找個有錢老公，她反而會覺得自己很醜惡。不過，她其實不知道有錢男人到底是什麼樣子。她碰過的有錢男人都有老婆，遇到的單身男子則大多很年輕，雖然他們總有志於發展不同的新想法，收入卻都毫無意外地不高。她希望芙雷娜有朝一日能結婚，另一半最好是個有頭有臉的人物。如此一來，她就能走到翠蒙堂[7]門口，順著燈光在彩色海報上看見女婿的名字了。不過，她其實不太去想這件事，因為婚姻通常是黯淡的同義詞，家中有個筋疲力盡的婦人，手上抱著嬰兒，站在暖爐風口前吹暖氣。塔蘭特太太認為，和財力雄厚的年輕女子當好朋友是件好事，因為芙雷娜能在步入嚴酷的婚姻之前，先過上一段舒適的生活。要是她後來想換換生活方式，還有個避風港能躲，而且擁有兩個家會如何也沒人知道。塔蘭特太太跟與她處境類似的多數美國女性一樣，對家庭抱持崇高的敬意。即使過去二十年歷經風風雨雨，她仍然打心底相信家庭價值。如果芙雷娜有兩個家，對她是有好無壞。

但不管塔蘭特太太怎麼看女兒，錢斯勒小姐的想法顯然更重要。錢斯勒小姐認為芙雷娜的天分有醍醐灌頂的威力，跟塞拉常說的「她很特別」差不多。其實就算問了芙雷娜，塔蘭特太太還是弄不清錢斯勒小姐真正的想法，不過她現在抓著芙雷娜不放，若非覺得芙雷娜能激勵人心，塔蘭特太太也不明白了。還好，芙雷娜和對方交流時非常自在。塔蘭特太太一點也不擔心車資的問題。事實上，芙雷娜提過，錢斯勒小姐還想塞給她一堆車票。她起初去拜訪錢斯勒小姐，是為了實現媽媽的心願，但現在，顯然她是出於自身意願而去的。她對她這位新朋友讚不絕口，雖然花了一點時間了解對方，但現在她想通了，覺得對方真的很出色。每當芙雷娜想稱讚別人，錢斯勒小姐總是第一人選。見她如此受住查爾斯街的年輕女子鼓舞，是件可喜的事。這兩人非常體貼彼此，只要有眼睛都看得出來，而且說不出誰更體貼誰一點。她們都覺得對方是高貴的人。塔蘭特太太相信，兩人聯手能激勵許多人。芙雷娜很想找個能駕馭自己的人（她爸爸除了催眠治療，到現在什麼都駕馭不了），錢斯勒小姐處理事情的方式可能更專業。

「她很會引導人說話，很高明。」芙雷娜對媽媽說：「我第一次去找她的時候，有種在審判日被拷問的感覺。但她又完全表現出她的內在，讓人覺得魅力十足。她活得非常純粹，妳可以自己去認識她，就會知道我的意思了。她人格清高，會讓妳覺得自己也該如此。她只在乎女性的地位，她想做的，就是盡力幫女性爭取權益。我跟妳說，她打動我了，媽媽，真的。她不太在乎自己的打扮，頂多把客廳弄得很漂亮而已。她家的客廳真的很漂亮，坐在裡面很夢幻。她下星期想在客廳種棵樹，她說想看我坐在樹下。我覺得這種想法很東方，最近在巴黎很流行。她通常不太喜歡法國人的東西，但又覺得這個想法很貼近大自然。她自己已經很有想法了，我覺得她不需要再吸收別人的意見。我想坐在森林裡聽她發表高見。」芙雷娜帶著一貫的活力繼續說道：「她在描述女性的遭遇時，整個人會顫抖。聽到有人說出了我一直以來的想法，實在太有意思了。要是她不怕公開演講的話，成就肯定會超越我。但她不想自己講，只叫我講。媽媽，如果她不幫我

---

7 翠蒙堂（Tremont Temple）是位於波士頓市內的浸信會教堂，前身為建於一八二七年的劇院，後歷經大火而改建，並於一八九六年重新開放。翠蒙堂內亦設有大講堂，可舉辦演講集會。

吸引注意力，就沒人會注意我了。她說我有說話的天分，天分哪來的不重要。她說，改革運動讓活力十足的年輕人做為代表是件好事。我知道我還年輕，當我開始行動，我感覺更有活力了。她說，我在眾目睽睽之下還能保持平靜，是很珍貴的特質；事實上，她覺得我的平靜是老天賞賜的，她自己沒有這方面的特質。她是我這輩子碰過最情緒化的女性。她說我一定是有所觸動，才能那樣說話。我跟她說，我當然有感受，才能有這樣的理解。但她看起來總是在思索，我從沒看過誰像那樣從不休息。她說，我應該要做大事，她讓我覺得我應該這樣做。她說，我如果能讓大家聽我演講，應該能發揮很大的影響力。我對她說，如果我能發揮影響力，都要歸功於她。」

塞拉看待整件事的角度，比太太還更高一層，至少從他日益嚴肅的態度上看得出來。即使女兒備受有錢的改革人士青睞，他倒是不急著高興，一心只在乎女兒能否造福人類。身為以啟迪和治病聞名的家長，塞拉最重大的責任就是讓女兒走上正確的道路，培養正確的道德觀，這遠比孩子能不能交到有利用價值的朋友重要多了。他大多時候都在外看診，所以不太清楚女兒究竟去了哪裡，他大概知道太太整天講的錢斯勒小姐是誰，只是了解不多。芙雷娜在柏艾女士家的表現——也就是塞拉口中的波士頓首演——非常成功。我會說，他這種想法讓他的說話風格更像是傳教士了。他很像正在進行奇蹟宣講的牧師，會把身體、手勢（他的手常常高舉在空中，像是在拍照一樣）和字句拉長，露出像專利絞鏈一樣安靜的微笑，而且總是穿著他充滿皺褶的防水外套。即使是最單純的場合，他都沒辦法即時給出回應或意見，隨著主題愈瑣碎或日常，他滔滔不絕的語調就變得愈高亢。如果晚餐時太太問他馬鈴薯好不好吃，他會說味道很不錯得驚天動地（他會用「很不錯」這個詞來形容報紙，也會用來形容各式各樣的東西），還會給出普魯塔克式的對照，拿其他蔬菜來和馬鈴薯比較。他會去營造（或是可能想營造）俯視、看透一切事物的效果，表現出自己並不在意當下，只把眼光放在未來。事實上，他全心全意關注的事只有一件：讓自己登上報紙版面；不過現在，他得和女兒共享版面了。報紙就是他的全世界。在他看來，人類最精采的表達形式就是報紙了。他覺得如果神哪天真的顯靈，肯定會先在報紙大登廣告。他現在很期待芙雷娜能和有頭有臉的人物一起登上報紙，因為在他看來，世界上最快樂的人就是每天都能上報紙的人（這種人還真不少）。做不到這點，塞拉就永遠不會覺得滿足。他理想中的幸福人生，就是自己每隔一段時間就能登上報紙，像標題、日期、火災列表或西部笑話專欄一樣不可或缺。出名的渴望經常縈繞他的心頭，而且為了出名，即使犧牲寶貴的家庭也在所不惜。對他來說，人類的存在就是一場大型宣傳，唯一的缺點是效果有時候不好。他以前經常登上某份傳統靈修報，但他不相信自己能靠這份報紙吸引大眾目光；而且據他說，這份報紙已經沒戲唱了。再說，要是女兒的身材、訂婚的傳言都沒刊在「軼事」版面上大量印行，就不算是成功。

芙雷娜的名聲在西部雖然響亮，傳到東岸的速度卻不如塞拉預期的快。他想，大概是因為女兒那幾場演講都不是講座，沒事先宣傳或售票，比較像是一次次偶發事件或萬頭攢動的聚會，現場已經有更知名的講者了。芙雷娜的演講沒賺頭，頂多是為了理念發聲，大家要是知道她演講沒領半毛錢，或許還會引起更大的迴響。問題是，塞拉可沒忘記自己的女兒是棵搖錢樹。何況，她要是不領演講費，更沒辦法讓塞拉的曝光機會增加，因為很多人都知道如何靠演講撈點小錢。大多數人會不計報償便開口說話，但這跟表現出一副不在乎利益的樣子不同。無私和收入是互相牴觸的，而收入是塞拉想追求的東西。他希望某天收入能源源不絕地湧進來。他在腦中和自己對話的時候，讀者可能還會看到他同時比著手勢。

在他看來，目前的態勢離收成不遠了。還好柏艾女士辦了那場聚會，讓芙雷娜離成功更近了一步。如果費林德太太願意寫封公開信介紹芙雷娜，成效肯定無與倫比。塞拉雖然不太會察言觀色，但他對自己生活的環境還算了解，他知道費林德太太很容易「發火」——在他的鉛筆生意之前，他住過賓州，他知道賓州人常這麼說。她看事情的觀點不見得如你所願，如果公開聲援芙雷娜這個舉動和她的理念不合，聰明如塞拉，也不知道該如何收服對方的心。如果成功與否跟能不能討費林德太太歡心有關，那就只好保持耐心，像等溫度計液柱上升一樣等待了。塞拉之前告訴柏艾女士自己對費林德太太的期待，而柏艾女士似乎覺得，照這位名人大受感動的情況看來，她某天終究會掏心掏肺，讓大家知道她當時的感動。那晚聚會過後，費林德太太又到別處演講去了，但柏艾女士認為，等費林德太太回到羅克斯伯里，就會約芙雷娜見面，提點她幾招。塞拉一聽，心裡立刻覺得有戲了，他聞到了錢的味道。照目前的情勢研判，查爾斯街應該是有錢可撈，因為那位特立獨行的富家女似乎很願意砸錢。但如之前所說，塞拉當時裝作沒想到這件事，眼睛刻意盯著簷口瞧，簡直是他這輩子最用力看東西的一刻。他相信，要是他哪天晚上決定要包下會議廳，錢斯勒小姐會直接告訴他帳單寄到哪。他當下立刻盤算，到底是要立刻包一間會議廳，讓芙雷娜迅速躋身名流圈好，還是先讓她在私人聚會中多多曝光，才能讓更多人想接觸她。

在新英格蘭首都市街和郊外四處穿梭的塞拉，心中全是這些念頭。如我所說，他有好幾個小時都不在家，在家裡的塔蘭特太太已經餓到要吃水煮蛋和甜甜圈充飢，同時懷疑，先生難道都不餓嗎？他每次進家門，最多只跟太太要一片派來吃，他唯一的要求，就是派必須是熱的。塔蘭特太太暗自以為，先生一定是在女病患家裡吃過輕食了——只要不是按正餐時間吃的餐點，她都會說是「輕食」。這裡不妨再提一件事：有一次，塔蘭特太太不小心說出了心中的疑惑，塞拉便說，這輩子只有行善時，他才有充實的感覺。他行善的方式五花八門，舉例來說，他常常會去逛街、搭馬車、逛火車站、光顧大減價商店。但他混得最熟的地方，還是報社和飯店的前廳。前廳是用大理石鋪成的大型空間，讓人方便私下碰面，而透過室內的大片玻璃窗，街道上的行人還能看見飯店裡踩著高跟鞋的美國人。前廳裡有堆得老高的行李、觸手可及的痰盂、推擠別人的閒人、落落寡歡的客人、好鬥的愛爾蘭行李員，以及在擺滿廣告的桌子上寫信，頭戴怪帽、留著凌亂長髮的男人；在這樣的空間中，塞拉無數次擺出沉思的姿勢。要是你突然問他他在做什麼，他應該沒辦法回答你。他只知道，這些地方是全國的神經中樞，只要愈往裡頭看，就愈能見證重要事件。不過，報社最隱密的區域對他更有吸引力，只是進入門檻更高，形成擋在塞拉眼前的障礙。但是，這讓他更有闖入報業核心的衝勁。他總說得出各式各樣的理由，甚至有時候還能幫上一些忙。他一向堅持探索到底，還因此獲封「不屈不撓的塔蘭特」。他會在報社附近閒晃、坐上老半天，還占用大忙人的時間；要是被趕出辦公室，他還會閃進印刷室裡和排版工聊天，害對方不小心把他的話排上報紙版面。要是排版工懶得理他，他就會改跟送報童說話。他整天想知道報社裡的人在忙什麼，也很想親自走進辦公大樓內，但最後不得其門而入。於是，他開始期待報紙能幫他免費登廣告。他內心很渴望接受採訪，成天在編輯部晃來晃去。當他自認被採訪了，那幾天就會目不轉睛盯著報紙標題，但他期待的報導始終沒刊出來。為了報這個仇，他決定等待芙雷娜功成名就的那天，他甚至還想好了，要如何對待跟在女兒身後的八卦記者。

14

「我們家應該要有人去拜訪她，」塔蘭特太太表示，「我覺得她應該不介意和我們見個面。」母女對話中的「她」，指的不是別人，肯定是劍橋小屋中的熱門話題人物——錢斯勒小姐。但提起錢斯勒小姐的從來不是芙雷娜，因為她對這個話題早厭倦了。她有自己的看法，而且跟媽媽的看法不一樣，但她會任由媽媽高談闊論，因為只有這樣，她才能把自己的想法藏在心底。

塔蘭特太太自認很喜歡觀察人，現在，她很努力地分析錢斯勒小姐，不但說個沒完，還常常一鳴驚人拋出結論。她這麼做的目的都是為了向女兒靈巧的心靈解釋這個世界，她分析錢斯勒小姐的時候信心滿滿，卻幾乎不提自己只見過對方一次；相反地，芙雷娜才是幾乎每天都會見到錢斯勒小姐的人。芙雷娜覺得，自己已經跟奧莉芙很熟了，但媽媽習慣把對方的動機和脾性說得天花亂墜（塔蘭特太太根本不知道「脾性」這個字的意思，卻還是整天分析別人的脾性），結果和事實有所落差，畢竟能親自走訪查爾斯街的是芙雷娜自己。奧莉芙實際上的樣子比媽媽想像中的優秀多了。她讓芙雷娜開了眼界，讓她相信自己肩負天職，也讓她獲得嶄新的人生視角。芙雷娜在奧莉芙家沒機會見到社會領袖，但仍然受到不小影響。到目前為止，除了露娜太太之外，她誰都沒遇過，而奧莉芙有種想獨占芙雷娜的感覺。塔蘭特太太對芙雷娜的新朋友唯一的不滿，就是芙雷娜居然沒看到更多浮華世界的內幕。她深深相信，那是邪惡和膚淺的淵藪，何況芙雷娜還跟她說過，錢斯勒小姐很瞧不起上流社會。真要她說知道這些對女兒有何幫助，她其實說不上來（上流界女性避新福音唯恐不及的態度，已經臭名遠播了）；她真正氣的是，芙雷娜居然沒把燈塔街的氣息帶回家。如果芙雷娜不是那樣逆來順受，她絕對會是世上最有趣的人。上天賜予她的一切，她欣然接受並心存感激，但她也不會貪望那些沒賜予她的。她是個很特別的人，融熱情及溫順於一爐。塔蘭特太太自己有一套脾性理論，她也很愛女兒，但她幾乎沒發現全世界性格最甜美（有人會說女兒人比花嬌）的人就在她身邊。她對芙雷娜的聰慧和天分很自豪，但無奈自己背景平庸，沒辦法幫女兒建立人脈。因此，她覺得如果芙雷娜能多認識點飛黃騰達的人，讓這些人自慚形穢，人生的成就會更高。塔蘭特太太似乎覺得，芙雷娜還有辦法堆高成就，彷彿她現在的狀態還沒達到巔峰。

塔蘭特太太進了城裡，想去拜訪錢斯勒小姐。這是她想了很久自行決定的，完全沒徵詢芙雷娜的意見。她還自己想了個說詞，否則面子過不去。因為她當時太好奇，連格林史崔特家族的自尊心都抵擋不了。她想再見錢斯勒小姐一次，希望親眼看看她迷人的房子，因為芙雷娜向她描述過很多細節。她本來最想說的理由是，因為錢斯勒小姐已經受邀來過劍橋了，但這不是事實，所以她只好找個次好的理由：她告訴自己，她有必要親眼看看女兒待了老半天的地方究竟長怎樣。在錢斯勒小姐看來，塔蘭特太太應該是來感謝她熱情款待芙雷娜的，她知道自己該表現出怎樣的舉止（或者說她自以為知道，她後來發現，塔蘭特太太家族跟她想像中的不同），或是如何微調說話的口氣[8]（她總覺得塔蘭特太太懂點法文）。幾週過去了，錢斯勒小姐仍然沒有要見塔蘭特太太的意思，塔蘭特太太稍微罵了一下芙雷娜，說她居然沒讓對方覺得有必要見見朋友的母親。

8　錢斯勒小姐使用的是源於法文的英文字nuance，意指細微差異。

芙雷娜只能說，她猜錢斯勒小姐完全沒想到這一層。芙雷娜自己也發現了這尷尬的狀況，她覺得這是因為錢斯勒小姐見多識廣的關係。芙雷娜自己認為，媽媽在世上不是什麼重要人物，錢斯勒小姐不會花時間關注不重要的人。而且，芙雷娜也不能對媽媽說實話（她現在在家裡比較少直話直說，何況她的疑心愈來愈重了）：錢斯勒小姐想把她從父母身邊搶過來，所以沒打算和他們建立關係。我想再提一件事，塔蘭特太太還抱著另一個動機：她滿腦子想見露娜太太一面。這件事或多或少證明，塔蘭特太太的人生非常枯燥乏味——事實確實如此，我也就實話實說。她和所有參加講座的人見了面，但有時候她想換個做法，改去看看那些沒出席講座的人。照芙雷娜對露娜太太的描述來看，露娜太太完全屬於這類特立獨行的人。

芙雷娜十分關注奧莉芙那位特立獨行的姊姊。現在，她什麼事都會與這位新朋友分享，除了某個小祕密。那就是，一開始如果有選擇的話，她寧願變得更像露娜太太。芙雷娜很欣賞露娜太太，因為對方的緣故，她對異國有了許多遐想，最好能和對方獨處一整個晚上，讓她問一大堆問題。可是，芙雷娜從沒和露娜太太獨處過，而且，她最多只跟對方打過幾次照面。愛德琳一向忙進忙出，穿著華服準備參加晚宴和音樂會。她會對來自劍橋的芙雷娜說些凡塵俗事的事情，或隨意地跟奧莉芙說話，芙雷娜自認八成永遠做不到（她在此事上預測錯誤了）。但錢斯勒小姐從沒請露娜太太留步，也沒給芙雷娜機會見她，甚至看起來無法想像她會對這種人有絲毫興趣。只有愛德琳離開後，錢斯勒小姐才會再度提起話題。當然話題永遠都一樣，都是她們該如何攜手合作，一起替受苦受難的女性發聲。芙雷娜不是對這話題沒興趣，絕對沒這回事，因為和奧莉芙聊這些話題，總是讓她獲益良多。問題是，她會因周遭事物分心，但她的夥伴又在高談闊論，聽久了，有時候會讓她頭昏腦脹。塔蘭特太太發現錢斯勒小姐在家，卻沒看見露娜太太的蹤影，讓她有些失望。在芙雷娜看來，媽媽沒碰到露娜太太是好事。她對自己說，照媽媽從查爾斯街回來之後就開始大聊錢斯勒小姐，一副芙雷娜從沒見過錢斯勒小姐的樣子，萬一她真的和愛德琳見了面，對於這位她們從未聊過的女士，同樣的事情豈不是會再次發生？

芙雷娜後來終於對奧莉芙說，她應該來劍橋坐坐，但不知道為什麼她都不來。奧莉芙倒也坦承不諱，說因為她會吃醋，她希望芙雷娜只屬於她一個人，不想知道她同時屬於其他人。塔蘭特夫婦既會擺出父母的架子，也會提出異議，奧莉芙不想見到他們，也不想知道世界上有這兩個人存在。這些話都是事實，但奧莉芙無法對芙雷娜全盤說出實話——說她憎恨那對令人生厭的劍橋夫妻。我們都知道，她會要求自己不針對單一人士發洩情緒，她用來安慰自己的說詞是，塔蘭特家族是很可悲的一群人，屬於不屑支持新思想的族群。她和柏艾女士聊過塔蘭特夫婦（奧莉芙對柏艾女士十分照顧，送了她很多東西，因為她很感激對方的付出；正因如此，柏艾女士才能戴著漂亮的帽子和披肩）；身為普蘭斯醫師的室友，柏艾女士厭惡惡行，卻又會幫對方找藉口推脫（儘管理由牽強）。柏艾女士認為，如果認真檢視塞拉的言行，其實沒那麼不堪。而在奧莉芙眼中，塞拉是個無足輕重的人物，因為奧莉芙問了芙雷娜父母的狀況，芙雷娜也透露了很多，但她不清楚錢斯勒小姐對此的感想。聽了芙雷娜童年和青少年的故事，奧莉芙便明白塞拉是個衛道人士，實際上毫無道德感。而芙雷娜的故事說得活靈活現又十分真誠，讓錢斯勒小姐聽得如癡如醉。她不禁心想，芙雷娜是否連是非對錯都分不清楚。不，她只是太單純天真了，什麼都不懂，不了解這些經歷對她造成了哪些影響，不知道怎麼評斷父母的言行舉止。奧莉芙總希望有天能讓芙雷娜好好發揮天賦，畢竟，她每天都覺得對方愈來愈完美，而我也說過，她為了達到這個目的，拚命叫芙雷娜表達論述。現在她達到目的，也心滿意足了。她只希望芙雷娜能和過去種種一刀兩斷，雖然她並不責怪芙雷娜的過往經驗，因為有了這些經歷，芙雷娜（和贊助人錢斯勒小姐，透過她作為經紀人）才能認識人民的苦難和祕辛。她心裡認定芙雷娜是民主孕育出來的花朵（雖然她有格林史崔特家族的血統，但有人在乎格林史崔特家族嗎？），出身絕不遜於塔蘭特家族。塞拉是賓州人，出生在一個沒人聽過的地方，家世背景低到難以言喻。但要是塞拉沒有家世背景的問題，奧莉芙反而會大失所望。她寧願相信芙雷娜小時候嘗盡貧窮的滋味，雖說她總一副歡天喜地的樣子，但家裡要是再窮久一點，這標緻的女孩可能會連飯都沒得吃。這些經歷反倒抬高了她在奧莉芙心目中的價值；正因如此，她們才必須更加努力，攜手完成任務。大家常覺得改革人士是被環境所逼，而所幸芙雷娜經歷過這些讓人愉快的意外，否則反而缺乏了外力的逼迫。當芙雷娜受媽媽之託，開口邀奧莉芙到劍橋一趟，奧莉芙就覺得不拚命不行了。拚命對她來說不是什麼難事，畢竟活著就是在拚命，但這次的挑戰特別艱鉅。不過，她決定接受挑戰到塔蘭特家坐坐，同時也告訴自己，這是第一次也是最後一次。她唯一覺得心安的事，就是她知道到時候會痛苦萬分，對她來說，迎接苦難跟口袋裡有現金一樣，能帶來精神上的撫慰。最後，塔蘭特家約好跟錢斯勒小姐喝個下午茶（但塞拉總是把下午茶說成晚餐）。一如先前所述，塔蘭特太太為了答謝她，還邀了另一位嘉賓，這是芙雷娜和媽媽從長計議之後挑出的人選。當奧莉芙走進劍橋小屋的前廳，第一眼看到的，正是一位已經早衰——客氣的說法是早熟——的白髮年輕人。她依稀記得自己見過這個人，對方名叫馬提亞斯．帕登。

後來，她發現情況沒想像中那麼可怕。她本來很擔心芙雷娜的心理狀態，連最壞的情況都考慮過了。她覺得自己應當幫助芙雷娜脫離惡劣環境，讓她陪自己過日子。奧莉芙很希望芙雷娜能答應她離開劍橋，而且這期盼一天比一天殷切。最好的方案是什麼，她目前還說不上來，只知道她們需要一座完美的聖域，讓兩人能長居其中，永不分離。在劍橋受邀作客時，她心中浮現了兩人世界的輪廓，也開始思考各種細節，但是，她又覺得再等等或許比較好。反觀身為主人的塔蘭特太太，她的本性變得更清晰了，無疑就是個俗人。錢斯勒小姐瞧不起庸俗氣息，她對家裡的俗氣尤其敏感。她常因為覺得露娜太太很庸俗，弄得自己的情緒起起伏伏。有時候大家感覺都很俗氣，只有柏艾女士（她和庸俗沾不上邊，她可是古董）和最貧窮、低賤的族群除外。只有苦力、紡織工、無名小卒這種人，他們才能免於庸俗。要是錢斯勒小姐熱中的改革運動全都是她喜歡的人帶頭，要是革命不必總是發源於小我，這些內心的糾結、犧牲、處決……她會比現在開心好幾倍。可惜的是，雖然有共同目標是難得的好事，也無法消除團體內部的偏見。

塔蘭特太太的福態在賓客眼裡顯得蒼白、臃腫。她的神情有些憔悴，頭髮雖然稀疏，卻梳成露額的中國風髮型[9]。她沒有眉毛，眼睛像蠟像一樣直向前望。她每次開口都想用力說話，每次一用力，表情就會皺成一團，好像想講什麼深奧的道理，最後卻沒半點內涵。她散發著哀戚的優雅，很想維持低調神祕的形象，講話時總壓低聲量，彷彿想和賓客們心電感應：她該不該試做個

9 中國風髮型，原文為 à la Chinoise（法文），意指中國風，為十九世紀歐美女性喜愛的髮型之一。其梳法為將頭髮集中於頭頂和額頭兩側，頭頂處梳出一個大髮髻，額頭兩側處梳出許多小捲。

炸蘋果麵團？她披著一條飄揚的披肩，看起來很像丈夫穿的防水外套，當她轉身和女兒講話或談起女兒，那件披肩彷彿是生育女祭司穿的袍子。她很努力主導話題，隨時給自己岔題問奧莉芙問題的空間。她問最多的，就是奧莉芙除了波士頓，還認不認識其他城市——她的意思是自己浪跡天涯過的城市——的風雲女士（這是塔蘭特太太個人的說法）。塔蘭特太太提到的人物，有幾位奧莉芙認識，有幾位連聽都沒聽過，但她被問得火冒三丈，乾脆一概回答不認識（她心想，自己這輩子從沒說過這麼多謊）。塔蘭特太太愈聽愈尷尬，覺得自己的問題已經夠單純了，還得不到正面回覆或新資訊。

15

不過，塞拉還是目光灼灼。他對錢斯勒小姐非常有禮，不斷端菜給她，還暗示她炸蘋果麵團很好吃。但除此之外，他談的全都是重振人性美好的大道理，還殷殷期盼柏艾女士能再辦一次歡樂聚會。他說他之所以期待聚會，並不是想讓大家認識他女兒，而是大家能藉機交流寶貴意見，分享心得。要是芙雷娜對社會改革有任何意見，他們相信，總是有機會讓她發言的。主動出擊找門路，對他們來說行不通。有人需要他們的時候，機會自然就會上門；若沒人需要他們，他們也只好按兵不動，讓其他被需要的人挺身而出。有人聯絡他們的時候，他們會知道；沒人聯絡他們的時候，他們也只好像平常一樣和家人取暖了。塞拉喜歡變通，也提到許多可能性，如果聽眾還覺得他偏頗，就不是他的錯了。不過在錢斯勒小姐看來，在場的聽眾不太會這樣想，因為這些人看起來都一窮二白。只是他們相信，不管是公開發聲或肯默默耕耘，所有困難都能船到橋頭自然直。他們面對大哉問的經驗也很豐富。塞拉說話的時候像個大家長，覺得聽眾都準備好要承接大哉問了。他對奧莉芙說話時，都會尊稱她為「女士」，全場都能聽見她的名字，讓她顯得前所未有地出名。除了塔蘭特太太和芙雷娜在一旁冗長而真誠地談話，其他時候，錢斯勒小姐都聽得見她的名字。看來「女士」這個頭銜，足夠讓他們聽話了。她本來想替塔蘭特醫師這個人打分數（她這樣想，不代表她覺得對方「醫師」的頭銜光明正大），讓自己心裡有個底。現在她打完分數了，她心想，如果她給塞拉一萬美元，用來交換她對芙雷娜的所有權利，而他們夫婦倆這輩子不要再動女兒一根汗毛，他大概會露出令人顫慄的笑容說道：「兩萬，立刻付現，我就照辦。」照當晚對方顯露的道德瑕疵來看，未來很有可能會衍生出這筆交易。塔蘭特一家暫居的巢穴，許多地方都有瑕疵感：帶有樸素前院的小木屋，陽台毫無遮蔽，給人門戶洞開的感覺；門前還有一條沒鋪的路，行人步道上放了一整排木板，木板上有時會覆著冰或融冰，視當時天氣而定。踩上木板的人，會像走繩索一樣如履薄冰，整個人戰戰兢兢。塔蘭特家裡的裝潢乏善可陳，奧莉芙只聞到一股煤油味。她還記得自己一坐下來，底下的東西好像就裂開了，整個都在搖晃，還有茶几上蓋了一塊亮色的布。

奇怪的是，想到要和塞拉有金錢往來，奧莉芙居然預設了，芙雷娜絕對不會拋下父母。她知道，要芙雷娜背叛父母是不可能的事，她總是和家人互通有無。芙雷娜若不是這樣的人，奧莉芙早就不屑和對方來往了。但她無法理解，父母親即使再軟爛，都磨滅不掉兒女親近他們的天性。從錢斯勒小姐踏進塔蘭特家開始，這個問題已經在她心裡繞了好幾個小時，同時，她又想到了心中那個永遠無解的謎團：這兩個人，竟然是芙雷娜的父母。她心中的解釋跟一般人理解奇事的方法一樣，也就是法國人愛說的「全都是奇蹟」。她逐漸覺得，這女孩簡直是奇葩中的奇葩，像芙雷娜這樣的人可說是史無前例，雖說這應該是眾人的共識。在塔蘭特夫婦的教養方式之下，她居然還能出人頭地，都要歸功於上天一時興起，用心造出了這個傑作。因此，就算十分費解，倒也不必追究了。凡是絕世美人、絕世天才、絕世完人，無論誕生於何時何地，總會令人嘆為觀止，然後他們會被迫合群；人們喜歡將他們和遙遠的祖先相提並論，甚至認為他們是神的兒女，而不是醜陋或愚笨的父母所生。照塞拉的說法，這些人都是深不可測的現象。在奧莉芙心目中，芙雷娜就是典型的「天選之人」。她的特質不是用錢換來的，比較像是不知名使者贈予的精美禮物，在她生日當天放在家門口，像傳家之寶一樣令人歡欣雀躍，更讓人好奇送禮的究竟是誰。芙雷娜質樸到一個境界，這對奧莉芙來說是好事，因為如前所述，她已經下定決心要鍛造對方了。芙雷娜的質樸，就跟水果、花朵、火光或水花一樣天生自然。按照奧莉芙的觀察，芙雷娜有著藝術家的特質，能輕易引來各種迷人的事物。我們難以想像這樣一位沒受過正規教育、被錯誤地指導、經驗不足的藝術家，但更難想像世上存在塔蘭特夫婦這樣的人，或是像芙雷娜一樣歷經醜惡的人生。只有最完美的人才能不去思考這些事物之間的關聯，只有天生散發光芒、具備崇高品味的女孩辦得到。世界上有這樣的人，彷彿剛從全知造物主手中脫胎而出，他們和凡人完全不同，卻活得善良又清晰。

塞拉談著女兒，談她的志向和熱情，但奧莉芙愈聽愈痛苦。她想到塞拉會將手放在女兒身上讓她開口說話，就感覺渾身不舒服。他用這種方式和她的天分沾上邊，對改革造成很大的傷害。

奧莉芙已經下定決心，今後芙雷娜必須和塞拉劃清界線，不再和他同台。芙雷娜自己也承認，她只是配合爸爸演出而已，因為和爸爸在一起很開心，但任何效果相同的方法她都願意配合，能讓她在開口說話前稍微靜下來就可以了。奧莉芙相信，她有能力撫平芙雷娜的心緒，雖然說，她從沒成功安撫過其他人。如果有需要，她會和芙雷娜一同登台，再把雙手放在她頭上。命運何其扭曲，居然派塞拉來干涉女人的事務，好像女人需要他才能達成目標一樣。這位窮酸削瘦、一身破舊穿著的江湖術士，沒幽默感、沒才智、沒聲望，還會靠華麗的外表遮掩膚淺的內在，女人難道非靠這種人不可？帕登先生顯然對女性運動頗感興趣，但照他的表現來看，他不會變成麻煩人物。他在塔蘭特家看起來輕鬆自在，奧莉芙記得芙雷娜很常提到他，但她不知道原來他們那麼熟。芙雷娜常常說，帕登先生有時候會帶她去戲院看戲。錢斯勒小姐還算理解，因為她有過相同的經驗。在雙親相繼過世後，她在查爾斯街買了棟小房子獨居，也同時開始和男士進出高級娛樂場所。因此芙雷娜會有這樣的經歷，她完全不意外。而且照她的經驗來看，天底下沒有比這更冒險刺激的事了。她還記得，和男士出遊的經驗很隆重又有啟發性，而從她同伴的表現看來，他們是真正關心她的幸福（年輕的錢斯勒小姐有時甚至能占盡優勢）。她還記得，有其他朋友會待在離她不遠處，知道她是跟哪些人待在一起，這讓她備感欣慰。她曾和同伴在散場後認真討論戲中角色的行為，也記得她出遊結束後會說什麼。男士送她到家門口時，她會彬彬有禮地答謝道：「謝謝您帶給我這麼美好的夜晚。」她總覺得自己太嚴肅了，只要一說話，嘴唇就僵住。不過，她每次出遊氣氛都很嚴肅，因為她顯然沒什麼幽默感。雖然沒有像參加國王禮拜堂晚間禮拜那麼宗教儀式化，但也相去不遠了。當然，不是所有女孩子都會如此，有些家庭是不贊成的。不過，反而有很多女孩會參加這種遊樂活動，她們知道有哪些事情不能做。一般來說，這種活動總是端端正正的，象徵了文化與寧靜的品味。對經歷過種種危險的芙雷娜來說，這些活動反而更天真無邪，但奧莉芙想到的是永無止境的危機，她擔心芙雷娜有天會和某位出色的年輕人攜手出遊，而且時間不只一晚。簡而言之，她擔心芙雷娜有天會結婚，她還沒準備好要讓芙雷娜步上婚姻之路。因此，她對身邊的男性友人都起了戒心。

帕登先生不是芙雷娜唯一認識的男性友人。譬如說，她還當場認識了兩位年輕的哈佛法律系學生，他們是當天午茶時間後才到的。兩人坐在屋裡的時候，奧莉芙心想，芙雷娜是不是藏了某些祕密沒告訴她，譬如她是校園女神（很多劍橋的女孩子都是這樣），風靡了很多大學生。在偌大校園的課堂上，有些女孩的後方會黏著一票男學生，這是很正常的事，只是，奧莉芙不想要芙雷娜變成這樣。在這些女孩裡頭，有些專門和大三、大四生來往，有些則和大一、大二生比較熟。有些女孩子專門挑職業性學科的學生，甚至還有一群女孩，和待在神學街底奇詭的小型兵營裡讀書的一神論派[10]的年輕人特別熟。新訪客一到，塔蘭特太太又更忙了。她要每個人換了兩、三次座位，大家聚成一個圓圈，還時不時被走來走去的塞拉弄出破口。不管大家討論什麼，塞拉始終不發一語，只是擺出各種傾聽姿勢，一會緩緩點頭，一會超乎尋常地專心盯著地毯看。塔蘭特太太和兩位哈佛法學院的學生聊了起來，問他們學校課業如何，他們是不是真心想學法律。她說，她覺得有很多法條都不公平，期待他們哪天能把法條修好一點。她爸爸過世的時候，她因為法條吃了很多苦。本來應繼承的遺產只拿了不到一半。要是法條不同，結果就不會如此了。她認為，法律應該為公共事務服務，而不是用來處理私事。她覺得，這種想法會讓意志消沉的人更消沉，而且會陷入重重危機。她有時候覺得不可思議，面對人生中的種種打擊，自己究竟是如何挺過來的。但這也證明，人只要知道如何追尋自由，隨處都能獲得自由。

這兩位年輕人都很幽默，也會歡樂面對塔蘭特太太的妙語。雖然他們看似彬彬有禮，但奧莉芙絕對看得出他們的動機。他們和芙雷娜聊天的態度，比和塔蘭特太太聊天時更自然。趁他們聊得正起勁，塔蘭特太太便和錢斯勒小姐介紹這兩位的來歷：個子小、衣著不算整齊的那位，帶了他的朋友一起來參加聚會，讓大家認識這位從紐約來的布拉吉先生。布拉吉先生打扮得非常時髦，常常到波士頓去（塔蘭特太太說：「您一定對波士頓滿熟的。」），家裡很有錢。

「他對波士頓滿熟的，」塔蘭特太太繼續說：「但他對葛雷西先生（個子小的那位）說，這樣不夠，因為他沒認識像我們這種人，不為什麼，非如此不可。所以我們和葛雷西先生說，帶他到我們家來吧。希望他能從我們身上找到他要的東西，我覺得一定可以。據說，他和溫克沃斯小姐訂婚了。我相信您一定知道我在說誰。但葛雷西先生說，他只看過對方不到兩次。八卦就是這樣傳開的吧，我猜。還好無論如何，我們都沒被捲進去！葛雷西先生就完全不同了，他是很普通的人，但我想他很有學問。您不覺得嗎？什麼，不認識他？我猜您不在乎吧，因為這種人您也看多了。但我個人覺得，這種年輕人實在普通到極點。他上次來作客的時候，塔蘭特醫師就這樣說他了。但我只能說，最普通的人才是最好的。我邀您來的時候，還不知道我們會辦派對。不知道芙

10 一神論派（Unitarianism）為一基督教派別，相信上帝僅有一位，否認三位一體（聖父、聖子、聖靈）的概念。此教派起源於十六世紀的歐陸，並於十八世紀時西傳至美國，首先由波士頓的教會所承認。

雷娜有沒有端蛋糕出來，通常學生都很愛吃蛋糕。」

結果，端點心的人是塞拉，他消失一段時間之後，又端著一盤美食回來，一一把食物分給在場的人。奧莉芙發現，芙雷娜對著葛雷西先生和布拉吉先生猛笑，看得出他們的關係非常融洽，尤其是布拉吉先生，他笑得可燦爛了。旁人大概會誤以為芙雷娜的工作是和向她探頭的年輕人談笑，而這些人都不如奧莉芙清楚，世界上的天才都有獨特的任務，而對於具備改革天職的人來說，討好自以為是的年輕男人是最無關緊要的任務。奧莉芙盡量為此感到高興：她的朋友秉性良善，讓她散發天生自然的優雅。她相信，芙雷娜絕不是愛調情的女人，她只是對所有人都很友善，她的本性讓她對任何人（無論男女）都會予以甜美的笑容。錢斯勒小姐想的可能沒錯，但讀者要知道，她光靠自己的認知，不可能知道芙雷娜是不是愛調情的人。芙雷娜也不會告訴她實話（其實她也不知道自己是不是這樣的人，就算知道也不會講真話），而奧莉芙並不是個愛調情的人，因此無從衡量其他女人有多愛討好別人。她應該看得出葛雷西先生和布拉吉先生的差別，因為塔蘭特太太一直想跟她解釋，她聽到都煩了。最耐人尋味之處，是她雖然致力於振興女權，但大體來說更懂男人。布拉吉先生英俊年輕，聰明的臉上總是掛著笑容，一身華服，有種交遊廣闊的氣質，感覺是個早慧、見識廣的好人，對新思想很有興趣，但又有點半吊子習性。他無疑是個有雄心的人，喜歡說自己欣賞凡俗事物，說他爸爸是個粗魯卻犀利的新英格蘭人，頭腦比自己更清楚、更懂得挖苦嘲諷；他父親很早就聽說過塔蘭特一家人，因此告訴過布拉吉先生一些有趣、精采的內幕。葛雷西先生身材矮小，大頭上戴了副眼鏡，外觀樸素且不修邊幅，雖然嘴唇外型不佳，但總能口出美言。芙雷娜聽了很多葛雷西的稱讚，開口說話的時候，臉上便散發著光彩。奧莉芙看得出來，芙雷娜演出了某種樣子，跟這兩位男士預期的一致。錢斯勒小姐彷彿活生生聽到了兩人的對話：葛雷西先生說他會努力誘導芙雷娜，而她會印證葛雷西先生所說，表現出那個階級女性會有的嫵媚姿態。這些男人離開之後，會點起雪茄笑談芙雷娜，再過一段時間，他們就會把「為女權奮鬥的少女」說了什麼掛在嘴邊，自得其樂。

男人招致反感的原因總多得令人歎為觀止。這兩位男士的風格跟蘭森不同，儘管差距頗大，都有羞辱女性的味道。最糟的情況是，芙雷娜會忽視他們的攻訐，不對這些男人心生怨恨。雖然錢斯勒小姐已經盡力教她了，但還是有很多事她怨恨不來。芙雷娜心裡明白男人有多殘忍（這點令人覺得不可思議），自古以來製造了諸多不公不義，但整體而言，男人的惡在她心中還是很抽象、很理論化，以至於她不會真的去恨男人。她如果不打算將知識化為行動，只想當個羞答答的平凡女子，那空有性別歷史所帶來的深刻啟發又有何用？（她告訴自己，這就像聖女貞德因為對法國的超自然領悟而付出一生）乾脆第一天就說她不玩了，豈不是比較好？話又說回來，她現在的樣子算是舉手投降嗎？要是這位戴著指環、鏈子，穿著發亮的鞋子，魅力四射、笑臉迎人的布拉吉愛上了芙雷娜，還想花大錢買通她，要她放棄別的東西——像是她的演講天職——陪他去紐約當他的太太，過著半被欺壓、半被寵愛的布拉吉家族式生活，該怎麼辦？奧莉芙心裡七上八下，因為她想起芙雷娜有一次脫口而出，說她比較喜歡「自由伴侶關係」。其實這只是少女無知的說法罷了，她根本不知道自己在說些什麼。雖然在她的成長過程中，身邊都環繞著不把分寸當一回事的人，但她保有美國女孩天真無邪的一面，在廢奴之後，還能保有這般天真無邪是最可貴的。芙雷娜發表過很多言論，但最能反映她天真的一面的，還是她對自由伴侶關係的說法。感覺得出來，她對各種伴侶關係都可以接受，就算和追求肉欲的年輕男子發展關係導致自己陷入危機，她也覺得無所謂。

16

奧莉芙覺得，帕登先生看起來不屬於這個場合，但他也不會讓自己顯得沉寂。他一進到屋裡，就坐在錢斯勒小姐身旁聊起文學。他問錢斯勒小姐，這陣子有沒有追最新幾期的雜誌，她說她不看這種刊物。帕登先生聽了，還替雜誌切分期數的方式辯駁一番，錢斯勒小姐提醒他，自己並沒有批評這套方法。帕登先生沒因為對方的態度而退縮，反而還順水推舟，問起關於芒特迪瑟特島的問題。顯然，他是個怎樣都得找話聊的人。他說話又輕又快，不但咬字不清，句子也破破碎碎，語調則平緩而親切。他會發出各種驚嘆（像是「我的老天爺！」、「老天保佑！」），對於習慣爆粗口的男性同胞而言，這反而少見。他的五官小而美，外貌乾淨清爽，有著一雙俊秀的眼睛，還會捋嘴上的鬍鬚。他看起來很年輕，和頭上的白髮形成極大反差；他很容易開口閉口都是自己的記者事業。他的朋友都知道，他是個敏感又愛瞎扯淡的人，但也都稱他活在當下，因為他整個人跟文學產業的風格十分一致。可以說，就跟塞拉想的一樣，他的朋友也認為帕登與報業關係好，深耕於偉大的宣傳藝術。在這個年代，藝術家做為一種身分和藝術家本人的界線已經完全模糊了，作家只關心個人的事，並且養活了送報童。大家關心所有事物、所有人。所有事情對帕登先生來說都可以見報，而要有材料見報，就必須不斷做採訪，還要在第一時間刊登，如果事關全國同胞——甚至無關也罷——內容跨越道德紅線也無所謂。他會秉持最高的道德良知，大肆嘲諷同胞的私生活和外表。他的理念跟塞拉一樣，認為能見報就是幸福，不應該就登報條件討價還價，否則會變成吹毛求疵。他的家族是法國人所謂的「藝術世家」，他十四歲的時候常跑飯店，從大理石櫃檯上油膩膩的大住宿登記簿裡挖資料。他甚至能自豪地說，他已經努力從民意監督政府（民主國家引以為傲的產物）的角度出發，讓美國人免於走上偷偷摸摸的歪路。於是，他的事業蒸蒸日上，他成了波士頓媒體界最年輕傑出的採訪記者。他對採訪女士特別在行，曾經採訪過許多當代的知名女性，並將內容加以濃縮，因為其中有些人非常健談。理論上，當受訪的大牌女星和女演員抵達飯店，最快當天晚上安置行李時、最晚隔天一早前，帕登先生就能用不著痕跡的方式，將她們照顧得服服貼貼。他不過二十八歲，卻已經頂著一頭白髮，是個從裡到外徹底現代化的人了。要他不從現代生活的便利獲取好處，他還真辦不到。在他看來，地球人活著的任務，無非就是不斷改良電報。所有東西對他來說都差不多，比例如何、品質如何，全都不重要。但近來，他感受到了塞拉投射過來的敬意，內心澎湃不已。塞拉極度崇拜帕登先生，覺得對方似乎握有各種成功的訣竅。塔蘭特太太曾經說過好幾次，帕登先生好像對芙雷娜很有意思，而塞拉說如果此事屬實，他很樂意讓帕登先生當他的好女婿，天底下能讓他接受的女婿還真沒幾個。塞拉相信，只要帕登先生願意和芙雷娜結為連理，就能慢慢讓芙雷娜成為公眾人物。找個身兼記者、採訪員、經理、經紀人，還能一手掌握各大日報的老公，能幫芙雷娜躍上新聞版面，還能用看似科學的方法調教她……這一切都如此簡單易懂，根本不必多說。不過帕登先生認為塞拉是個不入流的傢伙，只會追著過時的舊理念跑。他覺得自己愛上了芙雷娜，但他不是為了將對方據為己有，而是想和美國人民分享他喜愛的事物。

他和奧莉芙聊起了芒特迪瑟特島。他說自己已經在不同的旅館裡，寫過很多關於這群島民的文章。不過他又說，現在的特派記者得和眾多「女作家」競爭，因為報社有時候更愛用女作家的稿子。帕登先生心想，錢斯勒小姐知道這件事應該會很開心，他知道錢斯勒小姐一向樂見女人能發展自己的天地。這些女作家很適合當特派記者，當專業的特派記者還在找下一篇稿子的素材，她們就想到有趣的主題了。無論你走到哪都避不掉這些人，想贏過她們，頭腦就得更靈活才行。當然，女作家天生就比較會閒聊，這個時代似乎也偏好閒聊式文風，不過，她們多半只寫女人愛看的題材。帕登先生當然知道，女性讀者加一加也有好幾百萬人，但他說，他自己不會只寫女人愛看的題材，他會盡量寫所有人都想看的內容。只要是女作家寫的稿子，讀者還沒看就能猜到八、九成了。帕登先生想寫的，是讀者連想都想不到的方向，他最喜歡寫出人意料的內容了。就一個年輕有為的人來說，他的態度算是不卑不亢，而他不會知道錢斯勒小姐究竟抱著何種心態聽他說話。他知道錢斯勒小姐文化素養很高，所以他只提供對方想聽的正向訊息。錢斯勒小姐覺得帕登先生不怎麼樣，雖然聽說他非常聰明，但裡頭恐怕有些誤會。抱著八卦心態觀察大趨勢的人，不會對芙雷娜造成危險。再說，帕登先生沒受過什麼教育，而錢斯勒小姐相信，或者說至少她希望，芙雷娜既然正在接受教育（還由她親手調教），她自己某天也會察覺這件事。奧莉芙對於如今浮泛、強調和善的價值觀十分不以為然。她覺得，很多說法不是站不住腳就是無知，毫無對事情的原則與見地，只會一味吹捧，就算被騙也甘心。這個時代對她而言過於隨興又沒原則，而且我相信，她會希望聽到更多女性的聲音，來佐證自己的批判。

「聽到你們兩個聊天真好，」塔蘭特太太對錢斯勒小姐說：「這就是我說的，真正的對話。平常很難看到這麼清新的畫面，我都想和你們一起聊了。我不知道多聽哪個人說話比較好。芙雷娜好像也在和男士們聊天。按照順序慢慢來，我才聽得懂，我好像沒辦法一次全部聽懂。我先聽布拉吉先生說話好了，我不想讓他覺得我們不如紐約人熱情。」

她決定走到另一頭，去聽聽那三個人在聊些什麼，因為她發覺（她衷心希望錢斯勒小姐沒發現），芙雷娜好像想推其中一個人去和錢斯勒小姐聊天，但這兩位沒節操的年輕男士轉頭看了錢斯勒小姐一眼之後，就拜託芙雷娜別為難他們，因為這不是他們來這裡的目的。這時塞拉端著蛋糕盤，再次悠悠走出了客廳，而帕登先生則和奧莉芙聊起芙雷娜，他說自己無法完全用言語傳達出芙雷娜其人帶給他的那種有趣感受。奧莉芙覺得莫名其妙，根本沒人叫帕登先生開口說話或有所感受，所以，她直接用三言兩語打發他。可憐的帕登先生完全沒意識到自己慘了，還叫錢斯勒小姐最好不要限制芙雷娜，否則她無法發揮潛力。他覺得芙雷娜都躲在幕後，但她應該要盡量坐第一排；他希望能看到她的名字登在大張的節目單上，或是在商店櫥窗上看見她的畫像。她有天分，這一點錯不了，她可以發展新事業。她魅力十足，而且這個年代很需要有魅力又懂新思想的人。很多人因為魅力不足，最後紛紛失敗了。她需要人帶領她向前邁進，一路攀上事業高峰。大家似乎不敢跨出這一步，不知道在磨蹭些什麼。帕登先生覺得，大家最好別等芙雷娜邁入五十大關，畢竟，這一行的熟齡人士已經夠多了。他知道錢斯勒小姐覺得芙雷娜的少女氣息很可貴，這是芙雷娜告訴他的。她爸爸很軟爛，但慘澹期快過了。帕登先生甚至還說，塔蘭特醫師不知道怎麼替女兒鋪路，搞不好讓自己來還比較好。他說，他希望錢斯勒小姐不要逼得太緊，讓芙雷娜裹足不前，但也希望錢斯勒小姐不要覺得他咄咄逼人。他知道一般人對報社記者觀感不佳，覺得他們很愛踩別人的底線。他之所以擔心，是因為他覺得和芙雷娜最親近的那些人都沒什麼活力。他知道，芙雷娜參加過柏艾女士家的聚會之後，又去了兩、三場聚會。聽說錢斯勒小姐家那次聚會很成功，有很多人上流人士受邀來見芙雷娜一面。（這場聚會是奧莉芙在家裡辦的小型午宴，芙雷娜對著十幾位女性大老和大齡單身女子演講，賓客都是錢斯勒小姐按各種標準和思慮挑選過的。當晚，聚會的報導火速在晚報上刊出來了，看起來是帕登先生的傑作，而年輕的他當然沒與會。）目前的發展進度就到此為止，但帕登先生還想擴大版圖，讓聚會規模更加浩浩蕩蕩，除了繞道之外，想避都避不掉。接著，他微微壓低音量，向錢斯勒小姐公開他的計畫：他想在波士頓音樂廳裡辦演講，入場券每張五十分錢，芙雷娜自己一個人登台，她爸爸不會在台上。他音量愈壓愈低，向錢斯勒小姐吐露真正的想法：在開口之前，他已經確認過塞拉還沒回來，塔蘭特太太還在問布拉吉先生去過西部多少次。他說，芙雷娜其實想甩掉爸爸，演講前不想被他摸頭，再說，摸頭的橋段完全沒看頭。帕登先生表示，相信錢斯勒小姐的看法跟他一樣。不過對錢斯勒小姐來說，她得在心裡掙扎一番，才能說她同意帕登先生的看法，事實上，她根本不想和對方站在同一陣線。她用高冷的語調，問帕登先生有沒有意願協助女性提升地位——在帕登先生面前，她完全不覺得害臊。帕登先生一時愣了，覺得啞口無言，因為這問題的層次高到讓他不習慣。不過，他還是秉持明快的風格，只空了一拍便回答道：

「只要能替女士們效勞，做什麼我都願意。給我機會表現，我會做給妳們看。」

奧莉芙沉默了一會，接著說道：「我是說，您究竟是想替女性同胞效勞，還是只想接近塔蘭特小姐？」

「我只能說，效勞就是效勞。我會幫芙雷娜小姐，也會幫其他人，但女特派記者我不幫。」帕登先生幽了對方一默，但他發現，錢斯勒小姐好像沒反應。他又補了一句：「我也會替您效勞，錢斯勒小姐！」結果還是一樣。

錢斯勒小姐站起身來，卻有點猶豫。她想離席，又不忍看芙雷娜被那群不懷好意的年輕男子利用。她覺得離席之後，芙雷娜肯定會陷入這番境地，但她應該已經被他們唬弄一陣子了。她也覺得很不安，因為芙雷娜已經半小時沒跟她互動，連交換眼神都沒有，兩人之間好像有一堵牆——她們好像被男人寬闊的背、幾近粗野的笑聲、四處張望的笑臉給擋住了。他們左看右看，又望著奧莉芙，卻沒有邀她同樂的意思，比較像是將她擋在圈圈之外。芙雷娜不需要特別敏銳，也會發現錢斯勒小姐在一群談笑風聲的年輕男人中斷了黏接（這是她爸爸的用詞）。不過，芙雷娜可能也會理所當然地想到，錢斯勒小姐既然不習慣這種場合，多半也不會想跟這群人多攪和。這樣的顧慮合情合理，因為當布拉吉先生和葛雷西先生要芙雷娜表演一下醍醐灌頂式演講，塔蘭特太太就對錢斯勒小姐大喊不要走。塔蘭特太太知道，只要錢斯勒小姐叫芙雷娜別緊張、開口講，芙雷娜就會照辦。他們必須承認，沒有人比錢斯勒小姐更叫得動芙雷娜，但葛雷西先生和布拉吉先生先慫恿她，塔蘭特太太擔心他們的要求不會奏效。這群人站了起來，芙雷娜走到奧莉芙身邊，朝對方伸出雙手，明亮的臉上沒有半點良心不安。

「我知道妳很喜歡聽我講話。如果妳想聽，我可以講一講。只是現場人不夠多，人太少我講不下去。」

「早知道就帶更多人來了。要是我們邀請他們，他們肯定會很樂意參加。」布拉吉先生表示，「哈佛全校都想聽您演講，而且，哈佛的男同學肯定是全天下最熱情的聽眾。雖然葛雷西和我加起來只有兩個人，但葛雷西很常辦活動，我想他的看法一定跟我差不多。」布拉吉先生話說得輕鬆自在，還面帶笑容看著芙雷娜，甚至對奧莉芙淺笑了一下，看起來就像是打趣高手。

「比起說話，布拉吉先生更擅長聽別人說話。」他旁邊的葛雷西先生表示，「妳也知道，我們平常都在聽課。聽您講課是我們的榮幸，因為我們很無知，成見也一堆。」

「我的成見啊，」布拉吉說：「如果我的成見有形體的話，保證嚇人！」

「把他的成見壓下去，讓它們喘不過氣。」帕登先生大喊道：「如果您想在哈佛大學大展身手，機會來了。大家會幫您宣傳，說麻煩人物要來了。」

「我不知道你們喜歡什麼。」芙雷娜盯著奧莉芙的眼睛說道。

「我相信錢斯勒小姐喜歡這裡的一切吧。」塔蘭特太太信心滿滿表示。

這時，塞拉又出現在客廳了，他愛唱高調、容易出神的身影填滿了客廳的門口。「想醍醐灌頂一下嗎？」他看了看現場所有人，用鼓勵的語調問道。

「可以的話，我想自己來。」芙雷娜和緩地對奧莉芙說：「我想靠自己試試看，爸爸不用幫。」

「妳是說，妳不想讓別人幫妳嗎？」塔蘭特太太失望地說。

「拜託，講整段吧，每個重點都不要漏！」布拉吉先生懇求道。

「我的功能是讓她開口說話。」塞拉替自己辯駁，「如果我沒辦法讓她開口，我就不插手。我不想讓大家花時間看我耍猴戲。」這話似乎是對錢斯勒小姐說的。

「如果您不碰她，醍醐灌頂的效果會更好。」帕登先生對塞拉說：「反正這股力量會從——從其他地方灌下來就對了。」

「是的，我們絕不吹牛。」塔蘭特太太念念有詞。

這一小段對話讓錢斯勒小姐臉都紅了。她覺得現場所有人都在看她，尤其是芙雷娜，而現在是全面掌握芙雷娜的好機會。這種時刻總讓人渾身不安，而且她其實不喜歡引人注目。再說，所有人的發言都愚昧又粗俗，整個空間的氣氛也讓人難以忍受，她只想帶芙雷娜逃離現場。這些人只把芙雷娜當戲子看，當社會資源利用，那兩位大學生還厚顏無恥地嘲笑她。她不該被如此對待，奧莉芙會拯救她。芙雷娜很單純，不了解自己，她是污濁人群中唯一的清流。

「妳應該要找合適的對象演講，去說服認真且真誠的人。」錢斯勒小姐邊說邊感覺自己的聲音在顫抖，「妳應該去感動社群和全國同胞，不要忙著娛樂少數人。」

「女士，塔蘭特小姐絕對能感動我！」布拉吉先生正氣凜然反駁道。

「我不太會解釋，但她對你們這群男士的評論還算合理。」塔蘭特太太邊嘆氣邊說道。

芙雷娜稍微將視線自好友身上移開，面帶笑容看著布拉吉先生說道：「我才不相信您會感動呢，我也不在乎您感不感動！」

「您一定沒想到，您愈說這種話，我愈想聽您演講。」

「親愛的，妳高興就好。」奧莉芙用微弱的音量說道：「來接我的馬車應該到了。不管怎樣，我得跟妳道別了。」

「我知道妳不希望我講。」芙雷娜思索著,「妳要是希望我講,就不會走了,對不對?」
「我不知道怎麼做才好,送我出門吧!」錢斯勒小姐語氣激烈。
「您會害這些人白跑一趟。」帕登先生說。
「也許您改天再來一次吧。」塞拉淡淡地提出建議,對奧莉芙來說卻有千斤重。
葛雷西先生看起來想提出嚴正抗議:「塔蘭特小姐,聽我說句話,您到底想不想拯救哈佛大學?」他打趣地皺皺眉,向芙雷娜拋了個問題。
「原來您叫作哈佛大學,我居然沒發現!」芙雷娜用幽默回敬對方。
「如果您想聽我們的理念,恐怕要失望了。」塔蘭特太太滿臉同情對葛雷西先生說道。
「晚安,錢斯勒小姐。」她說:「希望您穿得夠保暖,您應該覺得,我們家行事都如您所願,大家都有目共睹。小心,門廊上有個小洞,塔蘭特醫師好像忘記找人來修了。我很怕您覺得我們對未來期待太高、被沖昏頭了。但我們真的很高興您來我們家作客,也愈來愈想和人多多交流了。您是搭車來的嗎?我沒辦法搭雪橇,搭了就想吐。」
以上這些話,是錢斯勒小姐簡短道別後,三位女士一起走到大門口時,從塔蘭特太太口中說出來的。錢斯勒小姐目空一切衝出那小小的客廳,沒知會其他賓客就離席了。她內心平靜無波的時候,行為舉止都很有禮貌,但只要一激動起來,她就會因為出錯而自責,等到夜深人靜,她會一一回想自己犯的錯,而且感受會放大。她有時會因為犯錯而後悔,有時卻覺得自豪;後者的情況下,她不敢相信自己會有這樣冷血的報復心。塞拉想陪錢斯勒小姐走下階梯、走出小院子,一路送她到馬車上。他還告訴對方,他們家之前才刻意在木板上灑了一些灰。不過,錢斯勒小姐希望塞拉放她一馬，甚至差點動手推他。她把芙雷娜拉到漆黑的屋外呼吸新鮮空氣，也順手把大門關上了。屋外的天空黑中帶藍，閃著銀光，十分壯麗。這座冬日中的耀眼蒼穹，布滿了繁星點點，宛若數不盡的冰晶。屋外的氣氛寧靜而尖銳，要下不下的雪折煞了人。奧莉芙想要芙雷娜答應她的事，心裡已經有底了，只是外頭太冷，她不能讓沒戴帽子的芙雷娜待太久。這時，還在客廳裡的塔蘭特太太表示，錢斯勒小姐好像不願意讓他們夫妻倆照顧芙雷娜。塞拉說，只要哈佛大學發出演講邀請函，芙雷娜很樂意去講一整場。布拉吉先生和葛雷西先生說，他們可以馬上用哈佛大學的名義邀請芙雷娜。帕登先生認真思考了一下，接著開心地強調這是最新消息。但他又說，他們得先和錢斯勒小姐好好相處，顯然，這也是在場所有人的共識。

「我知道妳在生氣。」趁兩人站在星光下，芙雷娜對奧莉芙說道：「希望妳不是在生我的氣。我哪裡做錯了嗎？」

「我沒生氣，我是擔心。我很擔心會失去妳。芙雷娜，別讓我失望，別讓我失望！」錢斯勒小姐聲音低沉，卻有點激動。

「我讓妳失望？怎麼會？」

「妳不會讓我失望，當然不會的。妳有大好前途，但不要聽那些人的話。」

「奧莉芙，妳在說誰？我爸媽嗎？」

「不是，不是他們。」錢斯勒小姐尖銳地回答。她沉默了一會，接著說：「我不在乎妳爸媽，我早跟妳說過了。我今天見了他們一面，如他們所願，也如妳所願。但我不在乎他們。芙雷娜，這句話我得再說一次。要是我告訴妳，我喜歡他們，這就是我不老實了。」

「何必呢，錢斯勒小姐！」芙雷娜喃喃道。雖然錢斯勒小姐的真心話令人難過，但芙雷娜好像還是想替朋友的鐵血無私開脫。

「我很冷酷，可能也很無情。但要打贏這場仗，不冷酷是辦不到的。不管年輕男生怎麼捉弄妳、誤導妳，絕對不要理他們。他們才不在乎妳，他們才不在乎女人。他們只在乎自己有沒有樂子，他們覺得，強者就是有資格找樂子。但他們比女人強嗎？我可不敢說！」

「有些男生挺在乎的，超級在乎，好像女人是自己的責任一樣。」芙雷娜面帶笑容說道，但她的笑臉在黑夜中有些失色。

「對，但那是建立在我們拋下一切的情況下。我之前問過了，妳打算拋下一切嗎？」

「你是說拋下妳嗎？」

「不是，我是說拋下可憐的女性同胞，拋下我們的心願和目標，拋下我們的神聖價值！」

「奧莉芙，他們不是這樣想的。」芙雷娜笑容愈來愈燦爛，繼續說道：「他們不會把我們逼成這樣！」

「好啊，那妳就去對他們演講，對他們唱歌、跳舞好了！」

「奧莉芙，妳很冷血！」

「沒錯，我很冷血，但妳只要答應我一件事，我就會變溫柔——非常溫柔！」

「在這裡發誓好奇怪。」芙雷娜顫著身子，在夜色中四處張望。

「沒錯，我就是討人厭，我知道。但妳發誓就是了。」奧莉芙把芙雷娜拉到身旁。瘦弱的她，一把抓起寬鬆披風的褶邊，披在芙雷娜身上，再用另一隻手抓著芙雷娜。她定睛看著對方，看似懇求卻有些遲疑。「快發誓！」錢斯勒小姐又說了一次。

「要發很可怕的誓嗎？」

「不要相信那些男人的話，不要被收買——」

說時遲，那時快，大門又開了，客廳的燈光穿過小門廊透了出來。帕登先生站在門縫間，塔蘭特夫婦則和另外兩位賓客走到門邊，看看芙雷娜為何遲遲不回來。

「妳們是不是在外面開講了？」帕登先生說：「女士們，要注意保暖，不然妳們會變成兩根冰棒！」

芙雷娜聽到母親警告她會冷死，但也清楚聽見錢斯勒小姐低聲對她說出的最後那個幾字。錢斯勒小姐突然放開芙雷娜，快步穿過門廊小徑走到馬車旁。塞拉緩緩跟了上去，試圖扶錢斯勒小姐上馬車，其他人則把芙雷娜拉進屋裡。「答應我，不要結婚！」錢斯勒小姐這句話震驚了芙雷娜，在她心頭轉了又轉；此時布拉吉先生又把話題拉回演講，問芙雷娜能不能排某個晚上對他們講講話。錢斯勒小姐的警告其實也沒那麼出人意表，因為芙雷娜多多少少已嗅出端倪。假使有人問起，她也會說她不覺得錢斯勒小姐希望她結婚。但這件事經錢斯勒小姐這樣一說，讓人不得不嚴正以待。錢斯勒小姐這句突如其來的警告，弄得芙雷娜焦慮不安，因為芙雷娜彷彿預見了自己的未來。即使這樣的發展一如己意，乍聽之下還是很駭人。

兩位哈佛男大生提出演講邀請時，芙雷娜突然大笑了一聲，把對方嚇著了，她還問這兩個人是不是想捉弄她、誤導她。兩位男大生聽了便離席了，同時附和塔蘭特太太對他們說的最後一句話：「妳們現在還不太了解我們。」只有帕登先生還留著，芙雷娜的父母說他們要上床睡覺了，帕登先生可以繼續待著沒關係。帕登先生在客廳裡多坐了快一小時，對芙雷娜說了一些話，她聽著聽著，意識到對方好像在求婚。後來，芙雷娜變得比平常渙散了，她開始覺得答應錢斯勒小姐不是什麼難事。帕登先生很親切，而且見多識廣，尤其對每個人都能評論一、兩句，他能帶她深刻體驗人生。可是，她並不想跟帕登先生結婚。帕登先生離開之後，芙雷娜又思考了一下，她發現她不想跟任何人結婚。答應奧莉芙不要結婚簡單多了，更何況，她聽了不知會有多開心！

17

芙雷娜和奧莉芙再次見面的時候表明，她已經準備好答應她前幾晚的要求。但對方要她先別衝動，讓她大吃一驚。錢斯勒小姐舉起手指，臉上的嚴肅神情跟要她承諾不結婚時如出一轍。她原先滿腔的熱血似乎因為其他顧慮而消退了，整個人變得深思熟慮。奧莉芙這時的苦澀感受，正是培養出堅強信念的年輕女孩會有的。

「妳不是想要我承諾嗎？」芙雷娜問，「奧莉芙，妳竟如此善變！」

「孩子，妳還年輕，和我差太多了。我是個千歲老人，已經親眼見證了好幾個世代，活過了好幾百年。我會知道一些事，是因為我有經驗。但妳的所知，全都是自己的想像。沒錯，因為妳是個清新脫俗的人。我常常忘記我們之間的差異——妳現在就是個孩子，不過，妳也是個有潛力做大事的孩子。那天晚上我忘了這件事，但後來我想起來，而且放在心裡了。妳得走過某個歷程，如果我裝作沒這回事，那就是我的不對。回頭來看，事情變得一清二楚。我意識到我那時候嫉妒心發作，心裡強烈不安，才會說出那種話。我的嫉妒心太強了，但我不允許任何人說嫉妒就是女人的天性。我不需要妳簽字，只需要妳相信我，我只需要得到妳的信任。我打從心底希望妳別結婚。但我希望妳不是因為對我的承諾而不結婚。妳也知道，我認為為了大我而犧牲小我，是一件很了不起的事。就像牧師——只要不是冒牌的牧師——他們都不會步入婚姻；我們兩個想做的事，跟當牧師差不多。我覺得友情、信念和慈善行動是全世界最吸引人的職業，可是，人們無法專為這些事而活，真是可悲。我遇過許多男人，但沒半個在乎我們想實現的目標。他們覺得這很可怕、覺得不屑，一有機會就想阻止我們。沒錯，我知道有些男人會假裝關心我們，但這些人根本算不上男人，我也信不過他們！不管哪個男人，我們肯定都得和他拚個你死我活。說真的，世上還是有願意彎下腰關心我們的男人，他們會拍拍我們的背，建議我們退讓個幾步。他們會告訴我們，就兩、三個小地方來說，社會對我們確實不公不義。但如果有男人假裝他完全接受我們的想法，說他是發自內心，沒人逼他，我們都知道這種人基本上不懷好意，想捅我們一刀。很多男人還會親上來，趁機堵妳的嘴！妳可能會變成他們眼中的威脅，讓他們的自私、既得利益和邪惡無法得逞——親愛的，其實我每天都希望妳真能做到——這時候，如果有男人說他愛妳，而妳也相信了，他們就會覺得是件莫大的喜事。等著看好了，看看他會對妳做什麼，看他會愛妳愛到什麼程度！不管是妳、是我還是其他女人，如果我們相信這種鬼話，日子就難過了。妳看，我現在內心很平靜，因為我把事情想通了。」

芙雷娜閃著誠懇的眼神，聽著奧莉芙說話。「奧莉芙，妳說得真好！」她喊道：「妳只要別對自己那麼嚴苛，就能比我強了。」

錢斯勒小姐搖搖頭，憂鬱的神情中仍有一絲甜蜜。「我可以對妳演講，但這證明不了什麼。不管是街上的石頭，還是自然界裡無聲的東西，都能對妳演講。我沒這方面的天分。我口才不好、會害羞、會冷場。」年輕的錢斯勒小姐經歷了一陣情緒風暴，整個人變得淡然而理智，展現出她最優雅的一面。她的語調溫柔又有同情心，聽起來高貴而平靜，更飽含著智慧，讓跟她夠熟的人願意認真喜歡她，芙雷娜一向很欣賞這些神聖氣質。不過，世人不太常見到錢斯勒小姐這一面，只有她自己清楚。此時此刻，她正散發著其中一股氣質。她先前天外飛來一筆的行為，讓芙雷娜困惑不已；對此，自律又擅長自省的錢斯勒小姐，便用她一貫的冷靜犀利，清楚地做了一番解釋。

「我想說，不用發誓我也信得過妳。不要覺得我這個人反反覆覆。我欠妳一句道歉，也欠大家一句道歉，因為我在妳家太沒禮貌了，態度還這麼凶。我看到那幾位年輕人，發覺妳身處險境，所以才會一時失去理智。現在我還是覺得妳有危險，但其他事我也看在眼裡。我的心已經穩定下來了。芙雷娜，妳該是安全的，該是被守護的。但這安全不應讓妳變得綁手綁腳。妳必須要自我覺察，誠實面對自己，用我看妳的方式看待自己。必須要知道自由有多重要，人家可能會叫妳做東做西，但千萬不可乖乖照做，否則我倆就沒自由了——我一向都拒絕如此！」最後這幾個字的語氣雖然自豪，其中卻帶有一絲酸楚。「不要給我承諾，不要給我承諾。」她繼續說道：「我真心希望妳不要答應我。但不要讓我失望——拜託不要，不然我會死！」

她修補這種矛盾言論的方式很女性化。意思是，她既想收到肯定的答覆，卻又不願意叫對方發誓。對她來說，她很需要自由，也希望芙雷娜享受這種自由——儘管她為此必須在某種程度上限制芙雷娜的自由。現在，芙雷娜已經完全被錢斯勒小姐影響了。雖然她對別的事會覺得好奇、會分心，也不見得時時惦記女性的苦難，但她從來沒把這些想法告訴別人。不過，錢斯勒小姐的語氣是有魔力的。芙雷娜發現，她內在某個部分慢慢改變了；她對錢斯勒小姐的見識愈來愈感興趣，自己的視野也開闊了。錢斯勒小姐很懂歷史、思辨能力強，至少芙雷娜是這樣看的；她覺得，人只要懂歷史和哲學，就能透過理智掌握古今的一切。芙雷娜之所以想討好奧莉芙，還有個更單純的動機：因為她什麼都不怕，只怕讓奧莉芙失望。她只要一個失望或不高興或不贊同，就會表現得像是天崩地裂，模樣教人難忘。她的臉色會變白，但她不會像低聲下氣的女性一樣拚命掉淚（她生氣的時候才會哭，受傷的時候不會），反而會在名為道德的路上走得又跛又喘，好像受了一輩子不會好的傷。但另一方面，她稱讚人、心裡滿足的時候，又像西風一般柔和。而最難得的是，只要不是應男人要求得表現出感激，她就會欣然為之。的確，她基本上不把男人放在眼裡。對她來說，男人生來就虧欠女人，每個女人的討債額度無上限。但是，她自己又不能超領女性的一般額度。她對芙雷娜可能踏入婚姻陷阱評論了一番，但又自己踩了煞車，芙雷娜覺得這充滿了古典美，是一種未染上塵世污穢的智慧。芙雷娜想到，這感覺跟厄萊克特拉[11]或安蒂岡妮[12]的特質如出一轍，於是，她又更希望能做更多讓奧莉芙滿意的事。儘管奧莉芙要她別做承諾，她還是直截了當承諾了。「我答應妳，我絕不會和來家裡作客的那些男人結婚。」芙雷娜說：「妳好

11 厄萊克特拉（Electra），希臘神話人物，曾與胞弟謀畫弒母，具強烈復仇性格。
12 安蒂岡妮（Antigone），希臘神話中罕見的悲劇女英雄，為伊底帕斯與母親共同生下的女兒。

像最怕這些人。」

「答應我，妳不會跟妳不喜歡的人結婚。」奧莉芙說：「這樣我就安心了！」

「可是我很喜歡布拉吉先生和葛雷西先生。」

「那帕登先生呢？竟然有人取這種名字[13]！」

「他這個人很好相處。想知道什麼事，問他就對了。」

「什麼事？八成不是什麼好事吧！如果每個人妳都喜歡，我也沒話說，我最擔心的是妳特別偏愛誰。我不怕妳和噁心的男人結婚，只怕有魅力的男人會讓妳陷入危機。」

「很好，妳承認有些男人很有魅力了！」芙雷娜一面輕笑，一面喊道，但她對錢斯勒小姐的敬意依舊，「天底下的男人，好像沒半個妳看得上眼！」

「我知道我喜歡什麼樣的男人，」奧莉芙隔了一會答道：「但我不喜歡我遇過的男人，他們都一副可憐兮兮的樣子。」對於這些男人，她總是抱持既冷淡又不屑的態度，覺得他們大部分只會出張嘴，或都是惡霸。奧莉芙發表完高見之後，芙雷娜回到了往常的聽話模式，對奧莉芙的樂觀想法表示認同：即使芙雷娜目前期待每晚接到男大學生和報社媒體人的來電，但這只是暫時的；等到她心智慢慢成熟，就會開始覺得無趣了。奧莉芙也說，男人之所以用不公平的方式對待女人，或許是出於意外，或許是他們的天性使然；總之，芙雷娜如果想結婚，得先努力調適自己才行。

十二月中左右，帕登先生登門拜訪了錢斯勒小姐，他想知道對方究竟想對芙雷娜做什麼。錢斯勒小姐根本沒邀過帕登先生，這人卻突然出現在自己家門口，還急著要見她。這種不請自來的意外舉動，錢斯勒小姐一輩子沒遇過幾次，因此還無法平靜以對。她覺得帕登先生來這一趟是自作主張，她想故意不叫對方坐下，趁機暗示對方越界了，但她慢了一步，因為對方已經捷足先登，遞了一張椅子給她坐。對兩人來說，這是個很友善的舉動，因此她只能坐在沙發邊上（至少她可以自己選擇想坐哪）聽他問東問西。她當然沒有義務回答，而且她也不太理解對方的用意。他說，他是因為對芙雷娜小姐很感興趣才會跑這一趟，但這樣解釋似乎沒幫助，而且他的內心似乎很複雜，讓人摸不著腦袋。他說話幽默風趣，十分懂得有技巧地冒犯別人。對於被他冒犯的人，他會用醫生常用的直白問診方式，試圖挖出對方的隱私。他想了解錢斯勒小姐有何計畫，因為如果她不採取行動，他就要自己動手了，而且他會把想法一五一十地講清楚。「我想知道，您覺得芙雷娜究竟是您的，還是美國人的？如果她是您的，您為何不帶她出門？」

他不想表現得太躁進，只是想親切地和錢斯勒小姐聊聊這件事。當然，他知道她應該不會親切到哪去，但他還是義無反顧談著他的養成計畫，希望有朝一日能讓芙雷娜大鳴大放。他平常習慣挖人內幕或在各大日報稱王，儘管他永遠懷著更大的目標。但他先入為主的想法太強，奧莉芙只能聆聽，從頭到尾沒說一句話。他使用了自認為會帶來好運的開場白，為了讓自己顯得坦率。他說，他認識芙雷娜的時間比錢斯勒小姐長得多。某年冬天，他還跑了劍橋一趟（剛好有個能到外地過夜的空檔），當時氣溫攝氏負十度。他一直覺得芙雷娜很有魅力，但到了今年，他才真正開了眼界。芙雷娜的天分已經成熟了，現在要稱讚她很有才華，他絕不會有半點猶豫。他

13　帕登先生的姓氏為Pardon，與「抱歉」（pardon）一詞相同。

說，錢斯勒小姐大概很好奇，既然他認識芙雷娜這麼久，又看著她變成亭亭玉立的少女，難道從來沒有一點動心？芙雷娜會擄獲美國人民的心，就像她擄獲錢斯勒小姐的心，以及他的心（他這樣講應該沒問題）一樣。她是張王牌，但這張牌總得有人打。這麼有魅力的女性講者，在美國史上前所未見，她可以無視費林德太太走過，而且還讓費林德太太注意到她。當然，兩個人還是有各自的發揮空間，畢竟她們的風格不同，但他想說的是，芙雷娜是有揮灑空間的，而且不需要步步為營，大可直接發光發熱。他覺得，凡是能帶她邁向成就的男人，都能得到她的青睞，自己也許更能吸引她，誰說不可能？如果錢斯勒小姐想一輩子把芙雷娜抓在身邊，就應該多讓她見見世面。根據芙雷娜之前的說法，帕登先生推測錢斯勒小姐想叫芙雷娜讀點書、去上上課。現在，他可以篤定地對錢斯勒小姐說，在幾千名付費聽演講的人面前說話，就是最好的一堂課了。他覺得芙雷娜是天才，他很希望錢斯勒小姐不要埋沒她的天分。她可以邊演講邊讀書，她已經擁有外面學不來的東西了，是古代人所謂神聖的靈性，她能從這裡出發會比較好。他承認自己受到芙雷娜影響，已經深深迷上她了，因此想替芙雷娜找到好的舞台。他不在乎芙雷娜怎麼登上舞台，但如果能帶領她達成目標，他自己肯定也會更開心。所以，他希望錢斯勒小姐告訴他，她到底打算把芙雷娜綁在身邊多久？她到底要讓默默仰慕芙雷娜的人等多久？他當然不是來這裡盤問她的。他相信自己是個有分寸的人，但當他開誠布公，就想問個清楚。他今天是來提案的，希望這項提議能夠表明他來訪的心跡。不曉得錢斯勒小姐願不願意和他一起分擔這些「責任」（這是他的說法）？他們難道不能聯手栽培芙雷娜嗎？這樣一來，不就皆大歡喜了？她可以陪芙雷娜四處演講，他可以想見美國人民走向芙雷娜的樣子了。如果錢斯勒小姐能稍微放手，讓他處理剩下的事情就更好了。他不是要霸占芙雷娜，只是每週想借用她三到四個晚上，每次一個半小時。

聽了帕登先生的提議，奧莉芙花了點時間整理思緒，思考究竟要說些什麼，才能讓對方明白她根本不屑這項提議，她不想和別人聯手栽培芙雷娜。她最後給出的回答直截了當，也充滿了刺探與挖苦的意味。錢斯勒小姐問對方到底想賺多少錢，帕登先生一聽，愣了一下才回答。

「幫芙雷娜小姐賺多少錢？那要看她能講多久了。她至少可以講個十年。等全美國都聽過她演講之後，我才估得出來。」帕登先生笑著說。

「我不是說幫塔蘭特小姐賺錢，我是說，你想幫自己賺多少！」奧莉芙答道，雙眼直盯著對方。

「就看您分我多少了！」帕登先生邊笑邊答，語氣裡有來自美國媒體業的戲謔。「說真的，」他補充道：「我不想靠她賺錢。」

「那您想拿什麼好處？」

「我想寫歷史！我想助女人一臂之力。」

「女人？」錢斯勒小姐喃喃道：「您又懂女人了？」她本來還想多講一些話，但對方又繼續說下去，她只好閉嘴了。

「我想助全世界的女人一臂之力，讓她們重獲自由。對我來說，這是這個時代最重要的議題。」

聽到這，錢斯勒小姐站了起來。帕登先生說得太過頭了。她的付出究竟有沒有成果，後人自有公斷，但此時此刻，她似乎不願意利用身邊的各種支援，以便拍胸脯表示自己會成功。身為吹毛求疵、獨來獨往、不輕易妥協的人，她必須付出這個代價。她沒辦法簡單看事情，總是免不了想得複雜，像是糾纏不清的線頭。對錢斯勒小姐來說，為了女性解放欠帕登先生人情，無疑是世上最討厭的事。雖然他和芙雷娜有很多共通點——庶民出身，了解有一餐沒一餐的生活，也都有醜陋黑暗的過去——奇怪的是，這些特質放在芙雷娜身上明明既浪漫又感人，放在帕登先生身上卻沒吸引力，完全撫慰不了錢斯勒小姐。我想，這是因為帕登先生是男人。她跟對方說，很感謝他的提議，但他顯然不了解芙雷娜，也不了解她本人。不，即便他認識芙雷娜這麼久，他還是不了解芙雷娜。她們要的不是名聲，只是想盡點心力而已。她們不想賺錢，塔蘭特小姐想要錢隨時都不缺。沒錯，她必須站出來面對人群，大家會給她掌聲、仔細聽她說話。但她們最不想做的，就是倉卒採取行動。改變女性地位不是一天、兩天的事，而是一場持久戰，有很多必須思考、規畫的事。她們目前最執著的一點，就是不讓男人笑她們膚淺。當芙雷娜得挺身而出，她會像聖女貞德一樣全副武裝（奧莉芙腦中一直存著這個畫面），拿出事證和數據和男人面對面作戰。「我們想做什麼，就會努力做好。」錢斯勒小姐對眼前的訪客嚴正說道。帕登先生聽了，只能靠想像推敲對方話裡的深意。

對帕登先生來說，錢斯勒小姐的話沒什麼安慰效果。他聽了只覺得困惑又灰心，而且痛苦不堪。聽她談這些煩人的準備工作，難道不會覺得反胃嗎？到底有誰想知道這些事？真的有人在乎芙雷娜準備好了沒嗎？錢斯勒小姐對芙雷娜的少女形象沒信心嗎？她不知道這是一張好牌嗎？帕登先生問完這個問題，奧莉芙就不讓他問下去了。她說，再談下去也談不出共識，因為想法差異實在太大。再說，這個議題是女人的事，既然目的是為了女人好，就應該由女人來操作。這不是帕登先生第一次被掃地出門，但這次難得讓他覺得不舒服。他的本性很和善，但他從不覺得自己不是或當不成歷史要角。眼前這貪得無厭的女人，想把所有好處都抓在手裡，於是，他直說錢斯勒小姐自私到極點，一心只想著權力和過時的理論；如果她因此害了性格美好的芙雷娜，負責監督揭弊的媒體會逼她給個交代。錢斯勒小姐說，報社要羞辱她不干她的事，針對她個人的厭女情緒其實微不足道。帕登先生一離開，錢斯勒小姐便覺得成功在望。戰爭開打了，空氣中洋溢著殉道的激情。

18

過了一週，芙雷娜告訴錢斯勒小姐，帕登先生很希望她嫁給他。彷彿對於能告訴她這個消息感到快活，她愉快地說，已經告訴對方不想答應。她覺得錢斯勒小姐可以信任她了（至少目前如此），因為求婚這件事，實際上比錢斯勒小姐想得更有吸引力。「他看事情的方式很有魅力，」芙雷娜說：「他說，如果我成了他太太，我就能被一種奮發之力帶著走，但我現在不確定那是什麼意思。要是嫁給他，每天都能享受當名人的滋味。我只需要表達自己的想法，剩下的事交給他處理就好。他說，我的青春每分每秒都很寶貴，我們應該要享受地玩遍全國。奧莉芙，妳應該覺得這些計畫很誘人吧？我不太能專心，不像妳天生就可以做到。」

「他說他能讓妳功成名就？妳覺得成功的定義是什麼？」奧莉芙質問道，口氣雖然冷淡卻發人深省。她會刻意收斂溫柔的一面，芙雷娜已經習慣這件事了（雖然還是跟剛開始一樣不喜歡）；相對來說，一旦奧莉芙真正稱讚人，說出來的話會更讓人打心底愉悅。

芙雷娜想了一會，接著面帶笑容、自信滿滿地答道：「成功，就是對人施壓，逼人就範。逼國會和立法機關撤銷某些法條，再逼他們實施其他法條。」她說這些話的時候，感覺像在背誦教義，但奧莉芙心裡知道，芙雷娜一板一眼的回答實際上是在開玩笑。對於成功的定義，她們早就討論過很多次，錢斯勒小姐也一再對芙雷娜解釋成功為何物。要證明帕登先生誘魚上鉤的動機不純，當然是易如反掌的事；他設了一個甜蜜陷阱，讓芙雷娜急著追求虛名，進而犧牲自我。更何況，當她犧牲奉獻，帕登先生可是忙著把荷包塞滿。奧莉芙知道芙雷娜的自我意識不穩定，她有時候很熱情、很投入，有時候卻又出奇地隨興，甚至天真過頭。當她想輕鬆說出彼此認可的圭臬，她就會像此時此刻一樣進入這種狀態。不過她想通了，現在不急著讓芙雷娜變得跟她一樣。她的自我已經很完整了，但芙雷娜還是處於破碎狀態，不過當碎片一拼接起來，便會呈現變幻莫測的裂隙，內部有時會透出與世間抗衡的光芒。芙雷娜跟奧莉芙不同之處，在於她相信帕登先生畫的大餅，覺得跟著他趣味無窮，她也能包容他的言行舉止。芙雷娜的判斷雖然很有問題，但奧莉芙依舊盡力接納，因為芙雷娜畢竟還年輕，又是郊外長大的人，免不了要經歷這個過程；芙雷娜甚至還會表現出最甜美的樣子，怪錢斯勒小姐不給她犯錯的空間。只是，當帕登先生畫了大餅，又想握芙雷娜的手（真是可怕的畫面），芙雷娜卻順著帕登先生打開的門，朝門外紛亂的世界望了好一會，眼神悵然若失，接著看在朋友的分上，才轉身投入嚴格管教和崇高志業的懷抱。她純粹是為了朋友，接受如同緩刑卻更加純粹的生活；這全是為了讓人窒息的姊妹情誼。無論如何，芙雷娜顯然做了一些犧牲，讓奧莉芙安心了不少。未來會如何發展，看樣子大致底定了：奧莉芙知道要甩掉年輕的帕登先生很困難，但她同時確定芙雷娜不會順著他。

此外，布拉吉先生目前很常到劍橋小屋作客，對於來訪經過，芙雷娜會一五一十告訴錢斯勒小姐，而且知無不言、言無不盡。布拉吉先生現在都一個人來去，他已經摸熟了門路，不需要葛雷西先生作伴，他甚至希望最好不要有人陪。塔蘭特太太很喜歡他，差點都要出門和對方約會了，對於殷勤的男士，這是塔蘭特太太能致上的最高敬意。他們家現在跟布拉吉先生很熟，知道對方父親早已不在人世，母親是知名貴婦，他自己則繼承了一筆豐厚的遺產，紐約社交圈很看重他。他會蒐集漂亮的物品、畫作、骨董，而且還刻意找歐洲貨，很多收藏品都擺在他劍橋的家裡，包括凹雕、西班牙的祭壇布、老匠師的畫作等等。布拉吉先生和大部分的人很不一樣，他似乎非常享受生活，認為人只要放得開，就能把生活過好。當然，光看他家裡的收藏品，反倒讓人覺得要把生活過好，非得擁有這麼多東西不可。芙雷娜告訴奧莉芙（奧莉芙看得出來，芙雷娜拖了一陣子才告訴她），布拉吉先生想邀她去家裡作客，順便觀賞家裡的收藏品。他想展示自己的珍品給芙雷娜看，他相信芙雷娜肯定會喜歡。芙雷娜知道自己會喜歡，但不想自己一個人去，希望奧莉芙能陪她。到時席上還會有其他女士，大家會一起喝茶，奧莉芙會與她分享，活在滿坑滿谷的珍品當中是什麼感覺。錢斯勒小姐成天想著這件事，她第一個心得是，還好自己下定決心要敞開心胸，迎接各種意外，因為她要是不這麼做，現在哪有可能如此警覺？她祈求上天，希望目中無人、青春正盛的年輕男子能離芙雷娜遠一點，但他們顯然不會配合，因此對她來說，最保險的方式就是親自看看這些男人的長相。如果她發現有人很常接近芙雷娜，便會立刻在心裡評斷對方。如果奧莉芙的個性沒那麼嚴肅，在聽到芙雷娜坦率說出心中想法的時候，就能帶著微笑面對了。她會跟芙雷娜說，布拉吉先生想要的跟帕登先生完全不同。聚會時，他多半會請芙雷娜談談自己的想法，不會像帕登先生一樣表示自己想和芙雷娜結婚，或當她的演講經紀人。他說過最直白的話，是他喜歡芙雷娜的程度，跟喜歡舊瓷器和舊織品一樣。芙雷娜說她看不出自己跟瓷器和織品哪裡像，布拉吉先生說，因為她很特別又細緻。芙雷娜或許有獨特之處，但她最不喜歡人家說她細緻。奧莉芙一看就知道，芙雷娜肯定不會被對方的說詞迷得團團轉。錢斯勒小姐問芙雷娜欣不欣賞布拉吉先生（奧莉芙話一出口就意識到，自己的發問讓這個名字變得格外有分量），芙雷娜露出甜美、虛浮的笑容，同時忠誠地表示，她欣不欣賞布拉吉先生不是重點，這就是個暫時的過程，是她們之前談過的。她愈快經歷這個過程愈好，不是嗎？她還覺得，拜訪布拉吉先生的收藏室之後，她度過這個階段的速度會加快。就像我說的，芙雷娜知道這個階段無可避免，而且欣然接受，她對奧莉芙說，如果她們和男人相處起來有困難，就應該多了解他們——這話她說了不只一次。錢斯勒小姐問芙雷娜，為什麼她媽媽不能和她一起去看收藏？明明對方也有邀請塔蘭特太太。芙雷娜說，去看收藏這件事不難，但她媽媽沒辦法像奧莉芙一樣，告訴她到底該不該尊重布拉吉先生。一旦決定要尊重布拉吉先生，這兩位道德標準比天高的年輕女性，就得迎接一些人生重大事件了。奧莉芙想到這件事的時候，還退縮了一下，但她害怕的不是做決定。我們知道，對於每位男性配得多少尊重，她心裡早有評估；她真正不敢面對的，是布拉吉先生提出邀約這件事。要是之後布拉吉先生又惹到她，她恐怕會因為邀約事件，在芙雷娜面前用偏頗的態度評斷他。她相信，布拉吉先生布的局比帕登先生更深，她因此更想緊盯著他不放，但又如履薄冰，不希望這個芙雷娜所謂的「過程」結束得太快，因為她可不想顯得蠻不講理，不分青紅皂白地搞斷絕，如芙雷娜所言，把這位年輕的鑑賞家隔離在外。

後來，塔蘭特太太仍決定和女兒一起赴約。過沒幾天，兩人就來到了布拉吉的公寓。當然，芙雷娜後來回顧了很多細節，但她談的多半是媽媽的感想，很少提到自己的心得。塔蘭特太太赴約時，還帶了足以過冬的日用品。在布拉吉先生家裡，還有幾位興致高昂的紐約女士，塔蘭特太太和她們聊到都激動起來了。她對這些賓客說，很希望能邀她們到家裡來坐坐，但她們前院的小木板還沒整頓好，還沒把路闢出來。在聚會上，布拉吉先生從頭到尾都很親切，以最有趣的方式聊他出色的收藏。芙雷娜慢慢覺得，他是個值得尊敬的人。他坦承自己根本沒在讀法律，只是來劍橋混文憑，但芙雷娜覺得，布拉吉先生已經夠和善了，難道還不值得尊敬嗎？她甚至追問奧莉芙，品味和藝術難道不值得欣賞嗎？奧莉芙知道，芙雷娜整個人陷在這個階段裡頭了。針對這個問題，錢斯勒小姐心裡早有答案。品味和藝術如果能幫助人拓寬眼界，就很值得欣賞；要是會限制人的眼界，那就不好了。芙雷娜表示同意，她說，還不確定品味和藝術究竟對布拉吉先生有何影響，值得觀察。但奧莉芙聽了，卻擔心這種狀態會持續下去，尤其後來芙雷娜告訴她，她準備再訪布拉吉先生家，這次希望奧莉芙務必到場。布拉吉先生非常期待能邀錢斯勒小姐與會，芙雷娜則期待錢斯勒小姐能陪她赴約，一同欣賞布拉吉先生家美麗的收藏。

隔了一、兩天，布拉吉先生在錢斯勒小姐家門口放了一張邀請卡，希望錢斯勒小姐某天能到他家去坐坐，和他媽媽一起喝個茶。錢斯勒小姐回覆了對方的邀請，而且還和芙雷娜聯手撰寫回函。她卻難得產生了不知道自己在做什麼的感受。芙雷娜明明能自己赴約，還硬要拉她一起去，讓她覺得很怪。不過這也證明了兩件事：第一，芙雷娜對布拉吉先生很有意思；第二，芙雷娜本性非常美善。今天有更多眉來眼去的機會在眼前，如果芙雷娜還視而不見，世上就沒有比這更偽善的事了。芙雷娜很想一探布拉吉先生的底細，看樣子，她真心相信只要錢斯勒小姐陪她赴約，就能幫她釐清真相。她堅持要奧莉芙陪她去，這點足以證明比起自己的意見，她更在乎奧莉芙對布拉吉先生的看法，同時更提醒奧莉芙，既然她有意指導自己，這件事不但責無旁貸，也不能忘記自己所處的優勢地位。看清這些事，錢斯勒小姐應該要覺得安心才對。如果她還是安不下心，單純是因為她們談的是一位無重大惡習的年輕男子，但錢斯勒小姐對這種人一無所知。錢斯勒小姐那晚在塔蘭特太太家遇見布拉吉先生之後，就陷入了一種年輕女孩所謂的「警覺狀態」；同時，她卻聽到有人說布拉吉先生是個善良的紳士。

真相是殘酷的。她到布拉吉家參觀的時候，對方不但幽默風趣，舉止友善體貼，還認真款待錢斯勒小姐。單身獨居的他，招待起客人來倒是風度翩翩，讓奧莉芙幾乎像搖晃一支停擺的手表那樣晃動自己的良心，希望能給自己找到討厭布拉吉先生的理由。要對他媽媽產生反感倒是很簡單，可惜這不算達到她的目的。布拉吉太太到波士頓陪兒子幾天，選了城裡的某間飯店下榻。對錢斯勒小姐來說，在這回款待後，再去拜訪她，是個有禮貌的舉動；但她大可採取波士頓作風，不和對方有所往來，至少自己不會有半點罪惡感。而布拉吉太太就像個紐約客，不會留意有沒有波士頓人拜訪她，這點有些惹人厭。但我猜，即使是最甜蜜的復仇，總有不完美之處。布拉吉太太是位交際花，身材豐腴、皮膚白皙卻其貌不揚，看起來遲緩、笨重，但只要聽到她快速而逗趣的反應、乾脆且爽朗的笑聲，人們就會推翻這個印象。她很能說笑話（不管內容是什麼），而且無論看到或聽到什麼，都能瞬間抓到重點。她很習慣說話，也很習慣聽人說話，甚至很有耐心聽完所有細節。她不是講話滔滔不絕的人，但話也不少，而且看起來不愛多費唇舌解釋事情，雖然她應該不怕多說幾句才對。她很善於助人，不會只幫特定對象；她對每個人都很有禮，但絕不親暱；她待人和善，但不像波士頓人一激動起來便和人推心置腹，努力想證明自己沒疑心病。她的作風很像是在對奧莉芙說，她的生活圈比她大多了。而且，布拉吉太太完全沒提到自己住過歐洲很多年，讓奧莉芙很氣，因為這樣她就不能說對方墮落了。她發現，不管是布拉吉太太還是她兒子，在國外待過的時間都沒她長，讓她有種內疚感。如果要替他們貼上膚淺的標籤，還得分開評價兩個人才行。她看著布拉吉太太的一舉一動，但不知道自己的評價是否公允：布拉吉太太很喜歡波士頓，這裡有哈佛大學、兒子家得體的擺設、塞弗爾[14]傳統瓷杯裝的茶（味道比她想得還好）、兒子為她邀來的賓客（在場有三、四位男士，其中一位是葛雷西先生）。她也很喜歡芙雷娜，還稱對方是名人；她稱讚對方的時候很親切、很有技巧，卻感覺不出一絲母性溫柔，不會顯出年齡差距。她和芙雷娜講話的時候，好像把對方當成平輩，似乎芙雷娜靠天分和名聲就能消弭輩分差異，完全不需要別人鼓勵或施恩。不過，布拉吉太太並沒有當面評價芙雷娜，也沒問她關於「天分」的問題（芙雷娜覺得奇怪，對方好像少提了什麼）；之後，她又以坦然的好奇心，聊起奧莉芙的事。布拉吉太太似乎想表達，在場的每個人都有過人的才華和天分，聚在一起剛剛好。她看起來不會因為擔心兒子，就對芙雷娜有所防備。雖然她不像是會希望兒子和催眠治療師之女結婚的人，但她似乎覺得，走訪劍橋的時候能遇見這個女孩是樁樂事。可憐的奧莉芙整個人

14 塞弗爾（Sèvres）為法國巴黎市郊歷史悠久的瓷器重鎮。

陷入左右為難的窘境。她很怕芙雷娜會和布拉吉先生結婚，同時氣布拉吉太太如此紆尊降貴，八成是覺得一頭紅髮的芙雷娜僅是清新可人，不會帶來半點威脅。錢斯勒小姐雖然將這一切看在眼裡，卻因為自己的羞怯、焦躁，大半時間只能沉默不語，讓自己猶如霧裡看花。可以想見，如果她能看淡眼前的一切，眼光會變得更銳利，畢竟她是個聰明人，知道不需要把自己弄得很病態，就算是出於防衛心也不需要。

但我得說，在聚會的某一刻，她的確算得上開心；或者說，她覺得不能開心是件可惜的事。布拉吉太太叫兒子彈點小曲子，於是布拉吉先生坐到鋼琴前露了一手讓媽媽自豪的才華。奧莉芙對音樂極其敏銳，不可能不被布拉吉先生的琴聲撫慰或吸引。他彈完一首小曲子之後，又彈了另一首，選的都是開心的曲子。賓客們映著紅色的火光，在室內隨處坐著，安適地聆聽著琴聲。壁爐裡燃燒的木頭散發淡香，和舒伯特和孟德爾頌的仙樂融為一體。有罩檯燈向各處散發光亮，櫃子和層架拖著棕色的影子，架上有許多閃閃發光的珍藏品，像是象牙雕刻或十六世紀的義大利藝術杯。奧莉芙有整整半小時的時間全心享受音樂，承認布拉吉先生的琴藝高超，讓自己處於和諧的氛圍裡。她的心神緩和了下來，當下的煩惱也慢慢消退了。在此時此地，文明似乎發揮了功效，讓氣氛一片和諧，人生不再只是一場戰鬥。她甚至問自己，人到底在爭什麼？在這美好的聚會裡，男人和女人看起來不再水火不容了。總之，她意外有了喘息的空間，而她的眼睛多半盯著芙雷娜看。芙雷娜就坐在布拉吉太太身邊，樣子比錢斯勒小姐更放鬆。對芙雷娜來說，聽音樂也是件快樂的事，她一面聽著琴聲，一面下意識環顧室內，眼神默默飄到映著火光的裝飾物上。某些時候，布拉吉太太會轉身看著她，時不時對她露出善意的微笑。芙雷娜會回她一笑，臉上好像寫著：沒錯，我放棄了一切，放棄了所有原則和計畫。臨走前，奧莉芙覺得她和芙雷娜兩個人簡直道德腐化了，就在她使盡吃奶的力氣準備帶芙雷娜走的時候，就聽見布拉吉太太邀她到紐約住一晚。奧莉芙在心裡吶喊：「這是計謀嗎？這些人怎麼都不放她一馬？」她像之前一樣把披肩披到芙雷娜身上。芙雷娜幾乎是有些急促地說，很希望能拜訪布拉吉太太。奧莉芙看了她一眼，芙雷娜立刻收斂了，連忙說自己對女性解放抱持的堅定立場，布拉吉太太應該沒興趣知道。布拉吉太太看了看兒子，笑了起來。她說，她很清楚芙雷娜的立場，她個人百分百支持。她很熱中這項議題，覺得這條路上還有很多工作要做。關於女性解放，她們只談了這些。另一方面，無論是布拉吉先生或他的友人葛雷西先生，都沒再提到邀芙雷娜去哈佛演講的事。芙雷娜告訴爸爸，奧莉芙反對她去哈佛大學演講，塞拉則對兩位大學生說，錢斯勒小姐想一意孤行。我們知道，塞拉覺得錢斯勒小姐的方法太迂迴，但她的態度又很認真，這讓塞拉心生抗拒，因為使他聯想到不好的過往。他遇過最認真的人，是十年前一群研究靈魂「物質化」的男士，看在他們認真的分上，塞拉不得不接受科學方法嚴格檢驗。奧莉芙發現，布拉吉先生和葛雷西先生不再嘻皮笑臉了，卻不減憤世嫉俗的氣息。芙雷娜準備離開之前，布拉吉先生對芙雷娜說，希望芙雷娜能考慮一下他媽媽的邀約。她回答，她不知道以後是否該花時間和立場相同的人來往，她比較希望多跟立場相左的人交流。

「所以您工作的模式，是遠離讓人分心的事，不做休閒娛樂嗎？」布拉吉一臉好奇問道。

芙雷娜將同伴拉進話題，答道：「您是指『我們兩個』的工作模式嗎？」她一如往常，神情愉悅平和，態度畢恭畢敬。

「我想，今天下午的事夠讓我們分心了。」奧莉芙的語氣雖然不冷酷，卻威嚴十足。

「所以，他值得我們尊敬嗎？」在兩人回家的路上，芙雷娜問道。這天很早就天黑了，她們身穿禦寒大衣，默默並肩行走，乍看像是肩負聖職的女子。

奧莉芙想了一會，「他琴彈得很好，這點值得尊敬！」

芙雷娜陪奧莉芙坐馬車回城裡。她已經在查爾斯街待了幾天，但那晚，她又突然說出一些沒頭沒腦的話，嚇了奧莉芙一跳。這些話跟芙雷娜在布拉吉先生家聽見的傻話相去不遠，只是回家之後，她對此感到格外反感。

「接納男人的本色，別去想他們有多壞，我覺得這樣做比較好。不要問太多問題，只要去想回答的人態度是不是讓人滿意就好。我們可以坐在舊西班牙皮椅上，拉上窗簾，無視外頭的寒冷跟黑暗，一面聽著舒伯特和孟德爾頌，一面將巨大而殘酷的世界拋諸腦後。男人才不在乎女人有沒有投票權！我不覺得現在真的需要爭投票權，妳覺得呢？」芙雷娜問道。她一如往常，每做出一些臆測，就會對奧莉芙拋出疑問。

錢斯勒小姐心想，看來得給對方明確的答案才行。「我覺得有需要爭取投票權。不管走到哪裡，無論白天、黑夜，都需要。我打從心裡覺得很需要。」錢斯勒小姐把手放在心窩上，認真說道：「我覺得這是個不能被遺忘的大錯，就像人格的污點一樣。」

芙雷娜大笑，隨即輕嘆一聲，又說道：「奧莉芙，妳知道嗎？我有時候在想，如果不是妳，不知道我會不會那麼重視女權。」

「我的好朋友啊，」奧莉芙回道：「妳這句話，明明白白表示我們的關係不但緊密，而且非常神聖。妳以前從沒說過這種話，今天破天荒第一次。」

「妳讓我變清醒了，」芙雷娜說道：「妳是我的良心。」

「我得說，妳就像我的外衣，套著我的信封。但妳比信封漂亮多了！」奧莉芙聽了芙雷娜的稱讚後回道。然後她又說，要拋開一切、拉上窗簾，躲在玫瑰色燈光房間裡過虛假的生活，當然容易多了。要放棄抗爭，眼睜睜看著全世界不幸的女人繼續活在無人知曉的痛苦之中，或者要放下重擔，閉上眼睛不看前方的黑暗，最後簡簡單單離世，也容易多了。但芙雷娜不同意，她說，她覺得離世可不是件簡單的事，世上最黑暗的概念莫過於此。她還沒活夠，不想被責任擊垮。兩人最終像以前一樣達成了共識，心中滿是悸動，有了活下去的目標和追逐成功的渴望。她們想做大事、想變強，不想當沒用的無名小卒。奧莉芙之前常說，她覺得自己這輩子要不成為人上人，要不落得一無所有。世上的惡多不勝數，但她很慶幸自己在惡尚未被根除的時候就來到世上了，惡讓人有事可幹，也有回報可拿。要是大改革全都實現了，正義之日來臨了，人生豈不變得蒼白且單調？她從不否認自己汲汲於名望，能獲得無上殊榮才是她奮戰的動力。她認為，要幫助女人掙脫束縛最好的方式，就是讓每個女人都成為有頭有臉的人物。旁人要是聽見這兩位的熱烈討論，肯定會因為她們對世俗名譽的認識如此透徹而感動。這些話不是芙雷娜自己說的，她欣然複述著奧莉芙的說法，還興致勃勃地回話。對奧莉芙來說，兩個人各有各的不完美，但兩顆腦袋湊在一起，就能湊成一個高效率的有機整體，順利推動眼前的任務。雖然芙雷娜的反應比她預期的還木訥，但她最令人開心的一點是，當她聽見奧莉芙提出的崇高想法（奧莉芙的手段很像是在展示裝在無蓋盒子裡的珍珠），整個人的興致都點燃了，於是她搖身一變，讓年輕純真的女先知上身，替口才欠佳的奧莉芙發聲。奧莉芙驚覺，要是少了芙雷娜溫柔的語調，這場戰役就失去了溫柔的面向，打個比方，就像是天主教徒說的塗油儀式。但她也想到，如果芙雷娜想帶領群眾，統計數據和邏輯會是她的致命傷。總之，兩人攜手合作堪稱完美組合，想要什麼就有什麼，想打仗必定每戰皆捷。

19

想像的勝利雖然遙遙無期，但她們仍嚴正以待，像宗教信徒般狂喜。這兩人對勝利的想像愈來愈熟悉，尤其對奧莉芙而言，一八七〇年代的寒冬是她一生最有衝勁的時刻。聖誕節之前，她的計畫有了大幅進展，而且她覺得執行面也上軌道了，像是和塔蘭特夫婦協商，他們終於答應讓芙雷娜長住查爾斯街，此後，危機便解除了；費林德太太正展開年度巡迴演講，從緬因州一路講到德州，試著啟發更多人；帕登先生已經人間蒸發（至少暫時如此）；露娜太太已經定居紐約，租了一整年的房子，還寫信給奧莉芙說，她想找蘭森（她已經和對方搭上線了）幫她處理法律事務。奧莉芙心想，愛德琳有什麼法律事務好忙？她又期待愛德琳和房東或女帽商有衝突，才可能需要不斷找蘭森諮詢。露娜太太立刻寫道，法律諮詢已經開始進行了，蘭森也找她吃過飯。她猜想，蘭森的事業應該還沒起色，她擔心蘭森並沒有每天吃晚餐。但他戴了一頂北方紳士風格的高帽，愛德琳說，她覺得蘭森很迷人。而且蘭森對紐頓很好，會跟他說南北戰爭的故事（當然是南方視角，但露娜太太對美國政治不太關心，只希望兒子多聽聽不同立場的意見）。紐頓則是整天三句不離蘭森，叫他「蘭叔叔」，模仿蘭森某些字詞的口音。接著，愛德琳又提到她決定要委託蘭森幫她處理法律事務（奧莉芙一想到姊姊口中的「法律事務」，不禁抱著憐憫之心嘆了一口氣），以及她很想請蘭森當紐頓的家教老師。她希望紐頓能在家讀書學習，如果能請像蘭森這樣的自己人來教他就更好了。聽露娜太太這樣說，彷彿人家寧願放棄法律工作，全心當家教似地。奧莉芙很確定，這是露娜太太的某種高尚情操，是她住在歐洲後養成的老習慣，感覺每件事都要特別安排過。

姊妹倆年紀雖然有差距，但奧莉芙早就對愛德琳很有意見，認為她是個無趣的人。愛德琳很有錢（或者說夠有錢），個性傳統又膽小，很愛吸引男人的目光（大家都知道，愛德琳一想到男人膽子就大了，奧莉芙卻瞧不起這種大膽）；她只關注自己的生活，習慣憑感覺做事，對當代潮流不聞不問，也不關心未來會出現的反撲力量，更不在乎新思想或重大社會議題。她整個人感覺只是一捆洋裝襯邊，而事實上還真是如此。看得出來，愛德琳壓根沒良心可言，而錢斯勒小姐最氣的是，姊姊明明也是女人，居然可以不受社會束縛綑綁。她口中的「法律事務」（我之前提過）、她的人際關係、她對教育紐頓的理念、她的習慣和觀念（她腦子裡裝了一堆，唉，造口業了！）、她那三不五時想再婚的念頭、遇到危險就想逃的愚蠢舉動（她連血氣之勇都沒有）……自從她回美國，這些行為模式都讓錢斯勒小姐覺得悲哀。但真正悲哀的，不是露娜太太會傷害她（事實上，姊姊反而讓她感覺良好，因為她可以正大光明地嘲笑她），而是命運導的這齣俗濫劇，太好預測了。至於露娜太太的下場，無疑是到死之前都聽不懂奧莉芙平常說的話，只能帶著歷經風霜的臃腫身軀、舉世無雙的愚昧，以及自認高尚又保守狹小的心胸，迎來精神死亡。至於紐頓，他長大之後可能會比現在更討人厭。其實，要是露娜太太繼續寵兒子的話，紐頓應該會長不大，只會愈來愈退化。紐頓說話很直，性格自私，愛德琳卻拿陶冶兒子性格當藉口，繼續把兒子抱在懷裡寵，讓他一天到晚躲在自己的襯裙裡。只要紐頓說耳朵不舒服，露娜太太就讓他曠課，而當她試圖跟兒子聊天，了解情況，紐頓卻用不符他年紀的惡劣態度回話。奧莉芙覺得，紐頓應該去公立學校念書才對，因為同學會讓他知道他一點都不重要，可以的話，偶爾被別人擊敗更好。為了這件事，姊妹倆在露娜太太離開波士頓前徹底討論了一番，談到最後，愛德琳看見紐頓正好進門，乾脆將不受控的兒子一把抱進懷裡，要他發誓不管死活，都得順著媽媽的意思。露娜太太說，就算自己會被踐踏（這事很有可能發生！），她也寧可被男人踐踏，而不是被女人譴責。她還說，哪天奧莉芙和她的夥伴掌權了，肯定會變成史上最糟糕的獨裁者。紐頓發了個幼稚的誓，說他不會變成炮火四射的叛逆激進人士，奧莉芙聽了，決定今後不再替姊姊操心，讓命運替她的人生操盤就好。姊姊可能會和來自敵國的男人結婚，對方絕對會是鞭打、囚禁女人不手軟的那種人，跟母國從前對待有色人種的方式如出一轍。露娜太太如果喜歡舊思維，這種男人有的是源源不絕的舊思維。如果她想當保守人士，她不妨試著當保守人士的太太看看。奧莉芙不擔心愛德琳，她擔心的是蘭森。她心想，如果蘭森討厭懂得自重、互重的女性，命運就會讓他嘗嘗被女人套牢的滋味，譬如被愛德琳吃死。他種什麼因，就會得什麼果，當人們按照內心的偏見行動，偏見就會回頭打我們一巴掌。這些事，奧莉芙全都想過了一遍，畢竟她很有大局觀，很擅長全盤思考。她最後確定，她之所以期待這兩位住紐約的親戚發展關係，跟為了讓自己安心無關。即使兩人結婚會讓她感覺良好，也不過是因為這合乎某種規律罷了。奧莉芙天生愛思辨，她最喜歡找規律了。

不過，此時費林德太太正遠征他鄉，儘管這讓錢斯勒小姐感到欣慰，但當她回到波士頓，正好趕得上擔任女權大會（根據公告，大會即將在六月召開）的主席，我們不知道錢斯勒小姐對此做何感想。對錢斯勒小姐來說，這位霸氣女王應該暫時離開這個圈子，才能給大家喘息的空間，讓氣氛輕鬆一點；或者說，大家可以暫時不被她公開抨擊了。我還沒提這些女士最近在談些什麼，但我必須克制，只談一點後續效應就好。這事沒有半點驚奇之處，簡單來說，相較於兩位各據一方的男性巨頭，兩位女性巨頭通常更難攜手合作。參加完柏艾女士家的聚會之後，奧莉芙覺得大有斬獲，因為她有機會更接近費林德太太。經過這次會面，奧莉芙發現這位女權運動領袖（在這個圈子當中）比自己更專一、更有決心。最近，錢斯勒小姐的理想拓展得很快，她覺得比起過往，自己如今能更輕快地掌握內心的節奏。她現在發現，當靈魂彼此相遇，雙方不是交心，就是爆發尖銳衝突。對她來說，她總是得包容世間頑固的人事，但她現在更需要包容女權人士的某些習性。這樣一想，問題反而變得更加複雜；而要包容費林德太太又更難了。奧莉芙自尊心強，費林德太太也不遑多讓，這不是任何一方的錯，只是一山不容二虎。如果男人的世界尚且如此，心思更細膩的女性就更不用說了。於是在三個月內，奧莉芙對費林德太太的心態從崇拜轉為競爭，芙雷娜加入之後，更催化了這個變化。費林德太太面對芙雷娜時，各種行徑讓人大惑不解。她起初對芙雷娜一見傾心，後來又沒感覺了；她曾想將芙雷娜納入麾下，後來又因受到威脅而閃躲她，還告訴奧莉芙，像芙雷娜這種人實在太多了。她居然說「這種人」！這幾個字在錢斯勒小姐心頭不斷迴盪，讓她怒不可遏。費林德太太難道不知道芙雷娜是什麼樣的人嗎？她以為芙雷娜只是個想紅的普通人嗎？奧莉芙內心最初的渴望，是希望替芙雷娜博得費林德太太的認可，好讓芙雷娜從這位指揮官手上接到職務。這兩位年輕女性懷著這樣的心情，不只一次到羅克斯伯里朝聖，其中一次朝聖，芙雷娜又展現出女先知迷人的樣貌：她說話時不但自然進入先知狀態，甚至還比在柏艾女士家時更震撼人心。不過，費林德太太對此十分不以為然，再說，即使芙雷娜的風格再傑出、再精闢，和她的風格依舊截然不同。奧莉芙原先期待費林德太太能向《紐約論壇報》投書，替芙雷娜拉抬聲望，但費林德太太終究沒投出這封善意信件。現在奧莉芙發現，費林德這位出身羅克斯伯里的女先知已經幫不上忙了，因為她拘謹、大驚小怪、有些小矜持，最後才沒動筆寫信。奧莉芙認為費林德太太嫉妒芙雷娜的魅力，但她沒馬上說出口，單純是因為這種話要一陣子之後才會有效果。她最後只說，費林德太太顯然想要手握大權，成為領導革命的一號人物。事實上，對於奧莉芙和芙雷娜想替革命增添的浪漫唯美情懷，費林德太太也抱著存疑的眼光。比如說，她們很強調女性在歷史上的苦難，但費林德太太不在乎這點，她甚至不太清楚歷史的來龍去脈。她很像是第一天參加革命，想立即替她們爭取權益，不在乎她們以往過得如何。結果，奧莉芙乾脆拉著芙雷娜，半義憤、半歡喜投入改革，大呼她們打這場仗只能靠自己，但這樣更好。既然彼此就是對方最珍愛的人，還需要第三人加入嗎？她們即使孤立無援也能過得自由自在。一想到這裡，她們就覺得自己化成了一股勢力，這並非奧莉芙氣消了，畢竟她心裡明白，費林德太太是身邊唯一一位有資格批評她的人物（這兩個人很容易因此對峙，因為，我們總想被比自己更優秀的人稱讚，而批評者則和我們不是同類人），雖然這想法非常自以為是；她也發現，自己和費林德太太才認識不久，就露出了自以為是的一面，無意間說出真心話。想到這，她三不五時就會臉紅。她向上天祈禱，希望自己不會成為對方眼中對人不對事、心胸狹窄、甚至遊手好閒的庸俗之輩，不過是燈塔街的芸芸眾生之一。彷彿她讓芙雷娜待在自己身邊，其實不過是大人玩洋娃娃的荒誕行徑罷了。正因如此，錢斯勒小姐認為費林德太太現在得正眼瞧瞧她！對方的錯待是如此令人不齒，但或許是件值得慶幸的事。不過，當奧莉芙想到自己被錯待，眼裡立刻溢出憤怒的淚水。她居然跟遊手好閒、庸俗、燈塔街那些外行人相提並論！她要芙雷娜和她一起發誓，希望世人盡早明白芙雷娜的特質。我先前透露過，芙雷娜在這種時候總是會見招拆招，因為要她這輩子和燈塔街一刀兩斷，她心裡會隱隱作痛。可是，她現在又備受奧莉芙照顧，要她做出任何犧牲都可以，唯有如此，才能證明照顧她的人並非無名小卒。

針對讓芙雷娜在查爾斯街長住的事，錢斯勒小姐找了塞拉來家裡作客，和對方協調了一番。兩人會面時發生了很多奇事，但礙於篇幅，我只能提最讓人訝異的部分。奧莉芙希望能和塞拉談條件，把事情講清楚，雖然邀他來家裡作客讓自己很不舒服，但她還是挑了個芙雷娜不在家的時間這麼做了。她故意不讓芙雷娜知道這件事，又想到，這是她第一次騙自己的朋友（對奧莉芙來說，三緘其口就是一種欺騙了），不曉得以後該不該繼續騙下去。接著，她決定以後如果有必要，還是會做類似的事。她告訴塞拉，她會讓芙雷娜待在自己身邊很長一段時間，塞拉表示，自己很開心看到芙雷娜生活在這麼開心的地方。不過，他說他想知道錢斯勒小姐對她有何盤算。聽了塞拉這句話，奧莉芙更加確定自己的猜測無誤：這次會面就是為了談生意。她走到書桌旁，給塞拉寫了一張鉅額支票，看起來更像是在談生意了。「離我們遠一點，一整年都不要來打擾我們。之後我再寫一張支票給您。」錢斯勒小姐邊說這句話，邊將手上那張意義非凡的紙遞給對方，同時心想，今天換作是費林德太太，應該也跟自己差不多笨拙。塞拉看了看支票，又看了看錢斯勒小姐，再看了看支票、看看天花板、看看時鐘，再看了看眼前的女主人。下一刻，支票就消失在他的防水外套皺褶間了。奧莉芙眼睜睜看著這位怪人將紙條放進了奇怪的地方。「這個，我要是不相信您想幫助芙雷娜成長的話……」他話才說了一半就停了下來，手還不斷在暗處翻弄，並對奧莉芙露出燦笑。她向塞拉保證，不用擔心，她會協助芙雷娜，因為讓芙雷娜成長是她現在最感興趣的事，芙雷娜會有各種自由成長的機會。「這樣很好，」塞拉說：「比吸引群眾有意義多了。我們就想請您幫忙這件事，幫助她發揮她的才能。世上會有這麼多麻煩，不都是因為人的天賦被壓抑了嗎？錢斯勒小姐，不要壓抑她，讓她盡情揮灑吧！」然後，塞拉又用詭異的方式左右挪動下巴，用來闡釋他的問句和比喻。他又說，他想親自跟塔蘭特小姐談一下，但奧莉芙一句話都沒回，只是單純望著他，暗示他可以準備離開了。她知道塔蘭特太太已經答應了這件事，因為芙雷娜對她說，媽媽願意為了追求至善放手。錢斯勒小姐心裡明白（但絕對不是芙雷娜讓她明白的），塔蘭特太太早就隱諱地接受了金錢回饋的方案，就算看到塞拉回家時口袋裝了張支票，也不會大鬧特鬧。「她會大幅成長，相信您也能達成您的願望，我們只要跨出一小步路就好。」塞拉起身離開之前又說了一句。

「不是一小步路，是很長一段路。」奧莉芙嚴肅地說。

站在門口的塞拉被嚴肅的錢斯勒小姐弄得有點尷尬，只能杵在原地。對於追求進步和追求真理，他一向習慣把事情想得很美好。他從沒遇過像這位年輕女子這麼認真的人，還出乎意料地喜歡他的女兒。錢斯勒小姐對新世界的渴望，其實隱含著病態的悲觀，她竟為此直接了當地花大筆金錢收買芙雷娜的爸爸。他不知道要對錢斯勒小姐說什麼才好。一場備受看好的改革，眼前的女人卻用這種語調談著，彷彿世上沒有一件事能讓人安心。「這樣啊，我猜背後可能有種神祕法則……」他近乎膽怯地囁嚅道，接著便離開了錢斯勒小姐的視線。

20

她希望短期內不會再見到塞拉，如果光靠支票就能交流，也確實沒必要再見面。關於芙雷娜的事，雙方已經達成了共識：錢斯勒小姐答應塞拉，只要芙雷娜有需要，她就會繼續陪著對方。芙雷娜之前說自己放不下媽媽，但她慢慢覺得，根本沒有放不下這件事。她就像空氣一樣自由，來去自如，如果有需要，她還是能陪媽媽幾小時或幾天。奧莉芙唯一的要求，就是希望芙雷娜把查爾斯街當自己家看待。這一點，芙雷娜沒有半點掙扎，因為她還來不及冒出疑惑，就被奧莉芙的魅力收服了。讀者看到奧莉芙的魅力，可能會覺得好笑，但我所謂的魅力不是抽象的概念，而是貨真價實的感受。奧莉芙拚命織了一張權威的網羅，像黃金鎖子甲一樣嚴密，讓芙雷娜言聽計從。芙雷娜非常投入兩人的計畫，她覺得那是一種積極而熱情的信仰。她爸爸想給她的美好未來現在很明確了。她在自由的氛圍中不斷成熟。奧莉芙看見芙雷娜的改變，可以想見她內心有多麼雀躍，她這輩子從沒如此開心過。從前，芙雷娜還是個羞怯順從、心懷感恩，又具有好奇心和同情心的小女孩。她看見奧莉芙憑著意志力和執行力，告訴她今後努力的方向，青春洋溢的芙雷娜在驚喜之下，決定全心全意付出。她現在被錢斯勒小姐的善意包圍，滿腦子想著社會發展的前景，心中充滿新鮮感和改革的熱忱。而且，芙雷娜現在毫無私心投入關注著她們的計畫，給予全心全意的信任，隨時放在心上。在彼此的關係中，芙雷娜也懷抱熱情、投入動人的心血，不再是被動的仰慕者。如果說錢斯勒小姐想訓練芙雷娜，這訓練已經開始了，而且芙雷娜跟她一樣投入。所以，她大可以對自己說，自己一點也不狠心，因為芙雷娜離開媽媽是為了追求崇高、神聖的目標。事實上，芙雷娜不算是真的離開家，因為她會在查爾斯街和老舊的郊區小屋之間通勤，一趟就是好幾個小時，還必須搭乘一路響著鈴聲、擁擠不堪的交通工具。塔蘭特太太某天嘴裡嘆著氣，表情糾結，比以往任何時候把自己更緊緊地包在大衣裡，一面說她不確定自己是否能獨自奮鬥；如果芙雷娜不在家的時候門鈴響了，塔蘭特太太多半不敢應門。當然，這畢竟是擺出姿態證明自己努力改善人類文明的大好機會，她可不會隨隨便便放掉。但芙雷娜內心認為（這是她生平第一次評價媽媽），要是有人信了媽媽說的話，媽媽反而會覺得內疚；女兒如此樂於助人，已經足以讓她心安。而即便露娜太太無消無息離開波士頓了，加上寒冬蕭瑟，奧莉芙和芙雷娜不得不窩在家裡，塔蘭特太太還是堅信只要住在查爾斯街上，或多或少都能和上流社會往來。看見女兒不去參加聚會，錢斯勒小姐也不辦聚會，塔蘭特太太頗有怨言。但對她來說，保持耐心不是陌生差事，至少她覺得還算方便，因為布拉吉先生可以直接約芙雷娜在城裡見面。布拉吉先生有一半的時間都待在城裡，常住在帕克斯飯店。

後來，年輕的布拉吉先生常常來找芙雷娜，如果錢斯勒小姐在家，芙雷娜也會徵求朋友同意，邀布拉吉先生來家裡作客。她們已經有了共識，在需要打響名號的這個階段，是沒必要自我設限的。在這個階段，奧莉芙渾身充滿了英雄氣概，足以抵抗內心的不安。此外，她覺得自己得稍微退讓一點才合情合理。既然芙雷娜都捨棄親人，搬來和她同住了（這當然是一輩子的事，因為她會每年花錢買通塔蘭特夫婦），她就不應該阻止芙雷娜和別人正常社交（要是她出手阻止，外人會撻伐她）。根據新英格蘭的社會規範，只要年輕男子和年輕女子成了朋友，就算是正常社交關係。幾星期過了，錢斯勒小姐毫不後悔自己大膽放手的決定。芙雷娜目前沒在談戀愛，但錢斯勒小姐覺得芙雷娜應該知道什麼是愛，在交流的時候也感覺得到愛。芙雷娜很喜歡和人交流，她天生喜歡表現自己，她喜歡微笑、說話和聽人說話。她現在為了實現崇高的社會理念而活（這也是奧莉芙想要的生活），她的生活想必也因此變得僵硬——至少，布拉吉先生多半自認能為她帶來輕鬆自在的氣息。所幸，芙雷娜已經被那些簡明的目標拯救了，她不會輕易被影響。現在，錢斯勒小姐不必再對她施壓，芙雷娜內心的泉源正汩汩流動，由內而外散發著熱情，但她還是會保持聖潔聰慧的單身狀態；就算要結婚，她也只會和改革大業步入禮堂。布拉吉先生來訪的時候，奧莉芙總會刻意離席，有一次，芙雷娜談到和布拉吉先生聊天的事，奧莉芙隨即打斷她，用溫和而嚴肅的態度說她不想聽。這總讓她感到非常優越，而且十分高貴。正因如此，她自認更了解布拉吉先生是什麼樣的人了（我不曉得她怎麼了解的，畢竟芙雷娜根本不能對此發言）：她覺得這人假惺惺、有一點特立獨行，刻異營造奇特的形象，雖然會贊助改革活動，卻又喜歡耍神祕、臨時約人、拜訪不知名人士；他似乎過著雙面人的生活，喜歡和大家不認識或沒見過的女孩密切往來。當然，他很想在芙雷娜心中留下好印象，但更愛讓芙雷娜和其他上流社交圈的女孩子較勁，他會到帕潘帝舞廳[15]和這些女孩跳舞。自律甚嚴的奧莉芙大致是這麼看待帕登先生。「他對我們的改革運動很有興趣。」芙雷娜曾經這麼說，奧莉芙聽了卻大發雷霆，她覺得全天下的男人都心懷不軌，也不承認有例外。

到了三月，芙雷娜將布拉吉先生向她求婚的事告訴錢斯勒小姐。她說，對方堅持要她思考一下再回覆。芙雷娜興高采烈地說，她向布拉吉先生強調這事沒什麼好思考，如果他還繼續抱持期待，建議他不要再來作客了。但他還是一直登門拜訪，乍看似乎已經不期待芙雷娜會點頭了，不過奧莉芙認為，布拉吉先生其實沒那麼想結婚。她在想，布拉吉先生之所以會向可能拒絕他的女生求婚，是為了蒐羅各種經歷，把未接受求婚的女生直言、嬌羞、遲疑、拒絕的樣子記在心裡，就像他蒐集瓷器和克雷莫納[16]小提琴一樣。他會因為和塔蘭特一家人往來而慚愧，但慚愧歸慚愧，他還是會繼續當個有品味的男人，向出身卑微的漂亮女孩求婚，他喜歡對特別的女孩下手，尤其是基於某些理由（出身卑微的人也有自己的考量）不會想藉此一步登天的女孩。「我說了，我不會跟他結婚，不會的。」芙雷娜開心地對奧莉芙說道。她似乎想表達奧莉芙大可相信她的諾言。「我從來不覺得妳會結婚，只要妳不想結就不會結。」奧莉芙回道。芙雷娜沒回話，一臉眉開眼笑，卻不敢說其實她想結婚。她們又聊了一下，芙雷娜說看見布拉吉先生的窘態，讓她心生憐憫，奧莉芙卻說這個男的不但自私又自大，還是個被寵壞又不誠懇的人，現在，他得自食惡果了。六個月前，錢斯勒小姐還會不忍阻撓芙雷娜，但現在完全不這麼想，要是有人問她會不會覺得自己太自作主張，她會怒回對方她沒在擋誰的路，而且就算不出手干預，芙雷娜面對那種在大難時仍尋歡作樂的輕浮之人，也不會認真以待。不過，奧莉芙還是決定春天帶芙雷娜到歐洲一趟。在歐洲住上一年，對芙雷娜會是件樂事，更有助於她開展天分。錢斯勒小姐花上一番力氣才承認，古老文明地區還是保有一些美德，能讓她們兩位善良的美國人學到不少東西。這個理由看似很合理，但不完全是真實的原因。事實上，她覺得歐洲之旅可以讓芙雷娜暫時離開美國，和好管閒事的美國人保持距離，等到她能夠自立自強再回國；而且，她們兩個還能長時間深談，在異地分分秒秒黏在一起。當然，她們必須在那個無可避免的「階段」來臨前飛離美國，暫時不去面對。她們把離開的時間點延到了七月一日，而奧莉芙決定，到時她們如果還沒有受到傷害，就會秉公或敞開心胸面對。容我再補充一下，一直到七月一日前，奧莉芙不但沒有大驚慌，反而經歷了許多小確幸和小驚喜。

奧莉芙和芙雷娜相處時一片光明，完全不受外界侵擾。她們一起讀書，翻閱許多從波士頓圖書館借來的鉅作，直到深夜。芙雷娜用甜蜜卻哀傷的表情拒絕了布拉吉先生之後，布拉吉先生便一聲不響回紐約了。她們只聽說，布拉吉先生重新回到媽媽充滿皺褶的羽翼之中（至少在奧莉芙看來，他媽媽的羽翼是有皺褶的；她可以想像，布拉吉太太知道兒子被催眠治療師之女拒絕之後，心情會大受影響，八成會跟聽見芙雷娜接受布拉吉先生求婚一樣生氣。）至於帕登先生，他大概還在蓄力階段，尚未在報紙上報一箭之仇，但無論如何，歌劇季已經開始了，他忙著訪問大歌唱家，在某大報中，他還將某位歌唱家說成「酒窩甜如嬰兒、舉止逗如幼貓的小女人」（至少

15　帕潘帝舞廳（Papanti's Hall）為十九世紀時位於波士頓的知名舞廳。

16　克雷莫納（Cremona），製造全球知名小提琴的城鎮，位於義大利北部。

奧莉芙確定，只有帕登先生寫得出這種文字）。再看看塔蘭特一家，多虧特立獨行的奧莉芙願意贊助他們，讓他們的手頭愈來愈寬裕，過起從來沒體驗過的富裕生活。塔蘭特太太現在很喜歡聘女清潔工來家裡打掃，過去考量到這對自己與受雇的僕傭來說都是一種貶低（但她現在改變心意了），出於她的驕傲，家裡很多年沒花錢請工人來打掃了。她寫信給奧莉芙（她一直寫信給對方，但奧莉芙從來沒回信），說她覺得自己墮落了，但她承認，有人能在塞拉不在家的時候和她對話交流，多少讓委靡的她振奮了起來。芙雷娜當然也留意到家裡的變化，因為爸爸的病人突然變多了（以前從沒增加得這麼快）。她試著猜測原因，但知道答案之後，內心倒是平靜依舊。她願意接受爸媽向這位非凡的朋友拿錢的事實，就像她願意接受錢斯勒小姐難以抗拒的友善，因為錢斯勒小姐適時幫了她一把，讓她從女孩變成女人。芙雷娜沒有世俗的傲氣，沒有美國傳統的獨立觀念，更沒有「哪些事前人做過、哪些還沒」的概念。她生來溫柔，雖對他人的善待毫不敏感，但也從不提出要求。奧莉芙原先擔心，當芙雷娜知道她們得以攜手追求目標是有條件的會臉紅，對方卻面不改色。對她來說，父母被封口費收買、被當成愛添亂卻沒被囚禁的底層人口，這些不但不是新鮮事，也不會讓她不舒服。奧莉芙認為，芙雷娜在此之後，不可能被任何事激怒。她身上沒有一絲火氣，和世俗標準相距甚遠，又不會一天到晚把焦點放在自己身上。說她不記仇不夠精準，因為她連別人的惡意都察覺不到。再說原諒這舉動本來就帶著某種程度的高傲，她既連高傲氣都沒有，也就不存在原諒的問題。她開朗溫和的性情，讓她得以避開讓人翻天覆地的各種人生陷阱。奧莉芙總是認為，傲氣是人必備的特質，但芙雷娜沒有半點讓她顯得不夠純潔的特質。奧莉芙資助塔蘭特一家之後，劍橋小屋的環境變得更富裕了（雖然還是跟罪犯流放地差不多）；她出手相救之前，芙雷娜還在苦難交加的荒漠中掙扎，現在，奧莉芙感覺一切都海闊天空。芙雷娜過往得煮飯、洗衣、掃地、縫衣服，做得比錢斯勒小姐家的任何一位僕人都認真。但這些工作對她而言根本不算什麼，透過那靈巧的心靈，所有事情都像全新的一樣，至於各種醜陋磨人的事物，則是一碰到她就灰飛煙滅。不過奧莉芙認為，芙雷娜的性格值得換來無盡的報酬，她未來能過奢華又輕鬆的生活。錢斯勒小姐深信從事燒腦且崇高工作的人，譬如查爾斯街上的兩位年輕小姐，都值得讓自己和姊妹們享受優渥的物質生活。錢斯勒小姐不是縱情享樂之人，但她曾經參加過慈善組織會社[17]，拜訪過波士頓的小巷弄和貧民窟，她用行動證明自己無懼於人間的病痛和疾苦。不過，她的家永遠會打理得整整齊齊。她是很有潔癖，而且一心做正事的女人。現在，她卻把精緻生活看得跟宗教一樣神聖了；她們的生活非常規律，又插著冬日玫瑰，偶有多餘的人際衝突，但整體依然光亮美好。在溫柔環境的潛移默化下，芙雷娜就像朵完美無瑕的花，在波士頓綻放開來。奧莉芙對波士頓的女性一向讚譽有加，認為她們生來精緻，適應力強，只要看一眼便能適應變動的大環境；而她身邊的芙雷娜，卻能內化各種細膩的規矩和傳統，和周圍的高水準環境並駕齊驅，遠遠超出了她的預期。不管是屋內還是查爾斯街上，冬日盤旋不去，冬夜使她們免於紛擾。兩位年輕小姐雖然挑了一肩任務，但奧莉芙不喜歡四處串門子，因此，許多社會改革的聚會都在她家召開。她加入了二十個協會和委員會，但只在指定時間邀同事上門，而且希望她們務必按時抵達。芙雷娜在聚會中的表現不算積極，她會在屋裡走動，面帶微笑聽大家說

17　慈善組織會社（Charity Organization Society，又名 Associated Charities）為一八六九年創設於英格蘭的濟貧慈善組織。

話，偶爾說句言之有物的漂亮話，像一幅會動的吉祥畫作。因為理論上，她應該要成為目光焦點，而不是躲在幕後打雜，她不應該是幫忙提詞的人，而是被眾星拱月的月亮（至少就她的本質而言應該如此）。錢斯勒小姐之所以主辦聚會，正是為了替未來發展鋪路，事實上，芙雷娜後來的表現也令人刮目相看。

奧莉芙家的客廳西面有幾扇窗戶，向外望去便能看見河水；傍晚時分，紅通通的冬日夕陽順著窗戶透入屋內。此外，這扇窗還能望見查爾斯河上攀著一座長長的矮橋，橋身端坐在巨大橋墩上；散落各處的冰漬與雪堆、因寒冬而荒涼蒼茫的市郊地平線，一切彷彿清苦蕭瑟的前景；查爾斯城和劍橋市內的工廠和引擎店伸出的骯髒煙囪，還有新英格蘭禮拜堂高聳的尖塔，這些畫面的窮酸銳不可當，細節粗鄙得令人難堪，乍看之下，無非就是木板、錫製品、結凍的土地、棚屋和腐爛的椿子、直直穿過一大片水窪的鐵道、窮人走的路、斜穿這條險路的大眾運輸馬車、寬鬆的籬笆、空曠的廣場、成堆的垃圾，以及堆滿鐵管、電報柱、素面木板的院子。接近傍晚時，這幅醜陋的景象染上了冷冽玫瑰色調，可想而知，芙雷娜認為這樣很可愛。無風時，寒氣宛若水晶般閃閃發光，天空中最微弱的色調顯現出來，西面的景色變得深邃細緻，夜幕降臨之前，所有事物都變得加倍鮮明。雪地潮紅著臉，凝重的沼澤表面上有溫柔的倒影，長橋上的車聲不再俗氣，看起來銀光閃閃；遠方幽暗孤絕的水流，正映著漸隱的暮色不斷晃動。這些歡欣的氣息經常讓客廳的一頭熠熠生輝，在還用不著檯燈的時候，奧莉芙會和同伴坐在窗邊觀賞日落，為了映在客廳牆上的紅點雀躍，緊盯著慢慢變暗的絢爛暮色，直到繁星從愈發寒冷的天幕探出頭來。接著，兩人便手挽著手一同發抖，轉身離開窗邊，因為她們覺得冬夜比男人的殘暴還難以忍受，寧願拉上窗簾，就著室內明亮的火光與耀眼的茶盤，聊起女性長久以來的犧牲，這是奧莉芙最感興趣的話題，怎麼聊都不會膩。某幾晚大雪紛飛，查爾斯街一片白茫茫，寂靜得幾乎聽不見門鈴聲，這裡化為一座座視野開闊、燈火通明的孤島。兩人一起讀了很多歷史，而且切入角度始終相同：試圖找尋各種證據，證明女性背負的苦痛難以言喻，並證明女性如果能在每段歷史扭轉頹勢，世界就不會那麼可怕了（在她們眼中，歷史怎麼看都駭人）。芙雷娜讀出了許多心得，讓討論源源不斷。她通常會說，過去有很多女性手握大權，卻沒善加利用，因此出現了惡皇后、放蕩的國王情婦這些人。在關係當中，這些女人很容易會被拋棄，譬如公開展示惡行的血腥瑪麗、私生活不檢點的佛斯蒂娜（純潔的馬古斯．奧理略之妻），都很容易被視為壞女人。如果說，女人的作為是男人德行的推手，那同時也得說，男人的行為會讓女人偶爾脫序，這樣才不失公允。奧莉芙明白，芙雷娜這輩子沒念過幾本書，塔蘭特家也不是書香門第。不過，芙雷娜現在卻踩著她輕盈的腳步，徜徉在文學的世界裡。她所嘗試或投入的每件事，都證明她天賦異稟。奧莉芙沒有什麼天賦，因此芙雷娜總讓她驚艷不已，頻頻給予讚賞。沒有事嚇得倒芙雷娜，她總是微笑以對，凡事都願意嘗試。既然其他事她做得來，讀書自然不成問題，她讀得快、記得牢，看過一眼的內容，幾天之後還重述得出來。兩人組成了難能可貴的團隊，共同為目標奮鬥，讓奧莉芙愈想愈開心。

這些描述鐵定很枯燥，因此容我快速補充，她們並沒有成天關在客廳裡用功讀書，儘管奧莉芙想和同伴獨處，沉浸在兩人共讀的世界裡；她還經常提醒芙雷娜，她們預計花一整個冬天讀書學習，因為光接觸自滿而庸俗的事物是學不到什麼的。但是，即使這兩位年輕女子看上去好像南轅北轍，她們的生命經驗還是有交會之處。大家都知道錢斯勒小姐很特立獨行，但她終究是典型的波士頓人，自然會有某些特質。有人說她表面上是波士頓人，骨子裡則不然，但事實上，她還是滿常拜訪其他人，或邀其他人來家裡作客。她自認會以最熱情的態度替篩選過的客人奉茶，讓在適切時刻上門的客人備感溫馨。她偏好接觸她口中「真正的人」，她也盡她所能測試這些人的真偽。這一小群人多半來自市郊，背景五花八門，以女性居多。無論早晚，她們的暖手筒後面都夾著波士頓圖書館借來的書，或是捧著用來送人的精緻花束走來走去。奧莉芙不在身邊的時候，芙雷娜會在窗邊漫無目的地沉思，邊看這群人走進查爾斯街的房子。他們走路的樣子很賣力，好像快要遲到一樣。她總是想跟這些人一起冒險，因為她羨慕這些人有事可忙。她會向媽媽描述這些人，但塔蘭特太太通常不知道這些人是誰，有些時候，她似乎根本不在意（她很會潑人冷水）。不管這些人的身分為何，只要不是有頭有臉的人物，就毫無意義。而即使媽媽評論了一堆，芙雷娜還是不確定媽媽心裡對這些人的期待，唯有聽她聊起奧莉芙固定會帶她去聽的音樂會，塔蘭特太太才會覺得女兒過得還不錯，和她住在劍橋小屋時的生活水準差不多。全世界都知道，在波士頓聆賞音樂的機會多不勝數，而錢斯勒小姐習慣追求頂級享受，她會挑選最高尚的節目，走進宏偉、昏暗、尊爵不凡的波士頓音樂廳。這座音樂廳見證了許多精采演說和樂章，建築結構的每個比例和色彩都引人注目，且讓人肅然起敬。在冬日裡，音樂廳閃閃發光的簷口守護著兩位聰慧的年輕女子。對她們來說，她們秉持的理念已經化為各種樂句，在巴哈和貝多芬的音樂中反覆傳頌了。交響樂和賦格讓她們心志更堅定，對改革更有熱忱，讓她們的想像力更加奔放。音樂讓她們的心飛揚到九霄雲外，當她們坐在位子上，仰望懸在貝多芬銅像上方華麗而肅穆的管風琴，她們便覺得，這是擁有她們這樣信念的人值得朝聖的唯一殿堂。

不過，音樂不是她們主要的快樂泉源，因為她們還會投入另外兩件事。首先是柏艾女士的同溫層聚會。今年冬天，奧莉芙比以前更常和柏艾女士碰面，在她看來，柏艾女士一輩子絢麗的慈善生涯即將畫下句點了。她全心全意、努力不輟工作的日子即將告一段落，因為她手中的武器不是壞了就是鈍了。奧莉芙很想將這些武器當作神聖文物掛在牆上，證明柏艾女士曾耐心作戰過，於是，她試著聽勞苦的柏艾女士話當年——雖然柏艾女士沒有半點輝煌燦爛的功績，充其量是個角落英雄。她邀柏艾女士回憶曾和她並肩作戰的同袍，再秀出她的勳章和傷疤。柏艾女士知道自己已經無用武之地了，但還是多少能為了非主流議題奔波，或翻翻她古董背袋裡的報紙、告訴自己有重要的會要開、簽簽連署單、參加聚會，再問普蘭斯醫師能不能讓她睡好，可以的話，她就能活得更久，見證更多改革成果了。她現在全身東痛西痛，精神不振，愈來愈有回憶當年勇的傾向（她本來不是這樣的人），於是乾脆接受新生代戰友們的撫慰。有時候，她寧願坐在奧莉芙家的壁爐邊，一個勁說著過往拚搏的事蹟，語調卻有種閒適和疏離感（柏艾女士說話的樣子一向不太振奮），彷彿從未參與過活動，不曾為稀稀疏疏的會議寫草案、不曾去擠超載的街車。她給人一種安心的感覺，但不是因為她堪稱模範，足以讓起始條件比她優渥的新生代景仰，而是她有激勵人心的效果，因為她能告訴新人關於推廣新思想目前的進展，講講她年輕時的局面和現在截然不同——她來自南邊的康乃狄克州，媽媽是位優秀的老師（其實外婆也是老師）。對奧莉芙來說，柏艾女士總是散發著殉道者的風采，到了這個年紀卻飽受摧殘，連薪水和退休金都領不到，錢斯勒小姐忿忿不平，還因為太過氣憤而掉淚。芙雷娜也覺得柏艾女士是位模範人道主義者，即使她自小看遍形形色色的殉道者，卻從未看過像柏艾女士這樣經驗豐富，甚至差點被判刑的人。

在廢奴運動初期，她也曾經逃亡，而說起這段經歷時，也沒刻意表現自己多有勇氣，讓人覺得不可思議。她奔走過某些南方州，負責發送《聖經》給奴隸。在奔走過程中，她的戰友紛紛被處以塗柏油、黏羽毛之刑[18]。有段時間，她在喬治亞州坐了一個月的牢；她還在愛爾蘭社群裡大談禁酒，卻被社群成員砲轟；她曾經幫人調解婚姻，處理丈夫酗酒的問題；她曾經帶流浪街頭的骯髒孩童回自己簡陋的家，幫他們換掉讓人不適的破衣裳，再親手洗淨他們發痛的身子。在奧莉芙和芙雷娜眼中，柏艾女士是受難蒼生的代言人，她們對柏艾女士的疼惜，某種程度上也是疼惜不受待見的底層弱勢，愛屋及烏。錢斯勒小姐覺得（她尤其會有這種想法），這位衣著品味不佳的嬌小傳道士，是人道傳統的最後接班人，等她離世之後，新英格蘭崇尚質樸生活、崇高理想、踏實付出、道德熱忱、高貴實驗的英雄年代，就會真正告一段落了。柏艾女士的理念歷久彌新，讓現代女性感同身受，包括她內心永不冷卻的超驗主義[19]、純樸的願景。她認為，改革路上充斥著失誤、欺瞞、搖擺思潮，導致要改正前一代人鑄下的錯很困難，甚至看來就像老人戴的軟帽一樣可笑，因此這條路上真正實在的行動，只剩藉由閱讀愛默生[20]的作品、多進翠蒙堂來提升人類水準了。多年來，奧莉芙非常積極參與濟貧活動，擦洗過很多髒兮兮的小孩，還去過一貧如洗的家庭。這些家庭的居住條件非常惡劣，屋子裡常發出各種聲響，鄰居聽了都會臉色變白。但奧莉芙始終認為，在四處奔波之後，就該找間漂亮的屋子作客，坐在擺滿花的客廳裡，一面看著柴火劈啪作響的壁爐，一面將松果丟進爐裡，看著果實裂開。她想好好沉浸在進口茶具、查克林鋼琴[21]、《德國評論集》[22]的氛圍中。只是，柏艾女士家只有空蕩蕩的樸素房間，鋪著其貌不揚的花毯（很像牙醫診所用的毯子），而且壁爐清冷，頂多還有晚報和普蘭斯醫師。冬天結束前，奧莉芙和芙雷娜又參加了一場柏艾女士主辦的聚會，和前面提過的那場差不多，只不過費林德太太不在，與會者感受不到氣勢罩頂，而芙雷娜不需要爸爸幫忙就能演講，表現甚至更上一層樓。奧莉芙看得出來，芙雷娜在查爾斯街受訓後成長了不少，變得更有自信，旁徵博引的能力更強了。這次因為來了許多年輕戰友，氣氛一片祥和，芙雷娜覺得時機正好，於是自願發表即席演說，想向柏艾女士致敬。她回顧了柏艾女士一生的奮戰史、早期和她並肩作戰的夥伴（芙雷娜沒有漏掉伊莉莎・P・莫斯里），以及她經歷過的種種危難、取得的種種勝績。芙雷娜還提到，柏艾女士的人道精神造福了許多人，年高德劭云云。有位來賓聽了芙雷娜的演講便說，芙雷娜說出了大家對柏艾女士的感受。芙雷娜演講時英姿煥發，卻能惹得聽眾紛紛落淚。奧莉芙認為，天下最美好、最感人的事莫過於此，芙雷娜的渲染力又比前一次晚上更強了。八十歲的柏艾女士，用她一派的

18 塗柏油、粘羽毛是一種曾流行於歐美的私刑。受刑人會被迫脫去衣服，再被淋上或塗上灼熱柏油，接著被推入羽毛堆中打滾，使羽毛黏附在受刑人身上難以剝除，形成恥辱印記。

19 超驗主義為始於一八三〇年美國的思想解放運動，強調人與上帝間的直接交流及人性中的神性，將個人主體經驗置於客觀的理性權威或傳統之上。超驗主義思潮的領軍人物包括許多思想家及文學家，如愛默生及梭羅。

20 拉爾夫・瓦爾多・愛默生（Ralph Waldo Emerson）生於波士頓，為美國重要思想家、文學家。愛默生崇尚個人自我精神價值、內在神性及自然之美，為推動超驗主義核心人物，其學說被譽為「美國最重要的世俗宗教」。

21 查克林鋼琴（Chickering piano）為總部位於波士頓的「查克林父子」（Chickering & Sons）公司所生產的鋼琴，品質優良。

22 《德國評論集》（*Deutsche Rundschau*）為一八七四年至一九六四年間於德國編纂的文學及政治評論文集，對德國政治、文學及文化圈影響深遠。

純真和一視同仁的眼光，四處向朋友稱讚芙雷娜的表現精采絕倫。她毫不居功，把榮耀全歸給芙雷娜的才華。奧莉芙後來才想到，要是當天能發起募資贊助柏艾女士，柏艾女士就能安度餘生了。不過她又想到，在場的來賓幾乎都跟柏艾女士一樣阮囊羞澀。

我曾經提過，這兩位年輕拍檔除了聽巴哈和貝多芬的音樂、聽柏艾女士講述康科特鎮[23]的往事，還有另一種振奮士氣的方法：也就是透過鑽研女性受難史得到洞見。她們認真追溯了各種細節，並視之為己任。奧莉芙關注女性受難史很久了，由於她全心投入，因此對所有細節早已如數家珍，這是她自認一生唯一的成就。她憑一身架勢和講究態度，帶領芙雷娜遍覽女性受難史，探索許多慘無人道的黑暗情節。我們知道，錢斯勒小姐自認拙於言辭，但當她和芙雷娜提到女性受的苦，整個人就變得口若懸河，表示女性的柔弱細緻不但無助於自我捍衛，反而總是身陷巨大的苦難之中，這是粗俗遲鈍的男性無法想像的。可惡的男人，他們從開天闢地以來就不斷踐踏女人，女人溫柔的天性和自我否定的習慣都被男人利用了。世上所有受虐的妻子、受暴的母親、被玷污或拋棄的少女，這些人一息尚存卻盼望離世，甚至排成一支綿長陰沉的隊伍，浮現在錢斯勒小姐眼前，向她伸出數不盡的手求援。當這些人顫著身子、不敢入睡，錢斯勒小姐彷彿能坐在她們身邊，陪她們聽著令人臉色發白、渾身不適的腳步聲和說話聲，陪她們泅過洗去痛苦和羞恥的幽暗之水，在閱讀時，如果腦中的畫面愈來愈激烈，錢斯勒小姐甚至想像自己陪她們跨出令人顫抖的最後一步。她已經仔細分析過這群受虐者，了解她們易受影響和柔弱的一面。她明白（或她自以為明白）焦慮、惶恐、畏懼的感受有多折騰人，也相信最後要付出代價的都是女人。人類到了退無可退時，便將命運的重擔強加在女人身上，由女人來扛。手腳被捆綁、行動不自如的是女人，必須背擔子的也是女人；總是痴痴等待的是女人，承受各種傷痛的也是女人；必須犧牲的是女人，活在血淚和恐懼之中的還是女人。女人這種生物不適合受苦，卻不斷受男人折磨，而且毫無節制。女人身為最弱勢的一群，總是被壓榨利用；女人身為最慷慨大方的一群，總是最容易受騙上當。這些事實鐵證如山，可以的話，錢斯勒小姐自不必多言。她之所以看很多事不順眼，單純是因為女人受的苦難其實是被人惡意強加的，必須有人賠償她們的損失。錢斯勒小姐承認世上有壞女人，也有虛偽、邪惡的女人，但比起她們受的苦，這些缺點根本算不了什麼。如果要計算功過，她們受的苦早夠抵銷幾輩子的錯誤了。奧莉芙將這些想法一股腦說給芙雷娜聽，而且不厭其煩，一講再講，因為芙雷娜願意耐心傾聽和回應。不管談到哪部分，兩個人都為了世界的實相而悸動不已。到後來，芙雷娜整個人裡裡外外都深受感動。她心中默默燃起了一把火，雖然她不像奧莉芙如此熱中復仇，但她們準備前往歐洲之前（芙雷娜投入歐洲之旅的程度，我就不贅述了），她倒是很認同搭檔說的話：男人做了這麼多年的錯事（等她們從歐洲回來也不會改變），該換他們受罪了，他們得付出代價！

23 康科特鎮（Concord）位於美國麻薩諸塞州米德爾塞克斯縣。該鎮為美國獨立戰爭的第一場戰役（列星頓和康科特戰役(Battles of Lexington and Concord)）發生地，後來成為獨立戰爭文學作品中的重要象徵。

第二部

21

蘭森住在紐約市上城區，離東郊有段距離。他在第二大道旁的老舊大宅裡租了兩間破爛小房，街角有間不小的雜貨鋪，整體環境不甚理想，讓蘭森和大樓住戶想裝氣質也裝不起來。這棟大宅有座紅色的斑駁牆面、褪色的綠窗擋板，擋板上的板條已經鬆了，變得歪七扭八。低樓層某扇窗戶上掛著一張骯髒的牌子，上頭寫著「桌板」兩個字，文字是用色紙剪拼（但剪得不太整齊）出來的，色紙本身掉色了，不過周圍鑲了一小圈金箔。雜貨店被兩側的大倉庫包夾著，倉庫棚頂朝油膩的人行道延伸，靠嵌在緣石裡的木樁撐著。棚頂下擺著橫七豎八的旗子，旗子上隨意放著桶子和籃子，排成美麗的圖案。通往地窖的通道向外開放，經過通道旁的路人可能會駐足欣賞櫥窗內展示的餐具；空氣中瀰漫著強烈的煙燻魚味，和糖蜜的香氣混為一體；朝下水道延伸的人行道兩旁都是骯髒車籃，裡頭堆滿了馬鈴薯、蘿蔔和洋蔥；還有一輛閃閃發亮的貨車，拉車的馬被安置在令人不適的路緣上（路緣有很多約三十公分深的坑洞和溝渠，裡頭堆積著許多不起眼的泥濘），但沒拴在柱子上。整體看來，這些事物或許像是枯燥的鄉村田園景象，但在階級分明的環境中，還算得上生動活潑。這間店是紐約人口中的荷蘭雜貨店，裡頭雇了紅皮膚、黃髮、手臂光滑的店員，有時候，人們會看到這些店員在門口走道上偷懶休息。我之所以描寫這些事物，不是因為這些細節改變了蘭森的生活或想法，而是為了描繪當地的風貌，為熟悉當地的讀者而寫。另外，故事的角色要是沒有背景烘托，就變得無足輕重了。我們這位年輕人每天都在這棟房子進進出出，穿梭在前文速寫出的畫面，他走路時總顯得淡漠又低調。他租的其中一間房間位於大樓正門上方，算是斗室格局，紐約人一般稱作「大廳臥房」，隔壁的客廳則比臥室稍大。這兩間房間外剛好是一整排舊房子，破爛程度跟蘭森的房間不相上下，畢竟屋齡已經四十年，外觀都顯得凋零、老舊了。這排房子同樣漆成紅色，磚塊上還畫了白線，看起來更加突出；二樓則搭了含小型鐵皮屋頂的陽台，屋頂漆成不同顏色，上頭纏了一大片鐵絲網，乍看像是個醜陋的籠子，更有點像用來窺視街道的小盒子，是東方城鎮常見的建築元素。從這個角度向外望，便能望見街角的雜貨店，以及寬敞又分叉的馬路；路上偶有煙灰桶和從上方垂下的煤氣燈，在這些物品的點綴下，路緣變得生意盎然。在視線遠方有座壯觀的高架鐵路，而被遮住的鐵路西面橫著一條街；鐵路宛如上古巨獸，街道因為它龐然莫測的脊椎漆黑一片，又被它數不清的爪子掐著咽喉。可以的話，我想聊一聊蘭森住的大樓。大樓裡住了奇異的男男女女，大部分住戶的命運都不太好，把這裡當成了陰暗的庇護所。也提一下大樓裡的客餐餐廳（客餐每週只要兩塊半美元），室內逼仄歪曲，每個角落總是黏答答的；餐廳裡有座天花板低矮的地下室，由幾位漫不經心的黑人女性負責管理。她們常聚在一起聊天，講到好笑的事就會壓低聲量，發出神祕的咯咯笑聲。認真來看，我們其實可以透過這些細節點出，蘭森上次拜訪波士頓已經是一年半前的事了，直到今天，他的事業卻還沒有一點起色。

　　蘭森很認真工作，事業心很強，卻做不出成績。在我們提到他的幾星期前，他甚至對命運有些灰心了。他開始懷疑自己沒機會成功，覺得自己只是個從密西西比來的飢餓年輕人，在紐約沒門路、沒朋友，自己也沒衝勁、沒智慧、沒能力、沒舉國皆知的聲望，在紐約真的能出頭嗎？到後來，他都想要放棄這裡的事業，準備打包返鄉了，因為媽媽告訴他，家裡的玉米餅還夠他吃。

他從來不相信運氣這件事，但過去一年，天命似乎已定的他著實經歷了各種波折，連命運本身都猜不透。蘭森不但沒拓展人脈，十二個月前讓他心滿意足的小客戶，大部分也被他搞丟了。他手上只剩一些小案件能做，還搞砸了不只一件，因此打壞了自己的名聲。他意識到，做這一行彷彿是一朵漂亮的花，要是本身還太嬌嫩，輕輕一碰可能就會掉瓣。後來，他和一個似乎能和他互補的人合夥。這位合夥人來自羅德島，蘭森起初覺得對方頗懂門道，但他後來發現，這人比較懂室內裝修。蘭森最大的麻煩還是錢不夠用。他的合夥人也注意到了這件事，卻把事務所賺到的小錢從銀行全提出來，連個解釋都沒給就溜到歐洲去。蘭森在辦公室裡坐了幾個小時等客戶上門，但客戶不是沒來，就是覺得蘭森不太有勁。客戶通常會告訴蘭森，要再思考下一步如何安排，但這些人往往只會空想，也很少再回頭找他，因此蘭森最後懷疑，這些人是不是歧視南方人。這些人可能不喜歡他說話的方式，如果客戶可以指點他一下，他會欣然受教。不過想學習紐約人說話，光靠理論是不夠的，就算有模仿的對象，這種情況下也很難模仿。他懷疑自己頭腦笨、能力差，到最後，他只能承認自己眼高手低。

蘭森終究接受了自己無能，也證明了臆測是天底下最無用的事。他很清楚自己愛讀理論，每次客戶看見他雙腿交叉、捧讀托克維爾[24]的作品時，大概會覺得這個人就是個理論派。他最喜

24　托克維爾（Alexis de Tocqueville），十九世紀法國政治學家、思想家，曾將赴美考察的經驗寫成《論美國的民主》一書，此書遂成為社會學經典之作；在另一本著作《舊制度與大革命》中，則爬梳了法國大革命的起源。托克維爾亦曾親身投入政治改革活動。

歡讀理論書，思考過很多社經、政體、人民福祉相關的議題，然而，他最後想出的結論通常不是意圖拓展業績的年輕律師會作出的結論。另一方面，他也自知這些理論對他的事業大概沒什麼幫助，不管在密西西比還是在紐約都是如此。事實上，他不認為自己的思想能在任何一州對事業有益。他徹頭徹尾明白了，他有嚴密的思想，做起事來卻不太嚴謹。同時，他也開始發覺光靠發表意見沒辦法混飯吃。他一直很想參政，對他來說，讓自己的理念成為國家執政綱領，是人生無上的樂趣。不過，自己關起門來讀書的行為離參與公眾事務實在有點遠，他心想，租一間辦公室似乎沒用，何不去艾斯特圖書館[25]工作就好。他沒事或剛好遇到假日的時候，通常會去圖書館讀很多書充實腦袋。他寫了一大疊筆記和備忘錄，到後來，這些筆記都快能投稿期刊了。如果沒客戶上門，至少還能吸引讀者，所以他花了大把力氣寫了五、六篇文章，寫完之後，又覺得自己沒有切中要旨，但他還是把稿子寄給週刊和月刊編輯部。稿子全數被拒絕，僅收到感謝函。還好，他寫了一篇討論弱勢族群權利的文章，措辭十分直接，編輯也給了他一些意見，要不然他可能會乾脆相信，他那南方人的慵懶調調不管用說的或寫的，都沒辦法替他帶來好運。這位編輯說，蘭森的理念落後當代三百年了，如果改投給十六世紀發行的雜誌，肯定會被登出來。這件事讓他發現，他所持的立場注定不受歡迎。編輯的評論雖然討厭，但倒算是中肯——蘭森的想法的確不合時宜。只是對方估錯時間了，蘭森應該算是早生了幾百年。他的問題不是太落後，而是太前衛。但除了選上選區代表，如果還有其他方式能代表選區發聲，他不會因為觀念和時代不合就放棄從政。如果他在密西西比參選，選民會覺得這位候選人不大對勁，但話說回來，他自己又有能耐實現理想，時不時寄個二十美元協助只能靠澱粉果腹的女性家屬錢嗎？他只得承認自己的理念很不討喜，而理想一幻滅，他便覺得好像乘著一艘無風帆的小船在海上飄盪，這艘船連原有的破船帆都留不住。

我相信，就算我不把蘭森的災難性想法一五一十寫下來，讀者邊讀就能邊看出來了。只要這年輕人一開口聊天，這些想法就會靈巧生動地自動冒出來。持平來說，蘭森天生就是個斯多葛主義者，一直以來又累積了不少動腦思考的經驗，因此談到社會和政治議題，他便會站在反動派的立場。我猜，他是個非常自負的人，很喜歡評價自己所處的時代。他覺得當代人多話、愛吵架、情緒化、脆弱、錯誤觀念一堆、身上爬滿病菌、耽溺於享樂奢靡的生活，有天會遭到嚴重報應。我他是已逝的湯瑪斯．卡萊爾[26]迷，對於點滴植入日常生活的現代民主體制，他始終抱持疑心。我不知道他的思想為何如此偏激，但他的家世背景還不錯，幾代先祖曾是英國保皇黨和騎士。有時候，蘭森彷彿是被某個魁梧卻心胸狹窄（而且還戴假髮或持劍）的寬臉祖先附身，他心目中的真男人還停留在很原始的階段，跟現代人的想像相差甚大；對於何謂幸福人生，他的概念也比現代人狹隘許多。他很喜歡自己的家族，也尊敬自己的先人，卻會為後代子孫掬一把同情淚。我說的這些，其實算是洩漏了他的隱私，因為他從來沒坦露過這些感受。我剛剛說，他覺得這個時代的人很多話，但他自己也很愛說話，不過，如果閉嘴的溝通效果更好，他是可以一言不發的。他深

25 艾斯特圖書館（Astor Library）成立於一八四八年，為座落於紐約曼哈頓區的公立圖書館。
26 湯瑪斯．卡萊爾（Thomas Carlyle）為十九世紀蘇格蘭評論、諷刺作家、歷史學家，代表作為《英雄與英雄崇拜》、《法國大革命史》、《衣裳哲學》等。

感困惑的時候，通常都會選擇閉口不言。他在啤酒地窖裡坐了好幾晚，總是一個人抽著菸斗，完全不想和人交流。他的狀態看似完美無瑕，其實內裡危機四伏，因為他完全清楚自己的處境。對他來說，待酒窖是最省錢的晚間活動。這間啤酒屋的酒杯很高，啤酒也很美味，老闆和大部分的客人都是德國人，他們會用蘭森聽不懂的語言交談，因此他不用花太多時間和人閒聊。他邊盯著他吐出的煙邊思考，直到腸枯思竭。但當他開始放鬆下來，心裡便會感到苦悶（就是他在酒窖待的最後一晚），於是便離開酒窖，沿著第三大道回到寒酸的住處了。還好沒過多久，他找到了新的消遣——有位住在同棟大樓、身材嬌小的雜技女演員，正好能陪他打發沉悶的時光。蘭森和這位女演員過從甚密，對方常在不對外開放的昏暗酒窖餐廳裡吃晚餐（每晚下戲之後，她都會找地方吃晚餐），蘭森會和她一起用餐聊天。但好笑的是對方最近結婚了，而且丈夫還帶著她邊蜜月旅行邊出差。於是，蘭森只好踏著沉重的腳步回家去。一進家門，他便發現客廳搖搖晃晃的寫字桌上有張字條，是露娜太太留的。在此我不引用全文，只講幾個重點就好：露娜太太罵蘭森都不理她，她想知道蘭森後來過得如何，是不是開始走新潮路線，不花時間關注嚴肅的社會議題了。她說蘭森變了，不知道他為何變得如此冷淡。要他至少說清楚她哪裡得罪他了，這樣的要求很過分嗎？她本來以為他們兩人很有默契，因為蘭森總能說出露娜太太的內心話，而且表達得一清二楚。她很喜歡跟聰明的人來往，現在身邊卻沒半個。她很希望蘭森像六個月前一樣，在隔天晚上約她出來見面。她說，不管她犯了什麼錯，或者蘭森是否變了一個人，她永遠都是蘭森的親戚

——情深意重的愛德琳。

「她又要拜託我什麼事？」蘭森有些粗魯地抱怨，接著把露娜太太的字條丟在一旁，顯然不

太想搭理對方了。但一天後，他還是親自去見了露娜太太。他還記得對方一年前拜託過他：她想麻煩蘭森幫她管理財產，並且當她兒子的家教老師。基於露娜太太的信任，蘭森當時和和氣氣照辦了，只是這真是個錯誤的決定。蘭森發覺，露娜太太的財產早就委託別人全權管理了，自己能幫上忙的部分只有一些枝微末節的小事。她如此草率行事，還讓他被她的財產管理人看笑話，蘭森擔心，他們的親戚關係會因此出現裂痕；不過，他還是選擇告訴自己，能夠靠正當手段賺錢，每天撥一、兩小時教她兒子也好。可惜，這到頭來也是妄想。蘭森得利用五點下班後的時間，陪小朋友陪到開飯為止。他才教沒幾星期就辭職了，甚至覺得脛骨沒斷真是萬幸。露娜太太常稱讚兒子紐頓很厲害，在蘭森看來，紐頓確實是個厲害人物，因為他總是讓老師束手無策，沒辦法好好教他。說真的，紐頓讓人忍無可忍，他對拉丁文充滿敵意，而且不耐煩時還會動手動腳。每當症狀發作，他就會怒踢身邊的人和物品。可憐的「蘭森叔叔」、他媽媽、安德魯斯先生和斯多達先生、羅馬的先賢們，全都被紐頓踢過；紐頓甚至會躺在地毯上，用他特別有勁的小腳彷彿在朝宇宙猛踢。露娜太太會陪紐頓上課，當她發現紐頓開始因為拉丁文發脾氣，便會替累壞的兒子打圓場，要蘭森體諒兒子纖細敏感的個性，希望能先讓他休息一下，接著，她會開始和老師聊天，把剩下的家教時間全部耗光。沒多久，蘭森就發現他遲遲沒領到家教費，而且，和一個毫不掩飾對他予取予求的女人有金錢往來，讓他覺得很不舒服。他一辭掉家教，便大大鬆了一口氣，隱隱覺得自己逃出生天了。他對這件事不會多談，畢竟他骨子裡是個感性的鄉紳，對女性非常尊重，不會把話說得太白。和女人相處的時候，他總是執守傳統禮節和騎士精神。他認為女人細膩、討喜，上天也安排她們接受男人保護。他甚至覺得，南方紳士固然有缺點，但該有的騎士精神都沒少，依然是出色的一群，這事他可沒開玩笑。在這個人人滿口俗話的年代，能正色說出「騎士精神」四個字的不多了，蘭森正是其中之一。

蘭森對自己信心滿滿，卻依舊認為女人天生比男人矮一截，而且當女人不願意順著男人幫忙鋪好的道路走，更讓人心累。對於女人在大自然和人類社會中的定位，蘭森已經有定見了，至於需不需要敬重女人，蘭森心裡有譜；對南方紳士來說，他們一向心甘情願尊重女人。他認同女人也該有權利，但這是因為男人雖然更強大，他們內心也有大度溫柔的一面。這個視角對男女都有好處，尤其看見身段優雅、懂得感恩的女性，蘭森的心裡更會時時浮現這些念頭。可以說，相較多數期待女性能當選議員的人，蘭森心中對男人禮貌的標準又高出了一截。我說他不喜歡積極好辯的女人，覺得溫柔婉約才能振奮人心，讓男人有更多表現機會，以上就是他的心理狀態，讀者看了，肯定會覺得他粗魯至極。正因如此，露娜太太向蘭森求愛的時候，他根本沒有留意到各種徵兆，拖了好長一段時間才有所察覺。他很早就發現露娜太太很愛裝熟，在他認識的女人當中，露娜太太是最愛攀關係的一個。但她年紀不輕了，樣子也不算美麗，蘭森不明白為什麼她想和一個籍籍無名、身無分文的密西西比人結婚（但蘭森知道露娜太太很想結婚），而且他應該跟更門當戶對的女性來往。他壓根沒想到自己竟符合露娜太太內心的期待：她喜歡坐擁土地的仕紳，但如果是沒有土地的仕紳也無所謂；她無論何時都喜歡南方人；她覺得他是個細膩、有男子氣概、憂鬱、無私心的人；她相信，蘭森聽到她對公共事務、當代議題、現代生活的粗鄙所抱持的看法，都能給出完美的回應。光看蘭森說話的方式，她就知道對方是保守派人士，這是她繡在自己的錦旗上的座右銘。她傾向這個如今不受歡迎的政治立場，除了出於本性，也出於對妹妹極端立場的不滿，而且那些跟妹妹有同樣觀點的人實在可怕。事實上，奧莉芙是個優秀又吹毛求疵的人，而愛德琳常常因為無法明辨是非而被誤導。她和蘭森聊共和體制的缺點、她在海外美國領事館遇過的麻煩人物、當地的服務生和店員態度很差、她內心對「傳統家庭」能代代相傳的渴望。不過，蘭森本來完全沒想到，露娜太太聊這些話題（她的談話方式讓蘭森覺得很滑稽），是為了引誘他跟自己結為連理。她怎麼可能不在乎蘭森沒收入？但事實上，露娜太太覺得在這個商業年代，蘭森還能活得一貧如洗，更證明他與眾不同。她興沖沖地想，紐頓繼承了一小筆遺產（這筆遺產還有保險，可見她已故的丈夫是個有遠見的人；不但如此，他更是個大器的人，因為他沒有開出任何磨人的條件，譬如要太太哀悼他一輩子），靠他自己就能經濟獨立了（不勞而獲，多符合他的個性），因此，她自己的收入足以支應兩個人的開銷，有餘裕讓她討個靠她吃穿的老公。蘭森沒料到這些狀況，但隱隱察覺，露娜太太有很多行為目的性十足，譬如每兩天就寫小字條給他，在不尋常的時間自願載他到中央公園繞繞，而當蘭森說自己還要忙事業，她會說：「去你的事業！我聽膩了，美國人一天到晚把事業掛在嘴上。要過活哪需要靠事業，還有很多方法，就看你願不願意嘗試！」他幾乎不回她的字條，更不喜歡她硬闖別人家門的舉動。露娜太太明明是個規規矩矩的人，看見蘭森家大門深鎖時，卻會想從窗子爬進屋裡。因此，他決定少去露娜太太家作客，到後來幾乎不去了。由於他對女性很有禮貌，幾乎到了奉如宗教信仰的程度，我猜一定是出於很強烈的動機，他才決定忽視這位太過親切的親戚。不過，當他收到對方的抱怨信，同時讓心情醞釀了一陣子，才反省自己是不是太過分、太狠心了。遇到這種事，蘭森很容易自責，因此他決定重新建立和露娜太太的連結。

22

露娜太太狹小的後客廳裡點著檯燈，蘭森正坐在屋主對面。雖然露娜太太之前對蘭森施壓，但兩人面對面時，蘭森比較能釋懷了。他在紐約待了好幾個月，只是事業還是無所進展，離預期的狀況相當遙遠。他默默地想，也許還有另一種成功也說不定，只是看起來沒那麼高尚；或許他應該要放下尊嚴，和這種成功共存共榮比較好。但露娜太太好像悟到了什麼，當天她一句話都沒多問，可說是破天荒頭一遭。她既沒大吵大鬧，也沒要蘭森多解釋什麼，純粹像蘭森前一天才來過一樣招待他，只是舉手投足間多了一絲莫名的憂愁。她大概是覺得，她和蘭森已經沒辦法發展出自己期待的關係了，但她還是希望兩人能繼續當朋友，至少比完全斷絕往來好。當天，她似乎想讓蘭森了解自己只想當朋友，因此言行變得很收斂，而且不斷安慰、款待蘭森，譬如將把擋住壁爐熱氣的屏風撤掉、對蘭森說他看起來很疲倦、命人奉茶等等。對於蘭森的事業，哪怕是問他忙不忙、生意好不好，露娜太太一個字也沒提。蘭森很驚訝，對方竟然如此體貼、有分寸，她或許基於女性的直覺，猜到蘭森的事業毫無起色，不值一提。他天真地想，露娜太太是不是變得更圓融了？客廳裡的檯燈散發著柔和的光線，壁爐裡柴火的劈啪聲響很悅耳，每樣事物都顯現出女人的品味和性格。房間裡裝潢完美無瑕，四處都鋪著軟墊，形成了舒適的私密空間，顯然是設備一應俱全的人家。露娜太太曾經抱怨在美國安家有多難，但蘭森記得，他在錢斯勒小姐波士頓的家中作客的時候，也曾經有過設備一應俱全的印象。他心想，這些女人很擅長讓自己過舒適的生活，儼然是個家族傳統。比起窩在德國啤酒酒窖裡，冬天晚上在露娜太太家裡作客好多了（而且露娜太太家的茶非常好喝），女主人今晚跟那位雜技女演員一樣親切。過了一小時，蘭森覺得自己好像已經結婚了，但我不會說他是個適合結婚的人。他腦中想到了舒適生活，彷彿看見自己在大稿紙上寫下對諸多議題的見解，展現出南方人能言善道的一面。他愈來愈覺得，如果編輯不想刊登他的研究成果，自費出版未嘗不是件開心的事。

某個瞬間，蘭森整個人都泡在幻想裡頭，而坐在對面、身體接近壁爐的露娜太太已經拿起鉤針，用她白皙的手一顫一顫打起了毛線，戒指在爐火的映照下閃閃發光。她的頭側向一邊，突顯出豐腴的下巴和脖子，眼睛的焦點默默停在手中的毛線活上，看上去很內斂。他們的談話戛然而止，看似變得更成熟的愛德琳，儼然很享受安靜的時光，不想出聲打破沉默。蘭森察覺了當下的氣氛，心裡暗暗想著，如果不說話能給人悠哉的餘裕，何樂而不為？他認真思考著，這樣的時刻是不是一輩子值得追求的美好狀態？他好像看見了未來的自己，感覺到自己正坐在這張椅子上，在未來的晚上，就著穩定的燈火（露娜太太知道哪裡可以挑到溫暖的漂亮燈罩），讀著必讀的書。難道他不該配合當時的輿論行事，分析趨勢、辨識危機，或是認真給出建設性的批評？讓自己進入最佳狀態做這些事，不是每個人的責任嗎？在一片靜默當中，蘭森繼續反思自己的責任，想到最後，他甚至覺得根據道德常規，他應該要娶露娜太太為妻才對。露娜太太這時抬起頭來，與蘭森四目相接，臉上露出了微笑。蘭森覺得露娜太太猜到了他心裡的想法，因此他冷不防戰慄起來。露娜太太語帶熱情說道：「冬天晚上，我最喜歡做的就是在壁爐旁和人輕鬆聊天了！很像是老夫老妻，可惜現在已經不能奢望了！」蘭森一聽見話中的深意，身體便若有似無顫了起來。但因為這一顫，蘭森突然想開口說話。他用平淡而好奇的語調，直截了當問露娜太太最近是否有錢斯勒小姐的消息，知不知道她還要在歐洲待多久。

「您的消息還真不靈通！」露娜太太說道：「奧莉芙六個星期前就回來了，您是要她在歐洲撐多久啊？」

「我真的沒概念，因為我沒去過歐洲。」蘭森說。

「我就喜歡您這點。」露娜太太露出甜美的表情，「如果您還沒去過就這麼好，去過之後，想必會有驚人的轉變吧。」

蘭森心裡一驚，隨即順勢大笑了起來：「天啊，這真是太沒有道理了！」

「我會這樣說，是因為我心裡有數。我也不怕跟別人說。」

「太好了，等我哪天真的要去，至少還有些理據。」蘭森繼續說：「我以為您很看重歐洲。」

「我是很看重，但那裡也不是什麼都好。」露娜太太意味深長地說。接著，她沒頭沒腦接了一句：「您最好跟我一起去歐洲。」

「身邊有這麼迷人的女士作伴，走到天涯海角我都願意！」蘭森大聲地說，他又用露娜太太不愛的語調說話了。蘭森骨子裡是南方紳士，當他開始奉承女性，南方腔就會加重，但這不隱含任何承諾。露娜太太已經想過不只一次，希望蘭森不要有禮貌到讓人抓狂，她常常聽英國人做出這樣的評價。她說，她不在乎最後的結果，只在乎開頭。但他接住這句暗示，直接把話題拉回奧莉芙。他想知道她在歐洲做了什麼，有沒有讓歐洲人眼睛一亮。

「這還用說，每個人都愛死她了，」露娜太太說：「光靠她優雅的氣質和美貌，還有她的一舉一動，就夠迷人了！」

「但她有沒有激起歐洲人的改革意識，讓她的戰友們熱血沸騰？」

「我猜，她應該遇到不少頑固的老女人、激進分子和邋遢的女人吧。但我不知道她達成了哪些目標——或照她們的說法，我不知道她『創造了哪些奇蹟』。」

「她回來的時候，您沒看到她嗎？」蘭森問。

「怎麼可能看得到？我視力再好，也不能一眼望到波士頓去。」露娜太太接著說，錢斯勒小姐是在紐約港下船的。她又問蘭森，他能不能想像奧莉芙凡事都要用最好的方法做，不夠好的方法她看不上眼。「可是，她真的很喜歡品質不佳的船，譬如波士頓蒸汽船。就像她喜歡普羅大眾、調皮的紅髮小女孩、沒頭沒腦的信念一樣。」

蘭森沉默了一會。「您說的是前年十月的時候，我在波士頓遇到的那位驚天動地的女孩嗎？她叫什麼名字？塔蘭特小姐？錢斯勒小姐還是很喜歡她嗎？」

「媽呀！您都不知道奧莉芙帶她去歐洲嗎？一切都是為了要教化那個女孩子。我去年夏天沒跟您說？您之前不是常常來找我嗎？」

「有，我記得。」蘭森若有所思道：「那個女孩子有沒有和錢斯勒小姐一起回來？」

「天哪，您該不會覺得奧莉芙會拋下那個女孩子不管吧！她可是相信，那女孩的天職就是拯救世界。」

「有，您說過這件事，我想起來了。所以她被教化成功了嗎？」

「我還沒跟她見到面，我不知道。」

「您不是準備要去看——」

「去看塔蘭特小姐被教化成功了沒？」露娜太太打岔，「如果您要我去，我就去。我記得您遇到那個女孩子的時候，整個人都被迷住了。您還記得嗎？」

蘭森遲疑了一會。「不確定，都這麼久以前的事了。」

「我確定，就是因為她，您才對女人改觀的！可憐的塔蘭特小姐，希望她不要以為你被她感化了！」

「她如果被令妹教化成功，就不會這麼想了。」蘭森說：「我想起來了，您說過她們兩個形影不離的事。她們是打算同居一輩子嗎？」

「應該是，除非有人想娶芙雷娜。」

「芙雷娜——她叫芙雷娜嗎？」蘭森問。

露娜太太握著懸在半空的鉤針，看著蘭森說道：「不會吧，您連這件事都忘了？我們在波士頓的時候，您還跟我說您覺得這個名字很漂亮，就是您陪我走到小山坡上的時候。」蘭森說，他記得他們一起散步的事，但不記得自己說過的每句話。露娜太太十分諷刺地說，您大概想跟芙雷娜結婚吧，看起來您非常在意她。蘭森哀傷地搖搖頭，說他沒資格結婚。露娜太太聽了，便問蘭森這話是什麼意思，「您是想說（露娜太太遲疑了一下）您沒錢嗎？」

「才沒這種事！我很有錢，我賺很多！」蘭森大聲回道。露娜太太注意到他的口氣和微慍，立刻發現自己踩線了。在她的印象當中（其實她之前就該想起來了），蘭森從來沒和她透露過自己的事業狀況。示弱不是南方人的作風，蘭森雖窮，但仍保有尊嚴。她的猜想十分合理，要是蘭森向女人坦承自己入不敷出，他應該會瞧不起自己。女人不需要管這種事，她們只要被照顧好，把自己弄得漂漂亮亮，時時感激身邊的人就好了。在蘭森看來，聊這種事不太體面。露娜太太發現蘭森不想要她的安慰，內心替他難過了起來。她拿起鉤針，輕輕嘆了一口氣，這一聲長嘆正透露著她內心的無助感。她說，她當然知道蘭森很有才華，無論他想做什麼都辦得到。蘭森聽了便想，假設露娜太太準備單刀直入向他求婚，就南方紳士的立場，要是拒絕對方會不會失禮？如果他們結為夫妻，他自然可以坦承他是個結不起婚的窮光蛋；只要結了婚，連最矜持的南方紳士有時候都得放下身段。但他一點都不想和露娜太太結婚。他心想，要是露娜太太提出這種要求，最好的回應方式就是抓起帽子，立刻告辭。

然而，才過不到五分鐘的時間，蘭森做這些事的意願就立刻降低，差不多跟和露娜太太結婚一樣低。他對和錢斯勒小姐同居的女孩子比較有興趣，想多打聽一點對方的消息。當他知道對方已經回國了，心裡便重新升起了久遠的好奇心和有點模糊的印象。將近一年前，他聽露娜太太說錢斯勒小姐要去歐洲一趟，但他誤解了一點：他以為她們會在歐洲待很久，以為錢斯勒小姐想帶芙雷娜離家遠一點，避開父母或愛慕者的糾纏。他以為她們抵達歐洲之後，會利用當地資源研究女權議題。蘭森對歐洲不熟，但他知道歐洲有很多寶貴的資源。他知道錢斯勒小姐要帶她的年輕同伴離開時，便停止了一貫閒散而娛樂性的回想。整體而言，他的人生算不上精采，當他憶起自己曾短暫拜訪那位聰明卻陰晴不定的親戚、參加柏艾女士家的聚會、聽了奇詭美麗的紅髮女孩演講（兩人隔天竟然還重逢），這些畫面就像一部引人入勝的小說，不斷在他腦中開展。然而，當他知道她們要離開美國，到不知名的地方待上一陣子，也不知道會去多久，他腦中的畫面似乎又模糊了起來，讓他的心思離這件事愈來愈遠，不但沒了想法，真實感也漸漸淡去。過去幾個月以來，他為了事業備感焦慮，整個人委靡不振，心裡根本沒想過芙雷娜。當他得知芙雷娜又回到了波士頓，而且發現波士頓和紐約隱隱存在某種連結，他頓時覺得這一切非同小可，讓他開心了起來。他知道這件事很不尋常，但他的理智告訴他要克制，不要將輕易把感受表現出來。他沒抓起帽子準備離開，而是待在椅子上，看看露娜太太會不會繼續對住在城裡的他提出要求。在他印象中，自己還沒問過半個關於紐頓的問題，這個時間，不乖的紐頓應該已經被生理時鐘馴服，在天真無邪的夢鄉裡沉睡了。出於補償心理，蘭森還是問了關於紐頓的問題，露娜太太則給了他冗長的答覆。蘭森辭職之後，露娜太太又幫紐頓找了很多家教老師，因此他並沒有疏於學習。說起紐頓上課的狀況，露娜太太自豪得很，因為他就算沒把書念好，至少把老師制伏了；她更樂得相信，她能幫紐頓的地方都幫了。基於社交禮儀，蘭森刻意聊了一下紐頓的事，十分鐘後，話題又回到波士頓二人組身上。他想知道，她們的計畫明明聽起來很棒，為何感覺進展有限？為何他還沒聽見街頭巷尾對能言善道的塔蘭特小姐讚譽有加？她還沒公開亮相嗎？她不來紐約啟蒙大家了嗎？他希望芙雷娜還挺得住。

「去年夏天的女權大會，芙雷娜還挺得住，」露娜太太回道：「這事您也忘了嗎？我不是跟您提過，她在大會上引起了很多迴響，還有從波士頓傳到我耳中的大會消息？您似乎忘了我有把那張『成績單』秀給您看——就是那場精采演講的報導。就在她們前往歐洲前，報導刊出來了。她當時可是意氣風發，全世界都為她喝采。」蘭森否認這件事，他說他到現在才知道。於是，他和露娜太太核對了日期，這才發現，原來這些事是他們最後一次見面後才發生的。露娜太太見狀，便見縫插針表示蘭森對她真的很不好，比她想像中的更差。總之，她記得他們聊過芙雷娜一夕成名的事，但照這個樣子看來，她應該是把別人記成蘭森了，這是很可能的事。他不覺得自己在露娜太太心中的地位真的有多舉足輕重，畢竟兩人的差距實在太大。蘭森不相信塔蘭特小姐已經成名了，要是她真的出名了，不是早該被紐約的報紙報導了嗎？但他從沒看到關於芙雷娜的報導，也不記得有哪篇報導提到芙雷娜在大會上的精采表現（大會應該是去年六月的事？）。她當時在波士頓肯定出名了，但至今也過了一年半；想當初，大家可是期待她站上金字塔頂，成為美國之光。他相信芙雷娜在波士頓掀起了不小的熱潮，但要是商店櫥窗還沒擺出她的照片，就算波士頓的迴響很大又如何？誠然，芙雷娜需要時間才能嶄露頭角，可是蘭森又想，錢斯勒小姐不是正鞭策著芙雷娜，讓她盡快成名了嗎？

如果他一開始用針鋒相對的語氣追問露娜太太，大概就釣不出更多他需要的資訊了。因此他說自己沒看過關於芙雷娜去年六月大會上演講的報導，這事千真萬確，有時候，他覺得報紙新聞很無腦，會一連好幾週都不想看報。露娜太太告訴他，把令人開心的「成績單」寄給她看，同時在信裡補充大會見聞的人，並不是奧莉芙。而是某位「男性朋友」的功勞，他會向露娜太太報告波士頓發生的大小事，包括每個人每天晚餐吃了什麼。她不需要靠這些訊息讓自己開心，但她口中的男士似乎江郎才盡了，不知道寫什麼才能討她歡心。對波士頓人來說，每個人應該都想知道更多事，因此他們總是努力討好別人；或者說，其實習慣討好別人的是這位男士，唉，真是隻可憐蟲。露娜太太說，奧莉芙從來不細談芙雷娜的事，她覺得她姊姊是個庸俗的人，而且知道她不會理解究竟何苦從極度令人生厭的階級裡挑了芙雷娜當密友。芙雷娜就是個投機份子，只是技術不入流。不過，對喜歡胭脂紅頭髮的人來說，她確實長得很漂亮，問題是她身邊的人真的太差勁了。這種感覺，很像是愛德琳和整脊師的女兒成了好朋友。奧莉芙做了這樣可怕的事，還想像自己正在為人類做出貢獻，但即使她很想大改革，讓底層人士鹹魚翻身，真要和不同階層的人相處，她還是會變得像老公爵夫人一樣跋扈而惹人厭。她承認自己討厭塔蘭特夫婦，可是，她還是選擇讓芙雷娜在查爾斯街和駭人的老家之間奔波，而露娜太太透過一天到晚寫信給她的男士得知，芙雷娜每次回劍橋會待上一星期，因為她媽媽病了好幾週，希望女兒能在家裡陪她。露娜太太更透過對方知道，芙雷娜最近備受男士喜愛（或是從去年冬天起便如此了），她不知道為何芙雷娜在這種情況下會覺得女性能自立自強，但她有理由認為這是奧莉芙帶芙雷娜出國的原因之一。奧莉芙很怕芙雷娜陷入男人的圈套，再說，她自己也想遠離是非一陣子。的確，如果這位年輕女孩能和一群至尊老處女同台大聲疾呼，卻又被男人拐走，無疑非常尷尬。她猜想，奧莉芙已經完全掌控芙雷娜了，除非芙雷娜假裝去劍橋探望家人，其實想趁機和男人約會。芙雷娜是個心機女，既關心女權也關心巴拿馬運河，她最想爭取的女權卻是站上高處，好吸引男人注意，只要能一遂心願，她就會和奧莉芙一起待在頂端。奧莉芙是個責任感很強的人，經常鞭策芙雷娜前進，將芙雷娜身邊的下流人士帶來的負面影響降到最低；她甚至會替芙雷娜支付所有開銷、帶她去歐洲旅遊，而且毫無怨言。「但您聽我說，」露娜太太說：「這女孩子可能會讓奧莉芙受到畢生最大的打擊。她到時候可能會跟馴獸師私奔，或者和馬戲團團員結婚！」露娜太太又說，錢斯勒小姐如果落得這番下場，只是剛好而已。不過，她應該不能接受這種結局，她會大發雷霆，我們得小心了！

露娜太太用隨興而激動的語氣，說著毒辣的評論，蘭森聽了，只覺得心裡五味雜陳。露娜太太說的一字一句，他全都聽進去了，因為他覺得這些資訊都很有趣。但他也發現，露娜太太不知道自己在說什麼。他明明只見過芙雷娜兩次，露娜太太沒必要告訴他芙雷娜有多投機。雖然他也知道，芙雷娜最後肯定會讓錢斯勒小姐受到打擊。蘭森想到這畫面，便咯咯笑了起來，但臉色仍然保持嚴肅。這位放肆的年輕女子當初邀他來波士頓作客，純粹是為了賞他一巴掌，現在，錢斯勒小姐可能會有報應了（哪天蘭森知道錢斯勒小姐遭到報應，就會覺得自己報了一箭之仇），蘭森怎麼可能不開心。不過，他仍然不清楚芙雷娜在女權大會上的表現，少了這項資訊，他感覺有些不對勁，好像被露娜太太擺了一道。然而，既然他本來就無法到波士頓大會聽芙雷娜演講，抱怨這些也是白費力氣。但他發現，在芙雷娜認真投入的場子裡，他從來都沒認真參與。兩人毫無交集。但那又如何？她最關心的事剛好與他無關，有什麼奇怪的？他傍晚走路回家的時候，腦子裡才忽然浮現這些問題，在露娜太太家時隱而未現。蘭森當時想，他對芙雷娜的想像如此貧瘠，是因為不知道自己離她不遠，至少已經比之前更近了，而且芙雷娜明明就在眼前昏暗的地平線那端，而非地球另一端了，他卻渾然未覺。這種個人失落感（我是這麼稱呼的），更讓他覺得必須靠行動填補。雖然不清楚該做什麼，但他心中隱約有個想法，帶著他走向和前一刻鐘截然不同的方向。思緒紛雜，他整個人再度陷入了沉默，露娜太太看蘭森正在沉思，便對他神祕地笑了一笑。蘭森一看，立刻站起身來，因為他突然想通了。顯然，即使是為了攢錢讀書，他也沒義務和露娜太太結婚。這時，他擔心差點準備要和露娜太太結婚似的，趕緊退後了一步。

「您該不會要走了吧？我話才說不到一半！」露娜太太喊住他。

蘭森看了一下時鐘，發現時間還不算晚。他在客廳轉了一圈，找了另一個地方坐下，露娜太太盯著蘭森，不知道他怎麼了。蘭森小心地不開口問露娜太太還想說什麼，之所以如此，大概是為了不讓對方有機會說他又改了一種又隨性又快速的說話方式。他又待了半小時，並盡可能表現得隨和。露娜太太現在覺得蘭森面面俱到（她早就知道蘭森很優秀了），真的很有魅力。蘭森天南地北聊起各種話題，從南方州和南方的社會習俗、內戰對南方的摧殘、式微的仕紳階級，到各種古怪、迂腐、桀驁不馴的蓄奴人士惹出的各種悲喜情節。他聊著聊著，最後急切地一把抓起帽子離席。這些話題讓露娜太太一會笑、一會哭，她心想，當蘭森心血來潮打開話匣子，就能讓女人開心一整晚，沒人比得上他。後來露娜太太才想到，蘭森為什麼等到最後才這麼做。她很喜歡式微的仕紳階級，和妹妹喜歡鹹魚翻身的底層人士完全不同。愛德琳比較關心沒落的貴族（全世界似乎都如此，蘭森自己不就是嗎？他跟法國大革命後的鄉紳，或搬離朗格多克地區[27]的老貴族豈不相像？）和財產被洗劫的貴族（我認為，這些人的氣質很高貴不凡，但身上有股傲氣，旁人若想伸出援手，就得低調行事）。但露娜太太提到自己的時候，態度會變得非常低調。「您下次該不會十年後才要來吧？」蘭森道晚安的時候，露娜太太說：「記得告訴我什麼時候要來，因為您下次來拜訪之前，我會去一趟歐洲才回國。我會記得在您來訪前一天回來。」

這句突如其來的話，蘭森裝作沒聽見。他說：「您最近不去波士頓走走？不去看看令妹嗎？」

露娜太太瞪大眼睛道：「這樣做對您有好處嗎？啊，我蠢了，真抱歉。」她接著說：「我知道您想趕我走。多謝好意啊！」

「不是這個意思，我反而想多聽聽奧莉芙小姐的事。」

「何必？您明明知道自己討厭她！」蘭森來不及回答，露娜太太又接話道：「我相信，您嘴巴上說奧莉芙小姐，其實是指芙雷娜小姐吧！」她用眼神指空蘭森的不詭意圖，又大聲說：「貝索・蘭森，您該不會愛上她了吧？」

蘭森自在地笑了起來。他沒有用那種認錯的語氣來讓露娜太太尷尬，只是純粹表達事實：「我怎麼會愛上她？我才見過她兩次而已。」

「要是你們見過更多次，我才會放心！看看您，一直想把我趕去波士頓！」露娜太太繼續說道：「我不急著去找奧莉芙，而且，那個女孩子已經住在她家了，您自己去一趟比較好。」

「我覺得這樣最好。」蘭森說。

「您大概想要我開口問芙雷娜，能不能在我身邊待一個月。這樣，您就會有拜訪我的動力了。」露娜太太滿是挑釁。

蘭森本來想說，她這個方法真是再好不過，但他及時打住了。他這輩子從沒對女士說過這麼直率的話，即使開玩笑也一樣。而當他對女士變得過份端莊，你便知道他在開玩笑。「我向您保證，凡是我願意替其他女人做的事，我都願意為您做。」他彎下身子，執起露娜太太肥胖的手，這是他最後一次這麼做。

「我會記住您這句話，提醒您說到做到！」蘭森離開時，露娜太太在他身後喊道。不過，即使他們向彼此熱烈許諾，他仍然覺得自己輕鬆逃掉了。他在露娜太太家門前的十字路口轉彎，映

---

27 朗格多克地區（Languedoc）位於法國南部，自十三世紀起至法國大革命前隸屬法蘭西王國，今為奧克西塔尼（Occitanie）大區所涵蓋。

著冬日皎潔的月光，慢慢步上第五大道。每過一個街角，蘭森都會駐足沉思一分鐘，同時輕輕嘆口氣。這是他下意識的放鬆方式，而他自己渾然不覺，很像是男人發現自己差點被車撞，最後卻逃過一劫之後的反應。他不會費心思索自己為何能逃過一劫，只會覺得自己剛才太過粗心大意，因此自責不已。當蘭森快走到家門前，內心又重新燃起了雄心壯志。他想起自己以前多不可一世，不管發生什麼事，他都對自己深信不疑（但這完全只帶來負面的經驗，沒什麼好處），他又想到自己還年輕，還有嘗試的本錢。當晚，他吹著口哨入睡了。

23

三週後，蘭森來到了錢斯勒小姐家門前，他在馬路上四處張望，猶疑不定。他跟露娜太太說過，想親自再去一趟波士頓，但不只是因為喜歡波士頓才想去。我本來想說他的好運即將降臨，但又想到，既然該來的總是要來，就沒必要花時間囉嗦老半天了。總之，最黑暗的時刻總是伴隨著光明。先前提過，蘭森在德國啤酒酒窖裡度過了悶悶不樂的夜晚，他速速喝完一杯啤酒，伴著空空如也的口袋，雙眼凝視著未來。幾天後，他發現好像又有人需要他的幫助。幾個月前和他有事業往來的「夥伴」（他是這麼稱呼對方的，但我不好意思說他這麼講有點誇大了）稍稍稱讚蘭森的服務（點到為止而已，因為這位當事人和蘭森意見不合），還說品質比自己想的還好，因此想啟動新案子，要麻煩蘭森跑一趟波士頓。這次的案子需要花的時間更長，蘭森全心全意忙了整整三天，到了第四天，他發現自己還得準備一些文件，所以沒辦法馬上離開波士頓，至少得待到傍晚。多出的這段空閒時間，蘭森乾脆當作放假，同時思考早上可以在波士頓做什麼，讓自己看起來像是在度假。當天天氣正好，讓人能徜徉在想像當中，他在街上一面散步，一面瀏覽街景。他停在波士頓音樂廳和翠蒙堂前方，看著門廊上貼的海報。他心想，那位和錢斯勒小姐同居的女孩現在說不定在裡頭對民眾宣講？不過，她的名字並沒寫在海報上，讓停佇的他像個笑話。他在波士頓只認識錢斯勒小姐，所以也不可能去拜訪誰，因為他已經下定決心不再和錢斯勒小姐來往了。她優秀歸優秀，卻對蘭森很苛刻，讓他十分心寒。蘭森之前的應對進退已經夠有禮貌，展現出一般所謂的「騎士精神」了。當初他和錢斯勒小姐道別，沒說她是個戾氣很重、愛爭執的人，能克制到這種程度，算是符合該精神了。芙雷娜當時也在場，只要蘭森一想到芙雷娜，他就大方接納自己的感受，覺得沒必要遮遮掩掩，比方說，他接受自己想和芙雷娜再見一次面的心願。下次看見芙雷娜，他大概又會有不同的感覺，因為他的感想會隨著情緒或情境改變。但無論如何，就算芙雷娜再有魅力，一旦不斷拋頭露面，又被錢斯勒小姐弄得神經緊繃，魅力也會被侵蝕殆盡。顯而易見，蘭森的推論中對兩人關係的印象是如此，且他認為這個現象正在持續發酵。蘭森心想，芙雷娜的吸引力或許沒了，但他對芙雷娜的印象卻始終鮮明。可惜的是，他如果想約芙雷娜見面（他現在一想到對方，就會直呼她的名字，因為這名字實在太美），就不能不約奧莉芙，但奧莉芙實在讓人不舒服，他約不下手。還有另一個非常蘭森風格的顧慮——他認為，在之前那幾個小時的會面中，她嘗試結識他的結果如此不盡人意，自己若是再次出現在她家想必會很惹人厭煩。雖然最初是錢斯勒小姐邀他來作客的，但他覺得這時硬要拜訪對方，是很無禮的舉動。即使距離上次有一段時間，他還是不會預設這次的態勢會有所緩和。她跟其他女性不一樣，不會靠小動作向蘭森道歉或誠心認錯，譬如透過姊姊傳話，或寄書、照片、聖誕卡、報紙給蘭森。總之，他覺得自己無法想拜訪就去拜訪。身為來自密西西比的高個子，他不知道自己會不會讓錢斯勒小姐備感壓力；面對不溫柔卻心思細膩的年輕女子，他通常有容乃大，不費吹灰之力就能原諒對方，因為他相信女人都需要別人關注。

話雖如此，半個小時之後，他還是來到了查爾斯街上，站在和他唯一有連結的地方。他想到，如果不能跳過奧莉芙，單純約芙雷娜見面，至少能先約塔蘭特太太見面，這樣就能避開奧莉芙了。認真說來，邀他上門作客的不是她媽媽，而是芙雷娜本人。蘭森是個憨厚的美國年輕人，他很清楚媽媽一向比女兒更難親近，也更容易有偏見。不過，他正好處在一個算是例外的狀況中。芙雷娜跟他說過自己住在哪一區，露娜太太也給了他更多資訊，於是，蘭森決定憑印象到劍橋走一趟。露娜太太好像說過，芙雷娜常常回老家待好幾天，最近媽媽又生病了，所以會回家花很多時間照顧她。現在快下午一點鐘，以芙雷娜兩地往返的習慣來看，這個時候想必有事要忙，但要在劍橋遇到她倒不是不可能。無論如何，去碰碰運氣也不錯，還能順便到劍橋逛逛，當作度假。但劍橋很大，他手上沒有芙雷娜家的住址。他前思後想，不知不覺走到了奧莉芙家門前；他本來是想朝陌生的郊外走，誰知道就經過這裡了，這是他停在這裡的理由之一。他心想，他何不按門鈴，跟僕人索取他需要的資訊？對方肯定會提供。可是當他聽見門打開的聲音，就立刻打消了這個值得商榷的念頭。在查爾斯街上，房子本身和主要入口有段距離，要從入口走入房子之前，還得先踩上一小段階梯，再打開房子的門；開門時，會看見兩片門扉上各有一塊玻璃。一分鐘前，他看見有人從門口走了出來，他有一分鐘的時間轉身離開，再回頭望一下門口；他也有時間思考，究竟是二人幫的哪個人會走出門，或是他該不該看一下對方的臉。

從門口出來的人走路緩慢，彷彿是想讓蘭森有時間轉身逃開。玻璃門打開的時候，一位老太太走了出來。蘭森覺得很失望，這不是他想見的人，不過他馬上又打起精神，因為他知道，他曾經遇過眼前的矮小老太太。對方停在人行道上，朝四周隨意張望，像是在等公車或街車。她身上的衣服又髒又垮，感覺已經穿了很多年，連自己都認不出來了；她的面容寬闊，一臉慈眉善目，戴著一副大大的眼鏡，乍看之下，整張臉都被鏡片擋住了；她還側背著褪色的大袋子，袋子垂得老低，一副要壓垮她的樣子。這時，蘭森認出這位老太太了：看她的樣子，在波士頓除了柏艾女士，再無第二人。無論是她辦的聚會、她的人品，或是錢斯勒小姐對她的讚許，都讓蘭森留下了深刻的印象。當看見她幽幽而謹慎地站在那裡，他感覺像是要和一位故友重逢。而蘭森心中的渴望使他對於柏艾女士此番印象產生了意義。他思考了一下子，覺得柏艾女士或許能告訴他芙雷娜人在哪裡，可以的話，甚至跟他說芙雷娜的父母住哪裡。柏艾女士看見了蘭森，也發現蘭森和她四目相望。但這時候，她並沒有像一般人一樣移開視線（她老早就不在乎各種規矩了）。在她看來，蘭森不過是個敏銳的公民，正在行使他的公民權，包括盯著人看的權利。柏艾女士態度謙和，也從不覺得自己不能被別人盯著看。世上有那麼多新奇的動機和想法，如果有人想盯著她看，自然是出於某種動機。蘭森面帶微笑走到柏艾女士身旁，一面向她脫帽致意，一面說道：「需要幫您攔車嗎，柏艾女士？」她看著蘭森，不知道發生了什麼事；對方或許是個仰慕者，但柏艾女士完全沒想到這點。五十年來，她拖著沉重步伐在波士頓街頭穿梭，不曾有哪個深色眼珠的年輕男子如此注意過她。她用澄澈無私的眼光，看著一輛五顏六色的大型公車從劍橋路方向駛來，車子邊開邊響著鈴。「嗯，會開到我家的班次就可以了，」她回道：「這是往南的車嗎？」

司機看見柏艾女士便煞了車，他馬上就認出了這位老乘客。不過，他只對柏艾女士說「麻煩快上車，快點」，既沒打招呼，也沒有任何安撫人的動作，他就這麼站在原地，手指著車鈴線，散發著壓迫的氣息。

「女士，請您讓我陪您回家，我待會再解釋我的身分。」蘭森不假思索表示。他攙扶柏艾女士上車，司機向柏艾女士伸出援手，將手貼在她背上。接著，柏艾女士便和蘭森並肩而坐，此時車鈴又響了。這個時間車裡空空蕩蕩，兩人彷彿包下了整台車。

「我對您有印象，您應該不是這裡人。」車子行駛時，柏艾女士對蘭森說道。

「我去過您家裡，那次的聚會很有趣。您還記得一年前——我是說前年十月的時候——您辦的那場聚會嗎？錢斯勒小姐來了，另一個女孩子也來了，還發表了精采的演講。」

「我記得！芙雷娜的演講很精采！很多人都來了，但我不記得全部的名單。」

「我也在，」蘭森說：「我是和錢斯勒小姐一起去的，她是我親戚。您那時候對我很好。」

「真的嗎？」柏艾女士一臉誠懇地問。蘭森還來不及回答，她就認出蘭森了：「我想起來了！是奧莉芙帶您來的！您是南方人！她後來跟我說，您不支持我們的改革，要我們收斂一點。」柏艾女士說話輕柔至極，感覺不出半點熱情或怨懟，可能老早就磨光了。她又說：「要每個人都支持我們，應該不太可能吧。」

「我特意陪您上車回家，難道不像是支持的樣子嗎？我像是個大反派嗎？」蘭森笑著問。

「您是特意陪我上車的？」

「沒錯。我沒有錢斯勒小姐以為的那麼壞。」

「我想您有自己的立場吧。」柏艾女士說：「南方人當然有自己的立場，我想他們的堅持比想像中的多。您不必陪我坐太遠，我跟波士頓很熟，我知道路。」

「麻煩您，不要拒絕我或覺得我多管閒事。」蘭森回道：「我有事想問您。」

柏艾女士又望著他說：「對，我想起來了，您和普蘭斯醫師聊過天。」

「是啊，我獲益良多！」蘭森大聲說道：「希望普蘭斯醫師一切都好。」

「她忙著照顧大家的身體，卻不照顧自己。」柏艾女士說道：「我跟她提過這件事，但她說自己不需要人照顧。她說，她是波士頓唯一不看醫生的女人。她堅持不當病人，似乎不當病人唯一的方法就是當醫生。她最重要的工作就是讓我晚上睡得著。」

「所以您晚上還是睡不著？」蘭森溫柔地問。

「只能睡一下下。我快睡著的時候，又差不多該起床了。只要我想活著，我就睡不著。」

「您可以來南方住，」蘭森提議道：「那邊的氣氛很悠閒，您一下就會睡著了！」

「我不想過悠閒的生活，」柏艾女士說：「而且，我很久以前去過南方，那些人的事情讓我忙到睡不著，他們整天都圍在我身邊！」

「您是說那些黑人嗎？」

「是啊，不然還有誰？我會帶《聖經》給他們讀。」

蘭森沉默了一會，接著體貼地說道：「多說一點，我想聽！」

「還好，他們現在不需要我們了，我們有別的人要幫。」柏艾女士的話裡似乎有種幽默，她帶著試探的眼神望著蘭森，感覺蘭森知道她想說什麼。
「您指的是別的奴隸吧！」蘭森笑著說：「您想帶多少《聖經》就帶多少，全都拿給他們！」
「我想拿法令彙編給他們看，我們的《聖經》已經變成這本了。」
蘭森發覺自己很喜歡柏艾女士，便回道：「女士，不管您走到哪，帶什麼都不重要。您隨時都帶著一顆善心。」這話既不帶半點虛偽，也沒有濃到化不開的南方色彩。
柏艾女士一時之間沒回答。接著她低聲說：「錢斯勒小姐說，您講話的調調就是這樣。」
「我猜她應該沒說我什麼好話。」
「我知道她覺得自己想的是對的。」
「覺得？」蘭森說：「她可是自認什麼都知道，百分之百篤定呢。希望她一切都好。」
柏艾女士再度直直看向他。「您最近都沒看到她吧？您不去看她一下嗎？」
「不要，我不去！我遇到您的時候，只是剛好經過她家而已。」
「您現在住這一帶嗎？」柏艾女士說。蘭森表示沒這回事，柏艾女士聽了蘭森的話，彷彿信心倍增地說道：「您還是去找她一下比較好吧？」
「錢斯勒小姐不會開心的。」蘭森回道：「她覺得我是女權運動的敵人。」
「她很勇敢。」
「沒錯。但我這人很膽小。」
「您不是參戰過嗎？」
「是，但當年可是師出有名！」

蘭森將美國內戰對比於男人的反動（他們仍值得褒獎），試圖讓氣氛輕鬆一點。但柏艾女士很認真，在車上沉默了好一段時間，感覺她剛才講了太多話，已經無力討論近日的反動是否合情合理了。蘭森覺得他好像讓柏艾女士接不了話，因此自責不已。畢竟，他之所以會陪她搭車，就是想讓她多說點話，而且身為南方人，他對待無人護駕的女性一向毫無私心。他想聽一些關於芙雷娜的消息，大概的或具體的都好，他最初想問柏艾女士的正是這件事。但他現在不想開話題，決定先緩一緩，等時機成熟再發問。在他準備開口發問的時候（他心想，對方應該不會拒絕回答才對），柏艾女士已經猜到了他的心意，於是先一步發言了：「我很好奇，您那天晚上是不是對塔蘭特小姐的演講無感？」這話正好證明，她的心思一直都沒偏離這件事。

「才沒這回事！」蘭森說：「我覺得她很有魅力！」

「您不覺得她言之有理嗎？」

「女士，拜託！我覺得女人不需要理智。」

柏艾女士緩緩轉頭看向蘭森，眼鏡鏡片上好像泛著淚光，感覺像是要責備蘭森。「您是不是覺得，女人只是中看不中用的花瓶？」

柏艾女士貴為女權前輩，卻問了這種問題，讓蘭森聽了忍俊不住，大笑出來。但他馬上就克制住了，誠懇地說：「我認為您是世上最珍貴的寶物，讓人生很有價值！」

「很有價值？是從男人的角度出發吧！但對女人自己而言呢？」柏艾女士說。

「每位女性都值得尊敬，就像我相當尊敬您一樣。就像您說的，塔蘭特小姐讓我很感動。我覺得，正是因為世界上有女人存在，才能培養出這麼有魅力的塔蘭特小姐。」

「她是上天賜予的禮物，」柏艾女士說：「我們很器重她。」

「她現在常常演講嗎？我現在有機會聽她演講嗎？」

「她常常在這附近演講，比如說弗雷明翰市[28]和比爾里卡市[29]。她感覺正在蓄勢待發，準備像海浪一樣席捲波士頓。事實上去年夏天她辦到了，而且大會結束之後，她的表現愈來愈好了。」

「她在女權大會上的表現很出色嗎？」蘭森小心翼翼地問。

柏艾女士猶豫了一會，琢磨著要用幾分義正嚴辭的口吻回答問題。「要我說，」她用回首前塵的語氣溫柔地表示，「自從伊莉莎．P．莫斯里之後，我就再也沒聽過這麼精采的演講了。」

「可惜她今晚沒有演講！」蘭森嘆道。

「噢，錢斯勒小姐說今晚她人在劍橋。」

「她會在劍橋演講嗎？」

「沒，她只是回老家。」

「她家不是在查爾斯街嗎？」

「不是，她只是現在住在那邊。自從她和您親戚變熟之後，大部分的時間她都住那。錢斯勒小姐是您的親戚對吧？」

「我們不太跟人家說我們是親戚。」蘭森笑著說：「她們兩個很要好嗎？」

「芙雷娜演講的時候，光看錢斯勒小姐在台下反應多大就知道了。她的心弦會被觸動，似乎每聽見一個字就會全身顫抖。她們兩個的關係如膠似漆，畫面相當美麗，我們很器重她們。她們會同心協力，共創美好的未來！」

「希望如此，」蘭森說：「不過，塔蘭特小姐還是花了一些時間陪父母吧。」

「對，她好像會替每個人做一點事。如果您看到她在家，您會發現她是個一百分的女兒。她的生活真是多采多姿！」柏艾女士說。

「看到她在家？我正想去她家！」蘭森答。他心想，既然這種話都說出口了，當初何必顧忌這麼多：「我記得我碰到她的時候，她還邀我去她家坐坐。」

「當然了，很多人喜歡去她家作客。」柏艾女士不打算推波助瀾。

「對，她應該很習慣仰慕者了。她老家在劍橋哪裡？」

「噢，好像在一條沒名字的小街道上。但他們都叫那條街——叫什麼來著？」她邊說話邊思考。

這時，司機突然出聲，打斷了柏艾女士的思緒：「您應該要在這裡換車了，去搭藍色的車子吧。」善良的柏艾女士回到了現實裡。蘭森扶著她下車，司機也跟之前一樣，出手幫了柏艾女士一把。她要回家得搭車右轉，所以得在街角等車，只是藍色的車子還沒出現。街角很寧靜，當天天氣舒爽清朗，很適合耐心做事。空氣的質地十分溫潤，而且街上有冰雪初融的氛圍。蘭森依然陪著很有善心的同伴一起等車。但她現在忿忿不平，認為南方來的男士不該對資深廢奴人士指手畫腳，想跟她談波士頓的交通之謎。蘭森說，送柏艾女士上藍色公車之後，他就會離開了。他們站在太陽底下，背靠著藥局櫥窗，柏艾女士繼續回想塔蘭特醫師家的路名。「您問路人塔蘭特醫師

---

28 弗雷明翰市（Framingham）位於美國麻州，人口約七萬人。

29 比爾里卡市（Billerica）位於美國麻州，人口約四萬人。

住哪，大家都會告訴您。」在這瞬間，她想起來了，催眠治療師住在莫納德諾克地區。

「但您到時還得問路人，才會知道確切的位置。」她語氣變得更親切，繼續說道：「您真的不去拜訪您的親戚嗎？」

「我真的不想去！」

柏艾女士輕輕嘆了一口氣。「好吧，大家都得順著自己的理念做事。錢斯勒小姐就是這樣，她有很高貴的氣質。」

「沒錯，她散發著光輝燦爛的氣質。」

「您也知道，她和芙雷娜的想法很像。」柏艾女士平靜地說道：「所以，您也不必去區分她們兩個了。」

「親愛的女士，」蘭森說：「女人不是空有想法吧？老實說，我比較喜歡塔蘭特小姐的臉。」

「是啊，她很漂亮。」柏艾女士又嘆了一口氣，好像自己被迫接收了某種思想，好像女人的想法就是如何如何——她年紀大了，這思想背後各種陌生和奇異的面向，讓她無力深究下去。這大概是她這輩子第一次覺得自己老了。「藍色車子來了。」她微微鬆了一口氣。

「車子還要再一下子才會到。另外，我覺得芙雷娜的想法不是她自己的。」蘭森說。

「您覺得她的想法不夠堅定？這樣想不行。」柏艾女士更俐落地表示，「如果您覺得她不誠懇，您就大錯特錯了。她的想法都是她的人生體悟。」

「這樣嗎？或許哪天她能幫我開示一下。」蘭森笑著說。

柏艾女士盯著那輛藍色公車瞧，她發現車子暫時卡住不動了。於是，她又轉頭望向蘭森，大大的鏡片透出嚴肅的眼神。「她如果這樣做，我一點都不意外！這會是件好事。您大概抵抗不了她的魅力，畢竟她影響過這麼多人。」

「我懂了，她肯定會影響我的。」蘭森突然想到另一件事，又說道：「對了，柏艾女士，拜託您一件事：如果您還會碰到錢斯勒小姐的話，麻煩您，不要跟她說我們見過面。我打從心底不想驚擾她，也不希望她覺得我對整座城有偏見。我不想惹她生氣，她不要知道我來過波士頓比較好。您不告訴她，就沒有人會跟她說了。」

「您是要我瞞著——？」柏艾女士低聲說，呼吸急促了起來。

「沒有，我沒有要您瞞她的意思。我只是希望您讓這件事隨風而逝，不提也罷。」

「這個……我從來沒做過這種事。」

「什麼事？」蘭森有點困惑，但又覺得她無法理解自己的這種想法，而且加以抗拒，這讓他有些感動。「我要拜託您的事很簡單。沒人要求您一定要把任何事都告訴她吧？」

他的要求似乎還是讓老實的柏艾女士嚇了一跳。「但是我常常和她見面，我們會聊很多事。再說，芙雷娜難道不會告訴她嗎？」

「我想過這件事，我希望不會。」

「芙雷娜什麼都會告訴錢斯勒小姐。她們簡直形影不離。」

「芙雷娜不會想讓錢斯勒小姐痛苦的。」蘭森犀利地說道。

「您真的很體貼。」柏艾女士依舊盯著蘭森，「您不支持我們，真是太可惜了。」

「我說了，塔蘭特小姐會來開示我的。我可能會改變心意喔。」蘭森說。我猜他說了這個謊，心裡卻沒有請上天饒恕他。

「既然我都偷偷告訴您她家住哪了，我很期待這件事成真。」柏艾女士臉上露出溫柔無邊的笑容，接著說道：「我想您跑不掉了。芙雷娜說服了這麼多人。因為對她有信心，因此我會為你保密的。沒錯，相信她能說服您。」

「如果她成功說服我的話，我會馬上通知您。」蘭森說：「您的車終於來了。」

「這個嘛，我相信真理終將勝利。我一句話都不會說。」她讓蘭森帶她走到現在停在街角的車邊。

「希望之後能再見到您。」蘭森邊走邊說。

「我都會在城裡來來去去。」多虧蘭森又推又扶，柏艾女士擠上了長橢圓形的車子。接著，她微微轉身說道：「她會說服您的！您想保密，我就幫您保密吧。」蘭森聽到她又說了一次同樣的話。他揮著帽子向她道別，但柏艾女士沒看到，因為她正努力地鑽到車子裡頭，而且發現已經坐滿了人，沒位子坐了。蘭森心想，無論是誰，肯定都會讓位給這位純真的長輩。

24

一個多小時之後，蘭森來到了莫納德諾克地區，走進了塔蘭特醫師的市郊住宅，站在屋子客廳中央。他熱情地拜託了一位年輕女僕，麻煩對方通知女主人他來了。女僕離開好一段時間後，終於捎了訊息回來，表示塔蘭特小姐一會兒就會下樓見他。蘭森順著自己的心意，拿起了離他最近的書（書就放在桌子上，旁邊還擺了本舊雜誌及黑漆小托盤，托盤裝著塔蘭特醫師的催眠治療師名片）翻閱了十分鐘。這本書是知名催眠講師艾達．T．P．佛特的傳記，封面是幅女士的肖像，她頂著一頭鬈髮，臉上掛著驚訝的表情。蘭森讀了幾頁，忍不住想，又在嘲諷南方文學，北方書籍才讓人不敢恭維！他氣得把書丟回桌上。他明明在北方住了很久，還是氣得像初來乍到一樣，不知道並非所有北方出版品的風格都是如此。他同時心想，芙雷娜是不是讀這種東西長大的。桌上已經沒別的書了，而且蘭森記得以前讀過那本雜誌，因此，他最後沒東西可看，而屋主也還沒現身，他只能盯著明亮空曠的小客廳看。但客廳實在太熱，他不禁想開個窗子。客廳裡的燈沒遮罩，外形不佳，更給人貧窮人家的印象。我曾經說過，蘭森不要求空間的舒適程度，也很少關心別人家裡怎麼布置，除非裝潢夠華麗，他才會特別注意。不過，他一面在塔蘭特醫師家等主人出現，一面想著，難怪芙雷娜比較喜歡住錢斯勒小姐家。蘭森甚至心想，芙雷娜真是因為天性溫順，才能獲得錢斯勒小姐青睞嗎？而露娜太太說她很勢利、很虛偽是不是真有其事？在芙雷娜出現之前，蘭森還有一些時間回憶過往，他發現自己除了這種一面之詞，還真是什麼都不清楚。他又想到，自己明明在波士頓只剩幾個小時的空閒，居然專程跑到劍橋拜訪芙雷娜，而且對方不過是一年半之前隨口邀請。何況芙雷娜沒有拒絕和他見面，雖說她絕對有權拒絕。不僅如此，她還刻意為蘭森盛裝打扮。莫納德諾克地區的建物二樓地板都很薄，蘭森能聽見芙雷娜在樓上快速走動，還聽見抽屜和櫥櫃開開關關的聲音。如果是在密西西比的話，大家會說有人正在「四處飛奔」。樓梯傳來微微的吱嘎聲響，接著，有個容光煥發的人走進客廳了。

在蘭森的印象中，芙雷娜的臉蛋很漂亮。現在，這位女先知變得更成熟了，更加美貌。她的頭髮閃閃發亮，臉頰和下巴的美妙弧線讓蘭森怦然心動。她的眼神和嘴唇滿是笑意，看起來十分友善。蘭森眼中的芙雷娜閃閃發光，整間屋子因為她蓬蓽生輝，身邊的事物因此黯然失色。她坐上破爛的沙發，像是跌坐在豹皮上的仙女，天生有副甜美的嗓子，蘭森願意聆聽她說話。蘭森很快就發現，芙雷娜的飛揚神采本身就是一種成就，她依舊年輕、溫柔，但由於聽過許多觀眾的掌聲，她顯得有些飄飄然。不過，她的眼神還是透澈得很，姣好的面容也讓蘭森聯想到舊時光，以及與世隔絕的地點，但他不確定有哪些，或許包括修道院或南方古都附近的山谷吧。芙雷娜過去穿得五顏六色，有種俗麗的風格。她總像是套了一件戲服，只是現在更細緻、講究了。假設她是名繩舞者，曾經在柏艾女士家和查爾斯街表演過，今天，她來到了莫納德諾克地區的粗陋斗室，反倒更引人注目，就像歌劇女主角在帆布和暗色木板搭建的舞台上表演一樣。她跟蘭森說話的感覺，彷彿最近一週才見過他，第一次發現他善良的一面。但她還是微笑端坐著，聽蘭森認真解釋為何才和芙雷娜見過兩次，就決定應邀來訪；而且時間過了這麼久，恐怕連芙雷娜都忘了自己曾經邀過蘭森。他的解釋乍看完美，實際上等於沒說，因為他單純就是想見芙雷娜一面而已。他發覺這個念頭愈來愈強，而芙雷娜耐心聆聽，樸實的微笑乍看天真無邪，卻好像在嘲笑他不敢說出真心話。蘭森刻意提了他們在錢斯勒小姐家見面的事：芙雷娜那時說，她很期待蘭森到她家作客。

「對，我記得很清楚。像我們在柏艾女士家見面那一次，我也記得很清楚。我那次還做了演講，您記得嗎？那次真的很開心。」

「對，您的演講真的很振奮人心。」蘭森說。

「我不是說我的演講。我是說聚會的氣氛。那次是我第一次遇到錢斯勒小姐。您怎麼會知道我們正在合作？她幫了我好多忙。」

「您還在四處演講嗎？」蘭森問。話一出口，他就發現這句話不太得體。

「當然，我唯一會做的事就是演講！不管是現在還是未來，我都會一直演講，錢斯勒小姐也一樣。我們想一起拚出成績來。」

「她也會四處演講嗎？」

「嗯，她會幫我寫演講稿，至少會幫我寫精華段落。她會告訴我什麼東西該講，什麼東西是事實，什麼東西有渲染力。錢斯勒小姐快和我融為一體了！」這位獨樹一格的女孩子滿心歡喜，不像是在開玩笑。

「我希望能再聽您演講。」蘭森答。

「您可以挑一天晚上來，現在有很多機會能聽我演講。我們愈來愈成功了。」

她散發著魅力和自信，活脫脫是位公眾人物，雖然稚氣未脫，卻有著開闊的胸襟，讓蘭森看傻了眼。他心想，他本來是想好好認識芙雷娜的，沒想到愈來愈困惑，他離開之後，恐怕還是會對她一無所知。她的語調活潑、親切，對人充滿信心，和她談話時感覺很放鬆，很像古希臘黃金年代中，頭戴花冠的少女對全身曬紅的年輕男子說話的方式。「我對您的名字很熟，關於您的事，錢斯勒小姐都告訴我了。」

「我的事，她全都說了？」蘭森挑了挑黑眉毛，「她怎麼可以這樣？她根本跟我不熟！」

「她說您是女權運動的大敵，有錯嗎？我記得我們在她家碰面的時候，您說了一些不以為然的言論。」

「您覺得我是敵人還願意見我，您真的對我很好。」

「很多紳士會聯絡我們，」芙雷娜一派冷靜，愉悅地表示：「有些人只是想打探我底細，有些人是聽說了我這個人，或因為某一次聽我說話的時候被我觸動才來訪。每個人都對這些很感興趣。」

「您之前還去了歐洲一趟。」蘭森立刻說道。

「沒錯，我們去看看歐洲的女權是不是比我們還進步。那次很開心，我們見了很多領袖。」

「領袖？」蘭森覆述。

「女性解放領袖。有男的，也有女的。奧莉芙到每個國家都大受歡迎，我們和很多有熱忱的人聊天，聽了很多發人深省的想法。至於歐洲——」芙雷娜欲言又止，先是面帶微笑看著蘭森，接著開心地嘆了一口氣。感覺她有太多事想說了，但光靠這短短的片刻實在說不完。

「我猜歐洲很迷人。」蘭森鼓勵她繼續說。

「像一場夢一樣！」

「所以，歐洲人真的比我們進步嗎？」

「錢斯勒小姐是這樣覺得。她在歐洲看了很多，覺得很驚訝，她說，她之前對歐洲的評價不太公正。她的心胸很開闊，跟大海一樣開闊！我自己是覺得，我們美國人的表現比較精采。歐洲改革的進展跟他們的文化底蘊很有關係，他們的底子比我們好，廣義來說。另一方面，如果從道德、社會、個人這些特殊角度來看，美國女人的處境比歐洲女人好了些；我是說，從整體社會的進程來看。我必須補充我們確實在歐洲遇見了一些優秀人才。英國有一些很親切、很有教養的女性，組織能力也很強。法國有一些很傑出、很能感動人心的女性，我們還跟有名的瑪莉．維內爾[30]

共進晚餐，度過了愉快的夜晚，而且她幾個星期前才剛出獄。整體來說，我們覺得這些都是時間問題，未來是女性的天下。但不管我們走到哪，都有人在吶喊：『上天啊，我們還要等多久？』」

蘭森聽著塔蘭特小姐的長篇大論、滔滔不絕，本來還覺得滑稽，卻漸漸陷入著迷的沉靜，唯恐漏聽了什麼。坐在蘭森面前的這位少女，回答問題時輕鬆又不失禮貌，甚至自然而然切進了演講模式。她是不是忘記她現在人在哪裡？還是她把蘭森想像成一屋子聽眾了？她話語的轉折和步調、使用的手勢，都跟她在講台上如出一轍；最詭異的事情是，這種舉措竟不讓她顯得討厭。不但不討人厭，還很討喜；沒有說教的感覺，還很親切。她的聲音猶如黃鶯出谷，能成功實在不意外！從她自若的抑揚頓挫來看，芙雷娜指導別人或與人交流時，最熟悉的說話方式就是說教了。他不知道怎麼評價她才好，這位年輕女孩實在太特別了。這時，芙雷娜在柏艾女士家聚會時公開演說的樣子，突然在蘭森心頭浮現了，但他總覺得，這裡頭好像缺了點什麼。過了好幾分鐘，芙雷娜終於準備收尾了。她話才說完，蘭森就發現自己擺出了大大的笑容。接著他換了個姿勢，將腦中冒出的第一句話丟了出來：「現在應該不需要令尊陪您了吧？」

「陪我？」

「幫您進入狀況，像上次我聽您演講的時候一樣。」

「我懂了，您以為我剛剛在演講！」芙雷娜幽了一默，大笑道：「大家都說，我的演講跟聊天沒兩樣，我想，我聊天的時候也跟演講沒兩樣吧。但還是先不說歐洲的所見所聞，我之後要做

30　編案：提到瑪莉．維內爾應是向巴爾札克小說《舒昂黨人》致敬。

的演講，主題就是歐洲見聞。不過您說得沒錯，我不需要靠爸爸幫忙了。」蘭森發現自己說的話太嘲諷了，芙雷娜卻絲毫不在意，讓他更覺得自己很挖苦人。「爸爸發現，病人好像一個一個跑了。但真的多虧他。要不是他，沒人會知道我有天分，連我自己都不知道。他扶了我一把，現在我已經可以獨立了。」

「您發展得很好。」蘭森說，他想多說些好聽的話，甚至是很客氣溫柔的話，但實在是說不出什麼聽起來不像玩笑的話。不過，芙雷娜並沒有半點火氣，彷彿在修補什麼意外的過失，她幾乎是馬上對蘭森說：「您人真好，願意大老遠跑這一趟。」

對蘭森來說，他接下來的答覆有點危險，不曉得會引起什麼樣的後果。他說：「一趟旅程可以帶來這麼大的樂趣，誰還會去想這一切是不是太遠、太累人呢？」不過在這種情況下，無論如何還是得說點什麼。

「的確，大家一直從其他城市來到這裡。」芙雷娜不但沒有裝謙虛，還撐出一股傲氣：「您對劍橋熟嗎？」

「這是我第一次來。」

「那您應該聽說過那間大學了，很有名。」

「是，連在密西西比都很有名。我猜這間學校的素質很高。」

「我覺得是，」芙雷娜說：「但請不要期待我會給很高的評價，因為他們不收女學生。」

「您支持一視同仁的教育系統嗎？」

「我支持權利平等、機會平等、特權平等，錢斯勒小姐的想法跟我一樣。」芙雷娜補充道，彷彿她的宣言需要支持。

「是嗎？我以為她追求的是另一種不平等，想把所有男人都踢開。」蘭森說。

「她覺得我們還有很多工作沒做。有時候我會告訴她，她真正要的不是公平正義，而是想報仇。我覺得她應該承認這件事。」芙雷娜變得有點嚴肅。不過，她沒在這個話題上逗留太久。蘭森還來不及回應，芙雷娜就用另一種語氣表示：「您現在該不住在密西西比了吧？您上次來波士頓的時候，錢斯勒小姐跟我說您搬到紐約去了。」芙雷娜又把蘭森的背景搬出來聊，因為蘭森之前附和芙雷娜對紐約的想法時，芙雷娜問蘭森是不是已經棄南方不顧了。

「棄又老又窮、親切卻落後的南方不顧？絕對沒這種事！」蘭森高聲反駁。

芙雷娜望著蘭森，眼神變得更溫柔了。「我覺得愛故鄉是很自然的事。但我擔心您覺得我不愛我的故鄉。雖然我人常常在這裡，卻總是待不久。錢斯勒小姐把我吸走了，事實就是如此。可惜今天她不在。」蘭森沒回話，因為他沒辦法告訴塔蘭特小姐，要是錢斯勒小姐在的話，他就不會約她見面了。他之所以說不出口，倒不是因為他沒辦法發出違心之論——他當然能，像是芙雷娜之前問他，前天晚上是不是和錢斯勒小姐見過面，他說沒有。芙雷娜聽了，想都沒想就發出驚呼，但下一刻她就臉紅了，「您該不會還沒原諒她吧！」蘭森聽了，便露出無辜的表情打發芙雷娜，「原諒她什麼？」

芙雷娜仍在為自己的音量臉紅。「在她家聚會那次，我知道她心裡的感受。」

「她的感受如何？」蘭森說話時帶著男人愛挑釁的天性。

我不知道芙雷娜有沒有被刺激到，但她的回答聽起來像是未經思考的本能反應，「說真的，您真的跟我們有仇。我知道奧莉芙被您刺激到了，您真的不去看她嗎？」

「我再想想，我只會在波士頓待三、四天。」蘭森笑著說。那是內心不滿足的男人會有的笑容。

芙雷娜平常不會發怒，但這次似乎被激怒了。她不急不徐立刻回嘴道：「喔，如果您的態度還是沒變，最好就別去了。」

「我的態度一直都沒變。」蘭森說。他始終掛著微笑，手肘撐著椅子扶手，肩膀微微前傾，削瘦的小麥色雙手疊在胸前。

「我們也接待過不挺我們的客人！」芙雷娜聽了蘭森的話，好像不覺得意外。她接著說：「您怎麼知道我人在劍橋？」

「柏艾女士告訴我的。」

「您去找她真是太好了！」芙雷娜說道，再次顯得有些魯莽。

「我沒去找她，我們是在路上遇到的，她剛好離開錢斯勒小姐家。我和她聊天，陪她走了一段路。我會走那條路，是因為我知道那是從劍橋公地[31]到劍橋的捷徑。我來劍橋是想碰碰運氣，看您在不在。」

「碰碰運氣？」芙雷娜重複道。

「是，住紐約的露娜太太告訴我，您有時候會待在劍橋。總之，我想看看您在不在。」

要知道，芙雷娜聽到客人明知有一半機率撲空，卻仍跋山涉水來找她，心裡可開心了（因為她知道，要波士頓人在冬天時移動到郊外的學區，他們心裡會有什麼感受），但除了喜悅，她內心其實五味雜陳。因為情況比她人生至此的一切經歷都還複雜。蘭森突然說起錢斯勒小姐和芙雷娜對他而言的差別，狀況變得更讓人侷促：畢竟錢斯勒小姐是他親戚，但芙雷娜跟他向來沒交集。芙雷娜已經夠了解奧莉芙，知道不該向她提跟蘭森這一小時碰面的事，但要她隱瞞蘭森造訪波士頓時，還特地跑來和她匆匆碰面，則是她從沒做過的。她也曾和其他奧莉芙沒會面的男士相處，但那種情況和現在又不太一樣，因為奧莉芙知道她和那些男士會面，她絲毫不在乎。說她不在乎，是相對於這次的狀況而言。芙雷娜心裡明白，奧莉芙這次鐵定會在意。芙雷娜提過布拉吉先生和帕登先生的事，甚至還聊過歐洲的男人，但她從沒說過蘭森的事（一年半前還說過幾天，後來就再也沒提過了）。

不過對芙雷娜來說，她既希望蘭森去拜訪奧莉芙，也希望蘭森離奧莉芙遠一點，但單就和蘭森見面這件事來說，她還挺喜歡的。相較之下，芙雷娜更重視蘭森的想法：他覺得不需要假裝兩人沒見過面。雖然前兩次聚會她和蘭森萍水相逢，但她已經把對方記在心底了，有時候她會想起蘭森，心想要是跟對方再熟一點，自己是否會喜歡他。經過這二十分鐘，她跟蘭森更熟了，她發現對方怪雖怪，相處起來倒挺舒服的。總之，蘭森確實登門拜訪了，芙雷娜可不希望因為自己瞻前顧後而虧待對方。所以，她速速把話題帶到露娜太太身上，讓雙方鬆一口氣。「露娜太太啊，她真的很迷人！」

蘭森遲疑了一會，「這個嘛，不，我不覺得。」

「您應該喜歡她才對，因為她超討厭我們的改革運動！」接著，芙雷娜又問了一堆關於愛德

31　劍橋公地（Cambridge Common）為美國麻州劍橋市的公園，位於哈佛大學旁。

琳的問題：蘭森常和愛德琳見面嗎、愛德琳是否常出門、紐約人喜不喜歡她、蘭森覺得她長得美不美……蘭森盡力回答芙雷娜的問題，但沒過多久，他就想到自己來到莫納德諾克地區可不是為了聊露娜太太，因此決定換個話題（也算是盡他的社交責任），開始談芙雷娜父母的事。他很遺憾塔蘭特夫人生病了，今天恐怕見不到她。「她現在好多了，」芙雷娜說：「不過還是常常躺著，她只要沒事做就躺著。媽媽是個很特別的人。」她立刻補充道：「她身心舒暢的時候會躺著，不舒服的時候會在家裡走來走去，到處閒晃。只要您一直聽到她在樓梯間走動，就表示她病得很重。等您走了之後，她會很想探聽您的事。」

蘭森瞥了手表一眼。「希望我沒叨擾太久，我不想剝奪妳們相處的時間。」

「沒事沒事，媽媽很喜歡客人，就算不能親自待客也無所謂。如果她不需要花一堆時間起床，她現在應該就會在客廳裡了。您大概覺得她會想我，因為我們過去真的形影不離。她是真的很想我，但她知道這都是為我好。她願意為了愛犧牲一切。」

蘭森聽了芙雷娜的話，腦中突然冒出了一道問題：「您呢？您願意犧牲嗎？」

芙雷娜神情自若，一雙明亮的眼眸盯著蘭森：「為了愛犧牲一切嗎？」她思索了一會，接著說道：「我覺得我沒資格回答，因為從來沒人問過我這個問題。我不記得我犧牲過什麼，至少沒犧牲過什麼大事。」

「老天！您的人生一定很幸福！」

「我知道，我這輩子都很好運。我一想到有些女人活得很痛苦——甚至大部分的女人都是——就不知如何是好。但我不應該聊這個。」她重新堆起笑容，繼續說道：「您如果反對我們的改革運動，應該對女人受苦的事沒興趣吧！」

「女人受苦就等於全人類受苦。」蘭森答道：「您覺得改革能讓苦難消失嗎？或者從今天開始一直演講到世界末日，就能讓苦難消失嗎？人生來就是要受苦，而且要堂堂正正、體面地吃苦。」

「我最愛英雄主義了！」芙雷娜打岔道。

「女人嘛，」蘭森說：「她們有項快樂泉源是我們男人享受不到的：她們活在男人底下，就能幫男人扛起一半的苦難。」

芙雷娜覺得蘭森很會說話，但不確定這是否為詭辯，她需要奧莉芙幫忙判斷。可惜現在奧莉芙不在身邊，芙雷娜只好擱置不論（她知道蘭森沒去找奧莉芙，反而直接來拜訪她，所以覺得很不安），改問蘭森他在劍橋有沒有認識的人。

「沒認識半個。我跟您說了，我從沒來過這邊。我會來純粹是因為對您印象深刻，我跟劍橋唯一的連結就是和您這次愉快的碰面了。」

「可惜沒有更多。」芙雷娜打趣地說。

「妳希望跟我多碰面？我求之不得啊！」

「我是指建立更多連結。您來的時候，有沒有看見一間學院？」

「有個圍起來的校區，我往裡頭看了一下，看見很多高聳的大樓。我回波士頓的時候，或許可以再看仔細一點。」

「沒錯，建議您看仔細一點。這些大樓最近改建過，設施非常新。當然，最有意思的部分還是校園生活，不過建築物也很有看頭，假如您跟歐洲不熟，可以去看看這些建築物。」芙雷娜沉默了一會，雙眼澄亮地看著蘭森，接著她先是安靜，像是跳躍前的蓄力，然後說道：「如果您想逛逛校園，我很樂意帶您繞一圈。」

「逛校園——您要陪我繞一圈？」蘭森重複了芙雷娜的話，「親愛的塔蘭特小姐，我能享受這番待遇，這輩子真是太幸運了。有這麼優秀的導遊願意陪我真好！」

芙雷娜從椅子上站了起來，準備去拿帽子戴，蘭森只好稍待片刻。她一片真誠好意提出邀約，讓蘭森又有了新的感觸，但他不知道，芙雷娜一開口（其實她自己也有點猶豫，思忖了一下才決定），膽子就變得更大了。芙雷娜面對內心衝動，最後選擇坦然面對，順著衝動做決定，就像人生頭一次跟著自己感覺走的女孩一樣。雖然她做過很多輕率的事，但完全不覺得自己離經叛道。她做這些事，內心十分坦然，並不感到不安。她邀蘭森逛校園的舉動看似神來一筆，實際上卻讓形勢更複雜，弄得自己裡外不是人；至於受影響的層面，我先在此解釋一下。如果奧莉芙不知道芙雷娜和蘭森見過面，陪蘭森逛校園更會讓芙雷娜的祕密變多。不過，就算芙雷娜黑暗的小祕密變多了，她也不會因為陪奧莉芙的親戚出門散步而內疚。我之前說，芙雷娜這時緊張了起來。她起身準備去拿帽子，但才走到客廳門口就停下腳步，轉身望著蘭森，臉上還帶著幾秒鐘前出現的紅暈。「我會提出邀請，是因為我想報答您。」她說：「您只要陪我在校園裡坐坐就好，就這樣而已。我們家沒什麼能招待，就讓我盡一下地主之誼，再說，今天天氣這麼好。」

芙雷娜的態度既客氣又溫柔，甚至有點親暱，像是暗示著某種渴望，乃至是某種正當訴求。她離開客廳時，空氣中感覺飄著剛才對話的香氣。蘭森兩手插著口袋，在客廳裡踱來踱去，滿腦子都是芙雷娜的話語，毫無心思重新翻閱關於福特太太的書。他左思右想，像芙雷娜這樣的美少女，究竟遭受何種殘酷的命運或稟性，才會選擇到處宣講，又被錢斯勒小姐掌控在手心裡。蘭森又想，一個只會做做舞台效果、任人操控的人居然有這般吸引力，令人匪夷所思。不過，芙雷娜的美貌太亮眼也是事實，她整裝完畢下樓時，魅力半分未減。接著，他們便離開屋子前往校園，半路上，蘭森想到早上起床時被一種悠閒、空靈、柔和的感覺包圍著，不曉得要怎麼放在心中才好。現在，他心裡有了答案：目前採取的行動就很有為這種感覺慶賀的效果了。

25

他們穿過了兩、三條短小的街道，街道上有矮小的木頭房屋，和有更多木頭建材的前院，很像是住附近的木匠和學徒蓋的，讓這一帶充滿了遮蔽物，而且很寧靜，屋舍之間互有間隔，還有許多能發展的空間。接著，他們步上了一條長長的大道，兩側建了不少盡情展示風貌的新別墅；大道上的人行道很寬闊，還鋪了整齊的紅磚。方正獨棟屋子上的漆剛漆不久，從遠處望去，便能看見油漆在清澈的空氣中閃閃發亮。這些房子的檐廊前方建有小型圓頂和瞭望台，上頭沒有任何遮蔽物，因為冬天時住戶都在室內；圓頂和瞭望台兩側都有一、兩扇凸肚窗，四周也有扇貝、托架、簷口、木質雕花裝飾物。這些元素大多都蓋在小小的突起處，自籬笆或柵欄上方向外延伸。很多屋子大門的玻璃都鑲有銀色的號碼，號碼牌很大，即使是搭馬車經過的乘客都能一望即知，給人坦誠的感覺；蘭森和奧莉芙之前在柏艾女士家附近走動時，也看過同樣的裝飾風格。大道兩側的屋主彷彿靠著這些閃閃發亮的號碼墊高了身價。此時，一輛馬車朝寬闊的一面直駛過來，讓四周的景象變得鮮活了。馬車相當乾淨，可見平日居民的習慣良好，一絲不苟。蘭森覺得這畫面很壯觀。他和芙雷娜一邊走，一邊聊起前一年的女權大會，他問芙雷娜女權大會的成果如何，還有芙雷娜自己喜不喜歡那場會議。

「您關心女權大會的成果嗎？」芙雷娜說：「您好像對這話題沒興趣。」

「您搞錯了。我是不喜歡這話題，但我對她們的成果倒是很害怕。」

芙雷娜開懷大笑道：「我根本不相信您會害怕！」

「最勇敢的男人都會怕女人。您要不要分享一下，您在大會上感到開心嗎？聽說您掀起了大轟動，一夕爆紅。」

聽到別人提起她的能力和口才，芙雷娜從不虛應故事；她十分認真看待這件事，不會覺得很糾結或抗拒，有著如同智慧女神米娜瓦的心態。「我相信很多人都注意到我了。對，這就是奧莉芙的目標，替未來鋪路。我相信我達成了很多人實現不了的願望。她們覺得我有辦法影響圈外人，讓有偏見或不動腦的人，或只關心有趣事物的人改變想法。我讓很多人覺醒了。」

「我正是這群人之一，」蘭森說：「我難道不算是圈外人嗎？我很好奇，您將來是否會打動我？讓我覺醒？」

芙雷娜一時無語，只能默默陪蘭森走著路，蘭森聽見芙雷娜的靴子在整齊的磚道上撞出小小的聲響。「我想我應該讓您稍微覺醒了吧。」芙雷娜望著前方說道。

「肯定有！一跟您說話，我就很想唱反調。」

「這樣很好。」

「我猜那時候應該很精采——我是說女權大會。」沒過多久，蘭森繼續說道：「要是您將來想走回頭路，您應該會很懷念女權大會。」

「您說的回頭路，應該是女人做為待宰羔羊的路吧！去年六月，我們可是擔心、害怕了一整個星期呢！每個州和每座城市都派了代表參加，大會上人潮洶湧，想法滿天飛，討論非常熱烈，天氣好得不得了，有趣的點子和金句像螢火蟲一樣四處飛舞。奧莉芙邀了六位自我要求很高的知名女性到家裡留宿，每間房住兩位。夏天晚上，我們一群人坐在窗戶大開的客廳裡，望著海灣閃閃發亮的水面，聊著早上做了哪些事、聽了哪些演講、發生了什麼事、大家又為理念做出了哪些貢獻。我們掏心掏肺討論了很多事，不管是您，還是不相信女人能登上高峰的男人，如果你們加入我們的討論，應該會有很多收穫。我們還吃了很多點心，吃掉一堆冰淇淋！」芙雷娜說道。她一會歡樂，一會認真又興奮，蘭森看了，覺得她的舉止簡直前無古人，迷人至極。「那幾天晚上很美好！」她笑著說，接著又嘆了一口氣。

她將大會描述得活靈活現，蘭森彷彿身歷其境。他好像看見與會者就站在他眼前，整個會場熱血沸騰，他知道，當場一定有很多來自北方的機會主義者[32]；他彷彿看見許多熱血女性，胸前的帽帶鬆了，把細細的嗓音吼成無意義的尖叫。蘭森聽到這裡，心裡覺得很氣，甚至愈想愈氣，因為迷人的芙雷娜居然和這幫人一同攪和，彼此的身體和手肘碰來碰去、做類似的動作，還

32 機會主義者，美國內戰後，許多北方人南下宣揚共和政治理念，藉機牟利。這些機會主義者常背著布袋四處奔波，因此南方人稱呼這些人為「布袋人士」（carpet-bagger）。

不雅觀地推擠，和大家一起拍手吶喊，說著冗長空洞的廢言。最慘的是，她可能還得用討好眾人的方式和大家說話，被一群粗俗的與會人士聲嘶力竭捧上天，封為大會最耀眼的女王。蘭森後來深思了一陣，才發現他的怒氣不太有理，因為塔蘭特小姐要把力氣花在哪裡，從頭到尾都不關他的事。再說，他也對她不抱有期待。不過，蘭森當下根本沒想到這些事，只覺得她被帶壞得很嚴重。「塔蘭特小姐，」蘭森說：「我必須很沉痛地說，您被帶壞了。」

「帶壞？您才被帶壞了！」

「我知道錢斯勒小姐會邀哪些人去她家作客，我知道妳們那群後灣觀賞團裡面大概會有什麼人！我想到這件事就難過。」

「我們那團的人都很好，大家都很有趣。要不是我們沒時間，說不定還可以找人幫我們拍照。」芙雷娜說。

蘭森聽了，便問芙雷娜她是否曾經拍過照。芙雷娜說，她從歐洲回來之後，有位攝影師一直追著她拍照，她最後坐下來讓對方拍，而且現在波士頓有些店還找得到她的照片。她毫不含糊地告訴蘭森這些資訊，態度很嚴謹，彷彿這件事非同小可。蘭森說，他回城裡的時候可以買一張小的照片，芙雷娜聽得喜孜孜，告訴蘭森：「記得挑一張好看的！」蘭森其實期待芙雷娜能送他一張簽名照，這是他比較喜歡的方法；不過，芙雷娜沒想到這個，隨著他們的對話，芙雷娜的思緒已經不在這裡了，因為她在沉默一陣子之後，突然沒頭沒腦說道：「這大概證明了，我這個人很有用！」蘭森盯著她瞧，還在思考她的話究竟是什麼意思，芙雷娜說，她指的是她在大會上的表現很傑出。「事實證明我很有用，」她重複道：「我只在乎這件事！」

「討喜的女人的功用，就是討誠實的男人歡心。」蘭森簡短有力地說道。他對自己的風格瞭若指掌。

芙雷娜覺得這話非同小可，於是馬上停下腳步，眼裡帶著光芒看著蘭森，「蘭森先生，請您看看我，您知道最讓我驚訝的事是什麼嗎？」她驚嘆：「您對我很有興趣這件事，完全不讓人反感，一點都不。因為這是私領域的事。」她是很特別的女孩子，即使嘴裡說出這種話，臉上的表情卻沒有一絲變化。她既不打算表現出羞澀的樣子，也不想逼蘭森說更多話。

「我對您很感興趣，我對您很感興趣——」他開了個頭卻欲言又止，接著突然迸出一句：「就算您發現了，我還是對您很感興趣！」

「這樣更好，」她繼續說道：「我們就不會吵架了。」

他聽了芙雷娜的說法，便笑了起來。他們這時已經走到形狀五花八門的建築群前面，包括教堂、宿舍、圖書館、大廳等，這些建築物都散布在削瘦的樹木前，被圍在低矮的鄉村籬笆內，而不是用高牆封住（哈佛大學不會嫉妒別的學校有高牆或大門守衛，也不會想靠這兩樣東西來自抬身價），這整塊區域便是麻塞諸塞州最好的大學。許多筆直小徑穿越了庭院（或說校區），白天的特定時間，會有上千位腋下夾著書、腳步年輕有活力的大學生穿過小徑，準備走到別的學院上課。芙雷娜對蘭森說，她對哈佛熟門熟路，這不是她第一次帶慕名而來的訪客來參觀校園了。蘭森在芙雷娜的帶領下，一一看過校園裡的建築物，不但讚嘆不已，也覺得有幾座建物歷史悠久，令人肅然起敬。蘭森尤其喜歡這些房子的長方形舊紅磚，午間的陽光灑落在平淡無奇的磚塊上，呈現出一片金黃。窗戶隱約露出窗臺上的花盆和亮色窗簾，帶著經院的靜謐感，對來自密西西比的蘭森來說，這些畫面簡直古意盎然。「早知道就來這裡念書了，」他對身邊的迷人嚮導表示，「我應該會念得很開心。」

「跟我想的一樣，我知道您很嚮往充滿傳統教條的地方，」她有些打趣地說：「從您對女權運動的想法來看，我知道您就跟老書商一樣迷信。您如果到世界另一頭的中世紀大學去會更好，譬如牛津大學、哥廷根大學、帕多瓦大學，您在那邊應該會覺得很有共鳴。」

「我對那些老牌學校不熟。」蘭森說：「我覺得這間學校已經很適合我了，而且還有個優點是這邊離您住的地方不遠。」

「噢，您大概不能常來我們家作客呢！您住紐約，要千里迢迢跑一趟，但如果您在這裡讀書，就不必這麼辛苦了。」芙雷娜拋出一條簡單的道理。走著走著，兩人來到了圖書館前面，芙雷娜領著蘭森走進館內，一副對這座聖域瞭若指掌的模樣。這棟樓位於大劍橋地區，是國王學院教堂的縮小版，看似有錢又壯觀。蘭森在被陽光暖過的明亮建築內，感覺聞到了老舊書刊和老房子的氣味。他眼前有擺滿書的房間、壁龕、桌子，氣氛寧靜，待他抬頭一望，高處還有許多透光的穹頂；在贊助者半身像和名人畫像上方，收藏著稀世珍寶、微微發光的釉彩盒子。至於蘭森身邊，則有許多埋頭讀書的學生，和來回走動傳遞訊息、發出輕柔踩踏聲的人。當他環顧四周，看著館內散發的財力和智慧，更覺得自己痛失了某種機會，但他還是克制自己不把情緒表現出來，因為太深沉了。接著，芙雷娜又替他引介一位年輕女孩。她說，這是她負責處理圖書目錄的朋友，多虧她幫忙，他們才能進館；她的辦公桌旁還坐了另一位年輕女孩。第一位女孩是凱青小姐，她快速地自我介紹，向芙雷娜低聲表示歡迎，過一會就開始向蘭森解釋圖書目錄有多複雜，包括裡頭數不盡的小卡片，全都按照英文字母順序收在巨大的抽屜裡。蘭森對目錄很感興趣，於是和芙雷娜緊跟著凱青小姐（她很會導覽，將館內的重要部門都介紹了一遍）。蘭森盯著凱青小姐漂亮的鬈髮、精緻卻不安的臉龐，他心想，這就是新英格蘭最頂級的女性了。芙雷娜趁機告訴蘭森，凱青小姐現在很熱中女權運動，蘭森突然擔心芙雷娜會告訴對方他仇視女權分子，還好，凱青小姐不喜歡大聲寒暄（畢竟身處宏偉大廳），她搞不好還會說，這種訊息不知該擺在哪個目錄底下才好。

「這裡有個地方，如果我們帶密西西比人去參觀的話，會被人罵沒禮貌。」芙雷娜接著說：「我說的是校園裡最高的建築，那棟有美麗尖塔的大樓。我們不管在哪裡，都看得見尖塔。」蘭森聽過哈佛紀念廳[33]，知道這個地點用來紀念什麼事物，也明白他一旦走進去，可能會遭受到何種折磨。不過，這座樓房是他這輩子看過最美輪美奐的一座，外觀繁複華麗，而且比其他建築物都高，讓他的好奇心油然而生，想利用參訪的最後半小時探索一下。他覺得紀念廳用的磚塊太多了，不過建物有扶壁加固，周圍還有迴廊和塔樓，上方刻著紀念人物和說明文字，讓蘭森大開眼界。建築外觀不算老舊，但看得出來意義非凡，占地廣闊，冬天時更具霸氣。這棟建築和其他的學院建築群相隔甚遠，兀自在三角形的草地中矗立著。蘭森和芙雷娜走向紀念廳，芙雷娜突然停下腳步，試圖撇清責任。「如果您不喜歡裡頭的樣子，請不要怪我。」

蘭森看了芙雷娜一眼，笑著說：「裡面有什麼東西跟密西西比有仇嗎？」

33 哈佛紀念廳，該建築位於哈佛校園內，落成於一八七七年，為紀念參加聯邦軍捐軀的哈佛校友而建。

「沒有，我想不會出現密西西比這幾個字。不過參戰的北方年輕軍人對這裡可是讚譽有加。」

「我猜，裡面應該會說軍人們很英勇。」

「對，而且是用拉丁文寫的。」

「他們真的很英勇，我聽說過一些事蹟。」蘭森說：「要面對他們，我得英勇起來才行，這不是我第一次這麼做了。」他們踩上低矮的階梯，接著走進高大的門扉。哈佛紀念廳分為三個區域，包括用來舉辦學術典禮的戲劇院；靠木梁撐起屋頂的大飯廳，上方掛滿了畫像，光線由彩色玻璃窗透入，很像牛津大學的學院大廳；至於第三個區域，則是其中最有趣的一個，因為房間高聳卻昏暗，氣氛凝重肅穆，是獻給多年內戰中不幸捐軀的哈佛學生。蘭森和芙雷娜從紀念廳一側走到另一側，同時在幾個壯觀的看點上駐足觀賞。他們在一列整齊的白色石板前待最久，每塊石板上都鐫刻著參戰學生的名字，豪情和感傷兼具。這裡的氣氛相當高貴、肅穆，凡踏入此地者必感振奮；此區不但是責任、榮譽、犧牲、典範的象徵，更像是一座為青春、男子氣概、氣度而造的神殿。大部分的犧牲者都很年輕，在人生巔峰時便捐軀了。這些念頭在蘭森心裡縈繞不去，他細讀了每位犧牲者的姓名和喪命之地——上頭只有人名，沒有經歷，也沒有為人淡忘的南方戰役。對蘭森來說，這些石板不會讓他覺得壓迫，也不像是對他的嘲諷；他心中反而升起了一股敬意，還有一絲美的感受。要當心胸寬大的敵人，對蘭森而言不是問題，再說，他現在已經把立場或陣營問題拋諸腦後了。昔日作戰的情緒回流，在他看來，這座紀念館正是當年記憶的具體象徵，串起了敵友，也串起了勝方及敗方。

「這裡漂亮是漂亮，但我覺得很驚悚！」芙雷娜這句評價，瞬間把蘭森拉回現實，「蓋這麼大一座房子，只為了紀念血流成河的戰爭，難道不是罪過嗎？要不是這棟房子實在雄偉，我早就想把它拆了。」

「女人真的很愛這樣想！」蘭森說：「要是當女人手握兵符，作戰能像她們論理一樣優秀，我們也會幫她們蓋紀念館。」

芙雷娜反駁。她覺得女人的思考能力很強，可以避免戰爭，提倡和平。「但這邊的感覺也很和平。」她邊環顧四周邊說。她坐在低處的石質突塊上，感覺正在享受此處的氣氛。蘭森見狀，便暫時離開現場，讓芙雷娜獨處十分鐘。他想再看一下鐫刻的石碑，讀讀這些人打了哪些仗，因為他也參與過其中幾場。當他又回到芙雷娜身邊，對方突然和他打了招呼，拋出一個和現場肅穆氣氛完全無關的問題：「如果柏艾女士知道您要來找我，她不會告訴奧莉芙嗎？奧莉芙會不會覺得您把她當空氣？」

「我才不管她有什麼想法。總之，我拜託柏艾女士不要告訴她我們碰面的事。」蘭森又說道。

芙雷娜一時無語。「您的邏輯跟女人一樣好。您還是放下堅持，去找奧莉芙吧。」芙雷娜繼續道，「您到查爾斯街的時候，她應該會在家。她之前的態度可能有點奇怪，對您有點一板一眼。我知道，她一直以來應該都是這個調調。但今天她肯定會變一個人。」

「她為什麼會變一個人？」

「因為她更放鬆、更親切、更柔軟了。」

「我才不信。」蘭森說。從他輕快的語氣和臉上的笑容來看，他是真心懷疑這件事。

「她比之前更開心了，她不會那麼在乎您。」

「不在乎我？您要男士去拜訪女士的理由，編得還真好啊！」

「她人變得更親切了，因為她覺得自己已經做出一番事業了。」

「您是說帶您到處露面這件事嗎？我不否認，這件事應該讓她脫胎換骨了，而且您讓她改變了很多。但今天來這一趟，讓我覺得心曠神怡，如果去找其他人，即使是您一手安排的，也不會像現在一樣開心。我實在不想多跑一趟。」

「總之，您來拜訪我這件事，她一定會知道的。」芙雷娜回答。

「除非您告訴她，她才會知道吧？」

「我什麼都會跟她說。」芙雷娜表示，不過她一開口就臉紅了。蘭森站在芙雷娜面前，拿著拐杖描著馬賽克磚人行道上的圖案。他心裡明白，他們的關係一瞬間又拉近了。他們聊的全是私事，和周遭的英勇事物八竿子打不著關係。但兩人談著談著，又變得嚴肅起來，雖然他們遲遲不肯離開，卻也不失莊重。替蘭森來訪的事保密，對他們兩人來說意義不同。對蘭森而言，拜託芙雷娜保守祕密是他的自由，其實，他自己倒不是很在乎這件事。但如果芙雷娜願意替他保守祕密，跑這一趟就很值得了。

「好吧，您可以把今天的事告訴她！」蘭森說。

「如果我不說的話，就會是我第一次——」芙雷娜欲言又止。

「您得和良心達成共識。」蘭森笑著說。

他們走出大廳、步下階梯，接著從德爾他區（這一區學院的名字）走出來。接近傍晚時分，但空氣中有種粉色的清亮感，以及春天涼爽、乾淨的微微氣息。

「如果要我不跟奧莉芙說，我們就得在這裡道別了。」芙雷娜停在半路，準備伸手向蘭森道別。

「我不懂，這兩件事有什麼關聯？而且，您剛剛不是說非告訴她不可嗎？」蘭森補充道。他一面擺弄這個話題，看著芙雷娜猶疑不定的樣子沾沾自喜，心裡也隱隱意識到男人殘暴的一面。他發現自己內心的動力是想測試芙雷娜到底可以善良到什麼地步。不過，芙雷娜似乎沒有半點糾結。她回答：

「我想過自由自在的生活，做我最想做的事。就算前方有任何阻礙，我也希望所有阻礙都消失。蘭森先生，阻礙都得消失。」

「所有阻礙都消失？您在怕什麼？如果我只是送您回家，這樣也算是阻礙嗎？」

「我得一個人回去，媽媽還在等我，我趕著離開。」她撂下這句話，並朝蘭森伸手告別。

蘭森之前沒和芙雷娜握手，而這一次，蘭森當然握了，還握了一小段時間。他不喜歡被別人打發走，於是努力找藉口多逗留一會。「柏艾女士說，您會讓我改變想法，但您還沒成功。」蘭森突然想到這件事，於是提了出來。

「您現在說還太早，過一段時間再來看看。我的影響力可是與眾不同，有時候要等一等，影響力才會浮現！」芙雷娜這句話沒什麼力道，她看似自抬身價，卻顯得有點滑稽。不過，她下一句話立刻認真了起來，「您剛剛說，柏艾女士答應您會保密嗎？」

「沒錯。說到影響力這回事，您瞧瞧，我對柏艾女士多有影響力！」

「如果我把您來拜訪的事告訴奧莉芙，有好處嗎？」

「這樣說吧，我個人覺得，她寧願您不說。她相信您能偷偷改變我的想法，讓我瞬間脫離密西西比這片黑暗大陸，成為首屈一指的皈依入教者，過程有效又有戲劇張力。」

蘭森覺得芙雷娜一向很單純，但有些時候，她又直率到超乎常人的地步。「如果我認為會有這種效果，我應該會破個例。」她用結果可能會發生的語氣說道。

「塔蘭特小姐，在某種程度上，您一定會讓我的想法改變。」蘭森說。

「在某種程度上？這句話是什麼意思？」

「讓我變得很不開心。」

她看著蘭森，心裡很是疑惑，但她卻放膽回嗆了一句，接著掉頭一路走回家。她說，如果蘭森會覺得不開心，那也是他應得的，她心裡不會有負擔。他回到波士頓之後，他在想自己到底要追查到什麼程度，才能知道芙雷娜有沒有背叛他。他可以探探露娜太太的口風，不過，這樣他就得逼自己再去見她。奧莉芙可能會寫信給姊姊，提到此事，而露娜太太大概會轉述她的怨言。她甚至會當蘭森的面發洩情緒，這也是蘭森對芙雷娜說他可能會不開心的意思。

26

「三月二十六日週三晚間九點半，布拉吉太太敬邀您造訪寒舍。」蘭森收到了一張邀請函，裡頭寫了這些內容。於是，他按照邀請函上的時間，來到了他從沒聽過的女士家中，但如果我不補充細節，這件事的來龍去脈會不完整。這張卡片的左下角還有幾個字：「晚會主講人芙雷娜．塔蘭特小姐」。蘭森感覺得出布拉吉太太是貴婦（從那張雕紋紙卡的外觀和氣味可見一斑），他發現自己被納入上流圈時，大吃一驚。他心想，究竟這位貴婦是被什麼雷打到，竟然願意發信邀請他。他又想，這肯定是芙雷娜的意思。布拉吉太太是誰不重要，重點是，她問了芙雷娜想不想邀自己的朋友，芙雷娜說好，把蘭森列入邀約名單，再把蘭森的住址給了對方。芙雷娜之所以知道蘭森的住處，是因為蘭森從波士頓回紐約之後，立刻寄了一封短信到莫納德諾克地區，感謝芙雷娜陪他在劍橋度過了美好的時光。她當時沒回蘭森信，但就布拉吉太太的邀請函來看，她也算是給了明確回覆了。這封邀請函肯定是得回覆的，因此蘭森在三月二十六日晚間搭了街車，一路坐到布拉吉太太家附近的街角。他幾乎沒參加過晚宴（他身邊沒有人會辦晚宴，除了露娜太太稍微帶領他嘗試過之外），但他確定這次的宴會純粹是為了玩樂放鬆，跟柏艾女士主辦的晚間聚會不同。不過，為了能見到上台演講的芙雷娜，蘭森願意忍受社交時的各種不悅。這場聚會看起來是場私人聚會，但也有可能是公開聚會，因為入場時需要驗入場券，而入場券不是用發的，就是買來的。他將口袋裡的入場券拿出來，準備在進門時出示。蘭森的行為有點矛盾，我或許得花時間解釋一下。總而言之，雖然他排斥芙雷娜的想法，覺得女權運動走火入魔了，但他不會因此拒絕參加有芙雷娜演講的場子。自從實地走訪劍橋之後，他更認識芙雷娜了，他發現她是個真誠、單純的人。她有種奇異的說教習性，儼然小女孩對於發起運動所需要的能力有著可笑、錯誤的想法。不過那純粹的熱情，即使是幻想也散發著香氣。這陣子大家為了各自的目的，一窩蜂想捧她當主角，群眾的瘋狂也滲入了她的骨髓。但在蘭森看來，這些人的心態簡直不可理喻。芙雷娜是個受害者，天真到讓人疼惜，完全沒發現有很多負面力量讓她步向毀滅。對於芙雷娜的險境，蘭森心裡有了救贖的念頭，雖然這念頭很模糊又零碎。他想確認芙雷娜的本質是有魅力的，而她的各種缺陷和荒謬行徑只是被帶壞了，因此蘭森才能耐著性子，看芙雷娜在他無法接受的地方露面。他得去看芙雷娜一眼，才能確定芙雷娜是對的人，值得自己溫柔的同情。他有預感自己會受苦，但是以一種甜蜜的形式。

蘭森一跨進布拉吉太太家門，就知道自己踏入了上流社會。他看見布拉吉太太雖然年紀一大把、其貌不揚又身材壯碩，卻打扮得光鮮亮麗，身上掛著閃閃發光的珠寶，還穿著極低胸的衣服。她站在第一間房門口，正在和排在蘭森前方進門的賓客握手。蘭森進門時，用密西西比人的方式向布拉吉太太敬了個禮，對方表示很開心見到蘭森，但於此同時，蘭森後方的人催促著他快點進門，他也配合了。進門後，他站在一間偌大的客廳裡，裡頭擺滿了燈飾和花朵，而且擠滿了人，其中有許多光彩奪目、笑吟吟的女士，個個穿著低胸的衣服，這確實是浮華世界，蘭森半個人都不認識。客廳的牆上掛滿了畫作，頭頂上有彩繪跟鑲邊天花板。賓客們彼此推擠，朝各個方向緩緩移動，有人前進、有人後退，看向彼此時表情各異。蘭森覺得，有些人看似面無表情，有些人板著一張臉，散發著殘酷的氣息。有些人會猛然點頭，做出糾結的表情，同時講著含糊不清的悄悄話，接著很快地露出陰鬱的神情。蘭森覺得，自己肯定是身處最上層的社會。他隨著人潮不斷往前走，又看到客廳後方還有一個向內延伸的房間，裡頭擺了一座小舞台，舞台上蓋了一塊紅布，前方還有一列列整齊的椅子，數量眾多。這時，他發現大家都在看他，雖然也會盯著其他人看，不過，大部分的人還是更常盯著他看。他心想，難道大家都知道他不屬於這個場子？他不知道自己到底有多顯眼：深褐色的皮膚、一雙深色的眼睛、一頭黑直髮，我在故事頭幾頁也提到過，蘭森的髮型跟獅子鬃毛很像。蘭森因此心安了點，因為身處上層階級，至少他的外貌能成為眾人的話題。不過，現場也有人在討論其他話題。在蘭森一臉悵然，不斷思考芙雷娜人在何方的時候，他聽見了兩位女士聊天的內容。

「妳是會員嗎？」其中一位女士對另一位女士說：「我不知道妳變成會員了。」

「我還不是會員。好像沒什麼加入的誘因。」

「不公平，妳玩得這麼開心，卻不用負責任。」

「開什麼玩笑，哪裡開心了？」第二位女士喊道。

「妳再這麼亂說，以後就不邀妳來了。」第一位女士說。

「我是說，我們又不是來這裡找樂子的，而是這裡對思考有幫助。今天這女的，她是不是波士頓來的？」

「對，我相信他們帶她來就是為了這個原因。」

「如果不得不到波士頓找樂子，一定會很絕望。」

「那邊的風氣跟這裡滿像的，我從來沒聽過他們要派人來紐約。」

「當然沒有。那些人覺得自己擁有一切。但話說回來，想著自己還可以再得到更多，心裡也會很有負擔吧？」

「才不會。我之後要邀請古根漢教授來講《塔木德》[34]。妳一定要來聽。」

---

34 《塔木德》，記錄猶太人生活習慣及處世原則的書籍，其內容經一代代猶太人口頭傳述，最終以書面形式傳承下來，總字數約兩百五十多萬字。

「我會去，」第二位女士說：「但我不會被說服加入會員的。」

雖然不知道這些人隸屬於哪個神祕小團體，但蘭森很同意第二位女士的說法，也就是會員身分會帶來恐懼。在這個膚淺的時代，能夠如此獨立思考的人，讓蘭森敬佩不已。這時候，一大群賓客紛紛走到更裡面的房間，各自找了張椅子，面向空蕩蕩的演講台坐了下來。蘭森走到巨大的房門前，發現裡面是間寬敞的音樂演奏廳，充滿了金色和白色的裝飾物，地板打了蠟，精緻的板架上擺著作曲家的大理石半身像。不過，他遲遲不肯走進房間找位子坐，只讓女士們先入座。他轉身面向第一間房間，等聽眾慢慢到齊，同時發現就算站在大家後面，他還是可以拉長脖子看。突然間，站在角落的他看見了錢斯勒小姐。她坐在離眾人有點遠的地方，身體側著一個角度，雙眼正盯著他瞧，但她一發現蘭森也在看她，就立刻迴避對方的目光，裝作沒事發生。蘭森猶豫了一會，馬上決定去找錢斯勒小姐。他老早就覺得，要是芙雷娜在的話，錢斯勒小姐一定也會在。他直覺認為，錢斯勒小姐不會讓她的朋友孤零零到紐約來。她原本很可能打算無視蘭森，尤其如果她知道蘭森之前在波士頓沒去找她。但無論如何，除非對方真的不搭理他，否則他還是得去跟她打招呼。他只見過錢斯勒小姐兩次，但記得很清楚對方有多怕生，他心想，錢斯勒小姐大概又緊張到全身不能動彈了。

他一走到錢斯勒小姐面前，就知道自己猜對了。她整個人面色蒼白，非常侷促不安，完全沒辦法放鬆，即使蘭森想跟她握手，她也無法回應。蘭森心想：好的，不必握手。蘭森開口的時候，她抬頭看著蘭森，嘴唇也動了起來；她雖然沉著一張臉，眼中卻閃爍著激烈的火光。她顯然躲回自己的角落，遠離眾人。蘭森又看見她露出了局外人的模樣，跟他自己的習性一模一樣。錢斯勒小姐坐在一張小沙發上，是法國人所謂的雙人沙發；蘭森看沙發還能再坐一個人，便開心地問對方介不介意他坐下來。他一坐下，錢斯勒小姐便轉身面對他，不過眼睛看向他處。她開闔著扇子，等著自己面對他人的緊張感消退。不過，蘭森沒給她時間，直接語帶調侃聊起他們相遇的狀況，問她有沒有來紐約向群眾宣傳理念過。奧莉芙看了客廳一圈，發現布拉吉太太的賓客大部分背對著他們，而且他們的身影有部分剛好被一簇花擋住。這簇花放在靠近錢奧莉芙的台座上，在空氣中散發著香氣。

「您認為這些人是『群眾』嗎？」她問。

「我沒概念。我根本不認識這些人，連布拉吉太太是誰都不知道，只是有人邀請我來。」

錢斯勒小姐完全沒理會蘭森的話，只回了一句：「誰邀您您就出席嗎？」

「我覺得您也在場的話，我就會出席。」蘭森紳士地說道：「我收到的邀請函上寫，塔蘭特小姐會做演講，我知道有她在的地方，附近就會有您。聽露娜太太說，妳們形影不離。」

「對，我們形影不離，所以我才會在這。」

「所以您現在想要影響上流社會了。」

奧莉芙眼睛盯著地面，好一陣子才抬起頭看向蘭森。「我們的生活就是到處巡迴，哪裡需要我們，我們就到哪裡。我們已經練就讓鄙視、厭惡我們的人閉嘴的功夫了。」

「噢，感覺很有趣。」蘭森說：「這間房子很漂亮，很多來賓長得也很漂亮。密西西比都看不到這些。」

聽了蘭森的話，錢斯勒小姐半晌無語，不過她強烈的緊張已經消退了。

「您在紐約打出名號了嗎？您喜歡紐約嗎？」她用極度陰沉的語氣問道，感覺像是一輩子都背著責任，不得不吐出這些問題。

「名號！我不像您和塔蘭特小姐這麼有名，對我這個粗人來說，能在這個場合當女英雄，就代表妳們已經成功了。」

「我看起來很像女英雄嗎？」錢斯勒小姐問。她本來沒打算講笑話，結果卻出奇地滑稽。

「如果您不要躲起來的話，就會有女英雄的架勢了。您不進去那間房間聽演講嗎？大家都準備好要聽了。」

「有人來通知——來邀我的時候，我就會進去。」

她的話聽起來威嚴，但蘭森聽出來哪裡不對勁了，錢斯勒小姐自覺被人冷落。蘭森又想，既然她和大家都處不來，不是特別針對他，心裡也舒坦了一點。「時間還很多，裡面連一半都沒坐滿。」蘭森回話的時候，似乎完全將兩人的差異拋諸腦後了。

錢斯勒小姐沒接話，只問蘭森的媽媽和姊妹過得好不好，還有他最近有沒有南方的消息。「她們過得幸福嗎？」她問道，感覺在警告蘭森不要故意唬弄她家人過得很好。他裝作沒聽見她的警告，自顧自地說她們知道不必一直想著自己是否幸福，只求順勢而活，所以還算幸福。錢斯勒小姐先是有所保留地聽他說，接著覺得蘭森好像在教訓她，立刻接話道：「您是說，您只關注了這個面向，除了這一點，對她們的生活完全沒概念！」

蘭森詫異地看著對方，他發現錢斯勒小姐總能讓他吃驚。「拜託，不要對我這麼嚴格。」蘭森操著柔軟的南方腔說：「您難道忘了，當初我去波士頓拜訪，您是怎麼打擊我的嗎？」

「您讓我們感覺綁手綁腳。在我們痛苦掙扎的時候，您說我們的姿態很不優雅！」她回應了蘭森鄙視的話語，但蘭森的驚訝程度絲毫未減。她意識到蘭森備感困惑，而且準備像一年半前一樣嘲笑她（她覺得那像是昨天剛發生的事）。為了不讓蘭森有機可趁，她不顧一切急急開口：「如果您聽了塔蘭特小姐的演講，就會知道我在說什麼。」

「塔蘭特小姐——塔蘭特小姐，哈哈！」蘭森笑了起來。

她沒閃避蘭森的嘲弄，反倒用犀利的眼神瞧著對方，尷尬的情緒幾乎消失了：「您聽過她哪些事情？您是怎麼看她的？」

蘭森看著她的眼睛，有那麼一會，兩人審視著對方。她知道他一個月前才跟芙雷娜碰過面嗎？她是因為知道蘭森去了波士頓，卻沒去查爾斯街找她，才語帶保留給他壓力嗎？他覺得錢勒小姐疑心病很重，不過只要扯到芙雷娜，她都是這種表情。如果他順著自己心意，當下他會說他跟芙雷娜很熟，因為他們最近才一起散步聊天過，但他還是克制住了。他心想，如果芙雷娜沒洩漏祕密的話，自己先說出來反而大錯特錯。他本來覺得芙雷娜很體貼，願意隱瞞他走訪莫納德諾克地區的事，但在這當下，這個念頭卻又消失了——他這位惹人厭的親戚因此不知道蘭森故意跳過她不管，讓蘭森覺得很扼腕。「我在柏艾女士家聽過她演講，您忘了嗎？」蘭森說：「隔天在您家裡我遇到她，您應該記得吧。」

「跟當時比起來，她已經成長很多了。」奧莉芙語帶譏諷道。蘭森這時才確定，芙雷娜肯定幫他保密了。

這時候，在布拉吉太太的賓客群當中，有位男士走了出來，向奧莉芙自我介紹。「您要不要搭著我的手臂？我們一起去裡面找個座位，塔蘭特小姐準備要演講了。我剛剛帶她進畫作收藏室參觀，她對裡面的東西很有興趣。她現在在我媽媽旁邊。」這位男士大概是看見錢斯勒小姐表情嚴肅，臉上寫著「請告訴我芙雷娜到哪去了」，才說了這些話，「塔蘭特小姐說她有點緊張，我們先四處走走吧。」

「以往從沒這種事！」錢斯勒小姐邊說，邊順著男士的引導動身。男士告訴她，已經替她留了最好的位子。他顯然是想安撫錢斯勒小姐，才把她奉為座上賓。他帶錢斯勒小姐離開之前，便和蘭森握了手，表示很高興見到他。蘭森心想，這位男士應該是屋主，但怎麼可能會是門口那位壯碩女士的兒子。對方長得清新俊逸，舉止親切友善，還建議蘭森趕快找個位子坐下來。他說，如果蘭森從沒聽過塔蘭特小姐演講，今天會是他人生最愉快的體驗。

「呵，蘭森先生只是來抒發偏見而已。」錢斯勒小姐轉身離開他的親戚時說道。蘭森不打算擠到人潮最前方，因為音樂廳沒多久就擠滿人了。他選擇在門口附近徘徊，幾位男士也站在門口。房間裡已經沒位子了——說沒位子，其實還剩一個空位。錢斯勒小姐和陪著她的男士擠開站在牆邊的人群，努力朝那個位子走去，位子正好落在第一排，離規模小巧的演講台很近，所以錢斯勒小姐的動向都看在賓客眼裡。蘭森聽到身邊某位男士對同伴說：「我猜她應該也是那一掛的。」蘭森想知道芙雷娜在哪裡，但舉目所見都看不見她的身影。說時遲，那時快，有個人快速地拍了他的背好幾下。他轉身一看，發現原來是露娜太太正用扇子戳他的背。

27

「您在我家不和我說話，沒關係，我習慣了。但如果您在公眾場合還想裝作沒看到我，我覺得，您應該先警告我一聲。」這是露娜太太一貫的嗆人方式，蘭森現在知道怎麼應對了。露娜太太穿了一身黃，身材豐腴，看上去滿心歡喜。蘭森很訝異，露娜太太光靠直覺，就分毫不差地找到他身處的角落。現在，外面的房間已經空無一人了，露娜太太從另一頭的門走進演講廳，發現這是個能讓她大展身手的好地方。蘭森說要幫她找個看得見也聽得見芙雷娜的位子，如果她想墊高身子，讓自己的頭高過站在門口的男士，他可以幫她找張椅子。露娜太太聽了蘭森的提議，卻質疑起對方來，「您以為我來這邊，是為了聽那個嘮叨的人演講？我不是跟您說過我對她的看法嗎？」

「您鐵定不是為了看我才來的。」蘭森早料到她的弦外之音，「您事前不可能知道我會來。」

「我是用猜的，我有預感！」露娜太太說。她抬起頭，用控訴的眼神望著蘭森，「我知道您來做什麼，」她喊道：「您居然沒告訴我您認識布拉吉太太！」

「沒有，我根本不認識她。是她邀請我，我才知道有這個人的。」

「所以她到底為什麼會邀請您？」

蘭森回答得太快，他立刻就發現自己不應該說出這些話，但他也迅速修正了失誤，「我猜，應該是令妹幫我要到邀請函的。」

「我妹？媽呀！我知道奧莉芙很喜歡您。蘭森先生，您是個有內涵的人。」她把蘭森帶進了演講廳裡，門口的賓客已經聽不見他們的對話了。蘭森心想，如果露娜太太可以在外面的客廳辦個小型娛樂活動，就可以如她所願地和塔蘭特小姐的演講打對台。「來這裡坐一下，這邊不會有人打擾。我有一件很特別的事要告訴您。」她把蘭森帶到角落的小沙發區，蘭森幾分鐘前才在這裡和奧莉芙聊天。他心不甘情不願地順著露娜太太的意，心裡又埋怨必須花時間在對方身上。但他忘了，他曾經動念過要打入她的社交圈。他邊看著手表邊說：

「我真的不想錯過這邊的活動。」

蘭森馬上意識到，自己也不該說這種話。但因為他內心十分不悅，所以克制不了自己的衝動。對密西西比紳士來說，女士只要提出要求，自己二話不說就得配合。那是他生平第一次發現（儘管讓人難以想像），對方的需求和自己真正想做的事情如此難以一致。蘭森陷入了一個新的絕境，因為露娜太太看起來像是想把他留在身邊。她朝四周望了一圈，發現兩人幾乎包下了這個空間，讓她益發愉快，但她已經不再多提蘭森在這裡顯得多形單影隻。她說話變得詼諧，打趣大家也許會緊抓蘭森不放，即使他想脫身也很難；賓客會叫蘭森逗大家開心，要他在週三俱樂部上談談「南方生活的光與影」或「密西西比的社會風氣」這類主題。

「週三俱樂部又是什麼東西？我猜這就是那些女士在聊的吧。」蘭森說。

「我不知道您說的是哪些女士，總之週三俱樂部就是這個調調。我們不算，我是說隔壁房間裡那些好騙的傢伙。紐約很想變成波士頓，這就是大都會的文化典範。您可能不覺得，但事實就是如此。他們是很『安靜』的一群人。裡頭很安靜，連針掉在地上的聲音都聽得見。你會懷疑有人要帶頭禱告了嗎？大家這麼認真聽演講，奧莉芙應該很開心吧！這個組織每週會輪流在不同人家裡辦聚會，有時候表演，有時候讀報告，或者討論一些議題。他們覺得聚會辦得愈無聊、議題愈嚇人，才是正確的方向。他們覺得紐約的高知識水平就是這樣來的。針對晚餐，他們還立了反奢侈法——不確定是不是叫這個名稱？——所以他們只喝斯巴達式的肉湯。如果是法國廚師做的，味道就還不賴。布拉吉太太是核心成員之一，我記得她應該也是創始人。輪到她主辦聚會的時候，我聽說她家放的音樂很好聽，不過她每年只會在冬天辦一場。可是，大家都覺得這種作法是在迴避問題，根本毫無進展。不過比較俗氣的那一派在音樂方面也能輕易跟上她們。所以布拉吉太太才突發奇想（露娜太太說「突發奇想」這幾個字的發音聽起來很美），去波士頓邀芙雷娜來演講。當然，邀芙雷娜這事是她兒子提議的。他在劍橋待了好幾年，您也知道，劍橋是芙雷娜的老家，布拉吉先生和芙雷娜可熟得很。他現在離開劍橋了，乾脆邀芙雷娜到這裡來。於是，她和奧莉芙一起來拜訪布拉吉太太。我邀她們來我家住，但奧莉芙一口回絕了。她說，她們想要待在能接待『同好』的地方。最後，她們決定住在第十街上，那邊有一間非常新耶路撒冷風格的民宿。奧莉芙覺得自己必須到這些地方走走。我覺得超驚訝，不知道她為什麼願意讓芙雷娜和這些俗氣的人攪和，但她告訴我，她們已經決定要把握每一次機會播下種子，客廳也好，工作坊也好，如果有人願意改變心意支持她們的理念，她們的努力都值得了。今天她們來參加聚會，目的就是要傳播理念。但您不必成為被改變的人，我來應付就好。您看到我那可愛的妹妹了嗎？看她如何反對一切花稍的事物！她之前好像覺得這裡是個未開化的地方，現在她終於親自來一趟了。我在想，她八成不相信靠一套法式洋裝就能拯救女性。但我只能說，布拉吉太太想讓芙雷娜當主角，真是刻意模糊焦點，這比俗氣的背景音樂還糟糕。如果她想看年輕女孩在舞台上跑跑跳跳，為何不乾脆找尼布羅花園戲院的芭蕾舞者來表演就好？這些人哪在乎可憐的奧莉芙的理念，他們只是來看芙雷娜奇怪的頭髮、發亮的眼睛，像魔術師助理一樣在台上表演。我一直搞不清楚，奧莉芙為什麼能接受芙雷娜低俗的穿著品味。我猜，是因為她的服裝有驚世駭俗的效果。您看起來不相信我的樣子，可是我跟您保證，那衣服的剪裁真得很有革命性，就是這點讓奧莉芙心安。」

聽見露娜太太說他看起來不相信她，蘭森嚇了一跳，因為他雖然一開始心裡焦躁，後來也認真聽露娜太太講塔蘭特小姐造訪紐約的事。他沉思了一下子，接著拋出一個問題，「女主人的兒子是那個穿白色背心、很有禮貌的英俊年輕人嗎？」

「我不知道他穿什麼顏色的背心，但他很喜歡討好別人。芙雷娜看他討好自己，就以為人家愛上她了。」

「說不定他真的愛上芙雷娜了。」蘭森說：「您說是他想邀芙雷娜來的。」

「喔，他很喜歡打情罵俏，很有可能真的愛上芙雷娜了。」

「他可能被芙雷娜感化了。」

「哪種感化倒是很難說。這間房子很大，他有一天會繼承這棟房產。」

「您的意思是，芙雷娜想靠結婚套牢布拉吉先生嗎？」蘭森帶著南方的慵懶問道。

「我覺得她認為結婚是早被推翻的迷信，不過看來看去，如果男方的姓氏是布拉吉，女方的姓氏是塔蘭特，婚姻也算是最好的安排。我不太崇拜『布拉吉』家族，但我覺得，要是沒有奧莉芙插手，她早就能一手掌握這位富二代了。他們中間被奧莉芙卡住了，她想讓芙雷娜單身一輩子，把她留在自己身邊。當然，她不可能接受芙雷娜結婚，而且百般阻撓。她畢竟還是帶芙雷娜來了紐約，這可能有點反其道而行，但芙雷娜是會掙脫的，奧莉芙得讓她感到開心，也偶爾得犧牲自己、捨棄一些自己的原則，才能保全她們的情誼。您大概覺得布拉吉先生喜歡上芙雷娜，這品味很怪，大家都同意。但對一位淑女來也是一樣的。可憐的奧莉芙，她也是個淑女啊。今晚您自己看看就知道了。她穿得很像出版經紀人，但她的家世可是比其他人都還顯赫。芙雷娜在她旁邊，跟移動式的活廣告沒兩樣。」

露娜太太講到一個段落時，蘭森發現隔壁房間的芙雷娜開始演講了。她的聲音從遠處飄了過來，音質清脆悅耳，很適合公開演說。蘭森很想站在能聽得清楚、看得見芙雷娜的地方，他先是原地跳了一陣，露娜太太見狀噴出笑聲，倒是沒說：「去吧，可憐的癡情男子！」只是有點魯莽地表示，她知道蘭森肯定不會在公眾場合拋下女士不管，否則有損紳士風度。因此，希望蘭森留下來陪自己的露娜太太，便稱讚起布拉吉太太的客廳了。可憐的蘭森，他因為固守密西西比的傳統，只能被露娜太太控制。對他來說，在宴會上和女士聊天時，如果不等另一位男士來接替他的位置就自行離開，是非常無禮的行為，等於是在冒犯這位女士。可是，在布拉吉太太家的其他男賓客都太忙碌了，沒有半個人有機會幫蘭森一把。他沒辦法丟下露娜太太，但也不能一味陪著她，因此錯失了他遠道而來想追求的唯一目標。「我在門口找個地方給您站，您可以站在椅子上，也可以靠在我身上。」

「真是謝謝您，我靠在這張沙發上就好。我累到沒辦法站在椅子上了。再說，不管怎樣，我絕對不能讓芙雷娜或奧莉芙看到我的頭在其他人的頭上晃來晃去，好像我對演講結語稍微關心似地！」

「演講結語？還早呢。」蘭森說，語調粗魯。他往前坐了一點，手肘拄著膝蓋，眼睛望地，蠟黃的臉頰上微微泛紅。

「還早啦。」露娜太太一面整理衣服上的蕾絲，一面說道。

「您怎麼知道她現在說到哪？」

「聽她聲音一下高一下低，我就知道了。這語調超級蠢。」

蘭森在沙發上多坐了五分鐘，他覺得看在這段時間的分上，記錄天使[35]應該替他記功才對。他心想，露娜太太為何如此愚蠢，竟然沒發現她讓蘭森愈來愈覺得厭煩。不過，露娜太太本來就蠢得可以。蘭森想讓自己看起來一臉淡定，他甚至開始懷疑，照搬密西西比那套不知道是不是對的。畢竟，密西西比那套準則完全無法預測這種狀況。「大家都看得出來，布拉吉先生只要有機會，就會和芙雷娜結婚。」他立刻說道。他為了掩飾內心真正的想法，可是挖空心思才擠出這句話。

露娜太太沒接話。過沒多久，蘭森微微轉頭看了對方一眼。他們瞬間形成了默契，露娜太太順勢開口說道：「蘭森先生，我妹妹從來沒寄邀請函給您。難道不是芙雷娜寄的嗎？」

「我真的不曉得。」

「如果您根本不認識布拉吉太太，還有誰會寄邀請函給您？」

「如果是塔蘭特小姐寄的，我至少應該好好聽她演說，回報她的善意。」

「如果您離開這張沙發，我會把我的懷疑告訴奧莉芙。帶芙雷娜去中國——或您去不了的地方——她是絕對辦得到的。」

「請問，您在懷疑什麼？」

「我懷疑您跟芙雷娜有書信往來。」

「露娜太太，您想跟她說什麼就說吧。」蘭森無奈又嚴正地說。

「您沒辦法否認，我知道。」

「我從來不會反駁女士的話。」

「我看看能不能讓您撒個小謊。您難道沒和塔蘭特小姐常常見面嗎？」

「我要去哪裡和她見面？跟您那天說的一樣，我視力再好，也不能一眼望到波士頓去。」

「您沒偷偷跑去那邊找她嗎？」

蘭森差點要跳起來了，但他還是故作沒事，馬上站起身來。

「要是我跟您說了，這些事就不是祕密了。」

蘭森俯視著對方，發現她只是隨口說說，不是因為真的了解實情。但蘭森覺得她愛慕虛榮又自我中心，而且喜歡窮追猛打，令人生厭。

「您小心了，」她說道：「我是說，如果您離開我的話，您就要小心了。這是南方紳士對待女士的方式嗎？照我說的去做，我就讓您離開！」

「您擺明不想讓我走。」

「你是說我在刁難你嗎？我從沒聽過這麼沒禮貌的話！」露娜太太厲聲道：「我一定有辦法讓

35 記錄天使，猶太教、基督教、伊斯蘭教相信，每個人身旁會跟著一位天使，負責記錄當事人的一言一行。

您留下來！」

蘭森覺得她錯得離譜，但表面上又言之成理（尤其讓人難以忍受）。這時候，芙雷娜美妙的嗓音和模糊的咬字傳到了蘭森耳裡，挑逗著他的耳朵。他的話顯然激怒了露娜太太。她現在已經進入女性無理取鬧的模式，儘管清楚任性所帶來的不良後果，還是為任性而任性。

「您太激動了。」蘭森俯視著她說，也讓自己別那麼緊繃。

「拜託您去幫我倒個茶。」

「您這樣讓我很難為。」蘭森說話的時候，突然響起一陣熱烈的掌聲，伴著五十幾個人「Bravo、Bravo」的吼聲，接著掌聲又消散了。蘭森全身發顫，乾脆拋開所有顧忌，不失客套地跟對方說，他得放棄娜太太的好感。說完之後，他轉身背對露娜太太，逕自走向音樂廳敞開的大門口。「我這輩子沒受過這樣的奇恥大辱！」蘭森離開露娜太太時，對方在他身後激動大喊。蘭森就定位之後轉頭回望，看見露娜太太還坐在沙發上，只是她孤身一人，身上映著空曠客廳裡的燈光，眼神透出想復仇的意圖。她如果想待在蘭森身邊，大可追上去；蘭森會扶她站在沙發凳上，讓她能看見講台，但露娜太太不想退讓。蘭森一會兒發現，露娜太太已經抬頭挺胸地離開現場，當晚他再也沒看見對方了。

28

蘭森站在音樂廳最外圈，雖然前方擋了一群認真聆聽演講的男士，但他還是能望見廳裡的一舉一動。芙雷娜穿得一身白，胸口別著花，在小講台上站得直挺挺的。她腳底踩著紅色布料，映著講台兩側的燈光，布料顯得更豔麗，她全身散發著純潔的光芒，相當引人注目。她自個兒在台上隨意走動，但姿態仍然端正嚴肅。她前方沒擺半張桌子，手裡也沒拿半張紙條，在聚光燈下的她，看上去就像是個女明星或歌喉清亮的歌手。這位纖瘦的鄉下女孩想要單靠抒發己見讓幾百位意興闌珊的紐約客眼睛一亮，恐怕效果會不如預期。但沒過多久，蘭森便意識到自己看得津津有味，好像在看芙雷娜表演空中飛人。從聽眾的角度來看，芙雷娜很能發揮她的長項和主題，也很了解她的受眾。蘭森還記得在柏艾女士家聚會時芙雷娜發揮得如何，因此看得出她這陣子進步了多少。這次的演講比上次更完整，芙雷娜的台風也更穩定，眼神更能顧及全場觀眾。她的嗓音也進步了很多。這時，蘭森已經不記得芙雷娜的聲音有多甜美，因為她現在火力全開了。她的語調純真而豐厚，但又有股年輕、自然的風味，渾然天成。她能在女權大會上獨領風騷，蘭森一點都不意外，因為她只要靠美妙的嗓音就足以鎮住嚇人的女權運動會場了。蘭森很久以前讀過義大利即興女詩人的故事，而現在站在他眼前的，卻是位高尚的美國現代女性、來自新英格蘭的科林納[36]，只是她不拿里拉琴，而是肩挑改革大任。芙雷娜最可貴之處是她態度誠懇，以及她能不斷看著台下的現代貴族，眼神討喜而不羞澀，感覺想將感受力灌入每位聽眾體內；從她望著聽眾的方式來看，她這輩子唯一在乎的事似乎就是想辦法傳遞真相，讓信念產生難以抗拒的吸引力。她既純真又有魅力，每個眼神、每次舉手投足都流露出她內心純粹且旺盛的熱情。很明顯地，她讓

36　科林納（Corinna）為生於西元前五至六世紀的古希臘女詩人。

聽眾達成共識了。所有人都非常專注，當芙雷娜一笑，大家全跟著她笑了；當芙雷娜嚴肅起來，全場聽眾便動也不動、鴉雀無聲。布拉吉太太想透過芙雷娜取悅朋友的效果，看來成為週三俱樂部的佳話，被記錄在社誌裡。蘭森很希望芙雷娜看見站在角落的他，只是她的目光在聽眾身上自由來回，看不太出來會不會刻意停在某個點上。不過，當蘭森瞬間跟她對上眼，倒也沒有讓他從她那荒謬、奇妙又讓人愉快的論點中分神，而是覺得芙雷娜很想念他，所以直接看著他說話。芙雷娜這一瞥，讓他篤定邀請函是芙雷娜拜託布拉吉太太發給他的。其實蘭森心裡早有成見，覺得芙雷娜演講的內容荒誕不經，這種東西怎麼可能存在於世界上，而其存在的意義又是什麼？儘管如此，她還是一樣迷人；但即使她再迷人，胡說八道還是胡說八道。當他在角落站了一刻鐘，發現自己講不出剛剛聽到的演講內容，因為這些話完全沒進到他的耳朵裡，不過，芙雷娜有力的嗓音猶在耳邊。就在此刻，蘭森發現了錢斯勒小姐的身影。她正背對蘭森，坐在左側第一排的椅子上，不過，蘭森還是能看見她輪廓明顯的側影微微前傾，而且文風不動。到了不短的中場休息時間，錢斯勒小姐看起來依然很享受靜止不動的狀態，這就是勝利的滋味。現場響起幾波克制不住的掌聲，但很快又停了下來。然而就算在掌聲達到最高峰時，奧莉芙的頭依舊不抬一下，她能如此冷靜，只能說是出於強烈的意志力。她品味著場內成功的氣息，跟平常品味其他事物一樣，靠的是她自己那一套。芙雷娜的成功就是錢斯勒小姐的成功，而蘭森很清楚，她的成功還少一樣元素，那就是讓蘭森站在她面前，她將看著他困窘的表情，再對蘭森冷硬地戳一刀：「所以說，您還覺得我們不成氣候嗎？您還覺得女性天生就得當奴隸嗎？」老實說，蘭森絲毫不覺得困惑，他作為異端的立場，與受到芙雷娜更強力的吸引，這並不矛盾。然而，這次演講的魅力前所未見，因為現在他終於聽懂了她想說的話，少了譁眾取寵的效果，她的話語反而能進到蘭森心坎裡頭。某些字句在蘭森耳中變得很有道理，這正是芙雷娜努力的目標：讓保守的人改變心態，接受對他們有益的真相。台下的男士多半一副冷嘲熱諷的態度，很多人更是遊手好閒之輩，沒腦袋也沒良心，不管他們對什麼事有何看法都不重要，如果傳統霸權需要靠這些人鞏固，事情就糟糕了。但也有一些成見很深的人，會選擇掉書袋和辯論。針對她特別想溝通的對象，她期待能攔住這些人，對他們說：「聽好了，你們的想法大錯特錯，你們被我說服之後，會更加幸福，給我五分鐘就好。」她接著會說：「請坐一會，我想問各位一個簡單的問題。你們覺得，世界上有哪個集體結構出問題的社會，能往良善的方向發展？」這個是芙雷娜想要提出的問題，蘭森站在另一頭，帶著柔軟的好奇心對芙雷娜露出微笑；他心裡知道，芙雷娜明白這是個難解的問題。假設芙雷娜問他這個問題，他也不會感到訝異，他會坐在她身邊，想聊多久就聊多久。

蘭森當然是那種體制下譏諷芙雷娜的人，因此也是她針對的對象之一。她對這些人說：「你們知道，你們給我什麼樣的感覺嗎？我覺得你們是一群明明家裡的櫥櫃擺滿麵包、肉和酒，卻還會餓死的男人；我覺得你們像是口袋裡裝著金庫和寶箱的鑰匙，能接觸到成堆金銀財寶，卻因為債台高築入獄的人。」芙雷娜繼續說道：「酒肉和金銀財寶，充其量是被壓抑而白費的力量；真正能拯救社會的，是社會昧於理智而揚棄的力量——我指的是女人具有啟發性的才華和智慧。這股力量在對傳統徒勞無功的迷信中一點一點死去；不過，這股力量手中也有生命之泉。重新滋養它吧！這樣一來，這股力量就會再度綻放光芒，重新找回青春年華。心這東西是冷的，唯有女人的撫摸能讓心變暖，讓心跳動。女人是人類的心臟，我們就勇敢堅持這件事吧！凡是公領域的事，總跳脫不出貧乏、機械化的惡性循環——我指的是自我中心、殘酷、暴虐、嫉妒、貪婪，只為特定人士盲目付出，卻犧牲別人，而不為全人類盡一分心力的負面迴圈。全人類？如果女人不占一席之地，誰敢把『全人類』這個詞掛在嘴邊？女人不輸男人，是美好又無可限量的一群人。見識一下我們的能耐，你們就會知道，這個世界就是因為不讓女人貢獻心力，才會讓世人在痛苦中輪迴至此，失去了更寬的發展，這實在是件可悲的事。我想告訴那些堅持己見、聽不進建言、思想空洞的人，你們的想法跟被丟棄在沙漠裡的破葫蘆一樣乾癟。這些人的自私、傲慢、算計，我都將克服。我不是來這裡反唇相譏的，也不是來加深男女之間的鴻溝的。我不吃男女生來水火不容這一套，跟古往今來的智者和哲學家比起來，我期待的男女關係更加親密，前提是兩性要平等。因此，我今天的主題不是男人容易被讓他們開心或有利可圖的事影響，而是在假定他們被這些事影響的情況下，跟他們說，要不是男人的眼界如此朦朧又狹窄，連對攸關他們自身利益的事都一樣，女人想要的目標早該實現了。如果他們有女人的洞見、能聆聽自己的心聲，世界會和現在大不相同。我跟你們保證，女人之所以命運多舛，有一半是因為看問題看得很透徹，自己卻沒辦法解決！男士們，我希望能讓你們改變想法，相信藉由女人的努力，人生會變得更光明、更平等、更美好，希望你們能讓我們出力維護世界秩序！你們會更想在世界裡徜徉，眼中的花草樹木都會讓你們以為自己置身伊甸園。這就是我想讓你們每個人明白的事——我一直都覺得，我們只要奉行新的道德準則，就能拯救每個人，讓世界昇華到新境界。世界會變得更大度、溫柔、有同情心，不像現在充滿暴力和污穢的爭鬥。但我發現，你們連對自己有好處的事都搞不清楚，我實在太驚訝了！你們有些人說，女人的影響力已經夠多了，好像我們連自己能夠呼吸都得心懷感恩。老天，除了女人自己，誰能決定我們要什麼？我們需要的不過就是自由；我們需要把蓋上幾百年的蓋子打開，從關著我們的盒子裡走出來。你們說盒子裡的空間很舒服、很方便，四面隔著精美的玻璃，可以讓我們看見外面的世界，而我們需要做的僅是輕輕轉動鑰匙，這太簡化問題了。男士們，你們從沒被關進盒子裡，你們根本不知道被關著是什麼感覺！」

記錄這段演講內容的人認為沒必要將芙雷娜說的其他話寫出來，尤其是因為替我們接受訊息的蘭森聽到這邊，心中已經形成定見了。他用講者的標準來評斷芙雷娜，評估她究竟能不能帶頭討論改革主張，發揮她的影響力。她的演講是漂亮的短文；她就像是個聰明的學生，在學校裡做背稿演講，說的盡是些浮濫表淺、囉哩八唆的內容，只是剛好映著布拉吉太太家昏暗的燈光，顯得閃閃發亮罷了。認真說來，芙雷娜的問題不需認真回答，也不需要花腦力思考。蘭森在想，年齡對人的影響實在大得瘋狂，明明只是一場演講秀，卻被看成是一種智性的展現，彷佛能回應重要的問題。他不禁自問，如果今天換成錢斯勒小姐（甚至是露娜太太）站在台上，他自己或其他人會怎麼想。無論如何，這場演講具重要性，正是因為台上說話的人既不是奧莉芙，也不是愛德琳。芙雷娜散發著無以名狀的吸引力，蘭森站著站著，不知不覺發現自己愛上芙雷娜了，正因如此，他又覺得芙雷娜更有魅力了。這念頭在他心中出現，他還來不及猶豫或反駁，房屋大門突然被打開，室內跟著亮了起來。他不動聲色杵在原地，看似正在凝視畫作，不過，屋內的畫面在他眼前晃動，包括芙雷娜的身影都擺盪了起來。對蘭森來說，演講後續的討論沒有因此變得清晰易懂，反而聽起來模糊不清。但蘭森覺得是好事，因為他可以專心感受芙雷娜的身影，品味她的聲線。可是，他仍然不斷思考著，他發現自己因為芙雷娜的論點薄弱、廢話連篇感到心喜。芙雷娜看似出色，全是因為普羅大眾的思維一團混亂，她才能脫穎而出。因此，蘭森不但不會覺得自己矮她一截，反倒慶幸了起來。這也證明了她拜師學藝純粹是個笑話、三分鐘熱度和幻覺罷了。實際上，她更適合做對她個人、對蘭森或對愛情有益的事才對。蘭森沒計算她的演講實際上有多長，演講一結束，台下響起了如雷的掌聲，室內跟著人聲鼎沸起來，拖椅子的聲音此起彼落。這時，蘭森心裡知道演講本身糟糕透頂，但由於效果極佳，像噴泉四周的銀色霧氣閃閃發光，讓芙雷娜的愛慕者不至於因為演講內容太差而抬不起頭。不過，聽眾並沒有立刻到台前簇擁芙雷娜，而是跑到其他房間，蘭森也順勢被推到擺餐點的桌子附近。他在桌旁探頭探腦，看看露娜太太說的禁奢令是否真的落實了，只見桌上的水晶和銀製餐具閃閃發光，上頭盛著不知名的食物和果凍，蕾絲燈罩裡的燈投出柔和的光線，讓食物看起來令人垂涎三尺。這時，他聽見拔軟木塞的聲音，感覺手肘被推了一下，群眾愈來愈擁擠；他發現有人對他怒目相視，自己被擠到桌邊去，因為其他男士發現蘭森占著空間卻沒在吃東西，也沒打算幫人拿食物。這時，蘭森已經看不見芙雷娜的身影，她被眾人的讚譽給捲走了。蘭森發現自己像爸爸一樣，想著芙雷娜說了這麼多話，肚子應該已經餓了，希望有人能幫她拿點吃的東西。一會之後，蘭森慢慢離開桌邊，因為他最在乎的不是來這裡打牙祭。同一時間，他微弱的念頭也因為芙雷娜而突然清晰起來。站在人群裡的芙雷娜面朝著他，手裡挽著一位年輕人的手臂，那個人正是布拉吉家的兒子。一個小時前，這位掛著燦笑的年輕人還打斷了蘭森和奧莉芙的對話。布拉吉先生領著芙雷娜到餐桌邊，其他人讓了一條路給他們，紛紛對芙雷娜投以讚許的話語和眼神。看著這一幕，蘭森腦海莫名覺得芙雷娜是「眾人眼裡的北極星」，這好像是他以前在小說或詩裡讀過的形容詞。芙雷娜的外表非常亮麗，和布拉吉先生看起來就像一對璧人。她一看見蘭森，就朝他伸出左手，右手仍然挽著布拉吉先生的手臂不放。她問蘭森：「您不覺得我說的都是事實嗎？」

「完全不覺得！」蘭森帶著喜悅和誠心回答道：「但沒差。」

「喔，這對我來說差很多！」芙雷娜嘆道。

「我的意思是對我來說。我們兩個的意見一不一樣，我完全不在乎。」蘭森用狐疑的眼神看著年輕的布拉吉先生。布拉吉先生這時已經離席，去幫芙雷娜拿點東西吃了。

「您真是冷漠！」

「並不是這樣的！」他重新望向芙雷娜，但對方的表情已經變了。布拉吉先生拿了一盤美味的食物回來時，芙雷娜便向布拉吉先生抱怨起蘭森，說他「很逆風」，是她碰過數一數二難搞的人。布拉吉先生對蘭森笑了一下，似乎是在提醒他兩人之前說過話。蘭森心想，照眼前的情景看來，兩位貌美、事業有成的年輕人如果正在談戀愛或論及婚嫁（露娜太太曾經八卦過這件事），也沒什麼好奇怪的。布拉吉先生事業有成，蘭森一眼就看得出來。雖然他不見得才智過人或個性堅毅，但家裡有錢，言行合宜，人長得俊俏，個性又樂天隨和，釦眼上別了一朵漂亮的山茶花。他對蘭森說：「您該不會聽了一點感覺都沒有吧？我認為塔蘭特小姐會功成名就。」他的語氣既悠閒又溫文，眼神既滿意又隨和。由此可見，他相信芙雷娜創出一番成績了。他對自己信心滿滿，因此能完全不在意別人的想法，蘭森也是如此。

「噢，我可沒說我沒感覺！」蘭森說道。

「您的感動擺錯了地方。」芙雷娜說：「算了，您會被時代甩在後面。」

「如果我被時代甩在後面，您會回頭安慰我的。」

「回頭？我才不會回頭！」芙雷娜歡快答道。

「您一定是第一個回頭的人！」蘭森突然變得信心滿滿，好像瞬間梳理好自己的氣場，不想再表現出騎士精神，卻又意識到他那句話是在向對方致敬。

「噢，我就說，這種人很狂妄！」布拉吉先生邊說邊轉身去拿杯水給芙雷娜喝，因為芙雷娜說她不想喝香檳。她這輩子還沒醉過，覺得喝醉是一種墮落的行為。奧莉芙自己不買酒（不過芙雷娜並沒有明說），但家裡擺了父親的陳年馬德拉酒和一點點波爾多葡萄酒。蘭森之前和錢斯勒小姐吃晚餐的時候，對前一款酒讚不絕口。

「他真的相信妳們的瘋言瘋語嗎？」蘭森問。他心裡完全知道如何看待布拉吉先生對他「狂妄」的批評。

「當然，他對我們的運動很熱中。」芙雷娜說道：「他是我成功感化的實例之一。」

「您不會因為這樣鄙視他嗎？」

「鄙視？怎麼會？您好像覺得我立場搖擺。」

「我預感，將有機會看到您改變主意的。」蘭森說，那語氣，感覺布拉吉先生要是聽到這句話，會覺得他不僅狂妄，甚至是愚蠢。

芙雷娜聞言倒不覺得憤恨，只是回道：「如果您想把我拖回五百年前，我希望您別告訴柏艾女士。」蘭森沒馬上意會到她為何提柏艾女士。芙雷娜繼續說道：「您知道，她覺得情況會完全相反。您來過劍橋之後，我就去找她了，而且是您前腳一走，我後腳就去。」

「可愛的老太太，希望她一切平安。」蘭森說。

「她很熱中改革。」

「她做什麼都很熱中，不是嗎？」

「她現在對我們的關係——我們兩個的關係很熱中。」這語氣只有芙雷娜才說得出口。「您應該看看她有多投入。她很肯定一切到頭來會對您很有利。」

「您說的一切是哪些事，塔蘭特小姐？」蘭森問道。

「就是我跟她說的那些事。她很確定您會成為我們的運動領袖之一，而且您很擅長處理大問題，又能跟群眾互動，您會對我們的反抗活動很有興趣。當您成為領軍人物，功勞就歸我了。」

蘭森站在原地，面帶笑容看著芙雷娜。他眼神微微發出溫柔的光，沒料到對方會這樣稱讚他，這也證明了芙雷娜很有影響力。「您希望我將她打醒嗎？」

「如果您不是真心支持我們，我不希望您惺惺作態。但我真心希望柏艾女士能保有她的美好幻想，畢竟她大概也活不久了。她之前告訴我，她已經準備好迎接自己的死期了，所以您不太會受限。她對於您的南方人身份、無法自然接受波士頓的思考方式，還有那天在大街上遇見她、對她自我介紹的事情，抱著很浪漫的想像。她真的相信我改變得了您的思想。」

「別擔心，塔蘭特小姐，她會滿意的。」蘭森笑著說。他看得出來，芙雷娜不太確定這個笑容的意涵，但他一發現布拉吉先生回來，就不想把話說白了。布拉吉先生除了拿著芙雷娜的水杯回來，身邊還跟著一位面色光滑、紅潤、笑臉盈盈的老紳士。老先生身穿絲絨馬甲背心，頂著量不多卻梳得整齊的白髮，布拉吉先生向芙雷娜介紹了這位紳士，蘭森聽見對方的名字，便知道此人家世顯赫，而且是個樂善好施的知名人物。蘭森在紐約待得夠久了，知道如果這位老人家有求於塔蘭特小姐，等於讓她獲得權威人士的認同，標記出她不凡的成就。蘭森發出微弱的嘆息聲，決定轉身離開，因為他意識到自己只是不知名小圈圈的一員。他之所以要離開，跟他受過的紳士教育有關：在和女士聊天的時候，如果有另一名男士加入話題，自己就要先行告退。但離開一會之後，他又回頭看了年輕的布拉吉先生一眼，發覺對方完全沒有因為大慈善家出現就讓出位子。於是，蘭森覺得自己該回家了。他不知道這類聚會通常會出現什麼狀況，也不知道活動什麼時候會結束。但思考了一下之後，他覺得當天沒機會再聽芙雷娜演講了。他不太確定這件事是否為真，但至少確定得先跟布拉吉太太打聲招呼才能走。他很想知道芙雷娜在哪下榻，因為他想和她單獨碰面，而不是跟一群百萬富翁擠在餐廳裡，和他們一起見芙雷娜。他四處張望尋找布拉吉太太時，才想到她應該知道芙雷娜住哪，只要他能克服羞澀向對方提問，對方就會回答他。他確定布拉吉太太不在餐廳之後，就走回客廳去，這時賓客已經離開了一大半。他又望了一下音樂廳，發現只剩下沉浸在小世界裡的六、七對情侶，旁邊圍著許多空椅子。在芙雷娜亮眼的表現之後，觀眾已經散了，這時，蘭森看見布拉吉太太正坐在椅子上和錢斯勒小姐聊天（錢斯勒小姐顯然沒離開過座位）。他原本沒打算找奧莉芙，一看見對方在場，他嚇了一跳，但隨即讓自己鎮定下來，用密西西比人的習慣面對眼前的狀況。他發覺奧莉芙也回看著他，感覺她是因為可以不必再和蘭森面對面，才留在原地不走的。當蘭森向布拉吉太太道晚安，對方連忙起身，奧莉芙也跟著站起來。

「很高興您能來參加聚會。芙雷娜的表現實在很出色，對吧？只要她想做什麼，她都辦得到。」

蘭森聽了布拉吉太太的話，先是靜默了一會，因為他覺得這樣做才能表示最高敬意。他的沉默確實帶著一種南方的隆重感。然後他繼續維持謹慎的語氣說道：

「您說得沒錯，我從來沒參加過這類活動或聚會，簡直讓我目眩神迷。」

「很高興您喜歡。我本來不知道人生還有哪些有趣的事，直到這次聚會結束，對我和塔蘭特小姐來說又有了新點子。錢斯勒小姐說她們兩位一直在合作，這真是美事一樁。錢斯勒小姐是塔蘭特小姐的好朋友，也是她的好同事。塔蘭特小姐還跟我強調，要是少了錢斯勒小姐，她就沒戲唱了。」布拉吉太太說完這段，便轉頭望向錢斯勒小姐，嘴裡喃喃道：「我來介紹這位先生，他叫——他叫——」

可惜她忘了蘭森叫什麼名字，也忘了誰要她發邀請卡給蘭森。蘭森發現布拉吉太太忘了他的名字，便上前幫她一把，告訴她錢斯勒小姐是他親戚（希望她不會不承認自己跟蘭森有關係），而且他知道兩位年輕女子合作無間。「我拍手的時候，是在替妳們的聯手鼓掌，也包括您在內。」他笑著對錢斯勒小姐說。

「您拍手了？老實說，我不知道您為何要拍手。」錢斯勒小姐瞬間回道。

「其實我沒拍！」

「噢，是啊，這我明白。難怪——難怪——」布拉吉太太本來想聊蘭森和錢斯勒小姐的關係，不過話才說到一半又斷了。她原先想說，難怪蘭森會來她家作客。不過，她很快想到不需要執著在這件事情上。蘭森看得出來，她是個能夠容忍尷尬氣氛的女人，因此覺得對方很不簡單。

布拉吉太太的舉止明快又親切，稍微有點沒耐心，如果她講話可以再慢一點，再像南方女性一樣更輕柔一點，蘭森就會想到過往，南方還沒變天之前，他也曾見過跟布拉吉太太很像的某些女性——聰明能幹、熱情好客、能夠一手經營大莊園，無論是守寡或未婚的女地主。「既然您是她親戚，別急著離開，先帶她去吃點東西。」她有點急躁地繼續說道。

這時，奧莉芙又坐了下來。

「非常感謝您的邀請；我完全沒碰食物。我不想離開這個房間，我很喜歡這裡。」

「那我幫您拿一些吃的吧，或者讓這位——您的親戚在這陪您。」

錢斯勒小姐看著布拉吉太太，眼神透露出不尋常的請求，「我累了，我得休息。這些活動弄得我筋疲力盡。」

「不意外，好吧，就讓您好好休息，我待會再回來。」布拉吉太太笑著向蘭森道別，接著便離開了。

蘭森知道奧莉芙想趕他走，但他還是多待了一下。「拜託讓我問一個問題，然後我就不打擾您了。」蘭森問：「您現在住哪？我想和塔蘭特小姐見個面。我不提要和您見面，是因為知道要是我這樣說，您聽了會不開心。」他原本可以從露娜太太口中問到她們的地址，他依稀記得她們住第十街；儘管剛剛鬧得有些不愉快，露娜太太不至於會拒絕給他地址。不過，他突然決定更簡潔、坦率地跟錢斯勒小姐要答案，即使得硬著頭皮也沒關係。蘭森當然無法私下跟芙雷娜約見面，又不讓錢斯勒小姐知道；她要是知道了，遲早會抗議（他之前說過不會打擾她們）。他對這兩個人的同居生活一無所知，但他曾經想過，錢斯勒小姐之所以不喜歡他，是因為擔心他會來攪局（憑著和蘭森這幾面之緣，她早已生出這種神祕的預感）。確實，蘭森非常有可能來攪局，但他直接問她，還是比跟其他人打聽要來得合乎情理。如果他還能隨時隨地展現騎士精神，就再好不過了。

蘭森提到擔心自己的拜訪會影響奧莉芙的心情，但奧莉芙充耳不聞，立刻反問他為什麼覺得非和芙雷娜約見面不可。「您明明不支持我們的理念。」她繼續說道，語氣甚是誠懇，像是在拜託蘭森不要故意假裝自己很支持。

我不知道蘭森有沒有被打動，但他搬出了和事佬的態度，「我想感謝她今晚分享了很多有趣的想法。」

「如果您覺得當面奚落她是件很有風度的事，她當然無法防禦。您應該很樂意先知道這件事。」

「親愛的錢斯勒小姐，您不只是防禦力強，您根本是一座裝滿彈藥的砲臺！」蘭森說。

「起碼我不打算把她據為己有！」錢斯勒小姐回嘴，瞬間跳了起來。她不斷向四周張望，感覺像是負隅頑抗的獵物，氣喘吁吁的。

「您的防禦力很強，看來是因為您對批評不痛不癢。如果您不打算告訴我地址，麻煩您叫塔蘭特小姐跟我說。可以請她把訊息寫在卡片上傳給我嗎？」

「我們住在西十街。」錢斯勒小姐邊說，邊給蘭森門牌號碼，「非常歡迎您有空來拜訪。」

「我當然有空！怎麼可能沒空？真的很感謝您的資訊。我會和她約在外面，這樣您就不會看到我們了。」蘭森心想，錢斯勒小姐老是讓他覺得自己是錯的那一方，感覺很不好受，還是轉身離開好。如果女人掌權之後的心態和手段是這副德性，這還得了！

29

隔天，露娜太太很早就現身了。奧莉芙很疑惑，不知道姊姊為何早上十一點就登門拜訪。不過，當露娜太太問她，是不是她幫蘭森拿到布拉吉太太邀請函的，她馬上就明白姊姊來訪的原因了。

「我？怎麼可能是我？」奧莉芙問，同時心裡一驚。她原本以為是愛德琳出手幫忙的，沒想到竟然不是。

「我哪知道。明明是妳把他拉進這個圈子的。」

「愛德琳．露娜，我哪時候——？」錢斯勒小姐大喊，同時認真地盯著對方看。

「妳該不會忘記一年半前，妳自己邀他見面這件事了吧！」

「我沒有邀他，我只是問他人在不在波士頓。」

「對，我記得當時的狀況。他剛好就在波士頓，結果妳也剛好很討厭他，想把他甩到一邊去。」

錢斯勒小姐昨天明明已經認真關心過姊姊，姊姊卻還挑她習慣寫信的時間來訪。她現在確定了，姊姊就是來搞亂她心情的；跟以前一樣，總是心血來潮、克制不了衝動。錢斯勒小姐覺得，姊姊因為沒讓蘭森上鉤跟他結婚，變得很難相處；他們兩個第一次在查爾斯街見面的時候，錢斯勒小姐也在場，她還認真計算姊姊和蘭森結婚的機率有多高（但她並不想回憶當時這想法有多失禮）。錢斯勒小姐對蘭森無感，但露娜太太對蘭森很有意思。如果蘭森變成自己的姊夫，錢斯勒小姐倒也心甘情願，這樣的關係能對她造成的傷害明確而有限。麻煩的是，蘭森常常闖入她的生活當中，而且隨隨便便就能傷害她。「我那時候寫信給他，是有明確動機的。」她說：「我以為媽媽希望我們彼此認識一下。但這是個錯誤。」

「妳怎麼知道這是錯誤？我敢說，媽媽應該會喜歡他。」

「我對自己的行為負責，這是我所認為的基本義務，也願意遵從。義務是件一翻兩瞪眼的事，不必用揣測的。」

「妳為了義務跑來這邊，也是一翻兩瞪眼的事嗎？」露娜太太問，她顯然完全沒幽默感。

奧莉芙盯著鞋尖看了一會。「我之前還以為，你們兩個早就要結婚了。」她說道。

「要結妳自己結！這想法打哪來的？」

「妳一開始寫信給我，跟我說了一堆他的事。妳說他非常有禮貌，而且妳很喜歡他。」

「他怎麼想是一回事，我怎麼想是另一回事。我怎麼可能和每個在我身邊轉、黏著我不放的男人結婚？我乾脆皈依摩門教好了！」露娜太太用做善事的態度解釋原委，一副妹妹沒辦法靠自己看懂狀況一樣。

奧莉芙不想繼續討論這個話題，只回道：「我本來以為是妳幫他弄到邀請函的。」

「我？妳說我嗎？我要是這樣做，就跟我真正的想法背道而馳了。」

「那大概是她自己寄的。」

「妳說的『她』是誰？」

「布拉吉太太啊，不然呢？」

「我以為妳說的是芙雷娜。」露娜太太輕描淡寫地說道。

「芙雷娜寄邀請函給蘭森？怎麼可能——」奧莉芙回敬了一個冷眼，露娜太太早習慣了。

「為什麼不可能？她也認識蘭森。」

「他們之前才見過兩次面，昨晚不過是他們第三次見面、聊天。」

「她那樣跟妳說嗎？」

「她什麼事都會跟我說。」

「妳真的確定嗎？」

「愛德琳・露娜，妳這話是什麼意思？」錢斯勒小姐喃喃道。

「妳真的確定，他們昨晚只是第三次見面？」露娜太太接著說。

奧莉芙頭向後一仰，從頭到腳掃視著姊姊。「不要給我拐彎抹角，除非妳真的知道真相！」

「我知道，我知道的比妳知道的多太多了！」

露娜太太和錢斯勒小姐共處一室，但她的身子幾乎挨著客廳窗戶（第十街民宿的客廳又大又悶熱，裝潢斑駁不堪；壁爐前鋪了一條地毯，上頭繡著一隻紐芬蘭犬拯救溺水小孩的圖畫；牆上有一排彩色石印畫）。她告訴妹妹，她在昨晚之前就發現蘭森對芙雷娜很有意思了。芙雷娜大概問過布拉吉太太能不能發一張邀請函給蘭森，而且沒把這件事告訴奧莉芙。否則，奧莉芙應該會記得才對啊？說主動寄邀請函的是布拉吉太太，這說法站不住腳，因為她根本不知道世界上有蘭森這個人，而且她何必主動做這件事？蘭森跟露娜太太說，他跟布拉吉太太素昧平生，而露娜太太知道蘭森和誰有交情、又和誰完全不認識，或者說，至少她知道蘭森會跟哪一類人有交情，而這類人絕對不是會參加週三俱樂部的那群。正因為蘭森沒有結交優秀朋友的品味，露娜太太才不考慮跟他發展親密關係。奧莉芙知道姊姊說的「品味」指的是什麼，不過錢斯勒小姐自己沒這品味，更遑論蘭森。看來，那張邀請函十之八九是芙雷娜寄的，奧莉芙大可直接問對方，如果她擔心芙雷娜說謊，還可以再去問布拉吉太太。但布拉吉太太肯定會因為芙雷娜心生提防，也可能會編故事敷衍人。所以，奧莉芙乾脆相信她目前認為的事實就好，也就是芙雷娜幫蘭森安插了一個名額，而且是出於私人因素考量。不過可怕的是，蘭森說露娜太太失去理智，這話倒是中肯。要是露娜太太沒被心中的恨意綁架，就會意識到自己想都沒想，就對奧莉芙說「芙雷娜和布拉吉太太都在說謊」，會讓奧莉芙心中泛起什麼樣的恐懼——露娜太太身邊的人會像那些人一樣撒謊嗎？奧莉芙的人生原則之一就是不撒謊，同時期待她喜歡的人跟她一樣誠實。因此，她很難想像芙雷娜故意騙她。此外，露娜太太還告訴妹妹，蘭森是被自己回絕後，才憤而轉頭尋求芙雷娜的慰藉——等她稍微冷靜下來，多半會意識到奧莉芙對這奇怪的故事必然有自己的定奪。總之，奧莉芙採取了兩套應對策略：她先是用心聆聽，察覺到故事裡暗藏危機（不過她不想叫姊姊明講，因為她昨晚也在場）；同時，她知道可悲的愛德琳根本在瞎扯，所謂的「回絕」都是她編出來的。蘭森心裡想的都是芙雷娜，根本不需要靠露娜太太「狠下心」轉移注意力。於是，奧莉芙選擇繼續觀望一陣子，壓著心裡的想法不說。她覺得，愛德琳出於某種莫名的理由想把蘭森追到手，最後卻失敗了。結果，她又發現比起她這個有頭有臉的人物，蘭森竟然更喜歡芙雷娜（奧莉芙想起赫拉的美貌被嫌棄[37]的典故），因此氣得跳腳，決定要給蘭森和芙雷娜難看。要是錢斯勒小姐被姊姊說動，這樁攪局計畫就成了。錢斯勒小姐已經準備好要插手干預了，但這跟替愛德琳平反委屈無關。我甚至不確定錢斯勒小姐是否覺得都怪姊姊能力太差，事情才會一團糟，甚至因此看不起姊姊。對奧莉芙來說，世上沒有比費力拐騙男人更低級的事，如果還因為做不到而打退堂鼓，這更不光彩。奧莉芙把這些念頭放在心裡，但還是大膽告訴姊姊，她看不出來這有什麼好氣的。蘭森把焦點轉到芙雷娜身上，到底為什麼會傷到愛德琳？她是怎麼看待芙雷娜的？

「奧莉芙．錢斯勒，妳怎麼能問這種問題？」露娜太太厚顏回道：「芙雷娜就是妳的全世界，妳就是我的全世界，不是嗎？如果有人想帶走芙雷娜，而且還成功了，妳不會覺得可怕嗎？我難道不能感同身受，一樣覺得很痛苦嗎？」

我之前說，錢斯勒小姐的人生哲學是不撒謊，但在某些尷尬情況下，刻意隱瞞事實倒是不違反她的原則。因此，她沒對露娜太太說：「天啊，愛德琳，妳這個大騙子！妳明明很討厭芙雷娜，巴不得她淹死最好！」反而只說：「我了解，但妳這話很曖昧。」她知道露娜太太很想幫她擋住蘭森，讓蘭森不要有所進展；雖然她的動機不純，少了波士頓人溫柔善良的一面，但假使真的有危機發生，她出手相助也還能讓人接受。錢斯勒小姐很容易感到恐懼，基本上對所有事情都是如此。不過，愛德琳或許真的知道某些內情，她說芙雷娜和人私下會面，到底是指什麼會面？錢斯勒小姐追問，但露娜太太只說，她沒辦法提供完整細節，畢竟她不是臥底的；她只知道，蘭森在昨晚之前，已經對芙雷娜表露過愛慕之情，而且看見她上台演講便熱血沸騰。是的，他對芙雷娜的理念極度反感，但又一廂情願覺得芙雷娜有一天會放掉她的理念。蘭森說不定是衝著她來的——但她才不在乎呢！這就要看芙雷娜怎麼想了。假設芙雷娜真的會被影響，她自然該提醒奧莉芙提防。她當然清楚如何應對這種狀況，不管奧莉芙是不是會感謝她，出於道義，她該把這件事情告知妹妹。她只想讓奧莉芙心生提防，不過，奧莉芙還是跟平常一樣，一臉冷淡地聽著。在露娜太太認識的女性當中，妹妹可說是最讓人洩氣的一個。

錢斯勒小姐冷淡的態度並沒有因為姊姊的指責而減緩。因為對她來說，她從沒對姊姊說過這麼多真心話，也沒讓對方知道，其實她內心非常想保護芙雷娜，讓她不要捲入這場可能的危機當中。再說，她可沒給露娜太太任何保證，自己會當芙雷娜的保鑣。正因如此，她一聽到露娜太太以為自己已經打算跟她聯手，加以重挫芙雷娜，她著實吃了一驚。奧莉芙擺出大器的神情，想讓姊姊知道她不是會暗算芙雷娜的人，她注意到，姊姊比剛才更氣了，不過比起跟對方掏心掏肺，她寧可讓她對自己的應對態度感到失望。何況，她更想好好利用姊姊的這番警告！

30

如果露娜夫人知道這個沉默寡言的年輕女子可以跟她講多少祕密作為回報，可能會對奧莉芙接受自己幫助的態度更為不滿。奧莉芙的私生活現在變成人人私下議論的事情，姊姊來拜訪過之

37　古羅馬詩人維吉爾（Virgil）於詩作伊尼亞斯紀（Aeneid）中對宙斯之妻赫拉的描述。於金蘋果事件中，赫拉的美貌不受裁判帕里斯青睞，最終成為特洛伊戰爭的導火線。

後，她一個人在房裡時意識到了這點。這時，她總算有時間好好思考全局。芙雷娜前一晚和布拉吉先生約好，今天一大早就搭對方的車出門去了。他們下午還有別的活動，準備到當地某位知名倡議人士的家裡作客，和一群很有熱忱的人見面。奧莉芙一般會在午餐後要芙雷娜出門參加聚會。她覺得自己很厲害，可以想辦法把她們的行程排滿，白天裡，甚至不會出現兩個人都在家的半小時空檔，這樣蘭森就沒辦法得意洋洋地找上門，跟兩位波士頓女孩約見面。前一晚在布拉吉家，她不得不把地址給蘭森的時候，就已經在策畫這些事了。當時，她也在想是不是要認真拜託芙雷娜，叫對方兩天後的早上陪她回波士頓。她們之前也認真討論過，是不是讓錢斯勒小姐自己回波士頓，芙雷娜繼續在布拉吉太太家待上幾天。不過，芙雷娜立刻說此事行不通，因為她知道這樣做會讓奧莉芙心中七上八下。奧莉芙接受了對方的犧牲，把兩人拜訪紐約的天數砍到剩四天，她甚至還想再砍一天，因為她覺得蘭森當天可能會來拜訪。她還沒和芙雷娜討論她的計畫，因為她心裡有些猶豫，尤其芙雷娜已經說她願意妥協了，更讓她覺得良心不安。芙雷娜大方妥協的舉動，無論是不是為了回應別人提出的要求，都讓人欽佩不已。錢斯勒小姐從來沒聽過芙雷娜希望別人稱讚她的氣度，或為了她所做的努力討價還價。她原本想在布拉吉先生家住一星期，她還說，自己有這樣的經驗，她媽媽大概也死而無憾了（當然塔蘭特太太並沒有要死的跡象）。不過，芙雷娜一發現錢斯勒小姐神情凝重，因為她描繪的景象而臉色發白、若有所思，她就直接打消這個念頭，再堆起比往常更甜美的笑容。奧莉芙知道芙雷娜笑裡的深意，也知道她們雖然為了達成目標壓力重重，但芙雷娜還是樂在其中。她們兩個都意識到計畫已經上了軌道，開始收穫成果了。正因如此，她才覺得走到這個地步卻放棄，讓她良心不安，尤其她們的事業已經穩定了，而芙雷娜又兢兢業業投入其中。

雖然她們的事業穩定了，但奧莉芙還是覺得自己很蠢，居然帶芙雷娜到紐約一趟，一開始她還畏畏縮縮的。芙雷娜一收到邀請函，整個人就蠢蠢欲動，她沒想到布拉吉太太會邀她。這麼一位老練世故的人，竟然會想邀請芙雷娜，對芙雷娜來說，這個機會實在太誘人了。當下，奧莉芙內心湧起本能的恐懼感，但接著又覺得何必害怕。她意志堅決地想（她也不是第一次有這種念頭），凡是需要她們支援的地方，她們都會使命必達，這也會讓芙雷娜名聲坐大，而她們因其他顧慮而拒絕這些機會的理由反而顯得很模糊。此時奧莉芙的擔憂和想像中的危機都煙消雲散了。在她們去歐洲之前，蘭森很久都無消無息，布拉吉先生也人間蒸發了。布拉吉太太可能曾經想栽培芙雷娜，讓她成為活絡聚會氣氛的要角，到目前為止，這個想法還算出於善意，因為不管是現在或一年前，她都不希望兒子和塔蘭特醫師的女兒結婚。她們應該要幫助無知的人、最無知的人和上流社交圈內無知的人，又或許可以考慮激怒這些人，因為這樣做總是會有幫助。最終，奧莉芙也很在乎個人聲望。她知道，如果能成為女性代表、地位不凡的波士頓人，以當代出眾女孩的激勵者、同事、合夥人之姿打進紐約上流社會，會是件很有成就感的事。她在布拉吉先生家最不想遇到的人就是蘭森。她本來以為，她們能在人口破百萬的紐約輕鬆待個四天，完全不會遇到那位她不想遇見的人。但天不從人願，事情比想像中的還麻煩。她本來還信誓旦旦，卻被命運擺了一道，只好咬緊牙關，奮力面對這道德上的內在衝突。當然她也可能嚇得落荒而逃。布拉吉先生很殷勤，但奧莉芙已經不怕對方了。想當然爾，布拉吉先生應該自認禮數足矣，畢竟錢斯勒小姐二人組也下定決心參加聚會，讓布拉吉太太利用她們取悅觀眾了。但另一個危機最麻煩：奧莉芙在柏艾女士聚會感受過的莫名恐懼，現在又捲土重來了。不過還好，布拉吉先生剛好是道防護罩。她在心裡盤算著，布拉吉先生早上載芙雷娜到中央公園和大都會藝術博物館逛逛之後，她和芙雷娜晚上會和布拉吉先生去戴爾莫尼科餐廳[38]吃晚餐（他還邀了另一位男士），再去看德國歌劇。我剛剛說過，奧莉芙把這些想法全部藏在心裡。她沒跟姊姊說，她完全可以想像蘭森一到第十街，發現她們都不在家的時候，表情一定會呆掉；她也沒跟姊姊說，她實在很想趕快搭火車回波士頓。奧莉芙給蘭森門牌號碼的時候，全靠這些想像才能穩住心神。

午餐開始前不久，芙雷娜走進奧莉芙的房間，讓對方知道她到家了。她們坐在房裡聊天，邊聊邊等身穿白衣的黑人在梯腳邊敲響午餐鑼。芙雷娜跟奧莉芙聊了她和布拉吉先生去哪玩，滔滔不絕地說公園有多美、博物館有多壯觀有趣、布拉吉先生有多了解每一件館藏、他的馬車跑得多快、英式車廂多舒適；她還說了坐在馬車上，駛過如大理石般堅硬的路面上多舒服、布拉吉先生幫她們安排好的晚間活動等等。奧莉芙一句話都沒說，只是認真聽著芙雷娜分享，看她講到整個人都陶醉了。她心裡明白芙雷娜所處的階段，但沒有追問太多。

「布拉吉先生有沒有對你示愛？」聽到後來，錢斯勒小姐終於面無表情地發問了。

芙雷娜撥弄著手中的帽子，試著調整上頭的羽毛，調好之後又把帽子戴回去。她兩隻手臂一舉高，看起來像是框住臉龐的畫框。她回道：「有，他那時候應該是在示愛吧。」

奧莉芙等著芙雷娜描述後續情節，想知道芙雷娜怎麼回應、怎麼羞辱對方，讓布拉吉先生知道這些手法老早就沒用了，但芙雷娜沒繼續說下去。不過，奧莉芙也沒逼問芙雷娜，因為她向來很清楚，即使她們平常如膠似漆，還是必須尊重彼此的隱私。她從來沒踩過芙雷娜的界線，當然，這次也不會破例。而且考慮到她現在對芙雷娜提出的要求，她覺得自己必須收斂一下才行。她一直懷疑布拉吉先生究竟是不是準備要展開新一輪求愛行動，他媽媽是不是一直在當幕後推手，想把兒子和芙雷娜送做堆。話雖如此，值得欣慰的地方是，如果芙雷娜願意聽布拉吉先生的話，她就不會搭理蘭森了。另外，布拉吉先生昨晚送她們上車時，告訴奧莉芙他被芙雷娜的理念感化了，希望有天能向芙雷娜證明他的真心。可惜的是，奧莉芙的慣性反胃在當下又犯了，讓她覺得虛弱無力。她心想，天可憐見，芙雷娜為何不能只聽我的話就好。當她看見芙雷娜像前幾個月一樣，用燦爛、愉悅的表情回應布拉吉先生，又想到芙雷娜不堅定、隱微的性格缺陷。從她們兩人同居開始，奧莉芙便提醒芙雷娜說：「我跟妳說，妳有個缺點：妳其實不討厭男人這個群體！」（芙雷娜承認時不可磨滅的表情讓錢斯勒小姐永難忘懷）。當時，芙雷娜回了一句：「妳說得對，我不討厭好相處的男人。」男人精心算計過的陰險招數，真的是好相處嗎？男人表現得愈是好相處，奧莉芙就愈討厭他們。過了一會，她又把布拉吉先生搬出來講：「他這樣做很不對，非常沒禮貌。畢竟他在劍橋的時候，妳就已經讓他知道他讓妳覺得心很累，疲憊不堪。」

「我那時候沒表現出什麼啊。」芙雷娜愉悅地說：「我想要開始變得內斂一些。」她一會補充道：「人好像慢慢得練習變得如此，儘管我很不想承認。」

這時，午餐鑼響了，兩位女士用手摀著耳朵對望，芙雷娜很快露出微笑，奧莉芙則是面無表情，耐心等待。當她們又能聽見彼此說話的聲音，奧莉芙突然說：

38 戴爾莫尼科餐廳（Delmonico's）為紐約著名的牛排餐廳，成立於一八二七年。

「布拉吉太太為什麼會邀蘭森參加聚會？蘭森跟愛德琳說，他從來沒見過布拉吉太太。」

「噢，是我要她寄邀請函給蘭森的。我們確定要在晚會上合作，布拉吉太太寫信來感謝我。她當時在信裡問我，想不想邀一些我在紐約的朋友，我就給她蘭森先生的名字。」

芙雷娜的話一氣呵成，絲毫沒有停頓，不過她瞬間從椅子站起來，讓奧莉芙措手不及，這是唯一讓人尷尬的時刻。對芙雷娜來說，說話不結巴不是什麼難事，畢竟有機會講話，她可是求之不得。她想和奧莉芙維持單純的友誼，不過，自從她開始隱瞞事情之後，要維持單純友誼就沒那麼簡單了。她盡可能少些隱瞞，在迅速回答奧莉芙的時候，彷彿想彌補什麼過失。

「妳沒跟我說過這些事。」錢斯勒小姐低聲說道。

「因為我不想跟妳說。我知道妳不喜歡他，而且我覺得妳聽了會更痛苦。可是，我想邀他參加聚會，我想讓他聽我演講。」

「他聽不聽又怎樣？妳為什麼要這麼在意他？」

「因為他的立場跟我們天差地遠！」

「妳怎麼知道，芙雷娜？」

說到這裡，芙雷娜開始猶豫了，只隱瞞一點事實不是很容易，最好是一五一十什麼都說，或乾脆什麼都別提。現在徹底坦承讓她感到無比的壓力，於是，她決定三緘其口，不提蘭森到莫納德諾克地區找她的事——這是她這輩子唯一的祕密，也是唯一專屬她個人的事物。她很高興能暢所欲言，又不背叛自己的意志，但說出邀請函的事情之後，她才發現奧莉芙似乎會逼問她，於是她不得不編織善意的謊言，才能替自己辯駁。同時，她也發現當別人逼問她的祕密，反而會更想保密。她開始在心底默默祈禱奧莉芙不要逼她，因為要為了自保而撒謊，不但會讓她覺得自己很醜陋，她可能還得說更多謊。但該回的話還是得回，她選擇高聲地速戰速決，甚至比我總結紀錄的速度還快：「是妳自己看不出來吧！他是愛唱反調的那種人。」

芙雷娜走到廁所鏡子前，看看頭上的帽子有沒有戴歪。奧莉芙緩緩起身，一副對食物興趣缺缺的樣子。「他愛怎樣就怎樣，不要管他就好了！」錢斯勒小姐回道。不過芙雷娜覺得，奧莉芙似乎有話沒說。她希望奧莉芙能下樓來吃午餐，至少她自己是真的餓了。她甚至懷疑，奧莉芙之所以感到痛苦，是因為有什麼話不敢說。「芙雷娜，這不是我們日常生活的一部分，也跟我們的工作目標無關。」奧莉芙補充道。

「我知道，當然無關。」芙雷娜坦白地說，沒故意裝出聽不懂的樣子。但過了一會，她又說道：「妳是指和布拉吉先生見面交流這件事嗎？」

「不只這件事，」奧莉芙看著芙雷娜，突然拋出一個問題：「妳怎麼會有他的住址？」

「他的住址？」

「蘭森的住址。不然布拉吉太太要把邀請函寄到哪裡？」

她們對望了一小段時間。「他寄給我的信裡寫的。」

奧莉芙一聽，臉色就變了，芙雷娜趕忙走到對方身邊，握住對方的手。不過奧莉芙回應的口氣，跟芙雷娜的預期南轅北轍，因為她聽見對方有點驚訝卻冷淡地說：「原來你們還互相通信啊！」聽得出來她相當克制了。

「他寫過一次信給我，但我沒跟妳說。」芙雷娜笑著回答。她感覺奧莉芙的眼神變得很不安，很想挖出更多資訊。要是她再挖深一點，所有祕密就會曝光了。要挖下去不是不行，芙雷娜也沒那麼在乎自己的祕密。芙雷娜不曉得奧莉芙究竟察覺到了哪些部分，畢竟她只回了一句：時間差不多了，該下樓吃飯了。她們走下樓梯的時候，芙雷娜勾著錢斯勒小姐的手臂，卻發現對方在顫抖。

不用說，紐約有很多人對革命運動很有興趣，奧莉芙事先也約了很多人參加午宴，所以下午賓客絡繹不絕。每位賓客都想見錢斯勒小姐二人組，也會邀其他人一起來個相見歡。芙雷娜發現，只要她們繼續採取這樣的運動策略，很容易就能成為話題焦點。很可能就像奧莉芙說的，這不是她們日常生活的一部分，紐約人也不像波士頓人一樣對革命運動有概念。不過，紐約有種特別的氣氛，讓人覺得寬闊、豐厚，是座蘊含著無限可能的大城市，芙雷娜不曉得是否該承認：就算紐約人不像波士頓人一樣真誠，還是能靠這種氛圍彌補一二。這座城市裡的人活力十足，沒有其他地方像這裡一樣，湧入這麼多讓人振奮的消息，到處都充滿了可能性。紐約革命運動的基地看來是第五十六街上的克勞奇太太家，辦了一場給女權支持者的私人聚會。不過，這些支持者對芙雷娜很有怨言，因為她前一晚的演講場合居然不是他們熟悉的圈子。的確，這些人的特質和布拉吉太太的賓客們大相徑庭，芙雷娜輕嘆了一口氣，感覺有點無助。因為她覺得這世界又大又複雜，包羅萬象。大家都勸她去同質性更高的場子做同一場演講；芙雷娜回答他們，這些一向都是由奧莉芙安排，前一晚演講的目的是為了把聽眾引進門，而或許奧莉芙認為，克勞奇太太的朋友的水準更高一些。不過她的措辭也很謹慎，因為她知道奧莉芙千方百計想離開紐約，芙雷娜不想說出承諾性的話。這時，她發現自己跟午宴前一樣顫抖，於是明白，她已經把奧莉芙的思維內化了，要是她有一個小地方不聽奧莉芙的話，整個人就會不舒服。她們兩人坐上馬車（奧莉芙一向都搭馬車，不怕花錢），準備到處巡迴演講的時候，芙雷娜馬上提了她和蘭森「通信」（這是奧莉芙用的詞）的事。她說，蘭森只寫過一封信給她，而且篇幅很短，是一個多月前收到的。奧莉芙知道很多男士會寄信給她，所以實在沒必要在意蘭森寫的信。錢斯勒小姐斜靠在馬車椅背上，僵直著身體，神情嚴肅，頭緊靠著鋪有椅墊的區域，同時目光掃向芙雷娜。

「妳自己很在乎那封信。要不然，妳早就把這件事告訴我了。」

「我知道妳不想聽這件事，因為妳不喜歡蘭森。」

「我才不在乎他。」奧莉芙說：「他在我眼中什麼都不是。」不過，她又突然補了一句：「妳覺得我會害怕面對我不喜歡的東西？」

芙雷娜當然不能明說她的確這麼認為，因為奧莉芙擺明不是開闊的人，而且她現在橫躺的樣子蒼白又虛弱，像隻受傷的動物，正好證實了她的敏感。「妳真的很能吃苦。」芙雷娜立刻回道。

錢斯勒小姐聽了，沒有馬上回話。不過一會之後，她又抱著同樣的態度說：「對啊，有妳在，我才有機會吃苦。」

芙雷娜抓著奧莉芙的手，握了一會兒，「我絕對不會讓妳吃苦，至少我得先親身經歷一切。」

「妳生來不是要吃苦的，妳是來享受人生的。」奧莉芙說。她說這句話的語氣跟之前點出芙雷娜的問題——她不討厭男人這個群體——的時候幾乎一模一樣。語調聽起來不太自然，如果是自然的狀態，音調也會低得多。或許吧。芙雷娜聽了卻無法反駁，她透過車窗，一面看著明亮、鮮活的城市景色，一面這麼想著。外頭充滿了數不清的新鮮事、用不完的活力、精美的商店、打扮時髦亮麗的女人，她知道這些事物激發了她的好奇心，讓她的心雀躍不已。

「我覺得我不能抱著成見。」芙雷娜散發著天生的溫柔氣質，一貫優雅地看著奧莉芙說。

芙雷娜將手放到唇邊，停在空中一會，感覺想要對奧莉芙說：「像妳這麼完美無瑕的人，我怎麼忍心拋下妳？」然而，芙雷娜並沒有說出口。馬車一面前進，奧莉芙也說了她的想法，但跟芙雷娜想的南轅北轍。

「芙雷娜，我不懂他為什麼要寫信給妳。」

「因為他喜歡我，所以才寫信給我。妳大概會說，妳不懂他為什麼會喜歡我。」芙雷娜笑著說：「他第一眼看到我的時候，就喜歡上我了。」

「竟是那時候。」錢斯勒小姐喃喃道。

「第二次看到我的時候，他更喜歡。」

「他在信裡有提到這件事嗎？」錢斯勒小姐問。

「有，他有告訴我。只是講得很婉轉。」芙雷娜說出這句話的時候很自豪，因為蘭森的說法剛好能替她背書。

「跟我的直覺一樣！我有預感就是這樣！」錢斯勒小姐閉著眼睛大喊。

「我記得妳說妳不討厭他。」

「不討厭，是擔心。你們兩個的來往就只有這樣？」

「天啊，奧莉芙．錢斯勒，妳在想什麼？」芙雷娜問道。她覺得自己畏縮了起來。五分鐘過後，她對奧莉芙說，如果能讓奧莉芙開心的話，她們明天就離開紐約，放棄第四天的行程。她一說出這句妥協的話，就感覺好多了，尤其是注意到奧莉芙面露感激，甚至還激動回應她說：「只要妳覺得這不是屬於我們、我們兩人的生活，我們就離開！」芙雷娜又說了一些話，還不尋常地親了芙雷娜一下，有點虛弱又有點不確定，彷彿想抗議些什麼——畢竟一天也無所謂吧。不過，她還是願意犧牲掉一天的時間，而且覺得有點愧疚。於是，她們兩人達成協議，決定離開紐約。但芙雷娜無法否認，過去一個月她變得很愛藏心事，如果她想彌補過錯，倒不如趕快離開紐約。雖然這樣一來，她大概見不到蘭森了，但總比向奧莉芙從實招來簡單。她總不能說蘭森不只寄信給她，還去拜訪她，和她一起聊天、散步了很長一段時間。這些事，她也隱瞞了好幾個星期。要是見不到蘭森，她會有什麼損失？或許只是失去跟紳士聊天的樂趣而已，而且對方還覺得芙雷娜是個奇怪的人；至於蘭森在打什麼算盤，芙雷娜實在搞不清楚。奧莉芙帶芙雷娜闖蕩江湖，可是芙雷娜什麼都忘了，只記得現在這段旅程。她只記得紐約很寬闊、多彩多姿，搭乘有絲質座墊的馬車逛街很有趣，還有交了新朋友、各種表達好奇和支持的方式，更確信自己的所作所為備受矚目。同時，她還記得待會的行程是去戴爾莫尼科餐廳吃晚餐，接著再去看德國歌劇（這時候記住這些也就夠了）。芙雷娜沉浸在享樂模式當中，毫不費力就能活在當下。

31

芙雷娜和錢斯勒小姐回到第十街住處的時候，發現大廳桌上有兩張字條，一張是留給錢斯勒小姐的，另一張則是留給芙雷娜的。兩張便條的字跡很不一樣，但芙雷娜看得出來留言的人分別是誰。奧莉芙跟在芙雷娜後面，人還踩在臺階上跟車夫說話，要他們半小時後再派車來接她們（時間剛剛好夠她們換裝）。芙雷娜拿了留給她的字條，便上樓進房去了。她一拿起字條，就覺得自己好像早就料到桌上會有字條，其中透著一種背叛、不友善的刻意為之，她卻沒有嚴陣以待。即使她整個下午都在紐約市到處逛，把各種可能會遇到的困難拋諸腦後，該來的困難還是會來，甚至會變得更加巨大，而且不是她回波士頓一趟就能解決的。半小時後，她和奧莉芙一起搭車到第五大道去（當天感覺安排了很多活動），她在車上調整她的薄手套時，心想希望可以拿把好一點的扇子。她看著外頭街燈閃耀的街道，有種令人安心的熟悉感，由此可證，她身上流著塔蘭特家族愛在夜間四處聽講的血液，至於她的天賦和個性從何而來，反倒不是那麼重要了。兩人搭著車朝那間知名餐廳前進，布拉吉先生跟她們約好了，會在餐廳門口接她們。半途中，芙雷娜用活潑、自然的語調對奧莉芙說，她們出門的時候，蘭森剛好來拜訪，留了一張字條，裡頭寫滿了稱讚錢斯勒小姐的話。

「親愛的，那是妳的事。」奧莉芙說。接著她哀傷地嘆了口氣，俯視著第十四街的景象（她們的車子剛經過這條街，晃動很劇烈），目光投向高架鐵路區域的奇妙街景。

在芙雷娜看來，奧莉芙雖然追求正義，但有時候，即使她自己也未必十全十美。都到這個地步了，奧莉芙竟然還說蘭森的信是芙雷娜自己的事。下午坐車的時候，她不是才在聊這件事，好像她無法置身事外一樣嗎？於是芙雷娜下定決心，要把那封信的來龍去脈全都告訴奧莉芙。她心想，她就算提了對方不關心的部分，也彌補不了她之前的隱而不談。「他把字條帶在身上，如果我出門了，他還能留言。他說他明天想和我見面，他有很多話想對我說。他跟我約了時間；他說，如果方便的話，希望能跟我約早上十一點左右。他覺得我十一點前應該不會安排活動。這樣正好，我們要回波士頓，問題解決了。」芙雷娜悠悠說道。

錢斯勒小姐一晌無話。接著，她回道：「話是沒錯，除非妳邀他跟我們一起搭火車。」

「天啊，奧莉芙，妳好酸啊！」芙雷娜大吃一驚，發自內心大喊。

錢斯勒小姐沒辦法用芙雷娜語帶失落當藉口，來合理化自己的酸言酸語，因為芙雷娜一點失望的感覺都沒有。所以她只回一句：「我不知道他有什麼話好說，值得妳花時間聽他講。」

「我想聽的當然是另一邊的想法。他不必打草稿就能長篇大論！」芙雷娜笑著說。她的表情似乎在說，這件事真的不重要。

「如果我們不回波士頓，妳會和他約十一點見面嗎？」奧莉芙問道。

「不用討論這個啦，反正都決定不管他了。」

「妳會不會覺得這樣犧牲很大？」

「不會，」芙雷娜和善地說：「但說實話，我還滿好奇的。」

「好奇？好奇什麼？」

「我對另一邊的想法很好奇。」

「天呀！」錢斯勒小姐一面喃喃自語，一面轉頭看著芙雷娜。

「妳要知道，我可是從來沒聽過他們的想法。」芙雷娜面帶微笑，看著奧莉芙虛弱無力的雙眼。

「妳想把世界上各種罵人的話聽過一輪嗎？」

「我不是這個意思。我的想法是，只要他講愈多話，我就愈有機會影響他。我覺得我應該可以跟他見個面。」

「人生苦短，不要理他了。」

「嗯，」芙雷娜繼續說：「還有很多人我還沒準備好去對話，和這些人對話，可能比和蘭森對話有意思。但我真心想做的，是讓蘭森願意接受我們的兩、三個論點。」

「不要打不公平的仗，而且，跟蘭森先生鬥，兩邊的起跑點完全不一樣。」

「起跑點不同？看來是因為我是有理的一方。」

「有理又怎樣？男人在乎嗎？他們如此殘暴，能夠講理嗎？」

「我覺得他不殘暴，我想見見他。」芙雷娜高興地說。

奧莉芙稍微退回自己的世界，接著轉向車窗外，眼中空茫無神。芙雷娜則看著奧莉芙，覺得她雖然準備要去戴爾莫尼科餐廳吃飯，卻有種說不上來的卑微感。

錢斯勒小姐什麼都要操心，是個悲劇性格的人。只要有一點小狀況，她就很容易擔心、憂慮，實在太容易受影響了！芙雷娜和她相處了這麼久，已經慢慢能欣賞她獨特的性格。因為這表示奧莉芙很有內涵又有熱忱，和她高貴的本質密不可分，因此，她很少會被激怒而特別去批評這些特質。不過在這一刻，奧莉芙過分認真的性格突然和宇宙之道相衝，像把壞掉的鋸子。芙雷娜很慶幸自己沒把和蘭森造訪莫納德諾克地區的事告訴她，如果她連現在的情況都會擔心，更別說其他部分了！在這一刻，芙雷娜心意已決，準備把她和蘭森先生的會面看成人生當中最膚淺、最無關緊要的一次人際交流。

當晚，錢斯勒小姐緊盯著布拉吉先生不放。她是有特別的理由這樣做的，接下來的幾個小時，她沒花心思享受愛操盤的牆頭草籌畫的精緻宴會（宴會辦在這棟建築物的宴會廳裡，廳裡的法國侍者在厚地毯上快步來去，隔壁桌辦的餐會更令人想一窺究竟），也沒空聆賞《羅恩格林》[39]的樂曲。她寧願默默進行各種比對和查核，至於她都查些什麼，且看下文說明。有人可能會覺得她做事不太公正，但令人欣喜的是，看完歌劇回家之後，她倒是迅速恢復公正態度，跟芙雷娜下午告訴她蘭森留了字條的速度差不多。她把芙雷娜叫進她房間裡。坐車回第十街的路上，芙雷娜除了聊華格納的音樂、演唱人、樂團、整間宴會廳多大，還有她樂在其中之外，就沒聊別的事了。奧莉芙看得出來，芙雷娜可能會愛上紐約，因為這座城市的氛圍比波士頓更加歡樂。

「布拉吉先生對我們真的很好，他是全世界最體貼的人。」奧莉芙說。芙雷娜聽見錢斯勒小姐稱讚這位單身漢，臉色開闊了起來，讓錢斯勒小姐看得有點臉紅。

「聽妳這麼稱讚他，我真的很開心，我覺得我們之前對他太苛刻了。」芙雷娜很貼心地用「我們」這個詞，「親愛的，他尤其在意妳的一舉一動，他早就對我沒興趣了。他看妳的眼神甜滋滋的。親愛的奧莉芙，如果你們兩個結婚的話——」興致高昂的芙雷娜抱了奧莉芙，好讓自己閉嘴不再說傻話。

「他還是跟以前一樣，希望妳留下來。男人是不會罷手的。」錢斯勒小姐轉過身子，打開抽屜拿出一封信。

39 《羅恩格林》（Lohengrin）為華格納於一八五〇年創作的一部三幕浪漫歌劇。

「他是這樣跟妳說的嗎？他可沒跟我說過這種話。」

「今天下午回家的時候，我收到布拉吉先生給我的字條。我建議妳讀一下。」奧莉芙把字條拿出來，攤在芙雷娜面前。

奧莉芙這麼做是為了告訴芙雷娜，布拉吉太太沒辦法接受芙雷娜不去他們家作客。畢竟，她和兒子都希望芙雷娜能助她們一臂之力。布拉吉太太認為，他們自己很喜歡這場聚會，塔蘭特小姐一定也會滿意。她想從塔蘭特小姐口中聽到更多理念。現場還有許多專程來聽她演講的賓客（錢斯勒小姐看得出來，這些人一刻都不想浪費），他們很想聽到更多演講內容，想知道怎樣才能和塔蘭特小姐約時間討論，問她一些更細的問題。布拉吉太太心想，雖然沒辦法硬逼錢斯勒小姐二人組改變原計畫再訪，但至少可以看看她們是否會在紐約待一陣子，這樣一來，她就能安排一些私人聚會，讓求知若渴的聽眾和她們面對面了。不過，她覺得至少要先跟錢斯勒小姐討論一下。而錢斯勒小姐感覺對方留這張字條，就是為了敲定她們下次再訪的問題。對方問她明天是否能見面，就直接在布拉吉太太家討論這些事情。布拉吉太太有些內心話想跟錢斯勒小姐說，因此，最好得找個全然隱密的空間才行。換作是錢斯勒小姐，她也會認為在布拉吉太太家進行訪問最安全。一切確定之後，布拉吉太太會看錢斯勒小姐何時方便，再派馬車去接對方。她真心覺得，如果她們有機會促膝長談，會獲益良多。

芙雷娜認真讀了這張字條。內容看似隱晦，但她還是藉此確認了前一晚冒出來的想法。前晚，芙雷娜想起布拉吉太太到劍橋拜訪兒子那次的情境：當她們在布拉吉先生的收藏室裡見了這位聰明世故、充滿好奇心的女人，芙雷娜才發現，原來自己對她的想像跟現實不符。芙雷娜把信還給奧莉芙，接著說：「難怪布拉吉先生不覺得我們明天真的會離開。他知道他媽媽已經寫了那張字條，他覺得我們看過之後就會決定待著。」

「如果我說的確有可能，妳會覺得我善變得無可救藥嗎？」

芙雷娜真誠地瞪大雙眼，她感覺到奧莉芙可能想留下，這太奇怪了，甚至掩蓋過了這件事本身所帶來的快樂。不過芙雷娜很快便真心誠意地說：「妳不必為了維持前後一致，就把我從這裡拖走。而要我裝出不喜歡待在紐約的樣子，也很荒謬。」

「我覺得我應該去見見她。」奧莉芙考慮周全。

「妳和布拉吉太太之間有祕密，聽起來真可愛！」芙雷娜大聲說道。

「不會有什麼祕密是不告訴妳的。」

「親愛的，妳如果有事不想告訴我，可以不說沒關係。」芙雷娜邊說，邊想著她放在心底的祕密。

「我以為我們的計畫是無所不談。看來是我一廂情願。」

「拜託，別再提計畫了！」芙雷娜哀怨大喊：「想想，如果我們明天繼續留在紐約，還安排計畫不是很蠢嗎？布拉吉太太真正想說的，應該比紙條寫的部分還多。」芙雷娜說這話的時候，奧莉芙正在打量她的表情，想從中找出拒絕或接受布拉吉太太提議的理由。結果，場面變得很尷尬。

「我整個晚上都在想這件事，如果妳現在願意留，我們就留。」

「親愛的，妳的靈魂真是太高貴了！在那些美食，還有美好的歌劇之中，還能思考這些！我還沒仔細想過，所以這事就交給妳了。妳也知道，我這人很好說話。」

「如果布拉吉太太的邀請聽起來很動人，妳會想去她家留宿嗎？」

芙雷娜大笑起來。「妳應該知道，不管怎麼樣，那也不會是我們真正的生活！」

奧莉芙沉默了一會，接著回道：「妳覺得我會忘嗎？如果要偏離正軌，只是因為我覺得比起面對現實，有時候其他方案都好得多。」這句話語焉不詳，聽起來頗為哀怨，還好奧莉芙後來說：「妳應該覺得我很奇怪，顛三倒四的。」芙雷娜聽了，心也跟著安了，因為她剛好能趁機安慰對方：

「別擔心，我知道妳平常不是這樣的。我會在布拉吉太太家待一、兩個星期或一個月，或者看妳想要我待多久。」她繼續說道：「就看妳見過她之後，覺得要在她家待多久最好。」

「妳是要我來做決定嗎？多少幫我一下吧。」奧莉芙說。

「幫什麼？」

「我想幫助妳，但妳自己也得幫忙。」

「我不需要別人幫忙，我已經夠強大了！」芙雷娜說道，接著滑稽又有點感動人地問道：「我的好夥伴，為什麼要讓我說出這麼自以為是的話？」

「如果妳想留一陣子——就算只待到明天——妳會花很多時間和蘭森先生會面嗎？」

芙雷娜突然很想講點諷刺的話，因為奧莉芙既遲疑又擔驚受怕，似乎讓她想到了有趣的新話題。結果話一出口，顯然沒達到諷刺效果，反而只有不耐煩的感覺，這是她們熟識之後，芙雷娜第一次對奧莉芙發出抱怨。芙雷娜的臉紅了起來，剎那間，眼睛感覺也濕了。

「奧莉芙，我不知道妳都是怎麼想的，我也不知道為什麼妳沒辦法信任我。妳從來就不相信男人。妳之前的想法可能是對的，我說不上來，但現在的狀況明顯跟之前完全不同了。我覺得我不應該被這樣懷疑。妳好像覺得我需要有人盯，彷彿只要有男人找我說話，我就會被他們拐走，為什麼要這樣想？我已經證明自己根本不在乎男人了。我以為妳早就發現我是個認真的人。為了我們的計畫，我全心全意投入了，有些難以言喻的事物對我來說特別珍貴。可是，妳每次都對我有偏見。我得接納一切。我不能害怕。我以為我們要並肩作戰，一起面對一切，抬頭挺胸掌握主導權。現在我們做出漂亮的成績了，而且勝利在望，但妳很奇怪，居然反過來懷疑我，覺得我偏離了當初設定的目標。第一次見面的時候，我就說要我拋下什麼都可以。到現在，我更明白這句話的意思了。我再說一次，我可以拋下一切，我也會拋下一切！告訴我，奧莉芙．錢斯勒，」芙雷娜邊喘邊喊，把心裡的想法一股腦說出口：「妳難道不認為我已經拋下一切了嗎？」

芙雷娜有很多演講經驗，又經過各種訓練和練習，讓她能滔滔不絕倒出個人的想法，即便是混雜了私心的論調，也能講得賺人熱淚，奧莉芙對此了然於心，她冷靜下來，當芙雷娜語帶溫柔，提出一句又一句的請求，她發揮專心聽演講的習慣，仔細聆聽對方說的話。她認真地看著芙雷娜，覺得對方已經掏心掏肺，滿腔熱血都傾倒出來了；在她看來，芙雷娜是個顫著身子，全心投入的純潔少女，真的拋下了一切。她們兩個人的關係目前很安穩，是奧莉芙自己太多偏見、太不體貼了。她慢慢走到芙雷娜身邊，握住她的手臂好一陣子，同時默默地吻了她一下。如此一來，芙雷娜便明白奧莉芙是信任她的。

32

隔天一大早，心甘情願和布拉吉太太約訪的奧莉芙寫了張字條跟對方約正午十二點見面。她會選擇這個時間點，是因為她知道接下來有很多人要跟她約。她在字條裡說，布拉吉太太不必派車來接她，她一下快衝、一下慢走到第五大道上，搭上了一輛在大街上搖搖擺擺、發出隆隆聲的公車。至於她刻意在字條裡寫正午十二點，另一個理由是因為她知道蘭森會在十一點鐘走訪第十街（她心想，蘭森應該沒打算待整天），這樣一來，她才有辦法看著蘭森來訪又離開。經過和芙雷娜前一晚的討論，兩人默默達成了共識：既然芙雷娜堅持要見蘭森一面，與其選擇避不見面，不如親自接待對方才不會失禮。我剛剛提到，兩人在晚上分開前無聲擁抱了一下，她們彷彿藉此真正交換了彼此的想法。中午前，奧莉芙走出屋外，望進灑滿陽光的空曠大廳，發現白天時男士都不在裡頭，妻子和單身女子也都進城了，只有一位年輕男子想和另一位年輕女子討論事情，剛好能共享空無一人的大廳。蘭森還沒走，他和芙雷娜背向門口，站在窗凹處。假設他剛好站起來，可能也是準備要離開了。錢斯勒小姐輕輕關上大門，站在門廳裡等著，只要一聽到蘭森出門，她就會立刻溜到屋子後方。不過，她沒有聽到半點聲響，看來蘭森打算待上一整天，她回家的時候應該會和他打上照面。她走出屋子，步下階梯，知道蘭森和芙雷娜正透過窗戶看她，但她不敢回看蘭森的臉。她邊走邊往第五大道有陽光的方向看去，幾乎沒注意到天氣有多好，隨處是春天的氣息，每年三月無風的時候，紐約往往春意盎然。她整個人沉浸在回憶裡，想著蘭森第二次來波士頓見她的情景。當時她站在窗邊，看著蘭森和愛德琳一同出門，愛德琳那時好像和蘭森處得很來，不過最後還是無疾而終，她在其他事情上也多半是如此。對於當時的場景，奧莉芙還歷歷在目，當時她看見蘭森和愛德琳一起過街，兩人邊笑邊聊天，這彷彿能擊退她心中對蘭森莫名的恐懼。但如今蘭森和愛德琳沒有結果，而芙雷娜的表現又如此出色，讓她為自己原先的念頭感到很慚愧。露娜太太對她撒了很多謊，錢斯勒小姐自認為姊姊撒謊的理由和她有關，雖然因果關係可能有點遙遠，但在道德上終歸不太光彩。至於毛毛躁躁的姊姊為何功敗垂成、蘭森為何堅持老路，她就不太願意去想了。

她很好奇布拉吉太太究竟想和她聊些什麼，因此，她期待著謎團解開的那一刻。在等待過程中，她坐在一間相當華麗的臥室裡，身邊圍繞著花朵、釉陶和小張的法國繪畫。她聽著布拉吉太太在某個話題上兜圈子，但仍然掩不住內容空泛。奧莉芙知道對方不是那種能自在向他人求助的人，尤其不喜歡向新觀點的擁護者求助，而目前的狀況正是如此。布拉吉太太正在向自己求助，但也已經從容地給予回報；事實上，回到第十街住處時，芙雷娜發現布拉吉太太給奧莉芙的那封字條，上頭就附了一張演講費支票，金額是她這輩子收過最多的。顯然，這動機不明的邀約也跟芙雷娜有關。奧莉芙不需要別人提示，就知道芙雷娜作為一位年輕女性來接受贊助，布拉吉太太是再高興不過了。奧莉芙算是徹底接受這筆資金了（雖然名義上是贊助芙雷娜，但跟贊助奧莉芙差不多）。金錢是一股很強大的力量，當人想起身討伐不公不義，會慶幸手頭還有一些錢，讓自己有餘裕打仗。當天早上，她比之前更喜歡布拉吉太太，也更願意接受在兩人之間流動的各種情緒和見解。奧莉芙還覺得很有面子，因為在會談過程中，都是布拉吉太太採取主動，而她專注聽著，喜怒不形於色。布拉吉太太用輕巧、慧黠又帶點親暱的方式跨越了兩人的距離說道：「那就這樣說定了，芙雷娜到時候會出席，待到她覺得累為止。」

一切都尚未確定，但奧莉芙單刀直入，問了布拉吉太太（這次終於換她主動了）一個反而方便對方順水推舟的問題。「布拉吉太太，您為什麼想找芙雷娜出席？您想和她建立什麼關係？您不曉得您的兒子一年前很想娶芙雷娜嗎？」

「親愛的錢斯勒小姐，我想談的就是這件事。這些事我都看在眼裡，我覺得我應該是您這輩子遇過最精明的人了。」布拉吉太太抬起頭，露出精明、和善、事業有成的笑容，奧莉芙看了，也只能相信她的話。「我一年前就知道，我兒子愛上了您的朋友。我知道他一直都很喜歡芙雷娜，所以他現在才想和她結婚。我猜，您一定不希望芙雷娜結婚，因為這樣妳們的互惠友誼就斷了（奧莉芙思考了一下，不確定對方指的是不是有利可圖式的互惠）。因為這樣，我才猶豫要不要提出來談。但您想談就太好了，我就想談這個。」

「我不知道這樣做有什麼好處。」奧莉芙說。

「不試怎麼知道？還沒嘗試各種可能之前，我從來不會放棄。」

不過，話題大多數時候還是布拉吉太太主導。奧莉芙只能偶爾提個問題、提出異議、糾正錯誤，或是很快地說一點諷刺的話，但布拉吉太太完全沒被打斷或被牽著走。奧莉芙發現，對方顯然很想討好她，讓她同意自己的提案，同時想把大事化小，再從新的角度切入。布拉吉太太很聰明，也非常狡猾（奧莉芙慢慢覺得對方是這樣的人），但奧莉芙又覺得，對方在執行計畫的時候，頭腦轉得還不夠快。這裡的計畫，指的是讓她相信他們母子倆都很支持錢斯勒小姐奮力投入的革命運動。可是，布拉吉太太這種人生來就看改革和新事物不順眼，奧莉芙哪可能相信她說的話？像她這種人，不但一輩子都活在舊成見和特權裡，還擁護著僵化而殘酷的階級制度。不過這裡要多提一句：假設布拉吉太太真是騙子，也是奧莉芙遇過最讓人惱火的一位，因為對方夠聰明狡詐，且和藹可親，手段又精巧，一旦發現誆不了你，就想用錢收買你。她有意將全世界的榮華富貴獻給奧莉芙，試圖讓對方願意說服芙雷娜接納布拉吉先生。

「我們知道，您才是主導計畫的人。看您打算怎麼決定，明天再給我答覆就好。」

布拉吉太太剛開始有些遲疑，還親口坦承這點，感覺她需要鼓起勇氣才能對奧莉芙說，芙雷娜已經成為奧莉芙的傀儡了。不過，她倒是面無懼色，只露出無限惋惜的表情，覺得錢斯勒小姐不了解和布拉吉家族合作的好處和報酬有多高。奧莉芙對此印象深刻。她甚至開始思考兩邊合作會有哪些意想不到的好處，是否能因此與更棘手的敵人抗衡；她與芙雷娜能將資金的用途最大化，而且等她們一拿到需要的資源，就可以把母子倆丟著不管了。她被這個想法的前景迷惑，沒想到對方是出於什麼理由願意這麼做。一想到布拉吉太太鼎力相助、她積極的態度、拚命討好和協商的姿態，她差點就忽略了這件怪事：為何會有人認真想和塔蘭特家族攀上關係？布拉吉太太倒是稍微解釋了一些，她說，她兒子的狀況讓她心累，如果能讓他快樂一點，她什麼都願意做。她的目光多半都落在兒子身上，不太關注身邊的事物，但眼睜睜看著兒子愛著芙雷娜，到最後卻無法得償所願，心都慌了起來。她把事情怪在奧莉芙頭上，但反過來說，也像是在稱讚奧莉芙個性夠硬。

「我不知道您怎麼看我和我同事的關係。」錢斯勒小姐沉穩地回道：「她想做什麼就做什麼，即使是您說的狀況也一樣！她是自由自在的人，您不要把我當成她的監護人！」

布拉吉太太說，她的意思不是錢斯勒小姐在操縱芙雷娜；她想說的是，芙雷娜很崇拜錢斯勒小姐，總是努力看對方臉色，奉其想法為圭臬。她相信，如果錢斯勒小姐願意正面看待她兒子，塔蘭特小姐馬上會和她兒子交往。「您應該想問我，」布拉吉太太笑著補充道：「『我就是希望塔蘭特小姐不結婚，要怎麼對想和她結婚的年輕男子抱持正面態度呢？』」

布拉吉太太對芙雷娜的描述很準確，但對奧莉芙來說，這種事被人明白看透讓她很不舒服，即使對方一臉寫著「沒有事情是我不能明白的」，被化成語言說出來還是讓人無法接受。

「您兒子知道您要來跟我討論這件事嗎？」奧莉芙冷冷問道，無視對方說她如何控制芙雷娜，或希望她維持現狀的企圖。

「我可憐的孩子，他知道。我們昨天聊了很久，我跟他說我能替他做什麼就盡量去做。您還記得去年春天，我去劍橋拜訪他的時候，在他的收藏室裡和您見面的事情嗎？從那個時候開始，我就嗅到一絲改革風向了。昨天，我們才徹底把事情攤開來講。坦白說我剛開始不喜歡這些新思想，但現在則十分支持。像塔蘭特小姐這樣迷人又獨特的女孩，身分如何已經不重要了。妳不會拿一般的標準去衡量她，她會替自己找到定位。塔蘭特小姐真是前途無量！」布拉吉太太又快速補了一段感覺不容忽視的話：「但同樣的問題又冒出來了，我兒子對她的感受死灰復燃了。他原本還刻意忽視，當作不存在，這都是因為——我不太知道怎麼表達當時的情況，但我得說，芙雷娜和他相遇是場美麗的意外。她星期三晚上表現得太好了，很多人可能會對她抱持成見、用保守心態評價她，但無論如何，他們都得放下成見。我原本就覺得演講會很成功，但我沒想過您也給了我們很大的幫助。」奧莉芙發覺對方說了「您」，而布拉吉太太繼續笑著說道：「總之，我可憐的孩子又燃起熱情了。我現在看得出來，他心裡再也容不下其他女孩，只能接受塔蘭特小姐。親愛的錢斯勒小姐，我的心意已定。您大概知道我做事的風格吧。我不擅長妥協，比較擅長全心投入。我不是放棄，只是改變做法而已。無論是支持或反對，我必須選邊站才行。您了解我這種性格的人嗎？我兒子派任務給我了，您瞧，我也派任務給您了。幫幫我，跟我們合作吧。」

布拉吉太太說話一向言簡意賅，這次她難得長篇大論，她心裡大概期待錢斯勒小姐明白她說的話有多重要。不過，奧莉芙只回問了一個問題：「您到底是為了什麼才約我們？」

布拉吉太太似乎猶豫了一下，但頂多二十秒就回答了：「因為我們對妳們在做的事很感興趣。」

「真沒想到。」錢斯勒小姐若有所思地說。

「我料到您不相信我，但您的這種評價實在不夠深思熟慮。我相信，我們開的條件能證明這點。」布拉吉太太頭頭是道地說：「很多女孩子想都不想就會跟我兒子結婚。他很聰明，而且手頭上有一大筆財產。再說，他個性實在善良！」

布拉吉太太所言不假。奧莉芙覺得，這些有錢人世界是如此井然有序，如果願意支持改革，那還真是件怪事。她坐在那思考，人類的心靈五花八門，而真理的影響力畢竟是巨大的，而且人生不是只有驚嚇，還有很多驚喜。沒有什麼能逼布拉吉家族愛上靈療師的女兒，又如果他們只是想從這一代新女性裡挑她一位出來打擊，手段未免也太拙劣了。另外，奧莉芙在戴爾莫尼科餐廳和音樂學院的大包廂裡（包廂很隱密，是個自在的空間，就算他們在裡頭竊竊私語，隔壁包廂專心看表演的觀眾也聽不見，不會轉頭檢查聲音從哪來）觀察布拉吉先生時，發現她一年前沒有仔細觀察對方。他愛上芙雷娜，正是出於這個時代特有的虛弱情感（雖然錢斯勒小姐覺得人類有進步的空間，但大多數人是沒什麼血性可言的），而且他會珍視芙雷娜難得一見的特質和天分，會想讓世人好好認識她。再說，他是個既溫柔又細緻的人，想必妻子想做什麼，他都會奉陪。當然，還是要考慮她婆婆布拉吉太太。布拉吉太太看樣子是真的想嘗試新事物，或者是想表現出她的氣度，除非她臉皮厚到心口不一。於是，奇特的是，奧莉芙最害怕的事，不是眼前這位大權在握、百無禁忌，有時精明易怒、有時善良積極的女士會霸凌媳婦；她最怕的，反倒是這位婆婆會無法自拔愛上媳婦。錢斯勒小姐的恐懼比較接近對自己嫉妒心的預想，但她很快動用良知，覺得在這複雜又特殊的狀況下，布拉吉太太開出的條件來得正好，這是她朝思暮想，能讓芙雷娜提升自我的機會。這筆合作費可是天價，比錢斯勒小姐的家產還多，還能和一群聰明、有理想（不管他們自己是否如此認為）、在各地開枝散葉的人合作，這些人可是身處不凡的社會地位，能給自己一個發光發熱的社會舞台。錢斯勒小姐的良知再度為自己竟冒出這種念頭作嘔，她自覺必須穿越這種精神考驗。面對不確定的未來，錢斯勒小姐覺得心寒且無助。她心裡冒出了淡淡的疑惑，懷疑自己為什麼以責任之名，這樣折磨自己的靈魂。

「如果芙雷娜和您兒子結婚了，您要怎麼保證您會繼續關注我們——我是指我和芙雷娜——在乎的議題？」奧莉芙腦袋轉了一下，便想到了這個問題。不過，她覺得這個問題還不夠具體。

布拉吉太太認真傾聽她的問題。「您是不是覺得，我們的興趣是裝出來的，都是為了把芙雷娜弄到手？錢斯勒小姐，您這樣想就不夠意思了。但我知道，您確實得步步為營。我向您發誓，我兒子告訴我，他堅決相信妳們的改革運動是人們未來必須面對的重要議題，現在已經進入一個新的階段了。他怎麼稱呼來著？務實政治階段。至於我這邊，您難道不覺得我跟可憐的女性一樣，想得到我們需要的東西嗎？您覺得我會排斥別人給我的權利或好處嗎？我這個人不喜歡抱怨，我跟您說過，我是個話不多但很有野心的人。要是您的支持者都比我還傑出，那您真是有福。我兒子跟我聊過很多您的想法，就算我是因為他支持您的想法才跟著支持，也算是進了我的本分。您大可以說您不理解為和我的兒子想跟這位女演講家結婚。但我相信，很多好事準備要發生了，很快，我們是預料不到的。我兒子是個徹頭徹尾的紳士，不管什麼情況，他的舉止都很得體。」

奧莉芙看得出來，布拉吉母子很想把芙雷娜搶走；她很難相信芙雷娜進了布拉吉家之後，會受到不好的對待。她又想到，布拉吉家的人可能預設芙雷娜很容易墮落下去，因此大寵芙雷娜，把她奉為座上賓。而她自己對待芙雷娜的方式又非常嚴厲。當下，她有很多反駁的話想說，唯一尷尬的地方是，她不知道要先講哪句才好。

「我想您還沒見過塔蘭特醫師和他夫人吧。」錢斯勒小姐說道。她覺得自己的口氣相當冷靜。

「您是想說，他們夫婦倆很討人厭？我兒子跟我說這兩個人很難相處，我已經做好心理準備了。如果您想知道我們打算怎麼和他們相處，親愛的錢斯勒小姐，我們會跟您一樣適應他們的！」

奧莉芙有話想說，布拉吉太太也不遑多讓。奧莉芙說，她不知道布拉吉太太為什麼要約她談這些事，而且塔蘭特小姐很自由，她的未來完全由她自己主導（雖然她心裡覺得自己有權決定芙雷娜該怎麼過日子）。她還說，芙雷娜的人生不應該由別人插手。「親愛的錢斯勒小姐，我們沒要您插手。其實，我們只希望您不要插手。」

「您找我來，就只是為了談這件事？」

「除了這件事，還有我在字條裡稍微帶到的事：希望您能勸塔蘭特小姐來我們家待一、兩個星期。我想拜託您的主要就是這件事。請把芙雷娜借給我們一下，剩下的部分交給我們來就好。這樣說可能很自以為是，但她在我們家會過得很快樂。」

「她的人生目標不是這個。」奧莉芙說。

「我的意思是，她來我們家，每天晚上都可以演講！」布拉吉太太笑著回道。

「我看得出來您很努力證明自己說的話。可是，您真的以為——雖然您想掩飾這個想法——我會控制芙雷娜的一舉一動，甚至是她的思想嗎？您覺得我會對她和別人的交情眼紅嗎？我知道，我們的互動方式在別人眼中可能是如此，但這也顯示了大家不懂我們的關係為何。人們的想法還是膚淺如故。」奧莉芙覺得，她說的『如故』是有歷史脈絡的：「人們看待女權運動的方式還是很膚淺，我們需要好好教育一般大眾。您看待我這個人的方式正是如此。」錢斯勒小姐繼續說道：「既然如此，您怎麼會沒發覺我很不願意把我的『犧牲者』交給你們照顧？」

如果我們花點時間看看布拉吉太太的內心世界（我們還沒機會嘗試），我想，我們會看見她面對錢斯勒小姐高高在上的口氣，內心感到氣急敗壞，竟然被這位無趣、羞怯又固執的鄉下年輕女孩子當成膚淺的人。她很喜歡芙雷娜，喜歡到願意努力說服錢斯勒小姐，而她大概不能跟芙雷娜明講，自己很不喜歡錢斯勒小姐。怒火中燒是肯定的，但她還是克制了情緒，才有點憤怒地說道：「當然，我們當然不會期待塔蘭特小姐把我兒子當成白馬王子，尤其她還拒絕過他一次。不過，就算她堅持不改變立場，您覺得換成其他男士就安全了嗎？」

錢斯勒小姐聽見布拉吉太太這幾句話，立刻從椅子上站了起來，這態度讓布拉吉太太知道，如果她是為了報復錢斯勒小姐而故意嚇她，這策略可說是很成功。「其他男士是指誰？」錢斯勒小姐站直身子，從高處俯視著布拉吉太太問道。

布拉吉太太其實沒有特別指誰（既然我們已經開始窺探她的內心世界了，現在乾脆繼續），她只是因為感受到錢斯勒小姐的怒氣，心裡冒出一連串的想法。她想到在音樂廳那次，在芙雷娜演講結束之後，有位男士在她跟錢斯勒小姐聊天的時候來找她搭話，但錢斯勒小姐對那位男士的態度很冷淡。「我沒有特別指誰，但要舉例的話，我發函邀請的那位男士大概是其中之一。我感覺他也很喜歡芙雷娜。」布拉吉太太也站了起來，接著走到錢斯勒小姐身邊。「您不覺得，讓這位年輕、漂亮、聰明、討喜、迷人的女孩清心寡欲一點，遠離某些狀況會比較好？我指的是相貌不差的年輕女性會碰上的狀況，對您來說，可能這就是一種危險了。親愛的錢斯勒小姐，不知道我能不能給您一個建議？」布拉吉太太不等奧莉芙回話，就猜到對方想說什麼了。她同時心想，雖然用字遣詞很重要，但這實在不是當務之急。因此，她立刻就把想說的話說出口：「不要做您做不到的事。您有很充足的資源，餅不要畫太大，把資本都揮霍光了。如果您不接受好的選項，恐怕就得接受比較差的選項了。如果您喜歡安全，我會覺得讓芙雷娜和我兒子在一起比較好。畢竟您也知道和我們合作的話，最差的情況會是如何。這應該會比讓芙雷娜被愛獵豔的玩家玩弄，或被追到手就把女生關在房裡的男人還好吧。」

奧莉芙別開了目光。她受不了布拉吉太太犀利得可怕的話語，也無法直面她的成熟世故，甚至是她在世間打滾多年的自信。她知道自己沒有逃避的空間，必須接受這艱難的挑戰，一路奮戰到底；尤其布拉吉太太的建議雖然充滿智慧，實在很討人厭。不過，她明白自己沒有必要把這些事放在心裡。她只想結束談話，盡快到能獨處的地方思考對方的忠告。「我不知道您為什麼特地約我來，只為了聊這件事。我對您的兒子沒興趣，我是說，對他成家的事沒興趣。」她把外套披得更緊，接著轉過身去。

「非常感謝您特地跑一趟。」布拉吉太太淡定說道：「回去想想我說過的話，我相信您不會覺得這趟是浪費時間。」

「我還有其他很多事情要想！」錢斯勒小姐口是心非地說，因為她知道布拉吉太太的話會在她心頭盤旋不去。

「記得告訴芙雷娜，只要她願意和我們配合，她就能征服紐約！」

這正是奧莉芙想做的事，但這句話從布拉吉太太口中說出來，聽起來像是嘲諷。錢斯勒小姐選擇直接離開，一句話都沒回，雖然布拉吉太太再次感謝錢斯勒小姐大駕光臨。奧莉芙走到街上的時候，內心七上八下，身體卻沒有疲倦感。她心裡既興奮又錯愕，步伐也變快了，她覺得她狂妄的良心像是被激怒的動物一樣，不斷發出抗議的聲音，因為布拉吉太太的贊助金是看在芙雷娜的分上給的，而且她沒辦法裝作沒這回事。誠然，如果芙雷娜很希望接受布拉吉一家人資助，蘭森就沒機會影響她，危機也就解除了。這些念頭是奧莉芙走路時浮現在她心頭的，讓她整個人緊張了起來，頓時陷入愁雲慘霧。她走在第五大道的人行道上，身旁有許多看似成熟世故的人經過，但她一概沒注意到。在收到布拉吉太太的字條時，她就有所預期；後來，我們知道她簡略和芙雷娜談了這件事，問她要是迫於情勢，能不能去布拉吉家裡走走。顯然，以她們已經被逼到牆角的情況，問題只會更棘手，甚至到了殘忍的地步。奧莉芙想的是，如果芙雷娜願意配合布拉吉一家，蘭森就會被逼退——他可能會想，憑自己這副窮酸樣，是不可能跟有錢有勢的一群競爭的。但她又覺得，蘭森不會隨便善罷甘休，因為他應該不是膽子很小的人。不過，要靠這招勸退蘭森不是不可能，凡是對她有好處的招數都值得納入考量。現在，她發現關鍵不在於芙雷娜願不願意去布拉吉家，而是這樣做能獲得什麼好處，或起碼談定的條件要夠大方。當然，如果以為布拉吉一家人沒有危險性，想把他們當成避險工具，也是不可能的事。當他們自詡為支持者，自稱他們只是想給芙雷娜一個機會，他們就成了危險人物了。奧莉芙愈想愈覺得，這個提議荒誕又虛假；但芙雷娜很可能不這麼想，寧願相信布拉吉一家人——只要錢斯勒小姐心中有幾個考量，要研究關於責任的問題時，就會全心全意投入。她覺得這些事應該要當下解決，才能繼續進行其他事情。現在她甚至覺得，還沒決定是否相信布拉吉一家之前，先別回到第十街的住處。她所謂的「相信」，指的是相信他們一方面無法擄獲芙雷娜的心，另一方面又能誤導蘭森。奧莉芙心想，蘭森應該沒膽跟在芙雷娜身後硬是擠進璀璨華麗的會場；再說，一旦布拉吉母子察覺蘭森的意圖，他們就會把蘭森擋在聚會場地外面。她甚至還懷疑，芙雷娜在接受各方邀約當中，還是有可能被住在紐約的蘭森騷擾，不如待在與蘭森敵對的波士頓親戚身邊。她繼續在第五大道上走著，完全沒留意十字路口，走了一陣子，才發現她快走到華盛頓廣場了。這時，她又想通了一件事：蘭森和布拉吉先生不可能同時擄獲芙雷娜的心，所以危機不會有兩個，只會有一個。這個事實很令人滿意，而她必須判斷哪種危險最有可能發生，才能專心處理一種危機。她繼續走到華盛頓廣場上，大家都知道這座廣場很開闊，而且和四面的街道彼此暢通。樹木和草地開始冒出新芽，噴泉在陽光下閃閃發光，社區裡的孩童也在廣場上遊玩，其中有來自城南的髒小孩，他們用粉筆在人行道上畫畫，在行人的腳邊或趴或蹲；另外還有一頭整齊鬈髮的小孩，他們會在法國保母照看下打籃球。這些小孩的聲音迴盪在春日裡，帶著質樸、溫和的質地，讓人聯想到葉子和纖細的草本植物。奧莉芙在廣場上漫步，最後選了條條相連的長凳坐下。她很久沒做這種漫無目的、浪費時間的事了。她在紐約其實還有很多待辦事項，但她選擇全數拋諸腦後，即使偶然想到了，也覺得不急於一時。她在位子上坐了一小時，腦中反覆盤算，整個人焦慮不安。她似乎碰上了人生危機，但她不能逃避，必須把危機看清楚。她起身準備回到第十街之前，堅定地對自己說，人生中碰過的所有威脅，沒有比蘭森還大的，只要有任何能救她的方法，她都願意接受。假設布拉吉一家想從她手中搶走芙雷娜，對奧莉芙來說，衝擊反而沒比蘭森搶走芙雷娜來得大。但這一家人如果是從蘭森手中搶走芙雷娜，問題才真的嚴重。奧莉芙走回落腳的民宿時，問接待她的侍者芙雷娜在不在家。侍者告訴她，塔蘭特小姐和早上來訪的男士出門了，到現在都還沒回來。奧莉芙站在原地，眼睛瞪得老大。這時，大廳裡的時鐘響了，時間正好三點。

33

「來吧，塔蘭特小姐，跟我一起出來吧。」奧莉芙看著他們兩人站在窗戶凹處的時候，蘭森不斷對芙雷娜說著這些話。他會這麼說，自然是因為他們先前已經聊了很久。比起內容，他說話的語調讓人感覺兩人的關係增進了不少。蘭森說出這句話的時候，芙雷娜立刻留意到這個現象，嚇得她忐忑不安，所以她才從椅子上站起來走到窗邊。她本來希望讓蘭森知道，自己不可能配合他的要求，結果，她走到窗邊的動作卻顯得自相矛盾。如果她能端坐在原地不動，反而更有說服力。蘭森讓芙雷娜感到侷促不安，她慢慢察覺到蘭森對她產生了特別的影響。蘭森第一次到她老家拜訪她的時候，她確實和他一起出門了，但當時提議出門走走的是她，情況有所不同；畢竟，如果有人大老遠到莫納德諾克地區來作客，邀對方出門走走是最單純的。

那次出門散步是芙雷娜自己的意思，跟蘭森無關。帶對方逛自己瞭若指掌的劍橋，身在自家地盤，芙雷娜感覺信心滿滿、自由自在，而且她也順理成章表示要帶蘭森逛校園。但跟蘭森一起在這座奇特的大城市裡穿梭，這完全是另一回事。畢竟對蘭森來說，這座城市雖然很有魅力又親切，但終究不如自己的家鄉舒適，這裡算不上他真正的家，但他想讓芙雷娜看點別的東西，甚至想帶她參觀每個地方。只是兩人聊了一小時之後，芙雷娜不確定自己想不想逛下去。他們坐在一起的時候，蘭森對她提了很多想法，特別是他覺得男女平權簡直胡說八道。蘭森之所以拜訪芙雷娜，似乎就只為了說這件事，因為他不管聊到什麼，始終繞著這個主題打轉。蘭森一把話題拉回他不苟同新思想，芙雷娜就只能順著他的話接下去。蘭森採用的表達方式並非長篇大論，而是充滿影射和嘲諷，他假裝相信芙雷娜已經證明了自己的一切論點，有過之而無不及。但那誇張的語氣，以及反覆提起芙雷娜在布拉吉太太家針對兩、三個論點的調整，好像跟之前說的都不太一樣——蘭森只是在嘲諷她。他從頭到尾都在笑，可能覺得即使嘲笑對方一整天，對方也不會生氣。他可能會因為好玩真的這麼做。芙雷娜不知道自己何必在這趟紐約行中被他嘲笑。

她很想改變蘭森，這話她不只和蘭森說過，也和奧莉芙說過。但現在，她突然有了不同的想法：對於能不能改變對方，她已經不在乎了。她不知道自己為何要對蘭森那麼認真，因為蘭森對她不太認真，也對她的想法不屑一顧。她一開始以為，蘭森只是不想討論這些話題；蘭森到劍橋拜訪她的時候，她就跟對方說，他是出於私人理由，而不是為了和她辯論重要議題才來的。她的意思是，蘭森這位好奇的南方人，只是想來看看新英格蘭的陽光女孩長什麼樣子。不過，事情的真相漸漸明朗了，由於在布拉吉太太家和蘭森簡短聊了一下，她看事情的角度改變了。她心想，年輕的南方人對別人究竟能多有興趣（就算只是好奇）？他也想對芙雷娜表示愛意嗎？一想到這點，芙雷娜就沒了耐性，只覺得心累。她最不希望發生的事，就是和奧莉芙一起被看成錯的一方。她早早就做出妥協，堅信自己能夠一心追求目標，屏除各種來自外界的誘惑（不只單純是昨晚的老戲碼，而是從以前到現在，這一路經歷過的狀況）。昨天，她或許還想和蘭森爭執、駁斥，並說服對方，但早上在客廳接待蘭森的時候，卻覺得在這安靜、舒適的空間裡，對方可能會慢慢接受她的每一個理念，就像有些男士在聽完演講之後，會一步步接納芙雷娜的想法。她很喜歡看見事情如此發展，而奧莉芙從來沒表示異議。可惜，蘭森毫不接受，只是一直笑和調侃人，還拋出一堆天馬行空的想像，說女人在「跳出箱子」後（芙雷娜演講時的用語）會如何進行改革。蘭森把箱子這個詞掛在嘴邊，臉上始終掛著諷刺人的笑。他說，他想透過箱子四面的玻璃框看看裡面的芙雷娜，如果他不擔心傷到芙雷娜的話，他願意打破玻璃。他很想找到開箱的鑰匙，就算必須走遍全世界也甘願。光是能透過鑰匙孔跟芙雷娜說話，就很吸引人了。雖然他不同意芙雷娜的看法，但起碼他想和芙雷娜保持親近關係，時間愈長愈好。但芙雷娜自從進了錢斯勒小姐家，整個人彷彿超凡脫俗了，對男女情愫毫無反應。

「今天天氣很好，我想要帶您逛紐約，因為您之前也帶我逛過美麗的哈佛校園。」蘭森希望芙雷娜接受他的提議，於是繼續說道：「您說帶我逛校園，是您唯一能為我做的事。那好，帶您逛紐約，也是我在紐約唯一能替您做的事。如果我們只在民宿客廳談一板一眼的話題，然後您就離開了，我會覺得很不舒服。」

「老天爺啊，你覺得這叫一板一眼！」芙雷娜笑著大喊。於此同時，她看見奧莉芙走出大門，步下階梯。

「我親戚很一板一眼，她連頭轉個一度角，把眼睛挪過來看我們都不願意。」蘭森說。在芙雷娜眼中，奧莉芙當時一臉愁雲慘霧，奇怪又令人疼惜，感覺藏了千言萬語，看起來既熟悉又陌生。芙雷娜暗想，男人對女人的了解實在太少了，不知道女人有多細膩；象徵著苦難的女人，成了蘭森輕蔑、挖苦的對象，雖然他並無惡意。事實上，蘭森天生不是個謹守分際的人，他只想擺脫錢斯勒小姐，因為對方的臉他看煩了。看到錢斯勒小姐出門了，蘭森心裡樂得很，但這只是暫時的，因為她很快就會回來。整間民宿是她的落腳處，風格也跟她相當一致。蘭森今天來，是想把芙雷娜帶走的。他想帶芙雷娜去個遙遠的地方，像上次走訪劍橋一樣共度兩人時光，而他之所以挑今天來，是因為今天他動力十足，很想達成自己的目標。他前四十八小時都在思考這個問題，他相信，自己是個能看見事物本質的人。他對別人從來沒對芙雷娜如此感興趣過，但他希望今天過後，這個狀態仍然能維持下去。以他現在的困窘處境，這是他能抬高身價的方法。畢竟他窮得沒臉見人，穿著打扮陳舊不堪，沒資格向女孩求婚，尤其是芙雷娜這種特別的女孩。他很清楚在人們眼中，芙雷娜是個優秀的人。她在布拉吉太太家的演講給了他探班的藉口，讓他認識了芙雷娜的能耐，也知道成千上萬的人會湧進會場，只為了一睹她的風采（這不怪他們）。他知道芙雷娜的前途大好，有知名女演員或歌手的架勢，能賺到的錢跟這些人相去無幾。誰會不想花點小錢，享受他在布拉吉太太家享受過的氣氛？她能做、能說的，就是愈來愈有市場的那套——透過行雲流水的三流話術、有意或無意營造的完美騙局。在這已開化的民主國家中，愚蠢又容易上當的人們絕對會無限買單。他相信芙雷娜的聲勢能維持好幾年，藥局櫥窗裡會有她的畫像，籬笆上會有她的海報，如此一來，她便能賺進夠多銀子，一輩子不愁吃穿。我大概讓蘭森見識了，上流人士有多麼眼高於頂，即使他想補償芙雷娜，也會面臨不可逾越的障礙。他正因為自以為是才有這些顧慮，而他的自以為是又有道德光環加持，展現了南方紳士精神。不過，當他想到芙雷娜在布拉吉太太庇護下散發著金光，便覺得自己貧窮又一事無成，在人前抬不起頭。儘管他清楚知道是靠人們的愚昧行徑賺錢，不太光彩，相較之下當個沒自信的小混混還比較好。他出身有錢人家，雖然戰後幾年大環境慘烈不堪，但他始終相信，紳士如果想和漂亮女孩共度一生，不能在自身經濟條件不佳時提出同居要求。另一方面，芙雷娜如果想助他一臂之力，繼續靠演講事業賺錢，他們就不可能結婚。如果蘭森想當芙雷娜的丈夫，得想辦法讓她保持沉默才行。蘭森心裡湧出了巨大的渴望，讓他想認真嘗試注定不屬於他，或不允許他獲得的事物。想再和芙雷娜共度一天，在蘭森看來是不可能發生的事，但和她從此不再相見，又非常有可能成真。他給不起芙雷娜的東西，年輕的布拉吉先生都給得了，包括全心支持她的理念。這點蘭森心知肚明。

「中央公園今天應該很漂亮，我們要不要去走一走，像我們之前去哈佛小公園散步一樣？」他問道。這時奧莉芙已經起身離開了。

「我去過了，公園裡每個角落都很漂亮。有個朋友昨天開車載我繞了一圈。」芙雷娜說。

「朋友？您是說布拉吉先生嗎？」蘭森站在原地，用他勾人的眼神看著芙雷娜：「我沒有車，沒辦法載您繞公園，但我們可以坐在長椅上聊天。」芙雷娜沒說那人的確就是布拉吉先生，但她也無法否認。蘭森看著芙雷娜的神情，知道他猜對了，於是繼續問道：「您只能跟他出門嗎？他喜歡嗎？您只做他喜歡的事嗎？露娜太太告訴我他想和您結婚，我在他媽媽家也看到他纏著您。您跟他結婚之後，每天都能坐他的車出門兜風。這樣吧，在您沒辦法再和我出門之前，跟我出去一、兩個小時如何？」蘭森不在乎自己說了什麼（他今天沒有多操心的打算），只要他能讓芙雷娜照他的意願走，不管用什麼手段都可以。不過，他發現芙雷娜聽了他的話，臉馬上就紅了。她瞪大了眼睛，不敢相信蘭森說話如此自在、隨性。蘭森的語氣軟了下來，但他知道，自己的口氣像是在挖苦對方：「我知道您跟誰結婚、坐誰的車出去兜風都不關我的事，如果我有冒犯您的地方，請您見諒。但我願意付出一切，讓您暫時卸下各種約束，享受一、兩個小時的自由時光，感覺像是——像是——」他欲言又止。

「像是什麼？」芙雷娜認真問道。

「像是世上沒有布拉吉先生或錢斯勒小姐這兩個人。」他本來不打算說這些話，但他還是改變說法了。

「我不懂您的意思，您為什麼要提別人？我想做什麼就做什麼。您這是哪來的成見！」芙雷娜說這些話不是想打情罵俏，或希望蘭森要求她配合更多事；她是邊說邊思考，想爭取一點時間。一聽到布拉吉先生的名字，芙雷娜的心就顫了一下。蘭森覺得，比起他提出的點子，她和布拉吉先生出遊聽起來愜意多了。但芙雷娜想讓他知道，事實上和布拉吉先生出遊並沒有比較愜意。在公園裡和同伴散步時，可以像她前一天看到的行人一樣，想停就停、想休息就休息、想看動物就看動物，也可以坐在隱密的位置眺望遠方。她和布拉吉先生逛公園的時候，在他身邊，她得俯視下方才能看見這景色，但是她更喜歡下方的風景，那才是她心目中貨真價實的享受。她想到，蘭森為了來看她，竟然把工作放在一邊了，一般來說，像他這種人早上都在努力工作；至於布拉吉先生，他只是因為沒在工作，才可以想出門玩就出門玩。基本上，蘭森已經把整天空出來了，可說是為了芙雷娜犧牲奉獻。芙雷娜是數一數二善良的女孩，她太溫柔了，別人為她做的任何犧牲奉獻，她都感覺得出來。她總是在滿足別人的要求。如果奧莉芙想進行那樁莫名的計畫，要她去布拉吉家，蘭森應該會認為，這恰恰證明她和布拉吉先生關係匪淺，到時候，不管她怎麼辯解都沒用。再說，她如果去了布拉吉先生家，現在就不可能在這裡陪蘭森了。奧莉芙相信她不會做這種事，而她今後更不能讓奧莉芙失望，不管她過去做了什麼，都不能故意隱瞞。再說，她真的不想這樣做，這事最好不要發生。她多半是抱著這個想法才來紐約的，不過如果照計畫進行，蘭森就沒機會和她見面了。她這麼一想，整個計畫瞬間改變了，芙雷娜心生配合蘭森要求的念頭，因此凡是之後她沒辦法配合他的部分，她都感覺得事先補償對方。但關鍵是，她不喜歡蘭森以為她和別人訂婚了。不過，她實在不明白自己為何這麼在意，至少在當下，她搞不清楚自己在想什麼。她不明白和蘭森變親近有什麼好處（畢竟對方只對她本人有興趣），但她還是問蘭森，究竟是出於什麼動機才邀她出門，是不是有什麼特別的話想說（芙雷娜看似打情罵俏，實則信念高尚、動機單純，這樣的人全世界絕無僅有），彷彿這問題的答案會成為不需要甩掉他的理由一樣。

「我當然有特別的話想對您說，我有很多很多話要說！」蘭森大聲說道：「這個公共空間是密閉的，我講不了那麼多，每分每秒都有人進來這裡。再說，」他意味深長地補了一句：「在外面和人會面三小時，對我來說不太好。」

芙雷娜沒聽出蘭森話裡的深意，但也沒問他在城裡逛三小時會不會比較好。她只說：「這些話我會想聽嗎？聽了會對我有好處嗎？」

「嗯，希望能對您有好處，但我覺得您不見得會想聽。」蘭森遲疑了一會，臉上綻著微笑，接著說道：「我想跟您把話說清楚：我們的想法真的天差地遠！」他鼓起勇氣說出他的想法，不過純粹是靈光一閃，無甚可觀。

芙雷娜心想，如果蘭森要說的只有這些，她大可同意出門，因為這話的重點不是她本人。「很高興您這麼關心我。」芙雷娜打趣回道。但她還顧慮到另一件事，因此她直接對蘭森說，她希望奧莉芙回來的時候能看到她在家。

「很好啊，」蘭森說：「可是，她該不會覺得只有她能出門吧？她是不是自己跑出去，又希望您看家？如果她在外面待夠久，回家的時候一定能看到您。」

「她自己出門，這表示她信任我。」芙雷娜坦率表示。但話一說出口，她便心生警覺。

芙雷娜的警覺心是對的，因為蘭森立刻針對她說的話調侃了一番。「信任您？歸根究柢，有什麼好不信任的？難道您是十歲小女孩，她是您的監護人嗎？您難道沒有個人自由嗎？您該不會整天被她監視，每件事情都得跟她報備吧？您沒有四處流浪的勇氣，覺得只有被關在室內才安全嗎？」蘭森本來想繼續用同樣的口氣說，關於他走訪劍橋這件事，芙雷娜當時還覺得要對奧莉芙保密，並暗示自己在布拉吉太太家和錢斯勒小姐的談話，但他馬上就發現自己不應該再多說了。反觀芙雷娜，則已經說得太多，如果她想把話收回來，最快的方法就是去拿軟帽和外套換裝，讓蘭森帶她去他想去的地方。五分鐘後，蘭森便在客廳裡走來走去，等芙雷娜換好出門裝束。

他們搭高架鐵路到中央公園去。途中，芙雷娜想著奧莉芙現在應該在布拉吉太太家，所以她是可以自己出門的，再說，她頂多出門一小時，跟奧莉芙不在家的時間剛好一樣。高架鐵路的優點在於能載乘客來回中央公園，前後只需要花上幾分鐘，算起來，一個小時內還剩很多時間能逛公園。能逛中央公園兩次以上，是很令人開心的事。公園四周有圍牆，形成窄長型的空間，公園外的房屋有閃閃發光的窗子，屋面遙遙相望，洋溢著天然而細緻的四月氛圍。公園裡有人工石窟和隧道，還有亭子和雕像、數不清的道路和人行道，加上大湖和大橋；相對公園面積來說，湖面顯得太大，而相對湖泊面積來說，橋面也顯得太大。凡此種種，全都表現出這個季節最清新、美好的一面。當芙雷娜準備好了，整個人便充滿了朝氣。她很慶幸來了公園一趟，暫時忘掉奧莉芙，在大都市裡自在漫步，身邊還有認真照顧她的傑出年輕男士相伴，讓她樂在其中，而且其他人不會知道她人在何方。今天逛公園的感覺跟前一天搭布拉吉先生的車兜風很不一樣。今天的感覺更自由、感受更鮮明，充滿更多意外事件和機會。她能停下腳步，仔細看清楚每樣事物，滿足自己所有的好奇心，甚至是最幼稚的好奇心。獨自在外面待一整天（雖然實際上並非如此），這是她長大之後再也沒做過的事。小時候，她爸媽會趕流行出城上暑修課，她便逮到機會離家一、兩次，在鄉間和偶遇的同伴徜徉森林和田野間，一面找覆盆子，一面假裝自己是吉普賽人。一開始，蘭森極力提議他們去某個地方吃午餐，那間餐廳位於西十街，在他們出門半小時後才開始供餐。他堅持自己本來就該請她好好吃頓飯。他知道第五大道街首有一間安靜、高級的法國餐廳，他沒說的是，他是和露娜太太去吃過一次，才知道有這間餐廳的。芙雷娜先是拒絕了他的好意，表示她只是想出門一下子，不必蘭森費心安排。她那時應該不會餓，不需要出門吃午餐，回家再吃就好。但蘭森一再邀請芙雷娜，她只好說，如果她想到要吃什麼再說。她其實很願意和蘭森去小餐館吃飯，但她心裡又害怕做出這項決定。就像她在玩得正盡興時，心裡卻不清楚這趟出遊所為何來；開心歸開心，但她心想，蘭森怎樣都說不出任何對她有意義的話。蘭森隱約知道自己約芙雷娜共進午餐的目的。他很想和芙雷娜一同坐在小桌子旁，看她拿著折成奇特形狀的餐巾，邊聽他說著如歌般輕快的幻想，邊帶著微笑望著他，直到服務生把他們點的菜端上桌；法式菜單上寫的菜看似美味，卻又不知所云。但芙雷娜似乎打算半小時後就要回家，和蘭森的計畫不合。他們在中央公園裡知名的小型動物園裡看動物、看華麗湖泊裡的天鵝游水，甚至想著要不要划半小時的船。蘭森說，划完船才能為出遊畫下完美的句點。但芙雷娜說，他們已經走過蜿蜒的漫步區[40]、錯綜複雜的迷宮，也欣賞裝飾用的雕像和偉人半身像了，她不懂為什麼還需要完美的結尾。他們現在坐在一張位置隱密的長椅上，不過視野還算開闊，偶爾也會聽到路人踩在柏油路的上的聲響。

到目前為止，他們已經聊了很多，但就芙雷娜看來，話題從頭到尾都不是太認真。蘭森還是繼續開他的玩笑，連女性解放都不放過。芙雷娜習慣和認真過活的人相處，從沒碰過這麼愛貶

40 漫步區（Ramble）為紐約中央公園內的景觀區之一，其中遍布岩石和樹木，讓參觀者彷彿置身山林。

低國家制度，對時代潮流冷嘲熱諷的人。她起先選擇否定蘭森，想把對方駁倒，讓他自取其辱。她不假思索地回應，句句連珠砲似地反駁對方。最後她愈講愈累，甚至悲從中來。她從小到大很習慣聽取新思想、批判隨處可見的社會規範，也看很多事情不順眼，但她從沒想過有人能像蘭森一樣從頭盤問到尾，他誇大和扭曲的話語背後，瀰漫著苦澀。她知道蘭森是個鐵錚錚的保守派人士，但她不曉得原來人可以保守到如此激進和冷血。她本來以為保守派人士是自負、固執、自以為是的一群，只喜歡維持現狀，但蘭森對現狀或改革都不太滿意，而且在芙雷娜看來，他動不動就說盟友的壞話，力道比評價其他人還猛烈。她爭了一陣子之後就放棄了，心裡想著，蘭森不曉得經歷過什麼事，讓他變得如此扭曲。他大概受過一些苦，影響了他的價值觀。總之，他就是個憤世嫉俗的人。芙雷娜只聽人描述過憤世嫉俗的人是什麼樣，但從沒真正遇過這種人，畢竟，她以前碰過的人都很溫柔體貼。關於蘭森的過去，芙雷娜只聽奧莉芙說過一些，但充其量是大致的輪廓，有很多想像空間，可能他的人生遭遇很戲劇性，有著不為人知的失落與痛苦。她坐在蘭森身邊，一邊想著這些，一邊想著蘭森是否如他所言——比方說，他認為現代人追求自由的高調讓人感冒，而擴大自由這件事更是讓他難以苟同；想要讓世界變得更好，就該善加利用當下法律許可的自主權力才是。蘭森說的這些話，讓芙雷娜詫異得說不出話來。她沒想到，現在明明是十九世紀了，還有人說得出這種話，即使是最守舊的一群也不會這麼說。這跟他否定教育普及化的立場一脈相承；他認為，教育普及化就是一場大鬧劇，因為人們只是不停吞食空洞的口號，連沉默、勤懇地工作都不肯了。對蘭森來說，頭腦夠好的人才有資格接受教育，如果我們能看清事情的本質，就會立刻知道聰明的腦袋是百中選一的稀世珍寶。顯然，蘭森對人性的看法非常悲觀。

芙雷娜希望蘭森過去曾遭遇天大的壞事，不過，倒不是想藉此平息蘭森在她心中點燃的怒火，而是讓自己能原諒對方當下的無禮和殘暴。芙雷娜之所以想原諒蘭森，是因為他們在長椅坐了半小時後，蘭森嘲諷的態度稍微緩和了，讓他說話時更謹慎（看似如此）、真誠了些。這時，芙雷娜心裡湧出奇異的感受：她不想堅持自己的立場，但也不想對蘭森拚命解釋兩人想法的差異。我用「奇異」兩個字形容她的感受。芙雷娜在一片溫暖、祥和的氛圍中，伴著大城市悠遠的低鳴，聽著蘭森用低沉、甜美的獨特嗓音說出驚世駭俗的意見，同時帶有異國風味的抑揚頓挫。此外，當蘭森的身子靠向芙雷娜，他溫和、親密的笑容彷彿讓她的臉頰和耳朵癢了起來。這讓芙雷娜心中的想法彼此衝突著。蘭森約她出門如果只是為了說這些事，對芙雷娜而言太狠，甚至是冷血了，因為雖然她有反駁的自由，也一向試著胸懷大度，但蘭森說的話僅會讓她痛苦。她聽蘭森說話的時候，彷彿被下咒了一樣。她天生就很容易順從別人的話、被情緒的浪潮淹沒。一旦別人堅持己見，芙雷娜就會安靜聽話，而且不會忿忿不平。如同她面對奧莉芙的姿態，等於是向對方的熱血堅持彎腰妥協，一句話都不多說，而既然這對她而言毫不困難（事實上她向來是如此好相處），那麼不用過多久，屈服於比奧莉芙還強硬的觀念也是可以預期的。蘭森的堅持讓她捨不得離開，但她知道已經下午了，奧莉芙可能已經回到住處。要是她看不見芙雷娜的蹤影，又會深陷焦慮。芙雷娜猜想，奧莉芙現在應該正站在第十街住處的臥室窗邊，邊盼著芙雷娜的身影，邊注意樓梯上的腳步聲，以及大廳裡有沒有她的聲音。芙雷娜心裡浮現了栩栩如生的圖畫，讓她認真檢視畫中的每個細節。想到這裡，她還不肯起身拋下蘭森，回到奧莉芙身邊，因為她想到要跟奧莉芙說，這會是她最後一次跟蘭森見面，讓她內心掙扎萬分。這是她最後一次能跟蘭森並肩而坐，聽他聊和她息息相關的事。這痛苦如此錐心而全面，她一時竟沒發現這是過去沒發生過的。這狀態可能會持續好幾個月，但她心裡明白，這種狀態對他們沒什麼幫助，因為每個人的人生得自己過，沒辦法幫別人過人生；再說，蘭森的人生如此張牙舞爪、肆無忌憚，跟她的人生可是大不相同。

34

「我想，您應該是全國唯一有這種感受的人。」芙雷娜最後說道。

「不只是唯一有這種感受的人，很可能是唯一一個這麼想的人。我覺得很多美國同胞的立場跟我一樣，只是他們的想法還模糊不清。等我哪天得到適當的表現時機，我會替這些不容忽視的沉默少數發聲。」

「很高興您承認自己是少數了！」芙雷娜說道：「對可憐的女人來說，這真是好消息。您所謂的適當表現時機是指什麼？您該不會是想當美國總統吧？」

「然後在國會裡振振有詞發表意見？沒錯，這就是我想做的事。您真的把我的理想摸透了。」

「所以說，您覺得自己離這個目標很近嗎？」芙雷娜問。

芙雷娜的問題和口氣讓蘭森覺得好像在嘲諷他的窮苦潦倒，因此他暫時沒回話；要是芙雷娜此時看他一眼，就會發現他的臉開始紅了。蘭森聽了芙雷娜的話，覺得有些措手不及，但對方的反擊既合理又漂亮，而且芙雷娜身為年輕女子，自然有資格為自己辯護。她想說的，不過是她以前早就說過的話，只是換個方式表達而已（光看他刻意誇大的南方舉止和敏感的心思，這件事就很明白了），也就是阮囊羞澀的紳士沒資格浪費才華出眾、事業有成的女孩的時間，即使想自我感覺良好地宣告放棄這位女士也是如此。但芙雷娜這麼說，反而讓蘭森更想讓對方覺得，假設他選擇放棄對方，單純是因為那醜陋的、命運使然的外部因素；而他又接著自我吹捧，假設他不放棄芙雷娜，一定可以突破芙雷娜的種種成見，視她靠名聲累積的財富如無物。蘭森內心認為，芙雷娜是為愛而生的人，這是他在布拉吉太太家聽芙雷娜演講時的感想，但芙雷娜對此毫不自覺；而矯揉造作、空洞虛浮的女權理念又橫空出世，擋在兩人中間。站在她真正應該關心的男人面前，這錯誤百出的空洞演講，還有所謂解放「跟錢斯勒小姐同性別的人」（蘭森曾經不客氣地想：「老天，那種人有性別嗎？」），終會被貶低、走入死胡同。讀者可能會想，蘭森抱持這種想法，又要去追求芙雷娜，他自己也覺得很沒道理吧。他日後想起，想必會罵自己為何要做這種事。「塔蘭特小姐啊，我的人生成不成功，和我的事業心沒關係！」他大聲回應芙雷娜，「我很有可能窮一輩子，過著沒沒無聞的人生，但也只有我自己知道，我到底扼殺與埋沒了哪些偉大的遠景。」

「您為什麼會窮一輩子，過著沒沒無聞的人生？您的事業不是發展得不錯嗎？」

芙雷娜一問，蘭森瞬間激動了起來，竟忘了自己在露娜太太和奧莉芙面前信心滿滿，認為自己大有可為。芙雷娜會抱著這樣的想法，多半是從這兩位女士那裡聽來的。這問題聽在他耳裡，就像是在譏諷他，有意無意傷害他一樣；他差點就要伸出手臂摟著芙雷娜的腰，將她拉到自己身邊親一下，簡潔有力——要是再慢個幾秒，我不知道會發生什麼可怕的事。幸好，這時有個保姆推著嬰兒車走過來，旁邊跟著已經睡醒、正在學步的小孩，兩人的目光被蘭森和芙雷娜吸引了過去，而且認真盯著他們瞧。蘭森覺得這兩人的眼神有些嚴厲，芙雷娜則是很快地看了小孩一眼（她很喜歡小孩），並說道：

「您說您會一輩子沒沒無聞，這話聽起來很沒志氣。看看您，大家都知道您有雄心壯志。只要您有機會一展抱負，大家得小心了，有抱負最重要！」她這話有種異樣而嘲諷的坦率。

「您又知道我的抱負是什麼了？」蘭森尷尬地笑了起來，感覺像是第二次和芙雷娜見面時想親她，結果被狠狠地拒絕。

「我知道您的抱負比我遠大，所以我本來覺得不應該出門，最後又答應您了。而且其實我早就該回家了，現在卻還坐在這裡。」

「塔蘭特小姐，陪我一整天吧。」蘭森喃喃道。芙雷娜被蘭森的口氣打動了，於是轉身看著蘭森。這時，蘭森又說：「如果您不想和我共進午餐，那就改吃晚餐吧。您現在不會覺得很累，全身無力嗎？」

「我聽了您說的那些可怕的話，覺得身心俱疲。光聽那些罵人的話我就飽了，您還想約我吃晚餐？感謝邀約，您人真好！」芙雷娜笑著大喊。在我聽來有點尷尬，但蘭森渾然不覺。

「您別忘了，我可是聽了您的演講兩次。每次一個小時的演講，都讓我如癡如醉，我應該再多聽幾次。」

「既然您討厭我的理念，何必再聽我演講？」

「我想聽的不是您的理念，而是您的聲音。」

「我早跟奧莉芙說過了！」芙雷娜瞬間回了一句，好像蘭森的話證實了她一直以來的擔憂。不僅僅是蘭森，而是她對廣大聽眾皆有此擔憂。

蘭森仍然自認不是在向芙雷娜示愛，尤其他身為男性，可以占據優勢地位俯瞰全局。「我在想，您真的聽懂了我想說的話嗎？哪怕只是一點點？」

「很清楚，您都講了那麼多次！」

「您明白了什麼？」

「您想讓女性的地位退到原始時代。」

「我只是在開玩笑。我說那麼多，純粹是為了製造效果。」蘭森出乎意料退讓了。他看起來愈來愈放鬆，不太多說什麼。

芙雷娜發現了，於是立刻問：「您為什麼不把您的想法寫出來？」

這句話又戳到了蘭森的痛處，他實在不懂，芙雷娜為什麼總有辦法打中他的軟肋。「您是說公開發表嗎？我寫過很多東西，但沒人要幫我發表。」

「所以說，跟您立場相同的人應該不多，跟您剛才說的不一樣。」

「其實，」蘭森說：「編輯要求很多，膽子又很小。他們很愛說，他們很想看與眾不同的稿子，但真的拿到之後又不敢面對。」

「是要登在報紙還是雜誌上的？」芙雷娜慢慢意識到，這位出色年輕人投的稿子都被拒絕了，而且他寫的那些內容都在恥笑芙雷娜深信不疑的理念。而芙雷娜莫名替蘭森難過了起來，覺得他受到了不公平的待遇。「很可惜他們不登您的稿子。」她脫口而出。蘭森原本手拿拐杖，在柏油路上刮著花紋，這時他一聽，便抬起頭看著芙雷娜，想知道她是不是裝的。不過，芙雷娜的態度其實很誠懇，而且她還說，她想文章要刊出來一定很不簡單。她記得爸爸很努力投稿，但文章幾乎沒被登過的往事；不過她只在心裡想，沒說出口。她期待蘭森再接再厲，最後一定能成功。接著，她又面帶笑容、語帶嘲諷地說：「您想怎麼貶低我都好，但我拜託您，請不要把錢斯勒小姐扯進來。」

「您真的很不了解我想做的事！」蘭森大喊道：「女人啊，你們就是這個樣子。總是在盤算自己的事，還以為別人的盤算跟你們一樣。」

「對，大家都這樣指控。」芙雷娜笑道。

「我不想批評您，也不想批評錢斯勒小姐，更不想批評費林德太太、柏艾女士、伊莉莎．P．莫斯里的追隨者，或者其他優秀的知名女性，不管她們死了還是活著。」

「我以為您故意冷落我們、忽視我們，就是想毀掉我們！」芙雷娜直率地說道。

「不，我不想毀掉你們，也不想拯救你們。很多人都在討論女人的事，我根本不想管。我只在乎男人的事，那才是我想拯救的。女人的事，就讓妳們自己去煩惱就好。」

芙雷娜發覺，蘭森的態度比之前更認真了，他不再插科打諢，反而因為說了太多話而顯得有些疲憊。「您想救什麼？」芙雷娜問。

「讓全世界不要天殺的變得女性化！我真心覺得，這世界完全不是您那天晚上說的那樣。您說女性現身的機會不夠多，可是對我來說，我身邊的女性真的太多了。整個世代的人都被女性化了，男性的聲音愈來愈微弱，整個時代變得很女性化。現在的潮流很女性化，大家變得很焦慮、歇斯底里、聒噪、愛唱高調，言行華而不實，愛計較，感情又脆弱不堪。如果我們不小心的話，就會被最平庸、最軟弱、最蒼白又最自命不凡的人騎在頭上。我想捍衛的，是男人敢於冒險犯難、胸襟開闊、願意面對現實、毫不畏懼、如實觀看世界的能力。這些特質的組合看似奇特，卻非常基本。我想捍衛，或者說想重建的，就是這些特質。我想告訴您，我一點都不在乎女人會變成什麼樣子，我只想做我要的事！」

可憐的蘭森，他一面向芙雷娜靠過去，一面用低沉、溫柔、誠懇的嗓音傾吐他狹隘的見解（也難怪大報社會退他稿），但他一時忘記自己變得很冷靜、嚴肅，沒有半點胡扯的空間，可能會讓芙雷娜覺得不舒服。不過芙雷娜倒是沒受影響，她不斷想著蘭森的行為舉止，以及他宣教般的論述口氣。她立刻想到，這個男人隨時都給她這種感覺，而且感覺揮之不去，他是不可能改變立場的。她全身發寒，感覺不太舒服，但她表面上還是對蘭森說，他表達信念的方式非常直白、清楚，讓人聽來舒服多了，至少她這個聽的人能掌握對方的意圖。這話當然極度背離現實，因為芙雷娜從未如此不悅。蘭森醜陋的宣言讓她發顫，對她來說，這大概是天底下最侮辱人的話了。不過，她下定決心不讓身體顫抖，以免表露出她的脆弱，而她掩藏了真實情緒的說話語調，即便不是為了報復，卻起了報復的作用。因為這種說話方式總是讓蘭森感到一種憤怒的無助（但在芙雷娜看來，女人間常是這麼說話的），「蘭森先生，我跟您打包票，這是個講求良心的時代。」

「那是妳們唱的高調。卡萊爾說過，這是個騙子的時代。」

芙雷娜說：「您說您不想管我們，這話說起來容易，但您不可能不管我們。因為我們就在這裡，既然如此，你們就得找個地方安置我們。這個社會體制多棒啊，一點空間都不留給我們呢！」芙雷娜帶著迷人的笑容繼續說道。

「至少公眾場合裡不該有妳們的位置。我就想讓妳們待在家裡，跟妳們在家裡好好相處。」

「太好了，我們的關係要變好了！還有討論空間嘛。就像你說的，等你發起運動讓女人都待在家時，真的是美國女權萬歲了。」

「老天，您的想法好扭曲，真是個天才！」蘭森眼神和善地看著芙雷娜，小聲地說。

芙雷娜不理會蘭森的眼神，繼續說道：「那麼沒有家庭的人（至少有幾百萬人），您打算怎麼對待他們？您別忘了，結婚或被安排結婚的女人愈來愈少了。婚姻已經不是女人必經的道路了。如果她們連老公和小孩都沒有，就不可能叫她們把心思放在老公和小孩身上。」

「是嗎？」蘭森說：「原來有這種事！我承認，我私底下對女性抱著崇高的敬意，我願意號召天下男人，讓每個人娶五、六個太太。」

「所以對您來說，土耳其人的習慣是最進步的嗎？」

「土耳其人的宗教比較次等，他們相信宿命論，想法比較悲觀。再說，土耳其女性跟美國女性比起來，魅力值差多了。如果現代這顆毒瘤被除掉的話，兩邊真的沒得比。您說女人愈來愈不走婚姻這條路，仔細想想，您這句激動的空話對女人的舉止、人格、個性來說簡直是種傷害。」

「感謝稱讚！」芙雷娜淡淡地插了一句話。

但蘭森依然滔滔不絕，沒被芙雷娜的話給打斷：「每個女人，甚至是所有女人，不管單身或已婚，都有一千種方法找事忙。對她們來說，能讓社會舒服就是一種成就了。」

「是讓男人覺得舒服吧。」

「當然，不然讓誰覺得舒服？親愛的塔蘭特小姐，女人要覺得舒服，就是要先讓男人覺得舒服啊！這是自古不變的真理。錢斯勒小姐說，她和費林德太太找到了新思想能取代這項真理，甚至比舊真理更深邃、更經得起考驗。拜託不要相信她說的話。」

芙雷娜裝作沒聽見這段話，只說：「很高興聽到您做好心理準備，要看著單身老女人攻占全美國了！」

「我不排斥舊時代的單身老女人，和她們相處很舒服。她們總是有事做，不會整天晃來晃去向別人討工作。結果，妳們卻弄出了一批新的單身老女人，我就是想脫離這些人的魔掌。」他沒說他在講錢斯勒小姐，但芙雷娜看著他，似乎懷疑蘭森就是在說錢斯勒小姐。為了讓芙雷娜放下戒心，蘭森又把她之前提過的事拿出來講：「我剛剛評論了這波潮流對女性的害處，但您覺得我沒在稱讚您。親愛的塔蘭特小姐，您不必往心裡去。您是個獨一無二、不凡出眾的人，您和其他人完全不一樣。您的個性非常好相處，我覺得您是個不會墮落的人。我不曉得您的成長環境如何，也不知道您是怎麼長成現在這個樣子的，但您是個超凡脫俗的人。而且您要知道，」蘭森繼續用他冷靜、溫柔、深思熟慮的語調，像在解數學題一樣說道：「您要知道，您和這些紛紛擾擾之間的連結是不真實的、偶然的，這事其實虛幻不存在。您自以為關注這些事，但其實您根本不在乎。這些事是因為不幸的機緣巧合才跟您扯上關係，但您因為天性善良，讓自己扛了一堆責任。您老是想討好別人，不但到全國各地去佈道，還去煽動各種示威抗議。您就是想討好錢斯勒小姐，跟您以前討好父母一樣。真正在幕前的不是您，絕對不是，而是一隻充氣小人偶（很特別的人偶），這站立的人偶是您一手操縱的，您不停指揮它做事、說話，卻刻意把您自己藏起來。塔蘭特小姐，如果您能把操線人偶丟掉，在人前展現您自由、甜美的姿態，肯定更能吸引大家！」

蘭森說話的時候（他從沒用這種方式說過話），芙雷娜端坐著，雙眼出神看著地面。蘭森話一說完，芙雷娜立刻站了起來，因為她覺得自己和蘭森相處太久了。她轉身背對蘭森，一副準備離開的樣子；事實上，她真的想要走了。她現在不想再看見蘭森或繼續跟他說話。我會說，某件事讓她產生了這個念頭，但另一部分是因為蘭森平靜又直白的奇怪態度，好像對所有狀況了然於心，那讓芙雷娜覺得又怕又氣。她邁起步子走向公園大門，一副打定主意要離開的樣子。蘭森話說得很明白了，如果他的信念是如此，那麼他說出來的話也只能是如此。蘭森口中的她，跟她想成為的樣子有段落差；他還認為芙雷娜昧於現實，讓她心跳加速、胸口作痛。無論如何，她把最真實的自己遺留在蘭森身邊，偏偏那是她不該待的地方。沒多久，蘭森就趕上她，與她一起行走。這時，芙雷娜突然發現，蘭森說的話相當可怕，遠遠超出錢斯勒小姐的想像。要是這些話傳到了奧莉芙耳裡，此刻被她拋棄的朋友又會做何感想？芙雷娜被蘭森的話語影響了（蘭森說話的口氣有所改變，感覺背後的意圖大不相同），讓她決定不跟蘭森多嘴，當他們一走出公園，她就會跟蘭森分道揚鑣。不過，她還是有餘裕對自己說，絕對不能露出半點不安的神色，承認自己立場動搖。她刻意要自己認真聆聽蘭森提出的獨到意見，再給他一些回應，但不能太當一回事。她邊快步行走，邊對蘭森拋出一句話：「照您的說法，我猜您不覺得我能力夠強。」

蘭森回答前猶豫了一下，但他的長腿還是繼續走動，要跟上快步行走的芙雷娜一點都不難。芙雷娜的腳步又急又迷人，遮不住她想掩蓋的恐懼。「您是能力超群的人，但不適合在您現在投入的領域裡發展。塔蘭特小姐，您要換個領域才能展現您的能力！光用能力這個詞還不足以形容，應該說是天分！」

蘭森回話之後，芙雷娜感覺蘭森正看著她的臉，而且還緊盯著看。她臉紅了起來，如果蘭森繼續盯下去，而且對象是別人，芙雷娜會認為對方很沒禮貌。之前，奧莉芙還稱讚芙雷娜即使面對「幾百人的目光」，內心依舊不起波瀾；可是她這次完全破功了，無法多想關於蘭森的事情，她整個人平靜不了。她想把話題岔開，聊點公共事務。為了達到目的，她很快又對蘭森拋出一個問題：「我沒理解錯的話，您剛剛是說您覺得女人比男人還低一等？」

「在公眾場合上，就公民身分而言，當然是這樣沒錯。女人在公領域手無縛雞之力，比男人還低一等。沒什麼比這年代的情感還混亂的了，男人竟然在公領域中假意對女人改觀。不過就私領域的人際關係而言，情況又不一樣了。譬如家庭生活或親密關係——」

芙雷娜一聽，便帶著侷促不安的笑容插話道：「別這樣說，那只是你的說法！」

「比妳的說法好多了。」蘭森說。他們一起走出小門，而且剛好是他們進公園的那道門。他們走進由第五大道圍出來的大廣場，這裡同時也是公園南端和第六大道底。當天下午風光明媚，蘭森覺得天色還早。樹蔭和樹叢在他們身後伸展，搭配人工湖和親民景色，讓廣場變得開闊明亮，充滿了天然色調，還有體積太小，無法蓋過其他事物的植被。一整排巧克力色的房子眺望整個區域；街車在前方喧囂，司機在馬兒氣喘吁吁時，一面換馬一面讓乘客上下車；大方展現全屋風貌的啤酒屋，掛了高聳的店名看板，既是紐約風情的代表，也是畫家經常取材的畫面。公園裡灑滿陽光的矮牆邊，聚集了失業人口和來自國外的落寞孩童。公園另一頭則是第六大道的商業區，建築物的密集程度讓天空都看不見了。

「我要回家了，再見。」芙雷娜突然對蘭森說。

「回家？您不一起用餐嗎？」

芙雷娜知道有些人會在中午吃晚餐，有些人在晚上吃正餐，有些人從不吃晚餐，但從沒聽說過有人下午三點半吃正餐。蘭森很堅持帶芙雷娜吃晚餐，讓她覺得不大對勁，這不是密西西比人的作風，但芙雷娜不想再管。蘭森深色的眼珠透出微光，難掩失望的神色，以至於沒察覺她主要是想要自己回去第十街。

「我現在就得跟您道別了。」她說：「不要留我。您要是知道我多不想留，就不會想留我了！」她的態度和臉色都變了，雖然她笑得比以前更燦爛，但對蘭森來說，看起來反而更加嚴肅。

「您想要自己一個人回家嗎？我不能讓您自己回去，我是認真的。」蘭森聽到芙雷娜居然要他棄守原則，覺得驚慌不已，「我都把您一路帶到這裡了，我要負責把您送回我們碰面的地方。」

「蘭森先生，我一定要自己回家，我就是要！」芙雷娜大喊。蘭森從沒聽過她用這種語氣說話，讓他驚愕又挫折。他發現自己再堅持下去，就要走上歪路了。他心知出遊終須一別，而且道別的時刻不見得美好，但他希望由他來設定道別流程。他說，他希望芙雷娜起碼讓他送她上車，她說她不想搭車，比較想走路。但蘭森想到在光天化日下，芙雷娜一個人走回家的畫面，就覺得這樣無法解決問題，只是由於芙雷娜看似惶惶不安，蘭森心想，女人的某種神祕性格大概又在作祟了，不如就順其自然吧。

「我的犧牲比您想的還大，但我接受。塔蘭特小姐，願上天保佑您！」

她轉身背向蘭森，看起來像是在拉扯綁寵物的繩子。接著她冷不防接一句：「祝您的大作能被刊出來。」

「刊出來？」蘭森瞪大眼睛，張口說道：「您人真好！」

「再會。」芙雷娜又說了一次。她朝蘭森伸出手掌。蘭森握住芙雷娜的手一會，問她是不是馬上就要離開紐約，沒辦法再跟他見面了。芙雷娜說：「假設我待在紐約，也會待在您不能來的地方。他們不會讓我和您見面的。」

蘭森心裡浮出了一個問題。他本來克制自己不去問，但剎那間，他心裡的防線卻鬆動了：「您是指我聽您演講的場地嗎？」

「我可能會去那邊待幾天。」

「如果我不能去那邊找您，您之前何必寄邀請函給我？」

「因為我想要改變您的想法。」

「現在您不管我了？」

「沒有，我希望您維持您的本色！」

她說這句話時神情怪異，笑容比剛才更僵硬，蘭森不曉得她心裡在想什麼。她離開蘭森之後，蘭森還在她身後喊著：「如果您留下來，我會去找您！」芙雷娜沒轉身，也沒回蘭森話，蘭森只能看著對方消失在視線當中。她年輕的背影彷彿再次訴說著這道難解的謎。

不過，芙雷娜從沒想要為難蘭森。她單純想走路回家，雖然這樣會花更多時間，奧莉芙也會覺得奇怪，但走路才有時間反覆思考，她想了又想，慶幸（真的，她大鬆一口氣）蘭森是站在錯的那邊！如果他在對的這邊——她還來不及把這個問題思考完，就看到奧莉芙一如預期等著她了。芙雷娜一進門，奧莉芙就轉身看著她，臉色極為駭人。芙雷娜立刻解釋自己做了什麼事，不給對方問問題或回話的空檔。「那麼，妳跟布拉吉太太談完了嗎？」

「對，結束了。」

「她有沒有拚命問我要不要去？」

「問了很多次。」

「妳回她什麼？」

「我沒說什麼，但她給出很多保證——」

「妳覺得我應該去？」

奧莉芙一時無話可說。接著，她又說道：「她說他們很支持女權運動，而且妳會征服紐約。」

芙雷娜兩手搭著錢斯勒小姐的肩膀，接著立刻回看她一眼，一語不發。然後，她激動大喊：「我才不管她保證了什麼，我才不管什麼紐約！我不想去他們家，我不想。妳懂了沒？」芙雷娜的聲音不變，雙手環抱錢斯勒小姐，整張臉貼在對方的脖子上。「奧莉芙．錢斯勒，帶我離開，帶我離開這裡！」她說道。過了一會，奧莉芙發現芙雷娜正在啜泣；她幾個小時以來掙扎不已的問題，就這麼解決了。

第三部

35

八月某日，蘭森吃完晚飯，踏進小飯店前的廣場時，天已經黑了。這間飯店很小，建築建構也很鬆散。身材高大的蘭森一踩在樓梯上，梯級就發出吱嘎聲，窗框內的玻璃也哐啷作響。他習慣早餐時喝咖啡，晚餐時喝茶，而兩餐之間只吃點小東西墊胃，但他抵達波士頓之前，連吞小東西的時間都沒有，因此肚子一直很餓。現在，他已經喝了他晚餐的茶，只是很難喝。這杯茶是一位面色蒼白、拱著背的年輕女子端來的，對方留著一頭紅棕色小鬈髮，腰上繫著一條華麗的皮帶。她看蘭森猶豫不決，不知道要點炸魚、煎牛排還是烤豆子，臉色跟著不耐煩起來。從波士頓開往馬米恩鎮的火車下午四點鐘發車，一路斷斷續續朝鱈魚角[41]駛去。布滿石頭的草地上影子拉得很長，斜照的日光妝點了散落四處的稀疏林子，替池塘及沼澤鋪上一層金光。夏末的成熟氣氛籠罩著大地，但蘭森在國內走過之處，一切事物似乎沒因此變得成熟。真要說看起來成熟的，只有濃密小果園裡的蘋果醞釀的酸澀氣息，還有裸露石堤底部拔高而顯眼的一枝黃花[42]。沒有黃澄澄的穀物田，只有棕色的乾草堆。不過，這地方有些看似矮小、柔軟的植被，而低矮的地平線、偶有夏霧的溫煦空氣、八月早上水色湛藍且無人留意的入海口，都讓人有甜美的感受。蘭森聽說鱈魚角素有麻州義大利之稱，也有人稱此地為瞌睡鱈魚角、慵懶鱈魚角、無風暴永寧鱈魚角。蘭

41 鱈魚角（Cape Cod）為美國東北岸麻塞諸塞州一座伸入大西洋的海岬半島，為知名海灘度假勝地。

42 一枝黃花（goldenrod）為菊科一枝黃花屬植物，為北美原生種。

森知道波士頓人都會來鱈魚角避暑幾週，因為此地能助人入眠，平靜無波的氣氛讓人能全心休息。波士頓人平日繁忙奔波，能出城休息的時候，就不想讓自己有壓力。平常，同性之間帶來的壓力就夠他們受的了，休假時，他們只想放空、躺在吊床上、遠離人群、避開水邊蜂擁的人潮。蘭森一到站就發現馬米恩鎮沒什麼人，雖然有一群人直接離開遺世獨立的小車站，走向站外唯一一輛接駁車。這車站離鎮中心很遠，沿著塵土飛揚且粗陋的站前道路向遠方望去，只看得見一片空曠。外頭有六或八位穿著風衣的男士，拿著小包和提包，搭乘一輛顛簸的載客車，身子還露在車外。看了這些人的舉動，蘭森大概知道自己會面對什麼狀況。接駁車駕駛看起來若有所思；他是當地居民，身形削瘦，動作慢條斯理，他的脖子很長，下巴還留了些鬍子。他對蘭森說，如果他想在天黑前抵達飯店，現在就得出發了。蘭森的行李箱被隨意綁在車子的後方，感覺搖搖欲墜。當蘭森提出抗議，表示他的行李箱放得不牢，駕駛哀怨地說：「我們賭賭看吧！」他發覺，這裡有股船到橋頭自然直的氣氛，跟南方有異曲同工之妙；他來此正是希望，芙雷娜和錢斯勒小姐要是能融入這裡的氛圍，應該會覺得非常放鬆。這時，接駁車超載了，蘭森是唯一一位下車的人。他邊走，邊想像芙雷娜和錢斯勒小姐來此度假的畫面，認真享受走在鄉間路上的感覺，他已經好幾個月，甚至好幾年沒這樣走了。走著走著，他情不自禁想到了芙雷娜和錢斯勒小姐（稀稀落落的風景因為暮色降臨而黯淡下來，讓蘭森每走一步就想到這兩個人）；他不斷幻想，這兩人正在馬米恩鎮悠閒度假，而她們會是他在此地唯二認識的人。她們來到這裡，改革熱忱應該會比在波士頓少很多。就在那一個鐘頭的時間，熱切的蘭森期盼著兩位女士能暫時把她們的訴求留在波士頓。他邊走邊聞著泥土味，味道很香；當他走到路彎處，輕柔、涼爽的夜間微風撲面而來，至於前方有什麼，幾乎完全沒透露——可能是整片直挺挺樹木的林地，保留了一些來自西面的紅光；隨著他繼續往前走，看見陡峭河岸上有座木質階梯向高處延伸，頂端有棟鋪滿瀝青屋瓦的老房子，樣子灰撲撲的，感覺快解體了。他因吸收天地日月精華而感到精神為之一振；他想著自己在紐約沒日沒夜地工作，連放假都沒有，每天在這座狹長的城市裡移動，像井裡的水桶或織布機的梭子一樣來回奔波，弄到整個人快瘋了。

他在飯店辦事處裡點起一根雪茄。這間辦事處不大，位於飯店大門右手邊，裡頭擺了不起眼的入住登記簿。簿子放在一張空無一物的小桌子上，在被闔上之前，書頁就被折角了；蘭森隔天翻著簿子，發現當地的顯要人物（身分不明）住過這間飯店。這些人會把椅子拉到牆邊，但不會彼此聊天，只是一起將視線轉向窗外，彷彿馬米恩鎮有美景能欣賞。有時候，他們之中的某個人會起身走到辦公桌旁，將手肘靠在桌面上，肩膀縮在沒有衣領遮蔽的脖子旁。這人已經是第五十次翻著骯髒的簿本了，上頭的姓名一個接一個，但日期沒有連續。旁邊的人看著這位先生翻頁，或安安靜靜思索著此人是不是飯店住客，而這人面對飯店的鬆散，發現裡頭沒有服務人員能幫自己，只能問小鎮裡的耆老。這間飯店由神出鬼沒的事務所經營，裡頭有間飯廳跟防禦基地很像，平常大門深鎖，只在進行聖禮時才會開放。由於辦事處人力吃緊，一般來說，某位男孩會負責守衛工作，但只要輪他上工，辦事處裡和此業務無關的同事就會說他不在，或他跑去釣魚了。這神龍見首不見尾的男孩是這間飯店少數幾位親自服務客人的服務生，除了他以外，就只剩下那位高傲的女服務生（替蘭森端晚餐的那位），但她只會在正餐時出現。當時，有幾位身著披肩的女客人正坐在小型交誼廳裡的馬鬃搖椅上，焦急地等著男孩現身，像在等醫生來看診一樣。至於其他人，則是茫然地望著後門和窗戶外的風景，心想如果他來了，他們應該會看見他的身影。有時候，客人會跑去拉飯廳的門，小心翼翼地前後搖搖看，看門搖不搖得開。一發現怎麼搖都紋風不動，這些人就會放棄努力；要是發現一舉一動都被其他人看在眼裡，他們還會露出羞態並停手，回望自己的同伴。有些人甚至會說，這間飯店的水準不是很高。

不過對蘭森來說，飯店水準高不高不重要，畢竟他不是來馬米恩鎮住高級飯店的。麻煩的是，他人到了馬米恩鎮卻無事可做，生活反而變得比之前更惱人。前一天晚上，他突然覺得很疲倦，又對城市感到厭煩，決定搭隔天早上的火車到波士頓，再換車到巴澤茲灣[43]的海岸邊。這間飯店提供的資源不多，房客也不多；房客們到外頭走走，繞飯店一圈，也行經道路中間的小廣場和凹凸不平的庭院，接著消失在深沉的暮色中。在被遠方微光照亮的某兩、三個地點散步，是蘭森唯一的樂趣泉源。新英格蘭夏天晚上，空氣中充滿了令人耳目一新的土味，蘭森心想，其他人如果不是像他一樣來找芙雷娜，應該會覺得很無趣。這間飯店冷冷清清，不但與世隔絕，彷彿也跟自身斷了連結；這地方對蘭森來說很無聊，除了早睡，別無他法（但他真心不想如此）。他問了另一名房客，對方告訴他整個鎮的分布很鬆散。蘭森於是在星空下叼著優質雪茄，沿路探索著小鎮，雪茄是他身上唯一的富貴象徵。他心想，當晚去找人恐怕效果不佳，應該要事先通知兩位波士頓女士，讓她們知道他準備去拜訪了。他覺得，她們兩個八成想過退隱生活，整天跟雞為伍。他很確定，要是他待了下來，錢斯勒小姐真的會這麼做，藉此能激怒蘭森——她會要芙雷娜在不自然的時間就寢，就是為了要剝奪蘭森的美好夜晚。他走了一小段路，路上沒碰到半個人或動物，也沒看見半間房舍，但他很享受美麗的星空、寧靜的夜晚、蟋蟀的尖銳哀鳴，讓鄉下的各種模糊景象在他身邊鼓動。經過兩年來的拚命奮鬥，以及最近幾週紐約燠熱的天氣，他此刻沉浸在一片清涼當中。十分鐘後（他走得很慢），有個人朝他走了過來，一開始輪廓還很模糊，後來才發現是位女性。對方跟他一樣隨興散步，頂多只是來看星星的。當蘭森走近對方身邊，她突然停下腳步，仰頭思考起來。他走近對方時，對方透過清明的夜色看了他一眼，接著走過他身邊。對方遠遠看來身材瘦小，等到蘭森看清了對方的樣貌，才發現對方留了短髮，而且樣子似曾相識。他們擦身而過的時候，兩人同時轉頭看了彼此，這名女子的動作有點眼熟。蘭森這時確定，他之前遇過這個人，因此，他趁對方愈走愈遠之前停下腳步，回望對方的身影。女子發現蘭森佇足，於是跟著停了下來。最後，兩人便相隔一小段距離，在黑暗中面對面了。

「不好意思，請問您是普蘭斯醫師嗎？」蘭森覺得自己的態度有些頤指氣使。

現場安靜了一分鐘，接著，這位身材矮小的女性回答了：

「沒錯，先生，我是普蘭斯醫師。飯店裡有人不舒服嗎？」

「希望沒有，我不知道有沒有。」蘭森笑著說。

他往前走了幾步，告訴對方他的姓名，他很久以前（快兩年了）在柏艾女士家和對方見過面。他說，希望對方還記得這件事。

普蘭斯醫師想了一會，她似乎不喜歡模糊的說詞，也討厭不經思考就開口。「我想，您是指塔蘭特小姐初次登台那一晚吧。」

---

43 巴澤茲灣（Buzzard's Bay）為一座位於美國麻塞諸塞州大西洋沿岸的海灣，是知名水上活動旅遊勝地。

「就是那晚，我們那天聊得很開心。」
「我記得我那晚很虧。」普蘭斯醫師說。
「我不覺得，我記得您靠其他方式彌補了。」蘭森依舊笑著說道。
他看著對方晶亮的目光朝自己望來。她應該是待在鎮上，晚上出來散個步，連帽子都沒戴。普蘭斯醫師似乎不想離開，感覺想繼續跟蘭森聊天，就這點來看，蘭森認為普蘭斯醫師應該是無聊了，想找點事來做。「您不覺得她做的事很不簡單嗎？」
「當然！這個年代，什麼事都很不簡單。這真是個奇蹟年代！」蘭森一邊回答，一邊覺得自己很逗，竟然能在黑漆漆的偏僻鄉間小路上，和短髮女醫師淡定聊著自己愛慕的對象。意料之外的是，普蘭斯醫師和他的交情瞬間回溫了。蘭森繼續說道：「對了，我猜您應該知道塔蘭特小姐和錢斯勒小姐在這裡過夜的事？」
「嗯，我想我知道。我正要去找錢斯勒小姐。」語調冷淡、身材瘦小的普蘭森醫師說道。
「真的嗎？很高興聽到您這麼說！」蘭森大喊，覺得他找到隊友了，「您可以告訴我她們兩個人住在哪裡嗎？」
「可以，雖然現在很暗，但我應該指得出來。方便的話我帶您過去。」
「我是很想，但不確定是不是該馬上過去。必須先偵查一下。很開心遇到您，您還記得我真是太好了。」
普蘭斯醫師沒有駁斥蘭森的讚美，但她立刻表示：「我沒忘記您，因為柏艾女士後來又跟我提過您的事。」

「對，春天的時候我跟她碰過面。希望她現在身體健康，日子幸福快樂。」

「她一直都很幸福快樂，但恐怕不算健康。她身體很虛弱，健康每下愈況。」

「真令人難過的消息。」

「她也會去拜訪錢斯勒小姐。」普蘭斯醫師停頓一下後說道。她會停頓，儼然是因為她覺得這兩件事情沒什麼因果關係。

「哇，這麼多傑出女性都要去拜訪我親戚！」蘭森大聲說道。

「錢斯勒小姐是您親戚？您們長得不太像。柏艾女士來呼吸鄉下的新鮮空氣，而我是來幫她照顧身體的。如果她自己一個人來，恐怕沒辦法照顧自己。她個性很善良，但衛生習慣不好。」

普蘭斯醫師的話愈來愈多，蘭森一察覺，便跟著開心了起來。他說，希望普蘭斯醫師也好好享受鄉下的新鮮空氣。他擔心普蘭斯醫師跟在波士頓時一樣，成天泡在工作裡頭。普蘭斯醫師聽了便說：「我剛剛在路上做運動。我想，您應該不知道和三個女人一起住在小木屋裡的感覺。」

蘭森記得兩人上次見面時，他就很喜歡這個人。現在，他覺得兩人會「再續前緣」。他想展現自己的善意，可以的話，他很想送對方一支雪茄。他不知道該送對方什麼，也不知道該採取什麼行動才好，或許，他可以邀她坐在柵欄上聊聊天。蘭森很清楚住在小木屋裡的感覺如何，因此立刻同情起普蘭斯醫師，知道她必須和室友保持距離，到戶外散個步、看星星，他想，對方應該對宇宙天體很了解。他問對方願不願意讓自己陪她走一走，不過，普蘭斯醫師不打算繼續往前走，準備要掉頭回去了。於是，蘭森陪她一起走回鎮裡。這時，他總算看見一些排列有序的住家和屋舍，看起來是仔細規畫的。他們腳下的道路左彎右拐，看似曲折，卻能順著行者的腳步開展。鎮裡還有不少十字路口，轉角處掛了一盞油燈，店家也掛著「休息中」的牌子，字體顯示出鄉村風格；有些房子點起了燈，燈光透出窗外。普蘭斯醫師對蘭森提起小鎮裡的幾位居民，他們很喜歡替自己冠頭銜。這些人是退休船長，也是當地的顯要人士。他們會在某間小屋聚會，其中兩、三個人在昏暗的門口處走來走去，彷彿故意撐著不去睡；他們很愛回想自己從前在遠洋出海時，那些完全不想睡的夜晚。馬米恩鎮號稱是座小鎮，但自從造船工業式微之後，規模已經縮小許多。在造船業黃金時期，也就是內戰爆發之前，這座小鎮每年能生產許多船艦。鎮上的船塢還保留著，裡頭有機會撿到舊船板、舊釘子、舊鉚釘，但現在已經雜草叢生，海水也淹過了整座船塢。海洋的巨手似乎伸進了船塢，感覺又不像是真正的海，更像是一條靜靜的河流，對某些人來說，後者的意象比前者更有吸引力。普蘭斯醫師沒稱讚小鎮之美，也沒說小鎮過時或很詭異，但蘭森聽得出來，普蘭斯醫師的意思是這座小鎮正不斷走下坡。夜幕低垂，他感覺到了小鎮過往的輝煌歲月。普蘭斯醫師沒刻意問蘭森為何來馬米恩鎮，也沒問他什麼時候來的、打算待多久。當蘭森提到他是錢斯勒小姐的親戚，普蘭斯醫師可能覺得這就是他來馬米恩鎮的理由之一。不過她大概也好奇，要是蘭森專程來找查爾斯街二人組，為何現在還一副悠哉樣，沒有盡快登門拜訪的意思。儘管如此，普蘭斯醫師沒有分析這些狀況的習慣。假設蘭森跟她說他喉嚨痛，她就會追問症狀細節，但如果是社交方面的話題，她反而不會多問。無論如何，兩人聊得很融洽，一路穿過小鎮的主幹道，路旁的老榆樹十分魁梧，把路面遮得一片漆黑，讓行人的頭頂黯淡無光；空氣裡瀰漫著鹽的味道，感覺好像來到海邊。這時，普蘭斯醫師說，奧莉芙就住在另一頭。

「我想拜託您一件事：今晚我們碰面的事，請您不要告訴她。」蘭森一會之後說。他本來想知會錢斯勒小姐，後來卻改變心意了。

「好，我不會跟她說。」普蘭斯醫師表示，似乎對於這種無關緊要的事情不太放在心上。

「我想先保密，明天再讓她們驚喜一下。我很期待和柏艾女士見面。」蘭森這句恭維的話，讓人覺得在他心中，柏艾女士才是馬米恩鎮最美麗的風景。

普蘭斯醫師聽了對方的話，內心有些感觸，但沒說出口。她猶豫了一下，最後只說：「嗯，我猜柏艾女士聽到您在這，會覺得很開心。」

「這當然，我相信。她對誰都很友善。」

「嗯，她對誰都很好，但就算是這樣，還是比較挺自己人。她覺得您是塊寶。」

錢斯勒小姐的同溫層竟然會聊到他這個人，讓他覺得受寵若驚。不過，他當下還是一頭霧水，不知道自己何德何能受柏艾女士青睞。「希望我在這裡待幾天之後，她還覺得我是塊寶。」他笑著說道。

「嗯，她覺得您是目前被感化成功最經典的實例。」普蘭斯醫師木然地說，感覺連解釋都不想解釋。

「我被感化？您是指被塔蘭特小姐感化嗎？」蘭森突然想到，他在波士頓遇見柏艾女士時，還特地在道別之前提醒對方，不要告訴別人他們見過面。柏艾女士同意了（雖然一開始覺得這樣不太光明磊落），她說，芙雷娜會讓蘭森改變心意的。蘭森心想，難道塔蘭特小姐告訴柏艾女士，她已經說服蘭森改變立場了嗎？他覺得不太可能，不過無傷大雅，他還是興高采烈地說：「我是可以讓她這麼想啦！」

雖說不管是普蘭斯醫師還是令人尊敬的柏艾女士，她們都不太會接受欺瞞，但普蘭斯醫師還是繼續說：「嗯，希望您不會讓她知道您的想法跟過去我們交談時相去不遠。我可是知道您當時的立場的！」

「您當時也差不多，不是嗎？」

「嗯，」普蘭斯醫師微微嘆了口氣說：「老實說已經有點改變了，如果真的得有什麼改變可言的話。」她嘆的這口氣讓蘭森明白了很多事。對方感覺對錢斯勒小姐家的活動有所不滿，卻又努力克制自己不抱怨，儘管目前她有幸參與其中，她略帶憂愁、四處遊走的模樣，看起來是不想回到錢斯勒小姐家去。蘭森因此確定，嬌小的普蘭斯醫師有她自己想走的路。

「柏艾女士聽了，應該會很難過。」蘭森語帶責備說道。

「不會的，因為我說的話不重要。她們覺得女人要跟男人平起平坐，但她們招募到男成員的時候，反而比招募到女成員還開心。」

蘭森覺得普蘭斯醫師頭腦很清楚，因此稱讚了她一番，接著說道：「柏艾女士真的病了嗎？她身體很虛弱嗎？」

「嗯，她年紀大了，而且動作很——很慢。」普蘭斯醫師想了一下，才找到她要的形容詞：「人到了這個地步，就像風中殘燭了。」

「我們得幫她調養一下，」蘭森說：「我很樂意跟您輪班，照顧她寶貴的身體。」

「要是她沒辦法活著聆聽塔蘭特小姐的特訓成果，就會很可惜了。」普蘭斯醫師繼續說。

「塔蘭特小姐的？什麼樣的特訓？」

「嗯，這是她們來這裡的目的，在那邊。」普蘭斯醫師悠悠抬起頭，對蘭森稍微示了意，看向左方某棟矮小的白色房子。這棟房子和左鄰右舍相隔甚遠，背面有海，正面有大馬路，不過房子和道路之間有點距離，裡頭的氣氛比其他房子更熱絡。房子有好幾扇窗戶敞開著，接收著屋外溫暖的傍晚氣息，尤其是一樓的窗戶，讓屋裡透出的光整束照到了屋前道路的草地上。決定走低調路線的蘭森要普蘭斯醫師暫且留步。對方卻有些克制地輕笑了一下，對蘭森說：「您自己聽，這就是她們的特訓！」蘭森側耳，想知道普蘭斯醫師指的是什麼聲音。沒過多久，他就聽到了，是他熟悉的芙雷娜的嗓音。在八月寧靜的夜晚裡充滿抑揚頓挫，格外清晰。

「我的天，這聲音真美！」蘭森情不自禁讚嘆。

普蘭斯醫師看著他一會，接著幽默地說（她整個人顯得十分放鬆）：「柏艾女士說的沒錯！」但蘭森沒接話，只是默默聽著從屋裡傳來的嗓音。普蘭斯醫師見狀，便補了一句：「她在練習演講。」

「演講？她要在這裡演講嗎？」

「沒有，回波士頓之後才要講，場地在波士頓音樂廳。」

蘭森瞬間把注意力挪向普蘭斯醫師。「這就是您說的特訓嗎？」

「嗯，她們是這樣說的。她每晚都在練，每次念一小段給錢斯勒小姐和柏艾女士聽。」

「這個時候，您就會出來散步？」蘭森笑著問。

「嗯，這時候柏艾女士不需要我幫忙。她會聽得如癡如醉。」

蘭森慢慢發現，普蘭斯醫師只關注事實。有時候，她觀察到的事實很有趣。

「波士頓音樂廳——是那座有名的建築嗎？」蘭森問。

「嗯，這是波士頓最大的一座。這建築物很壯觀，但還是比不上錢斯勒小姐的雄心壯志。」普蘭斯醫師補充道：「她決定要讓大家認識塔蘭特小姐。她在波士頓的時候，從來沒在大場面登台過。她希望塔蘭特小姐能轟動全場。這次聚會的規模很大，她們正積極準備中。對她們來說，這次才是真正的出道演講。」

「所以她們現在正在準備？」蘭森問。

「對，我說了，這就是她們來這裡的主要目的。」

蘭森仔細聽著普蘭斯醫師的話思考著。他本來擔心，芙雷娜可能會因為他在紐約坦承立場而信心動搖。但現在看來，這問題似乎不存在。他和普蘭斯醫師好一陣子都沉默不語，只站在原地聽芙雷娜演講。

「內容聽不清楚。」普蘭斯醫師面帶微笑，在暗夜裡頗有《浮士德》中梅菲斯托費勒斯的邪氣。

「內容我可熟了。」蘭森喊道，更近似哀鳴，接著他便向普蘭斯醫師伸手道別。

36

謹慎起見，蘭森決定明天早上再登門拜訪。他覺得早上比較有機會和芙雷娜單獨見面，而晚上，錢斯勒小姐勢必會陪在芙雷娜旁邊。到了隔天，蘭森完全沒因為恐懼而拖延，雖然他不曉得到時情況會如何，還是朝普蘭斯醫師昨晚告訴他的屋子走去；他現在的步伐很堅定，完全是個目標清楚的男人，一點也沒有如履薄冰的樣子。他邊走邊想，覺得在晚上拜訪陌生的房子，簡直像是讀某位陌生作家的譯本；而現在差不多上午十一點鐘了，他覺得此時讀到的才是原版作品。這座稀稀落落的小鎮位在湛藍色的入海口旁，另一側有著林木叢生的低矮海岸，海岸與水的交界處鋪著閃亮的白沙。狹窄的港灣呈現出明暗交錯的畫面，夏日的海面金光閃爍、平靜無波，而遠方彎曲的海岸線在八月豔陽的照耀下顯得朦朧而細膩。普蘭斯醫師稱這裡是一座「小鎮」，所以他也跟著這樣稱呼，只不過這座小鎮的街道上有乾草味，而主廣場上則有黑莓味。草地兩側的房屋遙遙相對，外觀低矮，布滿鏽斑，還相互擠壓著，顯得既乾枯又滿是裂痕，上頭還有窗框狹小、卡死難推的陰暗窗戶。門前的小庭院種了一排過時的花朵，大部分是黃色的。在背對海邊的一角，田地向上傾斜並沒入了俯視著屋舍的樹林。馬米恩鎮家家戶戶都沒加裝門閂跟門擋，而且在門口接待的傭人並不是被當成財產，而是很受尊重的。蘭森發現，錢斯勒小姐住處的門大開，跟昨天晚上看到的狀況一模一樣，上頭連門環或搖鈴架都沒有。他站在門廊上，可以看見大廳左側的小客廳向後排窗戶延伸，裡頭擺了外國藝術品的照片，照片釘在牆上，室內擺了一架鋼琴和其他臨時製作的裝飾品，這幾位女士顯然花了不少錢裝飾租了幾週的小屋。芙雷娜後來告訴蘭森，錢斯勒小姐找了人重新裝潢這棟小屋，但裡頭的桌椅和床架不多，舉辦小型聚會時，大家只能輪流坐著或側躺。此外，她們還蒐藏了喬治．艾略特[44]所有的作品、兩張西斯廷聖母[45]的照片。蘭森

44　喬治．艾略特（George Eliot）為英國小說家瑪麗．安．伊凡斯（Mary Ann Evans）的筆名，其著作包括《織工馬南傳》（*Silas Marner*）、《米德鎮的春天》（*Middlemarch*）等小說。

45　西斯廷聖母（Sistine Madonna）為義大利畫家拉斐爾於一五一二年繪製的聖母像代表作。

拿手杖在門楣上敲了幾下，但沒人出門來接待他。於是，他自己走進了客廳，發現錢斯勒小姐把她的德文書都擺出來了。蘭森照著自己往常的習慣不知不覺讀了起來，但隨後想起自己來訪的目的不是看書，在門邊等待的時候，他看見大廳另一頭的門開著，裡頭依稀有一座小陽台，正好是在房子的另外一面。他想，女士們可能坐在涼爽的陽台上聚會，於是拉開後窗的布簾，發現錢斯勒小姐避暑小屋的優勢全都在這個角落。這裡有座陽台，旁邊還擺了水平寬闊的格架，格架上爬滿了古老的藤蔓，形成了陽台的一部分。格架後方有一座清冷的小花園，花園後方則是一塊放木頭、不知作用為何的大空間，裡頭堆了好幾堆陳年木材，他後來才聽普蘭斯醫師說，那是造船時期遺留的古物。在木頭空間後方正是出海口，是迷人的湖泊形狀，蘭森很喜歡。他沒特別注意出海口有多遠，他關心的是格架下方的人，陽光透過藤蔓葉隙，一塊一塊灑落在鋪在地上的亮色地毯。做工粗糙的陽台地板低矮，和地面幾乎同高。沒多久，蘭森就認出背對房子的柏艾女士了。柏艾女士獨自一人，動也不動（她腿上有份報紙，但看起來沒在讀報），望向閃閃發光的海灣。她可能睡著了，所以蘭森緩緩移動長腿走進屋裡，慢慢靠近柏艾女士。他之所以小心翼翼，是因為他做事謹慎。他走過陽台，站到柏艾女士身邊，不過對方似乎沒注意到他。她看起來在打瞌睡，或者說看似在打瞌睡，因為她頭上戴了一頂舊草帽，把上半部的臉遮住了。她身旁有兩、三張椅子，還有一張桌子；桌子上擺了六、七本書和期刊、一個裝有透明液體的玻璃杯，杯子上還橫著一根湯匙。蘭森想讓柏艾女士好好休息，於是便找了張椅子坐下，等對方醒來自己發現他。他很喜歡錢斯勒小姐的後花園，身在其中很舒服。他感覺慵慵懶懶，讓自己享受夏日黏滯無序的微風，上方的藤蔓葉正被微風吹動著。在海的另一側有迷濛的海岸，光影色調遠勝紐約街景，看上去銀光閃閃，點綴著仲夏日光。蘭森覺得這幅鄉間畫面很夢幻，如同畫作一般。他這一輩子沒看過幾幅畫，因為密西西比無畫可看。但有時候，他知道有些事物比現實更精緻，而現在，他覺得眼前的景象十分動人，美感堪比藝術品。不過我也說了，他不知道柏艾女士是睜著眼睛，還是正透過想像力（她的想像力很豐富），使她那緊閉的、疲憊又昏花的眼睛得以欣賞美景。蘭森在她身邊坐了一陣子，覺得柏艾女士看起來像是個值得好好休息，安安靜靜領退休金的老人。她工作一整天後，可能就會坐在這個位置上，看著幽靜的河流、發亮的海岸，一步步走向靠無私換得門票的天堂。天堂大門應該很快就會為她敞開了。過了一會，她沒轉頭，幽幽地說：

「我想時間差不多了，我該吃藥了。她好像找到有效的藥了，對嗎？」

「您是說水壺裡面裝的東西嗎？我很樂意幫您端過去，麻煩告訴我，您需要喝多少。」蘭森站了起來，從桌上拿了一個玻璃杯。

柏艾女士一聽見蘭森的聲音，立刻熟練地掀起草帽，再稍微把包住的臉（即使八月了，她還是覺得很冷，在室外坐的時候必須保暖）轉向蘭森，用波瀾不驚的眼神打量對方。

「一匙，還是兩匙？」蘭森問，邊笑邊攪拌著藥。

「這次加兩匙好了。」

「沒錯，普蘭斯醫師怎樣都想找到對的藥方。」蘭森邊調藥邊說。她伸長脖子喝藥的動作，讓她的模樣又更像小孩子。

蘭森放下杯子，柏艾女士恢復原本的姿勢，似乎是在想事情。沒多久，她說：「這藥很像順勢療法。」

「我也這麼覺得。我想，您應該不會選別的療法吧。」

「大家現在都說這是真正有效的療法。」

蘭森移到柏艾女士身邊，讓對方能清楚看見他的樣子。「選擇真正有效的療法很好。」他親切地將身子彎向對方，「我相信您會好起來的。」蘭森通常不這麼矯情，但真要裝起來，他也能做得滴水不漏。

「我不知道誰有資格這樣判斷。我還以為您是芙雷娜。」她用溫柔而審慎的眼光看著蘭森，同時補上這句。

「我一直在等您認出我來。您當然不曉得我在這，我昨晚才到。」

「這樣嗎，您來看奧莉芙真是太好了。」

「您還記得我上次遇見您的時候，我還不想去找她嗎？」

「您上次要我不要跟她說我們碰面的事，我只記得這個。」

「您不記得我跟您說，我那時候要去哪嗎？我要去劍橋找塔蘭特小姐，多虧您好心提供我資訊，我才能順利抵達目的地。」

「對，她跟我稍微提過您去拜訪她的事。」柏艾女士面帶笑容說道，喉嚨裡的聲音模糊不清，感覺似笑非笑，頗有深意。蘭森始終不明白其中的意義，不過，之後很長一段時間他都記得這位老太太此時的友好。

「我不知道她喜不喜歡，但我很喜歡那次的劍橋行程。您看，我喜歡到又來找她一次。」

「所以，我猜猜看，她應該讓您改變心意了？」

「改變可大了！」蘭森笑著說。

「有您加入肯定大有幫助！」柏艾女士說：「您這次來，會順便來找錢斯勒小姐嗎？」

「就看她想不想接待我了。」

「如果她知道您改變心意了，應該會想接待您。」柏艾女士若有所思地說，即使她拙於思考，也看得出來錢斯勒小姐和旁人的關係有多尷尬。「但她現在應該沒辦法接待您，應該吧？她出門了，去郵局領信，很多人從波士頓寄信給她們，每天都一大堆，錢斯勒小姐得叫芙雷娜陪她把信扛回來。其實，她們本來要留一個人陪我，因為普蘭斯醫師去釣魚了。但我說，我自己一個人在家待七分鐘應該沒問題。我知道她們兩個喜歡待在一起，一定要出雙入對。她們跑來這裡，就是因為這裡很安靜，而且她們只在乎對方，眼裡都沒有別人。我跟過來這裡，實在是破壞氣氛！」

「柏艾女士，我怕我也會破壞氣氛。」

「您是個紳士。」柏艾女士喃喃道。

「沒錯，紳士又如何？我如果做得到，當然得破壞氣氛。」

「您應該跟普蘭斯醫師去釣魚。」柏艾女士說。她的口氣很平靜，感覺沒聽出蘭森剛才說的話有多少惡意。

「這建議聽起來很棒，我接受。今天還有很多時間，得找事情來消磨。醫師有沒有陪您一起來？」蘭森故作無知問道。

「有，錢斯勒小姐也邀我們兩個一起來。她很體貼，不是只會唱高調，她是面面俱到的慈善家。」柏艾女士坐在椅子上，將整個身子轉了過來，感覺把自己當成某個物品在展示：「在波士頓，感覺到了八月，大家就不太找我們去演講了。」

「所以你們來這裡吹風、看風景。」蘭森說。他心想，七分鐘早就過了，扛信二人組不知道什麼時候才會從郵局回來。

「對，我很享受這裡的感覺，舊舊的。我本來不覺得自己會喜歡無為的生活。這跟我之前忙碌的生活型態很不一樣。不過，這樣過活好像也沒什麼問題，沒出什麼錯。要是有問題的話，還有錢斯勒小姐和塔蘭特小姐在旁邊照顧我。她們覺得我現在只要袖手旁觀就好，再說，全國各地的人才都會紛紛過來幫忙。」柏艾女士繼續說道。她順著歪斜又脫色的帽沿善意地看著蘭森，正好呼應了蘭森想要的歡樂氣氛。

但此時此刻，蘭森覺得自己變成了不老實的人。他已經下定決心不驚動柏艾女士，影響她樂觀的人生態度。如此一來，他這幾天就得遮遮掩掩了。不過他心裡有個聲音，提醒他省點力氣做更要緊的事，於是，他目前只要裝到這個程度就好。這時，大廳裡傳來了蘭森熟悉的聲音，而且很快就飄到蘭森耳裡，他還來不及站起來，其中一位說話的人就出現了，同時大喊：「親愛的柏艾女士，您有七封信！」這句話還沒完全講完，音量就變弱了；蘭森站了起來，轉身看見錢斯勒小姐，手中拿著郵局領的包裹。她驚恐地看著蘭森，原先的從容消失得無影無蹤。臉上除了不悅，幾乎沒有歡迎客人的表情。蘭森不想跟錢斯勒小姐多說什麼，因為無論如何都無法美化他登門拜訪的事實有多惹她討厭。他乾脆讓對方面對現實、讓她自由想像，這次他不會再被甩開了。為了緩和氣氛，他馬上伸手接過柏艾女士的信。錢斯勒小姐竟然直接交給蘭森，顯然她已經頭暈發昏了。蘭森把信交給柏艾女士，這時，芙雷娜出現在門口了。她一見到蘭森就脹紅了臉，但不像奧莉芙一樣默默無語。

「蘭森先生，是您？」她問道：「什麼風把您吹來的？」柏艾女士正伸手拿信，沒發現奧莉芙和蘭森見面時，已經震驚到說不出話來。

還好有芙雷娜緩和僵局。她馬上就語帶輕鬆地發言，似乎不覺得有什麼好尷尬的。她雖然臉紅，但頭腦依舊清醒，而她或許因為演講經驗豐富，心態才能保持穩定。蘭森朝進門的芙雷娜笑了一下，不過他反而先跟奧莉芙說話；奧莉芙已經別過頭去，眼睛盯著湛藍的海水，似乎正在思考即將會發生什麼事。

「看到我一定讓您很驚訝，但我希望您不要覺得我不請自來。我看到門沒關，就直接走進來，柏艾女士以為我會待下來。柏艾女士，我就靠您了，請您保佑我。我求您、拜託您保佑我。」蘭森繼續說道：「接受我、幫我說話，用您慈悲為懷的心守護我！」

柏艾女士從她的信件抬起頭來，剛開始好像沒聽見蘭森的請求。她的目光從奧莉芙轉向芙雷娜，接著說：「我們應該還有空房吧？只要一想到我在南方的經歷，就會覺得蘭森先生能夠站在這裡，代表我們已經大勝了。」

奧莉芙沒聽懂柏艾女士的話，芙雷娜倒是急著插話：「您一定是看了我的信，才知道我人在這裡。奧莉芙，就是出發之前我寫的那封。」她說：「妳記得我還把信拿給妳看嗎？」

奧莉芙聽了芙雷娜為對方開脫的話，用奇異的眼神看了對方。接著她對蘭森說，他愛來就來，她不知道他何必解釋那麼多，每個人想來都能來。這個小鎮很漂亮，每個人來了都會覺得舒服。「不過，對您來說有個缺點。」她說：「夏天的時候，這裡四分之三的居民都是女性！」

這個刻意的玩笑話讓人感覺突兀又不自然，而且她嘴唇發白、雙眼冷若冰霜，讓蘭森詫異不已，只好看芙雷娜一眼，希望對方能解釋一下現在的狀況。奧莉芙自認走出傷害了，提醒自己是安全的，而且芙雷娜已經在紐約駁斥過追求她的蘭森。為了向芙雷娜證明她很有安全感且貼心，又考量到之前發生的事，她才覺得稍微嗆一下人會很有效。

「啊，奧莉芙小姐，不要再以為我不喜歡女性了，您真正討厭的，是我太喜歡女性這件事！」蘭森不是大言不慚、沒禮貌的人；相反地，他是非常真誠的人。只是他也知道，他現在不管說什麼、做什麼，都會被錢斯勒小姐當作沒禮貌。他在內心交戰了一番，覺得自己如果被當成大言不慚的人，心裡應該還是過得去。其實他一點都不在乎別人怎麼看待他，也不在乎自己有沒有冒犯別人。他的目標很清楚，讓他不至於犯下蠢事，而且讓他屹立不搖、心情平穩，他從容的樣貌在旁人眼中，可能會被視為淡漠。「這地方讓我覺得很舒服，」他說道：「我兩年多沒放假，一刻都不能再等，我輕鬆了。我來之前本要寫信封給您的，但到了出發前幾個小時才確定要來，我確定了這是我想要的。我記得塔蘭特小姐在信裡說，在這個地方，大家可以穿舊衣服躺在地上。我很喜歡躺在地上，而且我的衣服都很舊。希望能在這裡待三、四個星期。」

奧莉芙耐著性子聽完蘭森的話，又稍微待了一下，就默默跑進屋裡，連看都不看大家一眼。蘭森發現，柏艾女士已經看信看入神了，他只好走到芙雷娜面前，認真盯著她的雙眼。蘭森收起了笑容，不像對錢斯勒小姐說話時笑笑的，「您要不要到其他地方，方便我們單獨聊聊天？」

「您為什麼要來？您不應該來的！」芙雷娜好像還在臉紅，但蘭森認為她應該是被大太陽曬紅了臉。

「我會來，是因為我必須來一趟，因為我有很重要的事要對您說，很多很多事。」

「您在紐約跟我說過的那些事嗎？我不想再聽了，那些話很可怕！」

「不是，是別的事。我想要請您和我一起離開這裡。」

「您每次都想把我約出去！我們不能走，這裡可不是家裡，而且離家很遠！」芙雷娜笑了起來，但又想辦法克制，因為她感覺事情變得有些緊迫。

「我們到花園去，到花園的外面去。我們到海邊去，到那裡聊一聊。我來這裡就是為了和您聊聊，不是我剛剛跟奧莉芙小姐說的那樣！」

他放低音量，似乎擔心奧莉芙小姐會聽到。他的聲音深沉、嚴肅了起來，芙雷娜環顧四周，看著燦爛的夏日景色，看見柏艾女士歷經風霜的平滑面孔，看著她把信放進帽子裡。「蘭森先生！」芙雷娜喊道。她望向蘭森的時候，掉了幾滴眼淚。

「希望我沒讓您覺得痛苦。我不想說會讓您傷心的話。我對您有這樣的感覺，怎麼可能讓您傷心？」他自制地說道。

芙雷娜沒再說什麼，但看著她的表情，蘭森知道得讓她靜一靜。隨著她變得凝重的神情，一股歡欣與成就感刺激著蘭森的心，因為這顯示事情就如他所想的那樣：她很害怕蘭森，開始變得不信任自己，而蘭森對她性格的判斷很準（她容易被傷害、她需要愛，而且跟蘭森是天生一對）。他一定會實現他想要實現的目標，只是早晚的問題。這個開心的想法，讓蘭森對芙雷娜格外溫柔。他笑得非常安穩，低聲道：「給我十分鐘就好，不要把我晾在旁邊。今天是我的休假日，我難得休假，別毀了一切。」

過了三分鐘，原本在讀信的柏艾女士抬起頭來，發現蘭森和芙雷娜正朝著欣欣向榮的花園走去，並從花園另一側籬笆上的空隙穿過，走進另一側的舊船塢，船塢已經成了水邊的一片荒煙蔓草，還留下了幾片多餘的木頭。柏艾女士看見他們走到海灣邊，站定不動，任由微風撲面而來。她看了他們一會，心想那位來自南方的頑固年輕人，終於被來自新英格蘭的女孩子慢慢說服，走上了正確的理念道路。柏艾女士覺得心暖了起來，在她眼中，芙雷娜正一五一十解釋她的想法。而蘭森以前成見極深，現在表現得則是可圈可點。即使身在遠處，柏艾女士還是看得出蘭森態度很謙和，他邀芙雷娜坐在經歷風吹雨打而暗沉的低處木板上（這木板是現場唯一能坐的地方）。柏艾女士也發現，芙雷娜對蘭森的建議置之不理，還站在她想站的地方，態度有些自豪地背對蘭森，離他離得遠遠的。柏艾女士看得見他們的一舉一動，卻聽不見他們說的話，所以無從得知芙雷娜為什麼聽了蘭森的話，決定背向對方。但就算她知道談話內容，大概會覺得以兩位年輕人對話的情境而言，蘭森的言論沒有讀者想的那麼特別。

「他們登了我的稿子，我覺得這篇是我最喜歡的。」他們離開屋子非常遠之後，蘭森說的第一句話便是這句。

「登出來了嗎？什麼時候登的？」芙雷娜立刻問道。她提問的語氣跟剛才想和蘭森保持距離的態度相互矛盾。

在紐約散步的時候，芙雷娜不經意地祝福蘭森能轉運，從被退稿的人成為被邀稿的人，當時蘭森告訴芙雷娜，她人真好；蘭森沒再次提到芙雷娜人有多好，只是一個勁為自己說項（她如果會反感也是正常的），讓對方更快了解他這個人，看能不能全然信任他。「總之，這就是我來這邊的原因。在我寫過的文字創作裡，這篇是最重要的一篇，我會看他們登不登，再決定要放棄或繼續我的寫作事業。有一天，我收到《理性期刊》編輯寄來的一封信。他說，他很希望刊我的文章，內容非常出色，也希望我繼續投稿。他不用擔心，我一定會繼續寄稿子給他！文章裡有很多我跟您提過的想法，還有其他沒提過的部分。我真心相信有讀者想讀。不管如何，這篇文章準備要刊了，我的人生達到了新的里程碑。對您來說，我的成就大概實在是小得可憐，畢竟您這幾年四處亮相，已經聲名大噪了，該有的成就也都有了。但對我來說，文章能刊出來是件大事，讓我相信自己還能做出一些貢獻，也改變了我對未來的看法。我一直都活在幻想裡頭，您還是我幻想之中的座上賓。不過，現在我的想法變了，這就是我來這裡的原因。」

芙雷娜把蘭森每個溫柔、退讓、真誠的字句聽在耳裡，她覺得很驚奇。當蘭森說完了，她便問道：「您以前對自己的前程不滿意嗎？」

芙雷娜的口氣讓蘭森覺得，芙雷娜以為他是個不容易感到氣餒的人；她甚至還覺得，即使蘭森選錯了路，有一天還是有機會成功。芙雷娜對他能力的讚美，是他聽過最美妙的話語；相較之下，《理性期刊》編輯寄來的信簡直無足輕重。「我本來覺得前途茫茫，不確定是否找得到我在世界上的定位。」

「太讓人驚訝了！」芙雷娜說。

十五分鐘後，重新埋頭讀信（某個住在佛拉明罕[46]的筆友寄來的，對方通常一寫就是十五頁）

46 佛拉明罕（Framingham）為美國麻塞諸塞州米德爾塞克斯（Middlesex）郡內的城市。

的柏艾女士發現，芙雷娜是獨自走進屋裡的。她叫住芙雷娜，開玩笑說她沒把蘭森推下海了吧。

「沒有，他從另一邊離開了。」

「希望他很快就能替我們發聲。」

芙雷娜猶豫了一會。「他習慣寫文章發聲。他幫《理性期刊》寫了一篇很精采的文章。」

柏艾女士心滿意足地看著芙雷娜，她手上那封讀不完的信被風吹得前後擺動。「事情能有這樣的發展太好了，不是嗎？」

芙雷娜不知回應什麼才好。不過，她想到普蘭斯醫師告訴過她，柏艾女士隨時都可能離世；她又想到蘭森說《理性期刊》是本季刊，而且編輯說下一期才會登他的文章。這麼一來，還得再等上好幾個月，柏艾女士恐怕來不及看到她所謂的同盟實際上是怎麼想的。她大可相信自己想相信的，不用擔心哪一天被清算。芙雷娜決定親一下柏艾女士就好，但對方的帽子歪了，她只能親到額頭。這時，柏艾女士驚呼道：「芙雷娜，妳的嘴唇好冰啊！」芙雷娜聽了，倒不覺得驚訝，因為她想到待會還得面對奧莉芙，早就背脊發涼了。

她進了奧莉芙房裡，因為奧莉芙刻意遠離蘭森後，乾脆躲到房間裡去了。她八成是一進門就跌坐在窗戶旁的椅子上，而且還能看見芙雷娜穿過花園，和蘭森一起走到海邊。她的身子垮了，維持前傾的姿勢不動，態度跟上回在紐約等芙雷娜回來的時候一樣。芙雷娜預想不到奧莉芙會說什麼，她腦中想的只有自己的目的。她走向錢斯勒小姐，在她身前跪下身子，握住對方擱在腿部緊握的雙手。芙雷娜定住不動，抬頭看著對方說：

「有件事我得告訴妳，現在就得說。那件事發生的時候我沒告訴妳，事後也沒跟妳說。我們去紐約前不久，蘭森有一次來劍橋找我。他在劍橋待了好幾個小時，我們一起去散步，參觀了哈佛校園。後來他才寫信給我，像我在紐約跟妳說的一樣，我回了信給他。我那時候沒告訴妳他來找我的事。我們聊了很多他的事，但我刻意隱瞞了妳。我不知道為什麼我要隱瞞。我只知道我不想告訴妳，覺得這樣比較好。但現在，我想讓妳知道各個細節，然後妳就會明白來龍去脈了。我他只來找過我一次，陪了我差不多兩小時。我那時候覺得很快樂，因為他看起來很有熱忱。我之所以沒告訴妳，是因為不想讓妳知道他人在波士頓，又到劍橋找我，可是卻沒去找妳。我在想，妳應該會覺得很不舒服。妳應該覺得我騙了你。沒錯，是讓妳誤會了，但我現在想讓妳知道真相——所有真相！」

芙雷娜態度很誠懇，一口氣把話說完了，感覺像是盡力在為了之前不夠真誠贖罪。奧莉芙一面聽，一面看著對方，起初聽不太懂芙雷娜的意思，突然之間，她大喊：「妳騙我，妳騙我！我說，我寧願妳繼續騙我，也不要把這些可怕的真相告訴我！他都來這裡找妳了，再多說什麼又如何？他來這裡的目的是什麼？」這時，芙雷娜確定對方聽懂了。

「他是來向我求婚的。」

芙雷娜說這句話時，態度同樣堅定，感覺不在乎被責怪了。不過，她話一說完，就趴到錢斯勒小姐的腿上。

錢斯勒小姐不想捧起芙雷娜的臉，也完全沒有反握住芙雷娜的手，只是默默坐了一會，芙雷娜心想，劍橋的故事隔了好幾個月才攤開來說，不知道有沒有對奧莉芙造成打擊。接著她發現是因為剛剛發生的事情太驚人，才讓對方走神了。最後，奧莉芙問：「他在海邊跟妳求婚？」

「沒錯，」芙雷娜抬頭望著對方，「他想要我馬上知道他的心意。他說，要先提醒妳他的求婚意圖，對妳才公平。他想讓我愛上他──他是這樣說的。他想更認識我，也想要我更認識他。」

奧莉芙背靠著椅子，雙眼圓睜、張著嘴唇。「芙雷娜‧塔蘭特，你們兩個究竟是什麼關係？我還能信什麼，我還能信什麼？我們去紐約之前，你們居然一起在劍橋相處了兩小時？」她開始覺得芙雷娜滿口謊言，因為她隱瞞了很多事：「老天，妳還真會演！」

「奧莉芙，我是為了讓妳放心才這麼做的。」

「讓我放心？如果妳真的想讓我放心，他現在就不會出現在這裡了！」

錢斯勒小姐冷不防吼出這句話，讓芙雷娜嚇得縮回去，整個人站了起來。一瞬間這兩個女人彼此面對面對峙著，旁觀者看了，可能會以為她們是敵人，不是朋友。不過，兩人針鋒相對頂多持續幾秒鐘。芙雷娜聲音顫抖著，不激烈，但清晰地說：「妳是說我早知道他會來，而且還邀他來？這輩子讓我最驚訝的事，就是看到他出現在這裡了！」

「他不是專業奴隸頭子的一員嗎？他不知道妳厭惡他嗎？」

芙雷娜帶著罕有的威嚴看著對方。「我不厭惡他，我只是不贊同他的想法。」

「『不贊同！』這真是太糟了！」奧莉芙轉身面向開著的窗戶，把額頭靠在拉起的窗框上。

芙雷娜猶豫了一下，接著走到奧莉芙身邊抱住她，「不要罵我！幫幫我──幫幫我！」她低聲道。

奧莉芙側看了芙雷娜一眼，接著又轉身對她說：「妳要不要搭下一班火車走？」

「像在紐約一樣躲開他？奧莉芙‧錢斯勒，這樣行不通。」芙雷娜變得很理智，彷彿千歲智者一樣：「柏艾女士現在這樣，我們怎麼可以把她丟在這裡？我們得待下來，和他正面戰鬥。」

「妳之前都說了謊，現在為什麼不誠實一點？誠實一點，不要半真半假可以嗎？直接告訴他妳愛他不就好了？」

「我愛他？奧莉芙，妳在說什麼？我跟他很不熟。」

「如果他待一個月，妳就能和他熟了。」

「說真的，我不討厭他，跟妳不一樣。但他希望我拋下一切，拋下事業、拋下理念、拋下未來，不再對大眾做演講……我要怎麼愛他？我怎麼可能同意他的要求？」芙雷娜露出奇怪的笑容說道。

「他是這樣對妳提出要求的？」

「不是。他的說法很客氣。」

「客氣？拜託不要那麼卑微！這是我的地盤，他不知道嗎？」錢斯勒小姐立刻說道。

「當然，妳如果不允許他進來，他就不會進來。」

「然後讓妳在其他地方跟他見面？海邊？鄉間？」

「我當然不會避開他，」芙雷娜驕傲地說：「我以為在紐約的時候，我已經讓妳知道我很在乎我們的理念。我覺得面對他、認識我自己的力量，是最適合我的路。就算我喜歡他又怎樣？這是壞事嗎？我喜歡我自己做的事，我更喜歡我相信的事。」

奧莉芙一邊聽，一邊想起芙雷娜在紐約第十街時怎麼反駁她的疑慮，重新定義她自己的理念。這段回憶給她力量，讓現在的情況顯得沒那麼嚴重了。不過，她還是不接受芙雷娜的說法，只回道：「可是，我叫妳留下來，但妳一下子就離開紐約，沒再見他了。他在紐約的時候影響妳太多，妳從公園回來之後，整個人心神不寧，跟現在的樣子很不一樣。妳想逃開他，結果也拋下了其他東西。」

「我知道，我那時候心神不寧。但我又有三個月的時間，思考他帶給我的影響。我平靜地接受了。」

「妳才沒有，妳現在心裡很不安！」

芙雷娜突然無話可說，奧莉芙的目光不斷盯著她，對她提出指控和非難。「這樣的話，妳就更不應該一直拿刀捅我。」芙雷娜回道，話語極度溫柔。

奧莉芙聽了，立刻崩潰大哭，整個人趴到芙雷娜胸口。「不要拋下我——不要拋下我，妳會讓我難受得死去的。」她邊哀嚎邊發抖。

「妳要幫我——妳要幫我！」芙雷娜同樣哀求著對方。

37

蘭森在馬米恩鎮待了快一個月。對於這件事，我很清楚背後的意義。可憐的奧莉芙，她看見蘭森出現在馬米恩鎮，心中肯定警鈴大作。因為她從紐約回來之後，就深信自己從此不會再跟蘭森有任何瓜葛。一來，芙雷娜急急忙忙要她們馬上撤離第十街，在奧莉芙看來，更加堅定該從此跟蘭森先生保持距離，對此人的道德操守了解到這種程度已經夠了。但她又聽芙雷娜說，蘭森向她開誠布公，表明不想再介入，這讓錢斯勒小姐覺得心安。他對芙雷娜說，那次小出遊是他最後一次機會；他的意思是，他們之後沒機會再發展親密關係，一切牽連都到此為止了。蘭森捨棄了芙雷娜，至於理由，只有他自己明白。反正要是他本來想嚇唬奧莉芙，到這個地步顯然也夠了。按照他南方紳士的禮節，是應該放奧莉芙一馬，免得她緊張得要死。無庸置疑，他發現要讓虔誠的芙雷娜棄絕自己的理念是徒勞無功的，雖然他很欣賞芙雷娜，希望能如己所願讓對方當自己的伴侶，卻還是因為將來可能遭遇的屈辱而退縮：追求她六個月，儘管芙雷娜也頗善解人意，願意滿足別人對自己的期待，最終還是像初次見面一樣，對他的想法不屑一顧。錢斯勒小姐在一定程度上，能夠相信她願意相信的事情，因此，在讓芙雷娜見識紐約，而且意識到自己有多容易被膚淺的觀念影響後，她才會又跟芙雷娜從紐約一路飛來這裡。但是如果她的恐懼能減輕一些，就能把事情看得更明白了。她會了解，一般人除非真心感到害怕，否則不會逃離某些人，而且除非我們心知自己難以抵抗，否則不會感到害怕。芙雷娜現在很怕蘭森（不過這次她不打算逃了），但她已經拿起武器，告訴奧莉芙她準備要面對敵人，希望她能一起並肩作戰。可憐的奧莉芙被嚇到了，她從來沒如此驚嚇過，但眼見自己深陷危機，竟在絕境中滋生力量。這時，唯一讓奧莉芙欣慰的事，就是芙雷娜坦承自己處在危險境地，還向她求助。「我很喜歡他，我無法自拔。我真的很喜歡他，但我不想嫁給他，我不想接受他的想法，因為他的想法絕對是錯的，而且很可怕。可是在我見過的男士當中，他是我最喜歡的一個。」讀者可以想見，在接下來的幾天內，芙雷娜很快會重新向奧莉芙談起我剛剛提的情節。芙雷娜這樣說，是為了表達人生出現了巨大危機，甚至不需要加重語氣，就能讓人感覺到芙雷娜的緊張，知道她也陷入人之常情了。奧莉芙先前疑心重重、擔心受怕，不過她現在明白這樣只是在浪費時間又愚蠢，這次的事件跟先前她看過的各個「階段」都不相同。我說過，她覺得芙雷娜的態度相當誠懇，這讓她像抓到了浮木。此刻奧莉芙再也無法忍受，為了改變男性的立場，而邀一堆年輕又隨便的男人到家裡來。她雖然掌握了細節，卻也因此怒火中燒。奧莉芙因為蘭森不請自來而驚愕，但情緒消退之後，她決定不讓蘭森覺得自己因為被嚇傻而退讓。芙雷娜告訴她，她希望奧莉芙緊緊抓住自己，拯救自己，而奧莉芙現在不擔心自己怠忽職守了。她現在**不怕**自己怠忽職守了。

「我很喜歡他——我很喜歡他——但我很想恨——」

「妳很想恨他！」錢斯勒小姐插話。

「不是，我想恨自己對他的喜歡。我想拜託妳，幫我把該恨的理由記下來，很多理由真的特別重要。不要讓我手足無措！別擔心，妳提醒我的時候，我會感謝妳的。」

以上是兩人討論可怕話題的時候，芙雷娜說出的其中一段獨特言論。實際上，她還講了很多段類似的話。最奇怪的地方莫過於她不斷反駁奧莉芙，覺得不應該為了過安穩的生活而躲藏。她說，這樣做很不光彩；畢竟她之前匆匆逃離紐約，已經覺得很沒面子了。芙雷娜是此生第一次有這方面的道德顧慮。雖然她以前就提過這件事好幾次，堅稱面對意外和人生危機是她的責任，但面對真的可能發生的狀況，她還未曾如此實踐。她本來沒有討論或思考過關於尊嚴的問題，奧莉芙聽見芙雷娜的口氣，更覺得大事不妙、危機四伏——她們高潔的友誼維持了這麼久，這是她第一次不真誠。芙雷娜說自己需要奧莉芙幫忙對抗蘭森，請奧莉芙維繫一切能支持自己的有益事物的時候，她並不真誠。奧莉芙不覺得芙雷娜是在用話語敷衍自己，想藉此遮掩自己的背叛行徑，而這無疑讓已經發生的事情顯得更殘忍。奧莉芙會相信芙雷娜不是有意背叛，因為芙雷娜是先自我欺騙，相信自己真的想被拯救。至於芙雷娜口口聲聲提到的個人尊嚴，以及要留下來照顧柏艾女士的藉口，全都是言不由衷。難道暗暗希望她們都離開這間屋子的普蘭斯醫師不能扛下照顧的任務嗎？奧莉芙確信，普蘭斯醫師這回應該不會再支持她們的運動，也不會再幫忙出主意了。她現在只專心思考生理學雞毛蒜皮的問題，還有她個人的職涯發展。普蘭斯醫師對她們談論的話題、讀書會和特訓都不屑一顧，還一天到晚跑去釣魚和研究花草，更讓她置身事外。要是奧莉芙早料到會變成這樣，她就不會邀對方南下了。普蘭斯醫師雖然心胸狹隘，卻對柏艾女士的身體狀況非常了解，尤其跟一般人比起來，柏艾女士的狀況又更特別。令人尊敬的柏艾女士感覺少了活力，但還好有普蘭斯醫師在身邊，讓人放心。

「還好，我遲早要面對這件事，解決之後也會輕鬆很多。他堅決要跟我攤牌，就算今天沒衝突，明天也會戰起來。現在這個時間點，在我看來比其他時間點都好。我為音樂廳的演講準備算是大功告成，而且我也沒別的事能做了，我想全心投入我們私人的奮鬥目標。妳應該也同意，要對付蘭森這麼舌粲蓮花的人，需要付出多少努力。假設我們明天離開，他也會追著我們跑，到天涯海角都不放過。不久前我們本來還有機會甩掉他，因為他說他那時沒什麼錢。現在他雖然還是口袋不深，但已經夠他付旅費了。《理性期刊》的編輯願意登他的稿子，讓他振作了起來，他相信自己以後能靠寫作維生。」

蘭森在馬米恩鎮待了三天之後，芙雷娜才說出這些話。她話說到這，奧莉芙打斷，問她一個問題：「他是不是跟妳說，他想靠寫作來養活妳？」

「對，當然他也承認我們會過得很窮。」

「而且他覺得自己可以靠寫作賺錢，純粹是憑一篇還沒刊登的文章判斷的？我不太懂，哪個有品味和修養的男人明明過得這麼潦倒，卻想接近女人。」

「他說，要是回到三個月前，他根本不敢對我提出要求，因為他覺得沒面子。他當時對我的感受和現在一樣（他是這樣說的），卻決定不堅持了，果斷讓我離開。不過，他最近改變心意了。才一個星期的時間，他的心態就跟之前完全不同。他收到編輯給他的回信，而且對方還立刻付他稿費，讓他心花怒放。他說，他現在相信自己會有美好的未來，地位和名利指日可待。雖然不見得能成為富豪，但也過得上不錯的生活了。他覺得就本質來說，人生沒有愉快可言。不過男人還能享受的一件事，就是緊抓住某個靠近他的女人（當然，對方也必須能盡量取悅他，交往起來才值得）。」

「而且，他竟然只對妳下手？天底下不是有成千上萬個女人嗎？」可憐的奧莉芙哀嚎著，「他何必專挑妳下手，明明他對妳根本不了解，不是嗎？」

「我也問了他這個問題。他只說，這件事沒什麼道理可言。他第一天晚上在柏艾女士家看到我，就喜歡上我了。所以說，妳擔心其中的莫名其妙是有道理的。感覺上，我好像比其他女生還吸引他。」

奧莉芙整個人癱在沙發上，心如死灰的她，剛剛才把坐墊亂堆一氣，現在只能把臉埋進坐墊裡，邊哀嘆著蘭森根本不愛芙雷娜，他從來沒愛過她，他是因為討厭女權運動，才假裝自己喜歡芙雷娜。他想破壞女權運動，因此想方設法製造大麻煩。他根本不愛芙雷娜。他甚至其實討厭芙雷娜，只想讓她窒息、毀了她、殺了她。如果芙雷娜細聽蘭森說話，鐵定會發現對方將對自己不利。因為，他知道芙雷娜的聲音很有魔力，他第一次聽見她說話，就決定要毀了她的聲音。驅動他的不是溫柔，而是魔鬼般的惡念。一個溫柔的人，是不會像蘭森一樣厚顏無恥，要芙雷娜犧牲自己做偽證和褻瀆上帝，放棄她全心全意投入的工作和興趣，違背自己的青春年華和最純粹、神聖的志向。奧莉芙沒提出自己的意見，至少沒抱怨自己損失了什麼、兩人組的前途岌岌可危云云。她只強調她們已經偏離航道的悲劇，芙雷娜沒辦法實踐她的理想，看似光明的前途會變得悲傷和幽暗，敵人也會因為看見女性搖擺不定、毫無生產力、注定卑微的完美證明而感到歡喜。男人對女人吹口哨的時候，凡是最愛裝模作樣的女人，都會自動跪倒在男人面前。奧莉芙最熱中的抗爭，用她說過的一句話就能概括：假設芙雷娜哪天拋下兩人組不管，女性解放運動應該會倒退一百年。在那些難受的日子裡，奧莉芙沒怎麼長篇大論，只是常常顯得面色蒼白、高度焦慮，而且一語不發地戒備著，偶爾迸出情緒高張的論調和懇求。滔滔不絕的人反而是芙雷娜，因為對她來說，現在進入了全新的狀態。而且旁人都看得出來，芙雷娜的態度矯情過頭了。正如奧莉芙所言，假設芙雷娜是在自欺，那麼她的努力、她的足智多謀都顯得非常有感染力。至於她對蘭森的態度，即便她想在奧莉芙面前裝出公正不阿、冷靜果斷的模樣，卻只焦躁地發現，蘭森可能會在道德層面上以愛侶的身分替自己努力辯駁，而那又多容易影響芙雷娜。不過，芙雷娜還是會盡力發揮自己的想像力來自我欺騙。她想到一切證據，讓自己相信如果自己失敗了，便會陷入絕望之中，而且她想到一些論點，比奧莉芙的說法更有說服力，為何自己應該繼續抱持舊信念，就算得忍受短暫的痛楚也必須抵抗。她口若懸河、慷慨激昂地陳述著，而她不斷地提起這個話題，看似為了鼓勵身旁的奧莉芙，同時證明她始終神智清明，從頭到尾都是個獨立的人。

在這個時間點，天底下再也沒有比這兩位年輕女子的經歷更詭異的了，尤其是芙雷娜，她的經歷實屬特例，我實在無法重現當時的氛圍。想要理解來龍去脈，就不能忘記她先天和後天的真誠，還有她談論問題的習慣、情感模式、道德標準，和她在教室和演講中所受的教育，以及她對情緒和「靈性生活」奧祕用語的熟悉程度。她已經學到如何在舉手投足之間，擺出一派清高的姿態，事實上如果學中文有益於她的事業發展，她也會去學。不過，她這項令人驚豔的技能，以及她所有信手捻來的漂亮技術，都不屬於她本質的一部分，也不是為了表達她心之所向。她真正的本質是她出眾的大方：她能暴露自我、放下自我、徹底捨去自我，只為了滿足別人的要求。我們知道，奧莉芙已經理解，沒人比芙雷娜更不在意尊嚴的問題；而儘管芙雷娜以此當藉口想留下來，但不得不說，芙雷娜其實不在乎自己的立場是否保持前後一致。截至目前，奧莉芙使出了渾身解數，努力培育芙雷娜的才能。不過，我不敢想像她在默默沉思時，會怎麼看待培養一位口才便給的人才會有什麼後果。她會不會覺得，芙雷娜打算用話語堵住她的嘴？她是否悲觀地認為，試圖為所有事情找到答案只會招來致命後果？在令人哀傷的幾個星期內，奧莉芙的狀態讓人不忍直視：一種接受了不幸而產生的脆弱。她不吃也不睡，幾乎一說話就落淚。她心裡覺得很困惑，而且這種感覺日漸增長，難以平息。她還記得自己心胸寬大，拒絕接受芙雷娜一輩子單身的誓言（上上個冬天的事），畢竟她一開始要求芙雷娜發誓，後來又覺得太狠，可是在那個珍貴、已逝的時刻，芙雷娜是會接受這個要求的。錢斯勒小姐心懷苦悶和怒氣，後悔自己當初的決定。接著她又更加絕望地自問，就算真的讓芙雷娜立下誓言，一旦碰上了眼前的複雜狀況，自己是否會有足夠的勇氣逼芙雷娜履行。她相信，如果她能說出「不，我不會讓妳走，我已經要妳發過誓了，我絕對不會讓妳走！」這種話，芙雷娜確實會大幅妥協，繼續待在她身邊。不過，魔法會從此消失，兩人的友誼不再甜美，合作也不再有效益。芙雷娜一再告訴她，從她走向奧莉芙的那個瞬間起——就是在紐約那個與蘭森共度的早上，她哭著說她們必須趕快離開——她就變了。自那之後，芙雷娜便一直感到受傷、憤怒，然後病倒了，在這期間除了奧莉芙也知道的那次信件往來，她跟蘭森什麼都沒有發生，這讓她無恥地容忍蘭森的行徑。芙雷娜承認了自己的態度有多無恥，一再解釋發生過什麼事，又是什麼使她回神。她每次解釋，都像是第一次解釋一樣起勁。總之，一切是因為她發現自己對蘭森有好感，因為了解到自己這個真正的感受，她才找到了「永遠的平靜」。對於這件事，芙雷娜總會以我提過的那種自由奔放的方法，宣稱她這輩子最想做的事其實是證明女人能不靠男人，抱持偉大而充滿活力的解放思想繼續活著（如同奧莉芙先前為她建構出來的美好景象）。對她而言，提出反對世人陳舊迷信（這也是一切痛苦之母）的理據，也就是紳士們號稱自己是世界不可或缺的領導者，在眼下使人憂慮的危機之中，仍然如同過往一樣具有啟發性。

奧莉芙雖然膽顫心驚，但她至少知道最糟的情況了，也因此感到一絲慰藉。自從芙雷娜吐露那守了好長一段時間的、不祥的祕密，那劍橋發生的可憎插曲，奧莉芙就知道事情的嚴重性。那對她來說似乎是最糟的情況，彷彿晴天霹靂。即便所有壞徵兆好像都消失了，這起事件的影響卻還是自幾個月前就開始蔓延至今。芙雷娜已經盡可能詳述她和蘭森在莫納德諾克地區，以及在哈佛大學散步時做了什麼，甚至還不斷重述，希望能彌補她緘默不語的背叛行為，但奧莉芙篤定認為，這個事件就是一切麻煩的源頭，讓蘭森有機會一把控制芙雷娜，沒有翻盤的餘地。要是芙雷娜早點說實話，奧莉芙就不會讓她去紐約了。為了彌補這項滔天大錯，芙雷娜覺得現在只能知無不言、言無不盡了。八月的某幾天下午，時間感覺過得很慢，一切美麗又駭人：夏天已經接近尾聲；樹木沐浴在斜照的日光下，上頭的葉子沙沙作響，在甜美的微風裡就像是秋日即將來臨，也像是危機即將到來的聲響。在這難以忍受的沉重時刻，奧莉芙和柏艾女士一同坐在緩緩搖擺的窗框藤蔓下，同時為了平靜心緒，向對方朗讀一些內容。但自己顫抖的朗讀聲反而讓奧莉芙想到那令人錐心的劍橋事件，反倒對於芙雷娜和蘭森正共同出門散步沒那麼在意，因為那是基於盡量限縮共處模式的共識。雖然我說是「共識」，但其實是一番淚眼懇求及緊抓不放，最後默默達成的共識。蘭森向芙雷娜保證，他的確會待上一個月，她也承諾她不會輕易逃跑（蘭森提醒芙雷娜，逃跑對她沒好處），會給他一個機會，每天聽他說上幾分鐘的話。他堅持要把幾分鐘延長成一個鐘頭，至於這個鐘頭要怎麼過，顯然很清楚了。他們沿著水邊散步，一路走到充滿石頭和灌木的地方，讓這次散步的時間剛剛好。此地的居家慵懶氣氛、溫暖芳香的鱈魚角風情，以及白沙、靜水、低窪海灣（此處還有通往莓樹和潮池的小徑，日落時會閃閃發光）的美，都匯聚成了熟成的夏日午後氣息。這兒也有林間小徑，有時還通向遍地林木的高地。樹木意外聚成了奇異的風格，在草地間和充滿香氣的角落旁，突然冒出了許多靜謐的空間。在這些地方，芙雷娜手裡握著手表，一面聽著蘭森說話，她認真地思考，為什麼對方會喜歡一個讓追求行動變調的女孩。當然，蘭森起初就發現，自己不能再出現在錢斯勒小姐面前。經過那次早晨尷尬的會面之後，蘭森在馬米恩鎮待的三個星期內，沒有再走進後窗外有廢棄船塢的小屋一次。這時，可以想像奧莉芙沒有表示異議，可能是為了淑女風範，或不想讓蘭森顯出她的不是。兩個人的關係非常緊繃，短兵相接，就看誰能勝出了。因此，芙雷娜和蘭森之間彷彿女僕和仰慕者的幽會似地。他們選了離小屋有點距離的地方見面，那兒已經是村莊之外了。

38

如前所述，奧莉芙以為自己掌握了最糟的情況，事實不然，因為到目前為止，針對最糟的情況，芙雷娜簡直守口如瓶，並且在跟她詳述的其他事情上，同樣謹慎小心。從紐約事件開始，蘭森無止境對芙雷娜付出心力，讓事情有了變化。這變化和蘭森對芙雷娜說過的話有關：他說芙雷娜有自己的天職，跟她家人或錢斯勒小姐強加在她身上的理想不同。這些話語很有穿透力，在芙雷娜的內心生了根，影響力不斷發酵著。她最後相信了這些話，並產生改變了。這些話啟發了她，讓她獲得了新視野，更神奇的是，比起過去在講台燈光下的光鮮亮麗，她現在更愛自己了。她暫時沒辦法把這件事告訴奧莉芙，因為這會動搖一切事物，而她心中悲喜交織的感受，讓她對未來可能發生的一切充滿讚嘆。她想燒毀她曾經喜愛過的事物，她也會喜愛她燒毀的事物。最特別的部分在於她雖然覺得情況非常嚴峻（如我所說），但她並不認為自己計畫已久的背叛有何可恥之處。沒錯，她現在必須果斷承認這點。基本上，情勢已經翻轉了，蘭森透過眼神逐漸擄獲芙雷娜的心。她能去愛，她墜入愛河了。她的心每跳一次，都感受得到愛意。她並非天生懷抱低度情感的人（因此才能投入各種演講、遠征活動，也是她後來放棄過往對奧莉芙承諾的理由），顯然，她天生是個能高度地接納情感的人。事實上，都是激情，不過，現在的對象已經換了。芙雷娜以前相信，她生命中的火焰有兩面：一面是和一位與眾不同的朋友維持情誼，另一面則是對女性的苦難感同身受。在短短三個月內（從紐約事件起算），這個信念便崩塌成無色的塵埃，芙雷娜只能驚駭地望著這番景象。她覺得這裡頭有種魔力，讓事情加速運轉。蘭森之所以被賦予施展這條魔法的權力，是她所無法理解的。可憐的芙雷娜，她到現在還催眠自己口袋裡有根魔法杖。

五點鐘左右，她遠遠看見蘭森在馬路轉角等她。這個時間向來是她出門和蘭森見面的時間。這條路蜿蜒一、兩公里之後，便縮進孤立的一角，看不見蹤影了，路上的蜜蜂則在尖峰時刻循著模糊、無序的軌跡飛行。芙雷娜看著蘭森高大的身影，配上他背後低矮的地平線，在她心中，蘭森顯得更有影響力。在芙雷娜看來，蘭森是最具體明確，也是最舉世無雙的事物。如果他沒有在芙雷娜期待的時間點出現在那裡，她應該會因為脆弱而停下腳步，把身體靠在某些東西上。雖然看見蘭森站在面前已經讓她夠緊張，但沒有他，她的人生也會比現在更如遭重擊。他到底是誰？他究竟是什麼人？芙雷娜自問。除了擺明可能是虛幻的期待和承諾之外（而且還沒有任何榮譽或顯得高尚等好處作為補償），截至目前為止，蘭森究竟還給了她什麼？但說真的，他也沒讓芙雷娜以為她能成為自己的妻子。他沒畫出輕鬆生活的美好大餅，而是讓芙雷娜知道她可能會很窮，風光不再，成為他的伴侶會備嘗艱辛，和他一起過自成一格的淡泊生活。當他說出這些話，又將目光放在她身上，她便止不住淚水了。她發現，成為蘭森生命中的一部分（蘭森目前的人生很空蕪），是自己過幸福人生的條件，但前方的挑戰既困難又殘酷。我們不能以為她正毫無痛楚地經歷著改變，只是她受的折磨肯定比奧莉芙少，因為她的性格跟錢斯勒小姐不一樣。但隨著經驗一多，她總覺得自己被壓得扁扁的。她有著輕盈、明亮的個性、令人安心的回話能力、舒服優雅的舉止，而且總是希望能讓別人高興，此刻她卻被前所未有的力量推逼著，必須針對自己的喜好做出選擇。可憐的芙雷娜，這些日子一直處於道德兩難中，被折磨得死去活來，但她天生表現不出絕望的樣子，因此看起來不算煎熬。她對奧莉芙升起巨大的同情，在心裡自問，自我犧牲得到什麼程度才算足夠，無論如何，她勢必傷害到奧莉芙。至此，芙雷娜一直在騙奧莉芙，而三個月前，她還信誓旦旦對奧莉芙發誓，展現出一片忠心和熱忱。在某些時刻，芙雷娜覺得自己不應該再探究下去，但又覺得，她不過是跟其他女人一樣投入愛情，這樣一想，她就心滿意足了。她覺得奧莉芙的控制欲太強，讓人發毛。她對自己說，對方應該不敢抓得太緊，而且遲早會放手的；到最後，事情會變得讓奧莉芙無法面對。再說，對方絕對無權毀掉芙雷娜的未來。芙雷娜可以想見，往後的幾年會相當可怕，她知道奧莉芙將永遠無法擺脫失望的感受，而且這會刺激她敏感的心靈。她會孤單到無可救藥，一輩子覺得被羞辱。她們兩人的友誼非常特別，因為這段關係具備了比所有女性友誼都還完整的元素。當然，奧莉芙比起芙雷娜更加看重，這點芙雷娜一直都明白，不過那又如何？對芙雷娜來說，即使告訴自己最初是奧莉芙全心投入這段關係，而她自己乍看釋放善意，其實只是禮貌性地回應對方熱烈的請求，這都於事無補。她曾投注全副心力，如今很清楚了，自己不想再照對方的意思做，她遲早會明白的。三週後，她覺得自己的探問很完整了，但忙了這麼一圈，卻什麼都沒得到，頂多對蘭森的想法更有興趣，以及知道未來會一整個頭痛。蘭森告訴芙雷娜，他希望讓對方好好認識自己，現在，芙雷娜確實透徹了解蘭森了。她不但了解蘭森，還很喜歡蘭森，但無論如何，要拋下蘭森還是拋下奧莉芙，這個決定非常艱難。

當初在紐約，蘭森如果有機會發揮影響力，就不難想像他成功地再接再厲了。假設他之前替芙雷娜開拓了新視野，讓她覺得與其投入女權運動，不如和男人長相廝守，那麼，蘭森再次成功加深了芙雷娜的想法，讓她願意揚棄先前標舉的價值。蘭森目前的處境很尷尬，儘管限制重重，仍持續進攻。他每天只有一個小時，因此必須只做最至關緊要的事，也就是讓芙雷娜知道他有多愛她，接著施壓、施壓再施壓。

他在錢斯勒小姐的住處外徘徊，就是不願意走進屋裡，這行動有些詭異。他覺得沒能多看柏艾女士幾眼很可惜，不過除此之外，他早上和晚上卻不知道該做什麼才好。還好，他帶了很多書來讀（在紐約書報攤買的陳舊大部頭著作），在這種情況下，他只能退而求其次了。有時候，他早上會和普蘭斯醫師見面，他們兩人一起做了好多水上活動。普蘭斯醫師熱愛划船，也對捕魚情有獨鍾。她和蘭森一同搭船出海過，同時吐出許多異端說詞。她跟芙雷娜一樣跟蘭森約在郊外，不過心態跟芙雷娜不一樣。蘭森覺得普蘭斯醫師的態度很耐人尋味，還發現不管發生什麼事，她的眼睛連眨都不會眨。她不但不會嚇到退縮，也不會露出驚訝的神色，再怪的事都能一概接受，對於蘭森所處的詭異狀態也泰然自若。她注意到錢斯勒小姐陷入了失神狀態，也知道芙雷娜每天都會出門約會，但她完全沒提這些事。從普蘭斯醫師的態度來看，讀者可能會猜想，對她來說，蘭森不管是坐在錢斯勒小姐家後陽台的紅色搖椅上（也就是所謂的「晃椅」），跟坐在幾公尺外的籬笆上感覺差不多。蘭森不喜歡普蘭斯醫師的地方只有一個，那就是對方讓他覺得，她認為芙雷娜不怎麼樣（普蘭斯醫師說話很謹慎，蘭森不知道從哪個枝微末節捕捉到這印象的）。她對各種追求的方式一概嗤之以鼻，蘭森看得出來，普蘭斯醫師打從心裡認定，對女人這輕率的群體而言，只要能夠把男人約出來、讓對方坐在籬笆上的一天，用再怎麼生硬又愚蠢的方法都無所謂。普蘭斯醫師告訴他，柏艾女士什麼都沒發現，才沒幾天的工夫，她就陷入了另一階段的麻木，她好像不知道蘭森人是不是在附近。普蘭斯醫師猜想柏艾女士以為蘭森只來一天就走了。她大概覺得，蘭森只是想透過塔蘭特小姐變得更有勁而已。有時，他們一起划船的時候，芙雷娜會安靜地盯著蘭森，保持合宜的靜默，她在等冷風吹過來（她很喜歡吹冷風），表情帶著邪惡的慧黠。蘭森不在芙雷娜身邊曬太陽的時候（他能接受麻州的日照），便會躺在懸於海岸上方的鄉間空地上（空地的高度不太高）。他一向會在口袋裡裝一本書，躺在窸窸窣窣的樹木底下踢著雙腳，盤算下次要帶芙雷娜到哪個地方。兩週將近尾聲時，蘭森的努力比自己預期的還成功（至少他是這麼認為），因為芙雷娜現在更能看清自己的天賦了。他很訝異芙雷娜竟然會摒棄天賦，承認天賦不見得是珍貴且有用之物。正如他所願，只要芙雷娜願意正視自己的犧牲，會發現自己損失不多。這些犧牲除了證明蘭森是對的，也證明下半生不需要在大庭廣眾下說個沒完（無論演講的方式有多華麗），芙雷娜也能過得幸福。他對自己說，為了彌補芙雷娜錯失的成名機會，他往後幾年應該要對她非常好。他第一週在馬米恩鎮的時候，對方就問了一個相關的問題。

「這個嘛，如果這些事只是妄想的話，為什麼上天要給我這種能力，我為何要背負這膚淺的才華？老實告訴您，我覺得這一點也不重要。但我承認，我想知道如果退回私領域，而且像您說的，僅為了天天為向您展現迷人的一面的話，我這些能力會變成什麼樣子。是否就像是歌喉美妙的歌手（您跟我說我的聲音很美），簽下了不得唱高音的合約？這不是很浪費資源，還違反自然法則嗎？上天會給我們才華，不是為了使用嗎？我們有什麼權利壓抑才華，剝奪同胞們享受這種才華帶來的快樂？您在協議中向我求婚（這是芙雷娜討論兩人婚姻的方式）的時候，我看不出自己做為忠誠、徹底退出舞台的一方能獲得什麼保障。對您來說，這整件事看起來很迷人，但有人告訴我，當我登上舞台，全世界都會拜倒在我的風采之下。我這麼說不會造成傷害，因為這事是您跟我說的。您大概想在我們的前院架個舞台，讓我每天晚上都能對您演講，幫助您下班後盡快入睡吧。我說我們的前院，講得好像我們會有兩座庭院！看起來，我們的財力似乎不足以負擔，而且如果客廳要擺講台的話，我們還需要有吃東西的空間呢。」

「親愛的塔蘭特小姐，這問題很好解決：餐桌就是我們的講台，您可以直接站在上面。」對於芙雷娜追問的好奇心，蘭森用戲謔的方式回答。讀者會發現，如果芙雷娜不再追問，就表示她很容易滿足。可是，蘭森接下來的話更理智，而且聽起來非常神祕：「對我來說很迷人，對全世界來說很迷人？您的風采會變成什麼樣子？您想知道的是這件事嗎？您的風采會變成現在的五千倍，這就是最後的結果。我們應該找機會發揮您的天賦，讓我們的存在更光鮮亮麗。塔蘭特小姐，請您相信我，這些事情會自然而然到位的。您雖然不會在波士頓音樂廳裡演唱，但您會唱歌給我聽。您會唱給每一位認識您、接近您的人聽。您的天分是無可抹滅的，不要覺得我是來破壞您的天分，或是來拉低它的神聖性的。我想帶到別的方向，這點毋庸置疑。但我不想讓您失去活動力。您的天分是表達能力，我沒辦法讓您變得口舌遲鈍。就算這項能力不會在特定時間湧出，不過會像活水一樣讓話語充滿活力和光彩。當您能發揮真正的社會影響，會多令人開心啊。就像您說的，才華能讓您在社交談話中成為全美國最迷人的女性。」

可怕的是，芙雷娜隨隨便便就滿足了（我指的是她被說服了，但不是因為她得向蘭森低頭，而是蘭森點出了迷人卻被忽略的不爭事實），其中一個線索是，一、兩次之後，她開始不知道怎麼跟蘭森說，她的背叛會對奧莉芙帶來非常惡劣的影響（但她一直不斷提醒自己）。她寧願不跟蘭森解釋理由，因為她知道蘭森會為了這些事發火，而且會以粗魯的輕蔑態度來批評這個理由過於薄弱。他想知道從哪個年代開始，跟病態的老女人攀上關係，比認識令人尊敬的年輕男士還更符合常規了。當芙雷娜抬出友誼這面神聖大旗，蘭森反問對方，基於何種瘋狂思想讓他無法享有同等待遇？她費了一些唇舌告訴蘭森（芙雷娜築起了厚厚的防護網，只是沒意識到自己就是很容易妥協），奧莉芙起初覺得蘭森到馬米恩鎮這一趟，展現出了不凡的騎士精神，至於他堅持追求芙雷娜的舉動，奧莉芙當作是對方故意公開折磨她。芙雷娜一說完這些話，便後悔自己不該替這段嘲諷的話背書。不過，她接下來就發現，蘭森並沒有受到任何打擊，因為對方全然接納了錢斯勒小姐的想法，甚至津津有味地大笑起來。蘭森笑得太痛快，沒時間停下來跟芙雷娜說話，以至於她不知道對方在離開紐約之前，就已經決定——早在他寫信給她（也就是芙雷娜離開紐約之後）時就提過，他僅是那個訪問劍橋後寫信給她的人：友好、尊重，但他重新考慮後，也稍微提議「分別」不等於不再聯絡。我們不太清楚蘭森重新考慮了什麼（雖然很關鍵），更不清楚在編輯意外的鼓舞之下，這些念頭是如何冒出來的。對蘭森的想像來說，編輯的鼓勵無疑非常重要，給了他重新展開原本已經放棄的、一系列行動的藉口，儘管原本連他自己都覺得自己不太可能會真正投入。其實編輯評價的影響比他所想的要小，不過對於他的狀況來說，還是起了一定程度的正向作用，讓他自問，他決定認真追求芙雷娜這件事上面，他究竟虧欠錢斯勒小姐多少人情（從有教養的南方人的角度看來）。他很快就下了結論，覺得自己沒欠對方半點人情。所謂的騎士精神，是向自己憎恨的人展現的，而不是向喜愛的人展演的。他不恨可憐的奧莉芙小姐，雖然對方可能逼得他心生厭惡。即使他討厭對方，如果騎士精神代表他得放棄自己喜歡的女孩，藉此證明自己，這種風度也是一派胡言。騎士精神是有容乃大、包容弱勢，但奧莉芙小姐並非弱勢，甚至還拚命向他宣戰，至死方休，不讓他占據任何一絲優勢。他覺得她整天都在自己的小堡壘裡奮戰，只要在她身邊，就能嗅到戰鬥的氣息。芙雷娜在和錢斯勒小姐爭執過後，有時會面色蒼白、全身癱軟無力地跑去找蘭森。

奧莉芙覺得密西西比人的舉止應該符合某種標準，蘭森聽了，只覺得很滑稽；而現在，他以同樣的戲謔心態，跟芙雷娜討論她準備在波士頓音樂廳裡發表的演講。他得知芙雷娜準備像費林德太太一樣上戰場，手上拿著一大把槍，展開冬天的宣傳活動。她已經做好全心投入的打算，路線也規畫好了；她打算在大約五十個不同的地方發表同一篇演說，題目預訂是「一位女性的思考」。演講還沒開跑，奧莉芙和柏艾女士就認為芙雷娜這篇演說大有可為。這回，芙雷娜不打算靠「靈感」演講了，在一大群波士頓聽眾面前，她想保持神志清醒。此外，她的靈感好像已經消失無蹤了。由於奧莉芙的影響，芙雷娜讀了很多書。不管蘭森喜不喜歡奧莉芙，她確實是個出色的評論家。她要芙雷娜不斷順演講稿，每個詞都演練了二十次，每種語氣也都嘗試過了。這種訓練方式跟芙雷娜的爸爸當年的方法截然不同。蘭森或許認為女人很膚淺，更可惜的是，他沒親眼目睹奧莉芙怎麼幫芙雷娜準備演講，也沒機會在晚上到她們家的客廳參加排練。一想到音樂廳演講這件事，蘭森已經決定要出手阻撓了。他和芙雷娜談起這件事的時候，口氣滿是揶揄，他強力的抨擊已經讓芙雷娜覺得他完全是誇大其詞。但事實並非如此。在他看來，芙雷娜即將醉心於事業這件事情，讓他心生厭惡。他在心裡發誓，芙雷娜絕對不能展開事業，否則一旦她成名了（蘭森打從心裡相信，芙雷娜一定能在音樂廳引發轟動，讓她成名的），新聞報紙肯定會大肆稱頌她。他不在乎芙雷娜有多投入、要參加什麼造勢活動，也不在乎她的朋友對她有何期待，他發自內心想實現的願望，就只有扼殺這些活動，而且要一刀斃命。對他來說，這才是他的成功，也象徵他的勝利。後來，他滿腦子都在想這件事，甚至還不斷警告芙雷娜。她一笑置之，說蘭森除非綁架她，否則也阻止不了她。不過，蘭森覺得很遺憾，因為芙雷娜沒發現他有多認真，只看見他嘻嘻哈哈的模樣。他甚至覺得，自己是有能力綁走芙雷娜的。芙雷娜即將成為家喻戶曉的明星，這件事感覺已成定局，但蘭森想到就反胃。他的想法跟帕登先生天差地遠。

某天下午，他和芙雷娜按照原訂計畫散步後，準備回家。在回家的路上，他遠遠看見沒戴帽子的普蘭斯醫師從小屋裡走出來，邊用手掌遮擋逐漸西下的刺眼陽光，邊朝馬路東張西望。蘭森和芙雷娜已經約好走到小屋之前必須分道揚鑣，他們正準備講最後一句話時（這個習慣讓雙方的關係升溫），普蘭斯醫師對他們比出手勢，要他們趕緊留意。蘭森和芙雷娜急忙上前，芙雷娜邊跑邊撫著胸口，擔心奧莉芙發生不好的事了——她有可能崩潰了、昏倒了，也有可能因為備受折磨猝死了。普蘭斯醫師看著兩人衝過來，臉上露出狐疑的表情，但她沒有笑，而是刻意表現出自己什麼都沒有察覺的模樣。普蘭斯醫師立即告訴他們發生了什麼事。柏艾女士的身體突然出事了，她覺得自己快要死了，而且脈搏肯定也快要停了。她本來和錢斯勒小姐坐在陽台上，大家想把她抱上床，但柏艾女士拒絕讓別人動她，只想在原地離開人世，她想在這舒舒服服的地方，坐在她熟悉的椅子上，看著夕陽離世。她問塔蘭特小姐人在哪，錢斯勒小姐說，她出門和蘭森散步去了。接著，柏艾女士問蘭森是不是還在鎮上，她以為蘭森已經走了（蘭森透過芙雷娜得知，柏艾女士在那天早上見過蘭森之後，其他人就再也沒向她提過蘭森了，除了這次之外）。她說她想見蘭森一面，因為她有話想對他說。錢斯勒小姐說，蘭森很快就會和芙雷娜回來了，大家會招呼蘭森進屋。柏艾女士說，她希望他們盡快回來，因為她已經快不行了。說到這，普蘭斯醫師篤定地說這次大概真的不行了。她已經衝到屋外找蘭森和芙雷娜好幾次，此刻要他們趕快進來。芙雷娜沒時間等普蘭斯醫師說故事，就一個箭步衝進屋裡。蘭森跟著普蘭斯醫師進屋，心裡明白待會的場面會相當肅穆，因為他會看見可憐的柏艾女士魂魄歸西，結束她慈善家的一生。與此同時，錢斯勒小姐又會提醒他，她不打算退出這場戰役。

蘭森拿定主意後，便站在錢斯勒小姐和柏艾女士面前，柏艾女士的坐姿跟蘭森之前看到的一模一樣，整個人在屋子後陽台，頭上戴著軟帽、身上裹著保暖衣物。錢斯勒小姐站在柏艾女士身旁，握著對方的手，芙雷娜則跪在另一側，身子前彎，挨著柏艾女士的膝蓋。「您是不是在找我？您想見我嗎？」芙雷娜溫柔地說道：「我不會再離開您了。」

「噢，我不會占用妳太多時間。我只是想再看妳一眼。」柏艾女士的聲音很低沉，感覺像是呼吸困難。不過，她的口氣既不痛苦也不憤慨，聽起來愉悅而虛弱，這是她人生中的最後一刻，對她而言，能於此時離世也是福報。她的頭靠著椅背上緣，綁住她的舊帽子的緞帶鬆了，正垂在半空中，向晚的陽光灑落在她八十餘歲的臉龐，讓她顯得容光煥發，面目安詳。在蘭森看來，柏艾女士臉上有種因信任而生的撒手之意，實在是不簡單。她臉上似乎寫著她早就準備好了，只是因為時機還未成熟，她只好耐心等待，像平常一樣相信一切會順利發生。現在，時機終於成熟了，她不禁覺得這是一種奢侈的享受，是她這輩子嘗過最美好的經驗。蘭森看著芙雷娜抬頭，用泛淚的雙眼看著她這位有耐心的老朋友，他明白芙雷娜為何如此難過。過去三個星期，芙雷娜把柏艾女士告訴過她的故事，包括柏艾女士這輩子年復一年立下的豐功偉業，不斷協助南方黑人的熱忱，全都說給蘭森聽了。柏艾女士教黑人讀書、寫字，親自指導每個人，發給每個人一本《聖經》，告訴他們北方人會為他們祈禱，希望他們能獲得解放。蘭森知道芙雷娜之所以說這些故事，不是為了讓身為南方人的他難堪，也不是為了嘲笑他的祖先讓黑人落入被拯救的處境。他能明白這一點，是因為芙雷娜已經聽蘭森說過他對這段歷史有什麼看法。他替芙雷娜分析過蓄奴的歷史問題，她當時沒機會告訴她，比面對其他人類低能的歷史事件，他對蓄奴的態度要來得溫和多了。不過她也對蘭森說，她想做柏艾女士做過的事，獨自在與她對立的社會中走跳，掌握著自己的生命、用自己的雙手去做良善的事。與其在點著煤氣燈的舞台上，對一群新英格蘭居民大談人權，她覺得還不如親自去幫助人群。蘭森聽了，只回她：「鬼扯！」因為我們知道，他自認為比芙雷娜本人還了解她的天生秉性。儘管如此，他還是非常清楚，這件事並不會影響芙雷娜的想法，惋惜於自己太晚才展開新英格蘭的英勇生活，也不影響她心目中的柏艾女士是一座歷經風霜的永恆紀念碑。蘭森了解這種仰慕之情，尤其在這種時刻，更是如此。他對芙雷娜說過不只一次，但願當年內戰前，他就能在卡羅萊納州或喬治亞洲遇見柏艾女士，帶她和黑人見面，和她聊新英格蘭的新思潮。現在，當年的很多事他已經不放在心上了，不過要是兩人當年有機會說上話，肯定非常振奮人心。柏艾女士一輩子都毫無保留奉獻一己之力，在即將蒙主寵召的時刻，也沒留下什麼遺物。蘭森看著奧莉芙，發現對方打算忽視他。他在原地待了幾分鐘，這位親戚連看都不看他一眼。普蘭斯醫師靠向柏艾女士說：「我帶蘭森先生來看您了，您還記得您說想見他嗎？」這時奧莉芙別過頭去。

「很高興又見到您了。」蘭森說：「您人真好，還想到我。」蘭森一開口，奧莉芙就站了起來，離開位子。她走到陽台的另一頭，跌坐在一張椅子上，整個人面向椅背，把手臂擱在上頭，頭埋進手臂裡。

柏艾女士看著蘭森，眼神比之前更加肅穆。「我以為你走了，你一直都沒回來。」

「他花很多時間散步，他很喜歡這個小鎮。」芙雷娜說。

「是，從這邊看出去，這小鎮很漂亮。我來了之後，就沒力氣四處走動了。但我現在想出門走走。」蘭森向柏艾女士示意可以扶她一把，柏艾女士看了，便微微一笑，繼續說道：「噢，我沒有要離開椅子。」

「蘭森先生去划了好幾次船。我最近都在教他如何甩釣竿。」不愛傷春悲秋的普蘭斯醫師說道。

「噢，那您就是我們的一分子了。您應該覺得加入我們合情合理吧。」柏艾女士迷矇而誠懇看著這位訪客，感覺想多跟蘭森聊上幾句。接著，她的眼神又微微望向旁邊，想知道奧莉芙現在狀況如何。她發現錢斯勒小姐早就縮到了角落；她於是閉上眼睛，思索著蘭森和錢斯勒小姐的關係是哪裡不太對勁，卻是徒勞一場。她現在身子太虛弱，沒辦法太投入這種事。只是因為自己快離世了，想化解兩人之間的尷尬。她低沉地輕嘆一聲，似乎是承認他們的關係太糾結，只好放棄介入了。蘭森突然擔心，柏艾女士可能會對錢斯勒小姐提出某種要求，要蘭森和錢斯勒小姐和好，讓她老人家心滿意足。可是蘭森看到柏艾女士力有未逮，而且愈來愈無法把事情看清楚。他對此倒是相當慶幸。雖然他不反對和錢斯勒小姐和好，但錢斯勒小姐的肢體語言和別開的臉，都讓顯示出她會如何回應這個提議。柏艾女士心心念念的（這是股善意的執著），是蘭森雖然不屬於這棟房子的一員（可能純粹是因為奧莉芙太過嫉妒芙雷娜和蘭森有私交），但芙雷娜親自將蘭森拉進這個圈子，讓蘭森願意支持改革運動，甚至願意出力幫忙。蘭森不明白柏艾女士為何會產生這個錯覺，他們兩人之前不過萍水相逢，不曉得對方為何如此在意他的看法，以及他將力氣用在何處。柏艾女士心裡燃燒著正義之火和推動改革的熱忱，而她對芙雷娜也很感興趣，猜想她和蘭森之間是否發展出了進一步的關係，譬如說結為連理（至少柏艾女士是這麼想的）；她的臆測一向很天真純樸，這次也不例外。蘭森南方人的身分，讓這一切都有了合理的解釋：帶南方人見柏艾女士，無疑是替這位見識過棉花州輿論氛圍的老婦人加油打氣，即便她此時已垂垂老矣。蘭森不打算讓柏艾女士洩氣，而且普蘭斯醫師要他避免粉碎柏艾女士生前的信念，蘭森也記住了。他只謙卑地低下頭，不知道自己何德何能成了話題主角。當跪在柏艾女士腳邊的芙雷娜抬起頭來，蘭森和她四目相對。他發現芙雷娜跟他想得一樣，她滿腦子也是同樣的念頭，嘗試無聲地跟他溝通——

她的願望讓蘭森深受觸動。芙雷娜很擔心，蘭森會把她的祕密告訴柏艾女士，讓她知道芙雷娜對改革沒那麼有衝勁了。芙雷娜想到這件事，便覺得無地自容，而且很怕這個祕密曝光。她透過眼神，要蘭森留意他說出口的話語。蘭森發現芙雷娜害怕了，讓他看得愉悅了起來，因為對他來說，芙雷娜等於坦承了自己對她的影響力。

「我們是個很快樂的小團體，」她對柏艾女士說：「您能和我們相處這幾個星期，真是讓我們非常快樂。」

「我這段時間很放鬆。現在很累了，不能再多說話。這段時間很開心，我做了很多事，很多事。」

「柏艾女士，我想，我不會講太多話。」普蘭斯醫師現在跪在柏艾女士的另一邊說道：「我們知道您付出了很多。大家都對您的人生瞭若指掌，不是嗎？」

「不多，我只是努力掌握情況而已。我現在回顧過去，已經能看見從開始到現在的進展了。這是我想對你們和蘭森先生說的話，因為我快要離開了。握緊我，對了，就是這樣。但你們還是留不住我，因為我已經沒有眷戀。我想去找早已離我們而去的同伴。她們的臉又浮現在我眼前，感覺歷歷在目，好像在等我一樣。她們好像都在我身邊，想聽我說話。你們不要覺得改革沒有立竿見影，就是毫無進展。我想說的就是這件事。你們必須走過很長一段路，才會知道過去獲得了什麼成果。這就是我回顧過去之後發現的事。在我年輕的時候，清醒的女人連一半都不到。」

「多虧您的努力，才讓大家清醒了，我們很佩服您啊，柏艾女士！」芙雷娜突然情緒激動，大喊了一聲：「您要是能活一千歲，您會時時刻刻考慮別人，只會想要幫助別人。您是我們心目中的英雄和聖人，世上沒有人像您一樣！」芙雷娜現在完全不看蘭森了，而且她臉上的神情像是既不反對，也不肯求什麼。她突然因自己變節感到一陣懊悔和羞愧，因為她到了剛才，才再次意識到柏艾女士的一生是如此高風亮節。

「噢，我沒造成什麼影響，我只是付出關心和期待而已。妳和錢斯勒小姐，妳們會比我的表現出色很多，因為妳們又年輕又聰明，比我聰明多了。再說，改革運動也開跑了。」

「柏艾女士，是您開了第一槍的。」普蘭斯醫師挑著眉，有些冷淡卻溫柔地抗議道。同時，她又擺出無關緊要的表情，畢竟一代權威將逝。這位嬌小的醫師願意縱容病人，在在顯示出病人即將殞落。

「我們會永遠記得您，對我們來說，您的名字是有神聖光環的，讓我們更明白專注和奉獻的意義。」芙雷娜維持同樣的語調繼續說道，眼睛依然沒和蘭森接觸，彷彿想用誓言綑綁自己，阻止自己。

「是妳和奧莉芙全心全意投入，讓我這幾年變得義無反顧的。我想看見正義被伸張，還我們公道。我還沒見到，但妳們會見到的。奧莉芙也會見到。她在哪？我都要走了，她怎麼沒來向我道別？蘭森先生也會見到的，他會因自己曾經助一臂之力而自豪。」

「老天，老天啊！」芙雷娜伏在柏艾女士的腿上大喊著。

「如果您覺得我最想做的就是守護您的虛弱和慷慨，那您的想法倒不會錯。」蘭森語焉不詳卻滿懷敬意地說：「我會永遠記得您，您是女性的楷模。」他說了這段話，心裡沒有一絲罪惡感，因為他覺得可憐的柏艾女士雖然貌不驚人，但根本上還是個女人。

錢斯勒小姐聽見這些話，便失神地哀嚎起來，她覺得蘭森很無禮，故意要諷刺她。普蘭斯醫師對蘭森使了個眼色，要他離開現場。

「再見了，奧莉芙．錢斯勒。」柏艾女士喃喃道：「我已無所眷戀，雖然我很想見一見妳們會見證的光景。」

「我只會見到羞恥和崩壞的場面！」錢斯勒小姐一面尖叫，一面朝柏艾女士小姐跑去。這時，蘭森默默離開了。

39

隔天早上，蘭森在鎮裡遇見普蘭斯醫師。他一看見對方，就發現那預期會在錢斯勒小姐家發生的事已經發生了。蘭森之所以知曉，並不是因為普蘭斯醫師一臉哀戚，而是因為她感覺沒心思去釣魚了。蘭森去探望柏艾女士之後一、兩個小時，進入傍晚時分，柏艾女士便安安靜靜地離世了。當天傍晚，大家把柏艾女士的椅子用輪子推進屋裡，什麼也不能做，只能等柏艾女士好好安息。錢斯勒小姐和塔蘭特小姐坐在柏艾女士身旁，兩人分別握住柏艾女士的一隻手，身子動也沒動過。八點左右，柏艾女士便撒手人寰了。她離開時很安詳，普蘭斯醫師透露，她從沒見過時機如此恰到好處的死法。她又說，柏艾女士是位年高德劭的好女人，蘭森在柏艾女士葬禮上會聽到的奠祭詞，大概就是這句了。柏艾女士單純和謙虛的個性讓蘭森永難忘懷；後來，他不只一次想到，雖然柏艾女士的葬禮上沒有隆重的儀式，反倒讓關於她的回憶顯得更加聖潔。大家一致推崇她，她是圈內最積極活躍，也最真誠的成員，她全心全意投入慈善事業，為了信念和使命而奮鬥。不過，真正因為她離世而大受影響的人，看來只有住在鱈魚角小木屋裡的三位女性而已。普蘭斯醫師告訴蘭森，柏艾女士的骨灰會安置在馬米恩鎮的小墓園裡，而且會擺在面對美麗海景的位置，周圍有布滿苔痕的水手和漁夫墓碑相伴，這是她最愛的觀景角度。柏艾女士剛來到鎮上的時候，就看過這座墓園了，她說，她覺得能夠在此長眠很好。她這樣說的時候，並不是鐵了心非此不可，即使在她即將撒手人寰之際，也沒想到在活了八十年之後，要首次為自己提出如此具體的要求。但柏艾女士這位史上最辛苦的人道主義者，既對這塊紛擾塵世中的靜謐之地讚譽有加，錢斯勒小姐和芙雷娜自然按她的心願來安排。

當天，蘭森收到了芙雷娜的字條，上面寫了五行字。她想對蘭森說，他們暫時別見面了。她想自己一個人靜一靜，把事情想清楚。她還建議蘭森離開小鎮三、四天，這附近還有很多歷史悠久又奇妙的地方可以參觀。蘭森仔細思量了芙雷娜的提議，接著發現，他若不立刻告退實在是不識好歹，應該感到羞愧才對。他知道，對錢斯勒小姐來說，他的一舉一動早就被冠上這項罪名了。因此他若去思考激怒或不激怒對方，是一件無用的事。不過，他很想在芙雷娜心中留下一個印象，也就是除了拋下她以外，他願意做任何事情來討她歡心。蘭森收行李的時候，突然覺得自己的言行非常得體，社交手腕很高明。抽身離開的舉動證明他很有安全感，也顯示他相信不管芙雷娜如何掙扎、扭動，他都會把對方抓得牢牢地。當蘭森站在柏艾女士面前，芙雷娜流露的情緒是種不由自主的糾結；蘭森把芙雷娜當時的樣子牢記在心裡，同時心想，在她變得比較平靜之前，大概還會再爆發好多次吧。俗話說，女人一聽話就會迷失自己。過去三週內，芙雷娜除了傾聽之外，好像什麼事都沒做了。其實她每天傾聽的時間不長，但非常願意傾聽別人，她不想離開馬米恩鎮是最好的證明。她沒告訴蘭森，奧莉芙想快點帶她走，不過，蘭森不需要對方透露訊息，也知道如果芙雷娜繼續待在這裡，是因為她的個人偏好。她大概以為自己正在作戰，但如果她不再如之前那樣奮力，蘭森便能繼續覺得自己成功了。她認真建議蘭森離開幾天，作為某種抵抗。可惜的是，蘭森幾乎沒有被打擊的感覺。他覺得，他對女性特別有一套，而且很確定一旦芙雷娜讀了他正在寫的回信（他說他決定要到周圍的城鎮走一走），會因為他對待女性的舉止感動。無奈在這棟服務不彰的馬米恩鎮飯店裡，他找不到能幫他轉交這封信的對象（每位住客都得自己送信），他只好自己走到鎮裡的郵局，請辦事人員將字條放進錢斯勒小姐的信箱。他在郵局遇見普蘭斯醫師，這是當天第二次遇見她了。普蘭斯醫師來幫奧莉芙寄信，通知幾位柏艾女士的朋友葬禮的時間和地點。奧莉芙和芙雷娜兩人關在家裡，普蘭斯醫師便幫她們跑腿辦事。蘭森並沒有因此而抨擊她所屬的性別，他心想，普蘭斯醫師應該會速速完成交辦事項，而且會精準到位。他告訴對方，他準備要離開小鎮幾天，誠心希望他回到馬米恩鎮之後，能再見到普蘭斯醫師。

普蘭斯醫師打量著蘭森，想知道他是不是在開玩笑。她接著說：「嗯，您好像覺得我可以想做什麼就做什麼。但我沒辦法。」

「您是說，您得回去工作了嗎？」

「嗯，是的，城裡沒人代我的班。」

「每個工作都是這樣。您還是待到季末再走比較好。」

「對我來說，整年都是同一個季節。我想看看我的辦公室招牌。要不是她，我不會在這裡待那麼久。」

「好吧，再會了。」蘭森說：「我會永遠記得我們兩個一起出遊的時刻。祝您事業有成。」

「事業正是我回去的原因。」普蘭斯醫師用平淡、節制的口吻回道。蘭森請對方留步一會，因為他想問她一些芙雷娜的事。正當他還在猶豫該怎麼問才好，普蘭斯醫師看起來想展現她同理心的一面，於是便對他說：「嗯，我希望您能堅持您的立場。」

「普蘭斯小姐，您是說我的立場？我很確定我從來沒跟您提過我的立場！」蘭森繼續說：「塔蘭特小姐今天好嗎？她心情平靜一點了沒？」

「沒有，她一點都不平靜。」普蘭斯醫師斬釘截鐵地說。

「您是說她情緒起伏很大、很激動嗎？」

「嗯，她一句話都沒說，非常沉默，錢斯勒小姐也是一樣。她們跟守衛一樣默默盯著四周，一聲不吭。可是，空氣裡的沉默還是轟轟作響。」

「轟轟作響？」

「這個嘛，她們心裡很緊張。」

就像我說的，蘭森感覺十拿九穩。不過，他聽了普蘭斯醫師描述小屋裡的兩位女士後，卻看不出任何正向發展。他想問普蘭斯醫師，她會不會覺得他最後還是要靠芙雷娜，只是他不好意思問，因為他從沒和普蘭斯醫師提過他和芙雷娜的關係。再說，他不想聽自己問出表現內心疑慮的問題。最後，他退而求其次，用曖昧不明的方式問了關於奧莉芙的事，希望可以窺見一些端倪。

「您對錢斯勒小姐有什麼看法？她給您什麼感覺？」

普蘭斯醫師想了一會兒，她很清楚蘭森想問的不只如此。「嗯，她瘦了一圈。」她回道。蘭森轉過身去，沒有想追問的動機，只覺得難怪這位醫師最好回城裡辦公。

他乾脆地離開了馬米恩鎮，待在附近的城鎮一星期，呼吸著甜美的空氣，又抽了無數根雪茄，還在舊碼頭上休息；碼頭上雜草茂盛，散發著比馬米恩鎮更強烈的往日榮光。他跟那兩位波士頓女性朋友一樣，整個人非常緊張，有某幾天，他覺得自己必須回到那座入海口旁的小鎮。空氣裡彷彿有人正對他喃喃細語，說他只要人不在就會被反將一軍。儘管如此，他還是待滿了預計的天數，靜下心來，心想那兩人是不可能避開他的，除非她們又動身前往歐洲，但這時她們不可能這麼做。假設奧莉芙小姐想把芙雷娜藏在美國某處，蘭森也會努力尋覓她的蹤跡。雖然他必須承認，要追到歐洲去是很困難的事，因為他阮囊羞澀。不過，她們顯然不可能在芙雷娜首次登上波士頓音樂廳前，還橫渡大西洋到歐洲去。回到馬米恩鎮之前，蘭森寫了一封信給芙雷娜，告訴對方他準備要回到鎮上了，希望對方隔天早上能出門跟他碰面。他寫了這封信，顯示出他想把握兩人相處時間的決心。他受夠了一整天只有入夜前一點點相處時間。但無論如何，他迫不及待要回鎮裡了。他搭了下午的火車回到馬米恩鎮，到了傍晚，他確定那兩位波士頓人還沒離開，因為榆樹下小屋的窗戶還透著燈光。他就站在先前和普蘭斯醫師一起聽芙雷娜彩排演講的地方，但這次，屋裡少了芙雷娜陣陣的嗓音，一片鴉雀無聲，只有死寂和燈光。這間屋子感覺跟普蘭斯醫師說的一樣，已經被靜默給占據了。蘭森覺得，他沒要求芙雷娜當天和他面對面談話，算是相當有騎士精神了。芙雷娜沒回他信，不過隔天她依然準時赴約。蘭森看見芙雷娜身穿白色洋裝，撐著一把大陽傘走在路上；他再次意識到，自己很喜歡芙雷娜走路的姿態。可是，芙雷娜的表情跟背後的訊息卻讓他非常失望，因為她臉色蒼白、雙眼泛紅，神情比以往更加嚴肅，感覺蘭森不在的這幾天，她幾乎都在大哭。不過，她顯然不是為了蘭森而哭，聽她開口說出的第一個字就知道了。

「我來這，只是為了告訴您三個字，不可能，不可能！我已經花很多時間想過很多遍了，我的答案就是這樣，不可能。您只能接受，沒有別的選擇了。」

蘭森瞪大眼睛，緊蹙著眉頭。「請問，為什麼不可能？」

「因為我沒辦法，我就是沒辦法、沒辦法、沒辦法！」她表情扭曲、聲音激動地重複著同樣的話語。

「該死的！」蘭森喃喃道。他握住芙雷娜的手，讓她勾住他的手臂，逼對方陪他在馬路上走。

當天下午，錢斯勒小姐走出屋外，在海岸邊散步了很長一段時間。她面向海灣上下張望，望著發亮的湛藍海面、隨著風和光線搖曳的船隻。觀賞這些船成了她的消遣，這是以前從沒有過的體驗。她下定決心，絕對不能忘記這一天，因為她覺得，這是她人生中最傷心、最痛苦的一天。現在，她不像在紐約的時候被不安和恐懼把持了。想當初，蘭森帶芙雷娜出門到公園散步，試圖將芙雷娜據為己有，讓錢斯勒小姐心亂如麻。不過，她的靈魂裡裝載著無盡的憂愁，悲傷讓她覺得錐心刺骨，她變得冷淡、漠然，心生絕望。她已經度過了最恐懼、最悲傷的時期，現在，她已經累到無力和命運搏鬥了。當天下午她散步時，看起來已經接受事實了；她心想，芙雷娜當天早上本來說要和蘭森相處「十分鐘」，最後卻變成一整天出門在外，還一起划船去了。芙雷娜甚至找了鎮上某位德高望重的鎮民（對方也是租借小船的船東），請他的小兒子幫忙到小屋一趟，告訴錢斯勒小姐她和蘭森去划船的事。錢斯勒小姐聽了，不確定芙雷娜和蘭森有沒有帶船夫一起去。不過，她聽到這則消息並沒有發怒（而且消息來的時候，她心情正好十分平靜），不像以往會立刻激動起來，像她得知芙雷娜和蘭森在紐約一同出遊那次。到現在，她已經能看清自己經歷過的種種歷程。這事沒讓她失去理智，在海岸線上瘋狂走動，一一檢視每艘經過身邊的船，要求和長髮、深膚色男人一同划船的年輕女孩立刻離開海灣回家。相反地，她一開始得知消息時還很心痛，現在卻能平心靜氣待在家中，寫著早晨的信、敘述事件經過，這件事她已經想了一段時間，現在終於能做了。她想晚一點再去思考，因為她知道一旦開始動腦，醜惡的念頭又會回到心裡了。芙雷娜現在連一小時都信不過，正是明證。她明明前一天晚上還帶著折翼天使的表情，對奧莉芙坦承她已經做出抉擇了：她覺得她們的關係和任務比其他事情都重要，她由衷相信要是自己捨棄這些神聖事務，最終會帶著悔恨和羞愧死去。她只會再見蘭森一次，就十分鐘的時間，對他說出一、兩句至高無上的真理，接著就能和奧莉芙過著以往快樂、積極、成就滿滿的生活，為了兩人的目標努力奮鬥。芙雷娜為了柏艾女士的死而難過，奧莉芙都看在眼裡。在和柏艾女士親密相處的最後時刻裡，芙雷娜再次深受感動，她看見這位了不起的女性遠離了塵世，對世俗的追求、標準、誘惑不屑一顧，因此熱切相信與其追求個人享受，幫助有待協助的受苦人士更快樂。奧莉芙想到這裡，就開始覺得芙雷娜應該還是信得過的，同時，她心裡也清楚，芙雷娜經過這番殘酷磨難後意外變得很虛弱，整個人放不開。噢，奧莉芙知道芙雷娜喜歡蘭森，知道這可憐的女孩內心有多麼掙扎。她選擇公正看待芙雷娜，相信她說的話是真誠的，不是在演戲。錢斯勒小姐雖然心酸、難過，卻還是要求自己公正不阿，也正因如此，她才會默默地同情芙雷娜，認為芙雷娜是殘酷咒語的受害者，並把對她們苦難的始作俑者的憎恨藏在心中。芙雷娜一開始說她會用二十個字打發蘭森，結果時間過了半小時，假設她真的和蘭森共乘一條船，也是因為蘭森有辦法用男人們熟悉的方式穩住場面，逼芙雷娜儘管感到痛苦，仍去做讓她極度反感的事，而且那痛苦也會隨之加劇。但無論如何，真正讓她不得不面對的，是芙雷娜不可信賴的事實；就算芙雷娜在柏艾女士過世後，還同樣熱情地進行各種宣講活動，她還是顯得不可靠。奧莉芙很想知道，芙雷娜不敢碰觸的悔悟之痛究竟是如何；她想看看那道她撬不開的上鎖的門，究竟長什麼樣子！

奧莉芙心想，細膩又寬厚的芙雷娜純粹是顯示出女人的弱勢地位，讓大家知道她們如何淪為男人自私且貪婪性格的獵物，這難以名狀的哀傷感受，整個下午都在奧莉芙的腦中揮之不去，但她也感受到某種悲傷中的釋然。她走了很遠的路，幾乎都在人煙罕至的地方流連，讓臉孔暴露在燦爛的陽光下，像是對她陰暗、酸楚心境的諷刺。海岸邊有沙質海灣，旁邊的岩石很乾淨，奧莉芙在岩石區待了很久，流連其中，彷彿永遠不想再起身。自從柏艾女士離世後，奧莉芙除了陪同從波士頓趕來的一千弔唁者參加葬禮，這是她第一次自己走出屋外。葬禮結束後，她有整整三天的時間都在寫信，把狀況描述給沒能來弔唁的人聽。她心想，有些人理論上應該能來，不需要讀她寫給大家的回憶錄，也不需要問她事情的來龍去脈。塔蘭特夫婦也到場了，雖然在錢斯勒小姐眼中，這對夫婦可說是不速之客，畢竟他們和柏艾女士幾乎沒交流。如果他們是因為芙雷娜這層關係來的，那麼派芙雷娜出席致意也就夠了。塔蘭特太太顯然期待錢斯勒小姐邀她在馬米恩鎮待久一點，不過奧莉芙完全沒心情接待客人。而且，既然她已經給了塔蘭特夫婦倆一筆為數不少的金額了，應該沒必要在一年間款待他們兩次。如果塔蘭特一家想換個地方待，他們可以在國內四處旅遊，他們現在的財力肯定負擔得起，譬如去薩拉托加或紐波特度個假。他們看起來能自力更生（拿錢斯勒小姐的錢），至少塔蘭特太太看起來是如此。在八月大熱天裡，塔蘭特醫師還穿著他的萬年防水外套。不過，他太太在拂過馬米恩鎮上的低矮墓碑時，奧莉芙看得出來，那一身行頭要價不斐，只是她一向不擅長詢問這類事情的細節。此外，普蘭斯醫師在事情都辦完後就回城了，錢斯勒小姐頓時鬆了一口氣，因為她和芙雷娜終於可以共度兩人世界，一起面對兩人之間出現的嚴重問題。光是有芙雷娜陪就夠了，謝天謝地！她甩掉普蘭斯醫師，不是為了讓塔蘭特太太補位的。

芙雷娜當天異常的舉動，對錢斯勒小姐來說，是否代表了努力無用，這個世界還是充斥著陷阱和詭計，女人自己就是騙子，而且還要去羞辱其他心懷原則的女人？這簡直是奇大的詛咒。她是否對自己說，她們的脆弱不但可嘆，而且可憎，因為面對男人更多、更令人反胃的要求，女人總是屈服？她是否捫心自問過，該不該耗費人生去拯救不想自救的性別？這些人即使得知了光明的真相，假裝變得堅強了起來，似乎也不想面對事實。對於這些細節，我不應該再花力氣討論，因為我也不關心背後的可能性。對我們來說，只要知道奧莉芙在那個絕望的下午覺得一切的努力都是徒勞又吃力不討好，這樣就夠了。她的視線停在遠方的船隻上，她心想，不知道芙雷娜是否搭著其中一艘船，一路順著她的命運漂流。奧莉芙並不盼望芙雷娜快點回家，而是期待對方乾脆一走了之，這樣就不用再和她見面，也不必親身體會那種刻意為之的分離了。奧莉芙過去兩年來，都不幸地活在幻想中，她知道自己的計畫很高尚、很美好，但她也知道，這一切都是建立在讓她此時暈頭轉向、噁心反胃的幻覺之上。擺在她眼前的是現實，安靜見證一切的美麗天空灑下光芒，把一切攤在陽光下。她面對的現實，基本上就是芙雷娜對她的意義，比她對芙雷娜的意義大得多；而且，以芙雷娜天生精巧的才華，她之所以會投入改革，純粹是因為現在沒有比女權運動更遠大、更吸引人的目標了。她有領導改革的天分，但這項天分對她來說無足輕重，因為來得太容易了，她大可拋下這一切，幾個月撒手不管，就像蓋上鋼琴不彈一樣。反而對奧莉芙來說，這件事非同小可。先前，芙雷娜不斷配合奧莉芙，只要對方一煽動或勸說，她就會隨之起舞，因為她年紀輕、同情心強，內心的能量又豐沛多彩。但這無疑是一種「溫室的忠誠」，她容易受情緒感染，但那由內而外的熱情相當容易冷卻。奧莉芙是否曾自問，過了這麼多個月，芙雷娜好像成了一個毫無自覺又最成功的騙子？我得再次承認，我實在給不出答案。所幸，奧莉芙並不會仰賴看似能掃除生活迷霧與模稜兩可的虛幻空想。不管是男人或女人，只要能夠使用理性回顧過往，就能至少看清自己一路走來的模樣，就像不起眼的標誌桿，會在沒人留意到的地方探出頭來。以前走過的每一步會浮現，過去各種錯誤的行動和觀點、自以為是的妄念也會昭然若揭。人們會和奧莉芙一樣心有所悟，但恐怕不會承受像奧莉芙一樣的痛苦。奧莉芙精明算計後被倒打一巴掌，自己因此後悔萬分，心裡像是有火在燒；雖然願景曾經十分美麗，但哀悼之景即將降臨，讓她的眼眶充滿淚水，而且淚珠一滴接著一滴，既無法安撫她的焦慮，也無法減輕她的痛楚。她回想起她和芙雷娜一起對談的點點滴滴、一起交換過的誓言、一起認真讀過的書、一起投入的事業、一起收穫的報酬，以及冬夜裡的檯燈燈光；當時，她們想像著正義的樣貌，內心鬥志高昂，彷彿在彼此的心裡找到了避風港。可惜的地方是，她們狀態變好了，後來卻又摔了一跤，面對這番痛苦，默默閒晃的錢斯勒小姐停下腳步，佇立在原地，暗暗擠出一聲低沉的悲鳴。

下午的時間愈來愈短，氣溫慢慢變涼，在夏日將盡之際，白天的時間也縮短了。錢斯勒小姐轉身面朝家的方向，這時，她想到要是芙雷娜的男伴還沒帶她回家，感覺是因為有不好的事情發生了。她知道當船駛進鎮裡，她一定會看到，也會看到船上載的人。她看見了十幾艘船，但上頭只載了男人，她心想芙雷娜的船很可能發生意外了（蘭森出身莊園，怎麼可能懂駕船技術？）。這念頭愈來愈強烈，即使當天天氣極佳也無法讓她改觀；於是，她的災難想像失控了，她看見他們的船翻覆，一路漂到海上。經過一週無以名狀的恐慌，大家發現了一具無名屍，死者是一位面容模糊、身穿白色洋裝、一頭棕髮的年輕女性，屍首被沖到遙遠的小海灣中。一小時前，奧莉芙還放寬了心，想著芙雷娜可能會永遠消失在地平線上，麻煩也就不會發生；但現在一小時快過了，她感到一股強烈而直接的焦慮，讓她無法刻意無視。她加快腳步，心跳加速了起來。她看清自己是如何看待友誼的，若再也無法掏心掏肺地對待芙雷娜，那真是如失明般的打擊。她回到馬米恩鎮，在家門前稍微歇息時，夜幕已經低垂，雜草叢生道路旁的榆樹，在她眼裡看起來像是比以前更漆黑的布幕。

窗戶裡沒有任何燭光，奧莉芙推開大門，站在門口聽著四周一會，發現即使她發出腳步聲，屋裡仍然沒有半點聲響。她的預測錯了，芙雷娜早上十點就出門划船了，但是到晚上還沒回家，這事很不尋常。她大喊了一聲，接著衝進昏暗、低矮的客廳（當時，客廳一側已經被寬闊的榆樹樹蔭遮住，另一側則被走廊和窗框的陰影遮住）。她這一喊，純粹是為了抒發她滿腔的激動，以及她不顧一切，想重新挽著芙雷娜手臂的衝動，即使條件對她再殘酷無情，她也在所不惜。下一秒鐘她退了一步，同時發出一聲驚呼，因為她發現芙雷娜正杵在客廳一角，而且還是她剛進屋後暫時歇息的角落。芙雷娜在暮色裡一語不發，用怪異的神情盯著奧莉芙看。奧莉芙停下腳步，兩人就這樣站在原地不動，在昏暗中四目相對了一會。接著，奧莉芙還是一句話都沒說，只是朝芙雷娜走去，在她身邊坐下。她不知道芙雷娜為何會變成這樣，她以前不會如此。芙雷娜一句話都不想說，整個人委靡不振。這可說是到目前為止最慘烈的情形了。奧莉芙用力握住芙雷娜的手，心中滿是克制不住的同情。她看著自己手中芙雷娜的手，猜想著對方的感受：是羞恥吧，覺得自己太脆弱，一早就屈服於蘭森，還搖擺不定像個瘋子。芙雷娜沒有反駁，但也沒有解釋什麼，甚至連自己的聲音都不想聽。她的沉默像是個請求，希望奧莉芙什麼都不要問（她相信奧莉芙不會開口責備她），給她時間慢慢抬起頭來。奧莉芙明白芙雷娜的意思，或者自以為明白了，但悲傷的氛圍又更強烈了。她只能坐在芙雷娜身邊握著她的手，除此之外什麼也不能做。這時，兩人已經無法再幫助對方了。芙雷娜仰著頭，閉起眼睛，夜色緩緩透入室內，兩個人沉默了一小時，一句話都沒說。很明顯，這是一種羞愧感。沒過多久，女傭一派輕鬆提著燈出現在大門口，十足馬米恩鎮的風味。不過，奧莉芙卻厲聲要女傭離開，因為她想待在黑暗裡頭。這是一種羞愧感。

隔天早上，蘭森拿著拐杖在錢斯勒小姐門上的窗框用力敲打。當天天氣很好，大門像平常一樣對外敞開，因此，蘭森不需要等僕人來應門。奧莉芙料想蘭森會來，但基於某些原因在客廳待了很久，等到蘭森敲門時才走進小小的前廳。

「不好意思打擾了。我今天是來找塔蘭特小姐的，不知道她在不在。」蘭森對這位進步派的親戚說的第一句話，就是他盤算後的問候。對方看了他一眼，一雙奇詭的綠眼珠閃著光芒。

「您見不到她的。相信我，我不騙您。」

「為什麼見不到？」蘭森雖然心裡不悅，還是面帶微笑問道。奧莉芙沒回答，只是冷漠而大膽地瞧著對方。蘭森從沒看過她做出這種反應，於是又加了一句：「我只是想在離開之前看她一眼，對她說句話。我想讓她知道，我昨天決定要離開這裡了。我中午就會搭火車離開。」

蘭森決定要離開，並不是為了討錢斯勒小姐歡心。但他很訝異，對方聽了他的話居然毫無反應。「您走不走，我覺得沒什麼差別。塔蘭特小姐已經走了。」

「塔蘭特小姐——她走了？」這消息和芙雷娜前一晚表達的心意天差地遠，蘭森的話語中滿是懊惱和驚訝。這讓奧莉芙突然間比較有優勢了。儘管這是她唯一一次占優勢，假設她是能享受樂趣的人，這個可憐的女孩就會說自己很享受這一刻。看見蘭森心裡不舒服，對奧莉芙來說一直都是最快樂的事。

「我一早就陪她去搭火車，而且我看著車開走了。」錢斯勒小姐眼神連飄都沒飄，她很想知道蘭森會有什麼反應。

事實上，蘭森覺得渾身不舒服。他雖然決定自己離開最好，但芙雷娜離開又是另一回事。

「她去哪裡了？」蘭森皺著眉頭問。

「我不覺得我非跟您說不可。」

「這當然！很抱歉我問了這個問題。我還是自己找出答案比較好，要是我還得向您要資訊幫自己獲得好處，會讓我感覺自己很弱。」

「我的天！」錢斯勒小姐聽到蘭森說出「弱」這個字，便大喊道。她接著又故意說：「您自己找不出來的。」

「您覺得沒辦法？」

「肯定沒辦法！」錢斯勒小姐愈來愈得意，唇間突然發出一聲尖銳、怪異的聲音。這一聲足以取代勝利的笑容，但假使隔一段距離，聽起來卻又像是絕望的哀鳴。蘭森迅速轉身離開，對方的聲音兀自在他耳裡打轉。

40

在波士頓迎接蘭森的是露娜太太，就像他第一次到查爾斯街拜訪的時候一樣，但我的意思不是她用一樣的方式接待他。起初，露娜太太對蘭森所知無幾，但她現在已經很清楚自己想要的幸福，於是，她以有點嫌棄、輕蔑的態度對蘭森，彷彿不管蘭森說什麼或做什麼，都只會顯示他可恨的表裡不一和扭曲性格。露娜太太認為蘭森故意要她難堪，而他自己心知肚明——不是說蘭森真的有意如此，而是露娜太太這麼以為：蘭森認為露娜太太的恨意跟她的想法同樣膚淺；另一方面，要是她真的感到難過，或有點尊嚴，就不會願意見他了。蘭森一開始造訪錢斯勒小姐家其實是有緣由的，而他既然做了那樣的事，加上這房子裡還有人能和他講上話，他就不會直接走人。他一得知露娜太太會待在錢斯勒小姐家，就通知露娜太太自己會去拜訪一趟，希望對方能見他一面。他心想，對方多半會拒絕，因為她四、五個月前開始不斷寫信給他，他卻幾乎連讀都沒讀。信裡寫了一堆難聽的話和蘭森以前做過的事，但蘭森完全不記得有這些事。他當時有別的事要操心，所以覺得信的內容很無趣。

「您的品味很差、水平很低，這事我不意外。」蘭森走進屋裡時，露娜太太看著他說道。她的眼神很嚴肅，嚴肅的程度超越了蘭森的預期。

他歸咎於自從錢斯勒小姐去了紐約之後，蘭森完全沒去找露娜太太這件事。在布拉吉太太家的聚會上，蘭森查覺得露娜太太對自己的態度有所轉變，因此決定不再和她有太多交集。他自己因為心裡七上八下，臉上沒半點笑容，只用會讓對方厭惡的語氣，加上輕浮的笑聲說道：「我覺得您很有可能不想見我。」

「如果我都這麼關心了，為什麼會不想見您？您以為重點是見不見您嗎？」

「我看您寫的信，以為您的確想見我。」

「那您何必覺得我會拒絕？」

「因為女人就會做這種事。」

「女人——女人！您真懂女人啊！」

「我每天都會學到一些新東西。」

「那您應該沒學會回信。我很驚訝，您居然承認收到我的信，連假裝都免了。」

這時候，蘭森終於笑開了。他總算有機會一吐心裡累積的怨氣，於是幽默感都回來了。「我能說什麼？您逼得我說不出話來。再說，我其實有回其中一封信。」

「一封？您說得一副我寫了十幾封一樣！」露娜太太大喊。

「我以為您因為看得起我，所以寫了很多封。男人一旦被擊垮，就沒救了。」

「沒錯，您看起來就是支離破碎的樣子！很高興我以後不會再見到您了。」

「現在我知道您為什麼要見我了，您是想親口告訴我這件事。」蘭森說。

「這樣很痛快。我要回歐洲了。」

「真的嗎？為了給紐頓好的學習環境？」

「我的天，您還有臉提紐頓？您可是把他丟了不管的人！」

「那換個話題好了。我告訴您我要什麼。」

「我才懶得管你要什麼。」露娜太太說：「而且您也很失禮，沒問我要去歐洲哪裡。」

「反正您都要離開美國了，問那麼細有差別嗎？」

露娜太太站起身來。「唉，騎士精神，騎士精神！」她大喊。她走到蘭森曾經向外望過的那扇窗邊，也就是他第一次來訪的時候，奧莉芙要他看看後灣景色的那扇。露娜太太盯著窗戶看，彷彿對即將失去這片景色感到遺憾。「我堅持讓您知道我要去哪裡。」她一會後說道：「我要去佛羅倫斯。」

「別怕！」蘭森說：「我應該會去羅馬。」

「您應該會帶著比古羅馬皇帝還傲慢的態度去。」

「羅馬皇帝各種惡形惡狀，其中也包括傲慢嗎？我也堅持讓您知道我來拜訪的目的。」蘭森說：「要是有其他人能問，我就不會問您了。但我很急，不知道誰能幫我。」

露娜太太對蘭森露出不屑的表情，毫不遮掩。「幫您？您忘了我上次要您幫忙的事嗎？」

「您說在布拉吉太太家那次嗎？我當時當然有幫忙。我記得我給了您一張椅子，讓您能站在上面，這樣您才看得見、聽得見。」

「您想要我看什麼？聽什麼？您的痴情真噁心！」

「就是我想告訴您的事。」蘭森繼續說道：「您應該已經知道來龍去脈了，所以我現在鼓起勇氣問您——」

「哪邊可以索取芙雷娜今晚演講的票？她沒把票寄給您嗎？」

「我保證找來波士頓肯定不是為了聽演講。」蘭森面帶愁容地說（雖然露娜太太覺得帶有微妙的怒意）：「我想知道塔蘭特小姐現在人在哪裡。」

「這麼細節的事，您覺得應該問我嗎？」

「我不知道為什麼不能，但我也知道，您不這麼認為。我之所以說這些，是因為我實在想不出誰能幫我。我去過劍橋，敲了塔蘭特小姐父母的家門，但現在屋子感覺人去樓空，沒有人住了。我先去了劍橋，早上才到波士頓來。因為在莫納德諾克地區撲了空，才想要到這裡走一趟。令妹的傭人告訴我，塔蘭特小姐不在這裡，但她說露娜太太在。您肯定不喜歡被別人看成替代人選，但我沒這樣想，也沒這樣對傭人說。我心裡想的，只有我至少能問您看看。我甚至連錢斯勒小姐都沒問，因為她肯定不會給我任何資訊。」

露娜太太聽著蘭森的真心話，便將頭微微轉向對方，用冷冷的眼神看著蘭森。「我想，您大概是以為，」她一會便說：「我可能會出賣我妹妹。」

「比這更糟。我覺得您可能會出賣塔蘭特小姐。」

「我為何要在乎塔蘭特小姐？我不知道您在說什麼。」

「您真的不知道她住哪嗎？您沒在這裡遇見她嗎？奧莉芙小姐和她不是常常黏在一起嗎？」

露娜太太聽到這句話，整個人轉向了蘭森，雙手叉在胸前，頭向後一仰，大喊：「蘭森先生，給我聽好了。我從來不覺得您是笨蛋，但我突然有種感覺，自從我們上次見面之後，您的腦袋好像消失了！」

「我不否認。」蘭森笑著說。

「您是不是想告訴我，關於塔蘭特小姐的事，您都不知道？」

「我這十個星期以來都沒看見塔蘭特小姐，也沒聽到關於她的消息。錢斯勒小姐把她藏起來了。」

「藏起來？全波士頓的牆壁和籬笆可是貼滿了塔蘭特小姐的名字啊？」

「噢，這倒是，我注意到這件事了。我相信到了今天晚上，我就能見到她了。但我不想等到晚上，我現在就想見她。而且我不想在公眾場合見她，我想跟她私下碰面。」

「您是認真的？有趣了！」露娜太太笑著大喊：「請問，您想找她做什麼？」

蘭森猶豫了一會。「我覺得還是不要告訴您比較好。」

「您看起來很老實，但實際上沒那麼老實！我的親戚，您太天真了。您以為我會在乎這件事？」

蘭森沒答話，但過了一會兒，他嘴裡迸出一句話：「認真點，露娜太太，您是不是給不了消息？」

「老天爺，您的眼神好嚇人，您的用詞也好可怕！居然要我『認真點』！您以為我很喜歡塔蘭特小姐，想將她據為己有嗎？」

「我不知道，我搞不懂。」蘭森悠悠地說，但眼神依舊嚇人。

「您覺得我會比您更清楚嗎？您這年輕人不是很靈光。」露娜太太繼續說：「但我真心覺得，您與其被這種背景的女孩子甩掉，人生應該還有更精采的發展。」

「我沒被甩掉。我很喜歡她，但她從來沒給我機會。」

聽到這，露娜太太再度嘲諷起蘭森，「您到了這個年紀，還這麼不成熟！」

蘭森沒回應對方的話，只若有所思卻又隨意地說道：「令妹真的很聰明。」

「您是想說我不聰明對吧！」露娜太太語氣瞬間改變，用最甜美謙卑的語氣說：「天啊，我才不想假裝自己多聰明！」

蘭森盯著露娜太太瞧，猜想著她為什麼會改變語調：她大概想：城裡一半的商店門口、所有籬笆上都貼了芙雷娜的照片，全城都準備要和芙雷娜本人面對面了，這時，芙雷娜或許覺得自己即將功成名就，從南方來的蘭森相比之下沒什麼看頭。而在旁人眼中，芙雷娜感覺把蘭森晾著不管了。如果實情如此，露娜太太耐著性子，也許跟蘭森還有機會。蘭森很快推敲出背後的因果，但盤算了一會，覺得還是這樣回話最好：「您什麼時候要出發去歐洲？」

「我可能不會去了。」露娜太太望著窗外說。

「如果是這樣，紐頓的教育怎麼辦？」

「我想待在您受教育的國家裡就夠了。」

「您不想讓他見見世面嗎？」

「唉，世面，世面啊！」她喃喃道。她一面望向逐漸深沉的暮色，這時，城裡的光映在後灣的水面上。「難道非得當個有國際觀的人，才會覺得幸福嗎？」

「大概吧，無論如何，我會去佛羅倫斯一趟！」蘭森笑著說。

她再度望向蘭森，但動作比之前緩慢了。她對蘭森說，她從來沒看過比他更奇怪的心靈，她很想要弄明白。她聽了蘭森的想法（她就是因為他的想法才喜歡蘭森的，不然，她根本不喜歡蘭森的個性），讓她懷疑，蘭森為何要死命追著五流小人物芙雷娜？他可以說這不關她的事，而露娜太太也無法辯駁。於是，她承認自己問這個問題只是為了滿足好奇心；再說，只要是人，目睹這種前後矛盾的情況都會覺得渾身不舒服。露娜太太聽蘭森談了自己的信念和人生觀，以及他對未來發展的質疑，忍不住心想，蘭森應該會覺得塔蘭特小姐裝模作樣的姿態很反胃才對。芙雷娜的立場和奧莉芙不是如出一轍嗎？而奧莉芙不是明顯和蘭森犯沖嗎？露娜太太實在是太困惑，才問了這個問題：「您不知道有些人遇到讓他們疑惑的事，不弄清楚勢不罷休嗎？」

「您的困惑不會比我多。」蘭森說：「看起來，如果您將這套思維反向套在我身上，就會找到答案了。您喜歡我的想法，但您對我的個性感受卻大不相同。我對塔蘭特小姐的想法不以為然，但她的個性——她的個性我很喜歡。」

露娜太太盯著蘭森，好像在等待對方把沒講完的話講完。「就只是這樣？」她問道。

「只是怎樣？」蘭森笑著問。接著，他又補了一句：「令妹最近讓我舉白旗投降了。」

「我覺得，她最近的確像是打了場勝仗，總是一副喜上眉梢的樣子。我覺得不完全是因為我要離開了。」

「她最近很開心？」蘭森心一沉，面有難色地問道。露娜太太看了，聲音又變得愉悅起來。她解釋道：

「我說的喜上眉梢，當然是跟她平常的樣子比。事情都是相對的。她等不及要聽芙雷娜今晚的演講了，我實在不知道該怎麼形容她！連三分鐘都坐不住，一天要出門十五趟，還不斷安排訪談、討論事情、發電報、打廣告、動用人脈、四處奔走，準備要上戰場的樣子。咦，歐洲人派遣軍隊的方式叫做什麼？動員嗎？不管了，芙雷娜就是被動員的人，而指揮總部就在這。」

「您晚上會去音樂廳嗎？」

「您把我當誰了？我才不想聽人嘶吼一小時。」

「我想也是，奧莉芙小姐肯定非常緊張。」蘭森心不在焉地說。接著，他又突然換了一個語調：「照您說的，如果這裡是指揮總部，那您怎麼會沒見到她？」

「奧莉芙嗎？除了她，我誰都沒見到！」

「我是指塔蘭特小姐。既然她今晚要演講，應該會在附近的某個地方才對。」

「您想要我出去找她嗎？那不可能！」露娜太太用法語大聲說道。「蘭森先生，您到底有什麼問題？您到底在追逐什麼？」她尖銳地問。她擺過高傲的姿態，也試著以謙卑的態度和對方說話，明明她不把對方當一回事，卻又百般挑剔。

假使蘭森沒遇上困難，我不知道他會不會嘗試回答露娜太太的問題。無論如何，露娜太太話說到一半，門口的簾子被拉開了，接著一位訪客進了門來。「天啊！嚇死人了！」露娜太太大叫。她沒從位子上移開，只用不友善的眼神看了來客一眼。蘭森發現，他似乎曾經遇過來訪的男士，對方是個面容清秀的年輕人，頂著一頭少年白的鬈髮。年輕人站在門口，面帶笑容看著露娜太太，沒有因為屋主對他不屑一顧被嚇著。她看起來好像不認識他，此時，蘭森準備要離開，讓兩個人單獨聊聊。

「您可能不記得我了，但我之前見過您。」年輕人親切地說：「我一個星期前來過，錢斯勒小姐還把我介紹給您認識。」

「噢，沒錯，不過我妹妹現在不在家。」露娜太太隨口回道。

「我聽到的消息也是這樣，但我還是想來一趟。」這位年輕人同時對蘭森笑了一下，他十分自在，顯然並不受露那太太的態度影響，這也使他露出一種優越感。「我需要一些資訊，我相信你們人很好，一定可以給我消息的，對吧？」

「我想起來了，你是報社的人。」露娜太太說。這時，蘭森才想起來這年輕人是誰。柏艾女士辦的那場聚會，這位年輕人也出席了，普蘭斯醫師說他是很傑出的記者。

年輕人以彷彿身為名人的姿態，接受了露娜太太的說法。他還不斷對蘭森散發熱情（好像他認得蘭森的臉似的），又偷偷拋出一個說明自己來意的詞：「您聽過《晚報》嗎？」。他繼續說：「露娜太太，我不管了，我不會放過您的！我們想知道芙雷娜小姐的最新消息，我得把消息帶出門才行。」

「老天！」蘭森小聲說道，邊拿起帽子。

「錢斯勒小姐把她藏起來了。我在城裡四處找她，她爸爸也一個星期沒見到她了。他輕易就給了我們資訊，但不是我們需要的。」

「所以你們要什麼？」帕登先生（蘭森想起對方的名字了）在準備自我介紹之前，蘭森便情不自禁地問。

「我們想知道芙雷娜對於今晚的演講有什麼感覺、她緊不緊張、她有什麼期待。我們還想知道她在六點之前的樣子、她身上穿什麼。天吶！我要是能見到她，就能知道我想要什麼了。我猜她也一樣吧！」帕登先生大喊：「露娜太太，您一定有消息。您不可能不知情。我不會追問她人在哪裡，因為這個問題太強人所難。萬一她放棄登台——雖然我覺得這個決定會是錯的——上台前幾個小時，我們還可以再激勵她一下！但是，您不能透露一些小道消息，讓讀者們有東西能讀嗎？她晚餐打算吃什麼？還是她打算不吃東西就上台？」

「先生，我什麼消息都沒有，我根本不在乎這件事。這事跟我沒關係！」露娜太太怒道。

帕登先生瞪大眼睛，接著又熱切地問：「您跟這事無關？所以您是採取反對立場嗎？」他一面問，一面把手伸進口袋掏筆記本。

「拜託！您是要把這句話登在報紙上嗎？」露娜太太大喊。蘭森在一旁爆出諷刺的大笑，雖然他最討厭、想迴避的一切，正在迅速地逼近了芙雷娜。

「女士，麻煩您發表反對意見。我們想要這段消息！」帕登先生繼續道：「這間房子裡有人持反對意見，這樣太好了。我們一定要採訪到這段，不然就開天窗了！讀者不只對芙雷娜小姐有興趣，也很想知道令妹的事。他們知道錢斯勒小姐幫了芙雷娜小姐很多忙，我一想到『錢斯勒小姐的家人怎麼看』這個標題就很興奮（我已經可以想像標題多吸引人了）！」

露娜太太一屁股坐在旁邊的椅子上，雙手遮著臉，嘴裡哀嚎著：「老天爺啊，幫幫我，還好我要去歐洲了！」

「這段消息也可以，有消息都好。」帕登先生邊說，邊在筆記本上速記著：「我可以問一下，您是因為反對令妹的立場，才想去歐洲的嗎？」

露娜太太整個人跳了起來，差點要搶走帕登先生手裡的筆記本：「您如果敢把我的消息寫進報導，或者在報紙上提到我的名字，我就會衝到您的辦公室裡跟您算帳！」

「女士，我真是求之不得！」帕登先生興奮地說，但同時把筆記本放回口袋裡。

「您認真找過塔蘭特小姐了嗎？」蘭森問。帕登先生一聽，瞬間露出慣有的靈通樣，感覺想和蘭森較勁。蘭森補了一句：「別怕，我不是記者。」

「我不知道您是誰，但我知道您是從紐約來的。」

「我是從紐約來的沒錯──但我不是報社的人。」

「有趣，他把您當成──」露娜太太忿忿不平，喃喃自語著。

「老實說，想得到的所有地方我都找過了。」帕登先生說：「我一直在找令妹的經紀人，但到現在都還聯絡不到他。我猜，他也在找人吧。錢斯勒小姐告訴過我──露娜太太可能記得這件事──她一整個星期都不會來這裡，而且她不想告訴我她在演講大會之前人會在哪裡或做什麼。當然，我也跟她說我會想辦法調查，您應該還記得──」他對露娜太太說：「我們討論過這件事吧。我當時坦白說，如果他們不多留意，就會沉默過頭。塔蘭特醫師為此覺得很沮喪。不過，我靠著手上有的材料，寫了我能寫的報導，而《晚報》同時告訴讀者，本季最大的謎團是錢斯勒小姐的下落。沒什麼能逃過《晚報》的追查。」

「您在這裡，我就不敢開口了。」露娜太太插嘴：「但我得說，我覺得我妹妹很奇怪，居然和您說了那麼多話，我聽說了都要喘不過氣了。」

「我想知道您知道些什麼！」帕登先生冷靜回道：「這不是很公平，因為您不知道。錢斯勒小姐變了，她變了很多，這點我很肯定。因為一、兩年前，她幾乎不太讓人親近。既然我都讓她的態度軟化了，那親愛的女士，我何不也讓您的態度軟化？她知道我現在對她有幫助，而我也不是個記仇的人，只要她願意開口求助，我就會伸出援手。問題是，她還不願意讓我幫更多忙。感覺她還不太信任我。總之，」帕登先生接著對蘭森說道：「半小時前，音樂廳裡的人都還不認識塔蘭特小姐，只知道大概一個月前她和錢斯勒小姐來試音過。她的聲音像銀鈴一樣迴蕩在音樂廳。錢斯勒小姐向大家保證，今晚一定會準時開始。」

「好的，這樣就夠了。」蘭森冒險說道。他向露娜太太伸手道別。

「您要拋下我了嗎？」露娜太太問，同時看了蘭森一眼。除了《晚報》記者以外，其他人恐怕都會被她的眼神弄得很尷尬。

「我還有很多事情要做，不好意思了。」蘭森很緊張，整顆心七上八下，跳得比平常還快；他已經站不穩了，寧願趕快甩掉帕登先生，因此，他不會為了拋下露娜太太覺得愧疚。

而帕登先生還是繼續有一搭沒一搭地聊，他的盤算大概是如果待得夠久，或許芙雷娜小姐或錢斯勒小姐就會現身。「音樂廳的票都賣光了，到時候應該座無虛席。波士頓觀眾可以準備接受新觀念了！」帕登先生說。

蘭森只想離開現場。為了趕快脫身，他決定暗示露娜太太兩人還有機會見面。於是，他便在門口假惺惺地對她說：「您今晚最好出席一下。」

「我跟波士頓人不一樣，我沒這麼好說服！」她答道。

「您的意思是您不去嗎？」帕登先生雙眼圓睜大喊，雙手再度拍著口袋：「您不覺得塔蘭特小姐很有才華嗎？」

露娜太太快累垮了，而且看見蘭森滿腦子都是芙雷娜，還拋下她一個人面對討人厭的報社記者，讓她怒不可遏。有記者在場，她反而不能激動抱怨。因感覺每件事、每個人都在嘲諷自己而不給予安慰，讓她失去了理智，一時口無遮攔回道：「不，我不想。我覺得她是個粗魯的白痴！」

「女士啊，這句話我沒辦法寫到報紙上！」蘭森離開客廳門口時，聽見帕登先生對露娜太太埋怨道。

41

接下來的兩個小時，蘭森走遍了整座波士頓城，漫無目的，只知道自己不想回飯店，也吃不下晚餐或讓雙腿歇息。自從他離開紐約，時而激動，時而茫然，就這樣灰心喪志地遊蕩好幾天。他知道激動的情緒和不安會慢慢淡去，只是此刻這些感覺卻在他心裡格外強烈，讓他喘不過氣來。十一月下旬的暮色愈來愈濃重，但晚間的景色依舊美麗，路燈點亮的街道上充滿了初冬的活力和繽紛氣息。商店前門的櫥窗結滿了霜，室內的燈光從窗子透出來，行人在人行道上匆匆來去，街車鈴聲在冷冽的空氣中迴盪，送報童叫賣著晚報，戲院大廳兩側貼滿了彩色海報和女演員的照片，紅色皮質（或是粗呢）的旋轉門上嵌著黃銅柱，向外招徠著路人。在大片玻璃後方，飯店內部的景象一覽無遺：大理石砌成的大廳和柱子，在電燈照耀下閃著白光；坐在沙發上的西部人伸直了腿，遠處的櫃檯堆滿期刊和平裝小說，而後方的小男孩們一臉老成，一手出售高價劇院票券，一手發著劇院平面圖和歌劇劇本。蘭森有時站在街角休息，苦惱著要往哪個方向慢慢移動。他偶然抬頭向上一看，發現星星又近又亮，在整座城上方熠熠生輝。在他眼中，波士頓是座夜生活豐富的大城，人們精神抖擻，正準備度過一夜歡樂。

他來回經過了幾次音樂廳，看見門口貼著斗大的芙雷娜宣傳照。他向下望了從學校街延伸而出的景象和讓行人走的連通道，同時心想，這景象暗藏著不好的預兆。觀眾還沒開始入場，但場內燈火通明、大門敞開，已經準備好迎接客人了，緩衝的空間可能會不夠。蘭森也有點擔憂，但又拚命期待這場災難快點結束。他周遭的各種事物都使人聯想到他操心的事，也就是他到底能不能阻止芙雷娜墜入萬劫不復的深淵。他相信全波士頓都來聽芙雷娜演講了，至少每個他在街上看見的人都來了，這給了他激勵與靈感。他想在眾目睽睽下擄走芙雷娜，想著想著，又充滿幹勁，準備邁步穿過可能會爭搶芙雷娜的人群。現在時間還不遲，因為蘭森覺得渾身是勁，就算芙雷娜已經站在成千上萬人眼前了，蘭森要出手也還來得及。他早上就買了票，現在距離演講開場時間不遠了。他最後決定回飯店十分鐘，稍微打理儀容、喝杯酒，替自己醒醒腦。接著，他又朝著音樂廳走去，發現人們開始走進建築物。這是第一波入場的觀眾，裡頭大多都是女性。七點前，時間感覺流動緩慢，但七點後時間變得飛快，離開場只剩半小時了。蘭森和其他觀眾一起入場，他知道自己的座位在哪裡。他抵達波士頓時，空位已經所剩不多，他便仔細地挑了其中一個。但現在他站在舞台遠處屋頂形狀的結構（沿著一排小型火舌浮雕展開，浮雕處剛好是該結構和牆壁的接點），他覺得這些都不重要了，因為他不會到座位上。他不算是觀眾的一員，而是置身事外的特別人物，是為了特別目的才到場的。早知一開始別買座位，只能買站立區的話，這些事就不會構成煩惱了。觀眾陸續湧入，再過沒多久，裡頭就會剩下站立區。蘭森心裡沒有具體計畫，他純粹想走進音樂廳，看一眼場地之後做出決定。他從沒來過波士頓音樂廳，音樂廳高聳的拱頂和一排排懸在外面的觀眾席，看起來很宏偉壯觀。有幾個瞬間，他能想像一位在公共場合中等待的年輕人，出於個人動機，決定掏槍指著國王或總統。

蘭森覺得，音樂廳宏偉的程度好似羅馬建築。上層觀眾席的門敞開著，由於觀眾和帶位人員進進出出，讓門扉在空中前後擺盪。蘭森看了這畫面，便聯想到羅馬競技場的大通道。舞台上設有合唱團和社會知名人士的座位，後方有座巨大的管風琴，發亮的管子和綴滿雕像的尖頂直指建築物圓頂，管風琴的巨大黃銅底座前，還站了一位才華洋溢的音樂家或演說家。音樂廳十分寬敞，氣氛莊重，觀眾雖然魚貫進場，仍然塞不滿大廳，蘭森能想見坐滿的時候大概有多少人。年輕的錢斯勒小姐和芙雷娜面對巨大挑戰，蘭森覺得兩人很了不起。可憐的奧莉芙，她的壓力顯然很大。她本來大可以不必焦慮到顫抖，也不必擔心會有意外或失敗的情形。舞台前有張又窄又高的桌子，像是樂譜架，上頭蓋著一條紅絨布，旁邊則擺了一張微雕椅子，蘭森心想，芙雷娜肯定不會坐在那張椅子上，不過他也能想像，芙雷娜可能會三不五時倚靠著椅背。桌椅後方有十來張排成半圓形的扶手椅，看起來是排給講者的朋友、贊助人和金主坐的。音樂廳迴盪著開場警語；觀眾入座時，鉸鏈便發出聲響；至於四處走動的男孩，則是喊著「塔蘭特小姐的照片——她的人生速寫！」，不然就是「講者的畫像——她的生涯故事！」，他們的聲音在偌大的空間裡顯得微不足道又尖銳。蘭森還沒反應過來，講者桌後的幾張扶手椅已經有人坐了，但之間還留著空位。一會兒之後，儘管隔著一段距離，他認出了到場的其中三位。有位留著亮麗秀髮和眉毛的俐落女性，遠望就知道是費林德太太，而在她旁邊身穿白外套、帶著雨傘、面目模糊的男性，想必就是她的先生阿瑪拉亞。另一頭坐著一對男女，蘭森一眼便認出那是布拉吉太太和她醉翁之意不在酒的兒子。雖然他對芙雷娜和這對母子的某些互動並不知悉，但他們對芙雷娜的興趣顯然不是三分鐘熱度，畢竟他們跟蘭森一樣，都大老遠從紐約來聽演講了。在那排半圓形的座位上還有其他人，但蘭森都不認識；中間某幾張椅子還沒坐人（有張椅子肯定是留給奧莉芙的）。蘭森雖然心裡七上八下，但還是留意到，其中有一張椅子應該是刻意不坐人，用來象徵柏艾女士在場的。

他買了一張芙雷娜的照片，感覺照得奇醜無比。他還買了芙雷娜的人生速寫，很多人都在讀，他卻揉成一團塞進口袋，準備晚一點再來看。在他看來，芙雷娜和這場極盡誇大能事的展演活動毫無關聯，他只看見奧莉芙在幕後推波助瀾，想辦法讓演講內容盡量對上多數觀眾的口味，盡量配合大眾的思考模式。雖然不曉得她到底有沒有下功夫，但整場的氣氛倒是相當花稍，讓蘭森慚愧得臉紅，恨不得自己有錢買下大聲叫賣的男孩們兜售的所有商品。突然間，管風琴的樂音從大廳裡飄了出來，蘭森知道，演講已經拉開序幕了。他覺得這段音樂也是為了譁眾取寵，但他沒浪費時間思考這件事。他馬上離開原先選定的位置，也就是在某排接近側邊的座位，走到了某扇門邊。他就算現在沒計畫，也已經鬥志滿滿了，起初的遲疑讓他覺得有點丟臉。他在心裡盤算著，仍然被錢斯勒小姐奉為神祕存在的芙雷娜，應該要等到演講開始前幾分鐘才會登台。因此，蘭森即使還在舞台前等待，也不會錯過什麼。不過，他現在必須把握機會才行了。他離開主廳準備走進交誼廳前，留步了一會。他身子背向舞台，看了成群的觀眾一眼。這時人潮變得很密集，而且反映著由高處灑落的燈光，空間中始終密布著凝重的氣氛，而且持續累積，透著隱晦的期待，並且便人生畏。蘭森因為心裡的阻撓和救援計畫不安了起來，他覺得觀眾到時會失望透頂，充滿暴戾之氣。但這個念頭只讓他加快腳步穿過醜陋的長廊，他覺得自己的計畫很清晰了，甚至完全不需要問路，就能走到某扇他準備推開的小門前（或許還不只一扇）。早上的時候，他已經研究過平面圖一番，知道歌手和講者休息的小房間位在音樂廳哪個角落（和舞台之間還有連通道），因此他選了附近的座位，現在，他只要走幾步路就抵達小房間。沒人注意到蘭森的舉動，也沒人干預他。來看塔蘭特小姐的人不斷湧入（這場演講盛況空前，以往的演出都沒吸引過這麼多人），帶位人員卯足全力接待。蘭森打開了走廊盡頭的一扇門，走進了類似前廳的空間，裡頭空蕩蕩的；他面前還有第二扇門，門口站了一個人。蘭森一看見這人的身影，便停下了腳步。

對方是名戴著頭盔、身穿黃銅釦制服的魁梧警察，蘭森一眼就看出警察是專門對付他的。他猜測錢斯勒小姐一知道自己會來，便找了幫手來擋駕，這下子，所有外來者都被這位仁兄擋在外面。這情勢讓蘭森小小吃了一驚，因為他想到，神經兮兮的錢斯勒小姐明明整天都不在家，跟芙雷娜待在某個不為人知的地方。不過，蘭森頂多驚訝片刻，便馬上回神穿過房間，站在全副武裝的警察面前。兩人沉默了一會，用力地瞪著對方，這時，蘭森聽見房間外傳來管風琴聲，樂聲一波波響徹大廳。蘭森和警察似乎離管風琴很近，因為整個房間都隨著樂聲震動著。這位警察人高馬大、臉頰削瘦、面色蠟黃，肩膀寬闊，他眼睛雖小，眼神卻十分堅定。他嘴裡似乎含著什麼，因此腮幫子鼓著。蘭森看得出警察身強體壯，但他覺得自己也不比對方瘦弱。不過他不是來這裡打架的，為了芙雷娜動手打人不太妥當，雖然從錢斯勒小姐的角度來看，這事件或許也是個賣點；再說，打架是計畫中最沒必要的一環。他還是繼續保持沉默，對方也默不作聲，時間流逝之時彷彿有股魔力，蘭森因而認為，芙雷娜和他之間只隔著幾片木板，他覺得芙雷娜也在等他來，只是心態不同。蘭森又想，芙雷娜跟擋駕的人馬毫無關聯，她將憑直覺很快料到蘭森會來，而且會一心等著蘭森救她離開。芙雷娜應該很想把手放進蘭森手裡，只是她在奧莉芙面前不敢這麼做。蘭森突然想到，全世界對芙雷娜的前途最沒信心的，非錢斯勒小姐莫屬了。蘭森彷彿看見錢斯勒小姐站在門後，手裡握著表，兩眼惡狠狠地盯著芙雷娜，而芙雷娜只能別過頭去。如果芙雷娜能在表定時間前開始演說，錢斯勒小姐應該會心懷感激，當然，這是不可能的。蘭森什麼也沒問，因為覺得浪費時間。過了一會，他總算開口對警察說：

「我想和塔蘭特小姐見個面，拜託您替我傳個話。」

警衛站在蘭森和大門之間不動如山，伸手接過蘭森遞給他的紙卡，慢慢讀出卡上寫的名字，接著翻到卡片背面看了一眼，最後把卡片還給蘭森。「我想這張卡沒什麼用。」警衛說。

「您怎麼知道？您沒權力拒絕我的要求。」

「您可以要求，我也有拒絕的權力。她指名把您擋在外頭。」

「我不覺得塔蘭特小姐想把我擋在外面。」蘭森回道。

「我不知道她怎麼想，不過音樂廳不是她租的。是另一位女士錢斯勒小姐說的，這場演講也是她負責的。」

「她叫您把我擋在門外？太荒謬了！」蘭森機警地大喊。

「她告訴我，您不適合在附近單獨晃來晃去。您腦袋怪怪的。我覺得您最好安靜一點。」警察說。

「安靜？我還不夠安靜嗎？」

「我看過很多像您一樣瘋狂的人，如果您想見講者，為什麼不和其他觀眾一樣到大廳裡轉轉？」警察擺出不動如山、若有所思、通情達理的架勢，等蘭森回話。

蘭森立刻想到了要回什麼，「因為我不只想見她，還想私下跟她說話。」

「沒錯，大家都喜歡私底下來。」警察說：「換作是我，我不會想錯過演講。聽演講對您比較有幫助。」

「演講？」蘭森邊笑邊重複對方的話，「演講沒辦法進行了。」

「當然會，等管風琴結束演奏之後就會。」警察接著補了一句，自言自語道：「哪有可能不會？」

「因為塔蘭特小姐已經叫人跟管風琴師說繼續演奏了。」

「您覺得她叫誰去通知管風琴師？」警察開起了玩笑，「錢斯勒小姐可不是她的僕人。」

「她叫她爸爸，或者甚至叫她媽媽幫忙去了。她的父母都在場。」

「您怎麼會知道？」警察認真問道。

「噢，我什麼都知道。」蘭森笑著回道。

「我覺得他們不是來聽管風琴演奏的。要是管風琴再不停，我們很快就會聽到別的聲音了。」

「您會聽到很多不同的聲音，很快就會。」蘭森說。

蘭森平靜無波的自信開始讓警察覺得不容小覷。這位守門人像某種愛用頭頂互撞的動物一樣低下頭，用濃密的眉毛看著蘭森。「我早就聽過很多了，我待過波士頓。」

「喔，波士頓是個好地方。」蘭森心不在焉回道。他沒在聽警察說話，也沒在聽管風琴演奏，因為他聽見了門後傳來的人聲。警察沒注意到人聲，只是雙手叉在胸前，背靠著牆。兩人又沉默了一會，這時，管風琴演奏停了。

「如果您同意的話，我想在這裡待一下。」蘭森說：「有人會叫我進去的。」

「誰會叫您進去？」

「塔蘭特小姐吧，我想。」

「她得先搞定另一位女士才行。」

蘭森拿出手表。幾個小時前，他故意把時間調成波士頓時間了。在他和警察一來一往的時候，指針又多走了好幾分鐘，現在指著八點五分。「錢斯勒小姐得先搞定觀眾。」他接著說。他說這些話時一點都不心虛，因為他覺得，在他進不去的房間裡發生了一些事，而他也是當事人之一。裡頭的情勢變得很緊張，非有他一起處理不可。他天馬行空的想像愈漲愈大，他甚至覺得芙雷娜是有意讓觀眾等。她為什麼不出場？一定是因為她知道蘭森來了，所以才想辦法拖時間。

「我覺得她已經出場了。」守門人說。他和蘭森的對話雖然像是閒聊，他的防禦姿態倒一點都沒減少。

「如果她已經出場了，我們應該會聽到掌聲才對。」

「來了，大家準備要請她出場了。」警察說。

他感覺說對了，因為大家好像真的準備要請芙雷娜出場。音樂廳上層和下層開始傳出鼓譟聲，有幾千人跺著腳、敲著雨傘和拐杖。蘭森覺得有點暈，他站在原地不動，和警察四目相望。突然間，他心頭靈光一閃，接著大喊：「老兄，這不是掌聲，是不耐煩的聲音。那不是歡迎講者的聲音，是要逼講者出來的聲音！」

警察沒表示同意，但也沒否認，只是把嘴裡含的東西推到另一側，接著說：

「我猜她身體不舒服。」

「噢，最好不要！」蘭森溫柔地說。觀眾的跺腳聲和敲擊聲愈來愈大，不過一分鐘後又平息了，而這也證明蘭森的說法是對的。大家的催促表面上好聲好氣，卻帶著不悅。蘭森再看了一下表，時間又過了五分鐘，他記得那位記者在查爾斯街說，錢斯勒小姐保證芙雷娜會準時出場。他腦中浮現了記者的身影，而好巧不巧，帕登先生這時突然大張旗鼓從另一扇門衝了進來。

「她在拖什麼？為什麼不上台？她想讓觀眾鼓譟的話，這樣也夠了吧！」帕登先生先看著蘭森，接著又看著警察，最後轉回蘭森的方向。看他左顧右盼的樣子，彷彿從沒見過蘭森。

「我猜她身體不舒服。」警察說。

「觀眾才會覺得不舒服！」記者焦急地大吼：「如果她身體不舒服，為什麼不找醫生來？波士頓的居民都擠到音樂廳裡了，她一定要上台講話。我要進去看看。」

「您不能進去。」警察冷冷地說。

「請問我為什麼不能進去？我是代表《晚報》的人！」

「不管怎樣，您就是不能進去。旁邊這位也被我擋在外面了。」警察和善地補充道，感覺想讓自己拒絕帕登先生的說詞更合情合理。

「怎麼會，他們應該要讓您進去的。」帕登先生看了蘭森一會便說道。

「可能吧，但他們真的不會。」警察說。

「我的天！」帕登先生上氣不接下氣道：「我就知道錢斯勒小姐會搞砸！費勒先生在哪裡？」

他滔滔不絕，像是在對其中一人說，又像是同時對兩人說話。
「我覺得他大概在門邊數錢吧。」警察說。
「好，他如果不處理一下，他就要退錢！」
「他可能會處理。如果他來的話，我會讓他進門，但我只讓他進門。塔蘭特小姐上台了。」
警察平淡地說道。
在另一波如雷的轟動響起前，警察就聽見一絲風吹草動了。這次肯定沒錯，是滿廳的觀眾在鼓掌，還夾雜著許多喊叫聲，可是雷聲大雨點小，不如預期的持久。帕登先生站著聽了一會，臉上寫滿了擔憂。「天啊，觀眾不能再熱情一點嗎？」他大喊：「我要到現場看看！」
帕登先生離開之後，蘭森問警察：「誰是費勒先生？」
「噢，他是我的老朋友。他是錢斯勒小姐的經紀人。」
「錢斯勒小姐的經紀人？」
「就跟錢斯勒小姐是塔蘭特小姐的經紀人一樣。也可以說，費勒先生是她們兩個的經紀人。他靠辦演講賺錢的。」
「那他最好自己對觀眾演講。」
「他不會演講，他只會當老闆！」
這時，另一頭的門被推開了，一位壯碩的男人焦急地進了門。這人下巴留了一小撮鬍子，邁著大步，邊走路外套邊飛揚，嘴裡還咒罵著：「她們在休息室裡搞什麼鬼？演講都要開始了！」
「她不是在台上了嗎？」警察問。

「那不是塔蘭特小姐。」蘭森用一副知情的口吻說道。他立刻明白，這男人就是費勒先生，錢斯勒小姐的經紀人。他心裡萌生這個念頭之後，便立刻想到，錢斯勒小姐應該會提醒費勒先生小心蘭森，費勒先生應該也會把無預警延後開場的狀況怪在他頭上。但費勒先生只看了蘭森一眼，讓蘭森大吃一驚，因為對方顯然沒認出自己是誰。錢斯勒小姐似乎謹慎到家，沒把蘭森的事告訴別人（除了警察以外）。

「台上？在台上的是她的混蛋爸爸！」費勒先生大喊，同時把手放在門閂上。警察剛才通融讓他靠近門邊。

「他有沒有找醫生來？」警察淡淡問道。

「如果他再不把人交出來，我們需要的是您不是醫生！她們該不會把自己反鎖在裡面了吧？她們到底在進行什麼詭計？」

「她們裡面有鑰匙。」警察說。費勒先生同時邊用力敲門，邊大力搖晃門把。

「如果門上鎖了，您站在門前有什麼意義？」蘭森問。

「讓您不能那樣做。」警察向費勒先生點頭示意。

「您在這裡根本就沒什麼幫助。」

「我不知道，她應該要出來了才對。」

這時，費勒先生還是繼續推門，不斷問裡頭的人是不是要等觀眾拆了音樂廳才甘心。現場又響起了一波掌聲，顯然是對塔蘭特醫師的致歉說詞而發的，也把經紀人的聲音、大廳裡意見分歧的疑惑聲都蓋了過去，有長達一分鐘的時間，其他聲音都聽不清楚。休息室的門還是關著，而帕登先生隨後又出現在前廳。

「他跟觀眾說塔蘭特小姐因為緊張，頭有點暈。她三分鐘後就可以上場。」帕登先生讓大家在危機中稍安了心。他又說，現場觀眾很可愛，都是波士頓人，而且非常客氣。

「我猜裡面的觀眾也很可愛，而且肯定是波士頓人！」費勒先生一面大喊，一面捶著門：「我和首席名伶交手過，也對付過怪人，但我從沒遇過這種狀況。女士們，聽好了，如果妳們不開門，我就要破門而入了！」

「反正事情也不會更糟了？」警察對蘭森說。他感覺自己已無用武之地，因此稍微站到一邊。

42

蘭森沒答腔。門打開了，他正盯著門看。芙雷娜站在門口，開門的顯然就是她。芙雷娜直直望向蘭森，她穿了一身白衣，但臉色比衣服還白；不過，她的頭髮倒是如火焰般閃閃發亮。芙雷娜向前走了一步，但不等她跨出第二步，蘭森已經迎上前去，走到門邊了。芙雷娜一臉痛苦，但蘭森沒有在眾目睽睽下牽她的手，只低聲說道：「我等您等了好久！」

「我知道，我看到您坐在位子上，我想跟您說話。」

「塔蘭特小姐，您不覺得您該上舞台了嗎？」費勒先生一面大喊，一面揮舞著雙臂，彷彿要把芙雷娜從休息室趕上舞台見觀眾一樣。

「再一下子我就可以上台了，爸爸正在控場。」芙雷娜面帶笑容，向怒不可遏的經紀人溫柔地回答，儼然想安撫對方。蘭森看了，心裡大吃一驚。

三人一起走進休息室。房間裡放了許多大眾款式的桌椅，而在另一頭的煤氣燈下方，塔蘭特太太正端坐在沙發上，一臉凝重。還有個人漲紅著臉，強忍著不適俯著身子，整張臉埋在塔蘭特太太懷裡——那是惶恐的錢斯勒小姐。蘭森不會知道，錢斯勒小姐之所以撲倒在塔蘭特太太身上，正是因為剛才密室裡的突發狀況。他當著警察和記者的面關上門，與此同時，塔蘭特醫師也結束短講，從舞台上走了下來。他穿過舞台和休息室間的通道，看見蘭森時停下腳步，收攏身上的防水外套，從頭到腳打量著蘭森。

「先生，您要不要上台跟觀眾解釋我們遇到了一些狀況？」塔蘭特醫師咧開笑容，感覺兩個嘴角都要在頭後相碰了。「我覺得，您應該能比其他人說得更清楚！」

「爸爸，冷靜點，再一下子就沒事了！」芙雷娜邊喊邊喘，像剛出水面的潛水員一樣上氣不接下氣。

「有件事我想知道：我們是要浪費半小時討論家務事嗎？」費勒先生收起憤怒的神情問道：「塔蘭特小姐是要講還是不要講？如果她不講，麻煩她跟大家解釋為什麼不講。她知不知道，現在每秒鐘價值兩千塊錢？」

「我知道、我知道，費勒先生，我馬上就好了！」芙雷娜說：「我只是想跟蘭森先生講三個字。觀眾現在很安靜，您不覺得嗎？他們很相信我，他們很相信我吧，對不對，爸爸？我只是想跟蘭森先生說說話。」

「蘭森先生到底是誰啊？」困惑的費勒先生不耐煩地大喊。

芙雷娜雖然對其他人說話，卻看著她的愛人，眼裡充滿無限柔情和期盼。她激動得全身發顫，哽咽著拜託蘭森。蘭森覺得芙雷娜陷入了無可避免的傷痛，因此同情她起來。不過，他同時又有另一個念頭，讓他的罪惡感一掃而空：他覺得他能如願以償，而且芙雷娜還全力拜託他放她一馬，但只要他施加壓力，她就會無助地屈服。這時候，他想做的事在眼前熱烈展開，挑逗著他的男性本色，讓他的決心漲到新高點。爬上這個高度之後，無論是塔蘭特醫師、費勒先生、沉浸於無形羞恥的錢斯勒小姐，還是音樂廳裡殷殷期盼卻不斷強忍怒火的觀眾，在這個當下看起來都如此渺小、無足輕重了——不過也就只有這麼一瞬間。蘭森原本還是一頭霧水。芙雷娜雖然沒拒絕他，但遲疑了，因為知道他就在附近。感謝老天，蘭森仍能拯救她離開。

「來吧，來吧。」他快速喃喃道，同時朝芙雷娜伸出雙手。

芙雷娜握住其中一隻手，感覺不像是答應蘭森，而是對他有所求。「放過我吧——為了她，為了其他人，放過我吧！這樣做太可怕了，我們不可能這樣！」

「我想知道為什麼警察沒攔住蘭森先生！」坐在沙發上的塔蘭特太太哀嚎著。

「女士，我前十五分鐘已經被警察攔住了。」蘭森覺得，只要他能保持冷靜，就能更加掌控局面。他試著好聲好氣地說服芙雷娜，完全不在乎別人的眼光了。「親愛的，我告訴過您，也警告過您了。我十個星期沒去打擾您，但您難道還在懷疑我不會來？不管為了什麼理由，甚至是為了幾百萬元，您不應該為了那群喧鬧的人出賣自己。不要叫我考慮這些人，我任何一個人都不想考慮！他們哪裡在乎您？不過就是瞪大眼睛看著您，邊笑邊說些蠢話而已？您屬於我，不屬於那些人。」

「他在那裡瞎扯什麼?史上最壯觀的觀眾群都在現場等了!全波士頓的人都在音樂廳裡了!」費勒先生急得插話。

「全波士頓的人都去死吧!」蘭森說。

「蘭森先生很喜歡我女兒,但他不同意我們的立場。」塔蘭特醫師解釋道。

「這是我聽過最可怕、最邪惡、最自私的行為!」塔蘭特太太大吼。

「什麼自私!塔蘭特太太,您是覺得我想裝出無私的樣子嗎?」

「所以您希望讓觀眾氣極殺了我們?」

「我們可以退錢——你們不能退他們錢嗎?」焦急的芙雷娜兜著圈子大喊。

「芙雷娜・塔蘭特,妳該不會想逃走吧?」塔蘭特太太厲聲問道。

「老天爺啊!我不能讓芙雷娜繼續痛苦下去!」蘭森想著。如果要讓這齣鬧劇落幕,他得一把抱走芙雷娜,殺出重圍;但錢斯勒小姐已經趁塔蘭特太太高聲質疑的時候站起身來了,要是她跳出來使勁阻撓,芙雷娜不得不放開蘭森的手,計畫就泡湯了。不過蘭森發現,芙雷娜神情雖然驚恐而憔悴,卻用懇求的眼神看著他,讓他吃了一驚。芙雷娜感覺差點要跪在他面前,求他讓她上台演講。

「如果您不同意她的立場,就和她一起上台演講、辯論。觀眾絕對捧場,那會非常精采!」費勒先生似乎覺得這點子很實際,於是對蘭森提議。

「她已經準備好精采的講稿了!」塔蘭特醫師悵然地對所有人說。

好像沒人注意到他說了什麼,但塔蘭特太太又開口教訓起女兒:「芙雷娜・塔蘭特,我要打妳巴掌了！這種人也算紳士？我不知道妳爸爸吃錯了什麼藥，居然讓這種人待在妳附近！」

這時，奧莉芙倒是轉向蘭森求情，「讓她上台一次吧，一次就好。不要讓她的前途毀於一旦，名聲掃地！您忍心看我被觀眾噓嗎？才一小時的演講，您難道一點同情心都沒有嗎？」

蘭森覺得奧莉芙的表情和聲音很嚇人。她衝到芙雷娜面前，把對方拉在身邊，蘭森發現和奧莉芙的痛苦比起來，芙雷娜的痛苦簡直小巫見大巫。「既然內容錯誤連篇，何必講一小時？講一小時跟講十年一樣糟！她要不屬於我，要不就不屬於我；要是她屬於我，就只屬於我了！」

「『屬於！屬於！』芙雷娜，動動妳的腦，看看自己在做什麼！」奧莉芙身子彎向芙雷娜，嘴裡哀鳴著。

費勒先生這時火力全開，盡情展現他尖銳罵人的天分，對芙雷娜和蘭森兩位罪人細數他們會犯哪些法律，會受很重的處罰。塔蘭特太太已經情緒崩潰了，塔蘭特醫師在房裡一面茫然地繞圈子，一面說好日子看來要晚點才會到來了。「您沒看見觀眾人多好，願意等我們等這麼久？既然觀眾五分鐘都沒出聲了，您不覺得我們應該獎勵他們嗎？」芙雷娜顯得十分神聖地笑著問蘭森。世上再沒有比她替善良而幼稚的觀眾求情還更溫柔、更動人的事了。

「錢斯勒小姐會用她喜歡的方式獎勵他們。退他們錢，再給他們一點禮物就好。」

「送錢和禮物？先生，我想拿槍斃了您！」費勒先生嚷道。到目前為止，如同芙雷娜所讚許的，觀眾算得上耐心十足。但時間畢竟已經超過八點了，有些人開始不耐煩了起來，冒出喊叫、抱怨和噓聲。費勒先生自個兒穿過通道走向舞台，而塔蘭特醫師則緊跟在他身後。塔蘭特太太整個人癱在沙發上啜泣，在爭吵中瑟瑟發抖的錢斯勒小姐則問蘭森，他到底想要她怎麼做，到底想讓她多難堪、犧牲什麼。

「我什麼都肯做——我可以低頭，我可以過苦日子——我願意低入塵埃！」

「我沒要您做什麼，我要做的事也跟您沒關係。」蘭森說：「我最多希望您不要抱持期待，覺得我會對芙雷娜說『去吧，妳可以去講一、兩個小時』，因為我是想和她結婚的。」他繼續說：「芙雷娜，這一切都太可怕、太醜惡了！沉重到難以忍受了！我們離開這裡，遠走高飛，剩下的問題到時候再解決吧！」

費勒先生和塔蘭特醫師雖然努力安撫觀眾，卻顯然徒勞無功，整廳的人拚命叫嚣，音量愈來愈大。「不要打擾我們，先不要打擾我們可以嗎！」芙雷娜喊道：「我只是要和蘭森先生說話，我們講完就沒事了！」她衝到媽媽身邊，把她從沙發上拖到門邊。塔蘭特太太一邊被拖著，一邊拉住奧莉芙（雖然情況混亂，但她至少有個靠山），兩人扶持著彼此，一起踉蹌著。這時，她們一個不注意又被芙雷娜推了一把，栽進了前廳。蘭森發現，警察和記者已經離開，跑去吵鬧聲最大的地方了。

「您為什麼要來？為什麼？為什麼！」芙雷娜轉身撲向蘭森，嘴裡不斷怪罪對方，不過聽起來更像是順服的口氣。她以前從未如此順著蘭森的意，這還是第一次。

「您不是在等我？您還不確定嗎？」蘭森問道。他站在原地，面帶笑容，等待芙雷娜來到他身邊。

「我不知道，這一切太恐怖了，太可怕了！您來的時候，我就看見您了，就在這裡。我們到這裡的時候，我就跑到舞台旁的樓梯上眺望全場，我那時候在爸爸後面，馬上就看到了您。這時候，我就緊張到講不出話來！只要您站在那裡，我真的做不到！爸爸不認識您，我什麼都沒說，但我一回來，奧莉芙就猜到了。她衝到我身邊看著我，噢，她的眼神好恐怖！她一猜就猜中了。連出去看都不用，她看到我全身發抖，也跟著一起發抖，我們都覺得不知所措。快聽！快聽！全場觀眾都在喊了！我希望您先離開，您願意的話，我們可以明天再見面。我現在只想這樣。現在離開還不算太晚，拜託您了，事情會圓滿落幕的！」

蘭森一心只想著如何帶芙雷娜離開，完全沒注意到芙雷娜的語氣變得怪異卻溫柔，而芙雷娜的臉上感覺寫著「我會說服你」幾個字。她現在什麼都拋諸腦後了，不再逼自己相信不相信的事，不再死心塌地忠於理念。她一發現蘭森在附近，就把這一切都拋開了。她這時就跟進退兩難的少女一樣，會對愛人提出任何要求，而她的要求便是要蘭森先離開。但不幸的是，她不管說什麼、做什麼或沒說什麼，只會她更親近蘭森，也使得期待她出場的觀眾更用力叫囂。

蘭森沒考慮芙雷娜的要求，只回道：「奧莉芙肯定想過，也肯定知道我會來。」

「要不是您在我離開馬米恩鎮之後變得無聲無息，她肯定會料到。感覺您那時候同意耐心等待了。」

「沒錯，我等了好幾個星期。但昨天就等不下去了。我那天早上知道您要離開，真是生氣極了。接下來整個星期，我還試著去找您兩、三次。然後我就放棄了，因為覺得這樣比較好。您躲得很徹底，所以我決定連信都不寫。我覺得自己還可以等下去，好好思索在馬米恩鎮最後一天發生的事。再說，最後一刻讓您和錢斯勒小姐獨處，我覺得比較恰當。或許現在您會告訴我，那時您在哪裡。」

「我和爸爸、媽媽在一起。有一天早上，奧莉芙帶我到爸媽那裡，還交給他們一封信。我不知道她在信封裡裝了什麼，可能有錢吧。」芙雷娜說。看來她現在能把所有事情告訴蘭森了。

「後來他們帶您去哪演講了？」

「一些我不熟的地方。我來波士頓演講過一次，而且只待一天，但我那次整天都搭馬車。我爸媽跟奧莉芙一樣操心，還想來幫我救火！」

「那他們今晚不應該帶您來這裡。您怎麼可能覺得我不會來？」

「我不知道我在想什麼，本來以為會充滿力量，但看到您之後，力量瞬間消失了。如果還想繼續演講，看到您坐在台下，我絕對會當眾出醜的。場面變得很難堪，我叫大家把開始的時間延後，給我一點時間恢復力氣。我們等了很久，一聽到您在門邊和警察講話，我就覺得沒救了。如果您離開這裡，力量就會回來。觀眾又安靜下來了，爸爸大概在台上轉移他們的注意力。」

「如果是這樣就好了！」蘭森大聲說道：「錢斯勒小姐既然叫了警察，就表示她覺得我會來。」

「她是知道您在音樂廳裡，才叫警察來的。她和爸爸衝到大廳裡叫警察，要警察來看門。她還把門鎖起來，大概覺得觀眾會破門而入。我是沒這麼想，但我一知道您在門外，就撐不下去了，整個人動彈不得。我覺得跟您說說話比較好，現在我覺得可以上台了。」芙雷娜又說道。

「親愛的，您沒有披肩或大衣嗎？」蘭森回道，同時四處看了看。他發現椅子有一件絨毛長披風，於是順手抓了起來丟給芙雷娜，她措手不及，只能順著蘭森的意，甚至任他擺布地從頭到腳包住自己。一會後，她自我安慰般地問：

「我搞不懂——我們要去哪？您要帶我去哪？」
「我們可以搭夜車去紐約，然後隔天一早就結婚。」
芙雷娜瞪著水汪汪的眼睛看著蘭森說：「那觀眾要怎麼辦？快聽，快聽！」
「令尊已經無法再轉移觀眾的注意力了。照他們的天性來看，他們會怒吼、發出噪音。」
「我覺得他們沒那麼糟！」芙雷娜認真反駁。
「親愛的，我會一路追過來，就是想讓您認清事實。您自己聽，這些冷血的野蠻人！」音樂廳裡的觀眾開始咆哮，而且愈演愈烈，芙雷娜只好盡力向蘭森求情。
「讓我說句話安撫他們！」
「把安撫的話說給我聽就好。我們在一起之後，這些話會派上用場。」蘭森笑著說。他再度打開通往大廳的門，但憤怒的塔蘭特太太擋在那裡，他和芙雷娜只好打住腳步。塔蘭特太太看見女兒準備開溜，整個人衝到芙雷娜面前，怒氣沖沖，死命抓住女兒不放。她眼中滿是淚水，嘴裡充斥咒罵、禱告、破碎的詭異論調、反反覆覆的道別，最後又給了芙雷娜一個擁抱。前三分鐘，這擁抱既像是最極致的安撫，又像是那種想管住女兒的苦口婆心，最終這一切都是想使盡方法阻止芙雷娜逃走。
「媽媽，親愛的，我是為了大家好，我只能這樣做。我還是很愛妳。讓我走！讓我走吧！」芙雷娜結結巴巴地說。她又親了媽媽一下，然後努力掙脫她的束縛，向蘭森伸手求救。蘭森感覺到，芙雷娜只想離開這些人事物，拋下一切。奧莉芙就站在房門口，蘭森一看見她，就發現她剛才的脆弱模樣已經消失了，她現在站得直挺挺的，臉上卻帶著無盡的悲傷，讓蘭森一輩子永難忘懷。這幅畫面儼然就是破滅的希望和受挫的銳氣交織而成的，世間大概找不到第二幅同樣生動的畫面。她絕望而僵硬的神情，卻給人搖擺不定的感覺；她蒼白卻帶著光芒的眼神直盯著前方，像是一心尋死。在這紛亂的時刻，蘭森依舊想著，如果奧莉芙當下真的準備赴死，應該抄起鋼鐵、舉起火炬，像女英雄一樣無所畏懼地向前衝。音樂廳裡，觀眾的情緒則是如浪潮般起起落落，似乎塔蘭特醫師和經紀人的安撫曾短暫奏效，但一下子又失靈了。在情緒波動之中，有位男士和女士順勢離席，從通道走過來。蘭森看著這兩人，發現正是費林德太太和她先生。

「錢斯勒小姐啊，」這位事業有成的女士酸溜溜地說道：「您想用這種方法來爭取女權呀！」費林德太太很快地穿過前廳，阿瑪拉亞跟在太太後面，走到一半還說這場演講辦得毫無章法，接著就和太太速速離開了。費林德太太完全沒注意到芙雷娜的存在，而芙雷娜正和媽媽持續對峙著。蘭森想把芙雷娜帶離塔蘭特太太，又得處處顧慮塔蘭特太太的感受，因此沒對錢斯勒小姐說半句話——對他來說，這是他們之間的最後一役。他沒看見錢斯勒小姐鐵青的臉色瞬間閃了一下，彷彿費林德太太的話像鞭子一樣抽在她臉上，也沒看見她好像瞬間開竅，一股腦想衝到舞台旁。假設蘭森認真觀察錢斯勒小姐，應該會知道她是想為了上千名大失所望的觀眾贖罪，甘願被大家踐踏至死或碎屍萬段。在蘭森眼中，她或許跟巴黎法國大革命站在防禦工事前煽動革命的女性很像，或像是埃及亞歷山大城裡被暴民凌虐至死的的海巴夏[47]。沒多久，錢斯勒小姐就被布拉

---

47 海巴夏（Hypatia）為古埃及之名女性數學家、天文學家、哲學家。生於亞歷山大城，因堅持科學理性、反對基督教打擊異端的手法，最終遭暴徒攔下並凌虐至死。

吉太太和她兒子攔住了去路。母子倆看見費林德夫婦離席，也想離席躲進後台避避風頭。布拉吉太太的臉寫滿了驚訝，彷彿上餐廳赴晚餐約會，卻發現餐桌上沒鋪桌巾。至於用手臂扶著媽媽的布拉吉先生，則是全程見證芙雷娜被帶離塔蘭特太太身邊的戲碼，但他同時也被意外現身的蘭森給嚇到。他迷人的藍眼珠在兩人身上來回遊走，感覺既不耐煩又困惑。他可能覺得自己能扮演和事佬，至少場面不會演變成爭執不休，這倒不是吹牛。不過芙雷娜正被束縛著準備逃離，壓根聽不見布拉吉先生的聲音，而這些話似乎比較適合說給布拉吉太太和奧莉芙聽，而非說給蘭森聽。奧莉芙快速跑過布拉吉太太身邊，和對方互看了一眼。後者拋出了嘲諷的眼神，而奧莉芙的目光則是一貫的桀驁不馴。

「換您上台演講了是嗎？」從紐約來的布拉吉太太帶著淺笑問道。

奧莉芙已經消失在蘭森視線外了，他卻在房間裡聽到了她的回答：「我是去被觀眾噓和羞辱的！」

「奧莉芙！奧莉芙！」芙雷娜突然高聲叫了起來，聲音感覺傳到了舞台前。不過，蘭森已經用蠻力架走她了，還急著推她出門，讓塔蘭特太太自個兒倒在布拉吉太太的懷裡。蘭森相信，只要短短幾分鐘，布拉吉太太會眼眶泛淚，而這會成為塔蘭特太太一生珍貴的回憶：貴族的支持，還有那聰慧的鎮定。在音樂廳外頭迷宮般的走道上，有些人正匆忙離場，不想再和主辦單位耗下去。蘭森邊走，邊將芙雷娜的披風拉到她的頭頂上，讓別人看不見她的模樣，這招確實有效。他們混入離場的群眾之後，蘭森發現音樂廳裡的觀眾突然安靜了下來，大家正看著錢斯勒小姐衝上舞台。現場倏地沒了聲響，每個人都懷著敬意，想知道錢斯勒小姐會說些什麼；但不管她說什麼（蘭森心想，她大概會羞愧到無地自容），觀眾應該不會拿椅子丟她。蘭森因為勝利而雀躍，卻也對錢斯勒小姐心生歉意。不過，他發現波士頓觀眾就算氣急敗壞也不會翻臉的時候，倒是安心了。「啊，我現在真開心！」芙雷娜在兩人走到大街上時說道。但蘭森發覺，芙雷娜開心歸開心，被披風擋住的臉龐卻已經布滿淚水。這恐怕不會是她最後一次掉淚。為了這段不受眾人看好的情侶關係，芙雷娜不知還要哭上幾次。

亨利・詹姆斯年表

一八四三年——亨利・詹姆斯出生於紐約華盛頓的上層知識分子家庭。祖父是當時的鉅富，父親老亨利・詹姆斯是知名神學家、哲學家；兄長威廉・詹姆斯被譽為「美國心理學之父」，也是美國歷史上最富影響力的哲學家之一。

一八六二年——進入哈佛法學院，但很快就棄法從文。

一八六三年——

一八六四年——詹姆斯一家在波士頓劍橋定居。亨利・詹姆斯開始寫作，持續出版短篇小說和文學評論。

一八七〇年——出版第一部小說《時刻戒備》（*Watch and Ward*）。隔年開始為《大西洋》雜誌撰稿。

一八七二年——與家人同遊歐洲，期間著手撰寫小說《羅德里克・赫德森》（*Roderick Hudson*）。

一八七四年——

一八七四年——返回紐約市，為《國家》雜誌撰寫文學新聞，並於此時出版了三本書：《大西洋的輪廓》（*Transatlantic Sketches*）、《熱情的朝聖者》（*A Passionate Pilgrim*），和《羅德里克・赫德森》。

一八七五年——

一八七五年——移居巴黎，結識了福婁拜、屠格涅夫、左拉、都德、龔固爾等當代知名作家，並開始撰寫小

一八七六年——說《美國人》（*The American*）。之後移居英國。

一八七八年　以小說《黛西・米勒》（*Daisy Miller*）在大西洋兩岸奠定名聲。撰寫評論性散文集《法國詩人》和《小說家》。

一八七九年—一八八二　寫下《歐洲人》（*The Europeans*）、《華盛頓廣場》（*Washington Square*）、《一位女士的畫像》（*The Portrait of a Lady*）、《自信》（*Confidence*）等寫作生涯的重要作品。

一八八四年—一八八六年　出版遊記《法國小旅行》（*A Little Tour in France*）。短暫回到美國後，又定居於英國倫敦。並於這段期間發表逾十四部作品。

一八八六年　出版小說《波士頓人》、《卡薩馬西瑪公主》（*The Princess Casamassima*）。

一八八七年　居於義大利。撰寫小說《阿斯彭文稿》（*The Aspern Papers*），結識了美國小說家康斯坦斯・菲尼莫爾・沃爾森（Constance Fenimore Woolson），兩人發展出深厚的友誼。

一八八八年　出版文集《部分肖像》（*Partial Portraits*），收錄多篇關於英美文學、作家的評論；其中最有名的篇章是〈小說的藝術〉（The Art of Fitction），呼籲小說創作的自由，不應受到所謂創作法則的局限。

一八八九年　開始展現對戲劇的興趣，並出版了小說《悲慘的繆斯》（*The Tragic Muse*）。

一八九〇年—一九〇一年　積極投入劇場，將作品如《美國人》改編成劇本，小有反響。之後又寫下四部喜劇，但都被製作人拒絕。

一八九五年　劇作《蓋伊・湯姆威爾》（*Guy Domville*）演出失利，亨利・詹姆斯大受打擊，從此放棄劇場夢，再度把寫作重心轉回小說。他的劇場經驗也影響了寫作風格。

一八九七年　落腳英國萊伊鎮，與英國作家約瑟夫・康拉德成為朋友。開始撰寫《碧盧冤孽》與《梅西的世界》。

一九〇二年—一九〇四年　出版小說《奉使記》（*Ambassadors*）、《鴿翼》（*The Wings of the Dove*）、《金缽記》，也撰寫一系列文章，集結為《美國遊記》，描述了美國商業與民主的崛起。

一九〇五年　出版遊記《英國時光》（*English Hours*）。回到美國，教授巴爾札克文學。

一九〇九年　出版遊記《義大利時光》（*Italian Hours*）。

一九一一年　哈佛大學授予名譽文學博士學位，表彰他在小說創作的突出貢獻。隔年，牛津大學授予他名譽文學博士。

一九一三年　撰寫兩部自傳作品《童年歲月及其他》（*A Small Boy and Others*）、《兒子與兄弟的筆記》（*Notes of a Son and Brother*）。

一九一四年　撰寫文學評論《小說家筆記》（*Notes on Novelists*）。同年，第一次世界大戰爆發，他因對美國政府不滿，毅然於隔年入籍英國成為該國公民。

一九一六年　獲英國政府頒發功績勳章。同年逝世，葬於波士頓劍橋。

一九一七年　第三部回憶錄《中年歲月》（*The Middle Years*）出版。

GREAT!57 **波士頓人**

作　　者	亨利・詹姆斯（Henry James）
譯　　者	柯宗佑
封面設計	鄭婷之
主　　編	徐　凡
協力編輯	林婉華
責任編輯	李培瑜
國際版權	吳玲緯
行　　銷	闕志勳、吳宇軒、陳欣岑
業　　務	李再星、陳紫晴、陳美燕、葉晉源
總 編 輯	巫維珍
副總編輯	何維民
編輯總監	劉麗真
總 經 理	陳逸瑛
發 行 人	凃玉雲
出　　版	麥田出版 地址：10483台北市中山區民生東路二段141號5樓 電話：(02)2500-7696 傳真：(02)2500-1967
發　　行	英屬蓋曼群島商家庭傳媒股份有限公司城邦分公司 地址：10483台北市中山區民生東路二段141號11樓 網址：www.cite.com.tw 客服專線：(02)2500-7718｜2500-7719 24小時傳真專線：(02)-2500-1990｜2500-1991 服務時間：週一至週五09:30-12:00｜13:30-17:00 劃撥帳號：19863813 戶名：書虫股份有限公司 讀者服務信箱：service@readingclub.com.tw
香港發行所	城邦（香港）出版集團有限公司 地址：香港灣仔駱克道193號東超商業中心1樓 電話：+852-2508-6231 傳真：+852-2578-9337
馬新發行所	城邦（馬新）出版集團【Cite(M) Sdn. Bhd.】 地址：41-3, Jalan Radin Anum, Bandar Baru Sri Petaling, 57000 Kuala Lumpur, Malaysia. 電話：+603-9056-3833 傳真：+603-9057-6622 讀者服務信箱：services@cite.my
麥田部落格	http://ryefield.pixnet.net
印　　刷	前進彩藝有限公司
初　　刷	2022年12月
售　　價	550元
I S B N	978-626-310-328-3（平裝）
電子書ISBN	978-626-310-339-9（EPUB）

國家圖書館出版品預行編目(CIP)資料

波士頓人／亨利・詹姆斯著；柯宗佑譯. -- 初版. -- 臺北市：
麥田出版：家庭傳媒城邦分公司發行, 2022.12
面；　公分. -- (Great! ; RC7057)
譯自：The Bostonians
ISBN: 978-626-310-328-3（平裝）
874.57　　111014939

城邦讀書花園
www.cite.com.tw

Printed in Taiwan.
本書若有缺頁、破損、
裝訂錯誤，請寄回更換。